KB067888

여자를 위한 나라는 없다

샤힌 아크타르 지음 | 전승희·파르하나 라흐만 샤시 공역

여자를 위한
나라는 없다

반쯤 닫힌 문을 열어

묵투주드호의 내실로 나를 인도해주신

페르도우시 프리욥하샤니께 이 책을 바칩니다.

추천의 말

『여자를 위한 나라는 없다』는 방글라데시의 독립을 위한 내전 중에 어느 편인가 상관없이 무기를 가진 남성들에게 강간당한 여성들의 이야기를 구술사 방법으로 되살려낸 훌륭한 작품이다. "여성들에게 국가는 없다."는 절망을 토로하는 최근 한국 여성들에게도 또하나의 커다란 울림을 가져다주는 스토리로서 필독을 권하고 싶다.

사춘기 소녀 마리암은 먼 친척뻘 되는 남학생과 극장에 가서 손을 잡았다는 이유만으로 '스캔들'의 주인공이 될까 우려한 그의 아버지에 의해 다카 시로 보내진다. 여성의 정절을 목숨처럼 여기는 전통문화가 작은 고향마을만 지배하는 것은 아니어서 대도시 다카 역시 결혼하지 않은 여자가 혼자 살아가기에는 너무나 많은 지뢰가 박혀 있는 곳이다.

1971년 3월 23일은 파키스탄 공화국의 날인 동시에 오늘날 방글라데시라고 하는 국가가 되기 위한 저항이 시작된 방글라데시 저항의 날이면서 9개월에 걸친 피비린내 나는 내전이 시작되는 날이기도 하다. 이날 대학을 갓 졸업한 마리암은 학생운동 지도자 아베드에게 담판하러 간다. 임신한 자신이 생존할 수 있는 유일한 길은 결혼이라는 것을 터득했기 때문이다. 자신의 생명과 맞바꾼 낙태를 겪고 나서 내전이 진행되는 동안 살아남기는 했지만 그 삶은 "절구와 절구공이 사이에서 빻이고 두들겨진 고기 같은 몸, 혹은 공물로 바쳐진 고기처럼 파괴된 생명"(20쪽)으로 자신의 몸을 소유하지 못하고 자신의 삶을 자기 것으로 주장하지 못하는 삶의 연속이다.

  샤힌 아크타르는 2000년도 도쿄 여성국제전범법정에서 위안부 할머니들의 증언을 들으며 이 이야기의 씨앗을 발견했다고 한다. 비랑가나는 정권에 따라서 작은 영웅, 혹은 성매매 여성으로 치부

되며 살아간다. 전쟁이 끝나고 흐르는 강물처럼 삶이 제자리로 돌아가는 듯하지만 강간 피해 여성들은 그들이 겪은 억압, 굴복, 박탈을 떨쳐버릴 수 없기 때문에 살아남아서 그 잔학한 스토리를 목청을 다해 외치고 고발해야 한다. 이 소설을 통해 샤힌 아크타르는 이들에게 목소리를 준다. 전시에 자행된 폭력뿐만 아니라 여기서 살아남게 된 여성들에게 일어나는 분노, 무기력, 그리고 사랑의 감정에 대한 묘사는 여전히 공유되는 피해자에 대한 통념을 극복할 수 있을 만큼 용감하게 묘사되고 있다. 거듭된 배반과 절망 속에서, 타락한 여자로 치부된다 해도 사랑과 꿈을 가진다는 점을 보여주는 것이다.

샤힌 아크타르의 문학적 경지는 스토리텔링에서뿐만 아니라 다양한 자연의 묘사를 통한 상징의 처리에서 빛난다. 고향을 떠날 때 거쳐야만 하는 순다리 습지는 마리암의 삶을 계속 따라다니는 듯한 상징이다. 우기에는 홍수가 넘쳐 모든 재산과 식량을 쓸어버리는가 하면 겨울에는 말라서 바닥이 드러나면 여기를 지나는 수많은 뱀들이 소용돌이 모양을 그려놓아 지옥을 연상시키는 곳이다.

강간과 폭력, 불완전하나마 이에 맞서서 저항하고 싸우는 여성들의 의지와 동지적 연대, 작은 마을에서 일어나는 협동과 질투, 배반과 의리가 이 소설 전체에서 국경을 넘어 공감을 일으킨다.

장필화(한국여성재단 이사장)

한국어판 서문

2000년 12월이었습니다. 저는 「1971년 전쟁 중의 여성」이라는 제목의 구술사 프로젝트 작업을 막 끝내고 도쿄 여성국제전범법정에 참석했습니다. 거기서 '위안부'라는 이름으로 강간당하고 고문당한 태평양 지역의 여성 서른다섯 분이 일본제국주의 군대의 만행을 증언했습니다. 증인들 중 상당수가 한국 여성이었는데, 나는 쿠단 카이칸 강당에 앉아 그분들의 슬픔과 고통을 알게 되었습니다. 그 법정은 배심원과 검사와 증인과 선서증인이 완벽히 갖춰졌고, 여성국제전범법정이라는 구절이 선명히 적힌 플래카드가 배경에 걸려 있었습니다. 엄청난 상징적 중요성을 띄고 있었으니, 여성들에게 자행된 전시 폭력에 보통사람들이 느끼던 분노에 기반해 공적으로 세워졌기 때문입니다. 전 세계를 향해, 법은 국가에만 속하는 것이 아니고 국가가 정의를 세우는 데 실패한다면 시민들에게도 문제에 개입할 권리가 있다는 메시지를 보내고 있었습니다.

『여자를 위한 나라는 없다』의 씨앗은 구술사 프로젝트를 하던 시절 내 마음속에 뿌리를 내렸습니다. 또한 나는 법정에서 여성 생존자들이 공유해준 많은 이야기들의 기억을 가지고 돌아왔습니다. 특히 한국의 '위안부' 김학순 할머니를 기억하고 있습니다. 당신이 1991년에 사과와 보상을 요구하는 소송을 일본 법정에 제기한 일에 대해 NHK와 인터뷰를 하셨는데, "내가 일본군에게 짓밟히고 일생을 비참하게 보낼 수밖에 없었던 현실에 대해 소송을 제기하고 싶었다. 남한과 일본의 젊은이들이 일본이 과거에 한 일을 알기를 원한다."고 말했습니다.

그 순간 눈앞에서 지리적 경계의 장벽이 허물어졌습니다. 김학순 할머니가 알리고자 했던 건 시간과 장소를 막론하고 전시에 강간당하고 살아남은 모든 생존여성들이 갖고 있는 동일한 소망이라고 느껴졌습니다. 전쟁은 어느 시점에 끝납니다. 그리고 많은 사람들은 전쟁 전의 삶으로 되돌아갑니다. 강간 피해 여성들은 그렇게 하지 못했습니다. 그들의 전쟁사는 억압과 굴욕과 박탈을 통해 세대에서 세대로 흘러왔습니다. 1971년 전쟁 중에 파키스탄 군인들에게 강간당한 방글라데시 여성들도 정확히 똑같은 상황이었습니다. 방글라데시는 9개월의 전쟁을 겪고 해방되었습니다. 사람들의 삶을 황폐하게 한 폭풍우였습니다. 많은 사람들의 삶의 뿌리가 흔들렸고 뿌리가 뽑힌 사람도 많이 있었습니다.

『여자를 위한 나라는 없다』를 쓰기 위해 마리암과 그녀의 주변 환경을 구상할 때, 그것들을 묘사할 때, 그녀의 입으로 말할 때, 김학순 할머니 또한 내 가슴속에 계셨습니다. 책을 출간하여 마음속 깊이 느끼고 있던 빚을 조금이나마 갚게 되어 감사하게 생각합니다.

샤힌 아크타르

차례

일러두기
1. 이 책은 『Talaash』 방글라어판을 우리말로 옮긴 것이다.
2. 본문의 주석은 모두 옮긴이 주이다.

제1부

I
습지의 미로

　마리암의 마음속에서 과거의 순간들이 흙탕물의 소용돌이에 말
려든 부레옥잠처럼 언뜻언뜻 떠오른다. 자신의 삶에 대한 질문을
받을 때나 잔잔한 연못처럼 평온한 몸과 마음으로 홀로 지나간 시
절을 회상할 때면 언제나 그렇다. 그녀는 마리암, 일명 메리다. 그
녀는 그 순간을 기억한다. 왼손을 느슨히 몸 옆으로 내려뜨린 채
오른손을 뻗어 마당의 빨랫줄을 향했던 순간. 한 발로는 벽돌을 딛
고 다른 발은 겨우 삼 인치 아래 단단한 땅, 그 안식처를 그리워하
며 공중에 들어 올렸던 그 순간. 마치 몸이 교수대에 반쯤 매달린
듯했던 순간, 거기 매달린 채 눈물을 글썽이며 떠나가는 몬투를 바
라보고 있던 순간. 사실 몬투의 모습을 본 것은 아니었다. 대문이
삐거덕거리는 소리를 듣고 몬투가 떠났다는 것을 알았을 뿐이다.
마리암이 빨랫줄을 더듬다가 목도리를 당겨 코를 풀고 눈물을 닦
은 뒤 고개를 들었을 때 그녀의 남동생 몬투는 이미 골목 모퉁이를

지나 사라진 뒤였다. 마리암의 시야는 그 순간 흐릿했다. 눈물 때문에 순간적으로 장님이 된 것이다. 여닫히는 대문의 금속성 소리 외에는 아무것도 보이거나 들리지 않았다. 당시에는 알지 못했지만 아무것도 보이지도 들리지도 않은 그 순간은 끔찍한 폭발을 예비하고 있던 순간이기도 했다. 몬투는 그 폭발의 연기 속으로 영원히 사라져버렸다. 마리암은 살아남긴 했지만 이미 절구와 절구공이 사이에서 빻이고 두들겨진 고기 같은 몸, 혹은 공물로 바쳐진 고기처럼 파괴된 생명이 되어 있었다. 그 순간 이후 그녀의 몸은 한 번도 그녀의 소유인 적이 없었다. 그녀의 삶은 다시는 그녀의 것이 되지 못했다.

한 여성의 삶은 전시뿐 아니라 갈등이 없는 시기, 평화로운 시기에도 그것을 사륜차로 간주한다면, 그 운전자는 육체인 것으로 여겨진다. 만일 그 육체가 관습으로 포장된 길에서 단 한 차라도 벗어나면 차 전체가 쓰레기더미에 처박히도록 되어 있다. 인생은 끝나고 타락한 여자가 되는 것이다.

지금도 마리암은 때때로 몬투와 함께 집의 문을 걸어 잠그고 관 우물 곁을 돌아 놓인 울퉁불퉁한 벽돌을 조심스레 밟으며 물과 진흙을 헤치고 걸어가던 때를 생각해본다. 뒤에는 빈집이 있고, 앞에는 마을이 있다. 당시의 다카 주민들은 집회와 행진과 구호와 경찰의 발포와 권력의 이동에 따른 혼란을 피할 안전한 은신처를 찾고 있었다. 길 안내를 해준 것은 아이들이었다. 깊숙한 보리수 그늘,

잠시 소강 상태를 맞이한 시장의 고요한 오후, 쾌적한 초저녁의 강둑, 돛을 올린 채 열지어 떠 있던 보트들, 그리고 달빛에 잠긴 먼 들판—그들의 스케치북에 그려진 이 모든 이미지들이 그들을 인도했다. 많은 사람들은 그런 곳을 찾아 짐을 꾸려 떠났다. 그러나 떠나지 않은 사람들도 있었다. 어떤 이들은 자신들의 유치한 행동에 스스로 짜증을 내며 며칠 후 되돌아오기도 했다. 마리암은 몬투에게 고향마을로 돌아가라고 강권했지만, 스스로는 격동에 휘말린 다카에 남아 그곳에서의 삶에 매달리고 있었다. 그녀의 공포는 쇠막대를 집어 들고, 저항과 진압의 거센 파도 속에서 역사를 창조하고 있던 사람들의 무리에 끼고 싶어하던 사춘기 남동생에게만 집중되어 있었다. 몬투는 마리암이 자신에게서 역사의 창조에 참여할 기회를 박탈한다고 불평하며, 단식으로 저항했다. 하지만 마리암도 전혀 물러서지 않았다. 이제 막 얼굴에 수염이 돋기 시작하던 그 어린 반란자는 수차례의 논쟁과 다툼 끝에 역사의 탄생통을 가슴 속에 부여안고 다카를 떠났다.

　마리암은 가는 길에 간혹 싸움이 있더라도 그것이 인간들끼리의 싸움일 거라고 생각하니 안심이 되었다. 그녀는 아직도 진이라든가 바리 같은 유령과 악령만을 두려워하고 있었다. 아직까지는 인간에 대한 믿음을 잃지 않았던 것이다. 그녀가 의식적으로건 무의식적으로건 알고 있던 인간의 폭력은 고작 두부외상 정도였다. 만일 누가 몬투의 머리를 치는 일만 생기지 않는다면 동생은 밤 버스를 타고 고향을 향해 갈 것이라고 생각했다. 차에서 내려 집까지 가려면 길이 약 3마일, 넓이 약 2마일 반가량의 순다리 습지를 지나가야 했다. 사람들이 낮에도 그 습지의 통과를 꺼린다면 그 이유는 그곳을 지나가다가 길이나 감각을 잃을 위험이 있었기 때문이다. 유령들이 나타나 사람들에게 아관경련을 일으키곤 했다. 몬순 기간에는 뱃사공들이 여행자들의 동반자가 되어 주었다. 처음에는 뱃사공들이 길을 잃지 않도록 책임을 졌다. 뱃사공들과 손님들이 번갈아 노를 저었고 후카를 피우며 이야기를 주고받았다. 그러면 결국 으스스한 습지의 어둠이 물러가곤 했다. 하늘이 밝아왔고 새들도 깨어나기 시작했다.

그러나 겨울이 오면 습지에서 물이 빠지고 수많은 꼬불꼬불한 길이 습지의 복판에 생겼다. 그러면 습지의 모습이 아름다우면서도 지옥도처럼 기괴했다. 몬투가 순다리의 습지를 홀로 통과할 시기는 1971년 3월의 셋째 주, 바로 그런 기간이었다. 메리는 염려로 섬찟하다.

남매가 바로 3년 전 순다리 습지에서 경험한 지옥은 그들의 여생을 계속 따라다니는 듯했다. 바로 그 지옥이 하나를 죽음으로 몰았고, 다른 하나는 역사의 희생자로 만든 것이다.

전쟁 발발 3년 전, 마리암이 대학교 2학년 때였다. 몬투는 행렬 시험을 봐야 했다. 남매의 할머니가 돌아가셨다는 소식이 도착한 날, 몬투는 오후가 지나고 초저녁이 되어서야 과외를 마치고 집에 돌아왔다. 어머니는 편지에 할머니를 위해서 나마즈 기도를 할 때 절을 두 번 더 하라고 적었다. 할머니가 네크-반다, 즉 경건한 영혼이었기 때문이다. 위대하고 자비로우신 신께서는 할머니가 기도용 카펫에 엎드려 계신 동안 당신이 아끼시던 그 영혼을 받아들이셨단다. 몬투야, 메리야, 공연히 울고불고 하지 말아라. 그러면 너희들이 사랑하는, 무덤 속의 할머니께 더 큰 고통을 드릴 뿐이란다. 마리암과 몬투는 어머니가 하지 말라고 했던 그대로 행동했다. 마리암은 과외를 마치고 돌아온 몬투가 책을 내려놓기도 전에 할머니가 돌아가셨다는 소식을 전해주었다. 소식을 들은 즉시 몬투의 손에서 펜이 떨어졌고, 다음 순간 자와 컴퍼스가 들어 있던 기하용 필통이 떨어졌다. 마리암도 두어 다루드의 암송을 중단했다. 그녀가 몬투를 와락 껴안았고, 남매는 부둥켜안고 엉엉 울었다. 메리는 눈물을 뚝뚝 흘리며 가방을 챙겼다. 그들은 대문에 자물쇠를 채운 뒤 버스 정류장으로 달려가 막차에 올랐다.

남매가 안개 낀 순다리 습지에 도착했을 때는 한밤중이었고, 당연히 아무도 그들을 마중 나와 있지 않았다. 뿐만 아니라 귀에 익은 소리도, 심지어는 불빛 한 줄기도 없었다. 추수를 막 끝낸 논의 쓰러진 그루터기들 위로 걸어가는데, 사방이 컴컴하고 괴괴하여 자신들의 발걸음 소리만 저벅저벅 들려왔다. 몬투는 대양 한가운데서 망을 보다 길을 잃은 선원처럼 겁에 질린 목소리로 메리에게 말했다. "메리 누나, 나침반이라도 있었으면 길을 잃을까봐 걱정하지 않아도 될걸 그랬어." 마리암은 서둘러 나오느라 손전등 하나도 챙겨오지 않은 것을 후회했다. 바로 그 순간 가까운 곳에서 불빛이 보였다. 합리적인 편인 몬투가 말했다. "이건 도깨비불이야. 금방 보였다가 사라지잖아." 그 말이 꼭 맞았다! 불빛은 한 번더 깜빡였다. 하나의 눈에 띄면 다른 하나의 눈에는 보이지 않았다. 이런 현상이 한동안 지속되다가, 마침내 두 사람의 눈에 동시에 보였다. 또한 벌이 부드럽게 윙윙거리는 것처럼 불분명한 사람들의 속삭임 소리도 들려왔다. "도둑이나 강도면 어떡하지, 만일 우리를 습격이라도 한다면?" 몬투는 메리의 공포에 별다른 신경을 쓰지 않았다. 몰래 담배를 피우기 시작한 지 겨우 반년밖에 안되었지만 그 순간엔 담배를 피우고 싶은 마음이 정말 절박했다. 하지만 집안 어른들에게 들킬까봐 담배와 성냥갑을 가지고 오지 않았다. 방금 본 불 주변에는 분명히 사람들이 있을 것이다. 만일 사람들이라면 담배나, 아니면 비디나 후카 같은 것이라도 분명히 가지고 있을 것이다. 갑자기 그가 빠른 걸음으로 걷기 시작했다. 그리고 앞으로 걸어나가며 말했다. "메리 누나, 말이 되는 소리를 해. 우리에게 무슨 값나가는 물건이 있어서 무장 강도가 습격을 하겠어?"

하지만 남매가 전진하면 할수록 불빛은 더 멀어졌다. 소리가 들려오던 곳 근처에 가보니 불의 흔적도 없었고, 윙윙거리던 대화 소리도 전혀 들려오지 않았다. 마치 꿀을 찾는 벌떼가 등잔불을 들고 날아가버린 듯했다. 남매는 몸이 납덩이처럼 무거워지고 심장이 걱정으로 쿵쿵거리며 혀가 바짝바짝 타는 것을 느낄 수 있었다. 이런 혼동 상태에서 그것이 정체불명의 '알레야', 즉 습지의 불빛이라는 생각이 메리의 머릿속을 스쳤다. 하지만 동생에게 그렇게 말하려고 하자 목이 잠겨 아무 소리도 나오지 않았다. 그 불을 향해 가려다 방향감각을 완전히 상실해 동서남북도 분간할 수 없었다. 그들에게 남겨진 것은 오로지 발밑의 땅과 머리 위의 하늘뿐이었다. 남매는 땅바닥에 앉아 북쪽 하늘을 바라보며 북극성을 찾으려고 해보았다. 먼 하늘은 요란스럽게 화려한 베나라시산 사리처럼 보였다. 금실로 이처럼 촘촘히 수놓은 사리는 결혼식에서는 예찬의 대상이었겠지만, 지금 그들 머리 위에 펼쳐져 있는 반짝거리는 은빛 별 밭은 악몽이었다. 결국 눈길을 돌려 아래를 보니, 겨울에 들어서며 순다리의 습지에 형성된 작은 물웅덩이가 보였다. 그곳에서도 별이 총총한 밤하늘의 그림자와 자신들의 모습만 조각조각 보였다. 마치 자신들이 거꾸로 서 있는 것처럼 보였다. 먼 하늘에서 보이는 푸른색 형광빛도 그들을 비웃는 듯했다.

그 빛은 사람들을 혼동시키고 죽음의 함정으로 유인하는 순다리 습지 특유의 신기루였다. 그러나 메리와 몬투는 그 빛의 유혹에 굴복할 수 없었다. 무슨 수를 써서라도 집을 찾아야 했다. 사랑하는 할머니는 이미 저세상으로 떠나셨지만, 그래도 묘지에 심어진 마늘은 아직 싹을 내지 않았고 묘지를 둘러싸고 있는 대나무 울타

리는 아직 새것일 터였다. 몬투는 고혹적인 빛을 외면하며 앞으로
는 어둠 속에서 보이는 것은 무엇이든 절대로 신뢰하지 않겠다고
결심했다. 오히려 보이지 않는 것을 신뢰하며 전진해야 했다. 그는
3년 반 후 동료들에게 알리지 않고 비슷한 결정을 하게 될 운명이
었다. 그 사건은 한밤중 국경 근처의 교량 폭파 작전 중에 일어났
다. 회로를 덮고 있던 안전 퓨즈에 성냥불이 붙여졌고, 주변에서는
타오르고 있던 화염이 내는 타다닥 소리가 들리고 있었다. 몬투는
반대편에서 한 줄기 빛이 전속력으로 달리는 지프차처럼 다가오
고 있는 것이 보였다. 번쩍거리는 빛의 존재에 회의가 드는 찰나,
그는 죽음의 소망을 안고 화염을 향해 뛰어드는 나방처럼 빛줄기
를 향해 달렸다.

  순다리 습지의 그날 밤 몬투는 작은 지푸라기 더미가 줄맞춰 놓
인 것을 보고도 그것이 지푸라기도 지푸라기 더미의 열도 아니고
귀신들이 향연을 위해 차려놓은 음식이라고 생각하며 즉시 가던
방향을 바꾸었다. 마리암도 몬투를 따라 돌아서긴 했지만, 그녀는
지푸라기의 존재가 가까운 곳에 인가가 있다는 뜻일지도 모른다
는 생각을 떨칠 수가 없었다. 그래서 몬투의 웃옷을 잡아 다시 가
자고 했는데, 그러자 몬투가 질식한 사람 같은 신음소리를 냈다.
마리암은 그제서야 몬투가 어둠 속에서 광기를 경험하고 있다는
사실을 깨달았다. 그래서 마리암이 그의 몸을 잡아끌자마자 그가
횡설수설하며 가래가 섞인 듯 탁한 목소리로 말했다. "그쪽으로

가지 말아요, 메리 누나. 그들이 누나 목을 비틀어서 순다리처럼 땅에 묻을 거라구요."

몬투의 몸이 비틀거리더니 톱으로 켠 나무 기둥처럼 땅바닥에 푹 쓰러졌다. 순다리라니, 마리암은 몬투가 누구 이야기를 하는 것인지 알 수 없었다. 점차 새벽이 밝아왔다. 마리암이 입에 거품을 문 동생의 얼굴을 무릎에서 밀어낸 뒤 일어서니 옆에 늪이 보였다. 희미해지는 별빛들과 행성들의 그림자 안에서 겁에 질린 여성의 모습이 보였다. 마리암은 늪에 비친 자신의 모습을 알아보지 못했다. 그리고 그 그림자를 향해 조용히 "순다리, 순다리." 하고 불렀다. 그림자가 물 표면에 부드러운 파도를 일으키며 움직였다. 마치 오랜 세월을 습지 한가운데에서 보내던 한 여성이 마리암이 부르는 소리에 깨어나 몸서리치는 듯했다. 누구였을까? 짝사랑의 고통을 견디지 못하고 자살한 사람인가? 아니면 아사자일까? 아니면 혹시 사생아를 임신했다는 이유로 순다리 늪으로 추방된 여성일까? 그런 일이 있고 나서 다시는 마을로 돌아가지 못한 것인가? 그 여자는 습지, 건초더미들, 헤아릴 수 없이 많은 별그림자들 속에서 영원히 길을 잃었으나, 그녀의 이름을 딴 습지는 해가 지고 그림자가 질 때 사방에 컴컴한 공포를 퍼뜨렸다. 여행자들을 숨어서 지켜보다가 죽음 속으로 떠밀었다. 웅덩이에 비친 그림자를 보며 마리암은 그 전설 속의 여인 순다리가 되었다. 가족이나 사회의 일부로 살지 못했던 여인, 사람들이 부르는 이름으로만 살아남은 여인. 그 밤이 끝날 무렵, 마리암과 순다리, 둘 중의 하나는 울부짖었고, 다른 하나는 웃었으며, 그 광막한 공간으로 메아리쳤다. 누가 웃고, 누가 우는지를 구별하는 것은 불가능했다.

그리고 몬투는 누나가 옆에 함께 있었음에도 불구하고 순다리의 습지에서 길을 잃고 의식을 잃었다. 그는 이틀 동안 입에 거품을 물었고 일주일 동안 고열에 시달렸다. 그리고 그로부터 딱 3년 뒤에 전쟁에 나가야 했고, 이 습지와 건초더미와 알레야 습지의 불과 집과 논밭을 지키고 사람들의 생명을 구하기 위해 자신의 피를 바쳐야 했다.

II

메리 즉 마리암의 탄생 이야기

바치리라, 바치리라, 바치고 또 바치리라

우리의 피, 우리의 고귀한 피를

용감한 방글라인 무기 들어

해방시키네, 우리 조국 방글라데시를.

　마리암의 집 앞 좁다란 골목 안으로 길고 구불구불한 행렬이 몰려온다. 사내들이 쇠파이프와 대나무 곤봉과 나무로 만든 노와 침대기둥 따위로 무장하고 있다. 그 행렬 가운데서 갑자기 소년 두 명이 헐레벌떡 뛰어온다. 하지만, 마리암이 "몬투는 고향마을로 돌아갔다"고 하자 서둘러 행렬로 되돌아가 꼬리 부분에 합류한다. 바로 그 순간 행렬의 선두에 있던 사람 하나가 손에 들고 있던 메가폰을 향해 목청껏 외친다. "우리의 주소는!" 즉각적으로 "파드마, 메그나, 자무나!"라는 화답이 나온다. 모든 벽을 무너뜨리는 합창의 목소리다.

마리암은 엄청난 산사태가 다가오고 있다는 걸 느끼면서도 무력하게 떨며 강가에 서 있는 외로운 나무처럼 서 있다. 모든 사람의 해방을 외치던 그 운동은 그녀에게는 감옥을 의미했다. 모든 교육기관이 무기한 문을 닫았다. 법원과 가게도 거의 대부분 제대로 돌아가지 않았다. 대학을 졸업한 그녀는 집에 가만히 들어앉아 있어야 했다. 이 소용돌이의 와중에 직장을 구한다고 밖으로 나간다면 모두들 미쳤다고 하리라. 어쨌든 마리암의 상황은 직장이 해결책이 될 순 없었다.

마리암은 그 두 소년들에게 잠깐이라도 들어오라고 할걸 하고 후회한다. 방글라 사람들의 정치적인 미래에 대해 대통령의 관저에서 논의가 어떻게 진전되고 있는지, 방글라 사람들이 국회에 참여할 것인지, 혹은 현재 가지고 있는 보잘것없는 권리나마 포기하고 정당한 권리의 주장을 위해 전쟁에 들어갈 것인지 등에 대해 궁금해서가 아니었다. 아니, 그녀가 원한 것은 아베드의 소식이었다.

마리암이 궁금했던 것은 오늘 아베드가 자신의 집에 나타날 것인지 여부였다. 그와 중요한 논의를 해야 했다. 그가 올지 여부를 알기 위해, 그리고 그와 만나고 싶다는 의사를 전하기 위해 메신저가 필요했다. 아는 사람이든 모르는 사람이든, 혹은 사람이든 새든 상관없었다. 3월 25일 이전에는 메리, 혹은 마리암에게 필요한 건 그녀 또래 다른 처녀들에게 필요한 것과 그다지 다르지 않았다. 그녀가 원한 것은 남편과 가족을 가진 안정된 생활이었다. 어머니가 되고 싶었다.

행진은 골목을 온통 뒤흔든 뒤 전진을 계속하며 떠나갔다. 마리암은 이 행진도 다른 행진들과 마찬가지로 팔탄 마이단 광장에서 끝날 것임을 알고 있다. 강과 지류들과 냇물들이 결국은 바다에 이르는 것과 마찬가지였다. 한 번도 이런 행진에 처음부터 끝까지 다 참여한 적은 없지만 그녀도 그 정도는 알고 있었다.

1969년에는 매일 이 행진 저 행진이 그녀가 다니던 박시 바자 대학을 떠나곤 했다. 그녀와 다른 여학생들도 한두 번씩 교실에서, 혹은 캠퍼스에서 끌려나가 자신들 위로 덮쳐오던 강력한 시위의 물결에 지푸라기나 표류물질처럼 합류하곤 했다. 한 번은 행렬이 방글라데시 공과대학 앞길에 이르렀을 때 마리암의 샌들 끈이 끊어졌다. 행진은 에덴 대학까지 갈 예정이었다. 그녀는 맨발로 절뚝거리면서도 계속 여학생들의 무리와 함께 갔다. 그러다가 팔라시 근처에 이르러 기회를 봐서 조용히 무리에서 빠져나왔다. 그녀가 다카 대학 S.M. 홀 소속 기숙생이었던 아베드 자항기르를 만난 것은 구두 수선공이 그녀의 신발 끈을 고치고 있을 때였다. 나중에 아베드는 그녀가 그날 행진을 이탈하지 않았더라면 자신들이 만나는 일은 결코 일어나지 않았을 거라고 말하곤 했다. 그냥 각자의 궤도에서 움직였을 거라고, 1969년에서 1971년까지. 요즘 아베드는 말한다. "마리암 같은 처녀들이 자진해서 모형 라이플을 들고 군사훈련을 받으려고 가고 있어. 뜨거운 햇볕 아래 목청 높여 구호를 외치고, 왼발 오른발, 왼발 오른발, 하며 행진연습을 하고 있다고. 그런데 넌, 넌 그저 결혼 생각밖에 없으니."

그런데 마리암은 도대체 왜 결혼 이야기를 하고 있을까? 아베드는 마리암이 그 말을 꺼내는 것조차 싫어하는데. 그는 그녀를 버려진 휴지조각처럼 피하고 있었다.

마리암은 도랑을 건너뛰며 순식간에 골목 입구에 도달한다. 구부러진 골목을 따라 나아가던 행렬은 이미 큰길에 도착해 있었다. 마리암은 그대로 그냥 집으로 돌아갈 것인지, 지금이라도 아베드를 찾아 나설 것인지 결정을 내리지 못하고 계속 골목 입구에 서 있다. 요즈음 매일 오후 늦게부터 초저녁까지 그렇게 서 있곤 했다. 그러다 보면 어느 순간 맞은편 이층집에서 창문이 하나 열리고 어둠 속에서 한 쌍의 눈이 빛났다. 그 시선을 느끼는 순간 그녀는 멍하니 얼어붙었다. 한 쌍의 눈이 아닌 라이플의 배럴이 겨냥하는 과녁 속에 꼼짝없이 사로잡힌 것 같은 기분이다. 그녀가 움직이는 바로 그 순간 총성이 울릴 것만 같다.

마리암은 지난 며칠 동안 자신을 바라보던 그 눈의 주인공을 본 적이 없다. 눈만 보인다. 몬투가 집에 없을 때만 맞은편 집의 창문이 열리고 총처럼 치명적인 시선이 자신을 뚫어져라 바라보기 때문에 남자일 것이라고 짐작한다. 그 순간 골목에 시위행렬이라도 들어선다면 즉시 창문이 쾅, 하고 닫힐 것이다. 몬투는 그 남자가 도둑이든지 살인자일 거라고 말한다. 아마도 며칠 전 중앙감옥을 부수고 탈옥한 죄수 325명 중 하나일 거라고. 하지만 정보원일 수도 있었다. 그 집 주인인 하지 샤헵은 영국 지배 시기부터 무슬림 리그 소속이었다.

하지 샤헵은 선거기간 동안 아와미 리그[1]의 추종자인 아들을 아들의 가족과 함께 집에서 쫓아냈고 몇 달 동안 자신의 집 일층을 비워두었다. 그런데, 물론 인구의 99%가 아와미 리그의 지지자였다. 그런 만큼 하지 샤헵은 굳이 1층에 세입자를 들여 집 안으로 적을 불러들이고 싶은 마음은 없었다. 마리암은 하지 샤헵에게, "새로 온 세입자가 정보원이든, 도둑이든 살인자이든, 도대체 왜 그렇게 눈 하나 깜짝 않고 나를 빤히 바라보고 있는 거예요?"라고 물어봐야겠다고 생각한다. 그런 파렴치한 행동은 처벌되어야 한다고, 그렇게 요구해야겠다고.

그러나 하지 집안의 여성들은 여성만의 공간인 퍼다에서 지낸다. 그에게 불평을 했다가 설교나 듣고 창피를 당하는 외에 아무런 소득이 없다면? 하지 샤헵은 이미 몬투 때문에 화가 나 있었다. 선거기간 동안 몬투가 하지 샤헵의 집, 그 집의 페인트를 칠하지 않은 거친 담에 아와미 리그의 상징인 배 문양을 그렸다. 하지만, 그

---

1 이와미 리그: 서파키스탄의 파키스탄 무슬림 리그가 주도하는 서파키스탄 중심 정부에 대항해 동파키스탄에서 1949년 조직된 정당으로 궁극적으로 1971년 동파키스탄의 독립운동을 주도해서 방글라데시 탄생의 모체 중 하나가 된다.

림을 그린 것은 몬투이지 내가 아니지 않은가. 자신은 외바퀴 가마의 타이어에 구멍을 낸 적도 버스에 불을 지른 적도 없고, 경찰에게 투석을 한 적도 없다.

그러나 하지가 "그래, 네가 그런 짓을 한 적은 없지. 하지만 넌 대학 교육을 받은 의식 있는 여자야. 솔직히 말해보라구, 원하는 게 뭔지, 통일 파키스탄인지, 흉악무도한 인도 스파이 기관인 달랄리의 간섭으로 나라가 분단되는 것인지."라고 말한다면? 만일 방글라 사람들이라는 저울의 양쪽 끝을 본다면 아마도 90도 가까이 기울어져 있을 것이다. 하지 샤헵이 자신 쪽에 아무리 무거운 추를 놓는다 해도 몬투의 쪽과 절대 수평을 이룰 수 없다. 그렇기 때문에 그는 지금 자신의 집에 갇혀 있다시피 한 것이다. 올빼미를 잡아다 1층에 머물게 해서 자신의 세력 강화를 꾀하고 있는 것도 그 때문이다.

그러나 지금 마리암의 위치는 무엇일까? 몬투가 떠난 뒤에는 중립인 셈이다. 그렇게 생각하니 심란하고 겁이 난다. 지금 사람들은 닥치는 대로 아무거나 집어 들고 스스로를 무장하고 있다. 마리암도 무장을 해보려고 대문 근처 대나무 울타리의 막대기 하나를 뽑아보려 하지만 잘 안 된다. 벌레 먹은 대나무 막대기조차 땅에 뿌리라도 내린 듯하다. 부러질지언정 뽑히지는 않겠다고 고집하는 듯하다. 그녀는 막대기 빼기를 포기하고 안으로 들어가야겠다고 생각한다. 즉시 과녁을 겨냥한 총 같은 시선이 등에 꽂히는 느낌이

든다. 마리암은 있는 힘을 다해 대나무 막대기를 잡아당긴다. 막대기가 중간에서 부러지고, 그녀는 윗부분을 꼭 잡고 있었지만 부러지는 서슬에 몸이 비틀거린다. 그녀가 다시 중심을 잡자 커다란 웃음소리가 건넛집 일층 창문의 짙은 어둠을 산산조각 낸다. 소리만으로는 누구인지 판단할 수 없다. 하이에나의 웃음소리마저 사람소리와 비슷하니까. 혹은 그 반대라 할 수도 있을 것이다.

이 대나무 막대기 조각을 들고 무엇을 할 수 있을까? 1층 창문에라도 닿으려면 온전한 막대기가 필요하다. 그러나 그거라도 들고 있지 않으면 완전한 무방비 상태다. 마리암은 건넛집 창문이 자신만이 아니라 그녀가 살고 있는 이 자그마한 집까지 장악할까봐 두렵다.

공포가 마리암의 핏줄 속에서 흐른다.

메리와 몬투의 아버지는 1964년 힌두-무슬림 인종폭동과 1965년 인도-파키스탄 전쟁 이후 수많은 힌두교도들이 인도를 향해 서둘러 떠나던 시기에 라예르 바자르의 이 땅을 싸게 샀다. 사실 그는 다카에 땅이나 재산을 마련하는 일 따위에는 전혀 관심이 없는 사람이었다. 분단 시기에 힌두교도 소유의 땅을 사고팔아서 백만장자가 된 것은 그의 처남인 골람 모스토파였다.

골람 모스토파가 대지주였던 매형에게 황마를 팔아 모은 재산을 다카의 땅에 투자하라고 충고해준 것이다. 아이들의 장래를 생각해보라고, 하나밖에 없는 아들이 공부를 마치고 난 뒤에 고향의

토지에 애착을 가지고 계속 쟁기질을 할 것 같으냐고 했다.

메리와 몬투 남매의 아버지는 천생 농부였다. 땅—풍요롭고 비옥한 땅—과 떼려야 뗄 수 없는 관계였다. 그래서 처음에는 다카에 땅을 사는 것이 좋을지 말지 많이 망설였다. 그러나 곧 건물들에 둘러싸여 목이 졸리고 있던 이 대지에 애착을 느끼게 된 것은 사실이었다. 이전 소유자가 인도로 떠나고 난 뒤라 적산 대지로 분류되어 있던 땅이었다. 당시 법원은 이런 종류의 부동산 관련 사안들로 넘쳐나고 있었다. 더욱이 그는 수단방법을 가리지 않고 닥치는 대로 사고파는 처남의 도시적 거래방식에 대해 한 번도 신뢰를 느껴본 적이 없었다.

그래서 그는 자신의 마을 풀탈리로부터 벽돌공 두 명을 데려다가 재빨리 양철지붕을 얹은 방 두 개짜리 집을 지어 이 낯설고 황막한 대지에 대한 소유권을 주장했다. 벽돌 벽에는 회칠도 하지 않았다. 집 앞에는 시골마을에 있는 집들처럼 툭 터진 마당을 두었다. 한쪽에 부엌을 만들었고 뒤쪽은 대나무로 조경했다.

풀탈리에서라면 손님들이 앉을 응접실과 외양간도 갖추었을 것이다. 이 집의 경우 그것들이 들어설 만한 공간을 그냥 비워두었다. 마당의 중앙에는 관우물을 팠고 양철 벽을 둘러 목욕을 위한 공간을 만들었다. 그 안에 강둑의 발 디딤대 같은 나무판을 설치해서 거기 앉아 몸에 물을 끼얹을 수 있게 했다. 대나무숲 옆에는 대나무로 짠 화장실을 만들었다. 대나무를 엮어 삼면을 두른 뒤 술

달린 커튼을 쳐서 입구를 가렸다. 넓이가 4카타^{2}인 대지를 둘러 대나무 울타리를 치고, 대문으로는 육중한 검정 쇠문을 달았다. 문 위에 커다란 흰색 글씨로 '사하르파르 구역 풀탈리 마을 카필루딘 아흐메드의 집'이라고 써 놓았다.

이 문패에는 오랫동안 번지수가 적혀 있지 않았다. 카필루딘 아흐메드는 또한 고향마을로부터 자기 돈을 써서 이슬람 현인을 모셔다 주문을 외우고 악령들을 병에 담아 집의 보호를 빌었다. 네 개의 병이 집의 네 귀퉁이에 묻혔다. 이렇게 악령과 인간의 저주의 눈길이 그 집에 접근하지 못하도록 조치한 뒤 풀탈리 마을의 카필루딘 아흐메드가 도시와 시골의 방식을 절충해 지은 두 칸짜리 집의 당당한 주인이 되었다.

1년 동안은 세입자를 들이지 않고 집을 비워놓았는데, 돈 몇 푼 벌자고 낯선 사람들을 살게 했다가 그들을 그 집의 실질적인 소유자로 만들고 싶지 않았기 때문이었다. 마리암이 무심결에, 특별한 생각 없이, 그 행동의 의미나 그 결과의 위험성에 대해 예상하지 못한 채 어떤 행동을 하지만 않았더라면 그 집은 아마도 계속 빈집으로 남아 있었을 것이다.

마리암은 그때 고등학교 1학년 학생으로 아직 어린아이도 어른도 아닌 사춘기 소녀였다. 읍내 가까운 곳에 있던 카필루딘의 집에

2   카타: 네팔, 방글라데시, 인도에서 쓰는 단위로 지역에 따라 크기가 조금씩 다르지만 대략 70~80㎡ 정도가 1카타이다.

는 해마다 먼 마을의 학생들이 읍내에서 실시되는 고등학교 졸업 자격시험을 치르기 위해 와서 머물곤 했다. 읍내가 그곳에서 겨우 1마일가량 떨어져 있었기 때문이다. 시험은 2층짜리 중고등학교 건물과 초등학교 건물로 쓰던 양철 창고 건물에서 치러졌다.

그해에도 평소처럼 다른 마을에서 학생들이 와 머물렀다. 소년들은 시험 중간중간 허리 두르개 바지를 걷어 올리고 연못에 고기잡이를 가곤 했다. 날이 저물 무렵엔 시골의 장에 가서 이제 막 나온 제철 과일 망고와 즙이 많은 잭푸르트, 그리고 비스킷, 캔디 등을 사왔다. 자신들을 머물게 해준 집주인에게는 돈으로 사례를 하지 않는 것이 관례였다. 대신 고기를 잡고 시장에서 자잘한 것들을 사다가 작은 성의를 표했다.

수험생 중 하나가 첫날부터 마리암의 공부에 관심을 보였다. 밥을 먹으러 안채로 올 때마다 마리암에게 수학에서 최고점을 받으려면 산수와 기하를 잘 하는 것만으로는 충분치 않고 대수를 잘해야 한다고 충고했다.

자심이라는 이름의 그 소년은 마리암의 먼 친척이었다. 정식 이름은 자시물 하크였는데, 시험이 끝난 날 마리암에게 영화를 함께 보러 가자고 제안했다. 마침 다카에 집을 짓느라 바쁜 아버지가 집을 비운 기간이었다. 마리암은 어머니에게도 말하지 않고 자심과 함께 읍내로 영화를 보러 갔다. 그녀의 귀가는 사흘 후에 이루어졌다. 겁먹은 소년이 그녀를 중간에 버리고 그냥 사라진 탓이었다.

처음에는 가족들이 이 사태를 해결하기 위해 마리암의 혼사를
서둘렀다. 하지만 시골마을의 스캔들이 공기를 타고 퍼지는 속도
는 공기 중에 목화솜이 떠가는 속도보다도 빨랐다. 마리암의 부모
는 아무리 많은 지참금을 딸려 보내더라도 그녀를 시집보내는 것
은 불가능하다는 사실을 깨닫고 다카의 집을 떠올렸다.

마리암을 다카에 보내 고등교육을 시키자. 시골 사람들은 뭐든
오래 기억하는 법은 없다. 그 일도 잊힐 것이다. 그러면 딸을 시집
보낼 때 큰 문제는 없을 것이다. 실은 이런 생각은 카필루딘 아흐
메드의 처남 골람 모스토파의 머리에서 나온 것이다. 몇 년 동안
부동산을 사고팔면서 인간의 심리에 대해 약간 알게 된 것이다. 가
장 중요한 것은 그가 자신감에 넘치는 사람이라는 점이었다.

마리암은 제1급으로 고등학교 졸업자격시험을 통과했다. 대수
의 공식을 외웠기 때문에 수학의 특별학점도 땄다. 외아들의 장래
를 염두에 두고 지어진 다카의 집 문은 그렇게 해서 딸을 향해 열
렸다. 몬투는 곁다리로, 누나를 지켜준다는 명목으로 따라갔다.

메리는 벌레 먹고 토막 난 대나무 막대기를 손에 든 채 집 안으
로 들어간다. 그녀가 자신의 보호자격인 몬투를 시골집으로 보낸
것은 파키스탄군에 의한 다카 총공격 직전, 새들도 둥지를 떠나던
시기였다. 그들의 집은 시골집의 모습을 한 채 도시에 서 있었다.
마리암은 지난 5년 동안 순전히 남 말하기 좋아하는 풀탈리 마을

사람들을 속이겠다는 부모의 계획 때문에 이곳에 살았다. 그런 다음엔 사람들의 기억력이 나쁘다는 사실을 이용해 그녀를 시집보낼 예정이었다. 마리암도 그 사실을 알고 있었다. 그건 사실 그 집의 문지방을 넘어본 사람이라면 누구나 알 만한 것이었다. 집은 집이라기보다 호스텔 같다. 두 군데 방에서 내놓을 만한 가구라고는 침대 둘, 빨래걸이 하나, 그리고 책상 양쪽에 놓인 팔걸이 없는 의자 둘뿐이었다.

아베드가 올 때는, 곧장 침대로 가서 의자 대신 그곳에 앉곤 했다. 몬투는 이의를 제기하지 않았다. 첫날부터 아베드의 정치적 추종자가 되었기 때문이다. "아베드 바이, 아가르탈라에서 진짜로 음모가 있었어요? 모넴 칸이 아윱 칸 장군의 조카라는 말이 사실이에요?" 학생운동의 지도자였던 아베드는 몬투의 어리석은 질문을 한없는 인내심으로 대했다. 오히려 무척 신이 나서 대답을 해주곤 했다. 그의 목소리는 질문이 끝나자마자 팔탄 마이단에서 수천명의 사람들을 앞에 놓고 연설할 때처럼 하늘 끝까지 치솟았다. 그럴 때마다 마리암은 방과 마당 사이를 서성댔다. 걱정 때문이었다. 우선 정치라는 벌레에 물린 뒤로 공부가 완전히 뒷전이 된 몬투가 걱정이었다. 또한 그녀는 주변 집들의 창과 발코니를 눈으로 황급히 더듬었다. 이 집에 제3의 인물이 도착하면 어김없이 이웃들의 호기심이 발동되었기 때문이다. 그들의 눈과 귀는 총구처럼 지속적으로 이 집을 겨냥했다. 마리암에게는 아베드가 제멋대로 오가는 것을 막아낼 방도가 없었다. 그가 자신을 버릴까봐 두려웠기 때문이다. 그녀는 죽을 때까지 그의 여자였고, 이미 귀환불능 지점에 도달해 있었다. 아무튼, 한 인간의 귀환이란 몇 번까지 가능한 것일까?

자시물 하크는 모후아 시네마에 가서 영어 영화를 보는 동안 그녀의 손을 뜨겁게 잡았었다. 두 사람은 자신들이 뒷자리에 앉아 있었다는 사실도 의식하지 않았다. 그런데 두 사람이 손을 잡고 있는 모습이 마침 같은 마을사람 하나의 눈에 띄었고, 그가 희롱조의 휘파람을 불었다. 일단 그런 일이 벌어지고 보니 소년과 소녀는 너무 겁이 나서 귀가를 할 수가 없었고, 그래서 사흘 동안 무작정 거리를 떠돌아다녔다. 그러다가 소년이 혼자 도망을 가버리는 바람에 마리암만 막막하게 홀로 남겨졌던 것이다. 수중에 돈 한 푼 없던 그녀는 천신만고 끝에 집에 도착했다. 그것이 최초의 귀환이었다. 만일 자시물이 취직이라도 해 있었다면 그들은 손을 잡은 별로 법원에 가서 연애결혼을 할 수도 있었을 것이고, 메리는 혼자 마을로 귀환하지 않아도 되었을 것이다. 자심은 그와 같은 상황을 영어로 그녀에게 설명했다. 마리암은 그의 학식에 완전히 반했었다. 그녀의 15년 생애 동안 그렇게 유식한 남자를 만난 것은 처음이었기 때문이다. 마리암은 자시물 하크의 말을 믿었다.

이 소녀 마리암에게 귀가는 낙원으로부터의 추락을 의미했다. 그 일이 있고 난 뒤 1년 만에 갑자기 어른이 되어야 했다. 어떤 남자에 대한 자신의 감정—반하는 것이든 사랑을 느끼는 것이든—에 대해 제대로 이해할 능력이 생기기도 전에 감정이 메말라버렸다. 모든 것에 대한 회의로 마음이 혼란스러웠다. 그녀가 깨달은 유일한 것은 한 여자의 삶에서는 결혼만이 유일하게 성공적인 종착역이고, 다른 것은 무엇이든 틀린 답이라는 사실이었다. 유식한 애인이 달콤한 이야기를 속삭여주는 것이 무슨 소용이란 말인가? 그에게는 그녀와 결혼할 용기가 없었다. 결국 그녀는 자시물 하크를 핏물 밴 보자기에 싸여 수치와 혐오 속에서 쓰레기 더미 속으로 던져질 유산된 태아처럼 즉각적으로 마음속에서 떠나보냈다.

다카에 도착한 마리암은 더러운 연못에서 수영한 뒤 깃털에 달라붙은 오물을 털어버린 백조였다. 이것은 아베드의 비유이다. 대학생 차림의 그녀를 처음 보았을 때 그의 마음속에 떠오른 이미지가 바로 그런 것이었다고, 그녀의 이야기를 들은 뒤 그가 말했었다. 그러나 마리암은 다른 생각을 하고 있었다. 자심이 가능성을 안고 있던 어린 묘목이었다면, 아베드는 열매를 맺을 준비가 된 젊은 나무였다. 기회가 생기면 즉시 타고 올라가 자리를 잡아도 좋을 나무였다. 따기만 하면 열매가 모두 그녀 차지가 될 것 같았다. 결국 1969년부터 1970년까지 2년 동안 아베드는 그녀를 위해 꿈을 자아냈고, 마리암은 그 꿈을 꾸며 지냈다.

그 기간 동안 회합과 행진은 약속으로 넘치고 있었다. 만일 그 약속들을 한 곳에 모은다면 산이 몇십 군데 만들어질 만큼 많았다.

이 땅의 사람들은 평생 수많은 억압과 기만에 시달려왔다. 방글라 사람이 아닌 지배 엘리트가 그들이 겪고 있는 고통의 원인이라는 설명은 그들이 분단 이후 종종 들어온 것이다. 이제 직접 싸울 시간이 다가왔다. 서파키스탄 땅이 엄청난 크기의 인도 땅 위로 아치를 그리며 고개를 트는 거대한 뱀으로 변해 자신들의 나라를 깨무는 포스터들을 보며 그들은 자신들이 직접 독사의 이빨에 물리고 있는 듯한 느낌을 받았다. 덕분에 요즈음의 정치 연설에는 우화적인 힘이 있었다. 사람들은 연설을 들으며 서파키스탄 사람들이 황금빛 방글라를 약탈해서 서파키스탄의 거리를 금칠하는 모습을 상상했다. 파키스탄은 나라가 아닌 암소였다. 앞발은 동쪽에 놓고 뒷발은 서쪽에 둔 암소. 방글라 사람들이 매일 그 소에게 풀을 먹이고 있는데 서파키스탄에서 우유를 짜고 있는 것이다.

재정의 60%를 공급하는 동파키스탄은 그 재정의 겨우 25%를 소비하고 있는 것이다. 나머지는 전부 서파키스탄이 먹어치우고 있었다. 인구 1인당 수입은 서파키스탄이 더 높은데 물가는 더 쌌다.

1970년의 선거 포스터들은 불균형 발전과 착취를 일이 원 단위까지 자세히 나타낸 그래프와 도표로 보여주고 있었다. 마리암은 착취당하고 있는 모국인 한편, 아베드는 장차 그곳을 구원해줄 구원자였다. 그는 그녀의 구원이라는 꿈의 씨앗을 그녀 안에 심었다.

함께 풀러 거리에서 순국열사들의 기념비인 샤히드 미나르[3]까지 걸어가는 동안, 그리고 거기서 쿠르존 홀을 따라 람나 그린에 있는 호수 위 공중 레스토랑 입구의 나무 부두까지 가는 동안 그가 씨앗을 뿌린다. 아베드는 사회학과의 석사과정 학생이었다. 그가 직장을 얻는 순간 그 씨앗들이 나무로 자랄 것이었다. 1971년은 화약 냄새를 가져왔다. 더불어 마리암의 꿈도 날개를 달고 그냥 날아가 버렸다. 이제 아베드는 모형 라이플을 들고 군사훈련을 받는 이야기만 했다.

1965년에서 1971년에 이르는 5년여의 기간 동안 물이 흐려지고 강력한 소용돌이가 생겨났다. 1965년에는 마리암이 아직 소녀였고, 자시물 하크에게 손을 잡혔다는 이유 하나만으로 고향마을을 떠나 다카로 와야 했다. 하지만 이제 그녀와 아베드의 관계는 침대를 향해 굴러갔다. 처음에는 S.M.홀과 방글라데시 공과대학 사이 큰길의 양편에 심어진 자귀나무의 서늘한 그늘, 잎사귀와 꽃들이 카펫처럼 깔린 길에서 평화로운 관계가 형성되었다. 그때만 해도 다정한 동반자 관계에 대한 그들의 이해는 땅콩을 까서 서로의 입에 넣어주는 것에 국한되어 있었다.

그러는 동안 다카가 점차 정치적인 가마솥으로 변했고, 아베드는 공부를 마쳤다. 그러나 취직을 위해 면접에 가보니 고용주들이

---

3   샤히드 미나르: 1952년 동파키스탄에서 그 지역 인구의 대다수가 쓰는 방글라어를 공식언어로 채택하지 않은 데 항의해 학생들이 주도한 언어운동을 서파키스탄 소재 정부에서 진압하는 과정에서 사망한 희생자들을 기념해 세운 기념비.

자신을 주인으로, 지원자는 노예로 생각하는 것 같았다. 그 시절 다카 대학은 파키스탄군사정부의 영향권 밖에 있던, 진정으로 독립적인 섬이었다. 그곳에서는 계엄령이든 무엇이든 어느 법도 효력을 발휘하지 못했다. 아베드는 그곳의 독립적이고 자율적인 거주자로 몇 년을 보낸 사람이었다.

면접 시에 그는 고용주의 질문에 대답을 하는 대신 상대방의 얼굴을 갈겨버리고 싶었다. 그 충동을 억누르자니 더욱더 분통이 터졌다. 그래서 더이상 그런 짓을 계속할 수는 없겠다고 마음먹었다. 살찐 고양이들에게 굽실거리는 짓은 절대로 받아들일 수 없었다. 그래서 다시 도서관학과로 진학해 그 독립된 섬에서의 거주를 연장했다. 전에는 아베드의 정치활동이란 행진하는 시위대에 합류해 가끔씩 구호를 외치고 아윱 대통령의 허수아비를 화형 할 때 시위대 뒤쪽에서 박수를 치는 정도였다. 이제 그는 시위대 앞쪽으로 자리를 옮기고 자신의 손으로 직접 허수아비에 불을 붙였다. 독립된 섬의 주민은 이제 더이상 자율적인 소도(小島)에 사는 것에 만족하지 못했다.

그는 이제 대부분 방글라 사람이 아닌 살찐 고양이를 하나하나 색출해서 이 잡듯 박멸함으로써 독립적인 영역을 확장할 필요를 느낀다. 아베드는 점차 바빠졌고, 그늘진 가로수길을 산보하며 땅콩을 우물거리던 날은 끝나버렸다. 하지만 다른 이유 때문에 마리암이 필요하기는 했다. 로맨스와 영웅주의는 오랜 세월 동안 동반자 관계였다. 영웅의 흥분은 커튼 친 가마 안에서 그녀의 흰색 사리 아래 블라우스 속에 손을 넣는 것만으로 진정될 수는 없었다. 그것은 활활 타오르는 횃불을 손에 들고 거리를 지나가면서 아무것에도 불을 붙이지 못하는 것과 같다. 횃불을 가지고 있으면서 불을 붙일 수 없다니. 불을 붙이려면 처녀를 완전히 소유해야 하고, 그것은 곧 침대가 필요하다는 뜻이었다.

마리암은 사태의 신속한 진전에 당황한다. 지난 며칠 동안 커튼으로 가려진 인력거 안에서 움직이는 그의 손길에 따라 그곳이 축축해지고 온몸이 녹아내리는 듯한 경험을 했다. 겁은 나지만 저항은 하지 못한다. 그러던 어느 날 오후 몬투가 없는 틈을 타 아베드가 마리암을 성공적으로 침대로 유인한다.

몬투에게 정치 강연을 할 때 아베드가 앉았던 침대가 순식간에 전혀 다른 장소로 변한다. 마리암은 공포와 흥분으로 전율하며 자신을 엄습한 사나운 폭풍을 경험한다. 아직 혼전인데 이 모든 행동을 해도 좋은지에 대해 확신하지 못한다. 더욱이 몬투가 언제 불쑥 걸어 들어올지도 모르는 상황이다. 마리암은 두렵다며 저항했다. 하지만 아베드는 그녀의 말을 귓등으로도 듣지 않는다. 마리암의 저항 때문인지 행위 전체가 무척 고통스러워진다. 아베드는 피투성이가 된 침대에서 마치 극장의 무대라도 되는 양 내려선다.

이 출혈을 통해 새로운 항복의 챕터가 열렸다. 마리암이 임신을 한 것이다. 아베드는 이제 더이상 단순한 연인이 아니다. 그는 남편이 되어야 했다. 하지만 아베드는 더이상 직장이니 가정, 아내와 아이들 따위에 대해 생각하지 않았다. 그는 권력과 국가와 정치운동에 대해서만 생각한다. 대화할 때도 그런 이야기만 한다. 침대에서 잠깐씩 보내는 포옹의 시간, 그 강렬한 합일의 순간, 그를 놓고 싶지 않은 마리암이 필사적으로 매달리고 있던 그 순간에도 그런 생각들만 한다.

마리암과 아베드가 육체적 관계를 맺은 지 석 달이 되었다. 처음 몇 주 동안 아베드는 정신이 전혀 없다. 마리암과 함께 있는 동안에는 바깥세상만 생각했고, 그녀와 떨어져 있을 때는 그녀만 생각했다. 한편에는 그의 나라가, 다른 한편에는 그의 여인이 있었다. 그들을 감싸고 있던 불필요한 외투가 벗겨졌다. 그의 눈앞에서 벌거벗은 두 육체가 열병 같은 욕망으로 불타고 있었다. 휴식은 어디에도 없다. 낮이나 밤이나 그의 유일한 동료는 정신이나 마음과 무관한 자신의 육체이다. 그렇게 육체는 침대에서도 거리에서도 존재를 드러낸다. 그는 점차 자신의 육체를 마리암에게서 분리해내 바깥세상으로 끄집어낸 뒤 자신의 정신과 화해시킨다. 그 공간의 영역은 55,000평방 마일을 넘으며 그 잠재력은 엄청나다. 그곳에서는 특정 단어들과 상징들—진초록 바탕에 선명한 붉은 해가 그려져 있고 그 한가운데 황금빛 지도가 든 깃발과 애국가, 자유라는 단어 등—이 저항할 수 없는 것이 된다.

어떤 사람의 곤궁은 더이상 단순한 불운의 문제로 받아들여질 수 없다. 과거는 요술처럼 먼지 속으로 사라질 것이다. 앞으로 일어날 일들이 미래의 자궁 속에서 태동하고 있는 중이다. 그 두 극단 사이에 전투가 놓여 있다. 힘이 불균등한 세력 사이의 전쟁—아무 힘도 없는 한 무리의 사람들이 권력의 고삐를 쥔 사람들과 싸우는 전쟁이다. 그것은 사제폭탄과 폭죽, 쇠파이프와 화염병, 22구경 라이플과 창과 곤봉으로 탱크와 강력 대포, 로켓과 비행기, 기관단총 등에 대항하는 싸움이다. 반란군의 열정적인 손아귀 속에서 사제 무기의 힘이 강해진다. 무장한 사람들은 그들을 선동해 전쟁으로 내모는 주체가 누구인지 모른다—반군들인지, 그들이 손에 쥐고 있는 무기들인지. 둘 다 필사적이다.

이제 아베드는 완전히 딴사람이 되었고 마리암은 그를 만나기도 힘들다. 그녀는 기묘한 최면 상태에서 시간을 보내다가 계속 소스라치게 놀라 깨어난다. 풀탈리의 부모님께 돌아가는 것은 불가능하다. 그녀 앞에는 불의 시련, 생사가 달린 어려움이 있다.

국가 또한 시련을 맞이하고 있었다. 떠나기 전 몬투는 "좋아, 메리 누나, 갈게. 하지만 누나도 함께 가야 해. 전쟁이 다가오고 있어."라고 말했다.

마리암은 대답했다. "전쟁이 와서 어떻다는 건데? 아베드와 그비슷한 사람들이 싸워주겠지."

몬투는 대화를 길게 끌지 않았다. 만일 다카에 조금 더 머무는 게누나가 바라는 것이라면 그냥 놔두자. 아버지 카필루딘 아흐메드가 데리러 오신다면 어쩔 수 없이 떠나게 될 것이다. 그래서 몬투는 자신이 라디오를 들고 가는 조건으로 고향마을을 향해 길을 나섰다.

이제 몬투도 라디오도 집에 없다. 다른 날 같으면 소음이 집 안팎에서 끊임없이 들려왔을 것이다. 실제로 통금시간까지도 시위대가 그 좁은 골목으로 지나가곤 했다. 사람들은 총격이 진행되고 있다는 것을 알면서도 굳이 행진을 하다가 통금을 위반해서 피격되곤 했다. 얼마 전에는 통금시간 중에 아베드가 폭풍우에 떠밀린 까마귀처럼 나타난 적이 있었다. 깜짝 놀란 몬투가 "아베드 바이, 이렇게 밤늦게 오셨어요? 어떻게 오셨어요?"라고 말했다. 아베드는 방으로 들어오지 않고 밖에 서서 "그냥 어떻게 지내고 있는지 궁금해서 들렀어."라고 대답했다. 그러고 나서 마리암을 보지도 않고 떠났다. 오늘은 통금은 없지만 몬투도 없다. 아베드는 잠깐이라도 들를 시간이 없는 것인지? 지금 온다면 문전에서 그냥 떠나지 않아도 될 텐데.

바깥에서 문 흔들리는 소리와 발자국 소리가 들려온다. 바람의 짓이거나 잘못 들은 것이 틀림없다. 골목엔 길 잃은 개 한 마리 외에는 아무도 없다. 개는 하지 샤헵이 바깥 동정을 살필 목적으로 집 앞 가로등에 묶어놓은 것이었다. 마리암은 밖에 나가 아베드를 기다리기로 한다. 그가 올지도 모르고 왔다가 문이 잠긴 것을 보고 그냥 돌아설 수도 있으니까. 아무튼 집 안에서는 인기척두 라디오 소리도 안 들리니까. 바로 그 순간 하지의 집 1층 창문이 열리는 소리가 드르륵 들린다. 지금은 한밤중이다. 그 남자가 이제 무척 과감해진 것 같다. 목청까지 가다듬어 자신의 존재를 알린다. 마리암은 재빨리 집 안으로 들어가 쾅하고 문을 닫는다.

마리암은 그날 밤 불안하다. 침대에 누웠다가 다시 일어났다 안절부절못한다. 모기장의 끈을 푼다. 산들바람이 발바닥을 간지럽힌다. 커튼이 펄럭이며 창문에 탁탁 부딪힌다. 골목에 묶여 있던 개가 갑자기 짖는다. 몇 집 건너 이웃의 개가 화답한다. 하지 샤헵의 집 앞에 있던 개가 앞장서서 으르렁거린다. 그 소리가 수백 마리 개가 으르렁거리는 소리로 아주 먼 곳으로까지 이어진다. 개들의 신음소리가 불길하게 밤공기를 가르고 모두들 등이 오싹해진다. 풀탈리에서는 전염병이 돌기 직전 개들이 이렇게 으르렁댄 적이 있다. 마리암은 그때 어른들이 개들이 죽은 사람들을 애도하고 있는 거라고 말하는 것을 들은 적이 있다.

이달 들어 충격으로 백 명 이상의 사람들이 죽었다. 전쟁이 일어난다면 더 많은 사람들이 죽을 것이다. 개들은 지금 이미 죽은 사람들을 위해 울부짖는 것일까, 아니면 전쟁이 일어나면 발생할 엄청난 숫자의 죽음을 미리 예고하는 것일까? 전쟁은 인적 없는 도시 거리를 행진해 마리암의 집 대문을 열고 들어와 문지방에 걸터앉는다. 그리고 잠시 쉬었다가 방으로 슬금슬금 기어 들어온다. 그런 뒤 그녀의 침대 옆에서 춤을 춘다. 그녀가 전투에 참여하지 않을지라도 전쟁의 소용돌이 속에서 죽게 될까? 아베드는 죽을까,

살아남을까? 몬투는 마을을 향해 떠나고, 마리암은 다가오는 전쟁에 대한 공포로 가득 찬 밤, 무거운 돌 같은 밤에 짓눌린다.

다음 날 아침 도시는 붉은색과 초록색의 깃발, '조이 방글라' 즉, '방글라 만세'라고 쓰인 깃발로 장식된다. 새 나라의 지도를 보여주고 있는 홍록의 깃발이 거리에 줄지어 선 집들의 옥상에서 펄럭거린다. 마리암이 탄 인력거에도 자전거 방울에 줄로 연결된 가느다란 막대기 위에 6인치짜리 깃발이 달려 있다. 그 깃발은 벨이 딸랑거리는 소리에 맞춰 들썩들썩 춤을 춘다. 독립도 자율도 마리암의 문제를 해결해주지 못하지만, 다채로운 깃발들을 바라보는 그녀의 가슴은 기쁨에 뛴다. S.M.홀의 문 앞에 내린 그녀는 거리의 행상에게 1타카를 건네주고 깃발 두 개를 받아든다. 1타카에 두 개짜리 깃발을 들고 자신이 피 한 방울 흘리지 않고 자유를 손아귀에 넣었다고 생각한다. 그리고 자유의 깃발을 흔들며 아베드의 방으로 들어간다.

마리암은 최후의 담판을 하기 위해 S.M.홀에 왔다. 하지만 아베드의 얼굴에서는 짜증의 기색이 역력하고, 그 표정을 목격한 마리암의 주먹 속에서는 자유 방글라데시의 깃발들이 구겨진다. 그녀의 계획은 흐지부지된다. 그녀는 용기를 잃고 침대 한구석에 앉는다. 만일 아베드가 화나지 않고 평온한 마음으로 마리암을 보았다면 뜬눈으로 밤을 지샌 뒤 불안하고 혼란스러워하는 처녀, 안식처를 찾아 달려온 지친 처녀를 보았을 것이다. 그러나 그의 눈에는 그녀의 곤경이 보이지 않았다.

이날은 3월 23일이다. 파키스탄 공화국의 날은 방글라데시 저항의 날로 바뀌었다. 그들은 그날 아침 몇몇 대사관과 인터콘티넨털 호텔에 자유 방글라데시의 국기를 게양했다. 그러나 아베드의 가슴 속에서는 점점 걱정이 커지고 있었다. 사실 국기란 단순한 천 하나, 너덜너덜한 넝마 조각에 지나지 않는다. 그것을 올리거나 내리는 것은 단숨에 할 수 있는 일이다. 하지만, 엄청난 숫자의 장군들과 장교들이 부토와 야햐[4]의 명령에 따라 지금 다카에 집결해 있었다. 이 모든 일이 진행되는 동안 '논의'라는 미명 하에 하루하루가 낭비되고 있었다. 그 소중한 날들이. 그 대가를 도대체 누가 지불할 것인가?

방 안에는 침대 기둥과 곤봉, 쇠파이프, 벽돌 조각, 폭발물로 채워진 상자들, 그리고 소형 폭탄을 만들 수 있는 재료들이 쌓여 있었다. 하지만 아베드는 그것들을 다 내동댕이치고 싶은 심정이었다. 이따위를 전투무기로 사용하다니! 그는 32번가 관저로 직접 셰이크 무집[5]을 찾아가 그에게 이 같은 비협조 운동으로 도대체 언제 방글라데시를 해방시킬 수 있겠느냐고 따져 물어보고 싶었

---

4   야햐: 아가 무하마드 야햐 칸(1917~1980)의 약칭. 영국 지배하 인도군 장교 출신 파키스탄 정치인이며, 방글라데시 독립전쟁 시기 파키스탄의 제3대 대통령(1969~1971)을 지냈다.

5   셰이크 무집: 방글라데시 독립운동을 추진했고, 독립 방글라데시의 초대 대통령을 지낸 셰이크 무지부르 라흐만(1920~1975)의 약칭으로 '방글라의 친구'라는 의미인 '방가반두'라는 애칭으로도 불린다.

다. 그런 모든 일들이 있었는데도 여전히 파키스탄의 수상이 되겠
다는 꿈을 못 버리고 있는 게 아니냐고. 셰이크 무집은 방글라인들
에게 각자의 집을 요새로 만들면서 계속 운동을 전개하자고 말하
고 있었다. 그러나 그 자신은 대통령 관저에서 야햐와 부토를 상대
로 마치 생선을 놓고 흥정하는 장사치처럼 나라의 운명을 놓고 흥
정하고 있었다.

아베드의 룸메이트인 수만이 아베드와 마리암 사이에 앉아 다
리를 건들거리면서 극적인 어조로 말한다. "아베드 바이, 지도자
들이 뭘 하든, 우리에게는 돌아설 여지가 없어."

마리암이 오기 전 두 사람이 하던 논의의 연장이었는지도 모른
다. 마리암의 입장에서는 자신의 등장과 함께 그 방의 상황은 변했
다. 하지만 두 룸메이트는 더 심각한 문제를 가지고 온 마리암에
대해 전혀 관심을 보이지 않았으며 그럴 의사도 없어 보인다. 그래
서 그녀는 재빨리 수만의 말을 받아 끼어든다. "나 또한 돌아설 여
지가 없어요."

아베드만이 이 선언의 의미를 이해하고 날카로운 눈길을 던진
다. 수만은 도대체 무슨 뚱딴지같은 소린가 궁금하다. 도대체 무슨
뜻이기에 학생운동의 지도자인 아베드가 저렇게 노한 것인지? 하
지만 아베드의 노한 시선은 그도 쏘아본다. 그는 최대한 위엄을 유
지한 채 바깥 복도로 나간다.

"돌아설 여지가 없다고? 무슨 소리야?" 아베드는 외친다. 도전

적인 목소리다. 싸우고 싶은 기색이 역력하다. 마리암은 물먹은 나무 같은 목소리로 말한다, 감정에 복받쳐 울며. "아베드, 무슨 뜻인지 잘 알잖아요."

"아니, 모르겠어. 알고 싶지도 않아." 아베드가 일어서며 고함을 지른다. "무슨 뜻인지 솔직히 말해. 지금 다 단도직입적으로 말하고 끝내자고." 마리암은 공포심에 떤다. 그녀는 말한다. "다 말하고 끝내자니요? 당연히 일어날 일이 일어난 거예요. 당신 책임이라고 말하는 건 아니에요."

"책임? 왜 내 책임이야? 손바닥도 마주쳐야 소리가 나지. 나 혼자 한 일이야?"

오늘 아베드와 무슨 논의를 하는 일은 불가능하다. 그는 무슨 일에든 끝장을 보고 싶다. 마리암과의 관계에도 해방운동에도. 그는 공격적이고 전투적이다.

마리암은 깊은 피로감을 느낀다. 이 기숙사를 나서면 무엇을 할 수 있을까? 어디로 가야 하지? 마리암은 나무에 감기는 덩굴손처럼 아베드의 삶에 자신의 삶을 엮어보려는 궁여지책으로, 임신한 몸임에도 불구하고 라이플 훈련을 받겠다고 말한다.

아베드는 그녀의 제안에 완전히 폭발한다. 화를 이기지 못하고 마구 쏘아붙인다. "싸운다고! 네가 싸운다고? 전쟁은 애들 장난이 아니야. 네가 온 게 병원에 가는 대신 전투에 참가하기 위해서라고?"

"병원에 가고 싶지 않아요." 마리암은 노새처럼 고집스럽게 말한다. 아베드가 그녀에게 집으로 돌아가라고 말하지만 그녀는 거부한다. 혼자 그 집에 사는 것이 무섭다고 말한다. 건넛집 남자가 유리창 너머로 자신을 빤히 바라볼 뿐 아니라 몸짓으로 그녀에게 말까지 걸고 있다고. 그녀가 그 남자의 과감한 접근에 대해 더 많은 이야기를 생각해내려는 참인데, 아베드가 고함을 지른다. "몬투는 어디 갔는데? 몬투는 왜 그 자식 대갈통을 한 대 갈겨주지 않는 거야?"

"몬투는 고향집으로 갔어요. 내가 설득해서 집으로 보냈어요. 요새 몬투가 있으면 당신이 불안해했잖아요."

마리암의 암시로 아베드의 기억이 되살아난다. 이 모든 운동과 투쟁의 와중에서도 어떤 것, 운동이나 투쟁과는 무관한 어떤 것이 기억난다. 그것은 간단히 떨쳐버릴 수 없는 것이다. 육체에는 나름의 욕구가 있다. 절망의 바다 속에 잠겨 있던 욕망이 서서히 수면 위로 떠오른다. 아베드는 열린 문틈으로 베란다를 흘깃 살핀다. 수만이 그곳에 없는 것을 확인하고 마리암에게 다가서서 그녀의 팔을 잡아 자신 쪽으로 끌어당긴다. 다른 손은 그녀의 블라우스 속에 넣는다. 처녀는 나무토막처럼 아무런 반응이 없다. 그녀에게는 더 이상 파도처럼 부푸는 느낌이 들지 않는다. 아베드는 그녀의 가슴을 조금 더 만지작거리다 짜증을 내며 물러선다. 그리고 심각하게 말한다. "다카는 이제 안전하지 않아. 메리, 아무래도 고향집으로 가는 것이 좋겠어."

이런 상태로 고향에 간다고? 제정신인가? 마리암은 화를 내는 대신 아베드에게 한 줌의 동정심을 구걸한다. "아베드." 그녀가 운 다. "아기는 어떻게 하고요?"

아베드는 성냥을 찾아 두리번거린다. 어디다 두었는지 기억이 안 난다. 원래는 면접을 보고 직장을 구할 예정이었다. 하지만 이 억압적인 체제 아래서 그가 직장을 구할 가능성은 전무한 것이나 마찬가지였다. 이 여자가 지금 그에게 요구하는 건 다시 비굴하게 가죽 냄새를 쫓으라는 것 아닌가? 이제 그는 완전히 새로운 사람 이 되었고, 그의 앞에는 새로운 날들이 놓여 있다. 아베드는 계속 성냥을 그어 담뱃불을 붙이려 시도한다. 그는 담배를 빨며 마리암 을 움켜쥐고 몸 가까이 당긴다.

마리암은 하고 싶은 말을 참아야 했다. 소란스러운 행렬의 반동 으로 두 사람의 몸이 떨어진다. 아베드는 정신을 차린다. 자신이 여전히 억압당한 사람, 압정에 신음하고 있는 사람임을 기억한다. 적이 다가오고 있다. 전쟁이 닥쳐오고 있다. 죽이든지 죽임을 당하 든지 선택은 하나뿐이었다. 그는 메리가 거머리 같다고 생각한다. 여전히 자신에게 달라붙어 있다. 아무리 아프더라도, 아무리 출혈 이 있더라도, 그녀는 떨쳐버리고 버려져야 할 존재였다.

바로 그 순간 엄청난 기세의 군중이 S.M.홀 앞을 폭풍우처럼 행 진해간다. 그들의 구호에는 우박 같은 강렬함과 날카로움이 있다.

이 소란 속에서 자귀나무 위의 새들이 날개를 퍼덕이며 둥지 밖으로 날아간다. 아베드는 마리암이 정신을 수습하고 사리를 매만질 시간도 주지 않고 그녀의 어깨를 움켜잡아 복도로 끌고 나간다. 손에는 쇠파이프를 들고 있다. 수만이 뛰어 들어와 곤봉 더미를 모은다. 무집-야햐-부토의 삼자회담이 결렬되었다는 소문이다. 이틀 뒤 3월 25일 소집될 예정이었던 국회가 다시 한번 연기되었다.

아베드의 방에 쌓여 있던 무기는 신속하게 사라진다. 학생들이 기숙사에서 거리로 뛰쳐나간다. 마리암은 사람들에게 짓밟히지 않기 위해 아무거나 붙잡는다. 잡고 보니 차갑고 미끄러운 쇠파이프다. 아베드는 달려 나가다가 한 손이 비었다는 사실을 깨닫고 간 길을 되짚어 돌아온다. 아무런 힘도 들이지 않고 가볍게 마리암의 손에 들려 있던 쇠파이프를 낚아챈다. 그럼에도 불구하고 되돌아와야 했다는 사실 때문에 화가 난다. 그는 이 모든 소란 속에서 양손으로 쇠파이프를 쥔 채 마리암에게 자신은 더이상 그녀를 원치 않는다고 이미 몇 달 전에 결심했다는 것을 알린다.

이어 그는 무기가 불필요하다고, 무겁고 귀찮다고 생각하며 그것들을 내동댕이친다. 행진하는 데모대에 합류하지 않고 텅 빈 호스텔을 빠져나와 마리암을 큰길까지 바래다준다. 두 사람은 큰길가의 자귀나무 가로수 가지가 만든 트레이서리 무늬 아래에서 인력거를 기다린다. 엄청난 행렬의 물결이 멀어져가다. 구호와 고함 소리가 깊고 먼바다에서 다가오듯 그들을 향해 희미한 흔적이 되어 떠밀려온다. 하지만, 겁에 질려 둥지를 떠난 새들은 나무로 되돌아오지 않는다. 주변은 완전히 텅 비어 있었다. 길에서는 사람 한 명도, 차 한 대도 보이지 않는다. 아베드와 마리암은 팔라시 쪽으로 걷는다. 구두 수선공은 그들이 처음 만났던 날과 똑같이 수선 도구를 모두 갖추고 보도 위에 앉아 있다. 그의 곁에 빈 인력거가 서 있다. 마리암은 다정하고도 슬픈 기억으로 가득 찬 1969년에서 1971년에 이르는 기간의 삶을 마감하며 인력거에 오른다.

귀가한 마리암의 눈물은 슬픔의 무게를 경감시켜주지 않는다. 그녀의 가슴이 깃털처럼 가벼워진 후에 기다리고 있는 것은 무엇인가? 그것은 전쟁이다. 전쟁은 불확실성을 의미한다. 누가 죽고 누가 살아남을지 확실히 아는 사람은 아무도 없다. 아베드는 전투의 양 당사자 중 한 편이다. 전쟁에 관한 불변의 법칙에 따르면, 그가 누군가를 죽이거나 죽을 확률은 반반이다. 그가 생존한다고, 죽임을 당하지 않는다고 가정해보자. 그와 그녀의 관계는 이 생사의 갈등이 나타나기도 전에 이미 끝났다. 메리는 아비 없는 자식의 어머니가 될 것이다. 전쟁이 일어나지 않더라도 이것이 그녀의 운명이었다. 그녀는 수면제를 많이 모아 몽땅 입속에 털어 넣는다. 그 결과 집 대문을 향해 다가오고 있던 전쟁을 전혀 모르는 채 인사불성 상태로 수요일과 목요일을 보냈다. 그 기간 동안 메리는 태아의 자세로 재생을 준비하고 있었던 셈이다.

그 이틀 동안 카필루딘 아흐메드의 처남인 골람 모스토파는 메리와 몬투의 안부를 알아보기 위해 사람들을 보냈다. 자신의 안위를 돌보느라 정신이 없어 직접 조카들의 상태를 알아보러 오지는 못했다. 당시에는 파키스탄이 방글라 분리주의자들을 물리칠 가능성과 방글라인들에게 권력이 넘어갈 가능성이 반반이었다. 만일 방글라 분리주의자들이 권력을 잡는다면 인도로 떠났던 힌두교도들이 모두 돌아와 두고 갔던 땅과 집과 다른 재산의 반환을 요구할 가능성이 컸다. 그들이 두고 떠난 모든 미개발지에 이제 커다란 건물과 공장과 사무실, 그리고 개인집이 들어섰지만. 멋진 주말별장이었던 곳에서 이제 이슬람 계통 초등학교인 막탑의 교육이 이루어지고 있었다. 힌두 사원 건물인 나트만디르의 무너져가는 벽이 있던 곳, 그 성소의 앞마당에는 자선 약국의 간판이 달려 있었다. 연못과 개인 집과, 힌두교 성전을 밀어버린 자리에는 논과 황마밭이 들어서 있다. 인도-파키스탄의 분단(分斷)을 원한 정치인들의 꿈과 비전에 따라 힌두스탄을 파키스탄으로 변모시킨 데에는 골람 모스토파의 역할도 컸다. 그 꿈을 가꾸었던 사람들은 지금 행복하게 무덤 속에 누워 있다. 그러나 청산의 시간이 왔다. 그리고 현재 추궁을 당한다면 대답해야 하는 사람은 아무런 꿈도 꾼 적이 없는 골람 모스토파 같은 사람이다. 골람 모스토파는 자신의 이익을 지키기 위해 1970년의 선거 기간에 이미 아와미 리그에 가담했다. 하지만 몸은 아와미 리그라는 보트를 타고 있을망정 마음은 자신이 도와서 세운 나라 파키스탄에 집착하고 있었다. 그는 공중누각을 꿈꾸는 사람이 아니라, 진정한 장인(匠人)이었다. 지난 1, 2월 두 달 동안에는 그냥 그 배를 타고 있어야 했다. 아와미 리그가 국회 전체 의석 313석 중 167석을 얻어 다수당이 되었기 때문이었다. 그들이야말로 정부를 구성할 정당한 권리를 가진 사람들이었다. 2월까지는 대충 그렇게들 기대를 했다. 그러나 3월 1일 오후 야햐가 라디오 방송을 통해 3월 3일로 예정된 새 국회의 회기를 연기한다고 발표했다. 야햐의 발표를 듣고 크리켓 시합의 관중들이 피치⁶로 몰려가자, 골람 모스토파는 깊은 바다를 향해 배에서 뛰어내렸다. 하지만 항의 운동이 워낙 거세서 도무지 해안까지 갈 수가 없었다. 그러다가 수요일에서야 조카들이 생각났다. 그래서 세 아들들을 불러 조카들의 안부를 좀 알아보라고 말했다. 머리가 좀 모자라지만, 자신은 꼭 마리암과 결혼하고야 말겠다고 결심하고 있던 둘째 아들 사주만이 아버지의 명령을 받들어 남매의 집으로 향했다. 그리고 하지 샤헵의 집 앞까지 도착하기는 했는데, 거기 묶여 있던 개를 보고 기겁해서 도망치고 말았다. 남매의 집에서 50야드 떨어진 곳에 뒤집힌 채 놓여 있던 신발 한 짝이 그가 얼마나 황급히 도망쳤는지를 말해주고 있었다. 골람 모스토파는 아들이 사촌의 집에 가려고 했다는 걸 기특하게 여기기는커녕 그를 때리는 것으로 칭찬을 대신했다. 그 딱한 젊은이의 유일한 잘못이

---

6   피치: 크리켓에서, 경기장 중간에 볼을 던지는 선수와 볼을 치는 선수가 서로 마주보는 직사각형의 구역.

라면 너무 겁에 질린 나머지 밝은 대낮임에도 불구하고 개가 가로등에 짧은 끈으로 묶여 있다는 사실을 알아보지 못했다는 사실이었다.

외삼촌은 목요일 저녁에 다시 하인 하나를 조카들의 집으로 보냈다. 그 사내가 가는 길에는 계속 파키스탄 군대가 출동했다는 흉흉한 소문이 들려왔다. '발루치스탄의 푸주한'이라는 별명을 가진 티카 장군이 지휘하는 군대라고 했다. 그의 총알은 나무 잎사귀 하나도 그냥 두지 않는다는 말이 있었다. 그가 다카 시를 깡그리 잿더미로 만들어버릴 것이라고들 했다. 그러다 갑자기 황토색의 거친 유니폼을 입은 군인들이 거리를 순찰하고 있다는 소문이 들려왔다. 골람 모스토파의 하인은 불안한 눈길로 어깨 너머를 살피며 머뭇머뭇 조금 더 전진해 마침내 필카나에 도착한다. 하지만 EPR 캠프의 대문 앞에 샌드백으로 쌓은 포대가 보이는 순간 주인의 조카들 따위는 깡그리 잊어버린다. 직장을 잃을 공포보다도 자신의 안전과 생존에 대한 염려가 더 컸던 것이다. 일단 생존한다면 일자리를 찾는 것은 어렵지 않을 것이었다. 확신이 들자 그는 골람 모스토파에게 돌아가서 그의 조카들이 정오 기도 후 고향집을 향해 떠났다고 더듬더듬 말한다. 어디서 그런 말을 들었지? 하인은 대답하지 못한다. 주인의 꾸지람이 이어지자 그는 자신이 들은 모든 소문을 자세히 전한다. 머리가 혼란스러워진 골람 모스토파는 배의 상징을 위해 투표하고 외삼촌에게 알리지도 않고 다카를 떠난

버르장머리 없는 조카들을 잊어버린다. 떠돌고 있는 소문들은 24년 전 파키스탄이라는 해안에 도착하기 위해 그가 오르려고 했던 계단과도 같다. 그러나 거기 도착하려면 아주 많은 난관을 거쳐야 한다. 학생들과 시민들이 큰 나무들을 베어 거리에 바리케이드를 쳤다. 또한 물탱크와 하수 파이프도 끌어왔다. 바리케이드의 틈은 벽돌로 막았다. 파키스탄 군대가 다카로 진주하려면 이런 장애물들을 다 치워야만 한다.

골람 모스토파는 불안하다.

그 기간 동안 마리암은 꿈속에서 내출혈을 일으키기 시작한다. 그것은 아주 서서히 진행되고 있다. 먼저 그녀의 젖니가 뽑힌다. 혀끝에서 짭조름하게 느껴지는 핏덩어리가 나오며, 동시에 침과 섞인다. 그녀는 손바닥을 펼쳐 몬투에게 자신의 이빨을 보여준다. 몬투는 말없이 눈물을 흘린다. 이어 남매는 필사적으로 그 이빨을 넣기 위해 쥐구멍을 찾는다. 몬투는 "쥐야, 쥐야, 못생긴 누나 이빨 가져가고 어여쁜 네 이를 다오."라고 노래한다.

이어서 어머니의 놀란 눈이 보인다. 메리가 이렇게 일찍 생리를 시작하다니! 오줌 누는 곳으로부터 피가 뚝뚝 떨어진다. 따스한 것이 그녀의 몸에서 떨어져 내린다. 검은색, 갈색, 핑크색 핏덩어리가 헐렁한 바지에 얼룩을 그린다. 이게 무슨 병이에요, 어머니? 그녀의 발밑에서 냉기가 겨울의 개들처럼 웅크린다. 고통을 줄이려면 아랫배에 따뜻한 습부를 해야 한다. 허리케인 램프가 켜 있다. 심지가 올려 있어서 불이 혓바닥을 날름거리는 듯한 모습이 유리 굴뚝을 통해 보인다. 어머니가 천조각 하나를 램프 유리에 대고 데우는데 그것이 어머니의 손 안에서 고요히 타고 있다. 핏줄기가 하수구에서 넘치고 문지방을 넘어 거리를 채우고 팔탄 마이단에 고인다. 그곳에서 엄청난 규모의 시위가 벌어지고 있다. 아베드가 무대에 올라선다. 군중들이 환호한다. 메리는 분만한다. 나온 것은 이목구비도 아비도 없는 핏덩어리다.

그 순간 유일한 현실은 전쟁이다. 가까운 곳에서 굉음과 함께 폭탄이 터진다. 창문 유리가 산산조각 나는 소리와 함께 태아처럼 웅크리고 있던 마리암이 마룻바닥으로 떨어진다. 그녀는 움직이지 못한다. 의식이 없기 때문에. 침대 밑에서는 견고한 어둠이 그녀를 환영하는 듯하다. 폭탄이 또 하나 떨어지면서 마리암은 유산된 태아를 뒤로하고 침대 아래 어둠 속으로 뛰어든다.

그 순간 다카 시는 불타고 있는 중이다.

III
서치라이트 작전

3월 25일 묵티는 긴 공포의 밤 속으로 들어간다. 그곳은 베훌라의 신방처럼 아무도 침투할 수 없는 어두운 곳이다. 뱀의 여신 마나사의 뜨거운 복수의 숨결로 왁스를 녹였을 때 그 방에 왁스로 봉했던 작은 구멍이 열렸었다. 나이가 다른 두 여성, 묵티와 마리암은 바늘귀처럼 아주 작은 구멍을 통해 바로 그 순간을 향해 함께 들어간다.

그 순간 마리암은 의식을 잃고 침대 옆 마룻바닥에 떨어져 있었다. 그날 밤에 대해서는 폭발 소리 외에는 아무런 기억도 나지 않는다. 그러나 묵티는 메리, 즉 마리암의 그날 모습을 그려보고 싶다. 28년 전의 전쟁, 메리에게서 이전의 정체성을 박탈하고 용감한 여성이라는 뜻의, '비랑가나'라는 새 명칭을 부여한 그 전쟁이 궁금하다. 메리의 새 명칭은 한동안 중요해 보였지만 아무런 실제적 효용도 없었다.

28년―사반세기도 더 되는 기간이다. 묵티도 지금 스물여덟 살이다. 학생들과 시민들이 나무를 베고 물탱크를 끌어다 풀러 거리에 바리케이드를 세우고 있던 바로 그 순간 묵티는 그 거리에서 겨우 100야드 떨어진 의대 부속병원 산부인과에서 어머니의 어두운 자궁 밖으로 나오려 애쓰고 있었다. 다음 날 아침 그녀가 태어났을 때 어머니 곁에는 늙은 하녀 한 사람 외에는 아무도 없었다. 여의사는 분만유도를 위한 링거 주사를 걸어놓은 뒤 서치라이트 작전이 시작되기 전 귀가했다. 묵티의 어머니에 따르면 묵티의 생일이 3월 25일이 아니라 3월 26일 아침이 된 것은 무엇보다도 의사가 없었기 때문이다. 그리고 나머지 이유는 알라의 의지였다. 산통에 시달리던 묵티의 어머니는 그날 밤 그 여의사를 저주했지만 나중에는 용서했다. 하지만 묵티의 아버지, 3월 27일 통금이 해제된 후에야 병원에 나타난 그는 용서할 수 없었다. 그가 나타났을 때는 이미 바깥세상에서 온갖 난장판이 벌어진 뒤였다.

병원의 침대는 죽어가는 환자들로 가득 차 있었다. 복도에조차 발 디딜 틈이라곤 없었다. 대학 주변 동네와 슬럼가의 사람들이 병원의 복도를 피난처로 삼아 상자와 트렁크 따위를 들고 와 머물고 있었다. 묵티의 아버지는 3월 25일에 파키스탄 군대가 자가나쓰 홀과 샤히드 미나르와 함께 병원도 완전히 파괴했다고 생각했었다. 아내와 예쁜 아기가 살아 있는 것을 본 그의 얼굴은 더욱 창백해졌다. 전쟁의 소용돌이에서 아내와 아기는 짐이었다.

묵티 어머니의 눈에 병실 문턱에 갑자기 멈춰 선 남편이 보였다. 그의 오른발은 잠시 문턱 밖에 머물렀다. 하지만, 아내가 눈뿐이 아니라 온몸의 감각을 동원해 자신을 빤히 바라보고 있다는 사실을 깨닫고 병실로 들어갔다. 그리고 아내와 아기는 돌아보지도 않고, 포도송이 무늬가 그려진 보온병의 내용물을 세면대에 쏟은 뒤 가방 속에 넣었다. 짐을 조금이라도 줄이기 위해서였다. 그리고 나서 이제 막 몸을 푼 아내에게 아기를 데리고 따라오라고 말했다. 당장 다카를 떠나지 않는다면 모녀도 자신도 모두 죽을 것이라면서. 그리고 자신은 그렇게 죽고 싶지는 않다고 말했다.

어머니가 고생을 더 많이 한 것은 두말할 것도 없지만, 전쟁은 두 부부 모두에게 고난의 시간이었다. 영광의 시간은 결코 아니었다. 등에 질 수 있는 짐만 지고 누더기에 싼 갓난아이를 데리고 병원을 나섰다. 다른 사람들의 집을 전전했는데, 우유가 절대적으로 부족했다. 수중에 돈도 거의 없었다. 젖병에 쌀뜨물을 담아서 아기에게 먹여야 했다. 묵티의 부모는 깨닫지도 못하는 사이에 묵티의 아래 잇몸에서 두 개의 젖니가 나오고 있었다. 그들의 나라가 자유를 성취한 날, 그들은 묵티에게서 병원에서 준 누더기를 벗기고 그녀가 마음대로 땅 위를 기어 다니게 했다. 이 집 저 집을 전전하던 끝에 그들이 독립을 맞이한 곳은 비교적 유복하던, 묵티 어머니의 먼 친척 아주머니 댁이었다. 전쟁 중에도 마당에 쌀가마 더미가 높이 쌓여 있던 집이었다. 쌀더미 중간에 쥐구멍이 나 있었고, 구멍

주위에는 작은 진흙더미들이 있었다. 아기는 앉기 전에 기는 법을 배웠고, 어른들이 안 보는 사이에 흙을 한 줌 입에 넣었다. 묵티의 엄마와 아빠에게 조국의 해방이 경이롭게 느껴졌다면, 묵티가 바로 그 승리의 날에 기는 것을 배우고 자유조국의 성스러운 흙을 먹은 일은 기적이라도 되는 듯했다! 부부는 참으로 오랜만에 함께 웃고 손뼉을 쳤다. 그리고 9개월 된 자신들의 딸에게 묵티, 즉 자유라는 이름을 지어주었다. 이 행동이, 즉 그 끔찍했던 전쟁의 이름을 딸에게 부여한 것이 해방투쟁에 대한 그들의 애정에 대한 유일한 징표였다.

묵티에게는 이름 외에 전쟁의 흔적이 없었으며, 그녀 자신도 그 전쟁에 대해 별로 많이 알고 있지 못했다. 조사를 위해 인터뷰를 하는 이 직업을 구하려고 그 전쟁에 대해서 알 필요는 없었다. 그 해방투쟁에 대한 지식은 오히려 문제가 될 수도 있었다. 지식으로 인해 그릇된 선입견을 가질 수도 있으니까. 당국자들은 그녀에게 이미 있는 정보를 모으기보다는 전쟁을 직접 경험한 사람들의 말에 귀를 기울이라고, 그것이 더 중요하다고 여러 차례 되풀이해 말했다. 그들의 말에 귀를 기울임으로써 전쟁에 대해 처음부터 끝까지 배우는 것이 목적이었다. 바로 그것이 묵티가 지난 이틀 동안 해온 일이었다. 메리, 즉 마리암은 이야기를 계속했고, 묵티의 유일한 과제는 아무런 논평도 하지 않고 귀를 기울이는 일이었다. 그러나, 이야기의 이 단계에 이르면 마리암이 수면제의 과다복용으로 의식을 잃은 상태였다. 그것은 1971년 3월 25일 한밤중, 묵티가 태어나기 직전의 끔찍한 몇 순간이었다. 그것은 형언하기 어려운 끔찍한 일들로 가득 찬 밤이었다. 신화 속의 독사가 라킨다르를 물었던 날처럼 캄캄한 밤이었다. 기만과 배신과 불균형의 밤이었다. 파키스탄 군대의 탱크와 기관총 총구가 나무 기둥과 아연도금의 빈 물탱크로 친 바리케이드를 겨냥한 밤이었다. 슬로건과 끝없는 총격이 대결한 밤이었다. 폭력이 비협조를 격퇴한 밤이었다. 당시 묵티의 어머니는 숨을 헐떡이며 거친 숨을 몰아쉬고 있었다. 아기를 자신의 몸에서 내보내기 위해 젖 먹던 힘까지 다 짜내고 있었지만, 도와줄 의사가 없어서 아기를 낳지 못하고 있었다. 다른 곳에서는 메리가 태아처럼 구부린 몸을 서서히 펴며 아비 없는 자식을 유산하고 있었다.

밤은 깊어갔다.

28년, 30년에서 2년이 모자란 기간. 기록은 산더미만큼은 아닐지 몰라도, 전쟁에 관련된 서류와 파일들은 사방에 널려 있고, 도서관에는 책들과 곰팡내 나는 신문들이 있다. 이것들이 묵티와 묵티의 세대가 물려받은 유산이다. 그러나 묵티는 그것들을 하나도 읽지 않았다. 머릿속이 백지장처럼 비어 있다. 마리암은 처음으로 그 안에 흔적을 남기는 사람이다. 묵티는 마리암과 인터뷰를 하는 동안 처음 알파벳을 배우던 때처럼 새로운 경험의 세계로 인도되었다. 아무것도 이해하거나 보지 못하는 갓난아이, 먹을 것과 쓰레기를 구별할 줄 모르는 갓난아이처럼 묵티는 본능적으로 눈앞의 책과 신문에서 3월 25일 밤에 대한 정보를 찾는다.

그날 밤의 새로운 면모 중 하나는 등장인물들이 곧 청중이기도 했다는 사실이다. 방글라 사람들의 무례에 짜증이 난 그 사람들은 북쪽으로부터 다카 시를 향해 진격했다. 그날은 온화한 봄바람이 남쪽으로부터 불어오고 있던 날이었다. 꽃향기가 날리는 멋진 밤, 플루트 소리가 들리면 적당할 밤, 사랑을 나누는 게 어울리는 밤이었다. 하지만 다카는 동이 트기도 전에 끔찍한 잔해의 더미로 변했다. 공격명령을 내린 사람들은 지방수도인 다카로부터 안전한 거리에 있던, 제2의 수도라고 불린 곳에 모여 폭력행위가 무자비하게 자행되는 장면을 영화라도 되는 양 즐겁게 구경하고 있었다. 거기 있던 어느 누구도 그 사태를 막으려 하지 않았다. 전쟁 28년 후 묵티는 3월 25일 밤의 사건들을 재구성해보기 위해 바로 그 안전한 거리를 선택한다. 파키스탄의 시디크 살릭 소령이 쓴 『항복의 목격자』를 따라가본다. 살인자는 무척 조심을 하지만 발자국을 남긴다. 핏자국들을 조심스럽게 닦고 불도저로 땅을 파 헤아릴 수 없이 많은 시체를 묻으며 전진하지만 결국 발각된다. 이 진실은 그 소령이 쓴 '서치라이트 작전-I' 챕터에서 다시 한번 증명된다.

묵티는 살인자의 발자국을 좇는다.

3월 25일 밤 '야전실'을 알리는 현수막이 제2수두의 방금 깎은 잔디밭 위에 걸린다. 수많은 소파와 안락의자가 잔디 위에 열을 지어 놓여 있다. 청중이 한 명 한 명 자리에 앉는다. 뜨거운 차와 커피를 담은 병들이 옆의 탁자 위에 수없이 놓여 있다. 군가의 선율을 듣던 관중들이 깜빡 조는 것을 방지하기 위해서다. 지프 뒤에 무선장치가 장착되어 있고 그것을 통해 전쟁이 실황 중계될 예정이었다. 관중들은 남쪽, 다카 시 방향을 바라보며 앉아 있다. 지평선으로 이어지는 경치는 군대의 활동이 보이는 자연스러운 스크린 역할을 한다. 그것은 지금 컴컴하고 비어 있으며 평화롭다. 큰 나무들을 잘라 다카 시 거리에 바리케이드를 쳤던 사람들은 이제 다 기진맥진해 있고, 일부는 잠이 들었다. 32번 도로 셰이크 무집의 저택에서의 브리핑은 이미 끝났다. 지휘관들은 밤의 어둠을 헤치며 지하로 이동하고 있다. 스크린 상에서는 그들의 고요한 움직임이 보이지 않는다. 스크린이 캄캄해졌기 때문에 무심하게 파이프 담배를 피우는 셰이크 무집 라흐만의 모습도 보이지 않는다. 잠자고 있는 소등된 도시의 정적인 이미지가 가운데 있다.

　제2수도의 관중들은 끔찍한 살상의 장면들을 조바심과 함께 기다리고 있는 중이다. 공격자들은 무장되어 있고 준비되어 있으며 초조하다. 그들의 애원이 무선시설을 통해 시시각각으로 들려온다. '이맘'이라는 별칭의 티카 칸 장군에게 자신들은 이미 공격태세 완료인데, 앞으로 얼마나 더 기다려야 하느냐고 묻고 있다. 하지만 파키스탄 항공의 특별기는 카라치 공항까지 도착하는 데 평소보다 시간이 더 걸리는 듯하다. 그 비행기에 야햐 장군이 타고 있다. 다카를 캄캄한 한밤중에 떠난 그는 콜롬보와 카라치 중간 어느 지점의 3만 피트 높이의 상공을 날고 있는 중이다. 도대체 왜 이렇게 시간을 낭비하고 있는지 궁금한 일이었다. 역사 속의 등장인물들은 메이크업까지 다 마치고 대기 중인데 아직 막이 올라가지 않은 것이다. 장군 신변의 안전과 적에 대한 기습공격은 둘 다 똑같이 긴요하다. 시간을 벌어야 하지만, 재빨리 움직일 필요도 있다. 공식 기록에 따르면 결국 공격의 H아워는 새벽 한 시였다. 그러나 실제로는 공격이 적어도 한 시간 반가량 전에 서서히 개시되고 있었다.

부드럽고 향기로운 봄의 산들바람 속에서 제2수도에 있던 관중들의 눈꺼풀이 자꾸 감기려고 한다. 잠은 오고 갈 것이지만 관중들은 전쟁의 장면을 낱낱이 감상해야 한다. 그것은 실제 전투에 종사하는 것만큼이나 중요한 의무이다.

『마하바라타』의 눈먼 왕 드리타라스트라는 쿠루크셰트라의 전투를 모두 지켜보아야 했다. 눈먼 아버지가 아들들이 죽는 장면을 볼 수 있게 하기 위해 산자야가 그것을 묘사해주었다. 크리슈나의 전략적 움직임과 진리의 사도 다르마푸트라 유디스티르의 기만술과 아비마뉴 청년의 차크라뷰하, 즉 철벽수비 대형으로의 침투를 모두 묘사해주었다. 전쟁은 18일 동안 지속되었다. 그것은 양측의 성장과 쇠퇴, 승리와 패배가 절묘하게 지조된 이야기였다. 그 대학살 이후 승자는 동화 속의 왕과 왕비와는 다르게 영원한 행복을 누리며 살지 못했다. 영혼 속 깊은 곳에 박힌 쇠가 그들의 자아를 사정없이 잠식해서, 그들을 자살로, 마하프라스탄으로, 영원한 작별의 길로 양의 무리라도 되는 듯 몰았다.

3월 25일 밤의 관중들은 단 하룻밤에 끝날 작전을 보고 있다고 생각하고 있었다. 그리고 자기편은 죽지 않고 상대편만 죽일 것이라고. 나머지 아홉 달에 대해서는 전혀 짐작하지 못하고 있었다. 그랬기 때문에 단 한 점의 불안감이나 두려움 없이 영화처럼 전투를 관전했던 것이다. 잠이 들까봐 걱정하거나, 계속 눈을 뜨고 있으려는 조바심도 내지 않고 평화롭게 관전할 수 있었다. 더욱이 산자야가 카우라바스와 판다바스 간 전쟁의 진행상황을 드리타라스트라에게 세밀히 보고한 것처럼, 그날은 무전기가 같은 역할을 해주고 있었다.

그날 밤 11시 30분경이 되자 화면은 행진하는 군대의 발걸음에 따라 떨린다. 군대는 예정 시간을 한 시간 반 정도 앞당겨 진지를 떠나 다카를 향해 행진한다. 그들의 행진 속도가 그들의 자신감을 말해주고 있다. 전투가 아닌 친선 게임에라도 가는 것 같다. 적은 있겠지만 무장이 안 된 적이다. 이제 그들은 팜게이트 교차로에서 바리케이드를 마주친다. 화면에서는 어마어마하게 큰 나무 기둥과 폐차의 섀시와 길의 포장에 쓰이는 버려진 스팀롤러 따위가 보인다. 바리케이드 너머에서 사람의 모습은 보이지 않는다. 하지만 파키스탄 병사들이 전진하니 커다란 구호 소리가 그들을 기습한다.

"조이 방글라, 방글라 만세!"

관중들은 갑자기 튕겨진 스프링처럼 벌떡 일어선다. 즉시 졸음이 사라진다. 아마 자신들의 안전을 생각하고 있는 것이리라. 공식적으로는 아직 서치라이트 작전 개시까지 한 시간 반이나 남아 있었기 때문이다. 야햐 대통령은 아직도 비행기로 이동 중이다. 그가 성스러운 파키스탄 땅에 착륙할 때까지는 그의 안전을 고려해야 한다. 인도인들은 신뢰할 수 없으니까. 그들은 포커 비행기의 공중납치와 라호르 학살의 복수를 다짐하고 있기 쉽다. 지금 다카 공격 소식을 들으면 대통령기를 줄 끊어진 연처럼 간단히 강제 착륙시켜 버릴 수도 있다. 혹은 아예 비행기를 추락시켜서 야햐를 하늘나라로 보내버릴 수도 있다. 하긴 포도주와 여자를 끼고 있는 지금 상태로도 그는 하늘나라 가까이에 있는 셈이다. 청중들은 성급히 머리 위의 하늘을 올려다본다. 그러고 나서 다시 정면에 있는 화면을 바라본다. 그 순간 작전이 개시되어 구호를 외치는 사람들을 향해 살상무기가 날아간다. 자동화기가 날카로운 금속성과 함께 공기를 가르며 날고 화면은 연기로 가득 찬다. 탄환이 "조이 방글라!"를 외치는 소리를 잠재운다. 구호는 더이상 들리지 않는다. 맹렬한 총의 소음이 유쾌한 봄의 공기를 지배한다. 군인들이 다카 시로 진입한다. 관중들은 커피잔을 손에 들고 다시 한번 제자리에 앉는다.

그 순간 화면에서는 32번 도로의 입구에 놓인 바리케이드가 로켓탄 발사포를 맞아 박살 나는 모습이 보인다. 근처에 색이 바랜 노란 건물이 있는데, 화면상으로는 잿빛이 도는 흰색처럼 보인다. 경비원이 없는 그 빌딩은 완전한 무방비 상태다. 군인들은 중무기와 탱크, 부속 장비들을 모두 갖추고 그 건물을 향해 행진한다. 거리의 장애물이 뚫리자 건물을 둘러싸고 있던 4피트 높이의 벽이 그들의 전진을 가로막는다. 군인들은 전혀 힘들이지 않고 가볍게 그 벽을 통과한다. 스텐 경기관총이 타타타타 소리를 내며 발사된다. 육중한 군홧발 소리가 베란다를 건너고 층계를 올라 1층으로 들어가는 소리가 들린다. 잠긴 문이 화면을 가득 채운다. 철제 자물쇠가 총알 한 방에 산산조각 난다. 문이 열린다. 무집이 나와서 묻는다. "왜 총을 쏘시오?"

특공대에 의한 공격 개시 몇 분 후 제2수도의 관중들에게는 무선장비가 지지직거리며 되살아나는 소리가 들린다. 목소리의 주인공은 보이지 않지만 떨리는 목소리가 말한다. "큰 새는 새장에…… 다른 새들은 둥지에 없다…… 오버."

대통령이자 계엄사령관인 야햐 장군은 그사이에 카라치 공항에 안착했다. 명령이 무전기를 통해 전달된다. "정리정돈하라." 방글라 사람들을 정리정돈해서 완전히 끝장내라. 이 단 한마디의 명령에 따라 집단학살이 시작된다.

관중들 앞 어두운 화면이 붉게 변한다. 날름거리는 화염의 혓바닥이 하늘에 닿고, 별에 닿을 듯하다. 피어오르는 연기가 화염을 가린다. 하늘에서는 한동안 불과 연기의 전투가 벌어진다. 그러다가 갑자기 예광탄의 불꽃이 하늘을 밝히고 관중들이 흥분한다. 이런 장면이 단속적으로 반복되는 동안 관중들은 행복하다. 단조로운 연기와 불의 중계방송에 멋지고 화려한 광고가 끼어든 셈이라고나 할까. 관중들 가운데 완상가들은 당연히 그 점을 알아본다.

새벽 2시. 무선시설이 다시 지지직거리더니 작동을 시작한다. 응답해야 할 담당자와 무관하게 모두들 무선시설을 향해 달려간다. 그러나 마이크를 자신의 입 쪽으로 끌어당긴 사람은 결국 공식 책임자다.

일찍이 드리타라스트라 왕이 말한 바 있다.

"오 산자이! 짐의 군대는 막강하고 당당하며 신속하도다. 정당한 전쟁의 법칙에 따라 대오를 이루었도다. 건강하고 자신을 돌보지 않으며, 방어 장비도 잘 갖추고 무기를 잘 다루며 전략에도 밝도다. 병사들은 너무 늙지도 너무 젊지도 않고 너무 마르지도 너무 살찌지도 않았도다. 짐에게 충성을 다하고 짐의 뜻을 받들어 쉬지 않고 임무를 수행하는구나. 탑재에도 포위에도 기마에도—전투의 모든 면에서 솜씨가 훌륭하구나. 대형에 들어가고 나오는 일도, 코끼리와 말과 마차를 다루는 일도 능숙하구나."

갑자기 무전기에서 소리가 들린다. "이크발 홀과 자가나쓰 홀의 학생들이 우리를 향해 발사하고 있다."

"그놈들이 사용하고 있는 무기는 무엇인가?"

"303 라이플이다."

"우리 쪽은?"

"로켓탄 발사포와 로미오 로미오(무반동 소총), 박격포, 그리고······."

"터무니없군! 이맘께서 명령하셨다. 모든 무기를 한꺼번에 다 사용하라. 두 시간 안에 완전히 진압하라."

영자 일간신문《더 피플》의 사무실이 인터콘티넨털 호텔 건너편에 있다. 외국인 기자들이 호텔 11층에서 기관총으로 무장한 지프차들이 진격하는 모습을 내려다보고 있다. 보병이 뒤따른다. 어깨에 로켓탄이나 비슷한 종류의 무기를 가지고 있다. 병사들이 집중포화를 시작한다. 그들은 인쇄 기기들을 모두 파괴한 뒤 신문기자들을 향해 발포한다.

무전기에서 말한다.

"《더 피플》은 어떻게 되었는가, 오버."

"우리군 두 명이 중상을 입었다. 합동군사병원으로 후송되었다."

"추정 사상자는 몇 명인가?"

"이 시점에서는 말하기 어렵다. 불이 나서 건물이 잿더미가 되었다."

"안에 방글라 사람이 몇 명이나 있었는지는 영원히 알 수 없겠지."

무전기는 새벽 2시 30분 필카나 근처에서 동파키스탄 라이플

부대가 함락되었다고 보고한다. 그들은 이미 이틀 전에, 권력이 곧 셰이크에게 이관될 것이라는 소식이 도착함과 동시에 무장해제된 상태였다. 이제 평화가 왔다. 그러니 무기를 넘기고 안심하라, 라는 명령이 있었던 것이다. 방글라의 동파키스탄 라이플 부대가 자신들이 배신당했다는 사실을 깨달은 것은 3월 25일 저녁, 이미 무기고 문에 커다란 자물쇠가 채워진 뒤였다. 그리고 자정 무렵 총알과 포탄 세례가 이 무장해제된 동파키스탄 라이플 부대원들을 향해 도시의 공기를 가르고 쇳소리를 내며 쏟아졌다.

화면은 피투성이가 된 다카 시의 모습 때문에 시뻘겋다. 도시 위하늘마저도 선홍색이다. 연기는 사라졌다. 이제 불이 활활 타오르는 장면뿐이다. 도처에서 시뻘건 빛이 어른거리고 있다. 화염이 화면을 지배하고 있다. 빈민가에 화재가 발생해 뼈만 앙상한 기아자들이 필사적으로 도망치는 장면은 화면에 잡히지 않는다. 사람들이 총알에 맞아 공중에서 떨어지는 작은 새들처럼 십여 명씩 무더기로 쓰러지고 있는 모습도 보여주지 않는다. 갑자기 무전기가 조용해진다. 그사이 빈민가에 살고 있던 인간쓰레기들은 진짜 쓰레기로 변했다. 도망치려는 시도는 그저 예외일 뿐이었다.

"대학에서도 총격이 진행 중인가?"

"건물이 워낙 많아서 다 진압할 때까지 시간이 걸린다. 학생들이 총격을 가하고 있지만 우리 쪽에 사상자는 없다, 오버."

"큰 형님(포병의 지원군)이 곧 도착할 것이다. 이크발 홀, 리아카트

홀은 조용해진 건가, 맞나?"

"그렇다."

"무척 훌륭하다! 잘 들어라. 우선, 통행금지를 선포하라. 그런 뒤 포고하라. 방글라데시 국기를 달고 있는 집에는 모두 후환이 있을 것이라고. 또한 시내에서 검은 기가 보여서도 안 된다고. 그럴 경우 무시무시한 결과가 있을 것이라고. 바리케이드를 치는 것이 발각되면 누구나 즉석에서 사살될 것이라고 포고하라. 바리케이드가 쳐진 구역의 사람들은 모두 법의 심판을 받을 거라고. 그리고 길 양옆의 집들, 다시 말한다, 왼쪽과 오른쪽의 모든 집들을 파괴하라."

북쪽에서 지프차 몇 대가 서서히 다가오더니 샤히드 미나르 근처에서 멈췄다. 거리 곳곳에 커다란 보리수 기둥들과 벽돌을 채운, 버려진 물탱크들이 널려 있다. 군인들이 차에서 뛰어내린다. 왼쪽에 담이 있고, 가운데에서 철문이 보인다. 그들은 자물쇠를 단번에 부순다. 군인들이 마당을 가로질러 내달아 한꺼번에 계단을 세 개씩 건너뛰며 올라간다. 군홧발로 한 번 차니 아파트의 문이 벌컥 열린다. 커튼이 떨리는 모습이 거주자의 심장박동을 보여주는 듯하다. 다음 순간 총알이 그것을 중지시켜줄 것이다. 계단 위로, 층계참으로, 혹은 잘 다듬어진 초록빛 잔디밭으로 사람들이 엎어진다. 군인들은 재빠르게 화면에서 사라진다. 그들이 떠난 자리에 마지막 여행을 하고 있는 사람들, 자신의 피 웅덩이 속에 누워 마지막 한 모금의 물을 애원하는 사람들이 남겨져 있다.

새벽 3시경 무전기에서 소리가 들리기 시작한다.

"라자르바그 함락…… 람나 경찰서 함락…… 캄라푸르 기차역 함락…… 텔레비전과 라디오 방송국 장악…… 거래소 함락……."

"불이 왜 저렇게 많이 났을까?"

"경찰이 친 접근 금지선이 타고 있군."

"볼 만한 광경이군!"

새벽이 밝아오고, 4시경 다카 대학이 함락되었다는 소식이 제2 수도에 무전기를 타고 도착한다. 관중은 환호성을 지르며 벌떡 일어난다. 마치 축구시합에서 결승골이 들어간 순간 같다.

병사들이 자가나쓰 홀로 들어가며 계속해서 "항복하라, 아니면 죽을 것이다."라고 포고하고 있었다. 학살이 한창 진행 중이었다. 방구석으로부터, 담 아래 쭈그리고 있다가, 콜로카시아 운동장에서, 직원 거주 구역에서, 학생들이 계속 끌려나오고 총살당하고 있다. 그런 뒤에는 시체를 하나하나 찾아서 한곳에 모은 뒤 숫자를 세는 과제가 남아 있다. 그 과제를 위해서 생존 학생들과 청소부들과 정원사들, 전기공들과 수위들이 모두 소집된다. 한 번은 방글라인이 아닌 청소부와 정원사와 전기공들이 군인들에게 살려달라고 애원하는 모습도 보인다.

"아니요, 어르신. 우리는 방글라인이 아닙니다. 우리는 서파키스탄에서 온 파시마입니다. 우리는 화장실 청소부입니다."

"그런데 여기서 대체 뭘 하고 있는 거야?"

"어르신, 일하러 왔습니다. 집에 어린 자식들이 있습니다."

그러나 소용없다. 시체를 모두 끌어낸 뒤에는 그들도 일렬로 세워져 총살된다. 그렇게 샅샅이 청소하는 작전을 시행해서 나중에 증언할 수 있는 생존자는 아주 극소수이다. 생존자 한 사람은 맨홀에 숨은 채 학살의 장면을 목격했다. 19시간 후 맨홀을 빠져나온 그에게는 이 세상 사람 모두가 죽어버린 것 같았다. 그는 하수구의 지하세계에서 살아나온 유일한 생존자였다.

자가나쓰 홀 북쪽 건물. 29호실. 학생 세 명이 소규모 전투를 벌였고, 수류탄이 방 안으로 투척되었다. 그 끔찍한 살상의 폐허에서 한 사람이 살아서 기어 나왔다. 그러나 사람이라기보다는 유령처럼 보인다.

총 25명 정도의 사람이 테라스에서 발견되었고, 한꺼번에 사살되었다. 단 한 명, 키가 작은 학생이 어깨에 총알을 맞았지만 살아남았다. 그를 겨냥하고 쏜 총알이 머리 위로 날아간 것이다.

또 한 명의 생존자는 방에 있다가 다리에 총을 맞았다. 그는 창살을 빼낸 뒤 배수구로 뛰어들었다. 거기서 가시 많은 쿨나무 아래 몸을 숨기며 연못 쪽으로 갔다. 물속에 뛰어들어 몸을 완전히 잠그고 콧구멍만 수면에 내놓은 채 숨었다. 머리 위 하늘에서는 수십 마리의 독수리와 까마귀가 새벽안개 속에 날개를 편 채 맴돌고 있었다. 까마귀 한 마리가 내려와 그의 코를 쪼려 한다. 그는 까마귀를 쫓기 위해 혀를 날름거린다.

한 학생은 교수들과 동료 학생들과 룸메이트들의 시체를 끌어내다가 기진맥진해 소규모 전투가 벌어지기 직전 시체 사이에 누웠다. 갑자기 따뜻한 피가 수도꼭지에서 흐르는 물처럼 콸콸 쏟아져 내려 그의 몸을 덮치고 그의 몸 위로 피의 홍수가 흐른다. 파키스탄 군이 떠난 뒤 인근에 살던 교수가 카메라 파인더를 통해 시체더미 속에서 일어나 연기와 안개를 뚫고 달려가던 기묘한 모습의 사내를 목격한다. 그는 평생 자신의 피로 그를 감춰주었던 사람들이 손짓을 하는 모습을 보며 살게 된다. 그 땅을 불도저로 민 이후에도 시체가 무더기로 암매장된 곳들 위로 손 몇 개가 삐죽 나온 일이 있었다.

"다카 대학에서 사상자가 몇 명 나왔나? 그냥 대략의 숫자만 말하라. 오버."

"약 삼백 명이다."

"훌륭하다. 이맘께서 삼백 명이 사망자인지, 부상자도 포함된 숫자인지 궁금해하신다."

"한 가지 숫자라고 알고 있다. 즉 삼백 명 모두 사망자다."

"좋다. 간단하다. 질문 없고 문제없다. 설명도 필요 없다. 다시 말하지만 훌륭하게 과업을 수행했다. 그 훌륭한 과업 수행에 대해, 다시 한번, 브라보, 샤바시라고 외치겠다. 무척 흡족하다, 오버."

여명이 밝아오고 있다. 화면은 텅 비어 있다. 영화 상영은 끝났다. 관중은 각자 병영으로 돌아가 잠자리에 들 것이다. 이맘은 일단 냉방기를 튼 방으로 갔다가 곧 야전 사령부로 되돌아간다. 뿌예진 안경알을 손수건으로 닦는다. 다카에서는 연기가 날름대고 있다. 새벽의 아잔 소리에서 처량한 비탄의 음조가 들린다. 이맘은 안경을 낀다. 하느님께 감사를 드린다, 쿠다 메헤르반. 산 사람은 단 한 명도 없다.

 길 잃은 개 한 마리가 연기 속을 어슬렁거리다 겁에 질려 다카 시 방향으로 사라진다.

IV
다카 탈출

3월 26일의 아침에는 통금이 발효중이다. 동네사람들이 창밖을 내다보니, 하지 샤헵의 집 앞 가로등에 묶여 있던 유기견이 죽어 있다. 하지만 사람들은 겁에 질려 집 밖으로 나오지 못한다. 아직도 사방에서 간헐적으로 총소리가 들리고 공기는 타는 냄새로 매캐하다. 침략자들이 아직도 근방에서 어슬렁거리고 있는 것이 틀림없다. 안 그렇다면 그 개가 왜 죽었겠는가? 그 동네 최초의 의사(義士), 동네의 파수꾼이었던 그 개는 하루 밤낮을 거리에 방치된다. 그날 아침 흰 고양이 한 마리가 나타나 우아한 모습으로 개의 사체 주변을 피해 지나가며 그 사체를 살펴본다. 잠시 후에는 의사 선생 댁에서 목이 가는 암탉과 그 슬하의 병아리떼가 다가와 개의 시체를 쫀다. 그런 뒤 암탉이 목을 늘인 채 꼬꼬댁 하며 병아리떼들에게 뭐가를 알려준다. 그러나 다시 어디선가 폭탄이 터지는 굉음이 들리고 암탉은 병아리떼를 불러 모아 허둥지둥 집 안으로 피신한다.

　정오경 의사 선생님이 용기를 내 개의 사체를 살펴보러 나온다. 개가 사살된 것이 아니라 심장마비로 죽었다고 진단한다. 이어서 마을사람들은 각자 자기 집의 테라스로 올라가 자유 방글라의 깃발을 재빨리 거두어들인다. 몇몇 사람들은 죽은 개를 내려다보며 종종걸음으로 이웃을 방문한다. 그들 중 누구는 살고 누구는 죽을지 알 수 없는 상황이다. 아마 이웃에게 급히 할 말이 있는 게다.

　3월 25일 밤 그들은 침대나 식탁 아래 누워 있거나 이불로 온몸을 감싼 채 벽에 기대 있었다. 아직은 어떤 상황이 닥쳐올지 알 수 없다. 지난 이틀 동안 대재난의 도래를 경고하며 울부짖던 개는 이제 잠잠하다. 주도를 하던 녀석이 조용해지니 인근의 다른 개들도 잠잠하다. 전화는 불통이다. 라디오에서는 군정의 포고를 계속 반복하고 있다. 기악곡이 흘러나오는 중간중간 지금 거리에 나오는 사람은 보이는 즉시 사살될 것이라는 경고가 반복된다. 앞으로 닥칠 일에 대한 걱정과 더불어 날이 저문다. 밤에는 야햐 장군이 라디오를 통해 포고를 발하고, 다카 시민들은 모두 공포에 사로잡힌다.

　하지의 집 1층에 사는 사내는 야음을 틈타 조용히 밖으로 나온다. 거리의 위아래를 살펴보다가 재빨리 길을 건넌다. 철문을 넘고 벽을 탄 뒤 마당으로 훌쩍 뛰어내린다. 아무 소리도 나지 않는다. 땅은 펌프의 물로 부드럽게 젖어 있다. 사내는 마당에 제멋대로 놓인 벽돌 길을 따라 조심조심 가다가 창문을 넘어 방 안으로 들어간다.

처음에는 방이 너무 캄캄해서 아무것도 보이지 않는다. 하지만 악취가 코를 찌른다. 그러더니 핏덩어리가 밟히며 발이 몇 야드를 쭉 미끄러진다. 도대체 그렇게 축축하고 끈적끈적한 것이 무엇인지 알 수 없다. 오른쪽을 보지만 아무것도 보이지 않는다. 왼쪽을 보지만 침대가 비어 있다. 그 처녀가 어디로 사라진 거지? 그는 숨을 죽이고 조심스레 귀를 기울인다. 침대 밑에서 숨소리가 새근새근 들린다. 실수로 거미줄에 걸린 파리가 내는 소리 같기도 하다. 사내는 쭈그리고 앉아 3월 25일 밤 소란의 와중에 침대 밑으로 떨어진 마리암을 발견한다.

사내는 그녀가 죽었나 여부를 알아보려고 손가락을 그녀의 코 아래 대거나 귀를 그녀의 가슴에 가져가지는 않는다. 그냥 그녀의 몸을 침대 아래에서 끌어낸다. 마룻바닥은 깨진 유리조각과 정체를 알 수 없는 축축하고 끈끈한 액체로 덮여 있다. 하지만 그는 그런 것에 아랑곳하지 않는다. 이제 워낙 흥분된 나머지 소리를 안 내려고 애써야 한다는 사실도 잊는다. 그렇다고 문을 열지는 않았다. 부서진 창문을 이용하는 쪽이 더 편리하다고 판단한 듯 그냥 창문으로 나가서 마당의 우물에서 머그잔 두 개에 물을 가득 채워 가지고 들어온다. 마리암의 몸에 물을 끼얹었지만 그녀는 의식을 되찾지 못한다. 도대체 얼마나 오랫동안 정신을 잃고 있었을까 궁금하다. 자정 이전은 분명히 아니었을 텐데, 분명히 총격이 시작된 후 침대 밑으로 스스로 기어 들어갔을 테니까, 라고 생각한다. 사내는 손가락으로 시간을 꼽아보며 2시간 후면 24시간이 되는 거라고 생각한다. 그리고 나서 더듬더듬 어둠 속을 헤치며 부엌으로 간다. 거기 성냥갑과 양초와 등잔이 모두 있다. 스토브 옆 선반에는 튜머릭 가루와 소금과 말린 붉은 고추 따위가 든 상자가 있다. 그는 붉은 고추를 담은 상자를 집어 들고 회심의 미소를 짓는다. 갑자기 번쩍, 하며 어떤 기억이 광속도로 떠오른다. 그의 아내가 발작이 나 이를 앙 다문 채 입을 열지 못하고 있다. 이틀이 지나고 사흘째가 되어도 그녀의 이는 여전히 꽉 맞물려 있다. 집에 무당을 불러다가, 왕겨로 불을 피우고 선명한 붉은 고추 두셋을 납작한 사기대접 안에서 태운다. 아내는 기침을 하고 재채기도 하더니 이가 벌어지고, 아울러 지난 사흘 동안 감겨 있던 무궁화 빛 붉은 눈도 뜬다. 깨어난 그녀는 친정으로 도망간다. 그는 그녀를 다시 집으로 데리고 오려 하다가 결국 그녀를 때려죽이게 되었다.

마리암도 붉은 핏빛 무궁화가 꽃봉오리를 활짝 펴듯 눈을 뜬다. 방은 연기로 가득하다. 고추를 태워서 피운 연기다. 이 매캐한 공기 속에서 날름거리는 연기를 뚫고 누군가 밖으로 나가는 모습이 보인다. 주문을 걸어 집의 모서리에 묻은 병들을 생각하며 안심할 수는 없는 상황이다. 동시에 그녀는 유령과 악령을 두려워하며 의식을 잃지는 않는다. 순다리 습지는 여기서 멀다. 여기에는 습지의 유령 대신 살아 있는 인간들이 있다. 다카 시를 공격한 인간들 말이다. 가까운 데서 들리는 총격전 소리로 아직 전투가 계속되고 있으며 자신이 홀로 집에 있다는 사실을 상기했을 듯하다. 자신은 이제 과거와 단절되어버렸다는 사실을 생각했을 수도 있다. 더욱이 아베드와의 관계라는 매듭이 전쟁 직전에 풀려버렸다는 사실을 기억하고 슬펐을지도 모르겠다. 그러나 마리암은 이런 생각들 중 어느 것에도 영향을 받지 않는다. 아랫배에서 약간의 통증이 느껴진다. 하지만 아직은 자신의 문젯거리가 저절로 사라져버렸다는 사실을 깨닫지 못하고 있다. 낯선 남자가 물 한 잔을 들고 연기를 뚫고 나타나는 것만 보인다. 사내는 그녀를 침대 위에 누이고 그녀의 몸을 일으켜 물을 마시도록 도와준다. 그리고 나서 그녀의 몸 위에 조심스레 시트를 덮어준다. 이 모든 것이 영화의 한 장면인 것 같다. 화면이 어두워진 뒤 마리암은 편안히 눈을 감는다.

3월 27일 아침 그 사내가 그녀의 집 문을 두드린다. "이것 봐, 일어나요, 처자. 길에 차가 정상적으로 다니고 있어요." 하지만 집에 들어오지는 않고 즉시 떠난다. 먼젓번에는 하지의 눈을 속이고 담을 넘어 들어간 거였다.

사람들은 이미 다카를 떠나기 시작했다. 아침과 낮에는 통행금지가 없다. 모두들 보따리에 소지품을 싸서 이고 지고 떠난다. 문은 잠가둔다. 하지만 나중에 돌아왔을 때 두고 간 물건들이 그대로 있으리라는 기대는 전혀 하지 않는다. 그럴더라도, 바로 지금 이 순간 가장 소중한 것은 생명이다. 쇠약해진 몸이지만 마리암도 피난행렬에 가담한다. 전날 밤의 사내도 그녀를 주시하며 자신의 머리 위에 엄청나게 큰 보따리를 이고 떠난다. 그 보따리에는 하지 샤헵의 물건이 들어 있다. 하지 샤헵의 몸종은 개를 줄로 동여매 끌고 간다. 장례를 치러주기 위해서가 아니라 하지가 그 부정한 동물을 동네 바깥에 버리라고 명령했기 때문이다. 하지 샤헵은 마리암에게 묻는다. "동생은 어디 갔나? 이름이 뭐였더라, 몬툰가 존툰가?" 몬투가 고향으로 떠났다는 대답을 듣고는 뭐라고 중얼중얼 욕을 하는 듯하다. 그러나 메리에게는 아무 말도 하지 않는다.

열다섯에서 스무 명에 이르는 그들 일행이 하지 샤헵의 인솔 하에 부리강가 강을 건너는데, 시체 몇 구가 강물 위에 떠내려가는 모습이 보인다. 산 사람과는 달리 시체들은 갈 길을 서두르지 않는다. 파도의 잔잔한 리듬을 타고 부드럽게 떠내려간다. 가끔 무성한 물풀이나 부유물 가운데 엉키기도 했다. 먼 하늘에서는 독수리 떼가 그 장면을 찬찬히 내려다보고 있다. 날개를 펼친 채 날카로운 부리는 집게처럼 꽉 다물고 안으로 구부러진 발톱은 피부의 주름 아래 감췄다. 독수리떼 아래 그들로부터 꽤 떨어진 곳에서는 썩은 고기를 갈구하는 까마귀들이 날고 있다.

하늘에는 해가 떠 있고, 앞에는 뜨거운 모래 둔덕이 펼쳐져 있다. 마리암 일행은 케라니간지 쪽으로 방향을 잡았다. 아와미 리그 해방투쟁 위원회 서기가 사별한 아내의 친정이 그쪽에 있다. 하지 샤헵이 중매한 부부였다. 서기는 아직 다카 시에 남아 바리케이드 뒤에서 업무를 보며 분주하게 지내고 있다. 하지 샤헵은 바보가 아니다. 자신이 중매한 사람의 처갓집에 신랑도 없이 많은 사람들을 데리고 가는 중인데, 더욱이 그와 서기는 지금 정적간이다. 하지만 지금 이 시점에서는 방글라 사람들끼리는 모두 한 편이라고 할 수 있다. 또한 그는 과거에 고향마을의 지도자이기도 했다. 그래서 많은 사람들이 그를 따라가고 있는 것이다.

서기장의 처갓집에 도착한 첫날 밤부터 그 집에서 머물던 사람들 사이에 냉전이 벌어진다. 그 집주인은 세련된 인물, 전전에 채널이 셋인 구식 파이 라디오로 영화음악 신청 프로그램에 귀를 기울이곤 하던 사람이다. 이제 그 라디오는 모두의 공동 소유물이 되었다. 기분이 내킬 때면 누구나 채널을 돌린다. 밤에는 반군의 채널인 스와딘 방글라 베타르에 맞춘다. 청중은 벅찬 흥분으로 숨을 죽이고 하지 샤헵의 심장은 쿵쿵 뛰기 시작한다. 독립선언이 이루어진다. "본인, 지아 소령은 우리 민족의 위대한 지도자이자 방글라의 친구인 셰이크 무지부르 라흐만을 대신하여……."

이제 전쟁이 일방적으로 끝나지 않을 것은 분명하다. 지아 소령은 어떤 인물인가? 그리고 하지 샤헵은 결국 누구 편인가? 그는 파키스탄군이 방글라 사람들을 무차별적으로 죽이기 때문에 가족의 보호를 위해 그들을 거느리고 다카를 떠나야 했다. 하지만 내심으로는 파키스탄군이 분리주의자들을 진압하고 파키스탄을 원상복구하는 데 며칠이면 충분하리라고 기대하고 있었다. 하지만 분리주의자들이 자유를 선포하고 반격을 가한다면? 더욱이 인도, 그

철천지원수가 흐려진 물에서 고기를 낚으려고 대기하고 있는 중이다. 하지 샤헵의 지도자 노릇은 역풍을 맞는다. 제 발로 호랑이 굴에 들어간 거나 마찬가지였다.

피난민들은 도시에서 교육받은 사람들, 똑똑한 체하는 사람들이었다. 그들은 케라니간지에 있지만, 만일 다카가 함락된다면 전쟁이 들불처럼 전국으로 번질 것임을 정확히 예측하고 있다. 하지만 밤낮으로 라디오에 귀를 기울여도 방가반두 셰이크 무집이 감옥에 갇힌 것인지 도피한 것인지 확인이 불가능하다. 그들은 눈과 귀가 있지만, 장님에 귀머거리나 다름없었다.

하지 샤헵이 불안해하며 말한다. "셰이크가 체포되어 불특정 장소로 이송된 것 같구먼." 아무도 반박하지 않는다. 그것은 민감한 사안이다. 만일 자신들의 지도자가 실종 상태라면 다른 사람들이 도대체 무슨 일을 할 수 있을 것인지? 3월 27일과 28일에는 하지 샤헵도 다른 사람들과 장단을 맞춘다. 자신이 원하는 뉴스를 듣기 위해 몰래라도 라디오 파키스탄에 주파수를 맞출 길은 없다.

3월 29일에는 스와딘 방글라 비플로비 방송에서 파키스탄 군 지휘자인 티카 칸 장군이 살해되었다는 소문을 퍼뜨린다. 집주인이나 다른 사람들도 모두 기뻐하는 듯하다. 그들은 그날 밤 향연을 준비하기까지 한다. 하지 샤헵은 곤란한 상황이 목전에 닥쳤다는 사실을 깨닫는다. 그는 자기 나라가 영국 식민지였던 때부터 정치에 관여했던 사람이다. 힌두교도들과 이슬람교도 사이의 인종

폭동도 목격한 바 있다. 방글라 지역의 무슬림이 파키스탄의 독립을 요구했던 것도 보았고, 지금은 그것이 다시 분열되고 있는 것을 보고 있다. 그는 현재 그곳의 좋은 분위기가 지속되지 않을 것임을 깨닫는다. 청중은 분열될 것이고 유혈사태가 일어날 것이며, 자신은 도망칠 수 없을 것임을.

3월 29일 밤에는 비가 온다. 하지 샤헵은 알라께서 불을 끄기 위해 제철도 아닌데 이 비를 때맞춰 내려주셨다고 말한다. 거대한 홍수 후에 세상이 다시 비옥해질 것이라고 알라의 신성한 책에 기록되었듯이, 불타고 있던 다카 시가 되살아날 것이라고. 그는 그날 새벽 가족과 함께 젖은 땅을 밟으며 다카로 되돌아간다. 자신의 집 1층에 살고 있던 사내도 함께 데리고 간다. 피난을 같이 했던 사람들은 이제 모두 그가 라미즈 셰이크라는 인물로, 어려운 시절에 자신에게 안식처를 제공해준 하지 샤헵의 오른팔 노릇을 하고 있다는 사실을 알고 있다. 어쩔 수 없이 가는 것이든 감사의 마음 때문에 가는 것이든 라미즈 셰이크의 마음은 자신이 고추를 태워 구해낸 마리암과 함께 케라니간지에 남아 있다. 그러니까, 창조주께서 당신이 창조한 세상에 대해 권리를 갖듯 라미즈 셰이크도 마리암의 생명에 대해 일종의 선취특권을 느끼고 있었다. 더욱이, 타인을 살해하면 벌을 받아야 하는데, 왜 타인의 생명을 구한 데 대해 보상을 받아서는 안 되는가? 떠나는 라미즈 셰이크의 마음속에는 그런 논리가 간직되어 있다.

피난민 무리의 나머지 사람들은 간밤의 비가 알라의 기적을 증거한다고 생각하지 않았다. 그들에게는 총격전의 끝이 안 보이기 때문에 도보로 귀향길에 나선다. 삯도 내지 않고 나룻배로 강을 건넌다. 논과 논을 가르는 둔덕 위를 걷는다. 모르는 사람들의 집에서 먹고 잔다. 낮에는 마을사람들이 녹색 코코넛을 가르고 들판을 가로지르는 길로 그들을 안내하고 그들에게 눌은밥과 재거리 막설탕, 삶은 달걀 등을 먹게 해준다. 마을사람들이 보는 것은 부자든 빈자든 생명을 손에 쥐고 개미행렬처럼 줄지어 피난하는 도시사람들의 모습이다. 그리고 할 수 있는 데까지 그 피난민들을 돕는 것이 자신들의 의무라고 생각한다.

다카 시를 떠난 피난민들은 각자의 목적지에 따라 방향을 바꾼다. 걷는 무리의 구성원들이 계속해서 바뀐다. 걷는 도중 새로운 사람들이 합류하기도 하고 함께 가던 사람들이 떨어져 나가기도 한다. 마리암은 방글라 북부에서 바리살까지 추수를 하기 위해 가던 농업노동자를 실은 배를 타고 소용돌이치는 파드마 강을 건너다가, 갑자기 배에 탄 사람 중에 자신이 아는 사람이 단 한 명도 없다는 사실을 깨닫는다. 그리고 자신이 사공 소유의 그을린 사기 접시에 담긴 쌀을 먹고 있다는 사실도 깨닫는다. 그녀가 소금과 탄 고추와 함께 먹고 있는 것은 판타 바트, 즉 밤새 불린 쌀이다. 파드마 강에는 어선들이 많고 어부들은 고기를 많이 낚는다. 아직 물고기들이 시체를 먹기 전이고, 피난민들이 민물고기를 안 먹기로 결심하기 전이었다. 하지만 사공은 돈이 없어서 생선을 살 수 없었다.

짠 눈물 두 방울이 마리암의 뺨을 따라 흘러내려 그녀가 먹고 있던 불린 쌀에 떨어져 섞인다.

V

낙원으로부터의 추락

마리암이 속한 무리는 사월 중순 무렵 소용돌이치던 파드마와 포장도로, 전깃줄과 전화탑에서 멀리 떨어진 깊은 내륙 지역 한 마을의 빈집에서 안식처를 구한다. 그 집의 이름은 금속 판에 스와르가담, 즉 낙원이라고 적혀 있다. 방은 많지만 사람이 없는 버려진 집이고, 집의 문들도 활짝 열려 있었다. 앞마당 햇볕 아래서는 옷들이 마르고 있었고 화덕의 불조차 아직 그대로 남아 있었다. 마리암의 일행은 그 집의 주인들이 피난을 떠난 즉시, 그리고 아직 마을이 약탈을 당하기 전에 도착해서 그곳을 차지하게 된 것이다. 일행은 버려진 집의 주인이 되어 조심스럽게 그 집의 장점과 단점을 검토한다. 마당 한구석에 있던 신성한 나륵풀과 대나무 숲 가운데 있던 시탈라 여신상으로 미루어 그 집의 주인들은 인도로 떠났고, 서둘러 돌아오지 않을 가능성이 크다고 짐작된다. 일행은 나륵풀을 뽑아버리고 시탈라 여신상은 그 앞에 놓여 있던 코코넛 공물과 함께 대나무 숲 안쪽으로 깊이 밀어 넣는다. 이제 아무도 그 집이 힌두교도의 집이라는 사실을 알아볼 수 없을 것이다. 일행은 그 집이 힌두교인 소유라는 표시를 그렇게 없애고 나서 조금 안심이 된다. 곧이어 집 주변 덤불에 있던 새 떼들이 안마당으로 모여든다. 대머리 병아리가 아주 여러 마리 있다. 일행이 마당으로 들어오는 순간 암탉들이 꼬꼬댁거리며 알 낳을 자리를 찾는다. 한 마리 있던 수탉은 마당과 베란다와 부엌을 으스대며 오가고 있다. 가슴을 활짝 편 채 암탉들을 거느리고 있는 형국이다. 외양간에서는 붉고 하얀 암소들이 큰 소리로 음메 음메 울고 있다.

방과 부엌과 널린 옷들과 닭과 소. 방랑자들은 그 모든 것들을 보며 간절히 정주민으로 되돌아가고 싶다. 그들은 얼기설기 가족 관계를 형성한다. 마리암은 그들과 함께 머물고는 있지만, 이 관계망에서는 열외이다. 무리는 적대적인 하위 집단으로 나누어진다. 유일한 공통점은 밤낮없이, 예고 없이 닥칠 수 있는 파키스탄 군대의 공격에 대한 두려움이다. 그렇지만 그들은 한 지붕 아래 살면서 다시 한번 인간관계에서 흔히 발생하는 가치관의 문제, 미묘한 차이 따위를 경험한다.

알라우딘 부인은 죽은 남편을 다카에 두고 두 딸을 데리고 피난 온 과부이다. 부모의 생사를 알지 못하는 여덟 살짜리 쌍둥이가 삼사 일 전에 이 무리에 합류해 무리의 부흐를 받고 있다. 이제 그 아이들은 고아로 여겨지고 있다. 자식이 없는 아티크 부부가 그들을 자식으로 삼았지만 실은 노예처럼 부리고 있다. 말리나 굽타의 경우는 파키스탄군이 열한 명의 남자 가족을—남편과 시동생, 시아버지, 아들까지—일렬로 세워놓고 총살했다고 한다. 그 열은 비뚤비뚤하고 높고 낮았는데, 파키스탄군은 그것을 직선으로 만들기 위해 남자들을 위협하고 곤봉으로 때렸지만, 총격이 일어나기 전에 줄이 흐트러졌다. 군인들은 이것을 도전으로 간주하고 그들의 집에 휘발유를 뿌리고 불을 지른 뒤 떠났다. 말리나는 장신구와 돈을 주머니에 담아 허리에 묶고 두 아이의 손을 움켜쥐고 도망쳤다. 그녀는 다른 사람들이 자신을 파키스탄군이든 강도에게든 넘겨버릴까봐 공포에 질려 있다. 그녀의 마음은 더이상 이곳에 있지 않고 국경 너머에서 자신을 기다리고 있을 안전을 향해 날아가 있다. 그녀는 과부의 옷을 입고 크리시나나가르의 오빠와 새언니의 집에 나타나는 것이 좋을지, 솔트레이크에 있는 난민수용소로 가는 것이 좋을지 고민하는 한편, 나머지 시간에는 두 딸을 꼭 껴안고 혼잣말을 중얼댄다. 꾸불꾸불하고 높낮이가 들쭉날쭉한 줄이 야기한 불협화는 언제까지나 해소되지 않고 있다.

　엔지니어인 타옙은 수도전력공사의 주요 간부이다. 임신 중인 그의 아내 스와프나는 반복되는 라디오 방송에도 불구하고 그가 다카로 되돌아가서 직장에 합류하지 않는 것이 메리 때문이라고 생각한다. 그녀는 마리암의 이름을 처음 들었을 때 그녀가 기독교인인가 보다고 생각했다. 하지만 무슬림일 수도 있었다. 스와프나는 메리의 애교스러운 태도가 남편을 빛나가게 하고 있으며, 메리가 딴 남자를 꼬시기 위해 자기 가족을 버리고 이 무리에 가담했다고 생각한다. 자궁 속의 태아와 함께 살해당할 운명인 스와프나는 일행 중의 다른 기혼녀에게 속엣말을 털어놓는다. "아티크 바이, 남자를 믿었다간 인생 끝장이에요. 남자들이 원한다면 저 여자쯤 스와르가담에서 쫓아낼 수 없나요? 알라우딘 바이는 괜찮아요. 머리가 있으면 두통이 생기는 건 당연한 결과지요. 하지만 알라우딘 바이는 도덕적으로 올바른 분이에요. 그분이 그러는데 메리가 창녀 같대요. 그래서 더이상 상종하지 않으신대요."

마리암은 이런 문제를 다루는 데 노련하다. 그녀에게는 바람막이가 절실하게 필요하다. 조그만 틈새라도 보이면 그 순간 그녀의 과거가 들춰질 것이다. 그러면 이 안식처, 너무 크지도, 너무 작지도 않은, 무덤처럼 크기가 딱 맞는 이 장소, 알라우딘 부인과 자식들의 옆 침대마저 잃게 될 것이다. 음식에는 문제가 없다. 스와르가담에서는 음식에 관한 한 아무도 다른 사람의 신세를 지지 않는다. 암소가 우유를 준다. 열매가 달린 마당의 나무들은 기도를 하기 위해 고개를 숙인 사람들처럼 늘어져 있다. 달걀은 똑같이 분배된다.

마리암은 이틀 동안이나 아무도 식사 시간에 자신을 찾지 않았다는 사실에 주목한다. 음식은 놋 쟁반에 공물처럼 담겨서 쌍둥이 편에 전달되고 있었다. 자신을 여신이라고 보는 건가, 아니면 마녀로 취급하는 건가? 알라우딘 바이마저 다른 사람들처럼 자신을 피하고 있었다. 낮 동안에는 워낙 메리에게 말을 걸지 않는 편이었지만 밤인 지금도 잠을 못 이루고 엎치락뒤치락하고 있는 중이다. 밤은 끝나는 기색이 없다. 스와르가담에 있는 기둥 네 개짜리 침대 두 개는 두 부부가 차지하고 있었다. 그들은 그 침대 위에서 쾌락과 기쁨의 파도에 몸을 맡기고 있다. 알라우딘 바이가 6주 전 남편이 살아 있던 때만 해도 누렸던 쾌락이 이제 닫힌 문과 창문 너머로 그녀를 아프게 한다. 그녀는 그럴 때 보통 마리암을 깨웠다. 마리암과 큰 소리로 대화를 나눔으로써 다른 방에서 일어나는 일을 무시하려고 애썼다. 낮에는 적인 여자가 밤에는 친구가 되었던 것이다. 이제 알라우딘 부인은 당황스럽다. 마리암을 부르려고 해도 목소리가 나오지 않는다. 말을 할 수가 없다. 하지만 마리암이 불쌍하기도 하다. 자신이 낮 동안 마리암을 너무나 부당하게 대했다고 느낀다. 마리암에게도 부모와 사랑하는 가족들이 어디엔가 있지 않겠는가. 자신에게는 그래도 두 딸들이 있지 않은가. 사람들은 태양빛에 눈이 멀어, 이런 생각들은 밤에만 한다. 혼자 가시침대에 누워 있을 때, 낮의 친구들이 닫힌 문 뒤의 적으로 변할 때만.

스와르가담의 거주자들은 암소들이 우유로 동이를 가득 채운다 해도, 암탉이 알을 낳아준다 해도, 그리고 나무에 열매가 열린다 해도 사실 지금은 전시라는 사실을 잊어버린다. 스와르가담은 사실 환상이며 그들이 깨어나는 순간 사라질 곳, 전쟁으로 고통받고 있던 그들의 정신이 상상한 장소, 혹은 꿈이다. 현실이라 하더라도 이 지상에서 천상의 쾌락이 오래 지속될 수는 없다. 이 쾌락의 대가 또한 무척 비싸다. 마리암이 그 무리에서 고립된 존재이기 때문에 누릴 수 있었던 자유는 의문을 발생시키고, 하루 이틀 지나면서 더 증폭된다. 그러다가 그녀의 숨겨진 과거가 갑자기 예상 밖의 폭발적인 방식으로 드러난다. 어느 날 모든 사람들을 놀라게 하며 라미즈 셰이크가 스와르가담에 나타난 것이다. 이때 발생하는 일은 마리암의 삶에서 이미 일어난 일과 형태만 다를 뿐 본질적으로는 별로 다르지 않다.

라미즈 셰이크가 도착했을 때 가장 기뻐한 사람은 임신 중인 여인 스와프나다. 남편을 신뢰할 수 없었기 때문이다. 해산의 날이 다가옴에 따라 점차 남편의 행동이 수상해 보이며 그가 자신에게 무관심한 것처럼 느껴진다. 말리나 굽타가 보인 반응은 다르다. 라미즈 셰이크가 도착한 날 밤 그녀는 자신의 소유물을 보따리에 잘 싼 뒤 두 딸을 데리고 그 피난처를 떠난다. 알라우딘 부인과 아티크 바이는 라미즈 셰이크를 열렬히 환영한다. 스와프나의 경우처럼 그들에게도 그를 환영할 나름의 이유가 있다. 그들에게는 친자들과 양자들은 있지만, 규모가 이렇게 큰 집단에 건장한 남자는 단 두 명뿐이다. 그런데 그 두 남자들은 스와르가담의 환경이 편안하다 보니 대책 없이 게을러졌다. 그들, 아티크 미안과 타옙 샤헴을 보면 동포 남자들이 파키스탄군과 정글과 습지에서 전투 중이라는 사실을 거의 잊을 지경이다. 지하방송인 스와딘 방글라 베타르에서 어떤 방송을 하든, 라디오는 결국 기계일 뿐이다. 거기서 하는 이야기의 진위를 확인할 길은 없다. 총을 휘두르며 나타난 라미즈 셰이크는 살아 있는 남자다. 무슨 사태가 발생한다면 어깨가 떡 벌어진 건장한 체격의 소유자인 이 남성, 냉정하고 소박한 이 사내가 사태를 잘 처리해줄 것 같다.

타옙 샤헵과 아티크 미안은 아내들이 그를 열렬히 환영하는 것을 보고 짜증이 난다. 그들에게는 라미즈 셰이크가 자신들이 스와르가담에서 누리고 있던 행운을 조금이라도 빼앗아가려고 온 것처럼 보인다. 그동안은 사내라고는 자신들 두 명뿐이었으니까. 그곳에 있던 모든 사람들이 그 두 남자가 마리암에게 매력을 느끼고 있다는 사실을 알고 있었다. 그 때문에 그 두 남자 사이에 일종의 은밀한 라이벌 관계까지 형성되어 있었으니, 규칙상 한 사람이 이기면 다른 사람이 질 수밖에 없는 카드놀이를 하던 중 그런 사실이 드러나기도 했다. 두 사람은 매일 카드놀이 판을 벌였는데 놀이는 번번이 큰소리로 싸우는 것으로 끝났다. 마리암은 꾸준히 자신의 자리만 지키고 있다. 그들이 기혼자이기 때문에 마리암을 유혹해보려는 그들의 시도에는 번번이 제동이 걸린다. 라미즈 셰이크에게는 그런 문제가 없다. 그는 다소 거칠고 고집이 세며 하루 종일 어깨에 라이플을 메고 다닌다. 라이플 같은 물건만 가지고 있다면 더이상 다른 아무것도 필요가 없다. 뭐든 하고 싶은 대로 할 수 있다. 아티크 미안과 타옙 샤헵은 만일 미혼인 젊은 여성을 포함한 스와르가담의 지배권이 그 남자의 손에 들어간다면 자신들이 할 수 있는 일이 있기나 할지 알지 못한다. 그들에게는 이 상황이 언제 닥칠지 모르는 파키스탄군보다도 더 큰 문제인 것처럼 보인다.

마리암은 스와르가담 전체가 라미즈 셰이크의 편이냐 아니냐로 갈리는 것을 보고 황당하다. 그녀는 이 낯선 사람이 자신의 적인지 친구인지도 궁금하다. 하지만 스와르가담의 다른 구성원들에 대해서는 이런 애매함은 없다. 그들은 전쟁 전 풀탈리 마을의 사람들과 전적으로 같은 부류의 사람들이다. 그들의 찌푸린 얼굴, 비난과 혐오감으로 일그러진 그 얼굴이 3월 25일이라는 심연의 이쪽에서도 재빨리 떠오른 것이다. 스와르가담의 여성들이 시끄럽고 거세게 그녀를 저주한다면, 사내들은 그녀를 향해 추파를 던진다. 마후아 영화관 사건 이후 그녀가 풀탈리에서 목격한 것과 똑같은 반응이다. 비난을 뜻하는 일그러진 미소는 영원한 듯하다. 그사이에 몬투는 어디에 있는지 모르고, 아베드는 실종되었으며, 카필루딘의 가족은 줄어들고 있었다. 골람 포스토파는 해변에서 해바라기를 하고 있고, 하지 샤헵은 애국자로 변신했으며, 라미즈 셰이크는 파키스탄 진다바드와 조이 방글라의 두 구호 사이에서 혼란을 느끼며 갈팡질팡하고 있었다.

라미즈 셰이크는 파키스탄인들 중 방글라인들과 비방글라인들 사이에 거리가 벌어지고 있던 지난 10년 동안 감옥에 있었다. 그

사이 3월, 4월이 지나가고 벌써 5월인데 그는 전쟁이 왜 벌어졌고 누가 누구를 죽이고 있는지도 감을 못 잡고 있었다. 그가 가진 쥐꼬리만 한 정치에 대한 지식도 하지 샤헵에게서 얻은 것이다. 그가 흥분하면 파키스탄 진다바드라고 외치고, 조이 방글라라고 말할 때는 더듬거리는 것은 그 때문이다. 그의 혀가 굳는다.

라미즈 셰이크는 사람을 죽이려면 목을 조르면 되니까 무기는 불필요하다고 생각한다. 그러나 절대 어깨에 멘 라이플을 벗지는 않는다. 그는 그 무기의 위력에 반해 있다. 가끔씩 기름칠을 해주며 부드러운 개머리판을 쓰다듬어 준다. 그는 파키스탄 협력자인 평화위원회 사람들을 애국자라고 오인한다. 그가 아는 한 그들의 의무는 파키스탄군에 여자와 닭을 공급하는 것이었다. 하지 샤헵은 애국시민이다. 케라니간지를 떠나 다카로 돌아간 뒤 평화위원회의 멤버가 되었다. 라미즈 셰이크를 곁에 두고, 어부가 그물을 치듯 매일 다른 지역에 가서 여자와 닭을 수집해 오라고 명령했다. 이제 다카 시에서는 여자와 닭을 구하기가 아주 힘들어졌다.

스와르가담에서 닭들이 자유를 누리고 여자들이 넘쳐난다는 사실은 라미즈 셰이크에게는 우려스러운 상황이다. 만일 애국자가 되어야 하는 상황이라면 여기 있는 어린 소녀들과 병아리들까지도 파키스탄군에 가져다 바쳐야 한다. 그러나 메리만은 넘기고 싶지 않다. 파키스탄 군인들이 우기더라도 넘기지 않을 작정이다. 고추를 태워서 그녀를 구한 것이 자신이고, 그러니 이제 그녀의 여생은 자기 것이다. 그것이 그가 하지가 쳐놓은 함정에서 빠져나와 스와르가담까지 더듬더듬 짚어오게 된 이유이다.

아티크 미안과 타엡 샤헵은 라미즈 셰이크의 과거를 알지는 못하지만 그의 행동에 몇 가지 이상한 면이 있다는 사실은 놓치지 않는다. 그래서 자유전사들이 나타나기만을 벼르고 있다. 맨발에 허리 두르개 바지만 입은 채 스텐 경기관총을 어깨에 멘 일단의 사내들이 야음을 틈타 은신처와 음식을 찾아 문을 두들길 것이다. 아티크 미안과 타엡 샤헵은 스와딘 방글라 라디오 방송국을 통해 전달된 명령대로 해방군에게 전적으로 협력할 것이다. 그러나 우선은 라미즈 셰이크가 조이 방글라라는 구호를 어색하게 더듬댄다는 사실부터 고자질할 것이다. 그리고 그가 전시인데도 자신의 총, 매끄러운 개머리판을 가진 그 물건을 적을 겨냥하지 않고 특별한 목적도 없이 자랑이나 하는 데 사용하고 있다는 사실도 고자질할 것이다.

낮이 가고 밤이 온다. 아무도 은신처와 음식을 찾아 그 집에 나타나지는 않는다. 대신 자유전사들의 암호편지가 실수로 스와르가담에 도착한다. 아티크 미안과 타엡 샤헵은 공포에 떤다. 그 편지 내용 중 특히 두 행 때문에 그들의 심장이 얼어붙는다. "우리는 많은 닭과 달걀을 보내고 있다. 그런데 왜 사용하지 않는가? 무슨 일인가? 다시 한번 말한다. 배신자에 대한 벌은 사형이다." 이 편지가 도착한 순간부터 두 사람은 겁에 질린다. 그들은 이제 라미즈 셰이크가 정체를 숨기고 있는 자유전사라고 생각한다. 그가 그들에 대해 몰래 고자질하고 있고, 자신들이 달걀을 더 나은 목적에 사용하지 않고 다 먹어치우고 있다는 혐의를 받고 있으며, 그것이 사형을 받아 마땅한 새로운 배신행위로 간주되고 있다고 생각한다.

그리고 여자들이 있다. 그들은 다수이고 모두들 라미즈 셰이크에게 알랑대고 있다. 스와르가담은 고립된 섬이나 마찬가지다. 라미즈 셰이크는 소형 보트로 폭풍우 치는 바다를 건너 그곳에 도착한 사람과도 같다. 그가 가지고 온 것은 총과 무쇠 빛 어깨와 저돌적인 태도이다. 이렇게 특별한 점들을 모두 모으면 전설이 탄생한다. 여자들은 영웅적인 자유전사에게 바칠 만한 찬사를 그에게 바친다. 그리고 음식도 두 배로 주고 편안한 침대도 그의 차지가 된다.

그들이 미리 대비했어야 하는데 그러지 못한 일이 며칠 후에 발생한다. 음식이 떨어진 것이다. 나무의 과일을 모두 따 먹어 빈 가지가 하늘을 향하고 있다. 소의 젖은 쭈그러들어 있다. 암탉들도 알주머니가 빈 채 다니고 있다. 달걀을 품지 못해서 망연자실 상태인 듯하다. 빈 닭장을 보며 미처 날뛴다. 알 낳는 일에 질린 듯 미치광이처럼 뛰어다닌다. 이 음식 부족의 첫 희생자는 마리암이다. 여성들은 그녀에게 음식을 주지 않는다. 두 사내도 거기 가담한다. 마리암에 대한 구애에 좌절한 나머지 이제 화가 치밀었기 때문이다. 더욱이 그들은 스와르가담에 대한 자신의 지배권을 유지해야 겠다고 결심한다. 여자들의 편을 들어야 할지라도.

처음에는 라미즈 셰이크가 자기 음식을 마리암에게 나눠준다. 하지만 곧 그와 같은 부당한 행동을 더이상 참을 수 없다고 생각한다. 그녀의 생명을 어떻게 구했는데 그녀를 굶어 죽게 놔둘 수 있단 말인가? 스와르가담에서는 광풍이 인다. 여자들은 사내들의 도움으로 입장을 바꿔 라미즈 셰이크를 단하로 내려 보낸다. 마리암과 라미즈 셰이크가 연애한다고 속닥거린다. 결혼식도 치르지 않고 연애질이라니 파렴치하다고.

소문은 진실이 되고 아무도 증거를 요구하지 않는다. 전시이다. 법도 없고 재판소도 돌아가지 않고 있다. 그 두 사람에게 줄 수 있는 최고형은 스와르가담에서의 축출이다.

라미즈 셰이크의 음식을 나눠먹으며 마리암은 이 곤경 속에서 자신을 돌봐주고 있는 보호자는 그 한 사람뿐이라는 사실을 깨닫는다. 그는 누구인가? 어머니, 아버지, 오빠, 언니, 남편, 친구? 그런 질문은 무의미하다. 그런 사람 중의 그 누구도 될 수 있고, 아무도 아닐 수도 있다. 하지만, 지금 이곳에는 아무도 없다―아베드도, 몬투도. 카필루딘 가족도, 라미즈 셰이크가 그녀 옆에 있는 것을 보면 기절을 할 친구들도. 그는 탈옥한 살인자다. 10년 동안 옥살이를 한 죄수다. 마리암은 라미즈 셰이크가 종전 후 자유 방글라데시에서 어떤 정체의 소유자가 될지 알 수 없다. 지금은 당장의 필요만 생각하며 살아야 한다. 모든 필요는 하루에 먹는 두 끼의 밥과 밤에 몸을 뉘일 침대, 안전한 피신처로 축소된다. 그리고 라미즈 셰이크만이 그녀에게 그것들을 제공해줄 수 있다.

마리암은 금지된 낙원의 과실로 라미즈 셰이크를 유혹한다. 방글라 사람 천만 명이 자기 집을 버리고 인도로 피난을 가고 있다고, 스와르가담처럼 버려진 집은 어디서나 쉽게 구할 수 있다고, 그런 곳만 찾아가면 자신들에게 창피 줄 사람은 없을 거라고 그에게 말한다.

라미즈 셰이크는 마리암의 주장을 무시할 수 없다. 그는 그녀가 무척 유식하고 똑똑하다고 생각하고 있다. 자신은 까막눈이나 간신히 면한 수준이다. 그렇지만 그들은 지금 뱀이나 다른 위험이 아니라 아무 짝에도 쓸모없는 두 남자와 몇 명의 여자들을 피해 도망가야 하는 상황이다. 어쨌든 그런 충고를 해주는 사람은 자기 바로 옆에 있다. 그래서 무기가 있지만 싸워보지도 않고 스와르가담의 지배권을 포기해버린다.

스와르가담을 떠난 아담과 이브가 마주치는 것은 초토가 된, 위험하고 살인적인 세상이다. 그들은 자신들이 방금 떠나온 집과 비슷한 집을 꿈꾸고 있다. 그런 곳만 찾는다면 자신들은 이 세상에 하나밖에 없는 사내와 여인이 될 수 있었다. 먼 하늘에서 조각달이 그들을 내려다본다. 다음 순간 겁에 질려 구름 뒤로 숨는다. 우레 같은 굉음이 하늘 한복판에서 터져 나온다. 잿빛 이파리들도 극심한 공포에 떤다. 그러나 두 사람은 아무런 두려움도 없이 미지의 목적지를 향해 길을 나선다.

밤은 아직 끝나지 않았다. 소나기가 한 차례 쏟아진 뒤 군인들이 스와르가담을 향한 진창길을 이열종대로 전진하고 있었다. 유령 같은 그들의 그림자가 길에 고인 웅덩이에 비친다. 전투 개시 후 석 달, 준비는 충분하다. '살해, 약탈, 강간.' 행진의 박자에 맞춰 잠에서 깨어나기 직전의 대지가 떤다. 그 행진의 박자가 목소리 고운 새들의 새벽 리듬을 방해한다. 그 새들이 정신없이 흩어진다.

낙원의 문에는 문지기가 없었다. 군인들은 우연히 마리암과 라미즈 셰이크가 택한 길의 반대편 길로 전진했다. 스와르가담은 텅 비어 있었다. 거기서 지내던 사람들이 다가오는 군홧발 소리를 듣고 도망쳤기 때문이다. 못된 닭들은 닭장으로 들어가는 대신 나뭇가지에 앉았다. 거기서 산통에 시달리던 스와프나의 신음소리를 들을 수 있다. 그녀를 돕기 위해 오는 산파는 없다. 며칠 전 그녀는 말했다. "아티크 바이, 사람들을 믿는다면 끝장이에요." 그 말이 얼마나 옳은 말이었던지. 병사들은 방을 샅샅이 수색한다. 화가 머리끝까지 치솟은 그들은 황급히 도망친 사람들의 체온이 아직 남아 따스한 매트리스를 부순다. 그러나 총은 쏘지 않는다. 칼끝으로 스와프나의 부른 배를 찔러 터뜨린다. 외양간에는 아직 두 마리의 소가 말뚝에 묶여 있다. 소는 해치지 않고 목을 끈으로 묶어 끌고 간다. 이 작전의 수확은 두 마리의 암소와 (살아 있는) 두 마리의 송아지, 그리고 죽은 여자와 죽은 아기 한 명이다. 하지만 그들은 이 결과에 만족하지 못한다. 그래서 스와르가담의 방마다 불을 놓는다. 불꽃의 열기가 닭들을 태운다. 닭들이 시끄럽게 꼬꼬댁거린다. 닭들이 우왕좌왕하지만 캄캄해서 잘 보이지 않는다. 군인들은 일단의 자유전사들이 경기관총을 자동으로 고정해놓고 머리 위에서 자신들을 겨냥하고 있는 것은 아닌가 걱정이 된다. 그래서 재빨리 땅바닥에 엎드려 방어태세를 취한다. 첫 번째 일제사격은 새들의 머리 위로 지나간다. 꼬꼬댁 소리가 더 커지자 파키스탄 군인들은 나뭇가지를 겨냥하고 쏜다. 고약한 놈의 닭들은 항복하지 않는다. 알주머니도 비어서 몸이 가볍기 때문에 날기 시작한다. 군인들은 꼬꼬댁 소리가 그칠 때까지 고집스럽게 사격을 계속한다.

Ⅵ
개전(開戰) 삼 개월 후

　마리암을 28년 후 인터뷰한 묵티는 두꺼운 노란색 매직펜으로 스와르가담 함락의 밤에 동그라미를 치고 공책 가장자리에 '비운의 시작?'이라고 적었다. 그 질문은 그녀의 리포트에 그대로 남아 있었다. 질문은 복잡해도 대답은 단순한, 그런 류의 질문이 아니었기 때문이다. 어떤 사람들에게는 마리암의 불운은 졸업자격시험을 보기 위해 방문했던 한 청년이 영화 속의 사랑의 장면을 보다가 자신도 모르게 마리암의 손을 잡은 마후아 영화관의 그날 시작된 것으로 보일 것이다. 혹은 전쟁 개시 이틀 전 그녀가 몬투를 고향으로 보낸 뒤 관우물 근처 벽돌 위에 서 있던 그 순간을 생각할 수도 있겠다. 그것은 마리암 스스로 자신의 불운이 시작된 순간이라고 여겨온 시점이기도 하다. 하지만 아마도 그 둘 중 어느 때도 아니었을 것이다. 아마두 마리암의 삶은 그 모든 불운한 순간의 총합일 것이다. 묵티는 또한 마리암, 혹은 메리가 단순한 하나의 사례에 불과할 뿐이라고 생각한다. 그녀에게 닥친 불운의 진정한 원인은 혈통의 연장을 위해 필요하고, 따라서 순결을 지켜야 할 필요가 있던 그녀의 재생산 기관이다. 그것은 한 남자의 합법적인 사용을 위해서만 예약되어 있는 것이다. 하지만 전시에는 보호를 받을 수 없었다. 적의 음경이 그 속으로 들어갔고, 적의 정자가 난소를 향해 움직였다. 태아들은 급격히 성숙하기 시작했다. 특별 명령에 의해 낙태가 이루어진 뒤에도 여성의 몸은 순결을 회복할 수 없었다.

이 모든 것은 물론 나중에 일어난 일이다.

개전 삼 개월 후. 마리암은 자신이 있는 곳에서 풀탈리 마을까지의 거리가 얼마나 먼지, 자신이 그곳에 도착할 수나 있을지 알지 못했다. 라미즈 셰이크와 함께 스와르가담과 비슷한 집, 사람들이 버리고 갔지만 풍족한 물자가 있는 집을 찾고 있었다. 지나치는 마을마다 빈 방들이 하나둘 있기는 하지만 너무나 가난한 곳들이라 살 만한 곳은 못 되었다. 문도, 창문도, 울타리도 없었다. 초가지붕은 비스듬히 흘러내려져 있었다. 잡초와 잡목들이 집 주변에 웃자라 있었고, 낮에도 자칼들이 연못 부근에서 울부짖었다. 집의 들보 위에 올빼미가 매달려 있었고, 집으로 들어가는 입구의 길은 이끼 때문에 어찌나 미끄덩거리던지 걷다가 팔다리를 부러뜨릴 지경이었다. 그러나 마리암과 라미즈 셰이크는 아직도 희망을 버리지 않고 있었다. 전쟁은 양손으로 빼앗을 뿐 아니라 주기도 하는 것이니까. 그랬으니까 스와르가담도 발견할 수 있었던 것 아닌가? 그러나 가는 길에 불필요한 문제에 마주치고 싶지는 않다. 그래서 그들은 사람들과 마주치지 않으려고 애쓴다. 하지만 그러다가 실수로 사람이 사는 집 앞을 지나가게 되면 집주인들이 큰 소리로 묻는다. "거기 바깥에 누구요?" 이런저런 구실을 대며 빨리 벗어나려 해도 불필요한 시간 낭비는 불가피하다. 개간된 논밭이 비교적 안전한 편이다. 전시에 논밭에서 일하는 사람들은 정말 절박해서 일을 하고 있는 것이다. 그래서 모르는 사람들과 수다를 떨 시간이 거의 없다. 그러나 가끔씩은 먼저 밀짚모자가, 이어서 얼굴과 몸이 갑자기 먼 논 한가운데서 나타나면서 외친다. "어이, 어디로 가는 거요? 어디서 왔소?" 같은 질문이 두어 번 반복되면 대답을 안 하는 것은 좋지 않을 것 같다. 라미즈 셰이크는 질문하던 남자에게 마을의 이름을 물었다. 농부는 축제의 날 꺼내는 초승달 모양의 낫으로 지평선을 가리키며 외쳤다. "마을 이름은 라다나가르요. 파키스탄 군대가 마을에 불을 질러 마을이 다 잿더미가 되었소. 옆 마을은 노퉁가언이요. 거기 가면 주민을 만날 수 있을지도 모르오."

노퉁가언과 라다나가르라는 이름이 낯익다. 약 삼십여 년 전 고모인 사하르 바누가 라다나가르의 문시 가로 시집을 갔다. 그녀는 결혼한 지 1년쯤 뒤에 천연두로 죽었다. 메리는 한 번도 만난 적이 없는 고모였다. 만일 메리가 학교를 몰래 빠지거나 공부를 게을리 하면 카필루딘 아흐메드는 자신의 여동생인 사하르 바누에 대한 슬픈 이야기를 해주곤 했다. 사하르 바누는 공부를 잘 했다고 했다. 시집을 간 뒤 친정으로 답방을 왔다가 시댁으로 돌아갈 때 가방을 책으로 가득 채워 돌아갔다는 것이다. 그러나 그해가 다 가도록 그녀는 공부를 하기는커녕 가방을 열어보지도 못했다! 그녀가 죽은 후 시댁 식구들이 그녀의 옷과 보석은 다 챙겼지만 자물쇠가 채워진 책가방은 풀탈리의 친정 부모에게 돌려보냈다. 당시 라다나가르 문시 가에서는 젊은 여자는 공부를 하지 않는 것이 관습이었다.

꽤 많이 걸은 후에야 노퉁가언에 도착한다. 그러나 주민들이 불안해하고 있는 기색이 역력하다. 아직까지는 마을에서 버티고 있지만, 당장이라도 피난을 떠날 기세다. 마을주민들은 라미즈 셰이크의 어깨에 매달린 라이플을 보자 쥐새끼들처럼 우왕좌왕 도망친다. 그가 라자카르 의용군이든 자유전사든 그들에게 위안을 줄 사람은 아니라는 것이 분명해 보였던 것이다. 바로 이틀 전에 파키스탄군이 옆 마을에서 자유전사들의 냄새를 맡고 와서 그 마을을 화장터처럼 잿더미로 만들어버리지 않았는가. 그 마을주민들은 의용군의 습격에 지쳐 있었다. 그때까지는 라미즈 셰이크가 어떻게든 그 두 극단 사이의 공간을 마련해왔다. 사람을 만날 때마다 큰소리로 자신은 의용군도 자유전사도 아니라고 소개했던 것이다.

그러자 전투에 나가 총을 휘두르고 싶어 안달이 난 십대 소년 하나가 어둠 속에서 갑자기 나타나 라이플을 잡아채며 말한다. "그래, 아저씨, 그럼 왜 라이플을 가지고 다니는데요? 이리 내놔요, 내가 쓰게."

마리암도 라미즈 셰이크도 그런 특이한 환영 방식에 대비가 되어 있지 않았다. 그 무기가 지금까지 그들에게 무슨 큰 도움이 된 것은 아니었지만, 사람들이 라미즈 셰이크를 보고 자유전사나 의용군 중 하나로 오인하게 하는 데에는 나름의 효용이 있었다. 라미즈 셰이크는 이제 양측 모두의 구호를 상당히 익숙하게 외칠 수 있었다. 파키스탄 진다바드, 조이 방글라. 하지만 언제 어느 쪽을 외쳐야 할지에 대해서는 여전히 확신할 수 없었다. 아마도 아홉 달 동안 그것을 외쳐야 했다면 요령을 터득했을지도 모른다. 그러나 아직은 개전 후 석 달째다.

라미즈는 총을 **빼앗기고** 나서 노퉁가언에서 무력하다. 손발이 묶인 채 아무것도 지니지 못하고 다시 감옥에 갇힌 듯하다. 그는 한 문장만을 자꾸 되풀이한다. 스와르가담에서 여자들과 두 남자를 쫓아내고 왕과 왕비처럼 살 수 있었는데, 메리가 왜 그를 끌어냈는지 모르겠다는 것이다. 하지만 노퉁가언에는 같은 말을 열 번씩 반복한다면 쇠파이프를 집어들지 않고 들어줄 사람이 없다.

무기를 잃기는 했지만 라미즈 셰이크와 마리암은 그날 밤 노퉁가언의 쵸두리 가에서 음식과 쉴 곳을 얻는다. 쉴 자리가 마련된 뒤에는 마을 여자들이 마리암을 맡고, 라미즈 세이그에게는 곤봉이 쥐어져서 반 다스쯤 되는 젊은이들과 함께 보초로 파견된다.

여러 가지 무기들, 총과 창과 곤봉, 도끼 등으로 무장한 노퉁가 언의 사내들은 마치 강의 물줄기가 바뀌면서 수면으로 떠오른 땅이라도 차지하러 가는 사람들처럼 함성을 올린다. 아니면 잘 익은 곡식을 들판에서 훔치는 좀도둑을 잡으러 가는 사람들처럼, 이라고 해야 할지. 라미즈 셰이크는 조용히 혼자 미소를 짓는다. 이 마을사람들은 참으로 멍청하다, 라고 생각한다. 그렇게 조악한 무기로 파키스탄군을 상대로 마을을 지킬 수 있다고 생각하다니! 그는 이 반 다스가량 되는 자경단원들에 비하면 자신이 훨씬 더 똑똑하다고 느낀다. 라이플을 잃어서 애석한 기분도 잊고, 경작된 밭을 가르는 둑에 앉아서 그르렁거리고 있는 후카 파이프를 빨며 자신이 아는 많은 것들에 대해 떠벌여댄다.

반 다스가량 되는 자경대원들은 다카 시에 머물면서 파키스탄군을 위해 여자들과 병아리들을 모아다 바친 라미즈 셰이크의 이야기를 항의하지 않고 들어주지만 하지 샤헵이 애국시민이라는 말은 용납할 수 없다. 그들은 그는 배신자라고, 만일 자유전사들이 그를 체포한다면 생매장시켜버릴 거라고 말한다. 왜? 라미즈 셰이크는 이해할 수 없어서 입을 떡 벌린다. 여자들을 강제로, 혹은 꾀어서 군대에게 넘기는 것이 나쁜 짓이라는 것쯤은 그도 안다. 한번은 스스로도 하지 샤헵에게 왜 그런 일을 하느냐고 물은 적도 있다. 그러나 하지는 종교에서 허락하는 일이 아니라면 한 발자국도 떼지 않을 만큼 신앙심이 깊은 사람이다. 그의 설명에 따르면, "이것 봐, 동파키스탄은 이제 적의 영토이고 여자들은 전리품이라구. 알라의 성서에도 전쟁터에서 전리품을 즐겨도 된다고 나와 있다구."라는 것이었다. 그렇게 말한 후 수염을 기른 얼굴로 라미즈 셰이크를 압도했었다. 뭐니 뭐니 해도 그는 한밤중에 라미즈 셰이크가 죄수복을 자신의 옷으로 갈아입게 도와주고, 쫓아낸 자기 아들의 침대에서 자게 해준 사람이었다. 라미즈 셰이크는 자신에게 은신처를 제공한 사람에게 모든 사실을 털어놓지 않을 수 없었으니, 하지 샤헵은 꼬박 이틀 동안 그를 심문해서 그가 저지른 죄를 거의 다 알아냈었다. 그리고 그가 살인죄로 감옥살이를 했다는 사실을 알아내자마자 그를 이 믿을 사람 없는 세상에서 자신의 충실한 하수인으로 쓸 수 있겠다는 걸 깨달았다. 자신의 죄를 다른 사람들에게 들킬까봐 평생을 발에 족쇄를 채운 개처럼 살 것이며, 실수로라도 칭얼대는 일은 없을 것이라는 판단이 들었다. 그러나 마침 전쟁이 일어났다. 개라도 질문할 필요를 느꼈다면 대답을 해주는 것이 좋겠다고, 안 그랬다가 도망을 갈 수도 있다고 생각하며 위안을 삼았다. 고개를 숙인 하지 샤헵의 침이 라미즈 셰이크의 얼굴로 튀었다. 하지는 화를 삭이느라 이를 갈면서 "그러니 잘 들어, 이 새끼야. 너라면 마누라 없이 지낼 수 있겠냐, 어? 너도 마누라를 억지로라도 데려가려고 했잖냐— 허! 군인들이 어떻게 지낼 수 있겠냐? 마누라와 애들이 수천 마일 떨어진 곳에 있어. 어떻게 여자 없이 지낼 수 있냐, 어?"라고 말했다. 그러고 나서 라미즈 셰이크의 후견인, 아버지라고 해도 좋을 만큼 연장자인 그가 분을 삭이지 못하고, 허리 두르개 바지 자락 사이로 라미즈 셰이크의 성기와 고환을 잡아 확 비틀었다. 라미즈 셰이크의 눈에서 불이 번쩍번쩍했지만 그 와중에도 "너만 이게 있냐, 허!"라고 말하는 하지 샤헵의 말소리가 들렸다.

만일 이 자경대원들이 예언하듯 하지가 벌을 받게 된다면 자신에게는 어떤 일이 일어날 것인지? 그는 아내가 처갓집을 떠나기를 거절한다는 이유만으로 그녀의 목을 졸라, 부드럽게 떨리는 그녀의 마지막 숨결이 그녀의 혓바닥을 빠져나와 그의 손아귀 사이에서 사라지게 했는데. 법정에서의 반대심문 중에 그의 변호사는 두 손을 모으고 "존경하는 판사님, 제 의뢰인은 무죄입니다. 그는 천생연분인 아내와 조금 쾌락을 즐기는 일이 아내를 갑자기 죽게 할 거라고는 예상하지 못했습니다. 제 의뢰인은, 어르신, 아내를 지극히 사랑했습니다. 아내가 친정에 가 있는 동안 잠을 이루지 못했습니다. 여러 날 동안 불면에 시달렸기 때문에 신경쇠약 상태에 있었습니다."라고 말했다. 이것은 냉혈한 살인이 아니며, 과도한 정열 외에 다른 동기는 없었고, 그 사실은 이미 재판 중에 입증되었다고 주장했다. 따라서, 훌륭하신 재판장은 라미즈 셰이크를 사형시키는 대신 그에게 종신형을 선고했다. 라미즈 셰이크는 겨우 몇 년의 옥살이 후에 탈옥했다. 전시에는 탈옥이 중대범죄로 여겨지지 않을 것이며, 아내의 살해도 마찬가지일 거라고 짐작하고 있었다. 그런 재판은 굳이 열리지도 않을 것이다. 변호사들이나 자문들에게 돈을 쓸 필요도 없고, 재판비용 때문에 집을 평생 저당 잡히지 않아도 된다. 너무나 많은 사람들이 아무 이유도 없이 죽고, 아무도 누가 누구를 죽이는지 따지지도 않았다. 그런데, 만일 하지 샤헵이 자유전사에게 걸린다면 파키스탄군에 여자와 병아리를 제공했다는 이유로 생매장을 당할 것이라니! 바보 같은 놈들! 라미즈 셰이크는 웃기는 소리라고 생각한다. 그러나 웃지는 않는다.

테타와 창을 들고 파키스탄군의 공격에 대비해 보초를 서고 있던 노퉁가언의 자경대원들은 이제 라미즈 셰이크에 대해 짜증이 난다. 지금처럼 절체절명의 순간에 어떤 사람이 참으로 위선적인 배신자이고 어떤 사람이 진정한 애국자인지를 설명해주어야 하다니! 이 터무니없는 천치는 대체 어디서 온 거야? 이 멍청한 놈은 자유전사들이 지금 다카에서 라자카르 활동으로 바쁜 그 악당 놈의 하지를 생포한다면 생매장해버릴 거라는 단순논리도 이해하지 못하고 있었다. 누가 그에게 그 사실을 납득시킬 수 있을까? 자경대원 여섯 명은 어둠 속에서 서로를 바라본다. 그러다 하나가 갑자기 냉정을 잃고 외친다. "그 하지 샤헵이란 놈은 미르 자파 같은 놈, 배은망덕한 배신자라고. 나라를 영국에 판 미르 자파 말이야, 기억나냐?" 즉시 또 한 사람이 한심해하며 말한다. "그래, 나라를 판 놈, 일어나서 싸우지 않은 놈. 팔라시의 망고 숲에서 장승처럼 얼어붙었던 놈, 그 악당 놈의 총사령관 말이야!" 하지 샤헵을 미르 자파와 동일시하니 조금 안심이 된다. 스스로의 영리함에도 기분이 좋다. 그러고 나서 그들은 애국자 시라지-우드-다울라를 생각한다.

노퉁가언의 학교 운동장에서는 해마다 나왑 시라지-우드-다울라를 소재로 한 연극이 공연되었다. 바티 지역에서 극단 나바라트나 오페라가 와서 땅을 파고 텐트 쐐기를 박은 뒤 닫집을 쳤다. 연극은 마그네슘 증기를 이용한 하작 램프의 불빛 아래 깊은 밤에 시작해 아침까지 계속된다. 아침이 와도 공연은 끝나지 않는다. 새벽해가 닫집 틈새로 들어와 무대로 스며들면 관객은 극단을 욕하며 집을 향하기 시작한다. 그리고 나머지 공연을 보기 위해 다음 날 다시 학교 운동장에 모인다. 이마의 땀으로 번 돈으로 표를 사서 닫집 안으로 들어간다. 그 안에서 시라지-우드-다울라가 두르바, 즉 궁정으로 들어서는 장면, 등이 오싹오싹해지는 그 장면을 숨을 죽이며 기다린다. 궁정 관리 나킵이 궁정에서 트럼펫 소리와 함께 "나왑 만수르-울-물크 시라지-우드-다울라 샤쿨리 칸 미즈라 무하마드 하야와트 중 바하두르-으-으."라고 외친다. 나왑이 언급되는 것을 듣는 관객의 가슴은 자부심에 넘친다. 그의 이름 앞에 나오는 명칭이 그보다 더 길었더라면 더 큰 자부심을 느꼈을 것이고, 그들의 가슴은 두 배나 더 부풀어 올랐을 것이다. 그들 자신의 작고, 사소한 이름들은 증기처럼 공중으로 사라진다. 한번은 그가 "보라, 운명의 검은 구름으로 인해 방글라의 하늘이 어두워졌다."

라는 대사를 말하는 도중에 벨나무 껍으로 붙인 수염이 떨어져서 그의 얼굴 한쪽으로 늘어진 일이 있었다. 그러나 관중들은 웃지도 야유의 휘파람을 불지도 않았다. 그들은 음모가 난무하는 무르시다바드 궁전이라는 별세계로 이동해서 그 내부에서 벌어지는 빛과 어둠의 움직임에 사로잡혀 있었다. 시라지-우드-다울라의 위기는 그들 자신의 위기, 생과 사, 승리와 패배가 걸린 위기다. 그들이 느끼는 위기감은 시라지-우드-다울라의 것보다 더 긴급한 것일 수도 있었다. 방글라 최후의 비극적인 젊은 나왑인 시라지-우드-다울라는 자신이 전투에서 패해서 왕국을 잃게 될 것이며 자신도 무자비하게 살해될 것이라는 사실을 모르고 있지만, 관중들은 알고 있었기 때문이다. 관중들은 또한 밤은 또다시 지나갈 것이지만 연극은 끝나지 않을 것임도 알고 있었다. 그들은 나왑의 불가피한 죽음의 장면을 바위 같은 침묵 속에, 그리고 심오한 슬픔 속에 목격하지 않아도 될 것이었다. 더욱이, 나왑은 연극의 이 막에서는 아직 살아 있다. 단지 신뢰와 불신 사이에서 혼란을 느끼고 있는 중이다. 궁정에는 미르 자파, 라지발라브, 자가트 세쓰, 라이 두를라브, 우미찬드, 그리고 동인도 회사의 대리인인 와트가 있다. 무대 아래서는 북이 천둥 같은 소리를 내며 관중의 가슴속에서 울리고 있다. 떨어진 수염을 제자리에 다시 붙이고 나왑은 여전히 윙윙거리는 목소리로 말한다. "방글라의 초록빛 땅이 핏자국으로 얼룩졌구나. 우리나라에 행운을 가져다주는 밝은 태양이 지려고 하는구나. 자고 있는 자식들 머리맡에 앉아 있는 것은 슬퍼하는 어머니뿐이로다. 어두운 밤이 언제 끝날지 궁금해하고 있구나. 누가 그 어머니에게 희망을 줄 것이냐? 누가 그분을 위로해줄 것이냐? 누가 재각성의 말로 그분의 기운을 북돋아줄 것이냐? 일어서라, 오 어머니여, 일어나서 눈물을 닦으십시오. 당신에게는 칠천만의 자식들이, 힌두교도와 무슬림의 자식들이 있지 않습니까? 우리가 생명을 바쳐 침략자들에게서 우리나라를 방어하겠습니다. 우리의 생명을 바치겠습니다."

하늘에서는 먹구름이 몰려오고 있다. 밤의 세계는 잉크 빛 어둠으로 가득 찬다. 적진은 가까운 곳에 있다. 자칼의 무리가 밤을 뚫고 시간을 알리며 울부짖는다. 올빼미가 나무 꼭대기에 앉아 불길한 목소리로 운다. 여섯 명의 자경대원은 팔라시 들판의 어둠 속에 서 있는 것 같은 기분이다. 테타와 창과 도끼로 무장하고 있으며, 목적 달성을 위해서라면 목숨이라도 기꺼이 바치겠다는 결의가 얼굴에서 빛나고 있다. 마지막 한 방울의 피까지 다 바쳐서 조국을 외적으로부터 방어하리라. 조국을 사랑하기 때문에. 자신들이 나왑 시라지-우드-다울라의 충신인 미르 마르단과 모한랄이기 때문에.

그 같은 숭고한 애국심과 열렬한 순국정신을 바라보는 라미즈 셰이크는 초조하다. 이 노퉁가언 마을사람들이 좀 이상한 것 같다. 시라지-우드-다울라의 영혼에 사로잡혀서, 한 번도 본 적 없고 알지도 못하는 먼 과거의 왕의 슬픔 때문에 돌처럼 굳어져 있다니.

하지만 더이상 고집스러워 보이는 얼굴은 아니다. 하나하나가 천사처럼 온화한 표정이다. 그러나 가슴속에는 외골수의 결심, 즉 조국을 위해서라면 생명이라도 바치겠다는 결심, 그럼으로써 외적을 쳐부수고 미르 자파르 따위를 죽여버리겠다는 결심이 있다. 라미즈 셰이크는 공포심으로 오싹해진다. 그런 죽임과 복수의 끝은 어딘가? 과연 이들은 냉정한 살인자들인가, 아니면 열렬한 살인자들인가? 만일 전후에 재판이 열린다면 누가 어떤 법에 따라 그들을 심판할 것인가?

세상은 이상한 곳이다. 탐욕에 눈이 먼 외적들은 다른 나라를 침략하기 마련이다. 그리고 애국자도 늘 있다. 시라지-우드-다울라든 셰이크 무집이든. 그리고 미르 자파르들도 항상 그림자와 함께 주변을 오갈 것이다. 정해진 패턴을 따른 인물들로 이루어진 잘 짜인 각본을 공연하는 것처럼. 그 누구도 이 구도 밖에 남아 있을 수 없다. 죽이거나 죽임을 당하고 싶지 않은 사람은. 동일한 연극이 수백 년 동안 공연되어왔고, 주인공들은 지속적으로 예측 가능한 역할을 연기해왔다. 라미즈 셰이크는 어느 편인가? 하지 샤헵의 편인가, 아니면 여섯 명의 자경대원 편인가? 이제 하지 샤헵이 애국자가 아니라는 것은 라미즈 셰이크가 보기에도 분명하다. 그는 미르 자파르다. 그러나 그 전쟁에서는 사실 시라지-우드-다울라가 패배자이고, 애국자가 아닌 미르 자파르가 방글라의 왕이 되었다.

라미즈 셰이크는 죽고 싶지 않다. 살인혐의를 쓰고도 교수대를 피했으니 운이 좋은 사람이었다. 선고를 기다리던 다섯 달의 길고 긴 기간 동안 그는 생명이 하찮은 것이 아니라는 사실을 존재의 깊은 곳으로부터 깨달았다. 매일 밤 죽음의 사자인 아즈라엘이 아내의 모습으로 나타나서 감옥의 창살 밖에 앉아서 결혼의 노래들을 들려주곤 했다. 그러다가 간수가 마지막 당직을 설 때쯤에야 자리에서 일어나 서서히 사라졌다. 그가 무기징역형을 받은 후 아내는 두 번 다시 나타나지 않았다. 아마도 마음이 상했기 때문일 것이다.

자경대원들이 보초를 서고 있는 동안, 그들이 있는 장소는 팔라시로 변하고 시간은 더이상 1971년이 아니라 214년 전인 1757년으로 되돌아간다. 노퉁가언의 자경대원들은 단순한 보초가 아니고 시라지-우드-다울라의 신임을 받던 충신들이 된다. 그들은 자트라 연극의 배우라도 되는 양 신들린 사람처럼 걷고 말한다. 조잡한 사제무기는 그들의 손아귀에서 정식 칼로 변한다. 감정이 고조된 순간 그들은 칼을 칼집에서 꺼내 칼날을 머리 위로 높이 치켜든다. 라미즈 셰이크는 겁이 난다. 스스로는 아직 어느 편을 들지 결정하지 못했지만, 이 사람들은 자기를 이미 미르 자파르의 편으로 보고 있는 듯하다. 라이플을 뺏기지만 않았다면 이렇게까지 무력하지는 않았을 것이다. 그의 무기를 빼앗은 그 소년은 어디로 사라진 것일까? 도망쳤을까? 그 이후로 모습을 전혀 볼 수 없다.

한 발짝을 내디딜 때마다 너무나 많은 위험이 따른다. 하지 샤헵 옆에 그냥 남아 있었어야 했던 것 같다. 사람들이 미르 자파르를 저주하지만, 결국 전쟁에서 승리한 것은 미르 자파르들이고 시라지-우드-다울라의 편은 짓밟혔다. 자신은 여자 하나 때문에 승리자의 편을 목숨을 걸고 떠난 것이다. 10년이나 감옥에서 살았지만 전혀 아무것도 배우지 못했다고 할 수 있다. 그가 옥중에 있을 때 부모님이 돌아가셨다. 굶주리고 아픈데도 치료를 받지 못했다. 무일푼이던 그 노부부는 한 줌의 쌀을 얻기 위해 마지막 며칠 동안 이 집 저 집 구걸을 다녔다. 하지만 아무도 그들을 도와주지 않았다. 부자든 빈자든 모든 마을사람들이 살인자 아들을 둔 가난한 부모의 아사를 고소해했다. 라미즈 셰이크는 하지 샤헵의 도움이 없었더라면 죄수복을 입은 채 어디로 피신을 했을지, 누가 도움의 손길을 내밀어주었을지 알지 못했다. 그의 죄 없는 부모마저 외면한 세상이 정작 본인을 어떻게 대했을 것인가? 그런 상황에서 놀랍게도, 어릴 때 맨발에 반바지와 찢어진 셔츠를 입고 어머니의 손을 잡고 그 집 문 앞에 불안하게 서서 한번 보았을 뿐인 먼 부자 친척이 수염이 많이 자라고 죄수복을 입고 있던 그를 단박에 알아보았을 뿐 아니라 외면도 하지 않은 것이다. 사연을 다 듣고 나서는 오히려 더 반갑게 대해주었다. 한번 화가 나서 그의 고환을 비튼 외에 하지가 자신에게 무슨 해를 끼쳤기에 자신은 그의 보호를 한마디 말도 없이 저버렸을까? 이 나라에 신실하지 못한 배신자가 있다면 그건 자신이었다.

지난 며칠 동안 라미즈 셰이크는 마리암의 기분을 이해하는 것이 어렵다는 사실을 깨닫게 되었다. 교육도 받은 여자인 그녀가 가족의 구속을 거부하는 사춘기 소녀처럼 그에게 매달려 그와 함께 스와르가담을 떠났다. 이틀 동안 함께 걸어서 여행을 했는데, 마침내 피난처에 도착하니까 그를 헌신짝처럼 버렸다. 이것이 정당한 일인가? 그녀가 나서서 노퉁가언 마을사람들에게 그가 이틀 동안 먹지도 자지도 못했다고 말해줄 수도 있는 일이었다. 그러나 아니었다. 그런 말도 하지 않았을 뿐 아니라, 그와 전혀 모르는 사이인 것처럼 행동했다. 그리고 마을의 여자들과 함께 안채로 후닥닥 들어가버렸다. 만일 그가 이 극장 무대에서 살아 돌아가기만 한다면 그 잘난 체하는 여자의 버르장머리를 꼭 고쳐주고야 말리라.

그러나 생전에 그런 기회가 올 가능성은 크지 않았다.

나왑 시라지-우드-다울라의 연극이 빠르게 전개되어 클라이맥스를 향해 가고 있는 중이다. 여섯 명의 배우들은 결정적인 상황을 맞고 있었다. 나왑의 군대가 팔라시에서 패배했고, 미르 자파르는 현재 클라이브의 진지에 있다. 숨바꼭질의 시간은 끝났다. 모든 것이 대낮처럼 명명백백하다. 적과 아가 쉽게 구별된다. 나왑을 체포하려고 영국군이 빠르게 다가오고 있었다. 나왑의 변함없는 친우 골람 호세인만이 그를 버리지 않고 곁에 남아 있다. 또 한 사람 아알레야도 남아 있지만 자경대원 중에 여자는 없으므로 그 인물은 생략된다. 나왑이 "탈출할 길이 없군, 골람 호세인. 길이 없어."라고 아무리 계속 말해도 골람 호세인은 그의 마지막 보루이며, 나왑도 그 사실을 알고 있다. 골람 호세인은 시라지-우드-다울라에게 서둘러 수도로 돌아가서 군대를 규합해 다시 싸우자고 권한다. 상심한 나왑은 말은 빨리 했지만 무기력증을 느끼며 몸을 움직이지 못한다. 골람 호세인은 노새처럼 고집을 부리며, 나왑의 기운을 북돋워주기 위해 정성을 다한다. "전하, 다시 싸우십시다. 군대를 다시 꾸리십시다. 만일 이승에서가 아니라면 저승에서라도 우리는 방글라에 가해진 이 굴욕을 물리칠 것입니다." 나왑은 균형감각을 잃었을지는 모르지만 신중하다. 그래서 이를 악물고 말한다. "하지만 미르 자파르와 자가트 세쓰, 라지발라브, 라이 두를라브, 야르 라티프, 우미챤드 같은 인간들도 그곳에서 다시 태어나지 않겠는가, 골람 호세인?"

그렇다면 해결책은 무엇인가? 여섯 명의 당혹스러운 눈길은 라미즈 셰이크를 향한다. 그 눈길은 눈 깜짝할 사이에 두 시기 사이 수많은 세월을 훌쩍 뛰어넘어 아주 먼 과거로 되돌아간다. 미르 자파르와 자가트 세쓰 같은 인간들이 다시 또다시 이 땅에 태어나서 방글라를 사나운 적의 군홧발 아래 복속시키는 일을 돕고 있다. 그 인간이 바로 그들 앞에 서 있다. 그야말로 배신자의 새로운 화신이다. 그 적을 완전히 절멸시키지 않는다면, 방글라 사람들은 절대 자유를 되찾지 못할 것이다. 자경대원들은 재빨리 라미즈 셰이크를 향해 돌진한다. 방글라 땅과 방글라 사람들이 200년 전에 겪은 수치를 갚아주겠다는 각오로 하지 샤헵의 충실한 추종자, 라미즈 셰이크에게 덤벼든다.

라미즈 셰이크는 지금 도대체 자기에게 무슨 일이 일어나고 있는 거지, 하며 어리둥절해하는 사이에 순식간에 적으로 돌변한 자경대원들에게 포위되었다. 그들의 무기가 어둠 속 그의 얼굴 앞에서 번쩍인다. 그는 미르 자파르의 공모자가 아니기 때문에 이런 상황에 전혀 대비가 안 되어 있다. 그래도 처음 내리치는 도끼날을 손바닥으로 막는다. 손가락 두 개가 땅바닥으로 떨어진다. 라미즈 셰이크는 본인의 바람과는 무관하게 이 연극의 주인공이다. 따라서 그는 끔찍한 종말이 자신을 기다리고 있다는 사실을 안다. 가까운 곳에 미르 자파르가 있는 영국군 진지가 있다. 만일 그곳까지 갈 수만 있다면 구원받을 수 있을 것이다. 라미즈 셰이크는 악마같은 힘에 사로잡혀서 여섯 명의 적을 홀로 대적하며 적의 장벽을 뚫는다. 그런 뒤 상처로부터 피를 뚝뚝 흘리며 적의 진지, 1971년의 미르 자파르의 동포들을 향해 달려간다. 여섯 명의 자경대원이 그를 추격한다. 그들은 여전히 연극 속의 역할에 충실하다. 매일 밤 표를 사더라도 새벽이 다가오기 때문에 볼 수 없는 막, 목격되지 않은 그 장면을 연기하고 있다. 전해지는 이야기에 따르면 나왑은 팔라시 전투의 패배 후에 무르시다바드로 돌아갔다고 한다. 애국자인 모한랄은 전장에 남았고, 최후의 피 한 방울까지 모두 영국군과 싸우는 데 바쳤다. 역사는 다시 한번 반복된다. 그리고 그 목격자는 방글라의 구름 낀 밤이다.

노통가언 근처의 소읍인 말리크푸르에는 바로 이틀 전에 파키스탄 군대가 진주했다. 마을주민들은 이미 피난을 가고 없었다. 파키스탄군이 여성들을 강간하고 젊은 사내들을 진지로 끌어간다고 알려져 있었기 때문이다. 애국자들의 보고에 따르면 이웃마을에도 젊은 사내라고는 한 사람도 남아 있지 않다. 파키스탄군은 안심을 하고 보초에게 진지를 맡기고 잠자리에 들었다. 그러나 자신의 땅을 사랑하는 애국자들은 잠이 오지 않는다. 도대체 어디서 잠을 잔단 말인가? 그들은 이름만 자신의 땅을 사랑하는 사람이다. 실제로는 땅을 안 가지고 있으니까. 만일 집에 간다면 자유전사들에게 붙잡힐 것이다. 그들에게는 오늘 밤 진지를 떠나 외박을 해도 좋다는 허락이 떨어졌다. 그래서 그들은 황무지의 사냥꾼들처럼 살금살금 마을길을 걷는다. 그러다가 다행히도 사냥감을 발견한다. 라이플을 든 열다섯 내지 열여섯 살짜리 소년을 체포해서 손을 뒤로 묶는다. 그리고 그를 보초에게 데려가서 피진 우르두어로 말한다. "자유전사를 한 놈 잡아왔어요. 이 녀석 잡느라 아주 힘들었다구요." 진지는 생기를 띤다. "자유전사를 잡았다는데, 자유전사를 잡았다고." 소년은 상황을 전혀 이해하지 못한다. 그 라이플은 바로 그날 저녁에 어쩌다가 갖게 된 것이었다. 그래서 저녁도 먹지 않고 총의 방아쇠가 어디 있는지, 어떻게 쏘는 것인지 배워보려고 자유 전사를 찾아 나선 길이었다. 운이 없으려니 이 사람들에게 시로잡힌 것이다. 그나 그들이나 똑같이 자유전사를 찾고 있었던 셈이다. 하지만 이 모든 말을 할 새도 없이 보초의 곤봉에 맞아 정신을 잃는다. 보초들은 그를 데려다 가두고 원위치로 돌아간다. 파키스탄군은 이 소년이 척후병이고 곧 주력군이 나타날 것이라고 짐작한다. 자유전사들이 진지를 공격하러 오고 있는 것이 틀림없었다. 주력군이 나타날 때까지 오래 걸리지도 않았다. 라미즈 셰이크가 피를 흘리며 달려오는 것이 보이자, 그를 감금한다. 나왑 시라지-우드-다울라가 직접 지휘하는 군대가 그의 뒤를 따라온다. 그들의 손에서 창과 테타와 도끼가 어둠 속에서 번개처럼 번뜩인다. 먼 하늘에서는 구름이 반주라도 하듯 으르렁댄다. 파키스탄군은 기다리지 않는다. 모한랄처럼 마지막 피 한 방울까지도 외적과 싸우는 데 바치기로 작정한 자경대원들의 가슴에 기관총 세례가 퍼부어진다. 그들의 전투도 나바라트나 오페라의 극처럼 끝나지 않는다. 다음 날 밤을 기다리고 있는 것이다.

적의 진지에서는 라미즈 셰이크에게 상상을 초월하는 환영을 베푼다. 우선, 배신자인 미르 자파르의 추종자와 제자들이 그에게 아무 도구나 사용해서 무자비한 매질을 가한다. 막대기로, 발길로, 주먹으로. 반쯤 죽인 뒤에는 손발을 묶어 가둔다. 라미즈 셰이크는 그날 밤의 나머지 시간이 어떻게 흘러갔는지 알지 못한다. 의식이 가물가물하는 와중에 밤의 어둠 속에서 불타고 있던 사춘기 소년의 커다란 눈만 간간이 보일 뿐이다. 아침이 되자 먼 과거로부터 법정 관리가 외치는 고함소리가 길게 울려 퍼진다. "나왑 만수르-울-물크, 시라지-우드-다울라, 샤쿨리 칸, 미르자 무하마드 하야와트 중, 바하두르 이-이-이-입-저-어-어-어-엉." 감옥의 철문이 철컹 소리와 함께 열리고 이제 라미즈 셰이크가 법정에 나가야 할 시간이다. 두 사내가 그를 억지로 일으켜 세워 장방형에 가까운 모양의 방에 딸린 베란다로 떠민다. 라자카르 하나가 그의 수염의 한 끝을 잡아당겨 떼어낸다. 라미즈 셰이크는 속수무책이다. 손이 몸 뒤로 묶여 있기 때문에 나바란트나 오페라 배우처럼 다시 붙일 수도 없다. 입은 벌려져 있으나 그의 혓바닥에는 이 결정적인 순간에 대사를 읊을 기운은 남아 있지 않다.

실내에서 법정이 열린다. 깨끗하고 단정하게 차려입은 소령이 판사다. 어디서 나타났는지 한 남자가 부서진 트렁크를 끌며 법정으로 들어서고, 그의 뒤를 따라 몇몇 남자들이 서둘러 들어온다. 그들이 원고들이고 라미즈 셰이크는 피고다. 라미즈 셰이크가 재판을 받는 것은 이것이 두 번째다. 처음에는 본인이 살인자였고, 지금은 그가 살해를 당할 것 같다. 원고 한 사람이 그를 가리키며 말한다. "존경하는 재판장님, 이놈이 제 아저씨인 랄 모하메드를 죽였습니다." 그런 뒤에 부서진 트렁크를 열어 보이며 말한다. "재판장님, 보십시오, 이자가 우리 집을 약탈했습니다." 다음 원고의 이름은 찬 미안으로 그는 민병대원이다. 그는 파키스탄 소령의 발밑에 펄썩 주서앉으며 고함을 지른다. "이자가 3월 1일에 칼로 내 배를 찔렀습니다. 판결해주세요. 창자를 다 들어낼 뻔했다구요.

천우신조로 그런 사태를 면했습니다요." 세 번째 사람은 마울라나 토파젤이다. "어르신, 이놈이 제 총을 빼앗았습니다요." 그렇게 말하며 라미즈 셰이크를 힘껏 때린다. 그 기세에 대롱대롱 흔들리고 있던 라미즈 셰이크의 수염이 소령의 무릎 쪽으로 날아가 떨어진다. 소령이 의자에서 벌떡 일어나 말한다. "다들 당장 나가라. 내가 이놈을 다스릴 테니."

이제 심문이 시작된다. 라미즈 셰이크가 죽은 여섯 명의 자경대원들이 나왑 시라지-우드-다울라의 군사들이라고 말하자, 소령은 부하를 손짓으로 부른다. 라미즈 셰이크를 먼저 의자에 앉히더니 다리를 묶은 다음 거꾸로 천장에 매단다. 거꾸로 매달린 뒤에도 같은 주장을 하는 것을 보고 소령은 부하에게 명령한다. "이 방글라와 비하르와 오리사의 나왑을 데리고 나가 잘 처리해라." 문을 넘자마자 부하가 그의 주리를 틀 준비를 한다. 다시 한번 명령이 내려진다. 부드러운 목소리가 말한다. "내일 다시 데리고 오너라."

소령의 방을 떠나 감방으로 돌아가보니 소년은 사라지고 없다. 벽에는 피로 쓴 문장이 있다. "어머니 울지 마세요, 어머니의 아들 쿠디람이 있으니까요." 보초는 그에게 알려준다. "그 애는 방글라데시로 보냈어. 네가 나왑이라고 해서 무슨 차이가 있겠냐? 너도 똑같이 처리될 거다."

다음 날 다시 재판이 열리는데, 심문이 막 시작되려는 찰나에 전화벨이 울린다. 소령은 수화기를 들고 "구룰리예."라고 고함을 지른다. 자유전사들이 새벽부터 구룰리야, 노퉁가언, 다우드나가르, 키디르푸르 등지에서 교전을 벌이고 있었던 것이다. 그의 뒷벽에 전쟁지도가 걸려 있다. 소령은 벽에서 지도를 내려 탁자에 가져다 노퉁가언과, 다우드나가르와, 키디르푸르가, 그리고 구룰리야의 위치를 찾아본다. 소령의 지도 조사가 대충 끝났을 때 그 지역 평화위원회의 부의장인 호세인 알리가 50cc짜리 오토바이를 타고 황망히 도착한다. "어르신, 어르신, 공격, 공격을 당했습니다요." 그가 외친다. 라미즈 셰이크는 모르는, 처음 보는 사람이다. 그러나 태도로 보아 그가 배신자 미르 자파르의 편이라는 것은 알 수 있었다. 그는 전투의 소식을 전하기 위해 외적에게 재빨리 뛰어간 애국시민의 한 사람인 것이다. 소령은 라미즈 셰이크를 버려두고 애국자인 평화위원회 부의장을 향해 피스톨을 휘두르며 말한다. "이 돼지 새끼 같은 놈, 소리는 왜 지르고 지랄이야? 너 때문에 다들 알게 되지 않았느냐. 죽고 싶어?"

그 사내는 코앞의 피스톨을 보고 놀라 즉석에서 입을 다문다. 라미즈 셰이크는 자신이 이도 저도 못하는 상황에 처해 있다는 사실을 확인한다. 애국자들의 상황이 이렇다면, 그들이 반역행위를 한다 해서 무슨 희망이 있단 말인가? 그런 식으로는 절대 왕위를 차지하지는 못할 것이다. 자신은 그런 사람들한테 작살나게 얻어맞았으니 더 말해 무엇 하랴. 어쨌든 소령은 순식간에 부대를 대기시킨다. 그는 전쟁의 주역이며, 애국시민들은 그의 안내자 역할을 맡는다. 파키스탄군은 재빨리 차에 탄다. 라미즈 셰이크는 일어서려고 하다가 의자가 자신의 몸에 딸려 올라간다는 사실을 깨닫는다. 그의 양손이 굵은 로프로 의자의 팔걸이에 꽁꽁 묶여 있었던 것이다. 로프가 하도 굵어서 이빨로 물어뜯는 것은 불가능하다. 그래서 그는 의자를 몸에 매단 채 문으로 걸어간다. 소령은 차의 시동을 걸고 부관에게 말한다. "저 지 누이 씹할 놈을 내일 다시 데리고 와라." 그 명령만을 남기고 차를 몰아 전장으로 향한다.

감옥 안의 라미즈 셰이크는 소령이 개선했음을 알 수 있다. 앞마당은 닭들이 꽥꽥거리는 소리와 암소들이 음메 음메 우는 소리, 그리고 염소가 메에에 하고 우는 소리로 끔찍할 정도로 소란하다. 어둠 속에서 철커덕 소리와 함께 감옥문의 자물쇠가 열리고 다섯 명의 사내가 떠밀려 들어오다 라미즈 셰이크의 몸에 걸려 비틀댄다. 그리고 들어오자마자 토하기 시작한다. 그 감옥에 넘치는 것이 피인지 토사물인지 너무 깜깜해서 구별할 수도 없다. 사내들은 안에 있고, 바깥에서는 닭들의 꼬꼬댁 소리가 들린다. 그렇지만 여자들은 어디에 있지? 만일 노퉁가언이 공격을 당했다면 마리암은 포로가 되었을 것임에 틀림없다. 그러나 라미즈 셰이크는 그런 생각이 들긴 해도 전처럼 근심이 되지는 않는다. 모든 사람들이 울부짖고 있다. "오 내 영혼, 불쌍한 내 영혼." 우선은 내 생명을 구해야했다. 그런 다음에야 다른 사람 생각도 할 수 있다.

피와 오물과 토사물에서 풍기는 악취 한가운데서 자고 있던 라미즈 셰이크는 고기 요리의 냄새에 한밤중에 깨어난다. 승리를 자축하는 향연이 벌어지고 있었다. 구수한 음식냄새가 풍겨 들어오자 라미즈 셰이크의 위가 뒤틀린다. 아! 그런 천상의 냄새를 풍기는 고기가 무슨 고기일까 궁금하다. 초두리 집안에서 가벼운 키차리[7]를 먹은 후 음식이라고는 입에도 대지 못한 채 이틀 밤이 지나간 것이다. 비로소 기아의 통증이 느껴지기 시작하고, 고기 생각이 간절해지면서 구토가 나기 시작한다.

다음 날에는 다시 한번 심문이라는 소극이 벌어진다. 라미즈 셰이크와 심문실 사이의 길은 풍경이 계속 변하고 있다. 감옥은 감방에서 가까운 학교 건물로까지 확장되었다. 소령의 재판은 학교 건물 안 교장이 쓰던 사무실에서 열린다. 기소된 포로들에 관한 보이지 않는 파일을 넣기 위해 교장실 유리장에서 학생들의 답안지 뭉치를 꺼낸다. 재판을 진행시키면서 소령의 명령에 따라 그의 개인 부관이 유리장 문을 열지만 텅 빈 선반에서는 종이 한 장도 보이지 않는다. 그는 유리장 문을 닫고 탁자에 뭔가를 놓는 시늉을 하지만 실은 아무것도 없다. 소령은 미소를 짓는다. 그의 뒷벽에는 근엄한 표정의 무하마드 알리 진나[8]의 사진이 걸려 있다. 건물 지붕에서는 초승달과 별이 그려진 파키스탄 깃발이 휘날리고 있다.

학교 운동장의 남쪽 울타리 근처 봉황목 아래에는 사각형의 샤

---

7 키차리: 보통 두 가지 곡식을 섞어서 만드는 음식이다.

8 무하마드 알리 진나(1876~1948): 변호사이자 정치가로 파키스탄 건국의 아버지이다.

히드 미나르, 즉 순국열사들의 탑이 있다. 그날 새벽부터 밤까지 헐렁한 검은 가운을 입고 부서진 시멘트 단에 앉아 있는 사내는 나이무딘이라는 이름의 푸주한이다. 그는 목 하나를 벨 때마다 20타카씩을 받는데, 흥정을 하기 위해 계속 일어나 토민병들에게 간다. 이 흥정은 전전 칠일장에서 암소를 살 때 장사꾼들과 하던 흥정과 전혀 다르지 않다. 어느 날은 푸주한 나이무딘이 재판을 향하던 라미즈 셰이크에게 담배 한 개비를 건넸다. 손이 묶여 있던 라미즈 셰이크는 나이무딘이 상한 피의 악취가 풍기는 손가락으로 들고 있던 담배를 미친 듯이 빨았다. 나이무딘은 인도인들이 그곳을 탈취한 후 검은 가운을 벗고 무집 재킷을 입고 있었지만 자신의 정체를 오래 숨기지는 못했다. 자유전사들이 양쪽에서 그의 다리를 당겨 그의 몸을 두 갈래로 찢기 전에 푸주한 나이무딘은 담배 한 대만 피우게 해달라고 애원했다.

지금은 파키스탄군 소령이 라미즈 셰이크의 발을 끈으로 묶고 뒤 그를 거꾸로 매단 다음 그에게서 계속 동일한 진술을 받아 적는 일에서 엄청난 즐거움을 누리고 있었다. 그러는 사이에 간간이 나바라트나 오페라의 시라지-우드-다울라에 대한 연극을 표도 사지 않고 관전하고 있었다. 소령에게는 그것이 이 재미없는 전장의 날들에 대한 보상이라고 할 수 있었다. 더욱이 라미즈 셰이크가 매일 그의 요청에 따라 옥에 갇힌 나왑의 역할을 연기하고 있는 동안 소령은 자기 얼굴의 수염을 꼬며 스스로를 영국군대의 대장이라고 생각하고 있었으니까 말이다. 하지만 라미즈 셰이크가 애국시민들에게서 받는 구타 세례는 연극이 아니라 실제였다.

라미즈 셰이크는 매일 법정에서 똑같은 역할을 연기하다 보니 점차 진짜 나왑이 되어간다. 애국적인 나왑 시라지-우드-다울라 말이다. 그래서 적군과 배반자들이 자신에게 가하는 조롱과 조소와 고문과 부당행위를 위엄 있는 태도로 받아들이게 된다. 스스로를 적이 바가방골라에서 생포해 무르시다바드로 압송해온 나왑 시라지-우드-다울라라고 생각하게 된 것이다. 더이상 찢어진 신발과 가시면류관이 그의 제왕적 위엄을 해칠 수 없다. 한쪽에서는 여자들의 울부짖음 소리가 들리고 다른 쪽 강변에서는 개와 자칼이 시체를 놓고 다투는 소리가 들리는 한밤중, 옥에 갇힌 나왑은 밝아오는 날 벌어질 전투를 위한 전략을 짠다. 컴컴한 사방에서 여섯 명의 죽은 자경대원들이 산 사람처럼 그의 대열에 합류한다. 그들은 보잘것없고 형편없으며 사람으로 넘치는 그 방의 한구석에 웅크리고 있는 라미즈 셰이크가 나왑이라는 사실을 정확히 알아본다. 나왑이 그들을 환영한다. 더러운 접시들과 오물들을 밀어내고 그들을 위해 자리를 마련해준다. 그들이 모여 앉은 곳의 벽에는 피로 쓰인 글귀가 있다. '어머니, 울지 마세요, 어머니의 아들 쿠디람이 있으니까요.'라는. 벽의 낙서를 보며 자경대원 하나가 말한다. "쿠디람의 숫자가 홍수처럼 불어나고 있습니다." 대화 중에 때아닌 홍수가 발생한다. 시라지-우드-다울라의 극이 연기되고 있는 장소는 이제 열 척 물 아래 있다. 평소처럼 마을을 지킴으로써 언어질 것은 이제 없다. 자유전사군들도 도착했다. 황마밭에 숨어서 대오를 꾸리고 있다. 마을의 여성들이 그들을 위해 바나나 나무로 만든 뗏목에 음식을 나른다. 사냥이 잘 될 때도 있고 안 될 때도 있다. 가까이에서 모터보트 덜덜거리는 소리가 들릴 때마다 그들이 스텐 총을 발사한다. 탄약이 다 떨어지면 보트를 타고 마을 뒤쪽으로 달아난다. 다른 쪽에서는 파키스탄군이 진입해 사람들을 구타하고 생포하며 집을 불태우고 마을을 파괴한다. "이런 일이 지속되도록 그냥 놔둘 수 없어요." 이전의 보초 하나가 말하며 손가락이 없는 라미즈 셰이크의 손을 자신의 두 손으로 감싼다. 그들은 한 사람 한 사람 라미즈 셰이크가 손가락을 잃은 자리를 어루만지며 감동에 차서 그곳에 입맞춤한다. 라미즈 셰이크도 총구멍으로 만신창이 된 그들의 가슴과 등을 어루만져준다. 그들은 나왑이 언제 다시 적진을 공격할 예정인지 알고자 한다. 언제 그들이 다시 고향, 방글라로 돌아갈 수 있을 것인지. 그들 중 한 사람은 골람 호세인처럼 시적으로 말한다. "방글라를 사랑하기 때문에 우리는 방글라의 나왑도 사랑하게 되었습니다." 쇠고랑을 찬 라미즈 셰이크는 떨리는 다리를 딛고 일어선다. 딸그랑거리는 소리가 들린다. 나왑은 떨리는, 감동에 찬 목소리로 말한다. "골람 호세인, 나는 자네만큼 방글라를 사랑하지 못했네. 하지만 왜 오늘 방글라는 계속 나 자신의 슬프고 딱한 운명보다도 더 내 마음에 사무치는 것일까?"

나왑의 오두막은 바늘 떨어지는 소리도 들릴 만큼 고요하다. 회합의 시간도 거의 끝나간다. 인도인 용병 두 명이 파키스탄 소령의 재판정으로 나왑을 데리고 가기 위해 감방문을 열자, 죽은 자경대원들은 허둥지둥 만신창이 시체로 되돌아간다. 그러나 라미즈 셰이크의 신들린 상태, 자신을 나왑이라고 생각하는 상태는 지속된다. 그는 인도인 용병들을 따라 학교 쪽으로 간다. 가다가 갑자기 "알레야, 알레야."라고 외치며 2층짜리 학교 건물을 향해 뛰어간다. 라미즈 셰이크로서는 온 힘을 다해 뛰어가고 있지만 1층 창문으로 그것을 내다보고 있는 마리암의 눈에는 다리를 저는 수탉이 종종걸음을 하는 모습이나 다름없어 보인다. 이 모든 일—라미즈 셰이크가 마리암을 알아보고, 알레야를 외치며 절룩거리며 그녀를 향해 뛰어간 일—은 순식간에 일어난다. 마리암은 어리둥절하다. 어떻게든 이 멍청이를 제지하지 않으면 그는 사살될 것이다. 그러나 방문은 밖에서 잠겨 있다. 또한 마리암은 자신이 얇은 속옷 외에 아무 옷도 입고 있지 않다는 사실을 갑자기 깨닫는다.

라미즈 셰이크는 계속 달리다가 등이 떠밀리는 듯한 느낌과 바늘에 찔리는 듯한 통증을 동시에 느낀다. 날카로운 통증은 아니지만 무척 강력하다. 라미즈 셰이크는 순식간에 나왑의 역할을 벗어나 본래의 자신으로 돌아간다. 그는 이제 아내 살해죄로 무기징역형을 선고받고 10년을 감옥에서 살다가 전시의 혼란기에 탈옥한 보잘것없는 존재다. 라미즈 셰이크는 아내가 신부의 옷을 입고 팔이 닿을 만한 거리에서 길을 가로막고 서 있는 모습을 본다. 그가 비키라고 소리를 질러도 움직이지 않는다. 그녀는 자신을 살해한 남편과 팔이 닿을 만한 거리를 유지하며 함께 달린다. 그러나 그들이 가고 있던 길은 더이상 완만한 직선이 아니다. 그것은 교장실 근처에서 갑자기 꺾이고, 2층짜리 학교 건물을 지나 파키스탄 깃발과 봉황목을 아래로 하고 위를 향한다.

VII

정조, 사리, 그리고 속옷

　28년 후 그 사실은 하나의 단서를 제공한다. 묵티에게는 마리암이 파키스탄군 진지에서 속옷 외에 아무런 옷도 입고 있지 않았다는 사실은 중요한 발견이다. 아무리 사소한 사실이라 하더라도 그 점은 마리암과 다른 비랑가나들, 즉 여성 영웅들 사이의 유사성을 보여주는 첫 징표다. 그 사실로 인해 자기 보고서의 신뢰성이 더 높아질 것이 분명하다. 1971년의 전쟁 중에 파키스탄군은 포로로 잡은 여성들의 사리를 벗겼고, 그들에게 솔기가 풀린 옷을 입지 못하도록 했다. 이 조치에 대해서는 여러 가지 설명이 있었다. 노퉁가언의 자이툰 비비는 묵티에게 말했다. "파키스탄군의 고향에서는 여성들이 사리를 입지 않는다고 들었어. 무슬림의 쿠르타로 몸을 감싼다고 하더라고. 사리는 힌두교도의 옷이라고 여겼지." 대학생인 샤루크는 말했다. "사리가 방글라 여성의 옷, 방글라 천년의 유산이라는 사실을 모르세요? 파키스탄 사람들은 방글라 사람들을 미워했어요. 그래서 전시에 방글라데시 깃발과 함께 방글라 여성들의 옷차림인 사리나 다른 옷들도 태웠지요." 또 다른 이유도 기록되어 있는데, 즉 많은 여성들이 정조를 잃지 않기 위해서 파키스탄군 진지와 주둔지 여러 곳에서 사리를 이용해 목을 맸다는 것이다. 그러니까 파키스탄 군인들은 그들의 옷을 벗김으로써 자살의 권리를 박탈했던 것이다.

사실이든 아니든, 그 일은 전후의 방글라인들에게는 수치심의 원천이었다. 여성들이 오랜 세대에 걸쳐 가꾸고 지켜온 수천 년 역사의 사리와 정조의 전통을 전쟁 기간에 단숨에 잃은 것이다. 묵티는 이것이 국가적인 차원에서 비랑가나들을 희생시킨 가장 중요한 이유라고 간단히 보고서에 적었다.

마리암의 이야기는 그 후 한동안 명확하고 단순하다. 다른 비랑가나들의 이야기와 그리 다르지 않다. 라미즈 셰이크의 도착에 따른 혼란은 곧 해소되었다. 그를 죽인 쪽이 파키스탄 군인들이고 자유전사들이 아닌 것은 다행이었다. 만일 그 반대였더라면 묵티로서는 이후의 사태 진전을 설명할 수 없었을 것이다. 석 달 동안의 전쟁 동안 조이 방글라와 파키스탄 진다바드의 구호도 구별할 줄 몰랐던 사내에게는 파키스탄군과 자유전사의 손에 죽을 확률이 반반이었다. 물론 모하메드 샴수도하가 1971년에 자신이 겪은 포로생활에 대해 쓴 수기에 따르면 라미즈 셰이크는 죽기 전에 정신적인 혼란 상태 때문이기는 해도 민족주의자가 되었던 듯하다. 샴

수도하는 다리를 폭파시키는 작전 도중 스텐 총을 든 라자카르에게 생포된 사람이다. 라자카르 지휘관은 그의 무기를 뺏고 그를 군법회의에 회부했다. 그는 방글라 사람이기는 했지만 인도에서 온 난민 출신이다. 1947년의 인도-파키스탄 분단 이후 부모와 함께 인도를 떠나 동파키스탄으로 이주한 것이다. 동파키스탄에서는 라자카르 의용군 대장 가족에게서 지속적으로 핍박을 받았다. 의용군 대장은 인도에서 온 난민들이 우리 땅을 빼앗으러 왔다고 입버릇처럼 우르두어로 말하곤 했다. 샴수도하는 계엄법정과 야전정보국과 헌병이 쳐놓은 죽음의 덫을 피하고 10월경 감옥에 갇혔고, 1971년 12월 7일에 감옥의 자물쇠를 부순 자유전사들 덕분에 해방되었다.

샴수도하는 5월 말에 말리크푸르 경찰서의 감방에서 라미즈 셰이크와 함께 있었다. 그리고 이 다소 이상한 사내와 상당히 가깝게 지냈다고 한다. 그의 책 『'71년의 옥중생활』에서 그는 라미즈 셰이크에게 우호적으로 해석될 수 있는 중요한 질문을 제기했다. 그에 따르면, "지나친 고문 때문에 라미즈 셰이크의 정신이 이상해진 것은 당연한 일이었다. 그렇지 않다면 왜 평범한 농부인 그가 아무 이유도 없이 자신을 나왑 시라지-우드-다울라라고 생각했겠는가?" 마리암도 묵티와의 인터뷰에서 라미즈 셰이크가 "알레야, 알레야."를 외치며 군인들이 손에 들고 있던 총개머리를 연못 속의 부레옥잠을 치우듯 밀치고 자신을 향해 뛰어오던 장면을 자세히 묘사한 바 있다. 정신이 똑바른 사람이라면, 광인이 아니라면 그 누가 죽을 것을 뻔히 알면서 그런 무모한 짓을 했겠는가?

등에 총을 맞은 라미즈 셰이크는 오히려 더 빨리 뛰었다. 더이상 다리 묶인 수탉처럼 절룩거리지 않았다. 다리를 묶었던 로프가 끊기면서 호랑이의 추격을 받는 사슴처럼 빠르게 달렸다. 마리암이 묵티에게 말한 바에 따르면 그는 절대로 헛발을 짚어 넘어지지는 않겠다고 목숨을 걸고 맹세라도 한 사람처럼 보였다고 한다. 잠시 동안은 이륙 직전 활주로에서 속도를 내고 있는 비행기처럼 학교 운동장을 돌았다. 마지막 순간에는 발이 땅에 닿지 않았고 심지어 비행기처럼 낮게 그르렁대기까지 했다. 죽기 직전에는 파키스탄 군인들에게 뭐라고 위협적인 말도 했는데, 실제 그가 한 말은 마리암의 귀에까지 들리지는 않았다. 그 순간 몇 자루의 총이 귀가 먹을 만큼 요란한 소리와 함께 발사되었기 때문이다. 운동장은 검은 연기로 가득 찼다. 그래서 마리암은 라미즈 셰이크의 마지막 여정이 전진으로 끝났는지 도망으로 끝났는지 확실히 말할 수 없었다.

마리암은 그때 공포와 불안으로 히스테리 상태였다. 묵티와의 인터뷰에서 그녀는 라미즈 셰이크가 자신을 향해 달려오는 것이 그 무엇보다도 마음에 걸렸다고 말했다. 당시 그녀는 브래지어와 무화과 잎사귀 구실을 해준 조그마한 누더기 조각만 걸치고 있었기 때문에 창문에서 물러났다. 그리고 그 모든 장면이 상상이 불가능할 정도로 무서웠기 때문에 더이상 그 일에 대해 생각하지 않았다. 마리암은 묵터에게 말한다. "우리에게 누더기를 걸치게 하고 강간을 한 일뿐만이 아니야. 나한텐 발길질도, 칼로 쑤시는 일도, 담배로 지지는 일도 매번 다 똑같이 끔찍하게 무서웠어. 그 어느 것도 정상은 아니었어. 어느 한 행위도 다른 행위보다 덜 끔찍하지 않았어. 사람들은 우리가 밤낮으로 도합 몇 번을 강간당했는지 알고 싶어하지. 다른 고문은 고문으로도 생각하지 않아."

마리암은 전후 여러 해 동안 라미즈 셰이크를 애도했다. 해방 조국의 사내들도 그녀의 몸을 이용한다는 점에서는 적들과 똑같다는 사실을 깨달았기 때문이다. 그 누구도 그녀를 소중한 자신의 사람으로 생각해주지 않았다. 그래서 이 세상에서 자신을 향해 달려오다가 죽음을 자초한 남자가 단 하나라도 있었다는 사실이 위로가 되었다. 그러나 당시에는 라미즈 셰이크가 이후 그녀의 삶에서 그렇게 간접적으로나마 역할을 할 거라는 생각은 못 했다. 그때는 둘 다 포로였다. 둘 중 누구도 상대방을 도울 수 없었다.

마리암은 말한다. "다 내가 운이 없어서 그랬어, 그게 내 팔자였어." 팔자가 아니라면 어떻게 그녀가 고향집까지 하루면 갈 수 있는 가까운 거리에서 적에게 생포되었단 말인가? 고모인 사하르 바누의 시댁 마을까지 왕복하는 데 걸리는 시간으로 그 거리를 짐작할 수 있었다.

시하르 비누는 전쟁이 일어나기 30년 전 노통기언 근처의 리디나가르의 집안으로 시집을 갔다. 당시는 영국이 통치하던 시기였고, 길에 무장강도가 득시글거릴 때였다. 그것이 카필루딘의 부친인 고 살리무딘이 동도 트기 전에 믿을 만한 가마꾼들을 불러 딸을 시집으로 보낸 이유이다. 보조를 맞추기 위해 "움나, 움나."라고 외치며 가던 그들은 해가 막 서쪽 하늘로 질 무렵, 오후 기도 시간이 끝날 때쯤에 문시 가문의 대문 앞에 당도했다. 가마꾼들은 항상 걷기보다는 달린다. 그러니까 마리암이 걸어갔다면 늦어도 그날 밤 열 시쯤에는 집에 도착했을 것이다. 그녀는 라미즈 셰이크와 여섯 명의 자경대원들이 어둠 속으로 사라진 다음 날 길을 나서려 했다. 그러나 전시에는 길이 안전하지 않다. 노퉁가언의 어른들은 여자 혼자 집으로 가는 것을 허락하지 않았다. 큰길에서는 군용차가 미친 듯 쌩쌩 달리고 있었다. 다리는 라자카르 의용군과 무자히드 전사들이 철통같이 지키고 있었다. 마을마다 검문소가 있었다. 마을 어른들은 그녀에게 상황이 나아질 때까지 며칠만 더 기다리라고 충고한 뒤 바로 모스크로 가서 그곳에 함께 있지 않았던 마을사람들을 위한 기도문을 읽고 난리가 빨리 끝나기만을 빌었다. 다음 날 마을 자경대원 여섯 명의 시체가 발견되었고, 즉시 카발라 전투의 전사자에 대한 애도라도 하듯 모든 집에서 곡성이 들려왔다. 그리고 장례식이 끝나기도 전에 파키스탄군이 마을로 들이 닥쳤다.

자이툰 비비는 말한다. "마치 그 여자가 칸의 군인들을 불러들이기라도 한 것 같았지." 전쟁이 개시된 지 석 달이 지났고 이웃마을들과 도시들은 파키스탄군의 공격으로 잿더미가 되었지만, 노퉁가언은 아직 아무런 피해도 입지 않고 있었다. 그때 마리암이 도착했고, 그녀의 도착과 동시에 여러 가지 사건들이 일어나기 시작했던 것이다. 하지만, 다카에서 처녀 하나가 나타나 초두리 가에 머물고 있다는 소식을 들은 자이툰 비비는 바로 그날 밤 그 난리통에도 운하를 건너 그녀를 보러 갔었다. 그래, 그녀가 다카에서 와서 어땠단 말인지? 그녀에게는 부드러운 느낌이 있었고, 얼굴은 달처럼 아름다웠으며, 말도 사근사근하게 했다. 대화 중에 그녀의 고모가 천연두가 돌기 전해에 라다나가르의 문시 집안으로 시집을 갔다는 사실이 밝혀졌다. 그해는 또한 자이툰 비비가 결혼한 해이기도 했다. 그녀는 아직 신혼이었는데, 천연두가 이 마을 저마을로 역병처럼 돌고 있을 때 오빠가 친정에 그녀를 데려가려고 왔었다. 그녀의 첫 아들이 겨우 생후 1개월일 때였다. 시어머니는 그녀를 보내지 않겠다며 독단적인 어조로 말했다. "원한다면 오빠를 따라가도 좋다. 하지만 내 손자는 놔두고 가야 한다." 자이툰 비비의 오빠도 무척 고집이 셌지만 눈물을 떨구며 혼자 집으로 향할수밖에 없었다.

자이툰 비비의 마음은 과거의 슬픔을 회상하며 녹아내린다. 그때 그녀는 그 처녀가 무사하기를, 칸의 군인들에게 강간당하지 않기를 빌면서 집으로 돌아갔다. 그리고 이어 그녀 자신의 삶에 재난이 닥쳤다. 자경대원 중 하나가 그녀 남편의 다른 아내의 맏아들이었다. 자이툰 비비는 그 아이도 애지중지 키웠었다. 그 아이를 묻었을 때 그와 함께 자신의 생명도 일부 묻어버린 것 같은 심정이었다. 그래서 파키스탄군이 쳐들어온다는 소식이 들려왔을 때도 자이툰 비비와 남편의 다른 아내는 집을 떠날 수 없었다. 대신 집 근처 카람차 덤불 뒤에 숨었는데, 파키스탄 군인들이 표지판이 서 있는 마을 길 위를 메뚜기떼처럼 몰려오고 있는 모습이 멀리서 보였다. 그러다 이윽고 아지즈 칼리파의 집 앞까지 진격했는가 싶더니, 눈 깜짝할 새에 힌두교도들의 소유인 베텔 잎 농장, 과수원, 그리고 대나무 숲 근처까지 나타났다. 숨어 있던 여인들에게는 그들의 검은 엉덩이밖에 보이지 않았다. 곧 길 건너에서 엄청난 불꽃이 혀를 날름거리며 치솟았다. 파키스탄군이 힌두교도들의 집에 휘발유를 끼얹고 불을 지르고 있었다. 침략자들은 힌두교도들의 집을 찾아가는 길에 그 집들을 약탈하라는 명목으로 마을주민들을 끌어냈다. 자이툰 비비와 남편의 다른 아내는 카람차 덤불 아래 숨어서 동네사람들이 약탈물을 들고 이리저리 뛰는 모습을 보았다. 그런 뒤 날카로운 총소리가 따다닥 하며 이어졌다. 파키스탄군은 숲에 있던 고행자 발라이와 그의 두 제자도 끌어내서 밭에 일렬로 세우고 한 방에 처치했다.

그전에 폭력이 심해지는 것을 보면서 발라이는 제자들과 함께 도망할까 하는 마음이 들기도 했다. 그렇지만 인도로 가는 친척들이 함께 가자고 권했을 때는 "가고 싶으면 가세요. 왜 나까지 데리고 가야 해요? 나는 유일신을 믿어요. 칸들이 나는 안 죽일 겁니다.”라고 말했었다. 파키스탄군은 마을에 오래 머물지 않았다. 집들을 불태우고, 백주에 마을주민들을 살해한 뒤 온 길을 되짚어 돌아갔다. 자이툰 비비는 진지로 돌아가는 그들의 행렬을 따라 초두리 가의 하녀인 투키와 조르겐 바옌의 맏딸인 빈두발라, 그리고 마리암이 표지판이 세워진 마을길로 끌려가는 모습을 목격했다.

당시 마리암은 누가 자신을 보고 안 보았는지는 알지 못했다. 그냥 멍한 상태, 감각이 어둠으로 채워진 상태였다. 파키스탄군이 대문으로 들이닥쳤을 때 초두리 가의 여성들은 방 하나에 모여 문을 잠그고 낮은 소리로 코란 구절을 암송하기 시작했다. 그러나 데리고 있던 아이들이 칭얼대기 시작했다. 천으로 입을 막아도 소리가 새나가지 않을 도리는 없었다. 칸들은 힌두교도들의 집을 불태우고 힌두교도들을 죽인 뒤 완전히 미치광이가 되어 있었다. 그들의 발길질 한 방에 문짝이 경첩과 함께 떨어져 나갔다. 남자들은 다 도망가고 방에는 부녀자들만 있었다. 나오라는 명령이 떨어졌고, 방 안의 부녀자들은 비명을 지르고 고함을 치며 구석으로 숨으려고 했다. 사실 그들은 칸의 언어를 이해할 수 없었다. 아이들은 비명을 그쳤다. 하지만 군인들이 여자들의 몸을 개머리판으로 찍으며 방 밖으로 몰아냈고, 또다시 엄청난 비명소리가 공기를 채웠다. 일부는 그때까지도 큰 소리로 기도문을 외우고 있었다. 마리암은 면으로 된 넓은 두파타 스카프로 만든 살와 카미즈 복장을 하고 있었다. 두파타 스카프로 머리를 가리고 앞으로 당겨서 얼굴에도 베일을 쓰고 있었다. 하지만 여자들이 밀리고 밀치는 가운데 그녀의 아름다운 얼굴이 드러났다. 마당에는 대여섯 명의 군인들이 서 있었다. 아마도 이 작전에 가담하지는 않고, 바깥에 서서 명령을 내리고 있었던 것 같다. 그녀가 다시 얼굴을 가리기 전에 그들 중 하나가 그녀의 모습을 주목하고 치타처럼 그녀를 향해 덤벼들었다. 마리암은 말한다. "그다음에 나한테 어떤 일이 일어났는지 몰라. 이해도 안 되었고, 아무 느낌도 없었어. 생포되었어. 나를 어떻게 하려고 하나? 나를 죽일 건가, 아니면 어떻게 할 거지? 전혀 알 수 없었어. 아무 감각도 없었지."

마리암은 자신이 그런 상태에서 어떻게 말리크푸르까지 그 먼 거리를 걸어갔는지 기억하지 못한다. 시골길을 걸어갔으므로 길의 구비마다 사람 사는 곳이 있었을 것이고, 운하와 물도 건넜을 것이고, 경지에는 무릎까지 올라오는 황마 묘목과 벼의 묘목도 있었을 것이다. 그러나 마리암의 눈에는 아무것도 보이지 않았다. 읍으로 가는 포장도로에 도착했을 때에야 발이 타는 듯한 느낌이 왔고 자신이 맨발이라는 사실을 깨달았다. 또한 자신의 팔을 바이스처럼 죄고 있던 손가락들도 느껴졌다. 눈을 들자 붉은빛이 도는 굵은 콧수염이 보였다. 콧수염의 사내는 위층으로 가기 위해 계단을 올라가는 동안에도 그녀의 팔을 꽉 잡고 있었다. 그녀를 방 안으로 던지듯 밀쳐 넣은 뒤에야 손을 풀었다. 마리암은 방을 가로질러 벤치 위로 떨어졌다.

"벤치요? 벤치는 어디서 난 거예요?"

"처음 수용된 장소가 학교였어."

"천장에 선풍기는 있었나요?"

"있었나? 아니, 없었어. 아니면, 있었을지도 모르지. 그 시절에 학교 교실에 선풍기가 달려 있었나?"

"한번 기억해보세요. 중요한 사항이니까요."

"아니, 기억이 안 나. 하지만 선풍기가 없었다 해도 천장에 갈고리는 달려 있었을 걸. 왜?"

"그때 두파타 스카프는 쓰고 계셨나요? 그 무명 두파타요."

"그랬지. 카미즈 드레스를 입고 있었으니까 두파타도 두르고 있었을 거야. 당시에 비슷비슷한 카미즈들이 있었는데, 그것들은 조금 더 끼고, 조금 더 짧은 것이었지."

"음식은 기억하세요? 어떤 음식을 드셨나요?"

"달 스프를 주었고 밥을 준 것 같기도 해. 가끔은 자잘한 고기 조각 같은 것도 주었어."

"로티 빵은요?"

"그래, 그래. 대개는 로티 빵을 주었지. 하지만 항상 거기가 염증에 시달리고 있었거든. 항상 열이 났고, 그래서 입맛이 없었어."

"물 마실 때 컵은 주었나요?"

"무슨 소리야! 물 마실 때 컵을 주다니! 학교 청소부가 우리에게 사발 하나를 가져다주고 물 한 동이를 이틀에 한 번꼴로 갈아 주었어. 그 물을 마시기도 하고 똥오줌을 눈 다음에는 그 물로 씻기도 했어. 화장실은 없었지. 교실이었으니까, 결국. 뒤쪽에 학생들을 위한 간이 변소가 있었어. 어떻게 생활을 했는지! 목욕도 할 수 없었어. 단 한 번도!"

"몸에서 악취가 풍기지 않았나요? 고약한 체취가?"

"그랬지, 냄새가 났지. 옷에 피가 묻으면 냄새가 고약한 거 경험했지? 그렇지만 상황이 상황이니만치 어쩔 수 없었어. 대안이 없었으니까. 어떻게 그 모든 것을 설명할 수 있을까? 그런 경험을 언어로 묘사할 수나 있을까? 어떤 언어를 써야 하지?"

"하지만 말씀해주세요. 천정에 선풍기가 있었나요? 선풍기가 아니면 갈고리라도 달려 있었어요?"

"갈고리가 있었을 것 같긴 한데, 도대체 누가 그런 것을 기억할 정신이 있었겠어? 내 유일한 관심사는 어떻게 그 끔찍한 것들을 견디고 살아남느냐는 거였는데."

"놀랍네요. 천장에는 갈고리가 있었고, 두파타 스카프도 가지고 계셨네요."

"그게 뭐 그렇게 놀라운데?"

"그 시절에 많은 여성들이 그런 상황에서 자살을 했으니까요."

"아! 그렇지만 나는 자살 생각은 안 했어. 늘 어떻게 사느냐만 생각했지. 전쟁 후에야 자살을 생각해보았어. 맞아. 기억나는 게 또 있다. 그 방에는 반쯤 부서진 창문이 있었어. 내가 어느 날 그 창문을 통해서 라미즈 셰이크가 뛰어오는 모습을 본 거야.”

“그때는 샬와 카미즈 드레스를 입고 두파타를 쓰고 계셨나요?”

“아니. 군인들이 벗겼지. 청소부가 방의 쓰레기를 치우러 와서 가지고 가 걸레로 썼어. 여러 날이 지난 후에도 옷을 돌려주지 않았지. 그래서 라미즈 셰이크가 내 쪽으로 뛰어오는 모습을 보고도 창에서 비켜선 거야.”

“그때 그럼 아무 옷도 안 입고 있었나요?”

“오, 입긴 입었지. 브래지어와 찢어진 헝겊 조각을 걸치고 있었어.”

묵티는 안도의 한숨을 내쉰다. 길고 커다란 두파타가 있었다면 책에서 읽은 지식과는 들어맞지 않는다. 특히 선풍기가 없어도 천장에 갈고리가 달려 있었다면 더 그렇다. 그랬다면 긴 스카프로 올가미를 만들어 목을 매달 수 있었을 테니까. 그런 여성들은 정조를 잃은 후에 당연히 자살을 할 것으로 기대되었다. 그것은 최소한, 그 민족이 가꿔온 소망이었다. 그 시나리오에 따르면 청소부가 마리암의 옷을 가져감과 동시에 마리암은 자살을 해야 한다는 의무에서 해방되었고, 묵티도 안도할 수 있었다. 하지만 초두리 가의 하녀였던 투키와 조겐 바옌의 맏딸인 빈두발라는 어떤 옷을 입고 있었는지? 마리암의 대답은 모호하다. “사리를 입고 있었을 수도 있지. 시골 여자들은 스키트와 블라우스를 입고, 그 위에 사리를 입었으니까. 하지만 하녀인 투키는 아마도 사리만 입었을 거야.”

나중에 묵티가 투키에게서 들은 이야기도 같다. 하지만 그것을 이야기하는 방식은 좀 다르다. "누가 내게 블라우스와 페티코트를 사주었겠어? 그냥 달랑 사리 하나만, 무늬가 찍힌 사리만 입고 있었어. 명절에 언니가 키디르푸르 장에서 사다준 것이었지. 나는 오랫동안 살와 카미즈 드레스를 못 입어봤어."

마리암은 그때까지도 자신들이 억류된 곳이 어디인지, 그들에게 도대체 무슨 일이 일어나고 있는지 모르고 있었다. 비명소리만 들렸는데, 누가 어디서 지르는 소리인지는 알 수 없었다. 옆방인가, 아니면 그 옆방인가? 학교에는 방이 많았다. 전쟁 전에는 6~10학년까지 여러 수업이 통합되어서 한 교실에서 이루어졌다. 그런 장소에서 갑자기 흐느끼는 소리와 신음소리가 퍼져 나온 것이다. 그렇게 해서 그녀는 근처에 다른 처녀들이 있다는 것, 투키와 빈두발라도 그곳에 있을지 모른다는 것, 그러니까 그들이 죽지 않고 살아 있을지도 모른다는 것을 알게 되었다.

마리암이 말리크푸르에서 끌려 나가던 날은 낮인지 밤인지, 그 동네에서 끌려온 다른 두 처녀들도 함께 있었는지 없었는지, 그들이 사리를 입고 있었는지 아닌지 따위는 알 수 없었다. 방에서 끌려 나올 때 눈이 가려졌기 때문이다. 한동안 그저 눈먼 올빼미처럼 멍하니 있는 중에 군인들이 엉덩이를 차서 차 속으로 밀어 넣은 뒤 "고개 숙여."라고 명령했고, 차의 엔진이 부르릉거렸다. 그 차가 트럭이고 자신들이 지붕 없는 짐칸에 웅크리고 있다는 사실은 등에 빗줄기가 떨어졌을 때에야 알 수 있었다. 투키인 듯한 한 여성이 마리암의 귀에 "무개 트럭이에요. 창피해서 어떻게 살아요. 길가 사람들에게 우리 모습이 다 보일 텐데."라고 속삭였다.

트럭은 울퉁불퉁한 바퀴 자국이 파인 길 위를 터덜거리며 갔다. 오랫동안 엔진이 부르릉거리는 소리만 들리다가 갑자기 사람들의 환호 소리 속에 엔진의 소음이 잠겨버렸다. 그 전시에 도대체 누가 그렇게 환호를 했을까? 몸을 가릴 수 없었던 마리암은 손으로 몸 대신 얼굴을 가렸다. 속옷만 입고 몸을 웅크린 채 학대당한 짐승처럼 트럭 한 구석에 처박혀 있었다. 그녀가 두려웠던 것은 모르는 사람들이 아니라 아는 사람들이었다. 마리암은 가리개 뒤 멍한 눈으로 마후아 극장 앞에 도착한 무개 트럭 안에 속옷 차림의 자신의 몰골을 본다. 자시물 하크가 그날 영화관의 청중 속에 있다. 마리암과 함께 사랑의 꽃을 피우는 영화를 보러간 마리암의 첫사랑, 사흘 만에 헤어진 바로 그 청년이다. 영화가 끝난 뒤 다른 관객과 함께 커다란 임시 판자 울타리 아래서 담배를 피우다가 트럭에 가득 실려 온 반라의 여자들을 보고 박수를 치고 휘파람을 분 사람들 속에 그가 섞여 있었을 수도 있는 일이었다. 그것은 암시장에서 표를 사야 하는 '미성년자 관람불가'의 영어 영화 속에서도 볼 수 없는 장면이었다.

그때를 회상하느라 마리암의 이마에 땀으로 문신이 그려진다. 머리는 수치심으로 수그려지고, 시선은 발가락에 모인다. 그러다가 갑자기 전시라서 아무도 영화를 보러 가지 않았을 것이라는 생각이 든다. 갑자기 그런 생각이 든 듯하다. 마리암이 묵티를 똑바로 보며 말한다. "안 그랬다면, 우리가 죽을 수도 있었던 그 순간에 어떻게 그런 일이 일어났을까?" 바로 그때 그들의 수치심을 가려주기라도 하려는 듯 하늘에서 엄청난 비가 쏟아졌던 것이다. 마치 홍수라도 날 듯 엄청난 기세였다. 트럭은 즉시 멈춰 섰다. 군인들이 뛰어내려서 박쥐의 날개처럼 새까만, 엄청난 크기의 방수포들을 그들 몸 위로 덮어주었다. "우리 눈에 가리개가 씌어져 있었기 때문에 그렇게 생각했던가봐." 마리암은 조금 생각해본 뒤 말한다. 왜냐하면 거기 탄 여성들 모두가 트럭이 자신들의 집 앞을 지나가고 있다고 생각하고 있었기 때문이다. 그리고 모두들 박수를 치거나 휘파람을 분 사람들이 자신들이 아는 사람들, 아마도 옛 애인들일 거라고 생각했다. 그런 생각들은 모르는 사람들과 소중한 사람들을 포함한 만인의 조롱과 혹평이 함께 할 자신들의 미래를 더듬어보는 장님의 지팡이와도 같았다. 방수포가 백 장이라도 그런 생각에 대한 보호막은 될 수 없었다.

이 여행에는 끝이 없다. 그 행로는 길이 아니라 미로, 순다리의 습지처럼 혼란스러운 미로이다. 몬투가 그녀와 함께 있다. 방수포 아래서 눈뜬장님이 된 메리는 남매가 귀갓길을 찾아 헤맸던 그 시간이 영원인 것처럼 느낀다. 그러나 습지의 미로에서는 결코 올바른 길이 찾아지지 않는다. 몬투는 평소처럼 어리석다. 이 전시에조차도. 그는 결코 순다리 습지의 신비를 풀지 못했고 어른의 세계로 들어서지도 못했다. 이 소년이 어린 시절의 질문에 대한 대답을 찾기도 전에 전쟁이 그의 삶 속으로 들어섰기 때문이다. 그는 참전했다.

"뭐야! 겁나나?"

"아니요, 아닙니다, 소령님." 몬투는 가슴을 내밀며 샤르마 소령에게 대답한다. 소령은 그 열의 다음 전사의 앞으로 걸어간다. 오늘은 그들의 첫 작전 날이다. 경기관총과 수류탄과 라이플로 무장한 채 적에게 점령당한 조국으로 진입할 것이다. 청년들을 한 사람 한 사람 살펴보고 나서 소령이 연설한다. 몬투는 숨소리도 내지 않는다. 그러려고 애쓴다. 많은 젊은이들 가운데서 자신의 가슴만 불쑥 나온 모습이 연설을 하는 소령의 눈에 띄기를 바란다. 이런 노력에 엄청난 주의가 필요하다. 소령은 그들을 격려한다. 몬투는 그의 말을 모국어로 반복한다. "제군들, 용기를 가져라, 용감하게 행동하라. 전쟁 없이는 조국해방도 없다. 적은 제군들의 고향땅을 파괴하고 있다. 그들은 제군들의 동족을 개나 고양이처럼 죽이고 있다. 제군들의 어머니와 누이들의 명예도 걸려 있다."

몬투의 작고 아직 털도 나지 않은 가슴에서는 그때 지진의 전조가 일어난다. 어렵게 참고 있던 숨이 올라와 가슴을 치고 마침내 코를 통해 쏟아져 나온다. 3월 다음에 4월이 오고, 4월 말이 거의 다 되었는데도 메리의 소식은 들려오지 않았다. 어머니는 한밤중에 일어나 집안을 서성댔다. 잠을 이룰 수 없는 것이다. 하지만 집 안에서 소리 내어 우는 것은 누구에게도 허락되어 있지 않았다. 아버지는 상황을 장악하려고 애쓴다. "이제 다카에는 개나 고양이 한 마리도 남아 있지 않아요." 다카에서 피난 온 사람들이 그런 말을 할 때마다 마을사람들은 그의 집을 방문해 묻는다. "메리는 어디 있나요? 도착했나요, 아니면 아직도 다카에 있나요?" 어머니는 꽤 오랫동안 "제 동생과 함께 있답니다. 그 애를 위해서 기도해주세요. 제게 소중한 아이입니다."라는 대답으로 그런 질문을 막았다. 그러면 이웃들은 말한다. "따님을 위해서 기도하고 있어요. 알라께서 안전하고 건강하게 보호해주시기를 빌어요." 그러나 그녀의 동생 골람 모스토파가 온 가족을 이끌고 마을로 피난 온 뒤에는 사태가 달라진다. 모든 것이 명약관화해진다. 사람들은 굳이 찾아와 메리의 안부를 물을 필요가 없다. 그리고 어머니에게는 더이상 그들에게 설명해줄 말이 없다. 다만 몰래 혼자 눈물을 지을 뿐이다. 그 아이—그녀의 사랑스러운 딸—을 영원히 잃은 것이다.

"복수하라." 샤르마 소령의 흥분된 목소리가 몬투에게 들린다. 연설은 이제 막바지에 이르렀다. 소령은 말한다. "겁먹을 것 없다.

우리가 제군과 함께 있다. 제군들에게 필요한 것이면 무엇이든 도와주겠다. 조국 독립의 날이 기필코 올 것이다. 이것은 우리가 어쩔 수 없이 겪어야 하는 과정이다. 행운을 빈다, 제군들. 조이 방글라."

그날 밤 몬투의 조는 국경 너머 라자카르 의용군 하나를 생포하기 위한 원정에 나선다. 그가 집에 없어서 대신 그의 망아지를 잡아 진지로 가져온다. 그 사내가 쌀을 구걸하던 추수기에 타고 다니던 망아지다. 몬투의 조는 손에 쥐고 있던 수류탄 다섯 개 중 네 개를 그 걸인의 집 마당에 얼른 던지고 도망쳐 돌아온다. 그 수류탄 중에서 단 한 개만 엄청난 폭발음과 함께 터진다. 그들은 달리고 망아지는 그들과 함께 뛴다. 그들에게는 잠시나마 고향땅에 남아 있을 용기가 없다. 마구 서두르느라 수류탄 안전핀을 뽑는 것까지 잊은 것이다. 국경을 넘어 인도 땅에 들어선 뒤에야 멈춰 서서 한숨을 돌린다. 그러자 갑자기 자신들이 도둑이라는, 말 도둑이라는 생각이 든다. 생애 최초의 작전을 이처럼 도둑같이 진행했던 것이다.

"이렇게 싸워서 우리나라를 해방시킬 수 있겠나?" 소대장이 꾸짖는다. 그 작전에 참여했던 소년들도 같은 질문을 스스로에게 던진다. 그러나 생환했다는 사실에는 행복하다. 단 한 사람도 목숨을 잃지 않았다. 조국이 그렇게 무서운 곳이 될 수도 있는지 정말 몰랐었다. 인도의 훈련 진지에서 지내는 동안 자신들이 모기와 거머리에게 물리지 않을 날, 레이션의 반만 먹고 육체적인 훈련을 해야 하지 않는 날, 완전무장을 한 훌륭한 전사가 되어 조국으로 들어가게 될 날을 고대해왔다. 그리는 동안 햇볕을 쐬어 피부가 구릿빛으로 변하고 근육은 튀어나온 푸른 정맥으로 뒤덮였으며 면도를 못한 얼굴에는 덥수룩한 구레나룻이 자랐다. 그리고 변화된 겉모습 안에서는 심장도 변화하고 있었다. 빨리 전쟁에 뛰어들고 싶어 감질이 났었다.

처음에는 무기의 부족이 실망스러웠다. 파키스탄 군대는 탱크와 기관총과 최신예 살상무기를 가지고 있었다. 라이플과 수류탄과 스텐 총을 들고 이런 군대와 싸워서 나라를 해방시키려면 얼마나 오래 걸릴 것인지? 자신들이 평범한 수류탄도 제대로 사용하지 못했다는 사실을 생각하면 우울하다. 또한 복수의 불이 서서히 사그라들고 재만 남았다는 사실도 의식한다. 그러나 전장은 우울과 무질서를 용납하지 않는다. 그곳에서는 죽이든지 내가 죽든지 둘중 하나이다. 대안은 없다. 때때로 조장으로부터 심한 말을 들을 때면 도망가고 싶다. 과거의 날들이 소맷부리에 매달려 그들을 잡아당긴다. 시험공부를 하고 암기하는 지루하고 피곤하게 공부하던 일상. 아니면, 연애편지를 쓰다가 들켜 무척 당황했던 날들. 조원들 모두에게 기만과 거부의 경험이 있다. 때때로 사는 것이 너무나 힘들어 자살 외에는 다른 방법이 없다고 느끼기도 했다. 그러나 전쟁 앞에서 이 모든 낡은 슬픔은 증발하고 만다. 단조로운 과거는 다채로운 색깔로 넘치고 꿈처럼 침범할 수 없는 영역이 된다.

장맛비가 맹렬한 기세로 퍼붓고 있다. 그렇지 않아도 자유전사들은 주로 밤에 움직인다. 그런데 폭우까지 맹렬하게 쏟아지고 있다. '작전'은 그런 폭우가 내리던 어느 날 밤으로 결정된다. 그들은 수건으로 수류탄을 싸서 손목 주변에 묶는다. 밤의 어둠과 구별되지 않는 짙은 색 윗도리를 입는다. 라이플과 스텐 총을 어깨에 멘다. 허리 두르개 바지의 아랫부분을 올려 허리 부근에서 묶어 반바지로 만든다. 그러고 나서 머리 위에 폴리에틸렌 조각을 묶은 뒤 진지를 떠난다. 적은 젖은 벙커 옆에 거머리처럼 붙어서 대피호를 떠나지 않는다. 몬투의 조는 바로 이 기회를 틈타 침략당한 조국으로 몰래 들어가 뼛속까지 젖으며 전진한다. 비록 아직 진짜 적을 만나지는 않았고 조국이 언제 해방될지도 모르는 상태였지만, 풀 위로, 진흙 위로 내딛는 걸음 하나하나가 자신들의 노력으로 얻어진 것처럼 느껴진다. 심지어 자신들이야말로 구름이 잔뜩 낀 이 방글라 하늘의 유일한 출자자이고, 칠흑 같은 밤은 자신들의 친구이며, 자신들만의 소유라고 생각한다. 그들은 인도와 방글라데시의 국경선을 넘어갈 때 자신의 생에 대한 애착을 이 모든 것에 대한 권리와 교환했다. 목숨을 잃는 한이 있더라도 이 권리는 빼앗기지 않을 것이었다. 이 소유권에 대한 집착은 무기보다도 강하다. 그것의 격려와 영감 덕분에 적을 죽이고 순국열사가 된다.

한밤의 작전에 나갔을 때 그들의 표적이 집에서 발견되지 않는 일이 많으며, 그러면 문제다. 무슨 수로 알았는지는 모르지만 미리 알고 도망친 것이다. 그러나 몬투와 동지들은 절대 빈손으로 돌아가는 법은 없다. 외양간에서 소와 양을 끌고 간다. 그 고기가 매일 똑같은 음식에 질린 그들의 혀를 즐겁게 해줄 것이라는 기대와 함께. 마당에 앉아 그 집에서 약탈한 자잘한 물건들을 보따리에 싼다. 전장에서 그런 물건들이 무슨 용도에 쓰일지는 불분명하지만 탐욕 때문이든 적의 밀정을 처벌하기 위해서든 일단 약탈을 하고 본다. 아니면 빈손으로 돌아갈 때의 수치심과 패배감을 감추기 위해서 그러는 것인지도 모른다.

돌아가는 길에 설명할 수 없는 공포가 몬투를 엄습한다. 미로 속에서 귀갓길을 절대 발견할 수 없는 괴기한 밤의 습지가 앞에 놓여 있는 듯하다. 이열종대로 행진하고 있는 자유전사들 속에서 계속 자신의 위치를 바꾼다. 전리품 더미 뒤로 숨고 싶다. 그러다가 갑자기 자신이 뒤처졌다는 사실을 깨닫는다. 뒤에는 아무것도 없고 앞에는 어둠이 놓여 있다. 불빛 몇 개만 보일 뿐이다. 목구멍에서 목 졸린 사람 같은 비명이 나오는데, 동료들은 그것을 공포의 노래라고 명명했다. 그 공포의 극복을 돕기 위해 소대 지휘자는 적의 밀정을 죽이라고 명령했지만, 몬투는 그 임무를 수행하고 돌아오던 밤에도 똑같은 신음소리를 냈다.

지휘자인 샤리프 바이의 명령이 떨어지자 몬투가 당당하게 앞으로 나섰었다. 그렇게 중요한 임무, 그가 원하던 바로 그 임무가 주어진 것은 처음이었다. 아직 학생 신분으로 누나와 함께 다카에 가야 했을 때 그것은 어느 정도 강제적인 일이었다. 아무도 그에게, "어떻게 하고 싶으냐, 몬투. 다카로 가겠느냐, 아니면 마을에 남겠느냐?"라고 물어보지 않았다. 다카 시에서 몬투는 나무 기둥 구멍에 만든 보금자리에서 자신이 꺼냈던 작은 새, 그의 손안에서 바들바들 떨던 그 자그마한 어린 새 같은 존재였다. 얼마나 많은 밤을 눈물로 베개를 적시며 보냈는지. 다카에서 그는 누나의 손에 매달린 꼭두각시, 그녀의 소망을 따르는 노예였다. 마침내 그가 회합과 시위에 참여하고, 그 열띤 도시를 자신의 것으로 여기기 시작했는데 마리암이 그를 억지로 고향으로 돌려보냈다. 그의 가족은 아무도 그가 이제 많이 자랐다는 사실을 인정해주지 않았다. 하긴 가족 아닌 사람들도 마찬가지였다. 자유전사가 되는 훈련을 받고 있는 이곳에서도 동료 훈련생들은 그를 대단하게 여기지는 않는다. 때때로 "겁쟁이 몬투, 밤에 오줌 싸지 마."라고 말하며 놀린다. 지휘자인 샤리프 바이만이 그에게 합당한 존중을 해주었다. 총을 건네며 그에게 물었다. "할 수 있나?"

"할 수 있습니다, 샤리프 바이. 할 수 있어요." 몬투가 고개를 끄덕이며 무기를 받는다. 겨우 삼 야드 떨어진 곳에서 작은 불 몇 개가 번뜩이고 있다. 몬투는 무섭지 않다. 그것들은 반딧불이로 실제 세계에서는 아무런 영향력도 없는 것들이다. 반딧불이들이 환상을 창조하고 여행자들을 엉뚱한 길로 인도해서 한없이 제자리걸음을 하다가 종국에는 죽게 만들기는 하지만. "하나 둘 셋." 샤리프 바이의 목소리가 먼 데서인 듯 공기 중에 실려온다. 마치 다른 사람의 목소리로 명령을 하는 것 같다. "몬투, 준비, 쏘아라. 배신자에 대한 처벌은 죽음이다." 라타타타! 몬투의 스텐 총에서 커다란 웃음소리처럼 불이 번쩍인다. 총알들이 날아가서 나무에 묶인 사내를, 그의 가슴과 목과 수염을 맞춘다. 그 사내는 즉시 땅바닥으로 고꾸라지고 작은 새처럼 약간 몸부림을 치다가 잠잠해진다. 죽기 전에 물 한 모금을 청한다. 입술을 새처럼 조금 벌리고. 몬투는 그날 밤의 영웅이다. 샤리프 바이가 직접 몬투에게 짜르미나르 담배의 불을 붙여준다. 그리고 돌아오는 길에 몬투의 등을 탁탁 치며 뒤처지지 말고 함께 걸으라고 말한다. 그러나 조금 후 다시 몬투의 숨바꼭질이 시작되고, 이어서 평소처럼 공포의 노래, 즉 신음소리도 들려온다.

그들이 뭐라고 떠벌리든, 그 조의 사람들이 다 용감한 것은 아니다. 그 사실은 캠프를 정리하고 인도에서 귀국하던 날 발견된다. 그때까지는 그들은 잠입자였다. 재빨리 월경을 한 뒤 들어서자마자 기습공격을 감행하고 캄캄한 밤에 되돌아왔다. 이것은 전쟁용어로 잠입이라고 불리는 것으로, 불법행위이다. 정식 선전포고가 없는 한 인도에서 파키스탄 영토로 전투요원을 보낼 수 없다. 더욱이 몬투와 동료들은 인도에서 게릴라전 훈련을 받았다. 전투의 결과가 직접적으로 보이지는 않지만, 사보타주와 파괴의 행위로 적을 괴롭히는 것도 전쟁이라고 불릴 수 있다. 적의 군대에 어려움을 주는 일이기 때문이다. 적은 짜증이 나고 불안할 것이다. 지칠 것이다.

소년들은 샤르마 소령의 긴 연설을 좋아하지 않는다. 그래서 낮은 목소리로 투덜댄다. 그들은 안전 위주의 전략에 반대다. 언제쯤이나 조국이 해방될 것인지? 소령이 자세한 전략을 설명하는 것은 불가능하다. 사실 그것은 국가기밀이니까. 그는 이 청소년들에게 짜증이 난다. 세상이 어떻게 돌아가는지 전혀 모르는 애송이들이다. 인도에 앉아 밤중에 적의 밀정을 한두 명 죽이는 것으로 조국의 해방을 꿈꾸다니. 그는 그들에게 두 개의 주파수대를 이용할 수 있는 라디오를 사라고 충고한 뒤 떠난다. 그들에게 충고는 명령이다.

라디오를 사지만 거기 귀를 기울일 시간이 있거나 그럴 용의가 있는 사람은 없다. 낮 동안 진지에서 철수해 안전한 은신처를 찾아야 한다. 몬투와 그의 조원들은 국경 근처 적당한 장소에 두 개의 트럭에 실은 짐과 함께 내려진다. 마치 피난민 같은 기분이다. 유일한 차이는 피난민은 인도를 향해 가고 있지만 그들은 적에게 점령당한 고국으로 가고 있다는 점이다. 이것은 드문 장면이다. 주변 마을사람들이 아이들을 데리고 그들을 보기 위해 몰려온다. 마치 읍내에 서커스라도 들어온 것처럼. 얼굴에는 즐거워하는 표정이 역력하다. 어린 소년들이 가장 용감해서 자유전사들에게 쫓겨나면서도 큰 소리로 웃고 쫓겨나자마자 바로 다시 금속제 총신을 만지러 살금살금 걸어온다. 전사들은 똥통에 떨어진 코끼리 같은 기분이다. 아주 깊은 진창 속에 떨어진 것 같다. 적어도 그 거지에게서 빼앗은 망아지라도 있었더라면 조금 덜 시달렸을 것이다. 말은 거지의 것이라 하더라도 귀족성의 상징이다. 진지를 정리하는 동안 하나가 전쟁에서는 보통 기병이 사용된다고, 그러니까 망아지도 전투에 사용될 수 있다고 주장했다. 소년들 중 몇몇은 이미 망아지 타기 선수가 되어 있었다. 그러나 샤리프 바이는 동의하지 않고 장장 한 시간 동안 연설을 한다. "게릴라전은 정규전이 아니라는 사실을 알아야 한다. 조용히, 은밀히, 그리고 적에게 우리의 존재를 드러내지 않고 이루어져야 하는 거다. 그러려면 맨발로 물과 진창길을 헤쳐야 하고 발가락 사이에 물집이 잡혀야 한다. 발꿈치는 물벌레에 물려서 구멍이 숭숭 뚫려 체같이 될 거다. 동료 전사가 총에 맞으면 수류탄을 적에게 던져야 한다……."

샤리프 바이에게는 한 가지 나쁜 습관이 있다. 자신의 연설을 항상 마지바르에 대한 언급으로 끝내는 것이다. 마지바르가 영웅주의의 상징인지, 아니면 오판의 상징인지? 이제 그들은 바리바리 짊어지고 조국으로 가는 길에조차 그의 무덤에 들러야 한다. 아무도 그 명령에 동의하지 않지만 그것이 고국으로 들어가는 유일한 길이다. 그래서 자원병들은 군중 속에 섞여 밤이 오기를 기다린다. 밤이 오고 나서 그들은 어둠을 틈타 최초의 전사자, 최초로 살해된 자유전사 마지바르가 영면하고 있는 그 무시무시한 지역을 통과한다.

마지바르는 두 명의 젊은이와 함께 임시진지의 정찰을 위해 마디얌그람에 파견됐었다. 밤이 아닌 오후라서 해가 밝게 비치고 있었지만, 기회를 봐서 두어 개의 수류탄을 폭발시키는 임무가 주어져 있었다. 보초가 그들 일행의 존재를 알아챈 것은 그들이 스텐 총을 들고 고개를 숙인 채 몸을 낮춰 적진 속으로 50야드 정도 뛰어 들어간 뒤였다. 적은 즉시 총알을 비처럼 퍼부었고 두 젊은이는 도망쳐 황마밭 뒤로 숨었다. 그러나 마지바르는 다시 위치를 확보하고 스텐 총의 방아쇠를 당겼다. 두 차례의 소규모 전투가 있은 후라 탄창은 비어 있었다. 하지만 그는 황마밭 뒤로 도망가는 대신 제자리에서 수류탄의 핀을 뽑았다. 그리고 투창선수처럼 달려서 수류탄을 던지고 총에 맞았다. 그의 몸은 정지화면처럼 멈추었다. 총소리에 놀란 주변 마을의 사람들은 걸음아 날 살려라 하고 도망가던 중 자유전사의 몸이 운동선수 같은 자세로 공중에 뜬 것을 보고 발걸음을 멈추었다. 그랬다가 다음 사격이 시작된 뒤에야 움직이기 시작했다.

전쟁 29주년에 마디얌그람을 방문한 묵티에게 마을주민들은 다카에 세워진 자유의 석상들이 제대로 만들어지지 않았다고 불평한다. 그들이 요구하는 석상은 방글라의 땅에 발이 닿지 않는, 팔을 들어 올리고 공중으로 도약하고 있는 석상이다. 그렇지만 왜? 라는 묵티의 질문에 그들은 잠시 침묵을 지키다가 망설이며 말한다. 그런 모습으로 전사한 자유전사를 본 적이 있는데, 키 큰 황마풀을 볼 때마다 기억이 난다고. 싸우는 대신 황마밭에 숨을 수도 있었지만 인간이 아니라 천사인 그는 숨지 않았다고. 나아가, 그들은 요구와 수령 따위는 다 인간사의 영역에 속한다고 말한다. 인간은 죽은 뒤에도 권리가 없어지지 않는다. 그들이 그 말을 한 것은 마을 출신 순국열사의 어머니를 묵티에게 소개한 뒤다. 현재 80대인 그녀는 성자인 아들을 잃은 후 구걸로 생계를 유지하고 있었다. 그녀는 방글라 땅에 대한 아들의 권리를 포기하지 않고 있었다. 그 권리를 주장하고 다니며 무덤에 들어갈 때까지 그렇게 할 예정이었다.

　마디얌그람의 주민들은 생존 자유전사들에 대해서는 자부심을 느끼지 못한다. 그들이 전투하는 모습을 본 적이 없기 때문이다. 마을사람들 중 몇몇은 그런 이야기를 하는 것도 주저하는 것처럼 보인다. "왜요? 그분들이 스스로 권리를 포기라도 하셨나요?" 묵티의 질문에 그들이 말한다. "아니, 아니. 그건 아니에요." 그건 단지 권리와 몫만의 문제는 아니었다. 생존한 자유전사들의 지난 29년의 삶의 역정은 다른 보통사람들의 그것과 꼭 같다. 전혀 다르지 않다. 그들도 나이를 먹었고 자식을 낳았으며 몇몇은 손자도 보았다. 전쟁 직후에는 멋진 이미지를 누렸고 엄청난 영향력도 행사했다. 마을주민의 자식들이었지만 조국의 해방을 위해 싸웠으므로 그들에 대해 마을의 자랑, 영웅적인 자유전사라는 자부심을 느낄 수 있었다. 그러나 이제 그 빛은 닳았고, 과거는 더이상 기억되지 않는다. 그들은 자신의 모습을 보았고, 성쇠도 목격했다. 그들 중 일부는 장사꾼이 되어 엄청난 돈을 벌기도 했고, 갑자기 번 것처럼 갑자기 잃기도 해서 그것을 즐기지 못하기도 했다. 그러는 동안에도 그 지역 지휘관 소유의 집, 원조물자의 일부인 시멘트로 지은 그 집은 부서지지 않고 서 있다. 그는 정부가 바뀔 때마다 편을 바꾸었고, 지금은 주유소 둘과 냉장시설을 소유하고 있다. 그는 마을에서 살지는 않지만 선거철마다 표를 찍어달라고 온다. 매번 당의 상징이 바뀌지만. 다른 사람들의 경우에는 정부가 바뀔 때마다 경찰이 잡아다가 구타하고 고문했다. 억압에는 끝이 없다. 유일한 위안거리는 마을에서 살인사건이나 다른 부정행위가 계속 일어나고 있다는 사실이다. 감옥살이를 하고 재판정에 출두하는 일이 일상사가 되었다. 마을주민들은 묵티에게 더 일찍 찾아왔어야 한다고 말한다. 지금은 누가 자유전사이고, 누가 라자카르 의용병이었는지도 구별하기 힘들다는 것이다. 정부가 새로 들어설 때마다 그 명단이 새로 만들어졌다. 라자카르였던 사람이 자유전사가 되고, 진짜 자유전사였던 사람은 펜 한 번의 놀림으로 정부의 목록에서 지워지는 일이 발생한다. 이제 모두 그렇게 엉망이 되어버렸다. 이 뒤죽박죽의 상황에서 정신이 멀쩡한 유일한 사람은 자기 땅이 없는 농민 아미눌이다.

아미눌 이슬람은 묵티에게 말한다. "오 맙소사! 그해에는 비가 끝도 없이 오고 또 오고 그랬어. 밤이면 너무나 캄캄해서 자기 손바닥이 안 보일 정도였지. 내 오막살이에 있으면 집 뒤에서 그들이 물을 첨벙이며 가는 소리를 들을 수 있었어. 살짝 내다보기는 했어도 감히 말을 걸지는 못했지." 어느 날 밤 용기를 내서 손전등을 살짝 비추었는데 무슨 일이 일어났는지 알아맞혀 보라. 그들은 즉시 그에게 손을 들라고 한 뒤 그를 방에서 끌어냈다. 그러나 그날은 자유전사들에게 중요한 작전이 있는 날이었다. 그래서 그들은 아미눌을 데리고 걸어 그의 집 아래 논을 통과하고 습지를 가로질러 옆 마을로 갔다. 결국 아미눌은 자유전사들과 친구가 되었고, 서로 살아온 이야기를 나눴다. 묵티는 그를 통해 마디얌그람에 있는 무덤이 몬투의 것이 아니고 손을 뻗었던 자유전사 마지바르의 것임을 알게 된다. 그 무덤은 아미눌 자신이 판 것이다. 몬투 조의 조장인 샤리프 바이는 다리에 총상을 입어서 몬투가 참여한 마지막 작전의 날에 정신을 잃고 은신처에 누워 있었다. 그는 다리를 절단해야 했기 때문에 다시는 전투에 참여할 수 없었다. 몬투의 사망 소식을 뒤늦게나마 전해준 자유전사는 사르파라즈 호세인이었다. 그는 당시에 무기인지 레이션인지를 가지고 오는 임무를 띠고 인도로 파견되었었다. 1975년 8월 마리암에게 몬투의 무덤에 대한 부정확한 정보를 전달해준 것은 그였다.

아미눌은 자유전사 마지바르가 팔을 뻗은 채 죽은 날을 똑똑히 기억하고 있었다. 그날은 수요일, 매주 장이 서는 날이었다. 처음에 총성이 들렸을 때는 파키스탄군이 총을 쏘며 마을로 들어오고 있다고 생각했다. 그러나 응사를 하는 듯한 저 소음은 무엇일까?

당시에 아미눌은 박격포 폭발 소리와 자동화기를 사용한 소규모 전투와 라이플이 내는 단방 소리 따위를 구별할 줄 알았다. 그는 상황판단을 미뤄서는 안 된다는 사실을 깨달았다. 그래서 재빨리 마당 구석에 있던 가장 높은 빈랑나무로 올라갔다.

총소리는 이미 그친 뒤였다. 그러나 사람들은 여전히 계속 달리고 뛰고 있었다. 나무 위에서 보니 유니언 파리샤드 사무실의 포장으로 덮인 앞마당에서 작은 연기구름이 보였다. 자유전사들이 백주에 적의 진지에 공격을 하다니! 어떤 공격이든 일단 벌집이 쑤셔진 것으로 봐야 했다. 이제 남은 일은 벌에 쏘이기 전에 도망가는 것이었다. 그는 서둘러 나무에서 내려가 도망 중인 다른 마을사람들의 행렬에 합류했다.

날이 저물어 네 명의 파키스탄 군인과 일곱 명의 라자카르 의용군이 떠난 뒤에 아미눌은 천천히 진지를 향해 걸어갔다. 가는 길에 자유전사 한 명이 사망했다는 소식이 들렸다. 보행자들은 그가 죽은 후에도 손을 위로 뻗은 채 서 있었다는 이야기를 하고 있었다. 아미눌이 그곳에 도착했을 때 발견한 것은 평범한 시체, 붉은 수건으로 덮인 시체였다. 작은 등잔이 머리맡에서 타고 있었고 일고여덟 명의 동료 전사들이 시체 주변에 모여 앉아 있었다. 그들은 불안해 보였지만 얼굴과 눈에서는 복수의 욕망이 이글거리고 있었다. 그들이 순국이라는 관념으로부터 영감을 얻은 것은 사실이었지만 동료 중 한 사람이 순국열사가 된 현실을 받아들일 수는 없었다. 상황이 조금 안정된 후 시체를 인도의 본거지로 운반해서 정식 군대의 의식과 함께 매장하자는 제안이 나왔다. 그러나 국경 너머 당국자들이 그 제안을 거부했다. 자유전사들은 무척 분개해서 과거의 적개심이 되살아나, 인도는 얼마 전까지만 해도 적이었고 다만 인도의 적인 파키스탄과 싸우고 있기 때문에 우방이 된 것이라고 말했다. 아미눌은 걱정으로 오싹했다. 파키스탄 군인 네 명과 라자카르 의용군 일곱 명이 일단 놀라서 도망을 친 것은 사실이었지만, 본격적으로 중무장을 하고 돌아올 가능성이 아주 많았다. 적이 점령한 영토에서 애도만 하고 있는 것은 현명하지 못한 일이었다. 죽은 사람은 죽은 사람이고, 다른 자유전사들의 안전도 생각해야 했다. 그가 나서서 삽 여러 자루를 모아 무덤을 파기 시작했다. 그 순간 몬투가 자유전사들의 무리를 벗어나 그에게 다가왔다. 흙 더미 위에 서서 무덤을 파고 있던 그에게 담배 한 개비를 청했다. 아미눌이 귀 뒤에서 비디 하나를 빼 그에게 건네자 몬투는 무덤 파는 사람을 처음 본다고 말했다. 아미눌은 그 말이 신기했다. 삽질을 계속하며 물었다. "무슨 말인가, 자네?" 몬투는 삽이 땅을 떠낼 때 나는 쉬익 쉬익 소리에 귀를 기울이고 컴컴한 구덩이 속을 들여다본 뒤 겁에 질려 재빨리 뒤로 물러섰다. 그는 사람을 구덩이에 넣는 것이 싫다고 말했다. 폐쇄공포증이 온다고 중얼거렸다. 사방이 캄캄해서 그 소년의 얼굴은 보이지 않았다. 그러나 겁에 질렸다는 것만은 알 수 있었다. 소년은 공포를 몰아내기 위해서인 듯 담배를 몇 모금 빨며 아미눌에게는 기회도 주지 않고 다 피워버렸다. 아미눌은 전쟁이 끝난 지 29년 후 그를 찾아온 묵티에게 말한다. "코다가 기적을 부리신 것을 좀 보라구. 그 소년은 무덤에 묻히지 않았어. 칸들이 마술을 부려서 시체를 사라지게 했잖아."

몬투의 조가 국경을 넘은 뒤 깊은 정글 속의 폐가에 진지를 차리자 아미눌은 집과 가족을 떠나 그들 무리에 합류했다. 이제 두 마리의 암탉 대신 동네에 살던 라자카르 의용군이 그를 괴롭히고 있었기 때문이다. 파키스탄군 또한 그를 체포하려고 혈안이 된 듯했다. 마을을 샅샅이 뒤지며, "자유전사 어디 있어?"라며 찾고 다녔다. 집안 아저씨들도 충고했다. "우리 말 잘 들어, 아미눌. 꼭 조심하게." 그러니 어떻게 그냥 집에 있을 수 있었겠는가? 그 모든 설명을 다 듣고 나서 조장인 샤리프 바이가 말했다. "아미눌, 우리에게 합류하고 싶어하는 마음은 참 좋은 것이지만, 일단 무기를 들고 훈련을 받아야 해. 그런 다음에야 적과 싸울 수 있어." 샤리프 바이는 마음은 다정했지만 군인으로서는 엄격했다. 오르파라 학교 운동장에서 아침저녁으로 직접 아미눌의 훈련을 감독했다. 무기라곤 303 라이플과 수류탄뿐이었다. 하지만 아미눌은 수류탄을 들고 뛰라는 명령을 받자 심장이 떨렸다.

"이 훈련, 파키스탄군한테 그 소리가 들리지는 않았나요?"

묵티가 계속 말을 끊는다. 아미눌 이슬람은 조금 짜증이 난 목소리로 그 장소에 대해 묘사해준다. 그는 말한다. "물론 소리는 들렸지만 거기까지 갈 방법이 없었지. 낙후된 곳이었으니까. 아우르파라 고등학교는 섬이나 마찬가지였어. 비 때문에 주변에 홍수가 나 있었어. 나는 그곳에서 303 라이플 훈련을 받았지. 내가 받은 최고의 훈련이었어. 그 훈련 덕분에 전투를 할 수 있었다고."

그리고 몬투에게는 스텐 총이 있었는데 작전을 수행할 때 그것을 가지고 나갔다. 아미눌 이슬람은 303 라이플을 들고 갔고. 그들은 그때 모든 것을—먹고, 앉고, 자는 것까지—함께했다. 한가할 때는 심지어 카드놀이까지 함께했다. "그러나 그 아이는 조금 겁이 나 있었지. 자면서 훌쩍훌쩍 울곤 했어." 아미눌은 무척 안타까운 목소리로 말한다. "나는 그 아이를 동생처럼, 한배에서 나온 동생처럼 생각했지. 아주 어렸어. 가슴속 깊이 슬픔이 있는 아이였는데, 결코 드러내지 않았어. 하긴 당시에 누군들 슬픔을 겪지 않았겠어? 모두들 참전을 위해 집과 가족과 부모와 헤어졌지. 누구의 아버지는 순국열사가 되었고, 누구의 누이는 찾을 수가 없었고, 누구의 아내는 군대에 끌려갔고—다들 그랬어."

몬투는 그의 조 안에서 평이 좋지는 않았다. 모두들 그가 초조해하고 겁이 나 있다고 말했다. 스스로 겁을 낼 뿐 아니라 다른 조원들마저 당황시키곤 했다. 그 때문에 모두가 길을 잃고 위험을 마주친 일이 두 번이나 있었다. 밤의 작전 수행 중에 다른 사람들에게는 보이지 않는 것을 보고, 다른 사람들에게는 들리지 않는 것을 듣곤 했다. 그런데 이런 보고 듣기에는 전염성이 있었다. 샤리프 바이조차 그의 말을 믿고 길을 바꾸려고 허둥대곤 했다. 한번은 그러다가 파키스탄군에게 기습공격을 당한 일조차 있었다. 게릴라 전사들은 다른 것은 몰라도 싸움에는 능했다. 그날 밤 그들은 헤엄쳐 호수와 물웅덩이를 건너고 탄약을 적시고 바지를 벗은 채 간신히 진지로 귀환했다. 손실을 끔찍했다. 무기와 탄약을 말리고 회복하는 데 삼사 일이 걸렸다. 두 가지 중요한 작전도 취소해야 했다.

몬투는 다른 사람들의 사기를 저하시킨 죄로 식당에 배정되었다. 그에게는 굴욕스러운 일이었다. 그도 전투에 참여하기를 원하지 않은 것이 아니었다. 정말 참여하고 싶었다. 어떤 작전에서는 핵심적인 역할을 수행하기도 했다. 이런 식으로 기회를 박탈당하는 것은 부당하다고 생각했다. 그래서 단식투쟁을 했다. 샤리프 바이는 무척 친절한 사람이었다. 다른 상관이었다면 명령불복종으로 그를 재판에 회부했을 것이다. 샤리프 바이는 그에게 맹세를 시키는 선에서 끝냈다. 이상한 불빛이 보이거나 귀신의 속삭임 소리가 들려도 다른 사람들에게 말하지 않기로. 혼자만 알고 있기로. 몬투는 한 발 더 나아갔다. 조장의 관용에 감동한 나머지 만일 이상한 것이 들리거나 보이거나 하더라도 절대 믿지 않겠다고 약속했다. 그리고 이 약속이 결국 몬투의 운명을 결정했다.

몬투는 식당을 뒤로 하고 전투에 나갔다. 그 전투는 왕과 왕 사이의 싸움이 아니라 게릴라전이었다. 아무도 북을 치거나 나팔을 불지 않았으며 불꽃놀이도 없었다. 이 전쟁의 수행에는 어떤 스펙

터클도 따르지 않았고, 관중을 압도하는 투구와 갑옷도 없었다. 코끼리도 말도 없었다. 그러나 몬투의 가슴은 북처럼 쿵쾅거렸다. 흥분한 그는 굉장한 전공을 올려서 남들에게 과시할 수 있기를 꿈꾸며 앞장섰다. 아미눌은 그의 스텐 총 줄을 당기며 말했다. "왜 그렇게 광분해, 이 친구? 그런 용기는 좋은 게 아니야." 몬투는 그의 말을 흘려들었다. 행동을 바꾸지 않았다. 도대체 뭐에 씌었던 것인지? 왜 그렇게 굶주린 사람처럼 굴었는지? 마침 위험한 작전에 나간 날이었다. 목적지는 아일라르간지 다리였는데, 쇠 난간에 바닥은 나무로 되어 있고 기둥이 한 다스는 되는, 영국 정부 관리인 엘리옷의 이름을 딴 다리였다. 그 위쪽에 라자카르의 진지가 있었는데 라자카르를 축출하고 그 다리를 점령하는 것이 그들의 첫 임무였다. 먼저 점령을 하고 시간이 되면 폭발시켜야 했다. 샤리프 바이는 다리가 부러져서 이 작전에 참여하지 못하고 은신처에 남겨져 있었다. 따라서 부관인 마틴 파트와리가 지휘를 하게 되었는데, 그는 무섭고 고집이 센 사람이었다. 이 작전이 어떻게 끝날지는 알라만이 알고 계셨다.

아미눌은 운하의 남쪽 둔덕에 배치되었다. 히잘나무 몇 그루가 붉은 꽃을 흩뿌리고 있는 곳이었는데, 자유전사들은 히잘나무 뒤쪽에 숨어서 총격을 가했다. 전투는 곧 시작되었다. 아미눌이 말한다. "그닐 우리 조징은 미틴 비이, 마틴 파트와리였어. 무처 용감한 분이었지. 그분이 내게 말했어. '잘해라, 아미눌. 죽으면 죽었지

후퇴는 안 된다. 모두 자기 자리에서 전진을 시도해라.' 앞에는 물이 있으니 전진할 수 없었고 나무 뒤의 은신처를 떠난다면 총알에 맞을 참이었어. 그래서 나는 나무 뒤 내 자리를 떠나지 않았지. 한쪽에 서서 계속 총을 쏘았어. 내 오른쪽과 왼쪽과 앞에서 많은 사람들이 사격을 하고 있었어. 그러다가 호각소리가 들리며 전투 종료 신호가 왔지. 라자카르 군대가 도주한 거야. 우리는 환호하며 조이 방갈라 구호를 외쳤어. 그리고 전진했지."

  작전은 성공이었고, 시간은 자정이었다. 새벽이 오려면 아직 몇 시간이 남아 있었다. 진짜 과제, 관리 엘리엇의 이름을 딴 목조다리를 파괴하는 과제는 이제부터 시작이었다. 몬투와 밀란 포다르가 다리 건너편 고속도로가 보이는 곳에 배치되었다. 그들의 임무는 모든 사람들의 안전을 책임지는 것이었다. 이어서 다른 사람들은 육지에 놔두고 마틴 바이가 네 명의 전사를 데리고 수로의 물속으로 들어갔다. 아미눌도 수로에 있었다. 그들이 막 기둥에 폭탄을 장치한 후 몬투의 동료인 밀란 모다르가 강의 모래둑으로 걸어오던 두 명의 파키스탄군 병사를 발견했다. 자유전사들은 즉시 도망을 치기 시작했고, 수로의 전사들은 잠수했다. 동료 전사는 도망을 쳤지만 몬투는 제자리에 바위처럼 버티고 서 있었다. 밀란은 자신이 본 것이 환각이었다는 사실을 깨닫고 되돌아와서 말했다. "내가 겁을 먹었어. 몬투, 안 무서웠어?" 몬투는 대답하지 않았다. 여전히 모래둑 방향으로 스텐 총을 겨누고 제자리에 서 있었다. 그 모습이 예외적일 뿐 아니라 부자연스럽기도 했다.

　그런 뒤 모두들 원래의 임무로 되돌아갔다. 안전 퓨즈 뚜껑에는 아무 문제없이 불이 붙었다. 목조다리의 판자가 타다닥 소리를 내며 탔다. 동료들이 몬투와 밀란을 불러들였다. 필사적으로 달려야 하는 순간이었다. 바로 그때 밝은 불빛이 사선을 그리며 그들을 향해 다가오고 있었다. 모두들 도망치고 있었다. 그러나 몬투는 어디 있었나? 폭발까지 몇 초밖에 남지 않은 상황이었다. 그리고 자동차도 빠르게 다가오고 있었다. 아미눌은 고개를 돌렸고 그때 그가 목격한 장면은 지금까지도 믿을 수 없을 정도이다. 그는 세계 7대 불가사의에 이것을 8번째 불가사의로 추가해야 한다고 말했다. 아미눌은 아직도 다리에서 가까운 곳에 있었기 때문에 그것이 엄청난 폭발음과 함께 밝은 빛을 발하며 무너져 내릴 때 땅바닥으로 내동댕이쳐졌다. 마치 몸 아래 땅이 자신을 위로 떠미는 듯한 느낌이 들었다. 그러나 폭발 직전 고개를 돌린 아미눌의 눈에 들어온 장면은 비교가 불가능한 것이었다. 몬투는 그때 바지와 소매 없는 산도 조끼를 입고 스텐 총을 어깨에 메고 있었다. 타들어가던 안전 퓨즈의 흐릿한 빛 속에서 유령 같은 그의 실루엣이 다리의 가장자리 쪽에서 얼핏 보였다. 그런 뒤 그림자가 화염에 휩싸인 다리를 건너 반대편의 덤불을 향해 가는 것이 보였고, 몬투가 작은 벌레처럼 군대 지프차의 밝은 헤드라이트 속으로 뛰어드는 모습이 보였다. 몬투의 스텐 총은 아무것도 겨냥하지 않고 있었다.

IX
아누라다의 일기

마리암이 몬투의 실종 사실을 처음 알게 된 것은 1972년 2월 한 잡지의 실종자 광고란에서였다. 당시 마리암은 여성재활센터에 입원해 있었다. 해방 방글라데시의 여러 곳에서 케네디 상원의원을 열렬히 환영하는 모습을 보여주는 사진들 속에 실종자 공고와 실종자들의 사진도 들어 있었다. 학생다운 모습인 몬투의 흑백사진이 그곳에 실려 있었다. 그 아래에는 '사이푸딘 아흐메드, 몬투, 연령 20세'라고 써져 있었다. 그때까지 마리암은 입원실에 있으면서 신문과 잡지를 대충 보기는 했지만 자세히 읽지는 않았다. 단어를 이루고 있을 글자들이 뒤죽박죽 엉키고 행들이 마구 겹쳐졌으며, 제멋대로 호각을 불면서 미지의 방향으로 나아가는 듯했다. 마리암에게는 아무런 의미도 없는 글자들이었다. 새 나라의 웃음과 눈물, 재회는 자신과는 아무런 상관도 없는 듯했다. 순국한 사람들의 낡은 가족사진들을 보면 피곤했다. 외국인 자원봉사자들의 열성과 헌신의 이야기들도 쓰레기처럼 다 쓸어 모아 침대 아래 던져버렸다. 잔해와 파괴의 더미 위에서 일어나고 있던 이 모든 소음과 흥분은 그녀와는 아무 상관도 없었다. 거기 참여하고 싶은 마음도 없었다.

그날, 몬투가 행방불명됐다는 광고를 본 순간, 마리암은 그 광고를 처음부터 끝까지 단숨에 읽었다. 그러나 내용이 이해되기까지에는 상당한 시간이 걸렸다. 곧 심장박동이 빨라졌고 그녀는 다시 한번 낯익은 사진을 바라보았다. 기름을 발라 단정하게 빗어 넘긴 머리카락, 젖은 이마. 손가락으로 만진다면 그 기름진 표면에 달라붙을 것만 같았다. 카메라의 플래시는 풀탈리 마을에서 다카로 이식된 젊은이의 고통스러운 눈에 담긴 놀라움을 포착하지 못하고 있었다. 자신이 받은 상처와 느끼고 있던 화를 필사적으로 억누르느라 꽉 다문 입술이 보였다. 사진관의 사진사가 계속해서 그에게 긴장을 풀고 숨을 길게 내쉬라고, 자세를 편히 하라고, 마치 엑스레이 기사처럼 말했음에도 불구하고 몬투는 자신이 그때 느끼고 있던 감정을 드러내지 않으려고 단단히 작정하고 있었던 것이다. 마리암은 그날 사진관을 나설 때 화를 내며 동생을 꾸짖었다. "너 정말 시골뜨기다. 이런 사진을 보고 어느 학교에서 너를 받아주겠니? 돈만 낭비했어."

오늘 몬투의 그 사진, 긴장을 풀고 숨을 길게 내쉬라는 지시를 거부하고 찍은 그 사진이 '아직 돌아오지 않은 사람들'이라는 제

목이 달린 뉴스 기사의 일부이다. 그리고 일일 행불자 명단에 그가 포함되어 있다. 여태까지 제멋대로이던 활자도 똑똑히 보인다. 내용에 따르면, 몬투는 1971년 4월 말 이후 사라졌다. 그가 남긴 유일한 통신은 인도의 진지 훈련 도중 인편으로 보낸 편지였다. 그이후 소식이 완전히 두절되었다. 부모와 두 여동생이 그의 귀환을 열렬히 고대하고 있다. 누구라도 소식을 아는 이가 있다면 아래의 주소로 즉시 연락하는 친절을 베풀어달라는 요청이 계속 실린다. 아버지: 카필루딘 아흐메드, 마을: 풀탈리, 우체국: 사하르파르.

그것이 행불자인 몬투의 집 주소이다. 아버지, 어머니, 쌍둥이 여동생 라트나와 찬다가 그곳에 살고 있다. 그들은 살아 있다. 몬투는 작년 4월부터 행불이다. 마리암은 이 모든 사실의 기술에서 빠져 있다. 그녀의 귀환을 열렬히 기다리고 있는 부모도 여동생들도 없다. 실제 그렇게 기다리고 있다고 해도 광고에는 그런 말이 없다. 광고에는 그녀가 언급조차 안 되어 있다. 하지만 그녀는 생존해 있고, 의사의 말에 따르면 무척 빠르게 회복되고 있는 중이다. 재활센터에서는 계속 그녀에게 주소를 묻는다. 친척들이 데리러 올 수도 있으니까. 처녀들 중 일부는 몸이 회복되어 이미 귀가한 사람도 있었다. 하지만 그 숫자는 몇 명 되지 않는다. 재활센터 사람들이 주소를 물으면 마리암은 벽을 향해 돌아눕는다. 전혀 아무 말도 하지 않는다. 광고를 읽은 후 그녀의 마음은 한 가지 생각으로 가득 찬다. 몬투가 행방불명이구나. 한 가지 질문이 그녀의 마음을 괴롭힌다. 행불자가 독립 두 달 후에도 귀가할 가능성이 있을까? 몬투가 돌아올까?

　병원의 흰 벽이 그녀의 시야 속에서 움직인다. 마리암은 벽 대신 어둑어둑한 방을 본다. 침침한 전등 아래서 마르고 키 작은 사내가 그녀의 미래를 읽어준다. 그의 목소리에는 모습과는 대조적으로 풍부한 울림이 있다. 마치 다른 사람의 몸에서 나오는 소리 같았다. "손바닥의 생명선이 긴 것으로 보아 영원히 길을 잃지는 않겠군. 아주 중대한 약속을 어기거나 하지만 않는다면." 몬투는 '점성술 전문가, 아시아에서 명성이 자자한 수상가, Q.M. 탈룩다르 교수' 사무실의 축축하게 썩어가는 벽에 기댄 채 우울한 표정으로 앉아 있었다. 몬투의 작은 손바닥은 보석 반지를 낀 그 교수의 앞발에 작은 새끼새처럼 안겨 떨고 있었다. 마리암은 조금 거리를 두고 앉아 있었다. 그녀는 아베드와 자신의 관계가 어떻게 전개될지 정말 궁금했지만 이 뒷골목에 혼자 올 수는 없었다. 그래서 동생을 억지로 끌고 왔던 것이다. 몬투의 손바닥은 사실 보너스로 읽힌 것이었다. 점쟁이의 축축한 사무실에 있던 그날 마리암은 어린 시절에 약속을 깨뜨린 일은 없었다고 생각했다. 오늘 그녀는 바로 그런 사례를 기억해낸다.

　메리가 일곱 살, 몬투는 다섯 살 때였다. 이제 막 부모의 침대를 벗어나 옆방으로 옮겨진 남매를 위해 두개의 깔끔한 침대가 나란히 마련되었다. 몬투는 그때 큰 병은 아니지만 열이 조금 있었는데, 풀탈리 시장의 의사 나레시 선생님의 처방약이 듣지 않았다. 누나는 어두운 방에서 조용히 눈물을 흘리며, 몬투가 다 나으면 차프라 모스크에 4아나짜리 초를 켜겠다고 알라께 맹세했다. 그런데 어쩌다 보니 계속 초 켜는 일을 연기하게 되었고, 그러다가 그일에 대해 아주 잊어버리게 되었다. 사실 몬투가 회복된 뒤에는 남매가 평소처럼 치고받고 다투는 일상이 재개되었다. 하나가 다른 하나를 치고 달아나면, 맞은 쪽이 상대방에게 "문둥이나 돼서 죽어라!"라고 욕하던 일상. 메리와 몬투는 자라는 동안 상대방을 죽이고 싶은 기분이 든 적도 없었지만, 그렇다고 상대방이 알라의 궁전에서 영생을 누리게 해달라고 기도한 적도 없었다. 아마 그들이 오래 살며 함께 늙어갔다면 그런 기도를 했을지도 모른다. 그러나 그런 시절이 오기 훨씬 전에 전쟁이 발발했다.

이제 몬투는 행불이다. 그리고 메리는 병원에 입원해 있다. 메리는 부모가 자신의 존재를 인정하지 않는다는 사실에 깊은 상처를 받았다. 물론 자신도 재활센터에 등록할 때 신상조사서에 그들에 대해 말하지 않음으로써 이미 부모의 존재를 부인했었다. 그러나 그 두 부정 사이에는 아주 큰 차이가 있다. 그녀의 부모는 자식의 존재를 부정한 것이지만, 그녀는 단지 자신의 과거를 알리지 않은 것이었다. 사실 그녀는 더이상 과거의 자신으로 되돌아갈 수가 없었다. 이것이 고문실 벽 뒤에 웅크려 앉아 바깥 소리를 엿듣곤 하던 아누라다 사르카르의 예언이었다. 아누라다는 손바닥을 보지 않고도 다른 사람의 미래를 예언할 수 있었다.

그들은 길쭉한 방에 갇혀 있었다. 마리암은 지금도 그 방의 정확한 위치를 알지 못한다. 그들이 여성들을 데리고 들어가거나 나갈 때 항상 눈가리개를 씌웠기 때문이다. 그곳에 처음 들어간 날 방의 창문에 판자를 덧씌워 못질을 쳐놓은 것이 보였다. 그리고 정문을 제외한 모든 문에 자물쇠가 채워져 있었다. 방은 큰데 빛이라곤 거의 들어오지 않았다. 천장 근처 환기구를 통해 조금 새어 들어오는 빛이 전부였다. 그 안에서 몇몇 여성들이 담요를 둘러쓰고 좀비처럼 방을 오갔다. 누가 누군지도 구분이 되지 않았다. 개별적인 인격도 이름도 없었다.

벽 근처에서 바깥 소리를 엿듣던 한 처녀가 어느 날 마리암에게 말했다. "그냥 나를 아누라다 사르카르라고 불러." 마리암은 그녀의 눈이 그렇게 가까이 있는 것에 놀랐다. 그녀의 심한 근시안은 흐려져 있는 것처럼 보였고, 안경을 쓰지 않아 붕어눈 같았다. 그녀가 조용히 웃을 때는 더 이상하고 비현실적으로 보였다. 파키스탄 군인들이 B.M.대학 일학년생이었던 그녀를 끌어다 이 네 벽 안에 가두었다. 안경은 첫날의 실랑이 중에 깨졌다. 하지만 안경이 깨지지 않았다 한들 무슨 소용이 있었을 것인가? 그럼에도 그녀는 마리암에게 만일 자신에게 펜과 종이만 있다면 자신은 안네 프랑크같이 옥중일기를 쓸 것이라고 말했다.

그 방에 있던 여성들 중 가장 어린 소녀가 방문 바로 바깥에서 군인의 총에 맞은 날 아누라다는 벽 끝 쪽에서 마리암에게 손짓을 했다. 벽은 축축했다. 그 소녀는 지난 며칠 동안 기침을 하고 피를 토했다. 폐병에 걸린 듯했다. 그렇지만 그렇다고 죽이다니? 큰 방 안의 여자들은 몸을 움직이기도 두려웠다. 그 와중에 아누라다는 엿듣기 놀이를 시작했고, 자신이 들은 것을 보이지 않는 일기에 기록했다. 마리암이 다가가자 아누라다가 속삭였다. "벽에 귀를 대봐, 메리. 무슨 소리가 들려?" 마리암은 고개를 가로저었다. 아누라다가 말했다. "더 바짝 대봐. 무슨 소리가 들릴 거야. 한 손으로 다른 쪽 귀를 막고. 들려?" 마리암은 집게손가락을 들어 아누라다에게 조용히 하라는 신호를 했다. 조금 후에 비가 지속적으로 주룩주룩 내리는 소리가 들렸다. 불가능한 어떤 소리가 들리기를 기대했을지도 모르는 마리암은 대수롭지 않다는 어조로 말했다. "아! 비네."

아누라다는 실눈을 뜨고 이마에 주름을 긋는다. "맞아, 비." 마리암은 귀를 기울인다. 아누라다는 보이지 않는 일기장에 펜도 없이 적기 시작한다. "몬순이 왔다. 자유전사들은 파키스탄 군인들이 진흙탕 속에서 쉽게 움직일 수 없을 것이라고 예상했다. 벌레처럼 꿈틀거릴 것이다, 라고. 하지만 예상은 완전히 빗나갔다. 파키스탄 군인들은 교통이 두절된 내륙지방에 쾌속정을 타고 가서 그곳들을 잿더미로 만들고 있다. 며칠 후면 이 방은 시골처녀들로 채워질 것이다. 만일 지금 숫자가 다섯이라면, 이달 말이면 열은 될 것이다."

  그리고 실제로 그런 일이 일어났다. 새로 온 여자들 중 하나의 이름은 쇼바 라니였다. 그녀는 집 뒤쪽 숲속에 숨어 있다가 폭우 속에 체포되었다. 결혼한 지 아직 여섯 달도 되기 전이었다. 남편도 잃었다. 그녀는 기회만 있으면 자신이 당한 이야기를 토하듯 풀어놓고 엉엉 울었다. 자신은 숨어 있던 곳에서 끌려 나와 두 명의 군인에게 강간을 당했다. 그 일이 일어난 곳 부근에 대나무 지지대가 있었고, 그녀가 그 위에 호박을 올려놓았었다. 남편의 땅에서 기른 것이었다. 전쟁이 나기 전에 자신이 정성껏 땅을 갈아 씨를 심은 것이기도 했다. 파키스탄군의 공격을 피해 숨기 전에 잡초를 뽑고 연못에서 물을 길어다 그 덩굴식물에 주었었다. 그녀와 남편 비말 다스는 어린 새순이 지지대를 타고 자랄 수 있도록 세심히 가꾸었다. 호박은 전시 내내 잘 자랐다. 노란 꽃이 만발했고 열매가 열렸다. 파키스탄군과 라자카르 의용군들이 들이닥치는 바람에 그 호박을 따 음식을 만들어 온 가족이 함께 식사를 즐길 기회도 갖지 못했다. 그런데 그날 파키스탄 군인 중 하나가 탐스럽게 익은 호박 하나를 따서 강간에 대한 대가로 그녀에게 주었다. 쇼바 라니는 너무나 혐오스러워 그 호박을 받지 않았는데, 그러자 그들은 그녀를 벌주기 위해 피와 잔디와 마당의 진흙으로 범벅이 된 그녀를 진지로 보냈다. 남편은 이미 호박을 받치고 있던 대나무 지지대 아래서 총살된 뒤였다. 그 순간 그녀의 노쇠한 시어머니 수로발라는 사지가 묶이고 입에 재갈이 물렸음에도 집 앞에서 펄펄 뛰며 발광을 했다. 목 잘린 암탉처럼.

상황은 서서히 더 악화되고 있었다. 미소를 잘 짓던 명랑한 소녀 자바는 윤간을 당한 뒤 그 자리에서 죽었다. 아직도 군인 하나가 그녀 몸을 타고 있는 동안 숨을 거뒀다. 그런 다음 낮이 지나고 밤이 왔지만 시체를 치우러 오는 사람도 없었다. 꽃처럼 활짝 피어나던 그들의 오랜 친구 자바는 담요 아래서 부풀어 오르고 썩어갔다. 그러는 동안에도 아누라다는 계속 보이지 않는 일기장에 일기를 적고 있었다. "이제 침략자에게는 적이 보이지 않는다. 적은 황마밭에 숨어 있다가 야음을 틈타 기습을 한다. 치밀한 계획에 따라 고속도로와 수로에서 기습적으로 공격을 감행한다. 파키스탄 군인들은 보이지 않는 적에 대한 공포에 시달리며 이성을 잃고 갈팡질팡한다. 이런 긴장 속에서 자신감을 잃고 전의를 상실하게 될 것이다. 고향이 생각날 것이다. 골프장과 테니스공과 버터기름을 두른 닭다리 케밥이 있는 행복하고 안전하며 안락한 삶으로 하루빨리 되돌아가고 싶어할 것이다. 그래서 상관들은 모든 금지령을 해제해주었고, 이제 파키스탄 병사들에게는 실컷 약탈하고 살인하고 강간해도 좋다는 허락이 떨어졌다. 그런 행동들이 기름을 부은 듯 전쟁의 속도를 증가시킨다." 아누라다는 긴 논평 중에 생각의 가닥을 놓친다. 갑자기 현재가 밀려나면서 빛바랜 앨범의 한 면에 사고가 고정된다. 그곳에는 흑백사진이 몇 장 있다. 오늘의 사람들이 어느 비오는 날 그 사진들을 들여다보고 있다.

아마도 전후에 몇 사람의 조사자들이 이 방들을 살펴보게 될 것이다. 그러나 바지와 조끼 조각이나 뼛조각 몇 개로 이 방에 감금되어 있던 것이 남자였는지 여자였는지를 구별할 수는 없을 것이다. 그때 아누라다는 헝클어진 머리카락을 얼굴 위로 당긴 뒤 예언했다. "장차 이 머리카락이 증언할 거야."

그리고 실제로 그런 일이 일어났다. 해방 후, 지하벙커와 막사들에서 긴 머리카락들이 발견되었다. 마더 테레사가 12월인지 1월에 군대 주둔지에 도착했다. 그녀가 온 이유는 물론 임신중절이라는, 기독교에서 죄로 간주하는 행동의 방지와 아직 태어나기도 전인 아기들을 외국에 입양 보내겠다는 등의 두서없는 계획 때문이었다. 마더 테레사는 여성들을 만나지 않고, 삼단 같은 머리카락과 찢어진 페티코트와 다른 쓰레기들을 살펴본 뒤 콜카타로 돌아갔다.

한번은 아누라다가 엿듣기를 멈추더니 마리암에게 괴이한 제안을 했다. "벽의 냄새를 맡아보자." 귀 대신 코라, 왜지? 마리암은 싫다고 했다. 방의 다른 쪽 끝에서 쇼바 라니가 달려왔다. 굶주린 탓에 기운 없이 숨을 헐떡이며. 숨이 밭았다. 그녀는 코를 벽에 문지른 뒤 헐떡거리며 말했다. "아, 맙소사! 호박 냄새가 나네." 쇼바 라니는 임신 중이었는데 그렇게 말하며 호박조각을 토했다. 지난 한 달 동안 그들의 음식에 호박은 나온 적이 없는데도 말이다.

쇼바 라니 다음에는 마리암의 차례였다. 그녀가 벽의 냄새를 맡았다. 젖은 벽돌과 시멘트와 모래 냄새가 났다. "더 바짝 대봐." 아누라다가 흥분한 목소리로 말했다. "굉장해. 달콤한 시울리 꽃 냄새가 아침 이슬의 매캐한 냄새와 섞여 있어." 자신의 토사물 위에 앉은 쇼바 라니가 중얼댔다. "어머니 두르가 신께서 카일라시를 떠나 곧 오셔." 그녀에게는 인디라 간디의 얼굴이 기억나지 않았다.

가을이 왔고, 곧 날씨가 추워질 것이었다. 얼마나 오랫동안 이렇게 살아야 하지? 아누라다가 말했다. "군인들이 전의를 상실하면 전쟁을 할 수 없듯이 우리도 마찬가지야. 의지를 잃으면 생존할 수 없어."

마리암은 긴 한숨을 내쉰다. 그렇게 생에 대한 욕망이 강했었는데, 이제는 자신이 살아 있는지 죽은 것인지조차 구별이 안 갔다. 자신이 어떤 희망을 키우고 있었는데! 미래에 대해 어떤 계획을 세웠는데! 묵티가 몸을 움직인다. 그때는 다른 시기였다, 라고 생각한다. 복잡성이 결여된, 갈 길이 하나였던 낙관의 시기였다. 예를 들어, 지배적인 관념은 하나의 민족, 하나의 지도자, 하나의 구호였다. 모두들 '조이 방글라'라는 구호를 외칠 수 있기 위해 생명을 버릴 각오가 되어 있었다. 피를 지불한다면 무엇이든 얻을 수 있다고 믿었다. 심지어 가수나 음악인들도 피의 희생이라는 관념을 믿고 찬양했다. 그리고 노래했다. "만일 생명의 꽃이 피 속에 핀다면/그리 되도록 하라." 그 무모한 낙관의 시기에 아누라다는 영생을 믿었다.

아누라다는 이후 세대가 자신들의 고통과 억압에 대해 알기를, 누가 왜 자신들을 억압했는지를 기억하기 바랐다. 묵티와 그녀의 동료들이 수행하는 연구 프로젝트에는 전쟁범죄의 재판에 대한 제안이 있었다. 아누라다의 비전에는 그것까지는 포함되지 않았었다. 아직 1971년이었기 때문이다. 여성들이 그런 재판을 요구하기까지는 20년이나 걸렸고, 문제제기도 다른 나라의 여성들이 한 것이다. 그 나라에서 전쟁이 끝난 지 45년 후에야 그런 문제제기가 있었다. 원고는 '위안부'라고, 혹은 '성노예'라고 불리던 사람들, 전시에 남성들에게 성적 서비스를 제공하도록 강요받은 여성들이었다. 전후 그녀들은 죽은 고기와 같았다. 가족도 사회도 그들을 필요로 하지 않았다. 그것은 지구의 동쪽 끝, 일본, 떠오르는 태양의 나라에서 일어난 일이었다. 그것은 또 하나의 이야기, 히로히토 천황, 하늘의 대변자이자 태양의 왕이라고 여겨진 자와 그의 제국 팽창에 관한 이야기였다.

불교와 신도주의의 관념에 젖은 그 나라 사람들은 자신들의 황제 속에서 살아 있는 신을 보았다. 그를 신처럼 강력하다고 믿었으며, 그래서 신이라고 불렀다. 그의 궁전은 성전이고 그 나라 사람들은 그에게 기도를 바치는 것으로 일과를 시작한다. 전쟁은 그 살아 있는 신의 힘을 괴시하는 방법이다. 1932년 만주에서 시작된 전쟁은 13년 후 1945년에 현재 미얀마라고 알려진 버마에서 끝났다. 마치 운명이라도 되는 양 일본군은 태평양의 군도로 위안소와 그곳에 감금된 여성들을 거느리고 다녔다. 그 여성들은 일본군을 위해 요리를 하고 일본군의 더러워진 옷을 빨고, 그들에게 아내나 게이샤처럼 성적 쾌락을 제공했다. 그 대가로 일본군은 그 여성들의 성기에 칼질을 하고, 가슴을 베어내고, 젖꼭지를 물어뜯고, 아이를 유산시키고, 임질과 매독을 감염시키고, 여성들을 총살시키고, 잠수함에 실어 바닷속 깊이 가라앉혔다. 1945년 8월 히로시마와 나가사키에 사흘 간격으로 폭탄이 투하되었다. 패배한 천황 히로히토는 신의 지위를 포기하고 지상으로 내려왔다. 8월 15일의 연설에서 그의 충성스러운 백성에게 "나는 더이상 신이 아니고, 인간입니다."라고 선언했다.

일본인들은 히로시마와 나가사키에 원폭이 투하되었기 때문도, 자신들이 패전했기 때문도 아니고 다만 오랫동안 자신들이 간직해온 숭배의 대상을 잃었기 때문에 엉엉 울었다. 1991년 이래 바로 그 신은 피고가 되어 법정의 피고인석에 섰다. 위안부 여성들이 그 신을 왕릉으로부터 부활시킨 것이다. 인간의 모습을 한 그 신은 강간이나 위안소 설립 같은 충격적인 비행을 저지른 범죄자이다. 그 여성들은 그와 고위 장교들과 장성들을 함께 재판하기를 원한다. 그의 공식적 사과와 배상을 요구한다. 1932년에서 1945년 사이에 저지른 범죄뿐 아니라 그 여성들이 전후에 겪은 모든 피해에 대해서도 보상해야 한다고.

그 재판 몇 년 후 묵티가 그것에 대해 해주는 이야기를 들으며 마리암은 샤말리—샤말리 라흐만이라는 이름의 여성을 떠올린다. 샤말리 라흐만은 해방전쟁이 끝난 후 전범재판을 기다리지 않고 직접 심판에 나섰다. 그러나 마리암의 기억 속에서 각인된 그녀는 전쟁이 끝나기 전에 살아서 감금생활을 벗어난 유일한 여성이었다. 그 일로 인해 가장 큰 영향을 받은 것은 아누라다였다. 그녀는 영생의 영역에서 날다가 날개가 부러진 새처럼 땅바닥으로 동댕이쳐졌다. 그 사건 이후 그녀는 전쟁에는 끝이 있게 마련이며 이 전쟁에도 끝은 있을 것이라고 생각하기 시작했다. 하지만 자신들은 결코 과거의 자신으로 돌아갈 수 없을 것이고, 이전의 주소도 되찾을 수 없을 것이다. 그들이 살 곳은 조국이든 외국이든 사창가뿐일 것이라고 말했다.

종전 몇 년 후 마리암은 파키스탄 대사관 앞에서 샤말리를 다시 만났다. 그녀는 녹슨 부엌칼을 허리춤에 찌른 채 대사관 주변을 서성대고 있었다. 발은 임신한 여자처럼 부어 있었고 입고 있던 사리는 더러웠고 머리는 산발을 하고 입에서는 술 냄새가 났다. 그녀는 마리암을 보자마자 그녀의 손을 움켜쥐고 길 건너로 끌고 갔다. 그리고 사리의 주름 사이에 감춰둔 칼을 꺼내 보이며 그것으로 남자들을 죽일 작정이라고 말했다.

"누구를?"

파키스탄의 장교인 샤하다트, 그녀에게 결혼을 약속한 뒤 지키지 않은 그를. 그녀가 그러고 다니는 동안 둘째 아들 불루는 방치된 채 죽었다.

그 시절에는 너무나 많은 감춰진 이야기들, 너무나 많은 고문의 이야기들이 있었다. 그것들에 대해 이야기하고 싶어도 제대로 이야기하기가 어렵다. 단어들은 나무에 매달린 잎사귀와 같아서 일단 나무에서 떨어지면 되돌아갈 수 없다. 구더기로 가득 찬 깡통은 뜯지 않는 편이 나았다. 그러나 묵티는 그녀에게 묻는다. "그런 시절을 보낸 분들 몇 분이 함께 모여 이야기를 나누신다면, 외부인은 안 끼우고요. 그럼 자유롭게 이야기 나누시는 일도 가능하지 않을까요?"

마리암은 그것이 가능할지 알 수 없다. 그러나 묵티의 말에 귀를 기울이며 미소를 짓는다. 만일 아누라다가 이 이상한 제안을 들었다면 아마 문학적인 언어로, "억압당한 자들의 회담"이라고 이름 지었을지도 몰랐다.

X
생존자들의 회담

35살 때 간경변으로 죽게 되는 샤말리 라흐만은 "내가 일을 끝내고 약국에 약을 사러 갔는데 파키스탄군이 거기서 실수로 나를 체포했어. 둘째 아들이 아팠거든."이라고 말하곤 했다.

"아들이 아팠다는 것은 이해가 되는데요. 하지만 전시에도 여성들이 사무실에 나가서 일을 하고 그랬나요?"

샤말리는 전시에 사무실에서 일한 여성이었다. 문 주트라는 이름의 공장이었는데, 상관이 펀자브 사람이었다. 그녀는 방글라인 전화 교환수였는데, 적에게 사로잡힌 그날도 출근했다가 정식으로 문 닫는 시간보다 적어도 한 시간쯤 전에 전화기를 잠가놓고 퇴근했다. 기찻길 건너 탈탈라라고 불리는 반쯤은 전원인 조용한 동네로 가기 위해 다카 시 밖으로 나가야 했다. 거기서 과부인 어머니가 그녀의 두 아들을 돌보고 계셨다. 어린 아들인 불루가 아팠다. 공장 입구에서는 비하르 사람인 수위가 담배 더미를 입에 넣기 위해 손바닥에 놓고 빨고 있었다. 그가 그녀에게 물었다. "어디 가세요, 디디?"

"저요? 약 사러 가는 길이에요."

그날 다카 시의 상황은 좋지 않았다. 사람들이 마구 체포되고 있었고, 평화위원회의 지도자가 백주에 살해되었다. 공격자들 가운데는 사리를 입은 사람도 섞여 있었다. 하지만 샤말리는 아들을 위해 꼭 약을 사야 했다. 약국에 들어가서 처방전을 막 꺼냈을 때, 비하르 사람인 약국의 조수가 그것을 보기도 전에 일단의 군인들이 약국 안으로 들이닥쳤다. 그녀는 아들을 위해 약을 사고야 말겠다고 고집했지만 군인들이 허락해주지 않았다. 약간의 언쟁이 벌어졌다. 그리고 그녀가 일하는 곳이 어디인지, 군대 장교 중에 아는 사람이 있는지, 누구의 친구인지 따위의 질문이 이어졌다. 그녀는 그 질문들에 모두 대답을 했지만 등에 총신이 와 닿았다. 처방전 뒤쪽에 한두 줄을 끄적여 약국의 조수에게 건네며 전달을 부탁하자마자 군인들이 그녀를 위협해 지프차에 태웠다.

조겐 바이냐의 딸인 빈두발라는 마리암이 납치된 날 그녀와 마찬가지로 노퉁가언에서 납치되었는데, 1972년 2월에 자유전사인 나자르 알리와 결혼한 뒤 라일리 베굼으로 이름이 바뀌었다. 그녀는 말한다. "우리 집은 큰길에서 반 마일가량 떨어진 곳에 있었어요. 시골집이었으니까 주변에 나무들이 무성했지요. 나무 사이로 마구 치솟는 연기와 활활 타는 불만 보였어요. 라이플 소리도 들렸고 사람들이 도망가는 모습도 보였지요. 바바가 엄마에게 애들을 데리고 딴 데 가서 숨으라고 했지요. 엄마는 말했어요. 당신만 놔두고 갈 순 없어요. 그래서 우리 가족이 모두 함께 움직였지요. 당시에 우리집은 무척 가난했어요. 조금 걷다가 엄마가 제게 말했어요. 빈두야, 어서 뛰어 가서 내가 항아리 속에 둔 쌀을 가지고 오너라. 먹지 못하면 애들이 살지 못할 거야." 빈두발라는 마치 서커스 단원처럼 화염을 뚫고 내달렸다. 그녀가 쌀에 콩을 섞은 뒤 쌀독을 들고 뛰어나가려던 참에 파키스탄인 병사 하나가 그녀를 낚아챘다.

"저항하지 않으셨어요?"

빈두발라는 당시에 머리를 길게 땋았었다. 전날 밤 늦으신 할머니가 그 머리에 기름칠을 하고 로프처럼 단단히 땋아주셨다. 병사들이 그녀의 머리꼬리를 낚아챘고, 그녀는 지붕을 받치고 있던 대나무 기둥을 꽉 붙들었다. 빈두발라는 말한다. "몸싸움으로 당해낼 재간이 없었어. 그들이 기둥을 부수고 나를 내동댕이친 다음 질질 끌고 갔으니까. 큰길에 도착하니까 라이플을 든 라자카르 의용군들이 앞장을 서고 파키스탄군이 따라갔지. 나를 중간에 세우고."

"당시 무슨 옷을 입고 계셨어요?"

"고동색 무늬가 찍힌 사리를 입고 있었지. 끌려가는 동안 끝이 둘로 갈라졌어. 블라우스는 안 입고 있었어. 속치마를 입었나, 안 입었나? 아! 정말 너무 오래된 일이라서, 기어이 안 나네."

자유전사인—실은 이전 정권에서는 자유전사의 명단에 들어갔었는데, 다음 정권에서 자세히 조사를 한 뒤 이름을 빼버렸다—파룰이 말한다. "나는 전투 중에 잡혔어. 금요일 밤이었지. 무기와 탄약을 가지고 그대로 포로가 되었어. 그것을 방치하고 그냥 도망칠 수 있었겠어? 그리고 도망을 간다 해도 대체 어디로 갔겠어? 호수와 저수지와 경지가 모두 몬순 비에 침수되었는데. 올 데 갈 데가 없었어."

"자유전사였다는 증거는 뭐지요? 라이플을 쏠 줄 아시나요?"

"아, 쏠 수 있지. 볼래? 보통 가슴을 쭉 펴고 이런 모양으로 303 라이플을 들었지. 총알을 먼저 탄창에 넣고 라이플은 위로 들고 눈으로 목표물을 조준한 다음에 발사해야 돼. 왼손으로는 라이플의 중간을 받치고, 오른손으로 방아쇠를 당기지."

캠프로 끌고 간 뒤 라자카르들 중 한 명이 라이플을 쥐어주며 말했다. "자, 이것 받아. 우리를 상대로 어떻게 싸웠는지 보여줘. 총을 어떻게 쏘는지."

"그래서 총을 쏘셨어요?"

"그랬지. 내가 총을 쏘니 라자카르가 말했어. 맙소사, 이 여자가 안 멈출 기세네. 마구 다 쏴서 우리 친구들과 친척들을 몰살시키겠어."

샤말리는 말한다. "나는 아무것도 몰랐어. 누가 인도로 가고 있는지, 훈련을 받고 있는지, 해방군이 구성되고 있다는 사실도 전혀 몰랐어. 내 싸움 때문에 바빴으니까." 이혼 후 아들들과 떨어져 살았

196

기 때문이었다. 그녀에게 전쟁은 그렇게 특이한 순간에 찾아왔다.

샤말리가 살던 지역에서는 전쟁 전에도 말썽이 있었다. 방글라 사람들과 비하르 사람들 간에 긴장과 폭동이 끊이지 않았다. 한쪽에서 어느 날 다른 쪽을 죽이면 다음 날 상대편에서 복수를 하는 식이었다. 약탈과 방화와 파업이 끊어질 새가 없었다. 전쟁 직전의 비협조 운동 시기에 방글라인들과 비하르인들 사이에 피비린내 나는 갈등이 있었다. 시체가 사방에 널렸고, 길은 피로 미끄덩거렸다. 보트는 강을 항행할 수 없었다. 보트를 젓던 노에 시체들이 걸렸기 때문이다. 3월 25일의 침공 이후 그 지역 방글라 사람들의 도망이 지연되었던 것도 그 때문이었다.

파키스탄 군대가 바리케이드를 부수고 다카 시로 들어선 날 샤말리는 시체를 넘어 다니기 시작했다. 도망가는 사람들에게는 누구나 가족이 있었다. 그녀만이 유일한 예외였다. 아무것도 없는 여자, 직장도 돈도 남편도. 그녀는 길거리의 거지처럼 가난했다. 4월까지는 피난민 무리 속의 남자들에게 잘 보여서 어떻게든 빈집에 머물러보려고 애를 썼다. 하지만 그런 행동 때문에 다른 여자들이 그녀를 적대시하게 되었다.

마리암은 스와르가담에서 자신이 겪었던 상황이 기억났다.

자유전사 파룰은 말한다. "내 상황은 달랐어. 조별로 나뉜 뒤 형제 전사들과 함께 있어야 했지. 하룻밤 이상은 같은 장소에 머물 수도 없었어. 포로가 될 때까지 잠시도 안심할 수 있는 순간은 없었어. 정조에 대해서든 목숨에 대해서든. 어느 쪽에서 위험이 닥칠지, 언제, 누구에 의해 포로로 잡힐지, 누가 우리를 해칠지 끊임없이 걱정하고 있었거든. 너무나 오랜 날들을 물속에 잠겨서 지냈어. 밤새도록 물속에서 보내기도 했지. 겨울은 아니었으니까. 따뜻한 계절, 바드라의 달이었으니까.”

“전사 형제들과 함께 지낼 때는 문제가 없으셨나요?”

“응, 당시에 그런 문제는 전혀 없었어. 남녀가 어깨를 나란히 하고 적과 싸웠지. 문제는 전후에 발생했어. 동료전사였던 샤라파트가 나를 속여서 창녀촌에 데리고 가 팔아넘겼거든.”

“얼마나 끔찍한 모욕이었는지!” 샤말리가 계속 운다. 그곳의 사람들은 그녀에게 먹을 것도 주지 않았고 밤에 잘 때 마루에 놓고 사용한 침구까지 빼앗았다. 그것을 견디느니 죽는 게 나았다. 하지만 그녀는 말한다. “나는 삶을 사랑해.” 그래서 과거의 삶을 되찾는 것이 중요했다. 과거에는 직업이 있었고, 월말이면 매달 봉급도 받았으며, 그 돈으로 사고 싶은 것들을 살 수 있었다. 그녀가 과자와 장난감을 사다주면 아들들이 좋아했다. 돈만 있으면 뒤에서는 뭐라고 수군거리든 감히 대놓고 뭐라고 하는 사람은 없다.

샤말리의 사무실은 이름만 사무실이었다. 그녀의 진짜 전시 임무는 업무시간이 종료된 후 시작되었다. 장교들이 매일 번갈아 차로 도착했다. 사장이 스케줄을 짰다. 하루는 해군 지휘관이, 다음 날은 소령이 순회재판소에서 왔다. 또 다음 날은 계엄 법정 대령의 차례였다. 이런 식으로 계속 이어졌다. 마지막 순간에 일정이 변경될 때도 있었다. 만일 이틀 연속 그녀의 봉사를 원하는 지휘관이 있으면 줄 하나를 그어 소령의 이름을 지웠다. 점차 그녀의 생활이 변모했다. 매일 자기 차례인 장교가 고급차로 나타나 그녀를 태워 갔다. 그 차를 타고 다카 시의 시장 속을 물속의 고기처럼 유유히 다녔다. 그들은 우르두어로 그녀에게 묻곤 했다. "어떤 옷이 좋아?" 그러면 아름다운 실크 사리와 향수와 립스틱과 손목시계 따위가 차창을 통해 들어오곤 했다. 차에서 내려 가게에 들어갈 필요도 없었다. 돈의 지불에 대해서도 언급이 없었다.

빈두발라는 말한다. "시골마을에서는 파키스탄군이 집들을 약탈하고 염소와 닭, 암소 따위를 끌어가곤 했지. 가게를 약탈하고 쌀과 렌즈콩과 기름을 가져갔어. 라자카르들이 관청에서 그것을 요리하곤 했지."

"그 사람들이 음식을 주기는 했어요?"

"낮에 딱 한 번 손바닥만큼씩 밥을 주었지."

"밥 외에 다른 것은 뭘 주었어요?"

"병사들과 라자카르들이 약탈한 닭뼈를 함께 주곤 했지."

"물은 주었어요?"

"물을 달라고 하면, 초록색 코코넛 껍데기에 오줌을 채워서 줬지. 우리가 오줌을 누고 싶어할 땐 초록색 코코넛에 물을 채워서 가져왔고."

"옷은 주었어요?"

"아니, 완전히 벗고 살았어." 빈두발라는 입술을 깨물며 눈물을 참는다. "지금도 밤이면 그들이 호수와 습지를 건너 다가오고 있는 꿈을 꿔."

사르카르 집안의 하녀로 노퉁가언에서 마리암과 같은 날 포로가 되었던 투키는 종전 20년 후 의류공장을 다니다 때려치우고 라예르 바자르의 집에서 닭을 키우기 시작했다. 그녀가 말한다. "언니, 내게는 그전에도 끔찍한 기억이 있었어. 파키스탄군의 무자비한 고문 때문에 그 기억이 더 나빠졌지만. 내가 어디로 끌려갔는지, 무슨 일을 당했는지 생각이 안 나. 열여덟 살 때였는데, 엄마가 될 수도 있는 나이잖아. 그곳에서 아기가 생겼어." 그 아기는 사산되었고, 마루에서 주운 천에 사산된 아이를 싸서 방구석에 놔두었다. 바로 그날 병사들이 문을 열고 방으로 들어왔다. 투키는 "들어오자마자 내 몸에 손을 대려고 하더라고. 고문을 할 것처럼 다가왔어."라고 말한다. 그래서 그녀는 재빨리 그 보따리를 그들에게 내밀었다. 그들은 보따리를 들고 나갔지만 방은 더럽혀진 채 그대로 있었다. 투키의 몸에서도 악취가 났다. "방을 치워야 했지만 아무것도 없었어. 대야도, 쓰레받기도, 빗자루나 물동이도, 걸레나 옷감도." 투키는 슬프게 말한다. "어떻게 그냥 그렇게 생명을 부지했어. 먹을 것을 주면 먹고, 안 주면 굶었지. 미친 여자처럼 살았어."

샤말리의 상황은 달랐다. 파키스탄군 장교들이 가게에서 사리와 화장품 따위를 갈취해 그녀에게 준 다음 게스트하우스에 도착하면 눈가리개를 풀어주었다. 그들은 그녀에 대해 걱정하지 않았다. 그녀는 전시에 일하러 온 여자, 가난한 여자, 이혼한 여자였다. 그녀의 공동체는 그녀를 좋게 보지 않았다. 그리고 만일 이 일을 그만둔다면 먹을 것이 없고 머리를 가릴 지붕이 없어서 거리에서 굶어죽을 사람이었다. 그렇게 죽는 것은 어리석은 일이었고, 샤말리는 죽고 싶지 않았다. 더욱이 그녀는 마음속 깊이 자유주의자였다. 그렇다 하더라도 매일 총구 아래 남자들을 바꿔가며 섹스를 해야 했기 때문에 공포와 걱정으로 마음이 얼어붙었다. 어떤 남자들은 그녀의 가슴에 총을 겨눈 채 그녀를 침대로 끌고 갔다. 달콤한 소리로 시작하는 남자들도 있었다. "몇 살이냐, 열여섯?" 그녀의 비위를 맞추며 시시덕대는 사람들도 있었다. "이것 좀 봐. 입술이 참 섹시하고 가슴이 부드럽군. 이리 와서 한번 놀자구." 그녀에게 위스키를 먹이면 섹스가 더 쉽고 재미있을 것이라고 생각한 사람들도 있었다. 그러면 그냥 술과 여자였다. 두 개의 잔에 술을 따랐다. 하나에 더 많이, 다른 하나에는 조금 적게. 더 많은 잔은 지속적으로 채워져야 했다. 사내들이 아내와 가족에 대해 이야기하고 야하와 부토와 셰이크 무집을 욕하는 사이에 술이 다 떨어지곤 했다. 샤말리 앞의 잔은 그대로 남아 있었는데, 그러면 "마셔, 마시라구." 하며 강권하곤 했다. 처음에는 억지로 그녀의 입술을 벌려서 입속에 술을 붓기도 했다. 사내의 눈은 충혈되어 있었고 발음은 불분명했다. 만일 그녀가 계속 저항하면 잔을 들어 그녀의 그곳에 술을 퍼붓는 장교도 있었다. 비인간적인 고함소리와 커다란 웃음소리 사이의 몇 분 동안은 눈앞이 완전히 캄캄했다.

마리암은 회상에 잠기며 예리한 공포를 느끼고 몸을 부르르 떤다. 붉은색 소파에서 졸던 장교는 이쉬티아크 소령이다. 그가 이미 저녁 내내 술을 마신 뒤 한밤중에 거실 문이 열리고, 끌려간 마리암이 그의 술 취한 발밑에 던져진다. 그녀를 데려오는 임무를 맡았던 군인이 차에서 두 번이나 그녀를 앞에서 강간하고 한 번은 항문에 대고 한 뒤다. 그가 세 번째로 삽입하려는 순간에 차가 순회재판소의 마당으로 들어섰다. 마리암의 몸은 흙과 땀으로 더러워져 있었고, 머리카락은 마구 헝클어진 채 개떡이 되어 있었다. 그녀가 들어서자 식당이 악취로 채워졌다. 소령의 당번병은 식탁 위에 랍스터 접시를 올려놓은 뒤 재빨리 청소부 여자를 불렀다. 그녀가 마리암을 욕실로 밀어 넣었는데, 목욕 중에 문을 못 닫게 했다. 청소부 여자가 마리암의 찢어진 드레스와 윗도리를 벗겼다. 마리암이 샤워를 끝내고 수건으로 몸을 두르고 나오니 식탁에는 식사가 차려져 있었다. 버터기름에 튀긴 붉은 랍스터, 통닭과 필래프, 그리고 과일주스가 채워진 물병이 있었다. 그녀는 얼마나 오랫동안 자신이 제대로 된 음식을 못 먹었나 하고 생각했다. 허기진 배 속이 뒤틀리기 시작했다. 하지만 목욕 후 의자에 앉는 것은 허용되었지만 음식을 먹을 기회는 주어지지 않았다. 식탁 위의 기름진 음식이

하우지 게임의 숫자들처럼 빙빙 돌았다. 마침내 그것들이 더이상 돌지 않게 되었을 때는 접시들과 병이 텅 비어 있었다. 남아 있는 것은 랍스터의 집게발이 전부였다. 이쉬티아크 소령은 술 취한 목소리로 큰 웃음을 터뜨렸다.

"담배 피우나?"

그의 커다란 앞발이 던힐 상자를 내밀었다. 그러나 식탁 위의 접시들과는 달리 그 담뱃갑은 흔들거리지도 비어 있지도 않았다. 마리암은 깜짝 놀랐다. 만일 담배 대신 총을 건넸더라도 아마 그만큼 동요하지는 않았을 것이다. 마치 전시가 아니라 평시인 것 같았다. 그리고 미래의 사무실 상관이 그녀에게 실수로 던힐 한 개비를 제공한 것 같은 느낌이었다. 마리암이 재빨리 영어로 대답했다. "아니요, 감사합니다, 어르신." 소령은 기분이 좋았다. 담뱃갑을 놓으며 그녀에게 다가와서 물었다. "영어를 할 줄 아는군?" 대답을 기다리지 않고 그녀를 싸고 있던 수건을 푼 뒤 그녀를 번쩍 들어 침실로 갔다. 마리암은 그의 행동에 매료되기보다 그 뜻밖의 동작에 겁이 났다. 무릎이 덜덜 떨리기 시작했다. 그녀는 자시물 하크가 영어를 잘해서 그를 좋아했었다. 하지만 그것은 영어를 아는 사람이 없는 먼 시골마을에서의 일이었다. 소령이 그녀의 귀에 속삭였다. "너에게 말하고 싶다. 누군가에게 말하고 싶어. 너무나 끔찍한 전쟁이야. 말을 못 하면 죽을 것 같아." 그러다가 그는 갑자기 그 젊은 여인의 무릎이 떨리고 있다는 사실을 깨달았다. 마리암이 아무리 노력해도 그 떨림이 멈춰지지 않았다. "무슨 일이냐?" 그의 짜증을 보고 마리암이 차에서 있었던 일에 대해 모두 다 그대로 전했다. 소령의 얼굴이 흉악하게 일그러졌다. 마리암이 기대한 대로였다. "누어 칸, 이 개새끼!" 소령은 전화기로 달려갔다. 누어 칸을 벌주기 위해서인 듯했지만 소재가 파악되지 않는 모양이었다. 그가 돌아서다가 침대에 서 있던 마리암에 시선이 닿았다. "이 씨팔년" 하고 소리치더니 다가와서 그녀를 한 대 갈겼는데, 그 손길이 어찌나 세차던지 고문당하고 약해진 그녀의 몸이 열린 문 사이로 낙엽처럼 날아가 베란다의 난간 기둥 틈에 끼었다. 만일 난간의 기둥이 조금만 낮았더라면 다음 날 순회재판소의 마당에 그녀의 시체가 널려 있었을 판이었다.

파룰은 말한다. "나는 시체를 아주 많이 묻었어. 파키스탄 군대의 고문으로 죽은 사람들이지. 밤중에 삽과 부삽 따위를 가져다주면 우리가 구덩이를 파고 시체를 서너 구씩 운반해서 한곳에 묻었어. 어린 소녀들의 시체였지. 내 또래나 아마 좀 더 어린 애들도 있었고. 막사가 있던 곳을 모조리 파봐야 해. 시체가 많이 나올 테니까."

"무덤 팔 때 군인들이 감시를 했었나요?"

"그랬지, 주변에서 지키고 있었어. 잡담을 하고 농담도 하고. 밤에는 술도 마시고 담배도 피우고."

빈두발라는 말한다. "그들이 술에 취해서 오면, 라자카르들은 우리 방에 그들을 넣은 다음 사라졌어. 함석과 나무판자로 만든 방에 우리 여자들이 너덧 명 있었지. 거기서 다른 사람들도 다 보고 있는 앞에서 우리를 강간한 거야. 커튼도 없고, 무슨 구역을 따로 나누지도 않았어."

"방에 몇 명이 함께 들어왔나요?"

"너덧 명이 한꺼번에 들어왔어. 말을 안 들으면 당장 죽여서 강물에다 처넣겠다고 협박을 하곤 했지. 그때를 생각하면 지금도 피가 얼어붙어."

"그 사람들의 말이 이해가 되셨나요? 예를 들어 저 같으면 우르두어를 한마디도 못 알아듣는데요."

"말은 이해하지 못했어. 그냥 바보들처럼 서 있었지."

해방 후 서서히 알코올중독자가 된, 돈과 술을 위해서, 혹은 그냥 위스키 몇 모금을 위해서 캄캄할 때 굴샨 지역을 오가며 백인 남자들과 잤던 샤말리 라흐만이 말한다. "그때 장교들이 내게 강요를 했지만 술은 한 모금도 못 먹였지. 그러면 화가 나서 아주 펄펄 뛰었었는데……."

장교들이 그녀의 몸을 탐식한 뒤 그녀의 목구멍에 강제로 술을 부을 때쯤이면 자정이 되어 있었다. 더 과감한 장교들은 그녀를 차에 실어 집까지 바래다주기도 했다. 그러나 대부분은 일을 치른 후 침대를 떠나고 싶어하지 않았다. 장교들 중 하나는 샤말리의 눈물과 애원에 짜증이 나서 침대에서 누군가에게 전화를 하더니 말했다. "이것 봐, 샤우카트 중. 어서 와. 손님이 있거든. 차로 귀가시켜

줘야 해서." 5분 안에 비방글라인 아첨꾼 사업가가 자신의 차로 도착했다. 가는 동안에는 아무 말도 안 하더니 집 앞에 내려주기 직전 뱀처럼 식식댔다. "참한 여자인 줄 알았더니. 언제 이 줄에 섰지?" 샤말리는 그 남자도 더러운 제안을 할 것임을, 당장은 아니고 며칠 후에 그러리라는 것을 알 수 있었다. 민간인 남자들은 그런 제안을 할 때 모두 똑같은 언어를 사용하고는 했다. "글쎄, 그러니까, 아내는 별로……." 샤말리가 말한다. "그런 짓들이 기억날 때는 머릿속에서 불이 솟아."

다음 날, 상관은 사무실 문을 잠그고, 자신 몫을 요구했다. 그녀가 거절한다면, 미리 쓴 수표를 탁자 위에 놓고 말했다. "그래 봤자, 넌 갈보년이야." 처음에는 그 돈을 만지기도 싫었다. 그러나 돈을 받으나 안 받으나 별 차이가 없다는 사실을 깨달았다. 그리고 돈을 쓸 데는 엄청나게 늘어났다. 남몰래 친척들이 찾아와 돈을 요구했다. 그 사람들도 뒤에서는 그녀 욕을 할 사람들이었다. 샤말리의 몸은 공적 소유물이 되었고, 덕분에 모든 사람들이 그녀의 돈에 대한 권리도 갖게 되었다. 운전기사들과 사무실 심부름꾼들도 거침없이 그녀를 희롱했다. 그녀를 슬쩍 만지고 가슴을 주무르고, 함께 자주겠다고 제안하기도 했다.

하지만, 샤말리는 포로도 아니었는데, 왜 사무실에서 도망치지 않았는지?

샤말리는 파키스탄군 장교가 그녀의 과거를 알고 나서 청혼을 했는데, 그가 곧 자신과 결혼해주었을 텐데, 자신이 뭣 때문에 도망을 쳤어야 했겠느냐고 말했다. 그녀의 말에 방에서 홍소가 터져 나왔다. 사회는 침묵했다. 그러니까 그도 그 조롱의 웃음소리를 지지해준 셈이었다. 포로가 결혼은 무슨 결혼인가?

글쎄, 자신은 오해로 인해 포로가 되었었다. 파키스탄 병사들이 실수로 체포한 것이다. 막사에서 심문과 고문을 했지만 자신에게서 아무런 정보도 얻을 수 없었다. 하지만 자신이 비하르 인 약국 조수를 통해 파키스탄군의 장교에게 보낸 편지가 그에게 도착할 때까지 갇혀 있어야 했다.

그렇지만, 그 장교가 그녀와 결혼해주리라는 보장이 과연 있었는지?

당시에 샤말리는 그가 자신과 결혼할 것이라고 100퍼센트 확신하고 있었다. 그녀에게는 증거가 있었다. 그가 샤말리의 어머니인 코데자 베굼을 어머니라고 불렀고, 그녀의 두 아들들을 안아주곤 했다. 그들의 뺨을 꼬집으며 "어쩜 이리 예쁘냐!"라고 말하곤 했다. 그녀가 체포되기 일주일 전에 어린 아들이 오줌을 싸서 그 장교의 제복이 젖은 일이 있었는데, 그때 완전히 겁에 질린 샤말리가 "세상에 이게 무슨 짓이냐, 불루, 어쩌자고 이런 짓을 했어!"라고 나무랐지만, 그 장교는 어린아이처럼 웃었다. 그 웃음이 얼마나 순진했던지.

자유전사였던 파룰은 그녀의 말에 동의한다. "그 사람들이 다 똑같지는 않았어. 내가 포로가 되었을 때 내 몸의 칼자국에서 피가 흐르고 있었거든. 이름이 '리을'로 시작하는 사람. 맞아, 라우프, 압두르 라우프. 다른 사람이 그 사람 이름을 부르는 것을 듣고 알게 되었지. 아무튼 그가 내 몸 여기저기 만져보더니 연고를 가져다 발라주더라고. 그러면서 내게 여러 가지 이야기를 털어놓았는데, 내가 무지해서 무슨 말을 하는지 하나도 못 알아들었지."

"왜 내게 거짓말을 강요해요?" 지금 법정에서 진술하는 것은 아니지만 샤말리는 "나는 진실을, 진실만을 말할 거야."라고 맹세한다. 그 장교가 어느 날 저녁 그녀의 집에 들러서 말했다. "너무 스트레스가 쌓이는데, 어디 함께 가지." 그래서 함께 드라이브를 갔고, 그 드라이브 중에 그가 말했다. "어디 들러서 차라도 한잔 마시자." 샤말리는 "저는 차 안 마셔요. 커피 마시겠어요."라고 대답했다. 알-에슬람 식당에서 커피를 마신 뒤 그가 말했다. "여기는 안전하지 않아. 자유전사들의 공격을 받을 수도 있어. 함께 내 게스트하우스에 갈까?" "그래요, 갈게요." 샤말리가 대답했다. 장교가 미소를 지으며 말했다. "원하지 않으면 강요하지는 않을게." "아니, 아니에요. 갈게요." 사회는 미심쩍다는 듯 고개를 흔든다. 청중은 이야기에 빠져든다. 밀애는 밀애니까. 결국, 그가 물리력을 사용해서 그녀를 강간한 것은 아니었다. 하지만 모든 전쟁은 끝이 나기 마련이다. 이 전쟁도 마찬가지였다. 샤말리는 그 다음엔 어떻게 할 작정이었나?

빈두발라가 손가락으로 한 달 한 달 헤아린 뒤 말한다. "전쟁이 끝나기 전, 그러니까, 유월의 어느 날, 포로로 잡혔는데, 석 달 후 10~11월경에 형제들, 자유전사들이 나를 해방시켜주었지." 그들이 왔을 때 빈두발라와 함께 있던 다른 포로들은 실오라기 하나도 걸치지 않고 있어서 게릴라 전사들이 동네를 돌아다니면서 그들에게 입힐 옷을 구해왔다. 갇혔던 여자들이 집으로 떠나기 시작했다. 그러나 빈두발라에게는 돌아갈 곳이 없었다. 조젠 바이냐가 이미 가족을 인도의 난민수용소로 데리고 갔었기 때문이다. 자유전사들은 그때 계속 인도와 연락을 취하고 있었다. 매일 교신이 있었고, 오고 갔으며, 교류가 있었다. 그래서 그들이 말했다. "이것 봐요, 빈두, 인도에 데려다줄게요." 빈두발라는 어디라도 갈 용의가 있지만, 인도만은 가고 싶지 않다고 고집을 부렸다.

"왜?"

"만일 인도에 간다면 사람들이 그랬겠지. 넌 군대에 생포돼서 강간을 당했는데 왜 인도까지 왔느냐? 그래서 동의를 안 한 거야. 자유전사 오빠들에게 말했어. 이 나라, 이 땅이 내 어머니예요. 이 땅이 내가 가진 전부라고요. 죽더라도 여기서 죽겠어요. 한 가지 전쟁을 치렀으니, 이제 다른 종류의 전쟁을 치를래요. 그래서 나도 자유전사들에 합류한 거지."

투키는 말한다. "나는 그들이 가두었던 방 벽에 넉 달 동안 피를 칠했어."

"왜 그랬어요?"

"왜냐하면, 그것들이 표시, 우리가 받은 고문에 대한 표시니까. 자유전사들이 그 방에서 발견한 핏자국은 내 피야."

샤말리가 썼던 편지가 약국에서 샤하다트 장교의 손에 도착하는 데 이틀이 걸렸고 그가 석방명령을 얻는 데 또 이틀이 걸렸다. 그녀의 감옥생활은 나흘 만에 갑자기 끝났다.

XI
장래 계획

샤말리가 풀려난 바로 그날 아누라다는 밤새 잠을 이루지 못했다. 마리암은 모르는 도시의 거리를 벌거벗은 채 헤매는 꿈을 꾸었다. 쇼바 라니는 비말 다스와 차를 타고 드라이브하는 꿈을 꾸었다. 흰색 차, 그들 소유의 차였다. 그 말을 듣고 마리암은 자신이 꿈에 그리는 차는 폭스바겐이라고 말했다.

그날 1971년 10월 25일 월요일자 《타임》지에는 충격적인 기사가 실렸다. 다카의 파키스탄군 막사에 잡혀 있던 여성 563명이 예외없이 모조리 임신 중이라는 소식이었다. 임신을 중절할 수 있는 시기도 이미 지난 뒤였다. 카필루딘 아흐메드는 처남인 골람 모스토파에게서 그 소식을 들은 뒤 엄청난 실의에 빠졌다. 마그바자르의 집 소파에 앉아 있던 그는 자리에서 벌떡 일어났다가 곧장 마루로 쓰러졌다. 한 자 징도 떨어진 곳에 치남의 발이 있었다. 카필루딘이 엿새 전에 풀탈리를 출발해 보통은 단 하루면 도착하는 다카에 닷새나 걸려 도착한 게 바로 어제였다. 그가 원한 것은 자신보다는 젊은 처남을 잘 달래서 자신의 딸을 파키스탄군에서 석방시키는 것이었다. 골람 모스토파는 아무 말 없이 고개를 가로저었다. 그가 고개를 저을 때마다 카필루딘의 얼굴 앞에서 그의 발이 좌우로 흔들렸다. 풀탈리와 발라브푸르, 나비나가르, 코말칸디를 포함한 많은 지역에서 그렇게 큰 영향력을 가진 그가 다카에서 파리나 모기보다 힘이 약하다는 말을 어찌 믿을 수 있을까?

골람 모스토파는 그 묘사를 듣고 미소를 지은 뒤 말했다. "형님, 오로지 알라께서나 형님이 저를 높게 평가해주신다는 사실을 아시지요." 하지만 두 사람은 마리암이 다카에서 실종되었다는 점에 대해서는 확신하고 있었다. 죽지 않았다면 군대에 끌려간 것이고, 군대에서 지내왔다면 지금 임신을 했을 텐데, 그랬다면 안전하게 중절할 수 있는 기한을 넘겼다는 뜻이었던 것이다.

다카의 파키스탄 부대에 있지는 않았지만 그 순간 담요 하나를 나눠 덮고 있던 세 명의 여성—마리암과 아누라다와 쇼바 라니—은 모두 임신 중이었다. 그들 중 쇼바 라니만이 안전하게 중절할 수 있는 기한을 넘겼다. 그러나 카필루딘 아흐메드나 골람 모스토파와는 달리 쇼바 라니는 전혀 그 점에 대해 걱정하지 않고 있었다. 고통스러운 감금생활 속에 생사의 갈림길을 넘긴 사람답게 자궁 속 태아의 움직임을 즐기고 있었다. "메리 디디, 아누라다 디디, 여기 손을 대봐요. 아기가 얼마나 차는지 말로 다 못 해요. 남편도 아주 성깔 있는 사람이었거든요."

쇼바 라니는 이렇게 어린애처럼 재잘댔지만, 아누라다에게는 그 소리가 한 귀로 들어가서 한 귀로 나갔다. 그녀는 아주 멍한 상태였다. 어디선가 뭔가 잘못되었다. 참으로 많은 여성들이 슬픔과 병과 고문에, 혹은 총에 맞아서 죽어가고 있었다. 그 숫자를 다 헤아릴 수도 없을 지경이었다. 아무도 찍소리도 못 했다. 아누라다에게는 갑자기 사는 것이 영생보다 더 소중하다는 생각이 들었다. 안네 프랑크의 일기를 영감의 원천으로 삼았던 그녀가 지금 다른 사례를 목격하고 있는 것이다. 샤말리는 살고 싶은 욕망 때문에 지름길을 택했다. 그렇게 해서 즉각적인 결과를 얻었다. 자신들에게도 그런 기회가 올지? 시간은 마구 흘러가고 있었다. 바깥의 총성으로부터 전쟁이 더이상 파키스탄군에 일방적으로 유리하게 전개되지 않는다는 사실을 알 수 있었다. 곧 조국이 해방을 맞이할 것 같았다. 쇼바 라니의 배에 아누라다의 손이 얹혀졌다. 쇼바 라니의 바람에 따라 기계적으로 올려진 것이었다. 아누라다가 말했다. "곧 큰 전투가 있을 거야. 인도군이 전진하고 있어."

쇼바 라니는 서둘러 일어나 앉았다. 그리고 마리암은 어린애처럼 순진한 목소리로 물었다. "어떻게 알아, 아누라다?"

"어떻게? 물이 빠지고 길이 다시 나타나고 있으니까. 인도군은 대충 준비가 완료됐어. 이제 탱크와 중무기로 이동하는 데 어려움이 없을 거야. 모두들 전심전력으로 그들을 도울 거거든."

아누라다의 말에 귀를 기울이며 마리암의 피가 얼어붙었다. 그녀는 다른 생각을 하고 있었다. 마리암은 흥분된 목소리로 묵티에게 말한다. "독립이 하늘에서 뚝 떨어지는 선물이 아니라는 사실, 탱크와 대포와 비행기를 동원한 힘든 전투가 있으리라는 것, 그동안 그런 생각을 분명하게 못 하고 있었거든. 군인들의 고문과 억압에 대처할 궁리만 하고 있었지. 그런데 생각해봐. 자물쇠가 채워진 방에 감금된 상태에서 머리 위로 벌처럼 윙윙 소리를 내며 전투기가 날아다니는 상황을."

사실이었다. 그것은 시궁창에 빠져 죽는 것이나 다름없다 싶었다. "하지만 그렇게 많은 여성들이 바로 눈앞에서 죽어가는 것을 목격하셨으니까, 본인의 죽음에 대해서도 생각해보실 수밖에 없었을 것 같은데요?" 묵티가 물었다.

마리암이 대답한다. "그래, 생각해보았지. 하지만 그런 식으로 죽는 것은 아니었어. 그렇게 무방비 상태로 노예처럼 갇혀서 죽는다는 생각은 못 해봤어. 그리고 우리 편의 폭격에 맞아 죽고 싶지는 않았지."

전쟁포로 여성일 때는 아군과 적군의 구별이 중요했다. 하지만 해방 후에는 그 경계선이 지워지면서 모든 사람들이 적으로 변했다. 아누라다의 그 예언은 인도와 파키스탄 간 정식 선전포고가 발효되기 한 달 전에 이루어진 것이었다. 그제서야 마리암은 진짜 전쟁은 인도와 파키스탄 사이에서 벌어질 것이고 자유전사들은 측

면지원을 해주는 정도라는 사실을 이해할 수 있었다. 그녀가 감금된 지 이미 5개월이나 된 뒤였다. 인디라 간디 여사가 브뤼셀을 떠나 비엔나로 향하고 있는 중이라는 것은 물론 몰랐다. 간디 여사는 더이상 천만 난민들의 압력을 피부로 느끼지 않으면서 이 나라에서 저 나라로, 그리고 또 다른 나라로 비행기로 날아다니며 호소하고 있었다. 그녀의 호소 내용은 분명했다. 브뤼셀에서의 기자회견 중에 간디 여사는 말했다. "인도와 파키스탄이 동파키스탄 문제에 대해 의견의 일치를 볼 여지는 전혀 없습니다." 그것은 인도-파키스탄 간 전쟁이 임박했다는 것을 뜻했다. 방글라데시는 해방 전야였다.

마리암은 갈피를 잡을 수 없었고, 폭격이 두려웠다. 아누라다가 짜증을 내며 말했다. "그래 마리암이 폭격을 맞아 죽지 않고 계속 산다고, 우리나라가 독립된다고 치자. 그럼 뭘 할 건데? 어디로 갈 거야?"

쇼바 라니가 대화에 끼어들며 말했다. "난 시댁으로 갈 거야." 그녀 자궁 속의 태아는 지지대 위의 호박처럼 부풀어 오르고 있었다. 그 아기는 증오와 모멸감과 기아 속에서도 무럭무럭 자랐다. 이 아기는 힌두교도를 절멸시키려는 파키스탄군 프로젝트의 실패 사례였다. 파키스탄 군인들은 남편을 살해했지만, 아내를 임신시켰다. 독립국이 되면 쇼바 라니는 사내아이를 낳을 수도 있었다. 그녀 시댁의 황폐해진 땅에 다시 집이 세워질 것이다. 그리고 다시 한번 트리톤의 나팔소리가 울릴 것이고, 다시 한번 향과 선향이 피워지고 꽃과 잎으로 장식되며 신들이 섬겨질 것이다. 소똥이 널린 마당에서 다시 한번 그 가족의 힌두 자손들이 기어 다니게 될 것이다. 허리 두르개 바지를 들추고 할례를 하지 않은 성기를 모아 줄 세워 총살한 그날 밤, 서치라이트 작전의 밤에 인종말살 과정을 시작한 파키스탄 사람들, 그 혈통에서 쇼바 라니의 아기가 태어날 것이고, 그 아기에게는 아버지는 없어도 정체성이 없지는 않을 것이 분명했다.

쇼바 라니가 미래의 꿈에 몰두해 있는 동안 마리암은 풀탈리 마을에서 시작되어 S.M. 홀 근처 자귀나무들이 심어져 있던 가로수 길에서 머리를 낮추고 걸어 나오기까지 자신의 여정을 되짚어 보았다. 그녀는 이미 전쟁이 일어나기도 전에 모든 피난처를 잃었었다. 3월 27일 이후 뿌리 뽑힌 채 부유하고 수인으로 지내는 동안의 경험은 수백만의 사람들과 공유된 것이다. 엄청난 대격변 속에서 더이상 자기 개인의 문제를 보지 않고 지낼 수 있었다. 하지만 그때나 지금이나 임신 중이다. 만일 지금 상태로 나라가 독립된다면 자신은 어디로 가야 하나? 누구에게 돌아갈 것인가?

아누라다에게는 할 말이 더 있었다. "우리나라 사람들이 화환을 들고 우리를 반길 거라고 생각해? 아니, 메리, 그런 경우는 세계사에 유례가 없어. 전쟁이 끝나면 남자들은 영웅이라고 추켜올려 주고, 여자들은 타락했다고 말하지. 이제 보라고, 그들이 우리를 갈

보로 만들 테니까.”

　참으로 불길한 말이었다. 그녀는 경전에 없는 것들에 대해 말하고 있었다. 쇼바 라니는 짜증스러웠다. 자신이 임신을 한 것은 하느님의 무한한 은총 덕분이었고 그 아기는 지금 자신의 자궁 속에서 자라고 있다. 그러니 그녀가 불행하기를 바라는 사람은 다 불구덩이에나 떨어지라지. 만일 임신이 안 되었더라면 자신은 여생을 애도 못 낳는 과부라는 욕을 먹으며 혼자 살아야 했을 것이다. 남편의 집안에는 저녁의 등불을 밝혀줄 사람이 아무도 없게 될 것이다. 경전에 보면 여자들은 아들 얻기를 기도하며 신에게 자신을 바쳤다. 사티야바티, 쿤티, 드로파디가 정숙한 사티[9]라면 쇼바 라니도 같은 논리에 따라 정숙한 사티였다. 자신이 왜 가족이라는 피난처를 떠나 창녀가 되어야 하는가? 그녀는 아누라다의 손을 슬쩍 들어 자신의 배 아래로 내려놓는다.

　그러나 마리암은 아누라다의 말에 겁이 난다. 오래 전 자시물 하크의 손을 잡은 일을 죄라고 생각했던 사람들이 이 모든 일들을 어떻게 볼 것인지? 그녀는 자신을 매일매일 강간한 그 사람들 모두에 대해 전혀 아무것도—그들의 이름도 주소도 가족도 교육 정도도 결혼 여부도—모르고 있었다. 남자들은 모두 비슷해 보였고, 행동도 그리 다르지 않았다. 몇 명이나 되었을까? 백 명, 오십 명, 이십 명? 하지만 그들은 모두 추상적인 남성으로 요약된다. 그 모

9　사티: 힌두교의 여신. 부부 간의 금슬과 장수를 상징한다.

든 남성들 중에서 그녀는 빨간색 소파에 앉아 있던 이쉬티아크라는 이름의 육군 장교만 기억했다. 비록 술에 취한 상태이긴 했지만 그는 그녀에게 자신의 불행에 대해 이야기하고 싶어했다.

아누라다가 말했다. "남자는 술 때문에만 취하는 것이 아니야. 전쟁은 사람을 취하게 하는 가장 강력한 물질이지."

"그럴지도 모르지."

"그런데 그날 뭐가 무서웠어? 그 남자가 하고 싶은 말을 하게 해주지 그랬어."

"그 남자의 말에 귀를 기울여서 내게 무슨 득이 되었을까?"

"어떻게 아무 득도 안 되었을 거라고 말할 수 있어? 그 사람의 말에 귀를 기울였다면 미래를 보장받을 수 있었을지도 모르지."

"그런 일이 진짜로 있을 수 있을까? 더구나 전시에? 그리고 남자가 적군인데?"

"샤말리 건에 대해서 어떻게 생각해?"

"난 배반이라고 생각해."

"누굴 배반했다는 거야?"

"조국에 대한 배반이지."

"어떤 조국? 적군이 우리의 정조를 짓밟고 고문한 일을 창피하게 여기고 우리를 감추거나 강제로 창녀로 만들거나 할 나라, 그 나라에 대한 배반?"

아누라다의 말은 낚시 바늘처럼 날카롭게 마리암의 가슴을 찔렀다. 고통으로 몸이 뒤틀렸다. 만일 이런 것이 삶이라면, 이 모든 것의 끝에 도대체 무엇이 기다리고 있는 것일까? 아누라다는 자신의 말에 대해 곰곰 생각해보았다. 그리고 말했다. "메리, 만일 네가 이쉬티아크 소령과 함께 파키스탄으로 갔다면 배반이 아니야."

"그럼 뭘까?"

"복수겠지."

XII

막간

나는 1972년의 승전 후 파키스탄군 포로가 방글라데시에서 인도
로 떠날 때 서른에서 마흔 명가량의 강간 피해 여성들이 그 포로들
과 함께 떠난다는 사실을 알게 되었다. 나는 즉시 인도 대사관에
근무하던 육군 무관 아쇼크 보흐라 준장과 방글라데시 당국에서
임명한—우리에게 미히르라는 이름으로 알려진—누럴 모멘 칸
(이후 사망)에게 호소했다. 그들은 내 호소에 공감을 가지고 귀를 기
울였고, 내게 그녀들을 인터뷰하도록 허락해주었다. 그래서 다카
대학 교수인 나우샤바 샤라피 및 샤리파 카툰 박사와 함께 군 주둔
지로 갔었는데, 우리의 경험은 충격적이었다.
— 닐리마 이브라힘, 『나, 비랑가나는 말한다』

"복수? 누구에 대한 복수라는 거예요?" 한 사회복지사 여성이
놀라서 물었다. 하지만 당시 자원봉사자 여성들이 막사에 들어가

서 "제발 떠나지 마세요. 뭔가 해드리고 싶습니다. 여러분을 도와
드리려고 왔어요."라고 말했을 때, 파키스탄으로 떠나려던 방글
라의 여성들은 도움을 제공하는 손길을 받아들이기는커녕 불같이
화를 냈다. 바로 앞의 여성은 분노에 찬 목소리로 물었다. "누구
에 대한 복수인지 알고 싶어요? 그거야 황금빛 방글라하고 그 황
금빛 어린 아들들하고……."

"알겠어요! 더 설명하지 않아도 돼요. 그런 무시무시한 단어를
쓰다니. 복수라니!" 그 여자는 불안한 기색으로 서둘러 물러났다.
당시는 세상이 끔찍한 무정부 상태였다. 이 모든 일이 전개되고 있
는 도중에 아버지 하나가 딸을 데리러 왔다. 하지만 그녀는 함께
가기를 거절했다. 그것을 보고 사회복지사 하나가 끼어들어 말했
다. "좋아요. 아버지하고 가기 싫다면 우리 집으로 갑시다."

"내가 왜 그 댁으로 가야 돼요?" 그녀는 당장 싸울 기세로 더 공
격적으로 말하며 외쳤다. "우리가 동물원의 짐승인가요? 손님을
오게 해서 우리를 구경시키고 칭찬받으려는 거예요?"

"그래, 설령 내가 칭찬을 받는다고 해도 그게 뭐 어때요? 그래서
당신한테 무슨 불편이 있는데요?" 이제 사회복지사가 화낼 차례
였다. "파키스탄에 가서 뭘 하겠어요? 거기 가봤자 창녀촌으로 팔
리기는 마찬가지일 텐데!"

"어차피 팔려가게 된다면 팔려가는 거예요. 그래서 어쨌다는 거
예요?" 다른 처녀가 반박했다.

"맙소사. 도대체 어떤 여성들이었지요?" 묵티의 이 질문에 사회복지사 하나가 온갖 부류의 여성들이, 부자와 빈자, 유식한 사람과 무식한 사람이 섞여 있었다고 알려 준다.

"하지만 우리가 상황을 제대로 이해하지 못한 거지요. 전쟁이라고는 처음 겪는 거라서." 그녀는 말을 잇는다. "지금 여기 혼자 앉아서도, 난 그 여성분들이 파키스탄에서 팔리게 될지도 모르고, 혹은 인육시장에서 착취를 당할지도 모른다는 사실을 알면서도 이곳에 남아 있기보다 파키스탄에 가기를 선호했다는 사실의 의미에 대해 계속 생각해요."

그 소식이 전해진 날 그 여성들의 아버지들과 오빠들 몇몇이 서둘러 진지로 찾아왔었다. 특히 아버지들이. 그들은 딸들이 고집을 부리는 것을 보고 눈물을 흘리며 되돌아갔다. 남편도 몇 명 왔었다. 하지만 그들이 온 목적은 아내들을 데리고 가기 위해서가 아니라 아내에게 사리를 전해주기 위해서였다. 이것은 그들이 그녀들의 남편 자격으로 행한 마지막 의식이었다.

"그때 눈앞에서 직접 목격한 그 여성분들의 파키스탄 행에 대해 공식 서류가 있나요?"

"다 없애지만 않았다면 있기는 할 텐데."

"어디 가면 찾을 수 있을까요? 어느 부서 소관이지요?"

"아마도 구호재활부의 책임이었을 겁니다."

"사회복지부일 가능성도 있나요? 지금은 여성부가 됐지만?"

"아쇼크 보흐라 씨에게 물어보면 알 수 있을지도 모르는데. 그 분이 그때 인도 고등판무관실 파견 육군 무관이었을 거예요."

"그래요, 인도에 좀 기록이 남아 있을 수도 있어요."

"이런 서류들을 우리나라가 아닌 다른 나라에 가야 찾을 수 있다는 건 참으로 부끄러운 일이네요."

묵터는 다시 마리암에게 주의를 돌려 묻는다. "결국 파키스탄에 안 가셨죠? 왜 남으셨나요?"

마치 손에 티켓을 쥐고도 중간에 억지로 끌려 되돌아온 사람한테 묻는 것처럼 들린다.

마리암의 얼굴은 질문의 어색함 때문에 고통스럽게 일그러진다. 떨리는 손을 사리의 주름 사이로 밀어 넣고 무언가를 찾아 자신의 아랫배 주변을 더듬댄다. 문제는 그녀가 아니라 그녀의 자궁, 지금 그녀의 손가락이 쥐어짜고 있는 바로 그 장기에 있었기 때문이다.

그때 그녀들의 지위는 전쟁포로였다. 전쟁포로 상태에서 침략군의 병사와 관계─소위 결혼, 혹은 동반자의 관계─를 맺은 것이었다. 한 종류의 범법자들이 다른 종류의 범법자들과 함께 기차로 인도를 거쳐 파키스탄으로 가는 셈이었다. 관계가 얽히고설킨 양이 너무나 혼란스러워서 그것과 9개월 동안 이루어진 강간과 고문과 살해 따위와는 아무런 관련도 없어 보였다. 물론 사태는 이미 완전히 뒤집어져 있었다. 파키스탄 군인들은 포로가 되어 다카의 군부대에 수용되어 있었다. 그리고 인도인들은 의기양양하게 다녔다. 파키스탄 군 진지의 지하벙커와 고문실에는 피가 말라붙은 벽에 등에의 무리가 꼬여 있었다. 마루와 벽에는 체지방과 살의 흔적이 멍처럼 거무스레하게 남아 있었다. 여성들의 팔찌와 긴 머릿단 더미가 여기저기 널려 있었다. 그리고 아직 뼈에서 분리되지 않은 살이 썩고 있었다. 갑자기 모든 것이 끝났는데, 그들의 처지를 교정하기 위해 이루어진 것은 아무것도 없었다. 그녀들은 방가반두 셰이크 무지부르 라흐만이 귀국하기만을 기다리고 있었다. 파키스탄의 감옥에서 석방된 뒤 그가 직접 전쟁포로들이 인도 국경을 넘어가도록 허락해줄 것이었다. 이 불확실한 상황의 한가운데서 마리암의 아기가 자궁 속에서 움직이기 시작했다. 재활센터에서는 임신중절의 시한을 4개월로 못 박아놓았다. 그 기한을 넘기면 외국인 의사도 임신중절은 해줄 수 없었다. 마리암은 긴급한 주의를 기울여야 할 환자로 분류되어 센터에 접수되었다. 그곳에서의 일정은 우선 진료, 다음에 휴식, 그런 뒤에야 중절이 이루어지는 긴 과정이었다. 마침내 마지막 단계에 도달했을 때는 다른 여자들이 이미 전쟁포로들과 함께 인도를 경유해 파키스탄으로 떠난 뒤였다.

"그들이 이미 떠나지 않았다면 함께 가셨을까요?"

"그랬을지도 모르지."

"이 문제와 관련해 특별한 계획이 있으셨나요?"

마리암은 묵티의 이 전문적인 인터뷰 질문에 대해 "뭐에 대해?" 라는 질문으로 대답한다.

"그러니까, 파키스탄으로 가시는 문제와 관련해서요. 그곳에 가서 무엇을 했을지, 어느 곳에 묵었을지, 그런 것들이요."

"내가 우리나라에 남았다면, 어디서 살지, 무엇을 했을지, 이런 질문들에 대한 답이 그때 다 정해져 있었나? 그 답이 지금은 정해졌어?" 마리암이 흥분한 것을 알아채고 묵티가 입을 다문다. 저 세대는 이상하다. 짜증스럽다면 아예 증언을 거부할 수도 있었다. 그러면 자신은 녹음기를 싸들고, 카세트와 배터리 몇 개는 폐기하고, 나머지 몇 개는 가지고 조용히 떠나야 할 것이다.

마리암은 더욱 얼굴을 찌푸린다. 인터뷰하는 사람이 바뀌어도 질문의 유형은 변하지 않는 것이 신기하다. 28년 전 자신에게 처음 이런 질문들이 주어지던 순간에 묵티는 아직 이 세상에 태어나지 않았을지도 몰랐다. 그러니까 어머니의 자궁 속에서부터 그 질문을 배워가지고 나왔다고 봐야할 것 같다. 정치 지도자들이 무대에 올라가 이십만의 우리 어머니들과 누이들의 정조와 독립을 맞바꿨다고 주장하는 지금 그 이십만의 어머니들과 누이들은 과연 어디에 있는지? 파키스탄으로 간 숫자는 삼사십 명에 불과한데, 그렇다면 나머지는 지금 어디에서 뭘 하고 있단 말인가? 하지만, 미리암은 묵티에게 묻는다. "지금도 파키스탄으로 팔려가고 있는 여성들은 어떡하고? 그녀들도 매춘을 강요당하고 있는데, 왜 아무도 걱정을 안 하는 거지?"

묵티는 망설인다. 뭐라고 대답해야 좋을지 잘 모르겠다. 하지만 그때와 지금은 큰 차이가 있다는 생각이 든다. 그때는 전쟁이 끝난 직후였다. 아직도 상처가 새로운 시기. 자발적으로 파키스탄 행을 선택한 여성들은 그 선택을 통해 아물지 않은 상처에 소금을 문지른 격이었다. 아누라다의 말에 따르면, 복수였다.

당시에는 물론 마리암이 아누라다의 말에 동의하지 않았다. 하긴 동의가 왜 필요했겠는가? 큰일을 계획할 때는 목표와 지원이 필요하다. 커다란 반란 뒤에는 의도된 사건들과 의도되지 않은 사건들이 있다. 그것은 지구의 반대편 구석에 사는 엉뚱한 사람의 행동 때문에 일어날 수도 있는 것이다.

XIII

붉은 장미와 실크 사리와 백설처럼 흰 침구

당시 파키스탄 군인들은 사방에서 자유전사들의 그림자를 보았다. 나아가 인도군의 공격에 대한 공포도 있었다. 보안 조처가 훨씬 더 엄격해졌다. 샤이아말리가 떠난 뒤 일주일 만에 여성들이 수용된 큰 방 문 옆에서 수류탄이 터져서 입구의 보초병이 죽었다. 마침 그곳에 없었던 청소부 여자는 바로 거기 없었다는 이유 때문에 범인으로 지목되었다. 방에 갇혀 있던 여성들은 날름거리며 들어오는 연기로 인해 모두들 콜록콜록 기침을 했다. 그래서 그들의 이름도 역시 용의자 리스트에 추가되었다. 지금까지도 마리암은 자신들의 이름이 그 리스트에 포함된 것이 자신들이 기침을 했기 때문인지 청소부 여자가 심문 중에 아는 이름을 몇몇 불었기 때문인지 알지 못한다. 그 사건 이후 그녀들은 큰 방 밖으로 끌려 나갔다. "쌍년들을 다 죽여. 그리고……." 마리암은 그 이상은 듣지 못했다. 이어진 장면들은 색이 바래고 찢어지고 긁힌 필름 릴과 같다.

그녀는 달리는 차의 뒷좌석에 납작 눕혀져 있다. 머리는 좌석 밖으로 삐어져 나와 대롱거리고 있다. 가랑이 사이로 개머리판이 쑤시고 들어오는 것이 느껴진다. 그녀의 겨드랑이 아래서는 두 개의 성기가 쉬지 않고 비벼대고 있다. 입도 강제로 벌리고 악취가 풍기는 성기를 들이밀려고 한다. 차는 중간에 멈추지 않는다. 그러다가 거칠고 울퉁불퉁한 길로 들어선다. 그러자 개머리판과 성기들의 움직임도 멈춘다. 병사들은 짜증이 난 듯하다. 차가 평평한 길을 달리자 그들도 다시 움직이기 시작한다. 유일한 차이는 그들이 위치를 바꾼 것이다. 막간에 먼지구름이 솟아오른다. 오후의 태양이 보내는 황금빛이 차 안으로 들어왔다가 도망갈 길을 찾는다.

다음 장면에서는 한 여자가 마리암의 몸에서 마른 피와 정액 자국을 닦아낸 뒤 그 위에 새 사리를 입힌다. 마리암이 쓰러지는 것을 보고 건장한 사내가 축 늘어진 그녀의 몸을 어깨로 번쩍 들어 올린 뒤 잰걸음으로 걷기 시작한다. 다음 장면에서는 벽돌길을 배경으로 거꾸로 선 화분이 나란히 늘어서 있는 모습이 보인다. 가까운 곳에 벽이 하얀 이층집이 있다. 그 뒤에서는 석양이 추처럼 왼쪽에서 오른쪽으로, 오른쪽에서 왼쪽으로 진동하고 있다.

그녀의 손은 그녀가 앉아 있던 의자의 팔걸이에 로프로 단단히 감겨져 있다. 바로 앞에서 우울한 표정을 한 얼굴이 펜을 깨물며 그녀의 얼굴에 지속적으로 담배연기를 불어대고 있다. 마리암이 기침을 하자 너털웃음을 터뜨린다. "자, 말해봐. 주권에 대해 어떻

게 생각하지? 그리고 자유의 개념을 어떻게 설명하지?" 그의 질문
은 즉시 방글라어로 통역된다. 다시 연기 사이로 우울한 얼굴이 보
인다. "파키스탄과 방글라데시가 두 나라로 갈라지는 게 옳다고
생각하느냐? 말해봐. 파키스탄의 미래가 무엇이지?" 보이지 않는
통역의 목소리가 다시 들린다.

"셰이크 무집 봤어? 무집이 요구한 6개항이 계엄법 포고령 제16
조 위반이라고 생각하지 않나? 그 망할 놈이 그 죄로 교수형을 당
해야 된다고 생각하지 않냐구?" 다시 한번 통역.

마치 사망 직전의 환자 옆에서 이슬람 신앙고백인 칼레마를 읽
어주는 것과 같다. 마리암은 순다리 습지의 미로에 들어간 것이다.
출구는 없었다. 반딧불이의 반짝이는 빛이 있고, 그 빛 안에서 우
울한 얼굴이 보인다. "멍청이! 그냥 손전등 꺼." 보이지 않는 통역
이 그 지시도 방글라어로 되풀이한다. 탁자 너머 우울한 얼굴은 거
북이처럼 목을 빼고 말한다. "하빌다르 타지 칸을 네가 죽였지? 안
죽였으면 누가 죽였는지 사실대로 말해." 통역이 질문을 되풀이한
다. 처음에는 속삭이는 목소리로, 이어서 있는 대로 목청을 높여.

그 우울한 얼굴은 긴 목을 어깨 사이로 넣고 의자 안에 깊숙이
앉는다. "자, 네가 범죄자임에 틀림없다는 걸 내가 잘 알고 있다
고. 만일 인정만 하면 풀어주겠다." 통역이 그 진술을 방글라어로,
희미한 목소리로 반복한다.

그런 뒤 어둠 속에서 의자 여러 개가 끌리는 소리가 들린다. 덜

그럭거리는 소리도 좀 들린다. "아취하 인터뷰 타." 인터뷰가 잘
되었다, 통역이 기쁜 목소리로, 방글라어로 반복한다. 마리암의
손이 의자에서 풀려나고 그녀가 들것에 실린다. 우울한 얼굴이 그
녀 위로 고개를 낮추며 말한다. "바후트 아취히 라드키 호 툼." 착
한 계집애로구나, 통역이 어색해하며 방글라어로 번역한다.

"잘 자라." 이 인사말도 방글라어로 통역된다.

백설처럼 흰 침대 옆에 붉은 장미 한 송이가 놓여 있다. 그 옆에
는 노란색 실크 사리가 잘 개어져 있다. 2리터짜리 식염수 병이 스
탠드에 달려 있다. 마리암이 몸을 돌리려고 하자 튜브가 당겨지는
느낌이 온다. 그러나 이불 속 발은 묶여 있지 않다. 우리나라가 해
방되었나? 아누라다는 어디 있지? 나하고 함께 파키스탄으로 갈
예정 아니었던가? 앞서 본 우울한 얼굴이 갑자기 그녀를 향해 고
개를 숙이고 묻는다. "기분이 어때?" 마리암은 다시 심문을 당하
나 보다 생각하지만 보이지 않는 통역의 목소리가 들려오지 않는
다. 새삼 다시 불안하지만 좀 전보다는 낫다. 이제 큰 방의 바닥에
깔린 더러운 이불이 아닌 야전용 침대의 깨끗하고 부드러우며 깔
끔하게 정돈된 시트 위에 누워 있다. 머리맡에는 붉은 장미도 한
송이 있고 그 옆에는 실크 사리도 있다. 장소는 여전히 포로수용소
이고 시기는 1971년일망정 상황은 대체로 나아진 것이다.

"괜찮나?" 마리암이 무거운 고개를 끄덕이고, "예."라고 말하는
자신의 목소리를 듣는다. 사내는 이쉬티아크 소령처럼 좋아한다.

마리암은 그가 그녀의 짧은 영어 대답 때문에 좋아하는지, 아니면 그녀의 상태가 호전된 것 때문에 좋아하는지 알지 못한다. 깡마른 손을 그의 무릎에 놓고 보니 그의 우울한 얼굴이 술 취한 이쉬티아크 소령의 모습으로 변한다. 그가 술에 취해 한 대 올려붙였을 때 자신이 공중에서 팔랑거리는 낙엽처럼 가볍게 비틀거리며 베란다 난간으로 날아갔던 일이 기억난다. 그럼에도 불구하고 그녀는 아누라다의 충고를 기억하며 묻는다. "이쉬티아크 소령이세요?" 그가 외친다. "아니, 아니. 어떻게 그를 알지?" 이 질문에 대해 대답할 필요가 있는가? 묻는 사람은 전시의 방글라 처녀가 파키스탄군 장교를 어떻게 만나는지 정도는 아주 잘 알고 있을 텐데. 그녀가 기억하는 것은 이쉬티아크 소령의 이름뿐이었다. 그 외에는, 제복을 입은 남자들은 모두 비슷비슷해 보였다. 다시 한번 그의 표정이 변하더니 그가 전체적으로 축 늘어진다. 마리암은 그 재빠른 변화에 혼란스럽다.

"어떻게 아느냐니까?" 그는 집요하다. 마리암은 정면으로 대답하는 것을 피하며 말한다. "저에게 친절하게 대해주셨어요." 그녀는 이 모든 상황이 어디로 자신을 이끌 것인지 궁금하다. 그래서 옆눈으로 그의 표정변화를 관찰한다. 환상일까, 아니면 그 사내에게 모습을 바꾸는 특별한 능력이 있는 것일까? 우울한 얼굴이 "그 지께 죽었이."라고 말하는 동안에도, 그것은 다시 이쉬티아크 소령의 얼굴처럼 보이기 시작한다. 그들조차도 죽임을 당한다는 사실이 얼마나 이상하게 느껴지는지. 마리암은 그와 함께 파키스탄에 가려고 생각하고 있었다―그것이 아누라다의 충고였다.

적에게 자기편의 손실을 알려주는 것은 아마도 전쟁의 규칙을 위반하는 행위이리라. 그 우울한 얼굴은 규칙을 위반한 즉시 마리암에게 화가 난다. 그래서 침대에서 벌떡 일어나 군인답게 차렷 자세로 선다. "여기 가만히 있어. 너는 아직도 용의자니까. 대답해, 누가 죽였어?"

그 사내는 당당한 걸음으로 방을 나간다. 하지만 붉은 장미와 실크 사리는 그냥 두었다. 적의 약점을 이용해 자신의 미래를 확보하는 것은 쉬운 일이 아니다. 아누라다라면 샤말리처럼 할 수 있었을까? 그녀는 큰소리만 쳤지 아직 용감한 행동을 보여준 적은 없다. 마리암은 궁금하다. 그가 다시 들어올 때 이쉬티아크 소령처럼 보일지, 아니면 본인의 우울한 얼굴로 들어올 것인지.

"그 여자 지금 아파." 익숙한 목소리였지만 마리암은 잠든 척하고 있다. 굳이 새로운 전략을 쓸 필요는 없다고 느낀다. "더욱이 기회만 있으면 자유전사 쪽에 합류할걸."

낯선 목소리가 말한다. "두고 보지."

이렇게 해서 마리암은 빨간 장미와 실크 사리와 깨끗한 흰 침대의 점유권을 확보한다. 그 방에 있는 것은 이제 모두 그녀 차지다. 그녀가 그것들을 만져도 막을 사람이 없다. 스와르가담의 집처럼 어떤 피난민 가족의 소유물들일지도 모른다. 아니면 최근에 군인들의 휴식과 오락을 위한 시설로 만들어진 곳일지도 모른다. 쌓여 있는 술병과 빨간 립스틱 자국처럼 벽에 얼룩져 있는 피가 그런 가능성을 암시하고 있다. 더욱이, 커피통과 피클병과 설탕통에는 뭔가 들어 있었던 흔적이 남아 있다. 마리암은 손가락을 피클병에 넣어 신 망고 피클을 조금 입속에 넣는다. 아직은 쓴맛이 나거나 악취가 풍기지는 않는다. 겨자의 톡 쏘는 맛이 코를 간질인다. 그녀는 기침을 하고 재채기를 하면서 여러 겹으로 놓인 가족사진을 바라본다. 모습으로 보아 방글라인들은 분명 아니었다. 인도군의 공격을 염려해 파키스탄으로 떠난 사람들일지도 모른다. 망고 피클에 목이 메어 마리암이 먹은 것을 토했고, 카펫이 더러워졌다. 마루에서는 줄 끊어진 탄푸라 악기가 한 쌍의 슬퍼 보이는 타블라 북 사이에 있는 모습이 보인다. 옆의 벽에는 보기가 너무 괴로운 유화가 걸려 있다. 벽에 있는 다양한 포즈의 춤추는 처녀들을 보지 않는 한 그 방을 자신의 것이라고 느낄 수 있다. 동물원의 울타리에 갇힌 짐승처럼 원할 때는 언제나 방 안을 서성댈 수도 있다. 그녀는 거울 속의 자신의 모습을 상대로 수다를 떨고 하품을 하고 인상을 쓸 엄청난 자유를 누리고 있는 것이다.

우울한 얼굴의 사내는 이쉬티아크 소령이라고 자신을 소개한다. 그러나 제2의 이쉬티아크 소령이라고 부른다. 첫 번째는 전사했다. 마리암의 방에 들어올 때 그는 우울하고 진지한 표정을 버리고 제1의 이쉬티아크 소령처럼 취한 표정을 짓는다. 그리고 그와 똑같은 말을 한다. "너한테 말해야 해. 말을 못 한다면 난 죽을 거야. 너무나 끔찍한 전쟁이야."

지옥에도 천국이 조금은 있다. 말을 바꾸자면, 그 천국은 지옥의 유황불에 둘러싸여 있는 천국이었다. 제2의 이쉬티아크 소령은 폭탄 냄새가 밴 옷을 벗고 손의 핏자국도 닦은 뒤 천국의 문으로 들어선다. 잠긴 문이 열릴 때 콧방울이 벌어진다. 그는 눈을 감고 천국에서 풍기는 미지의 향기를 깊이 들이마신다.

요정이 사향을 뿌린다
옆으로 삐어져 나온 머리카락에서 풍기는 은은한 향기―
아니다, 그녀는 숲속의 암사슴이 아니다,
사람들을 보고 겁내는 암사슴은 아니다
― 하피즈[10]

마리암은 문들이 열리는 소리의 달콤한 리듬이 느껴질 때 약간 뒷걸음질 친다. 이것은 준비의 시간이다. 그러고 나면 천국과 지옥 사이의 문이 닫히면서 사냥꾼이 희생제물을 향해 마구 덤비는 것은 시간문제다. 천국으로 올라갈 때 시간을 낭비하는 일은 없다. 바깥에는 폭탄이 터지고 탄약이 날아다니며 내는 파괴의 소리, 인

---

10 하피즈, 혹은 하페즈(1315~1390): 사랑과 술의 즐거움을 상찬하고 종교적 위선을 공격한 페르시아 시인으로 페르시아 문학의 정점으로 여겨져 왔고, 오늘날까지도 페르시아어를 쓰는 사람들 대부분이 그의 시를 애송한다.

간에게 공포를 불러일으키고 죽음을 대면하게 하는 소리들이 있다. 그러나 안에서만큼은 천국의 쾌락이 방해받지 않는다. 사실, 그 쾌락은 길게 이어진다. 그들 두 사람의 삶에 존재하던 부족한 공간이 차고 넘친다.

그들이 서로의 몸에서 떨어져 나온 뒤 돌아가는 세상, 그 적대적인 세상에서 마리암과 이쉬티아크 소령은 서로 적이다. 서로를 불신한다. 사실, 천국에서의 체류가 끝나면 둘 다 서로를 죽이고 싶다.

그럼에도 불구하고 계속 붉은 장미들이 온다. 포도주를 반주로 오마르 카얌과 하피즈가 암송된다. 누어자한의 아름다운 목소리가 닫힌 방 안에 환희를 직조한다. 사랑은 달콤해지고 강렬해진다. 전쟁의 시간은 사랑을 나누는 행위와 포도주의 도움으로 전쟁의 법칙을 초월한 곳으로 넘어간다.

마리암은 자신의 처지를 잊는다. 인도군이 자유전사들과 함께 진격하고 있으며 곧 대전투가 닥쳐올 것이라는 아누라다의 말도 잊는다. 밤낮으로 일종의 최면 상태 속에 살고 있었으며, 거기서 빠져나오느냐 여부에 별 관심이 없었다. 여생을 그냥 그 꿈속 나라에서 산다면 좋을 것 같다. 우울한 얼굴의 소령은 또 다른 동화의 나라와 동화 속 왕자의 이야기를 해준다. 다섯 개의 강이 흐르는 땅, 물이 풍부하고 피런 들판이 있는 펀자브 지방이 그 배경이다. 무굴제국 황제인 자항기르가 세운 라호르를 단순한 도시라고 부르는 것은 잘못이다. 그곳은 아름다운 정원과 우아한 건물이 넘치는 경이로운 도시다. 물 맑은 천이 그곳을 관통하고 강둑에는 나무들이 이어진다. 미지의 꽃들에서 향기가 퍼져 나와 여행자들을 취하게 하고 흥분시킨다. 마리암은 교과서에서 샬리마르 바그[11]의 사진을 본 적이 있다. 그 사진 안에서는 꽉 끼는 추리다르 바지와 카미즈를 입은 소녀들이, 줄 지어 선 사이프러스나무에 둘러싸인 분수 옆을 비둘기처럼 뽐내며 걷고 있었다. 두파타 스카프가 그들의 머리를 간신히 가린 뒤 목둘레를 애무하듯 휘감고 있었는데, 신문 용지에 흑백으로 인쇄된 그들의 얼굴은 희미했다. 마리암은 그 흐릿한 얼굴들 중 하나가 이쉬티아크 소령의 아내일 것이라고 생각한다. 소령은 그녀가 지금 과거에 행복한 왕자였던 남편과 함께 살던 저택, 화단으로 둘러싸인 아름다운 저택에서 살고 있다고 말한다. 남편은 전쟁이 난 이후 방글라 왕국으로 가야 했다. 매혹적인 눈과 머리채가 검고 긴 진귀한 여성들이 살고 있는 곳이다. 그녀들은 고혹적이다. 최면을 거는 듯한 그녀들의 아름다움이 먼 과거에 이쉬티아크 소령의 조상들을 유혹했었다. 그 사내들은 서부의 거친 여성들한테 되돌아가지 않았다. 버려진 여자들은 남편을 잃은 고통을 결코 잊지 않았고, 배반의 이야기는 세대에서 세대를 거치며 전해 내려와 지금도 기억되고 있다.

　이쉬티아크 소령의 주머니에서 핑크빛 립스틱을 바르고 눈썹을

11 샬리마르 바그: 파키스탄의 스리나가에 있는 무굴제국 시대의 정원이다.

가늘게 그린 무시무시해 보이는 여자의 사진이 나온다. 그녀는 편지에서 남편에게 순결을 지키라고 호소하며 만에 하나 그가 딴짓을 할 경우 응분의 결과가 따를 것이라고 협박한다. 남편이 전투에 집중하지 않고 검은 피부의 방글라 여성들의 마력에 포로가 되어 그들의 사리 자락 아래서 안식처를 구한다면 그녀는 가족의 명예를 지키기 위해 목숨을 끊을 각오가 되어 있다. 소령의 아내는 투명한 조제타 두파타 스카프 뒤에서 천이백 마일이나 떨어진 곳에 있는 마리암을 경멸과 의심의 눈초리로 바라본다. 유혹하는 여자는 전혀 상관하지 않는다. 이런 식의 계산을 완전히 초월해 있기 때문이다. 더욱이, 인간의 생명이 거짓인 곳에서 사진에 무슨 가치가 있을까? 하지만, 그 사진 때문에 연인 사이에 찬물이 끼얹어진 것도 사실이다. 파고가 올라가다가 그들의 관계라는 모래사장으로부터 그냥 빠져나가버렸다. 얼마나 이상한 일인지! 마리암은 갑자기 자신이 어떻게 살인자이자 강간자인 사람과 그렇게 깊은 관계를 맺을 수가 있었을까 회의가 든다. 특히, 집에 아내와 자식들까지 있는 남자와? 자신을 전혀 신뢰도 하지 않는 사람과? 자신을 항상 감금해놓고 있는 사람과? 붉은 장미들, 실크 사리, 가잘, 이 모든 것은 가짜이고, 사랑이란 교활한 계책이다. 이 사내가 그녀를 사랑하는 것은 아니며, 여러 세대 동안 그녀의 적이었다는 것이야말로 진실이었다.

반대로, 이쉬티아크 소령은 방글라인들은 인간이 아니라고 생각한다. 단지 애완용 고양이 같은 존재라고 생각한다. 하루 종일 주변에서 야옹거리는 존재, 눈을 감고 무릎에 앉아 쾌락으로 몸을 흔드는 존재, 그러나 기회가 주어지는 순간 할퀴고 생채기를 낼 존재. 소령은 자신들이 영국인들만큼 그 나라를 잘 다스리지 못했다는 사실이 안타깝다. 200년이 아니라 24년 만에 엄청난 곤경에 빠졌으니까. 이것이 이쉬티아크 소령의 자기 평가의 관점이다. 당연히, 그는 친구들 사이에서는 자유주의자로 알려져 있다. 그럼에도 불구하고 그는 갑자기 마리암에게 묻는다. "너도 힌두교도지?" 그런 질문에 뭐라고 대답을 할 수 있을지? 만일 힌두교도라면 죽이려는 것일까? 말리나 굽타의 남편과 시아버지와 시동생, 혹은 쇼바 라니의 남편을 죽인 것처럼?

마리암이 이슬람교도라고 말해줘도 이쉬티아크 소령은 불안하다. 방글라의 이슬람교도를 이슬람교도라고 할 수 있을까? 힌두교도들이 그들을 이교도로 만들었는데. 그 저주받을 놈들이 교활하게도 이슬람교도의 형제애에 칼을 꽂았는데. 소령은 이 끔찍한 전쟁의 좋은 점 중의 하나는 시간이 걸리더라도 동파키스탄에서 힌두교도들을 말살시킬 수 있다는 점이라고 생각한다. 생존자들은 이제 인도의 난민수용소에 있고, 거기서 서서히 죽어갈 것이다. 그이교도들은 지옥구덩이 같은 그곳으로부터 귀환할 수 없을 것이다.

그러나 사실 이쉬티아크 소령은 더이상 전쟁에 관심이 없다. 이제 지쳤다. 적군과 싸운다면 승리와 패배가 있다. 하지만 비무장의 민간인과 싸우는 일은 그림자와 싸우는 것이나 마찬가지다. 시작은 있지만 끝이 없다.

결국 진짜 전쟁이 선포되었다. 철천지원수, 파키스탄과 인도가 다시 한번 정면 대결을 벌인다. 다만 이번에는 전쟁터가 카시미르나 쿠치 지역의 란 습지가 아니고 방글라인 것이다. 전쟁은 서부 국경지대에서는 지속적으로 공격과 반격의 전투가 이뤄지지만, 동부에서는 폭풍이 몰아치는 것과 비슷한 양상이다. 그것은 12일 동안 지속되는 갑작스러운 폭풍이다. 호랑이라는 별명을 가진 니아지 장군의 권좌가 위태하다. 그가 으르렁거리는 소리가 잦아들고 있다. 그는 지하벙커에서 불안하게 서성댄다. 그곳에 있다고 해서 안전하지 않다. 전투계획서에 그려진 모든 화살이 파키스탄군의 후퇴와 인도군의 진격을 알리고 있다. 전화로, 그리고 무전으로, 휘하 장교들이 항복을 하거나 물에 빠지는 등 패배하고 있다는 소식이 속속 들어오고 있다. 하지만 서파키스탄에 있는 중앙정부는 전혀 동요하지 않고 있다.

이쉬티아크 소령이 있는 이곳에서는 그와 그의 동포가 적에게 포위되어 있다. 이런 상태에서 동부 지휘부의 지하벙커에서 그 누구도 사상자가 75%를 넘어가기 전에 후퇴해서는 안 된다는 지시가 온다. 그 명령은 사형집행장이나 다름없다. 그러나 간접적이나마 미래에 대한 전망이 전혀 없는 것은 아니다. 성스러운 전쟁에서 순국한 열사는 천국으로 갈 영혼의 대표자들이기 때문이다. 그들은 현재 누리고 있는 모든 편리에 더해 하늘나라가 보장되어 있다는 보너스 및 다른 많은 인센티브를 계속 즐길 수 있는 것이다.

이쉬티아크 소령은 지하에서 온 명령을 지상의 현실에 비추어 판단한다. 적은 도처에 있다. 땅과 물과 하늘에. 이런 조건 하에서는 전투가 무의미하지만 도망은 비겁한 짓이다. 남겨진 선택은 죽음뿐이다. 그는 "날 용서해줘."라고 말하고 방을 나서 치열한 전장으로 향한다. 마리암은 그저 놀랄 뿐이다. 지금 도대체 무슨 일이 일어나고 있는지 이해가 되기도 전에 바깥 문 자물쇠에서 쨍그랑, 하며 열쇠 돌리는 소리가 들린다. 그녀는 문 쪽으로 가서 외친다. "무슨 일이에요? 제발 저를 풀어주세요. 제발 부탁이에요." 문밖에서 방글라어와 영어가 뒤섞인 간략한 대답이 들린다. "명령 못 받았어."

XIV

구조

    자유전사들이 도착해 자물쇠를 부수고 마리암을 구조한 것은 그로부터 나흘 뒤였다. 그 나흘 동안 파키스탄 탱크와 인도-방글라데시 연합군의 탱크가 대치중이었던 것이다. 자유전사들은 탱크 위쪽의 열린 곳, 그 취약한 부분을 향해 수류탄을 던지고 있었다. 게릴라 전사인 라피쿨 이슬람이 웃으며 묵티에게 말한다. "처음으로 수류탄이 탱크 안에서 폭발했을 때 정말 기뻤지." 그런 뒤 고개를 저으며 덧붙인다. "앞일을 전혀 예측할 수 없었어. 죽으려고 나서는 거나 마찬가지였지." 앞서 언급한 탱크전 중에 아군 소속 소년들이 예닐곱 명 죽었다. 라피쿨로서는 다음 수류탄이 터질지 안 터질지조차 알 수 없는 상황이었다. 전체 작전이 너무나 은밀하게 진행되었기 때문이다. 그러나 다음 날 꽤 먼 거리를 진격했고, 사흘째에는 그보다도 더 먼 거리를 전진했다. 지휘관은 계속 '전진'이라는 명령만을 거듭하고 있었다. 자신들의 생명을 돌보지 않고 비 오듯 퍼붓는 포화를 뚫고 전진했다. 하지만 "파키스탄군이 후퇴하고 있다. 적군이 도망치고 있다."라는 보고가 자유전사들에게 왔다. 그러는 동안에도 총격은 계속되고 있었다. 자유전사 뒤에 포병이 있었고, 그들은 대포를 쏘는 것으로 자유전사의 부대를 엄호하고 있었다. 자유전사들은 진격했고, 주변 사방에서 마을이 보였다. 사람들이 우차에 가족을 싣고 마을로 들어가는 모습도 보였다. 앞에서는 펀자브의 군인들이 계속 후퇴하고 있었다.

　나흘째에는 라피쿨 이슬람의 부대가 무개 지프를 타고 마을로 들어갔다. 지프의 한쪽에는 기관총이 부착되어 있었고, 다른 쪽에는 경기관총이 있었다. 마을은 버려져 있었다. 파키스탄군은 도망친 뒤였고, 거리에서는 마을사람들이 보이지 않았다. 길 잃은 개만 몇 마리 어슬렁거리고 있었고, "조이 방글라!"라고 외치는 소리와 라이플의 공포 소리만 들려왔다. 라피쿨의 무리가 탄 차를 몰던 젊은이는 제6방글라연대에서 왔는데 이름은 스와판이었고, 그의 옆과 뒤에 스텐 총으로 무장한 다섯 명의 전사들이 앉아 있었다. 그들 중의 하나는 루스탐 알리였는데, 자소드, 즉 자티요 사마지탄트릭 달[12]에 속한 고노 바히니 반군의 활동가였던 그는 1973년의 무하람[13] 동안 총에 맞아 죽었다. 또 한 사람은 피부가 검고 깡마른 시라즈 사람으로 나중에 정부 장관의 딸과 결혼해 지금은 도급업

12　자티요 사마지탄트릭 달: 방글라데시 정당의 하나이고, 고노 바히니는 인민군이라는 뜻.

13　무하람: 이슬람 달력의 첫 달로 연중 넉 달인 성월 중의 하나이다.

자로 살고 있다. 그 외에 수디르가 있었으니, 그는 그 작전 다음 날 나르켈 바리아의 전투에서 사망했다. 바로 순국열사로 알려진 수디르 팔이다. 감옥으로 가는 길에 있던 1층짜리 흰 집에는 역장이 살고 있었는데 그는 전후 기차 회사를 그만두고 보험회사에서 일했다. 그의 차남은 지금 어떤 은행의 이사인데 라피쿨의 부대 네 번째 구성원이었다. 그리고 라피쿨 자신은 전직 사업가로, 사업에 실패한 뒤 도로변의 가게를 팔고 뒤쪽에 있던 낮은 땅에 작은 창고 건물을 지어 살고 있었다. 그는 술을 마시지 않으면 잠을 잘 수 없다고 한다.

그날 다섯 명으로 이루어진 한 조의 소대는 무개 지프를 타고 "조이 방글라!"를 외치며 포로들을 구출하기 위해 감옥을 향했다. 감옥의 문을 부순 뒤 서둘러 숙소 쪽으로 갔다. 마리암은 말한다. "아침부터 '조이 방글라'를 외치는 소리가 들렸지. 그날 내내 그 구호 소리가 들렸어. 하지만 멀리서 총소리도 들려왔지."

마리암은 이쉬티아크 소령이 떠난 이후 굶고 지내야 했다. 나흘 동안 빵 한 조각도 먹지 못했다. 이틀 동안은 화장실 수돗물을 틀어서 마셨는데, 그 이후로는 물도 나오지 않았다. 물과 전기를 포함한 모든 것이 끊겼다. 혀로 입술을 적셔보려고 하니 혀가 납이라도 되는 듯 무거웠다. 그러다가 점차 허기와 갈증이 사라졌다. 그냥 이대로 끝날 수도 있을 것 같았다. 기아로 죽는 것이다. 마리암은 그런 상태에서 '조이 방글라'라는 구호가 점점 다가오는 소리

를 들은 자신의 기분에 대해 증언한다. "그때 내 느낌은 형언할 수
없어. 알라여 감사합니다. 이제 구조되었습니다. 포화 속에서도
기아 속에서도 죽지 않게 되었습니다." 동시에 그녀의 몸이 마력
에 사로 잡힌 듯, 그녀는 "오! 형제님들!"이라고 외치며 문을 차기
시작했다. 그러자 바깥에서 화답하는 소리가 들려왔다. "오, 어머
니! 오, 누님! 지금 들어가요, 지금 들어갑니다."

마리암은 사리 자락으로 눈물을 훔치며 말한다. "그때를 생각하
면 지금도 눈물이 나올 것 같아. 아직도 어머니라고 부르던 그 고
함소리가 귀에 쟁쟁해." 한 번도 아기를 낳아본 적이 없는 마리암
은 어머니라고 불리던 순간을 회상하며 마음 깊은 곳에서 슬픔이
솟구치는 것을 느낀다. 하지만 그때까지도 진정한 희망에 차 있었
다. 이쉬티아크 소령은 도망쳤고 조국은 해방되었으며, 자유전사
군은 그들을 구하기 위해서 온 것이다.

"우리는 그때 자물쇠 하나하나를 미친 사람처럼 부수었지." 라
피쿨이 말한다. "끔찍한 몰골의 여성들이 방방이 쏟아져 나왔어.
온몸에 물집이 잡혀 있었어. 칼에 베인 상처들이었지. 피골이 상접
했어. 한 사람 한 사람이 다 해골 같았지. 사람 같지도 않았어. 반
쯤 미쳐 보였고. 입고 있던 옷은 뭐라고 말해야 할지. 성기 부분만
간신히 가릴까 말까 했어."

그렇지만 실크 사리는 어디에 있었던 거지? 머리에 꽂은 붉은 장
미꽃은? 벽에 걸린 유화는? 마루 위에 있던 하모늄이나 타블라 북

은? 뭔가 아귀가 안 맞았다. 라피쿨이 자물쇠를 부수고 구출해준 여성들 중에 마리암은 없었던 게 틀림없었다. 그녀는 그중 한 명이 아니었을 것이다. 묵티가 이렇게 말하자, 마리암은 자신의 사리를 무릎 위로 걷어 올리고 오른쪽 다리에 있던 흉터를 보여준다. 이어 마리암이 "볼래? 보여줄게."라고 말하며 블라우스의 단추를 끄르려고 하고, 묵티가 막는다. 마리암은 화가 나서 고개를 흔들며 말한다. "그런 말을 한 사람들이 거짓말을 한 거지. 우리를 보기나 봤겠어? 눈이 딴 데 가 있었어. 우리는 망가진 물건이나 마찬가지였지. 파키스탄군이 우리의 정절을 빼앗았고, 우리는 전신에 상처와 피투성이였고 악취까지 풍겼지. 우리를 어떻게 알아보았겠냐고?" 이렇게 화난 목소리로 쏘아대면서도 실크 사리와 붉은 장미와 유화와 하모늄과 타블라 북에 대해서는 이상하게 침묵을 지킨다. 그저 고개를 돌려버린다. 라피쿨에게 보여줄 만한 사진이 있느냐고 묻자 최근에 찍은 여권사진 크기의 흑백 사진을 하나 건네준 뒤 더 이상 모른 체한다. 하지만 스물두 살의 그녀를 본 사람이 쉰두 살에 찍은 사진을 보고 그 두사람이 동일인임을 어떻게 알아볼 수 있을까?

라피쿨은 흐릿한 등잔불 아래 흑백사진을 들어올린다. "마귀할멈 같네. 우리가 해방시켜준 여성들은 열여섯에서 열일곱 살 정도의 어린 처녀들이었어. 하지만 보기에도 역겨울 정도였지."

묵티는 "지금은 아저씨도 나이를 드셨잖아요."라고 말하며 사진을 되돌려달라는 뜻으로 손을 내민다. 라피쿨은 그녀의 손을 밀치고 사진을 이리저리 돌리며 유심히 본다. 구조된 여자들 모두가 정서적 혼란을 겪고 있었다. 그들이 이후 어떤 일을 겪었는지 누가 알겠는가? 살았는지 죽었는지? 그리도 오랜 세월이 지났건만, 아무도 그런 것을 알아보려 한 사람도 없었다. 그 또한 그런 사람들 중 하나다. 그리고 이 아가씨가 말하듯 나이를 먹었다. 간도 상했다. 지금은 살아 있지만 내일은 이미 죽은 사람일지도 모른다. 그의 마음의 화면 위에 몇 가지 이미지들이 떠오른다. 얼굴 하나가 눈에 띈다. 이 흑백의 사진에서는 보이지 않는 분홍색이 도는 점이 뺨 한가운데 있던 여자다. 하지만 이 여자가 바로 그 여자일 수도 있을까? 묵티가 그렇다고 대답하자 그가 웃는다. "뺨에 점이 있던 여자는 나오자마자 물을 달라고 그래서 물을 좀 주었어. 주소는 말을 안 했어. 그냥 다카에 살다가 고향 가는 길에 적에게 사로잡혔다고 말했지. 그땐 아주 말랐었어. 지금은 살이 쪘군. 헤헤!"

"무슨 옷을 입고 있었지요? 실크 사리?"

"사리고 뭐고 옷이랄 것을 입고 있지 않았어. 다들 똑같았어. 반쯤 미치광이 같았지. 여러 해가 지난 어느 날 내가 한밤중에 갑자기 깼는데 그 모습이 눈앞에 똑똑히 보이더라고."

"방에 하모늄과 타블라 북이 있고, 벽에는 유화가 걸려 있었나요?"

"누가 그런 소리를 해? 그 여자들이 포로로 잡혀 있던 곳은 더럽고 지저분한 막사 방이었어. 아홉 달 동안 한 번도 걸레질도 비질도 한 적이 없는 곳이었어. 그 안에 반쯤 미치고 정신이 나간 이 여자가 앉아 있었지.”

“그래 어디로 먼저 그분들을 데리고 갔나요? 병원인가요, 아니면 앞에 있던 이스파하니 학교로 갔나요?”

“병원으로 이송된 건 누구고 안 된 건 누구였나……?”

“그럼 학교 건물로 이송된 사람은요?”

“그리로 이송된 건 누구고 안 된 건 누구였나……?”

라피쿨의 잔은 비어 있다. 그는 대화를 멈추고 심부름하던 사내애에게 술을 더 가지고 오라고 말한다. 그런 뒤 다시 말한다. “실은, 군인은 생각을 두 차원에서 해. 사람을 구하는 데 신경을 쓰는 차원이 있고, 적을 죽이는 데 몰두하는 차원이 있어. 남자는 술에만 취하는 게 아니야. 산사람을 쏘아 죽이는 사람들도 취한 거라고. 이봐, 조금 더 따르라고. 이 녀석, 너 감히 자유전사한테 보호자처럼 굴려고 해? 오늘 밤은 너 아니면 나라고. 아, 아! 좋아. 고마워. 술을 부으면 부을수록 기분이 더 좋거든. 하, 하!”

파키스탄 군대가 후퇴 중이었고 전쟁은 아직 진행 중이었다. 라피쿨과 동료들은 그냥 자물쇠를 부순 사람들이었을 뿐이다. 누가 병원으로 이송되고 안 되고, 학교로 후송되고 안 되고는 그들 소관이 아니었다. 그들은 전투에 완전히 취해 있었다. 이미 지휘관으로부터 명령이 온 뒤였다. “전진! 앞으로!”

XV
항복, 항복: 중대 발표

    이쉬티아크 소령의 부대는 후퇴 중이었고, 적은 계속 추격하고 있었다. 도망은 비겁한 일이었지만 죽음보다는 나았다.

    막사를 떠나기 전 이쉬티아크 소령과 부하들은 백인 동맹군과 아시아인 동맹군을 이틀 동안 기다렸다. 하늘을 올려다보았고 바다를 살펴보았다. 하늘은 파랬고, 바다도 파랬다. 하지만 미군이나 중국군이 진격해오는 조짐은 보이지 않았다. 파란색이 불러일으킨 환상을 쫓다가 공연히 시간만 낭비했다. 마침내 그들은 거미줄에 걸려 윙윙대던 파리들처럼 야심한 밤을 틈타 강 쪽으로 도망쳤다. 하늘에서는 강건한 은하의 물줄기가 보였다. 파드마 강을 항행해서 메그나 강의 엄청나게 넓은 입구로 그들을 데려다줄 포함들이 닻을 내리고 둑 주변에 열을 지어 기다리고 있을 거라는 기대를 가지고 나선 것이다. 그 배를 타고 떠나 흰 기와 돛을 휘날리며 소용돌이치는 바다를 건너 눈물을 글썽이며 손수건을 들고 아내와 자식들이 기다리고 서 있는 안전한 항구에 도착할 수 있을 것이라는 기대. 하지만 날이 저물었고, 보이는 것은 호수와 운하의 마른 바닥뿐이었다. 강은 그들의 군화 소리에 뿔뿔이 사라져버리는, 전쟁으로 피폐해진 사람들처럼 보였다. 그래서 바다를 통해 도망한다는 계획은 포기할 수밖에 없었다. 그러나 지역민들의 도움을 기대할 수 없는 곳에서 적의 추격을 받으며 생존한다는 것은 어려운 일이었다. 만일 그들을 정면으로 맞닥뜨리기라도 한다면 린치를 당할 게 뻔했다. 간부 대학에서 훈련을 받는 동안 적에게 포위 고립되었을 때 생존하는 방법에 대해서 배우기는 했다. 하지만 현실은 달랐다. 강의에서 배운 것과는 달리 밝을 때 그들을 가려줄 지형지물 같은 것이 없었다. 밤은 논밭에서 먹을 것을 훔치고, 잠도 못 자고 공포에 떠는 동안 지나갔다. 나뭇잎이 바스락대는 소리, 개구리가 우는 소리, 그리고 자칼이 낄낄거리며 웃는 소리에 신경을 곤두세우고 방아쇠에서 손을 떼지 못한 채 지나가버렸다. 어느 날 밤 작물을 훔치러 밭에 갔을 때 끔찍한 일이 일어났다. 그것은 전후 여러 해 동안 마을사람들이 자부심도 느끼고 슬픔도 느끼며 기억하게 될 사건이었다. 그리고 마을 어른 중 하나로 나이를 짐작하기 힘들 정도로 늙은 노인이 카발라[14]의 애가를 부르며 그 이야기를 하게 될 것이었다.

14 카발라: 이라크의 중앙에 있는 도시로 서기 680년에 유명한 카발라의 전투가 벌어진 곳이다. 시아파 이슬람교도들은 이곳을 성스러운 도시로 여기며 순례한다.

그 사건의 발단은 지금은 채소 가게를 하고 있는 이브라힘 비스와스였다.

이브라힘은 그때 열 살이었다. 야자 주스를 마신 뒤에 설사가 났다. 동트기 전 새벽에 일어나 집 뒤의 비탈로 가야 했다. 볼일을 본 뒤에는 먼 밭 쪽을 한가하게 바라보았다. "내가 그때 이 아이처럼 아주 작았었지." 이브라힘이 벌거숭이 작은 소년을 가리키며 말한다. "무 밭에 자칼이, 몇십 마리나 있는 것처럼 보이더라고." 이브라힘의 마을에서는 그전에 사람이 죽으면 자칼이 울부짖고는 했는데, 때는 전시였고 사람들이 시도 때도 없이 죽던 시절이었다. 자칼이 울부짖고 거칠게 긁어대는 듯한 소리가 밤새도록 들리는 일이 지속되고 있었다. 이브라힘은 놀라서 생각했다. '자칼이 왜 채소밭에서 숨바꼭질을 하고 있지?'

무 밭 옆에는 고추나무가 줄을 맞춰 심어져 있었다. 그곳에서도 자칼이 보였다. 덩치가 컸고, 여러 마리처럼 보였다. 그런데 호기심이 발동한 이브라힘이 가만히 보니 고추와 무를 사각사각 씹어 먹고 있는 건 자칼이 아닌 사람들이었다. 그래서 뒤를 닦기 위해 연못으로 갈 수가 없었다. 그는 반바지 자락을 들어 머리 위에서 깃발처럼 흔들며, 아버지 바아프잔을 있는 힘을 다해 불렀다. 공포심을 쫓기 위해 고함을 지른 면도 있었다. 아버지가 나오자 그가 말했다. "무 밭에 자칼이 여러 마리 있어요." 사람이라고 말하지 않았다. 그 말을 하는 것이 좀 무서웠기 때문이다. 전시이기 때문에 당연히 귀를 쫑긋 세운 채 자고 있던 이웃들이 아버지와 아들이 내는 소음 때문에 깨어나 막대기 따위로 무장하고 몇 명씩 밖으로 몰려나왔다. 여명이 밝아오고 있었다. 아침이 거의 다 된 시간이었지만, 그들 역시 들판에서 재빨리 움직이고 있던 파키스탄 군인들을 처음 보았을 때는 사람이 아닌 자칼이라고 생각했다. 바로 이틀 전쯤 읍내의 파키스탄군 진지가 해체되고 그들이 후퇴하는 것을 보았기 때문이다. 비하리인들과 가족들도 따라갔고, 라자카르들 또한 사라졌었다. 그러니 그들이 자칼이 아니고 무엇이란 말인가? 어스름한 새벽빛 속에서 보이는 그들의 모습과 태도를 보면 자칼 같기도 했다. "그러니까 마을사람들을 향해 자칼처럼 꼬리를 흔들며 춤을 추는 것 같았어." 이브라힘의 이야기 도중 오스만 가니라는 이름의 또 다른 목격자가 끼어든다. 물론 그때쯤 이 사태는 더이상 그것을 발견한 이브라힘의 문제가 아닌, 어른들의 문제가 되어 있었다. 그들은 막대기와 몽둥이로 무장한 채 파키스탄 군인들을 공격했는데, 싸움에 끝이 없을 것 같았다. 채소밭은 카발라의 전쟁터로 변했다. 오스만 가니는 이 지점에서 말을 그치고, 바로 그 순간 노인 하나가 카발라의 애가를 부르기 시작한다. 말이 끝나자마자 노래를 시작하는 모습이 거의 미리 리허설을 하고 작품을 공연하는 것 같다. 노인은 눈을 감은 채 노래한다.

카발라를 이야기하려니 가슴이 무너지는구나.

무릎에 아이를 안은 어머니가 울고 있구나.

예언자의 전선이 물이 없어 무너지고 있구나.

무릎에 아이를 안은 어머니가 울고 있구나.

모임은 엄숙해진다. 공기는 움직이지 않는다. 노인이 무릎 사이로 고개를 수그린 모습이 묵티의 눈에 보인다. 그는 슬픔으로 제정신이 아니다. 노래를 마친 뒤에는 머리카락이 몇 가닥 안 남은 그의 머리가 땅으로 늘어진다. 묵티는 그의 나이가 궁금하지만 아무도 정확히 아는 사람이 없다. 그러나 그들은 그가 이전의 세계대전이 발발하기 전에 태어났다고 생각한다. 왜냐하면 그가 전쟁이 일어나면 뒤따라 발생하는 일들에 대해 잘 알고 있기 때문이다. 그러나 그 노인이 경험한 전쟁이 언제 어디서 일어난 것인지는 모른다. 마을에서 가장 연장자로 이장인 오스만 가니는 그것이 영국 지배 시기에 일어난 전쟁인지도 모른다고 생각한다. 그는 1970년의 해일 이후 황무지가 된 바닷가 마을에서 이주한 사람이다. 허리 두르개 바지와 누덕누덕한 조끼를 입고 오래된 원고 하나를 팔 아래 끼고 도착해서 자신은 의지가지없는 사람이라고 말했다. 모두들 바닷속으로 휩쓸려 들어갔다고. 그의 살도 짠물에 짓뭉개져 있었고 소금기 때문에 피부에 물집도 잡혀 있었다. 도착하자마자 물탱크에서 큰 바가지로 단물을 여러 번 퍼 마셨고, 그때도 지금과 똑같이 늙어 보였다. 겨울을 지내고 떠날 예정이었지만 다카에서 전쟁이 시작되었다. 그러자 노인은 카발라의 애가를 불렀고 카말간즈의 사람들을 다가오는 전쟁에 대비시켰다. 사람들에게 전쟁은 폭풍우 치는 바다와 같다고, 파괴하고, 일가친척을 죽이고, 재산도 손상시킨다고, 차별이 없어 부자와 빈자를 구별하지 않으며 여자들의 옷을 벗기고 명예를 짓밟는다고 말했다. 종전 후에는 깨끗하고 똑똑하고 도시화된 외국인들이 음식과 카메라를 들고 도착하는데, 자신이 가져온 병을 열어 물을 마시되 그 물을 아무와도 나누어 마시지 않으며, 그런 뒤 음식을 나누어 주고 사진을 찍고 자기 나라로 돌아간다고.

그 노인의 예언이 모조리 다 실현되고 있었다. 하지만 가족이 없는 그 노인은 그렇게 많은 무의미한 죽음, 성난 바다 때문이 아니라 인간의 음모 때문에 일어난 죽음에서 오는 슬픔에 적응할 방법을 몰랐다. 그래서 마을사람들은 조국의 해방 이후에도 그를 보내지 않았고, 그는 그때 이후 죽 이 마을에 살고 있었다. 그리고 단하나의 노래, 카발라의 노래만을 부른다. 1971년이라는 주제가 떠오를 때마다 그는 마을사람들을 위해 카발라의 이야기를 노래로 부른다. 그의 의무는 비정규적이지만, 그는 그 대가로 마을사람들로부터 하루에 두 끼를 얻어먹는다. 그는 아주 조금 먹기 때문에 가물 때나 기아 때도 그에게 음식을 주는 일은 부담이 되지 않는다. 마을사람들이 말을 마치자 노인은 깊은 한숨을 내쉬고 말한다. "애재라! 둘둘." 그리고 침묵에 잠긴다. 묵티에게는 그것이 리허설의 일부인 것처럼 느껴진다.

　오스만 가니에 따르면 그날 오후가 다 가기 전에 양편에서 도합 네 명, 파키스탄 군인 한 사람과 세 명의 마을사람이 죽었다. 파키스탄군에게는 세련된 현대식 무기가 있었기 때문이다. 마을사람들은 계속 막대기와 곤봉과 엄청난 증오심으로 무장하고 싸웠다. 오후가 됐을 때 전략에 변화가 일어나며 밭에서 싸우던 군인들이 약간 퇴각을 하게 되었다. 그러는 동안 이웃마을 사람들이 공격에 가담해서 시골에서 만든 테타 창과 보통 창을 들고 파키스탄 군인들을 둘러쌌다. 둘째 날에는 포위망이 더 좁혀졌지만 여전히 라니 바누마티의 호수처럼 큰 원을 그리고 있었다. 파키스탄군은 계속 총을 쏘며 포위망을 뚫고 빠져나가는 데 성공했다. 이브라힘의 아버지인 이스마일이 그 총격전에서 희생되었다.

　파키스탄군이 아무리 무장이 잘 되어 있다 한들 숫자가 제한되어 있었다. 아마도 겨우 스물이나 스물다섯 명 정도였을 것이다. 반면 마을사람들의 숫자는 수천 명으로 불어났다. 파키스탄군은 대안이 없는 것을 알고 시장의 모스크로 들어가서 문을 걸어 잠갔다. 마을사람들은 총이 무서워 문을 부수지는 못했지만 모스크를 포위하고 그 주변을 떠나지 않았다. 이 시점에는 이미 반 다스가량의 주변 마을에서 남녀노소를 막론한 주민들이 모두 모여 전투에 참여했다. 그들은 실전에 종사하고 있던 마을사람들을 위해 튀밥과 주먹밥, 그리고 검은 막설탕으로 채워진 단지 따위를 가지고 왔

다. 갈증은 모스크 옆의 물탱크에 담긴 물로 풀었다. "애재라! 카
발라의 전투." 노인의 목소리가 군중들 가운데서 들린다. "유프라
테스의 물은 피가 되어 흐르지만 전투는 끝나지 않네." 그는 모든
사람들의 주의를 집중시키며 자신의 필사본 원고의 세계로 들어
간다. 하지만 무릎 사이에 낀 머리는 많이 수그리지 않는다. 보이
지 않는 뱀 부리는 사람의 피리 소리에 맞춰 춤을 추는 뱀처럼 그
의 연약한 몸이 흔들린다.

> 그 말에 카셈이 분노하네,
>
> 염소 떼를 향해 덤벼드는 호랑이처럼,
>
> 바나나 나무를 짓밟는 코끼리처럼,
>
> 양손의 칼로 모든 사람들을 베어버리네, 오 형제들이여!

　묵티는 주변 사람들의 얼굴을 궁금한 표정으로 바라본다. 아무
도 그녀의 시선을 알아채지 못한다. 모두들 역사 속의 전사가 되어
온힘을 다해 적과 싸우고 있다.
　노인은 노래를 통해서 말한다. 시간을 낭비하지 말라. 물탱크의
물이 말라 바닥이 드러났다. 그러더니 갑자기 그의 얼굴에 슬픔의
그림자가 드리워진다. 거기에는 먼 과거의 청년전사 카셈에 대한
슬픔과 애도만 보인다. 카셈은 신혼의 신부인 사키나를 남겨두고
활에 맞아 목이 말라 죽어가고 있다. 땅에 쓰러져 몸부림치고 있

다. 노인의 목소리에는 흐르는 시냇물의 부드러운 속삭임 같은 멜 랑콜리가 섞여 있다.

이브라힘의 어머니 마디나 비비와 다른 과부들은 이미 연못 근 처에 서 있었다. 들판에 쓰러진 시체 가까이에는 아무도 없었다. 여성들은 모스크 안의 적이 죽으면 남편들이 환생해서 걸어 돌아 올 것이라고 생각하는 듯하다. 하루 종일 밭을 간 뒤 쟁기와 황소 를 몰고 황혼 무렵 귀가했던 것처럼. 그러는 동안 포위자들은 모 스크 문을 부수고 들어가는 외에 적을 물리칠 다른 방법을 찾지 못 한 채 그 문제를 두고 견해가 엇갈렸다. 한편은 모스크 문을 부수 고라도 들어가자고 주장했고, 다른 편은 반대하고 있었다. 바로 그 순간, 학생인 마히불이 미친 사람처럼 들판을 가로질러 달리면서 "항복, 항복."이라고 외치는 것이 보였다. 마네크쇼 장군의 항복하 라는 명령을 라디오로 듣고 한순간도 지체하지 않고 그 명령을 전 달하려고 오고 있었던 것이다. 군중을 향해 다가오며 숨 가쁜 목소 리로 명령을 되풀이했다. 모스크 쪽을 바라보며 메가폰도 없이 외 쳤다. "형제들, 당신들은 포위되었다. 공로도 해로도 모두 차단되 었다. 퇴로는 없다. 당장 항복하라. 아니면 죽음이다. 만일 항복한 다면 제네바협약에 따라 전쟁포로로 대우해줄 것이다."

온갖 흥분과 소란에도 불구하고 전투 중의 사람들은 마히불이 되풀이하는 마네크쇼 장군의 명령을 주의 깊게 듣는다. 9개월 간 의 전쟁을 거친 후라 그들도 항복이 머리 위로 손을 들어 올린다는 뜻임을 안다. "하지만 제네바가 뭔가, 마히불?" 오스만 가니가 포위망을 유지하기 위해 목을 빼며 물었다. "제네바는 나라예요. 중립국." 그런 뒤 마히불이 숨을 들이쉬고 깊은 생각에 잠겨 말했다. "만일 항복하면 저들을 제네바로 보내게 돼요."

마을사람들은 이 소식을 듣고 기운이 빠졌다. 이게 무슨 정의란 말인가? 인도에서 하는 짓인가? "아홉 달 동안 불태우고 약탈하고 죽이고 강간했는데, 처벌을 안 받다니? 그냥 제네바로 보내다니?"

마히불이 "맞아요."라고, 스스로 실수를 인정하는 인도 병사라도 되는 양 기어들어가는 목소리로 말했다.

오스만 가니는 포위망을 빠져나와 연못의 높은 둑을 향해 달려갔다. 분노와 굴욕감으로 불붙은 장작처럼 시뻘건 얼굴로 검지를 흔들며 연설을 시작했다. "형제들이여! 우리 전에도 자칼을 죽여본 적 있지 않습니까? 그러니 연기를 피워 이 자칼들을 숨은 곳에서 몰아냅시다." 즉시 준비가 완료된다. 붉은 고춧가루가 가득 든 자루들이 모였고, 재빨리 마른 부레옥잠과 지푸라기와 황마줄기와 석유가 모였다. 한 사내가 사다리를 타고 모스크의 돔 꼭대기로 올라갔다. 그리고 망치와 끌과 도끼로 구멍을 낸 뒤 그 속으로 다른 물건들과 고춧가루를 함께 넣었다. 커다란 연기구름이 모락모락 나와 하늘을 채웠다. 그날 카말간즈의 하늘에서는 해가 연기에 가려져, 낮이 밤이 되었다.

고양이처럼 긴장한 사내들이 모스크 문밖에서 연기와 어둠에 휩싸여 대기하고 있었다. 병사들이 항복하기 위해 손을 들고 줄지어 나왔지만, 모두 마네크쇼의 성명을 무시한 군중들에게 매를 맞아 자칼처럼 죽었다. 이 살육의 잔치 속에서 그들은 구출자들이 탱크를 타고 도착하는 장면을 보지 못했다.

그 장면을 본 사람은 그곳에서 1마일 떨어진 곳에 있던 마지드 비하리였다. 그는 좀 엉뚱한 사람이었다. 머릿속에 환상적인 관념이 가득 차 있었다. 다른 비하리인들이 퇴각하는 파키스탄 군대를 따라갈 때 그는 파키스탄 사람들이 되돌아올 것을 기대하며 그냥 남았다. 자신의 눈으로 보면서도, 세계에서 가장 위대한 전사들이 도둑처럼 슬그머니 빠져나간다는 사실을 믿을 수 없었다. 그리하여 세상은 환상이 되었다. 해와 달 사이에는 차이가 없었다. 하나님은 셋째 날 그의 기도를 들어주셨다. 마지드 비하리는 인도-파키스탄의 분단을 목격했고, 반데 마타람[15]과 알라호 아크바르의 추종자들 사이에서 일어나는 정면충돌도 보았으며, 큰불과 칼날의 번쩍임을 지켜본 사람이었다. 비하르의 험한 산길과 가시밭길뿐 아니라 방글라 지역의 절반 이상을 야음을 틈타 헤치고 건너서 여기까지 올 때 이미 온갖 끔찍한 경험을 한 바 있다. 그리고 9개월 동안 전쟁을 치렀는데, 놀랍게도 그 모든 경험을 하는 동안 탱크는 단 한 대도 본 적이 없었다. 탱크를 목격했을 때는 세상에서 가장 훌륭한 군대가 회전식 포탑 위에 포가 장착된 이 강력한 차를

15 반데 마타람: 인도의 국가(國歌)이며 알라호 아크바르는 파키스탄 국가이다.

258

타고 돌아오고 있구나, 라고 생각했다. 그들은 지진이 다가오는 것 같은 굉음을 동반하고 도착했다. 그의 몸은 감동으로 떨렸다. 그는 조금도 기다리지 않았다. "기다려요, 기다려, 형제님들. 나는 비하리예요, 여러분의 친구예요." 이렇게 외치며, 땅 위를 쿵쿵 울리며 오고 있던 괴물 같은 차를 향해 걸음마를 배우는 아이처럼 아장아장 걸어갔다.

이브라힘의 누나인 마르지나의 남편 아타 미안이 탱크 꼭대기에서 이 장면을 목격했다. 묵티는 다른 사람들의 머리 위로 그를 향해 마이크를 건넨다. "본인 소개를 먼저 해주시겠어요?" 질문을 한 즉시 자신에게도 스스로의 말이 안 들린다는 사실을 깨닫는다. 앉아 있던 아타 미안이 똑바로 서더니 말한다. "나는 인도에서 훈련받은 자유전사입니다."

"그날 탱크 위에서는 무엇을 하고 계셨어요?" 아타 미안은 묵티의 질문에 놀라고 기운이 빠진다. 전쟁이 끝나고 그렇게 오랜 세월이 흘렀건만 지금도 그런 질문을 하는 사람이 있다니. 정신이 번쩍난다. 맞다, 그날 그는 탱크의 지휘관도 승무원도 운전자도 아니었다. 그런 일을 할 의사도 없었다. 그의 조는 연합군의 탱크를 위한 길안내를 했다. 가는 곳마다 적을 무찌르며 영웅이 되어 귀국했다. 그러나 영웅다움은 몸의 언어나 표정으로 표현될 수 있는 것이 아니다. 탱크의 몸체는 미끄러웠고, 앞부분은 앞으로 향해 경사가 져 있었다. 사람이 그 위에 있으면 몸이 탱크 아래 컨베이어 벨트를 향해 계속 미끄러져 내렸다. 길 안내자들이 손바닥으로 균형을 잡는 것은 무척 힘든 일이었다. 그러나 이 모든 것은 과거의 일이었다. 아타 미안이 나중에 그 영광스러운 날들을 기억하면 주둥이를 공중으로 높이 치켜든 탱크가 그의 기억 속으로 우르릉거리며 들어왔다. 그러면 그는 더이상 2카타의 땅을 소유한 사람도 여학교의 사무직원도 이브라힘 가족의 데릴사위도 아니다. 탱크를 탄 사람, 자유의 씨앗을 뿌리며 전진한 용감한 게릴라 전사가 된다. 따라서 묵티의 질문은 그의 기억에 대한 위협, 자유전사의 명단을 최종 확정하는 과정에서 펜 한 번의 놀림으로 자신의 이름이 지워진 일보다도 더 고통스러운 일이었다. 과거의 굴욕과 자부심이 그의 가슴속에서 밀물 때 높이 치솟아 들어오는 짠 바닷물처럼 그르렁거리며 솟아오른다. 아타 미안은 자신이 경험하고 있는 그 감정의 용솟음을 멈출 수 없다.

그것은 전쟁의 분위기와 속도가 갑자기 변하던 시기였다. 자유전사들은 게릴라전이 끝났다는 사실을 모르고 있었지만, 이제부터 진짜 전쟁, 연합군의 지휘 하에 적과 정면대결 하는 전쟁이 시작될 참이었고, 아타 미안 같은 사람들은 그 전쟁에서 부차적인 역할을 맡게 될 것이었다. 그들이 그와 같은 상황을 파악하기도 전에 눈앞에 여섯 대가량의 장갑탱크가 나타났다. 헬멧을 쓴 탱크 지휘관의 목에는 망원경이 매달려 있었고, 거친 무명 작업복을 입은 탱크의 승무원은 안전한 탱크 내부에 숨어 있었다. 아타 미안처럼 보잘것없는 옷을 입은 사람들은 길안내를 위해 엘리트 탱크의 꼭대기에 배치되었고, 그 결과 적의 최초 공격 목표물이기도 했다. 아타 미안은 겁이 나서 떨렸고, 연합군이 자신들을 적의 포화에 대한 방패로 이용하고 있다는 생각도 들었다. 겁도 겁이었지만 더 참을 수 없는 것은 그 상황의 굴욕성이었다. 그러나 아타 미안은 말한다. 반대편에서 총알 세례가 쏟아질 때 "마라티 사람인 탱크 지휘관이 외쳤지. '제발 내려오세요, 제발 내려오라고.' 그런 뒤에 탱크 안으로 들어가서 뚜껑을 닫았단 말이야. 그리고 나면 탱크에서 무기가 발사돼 진짜 전투가 이루어졌지. '카붐, 카붐.'" 그럴 때 아타 미안 같은 사람들은 뒤로 빠져 납작 엎드려 있었다. 그런 뒤 명령이 왔다. "파키스탄군이 도주했다. 전진해서 진지를 장악하라."라고. 장악이란 초토화된 장소, 파편 더미, 버려진 벙커, 먹다 만 음식이 담긴 비랴니 그릇들, 접시들, 유리잔들, 아직 체온이 남아 있는 몇 구의 시체를 의미했다. 그러나 탱크는 가던 길을 멈추지 않았다. 뉴욕의 유엔 사무실에서는 인도-파키스탄 전쟁에 대해 엄청난 항의가 이루어지고 있었다. 전투 중지 및 동파키스탄으로부터의 철군 결의안이 104표의 찬성과 11표 반대를 얻었다. 결의안에 대한 11개국 반대표는 인도와 소련의 로비를 지지한 나라들이 던진 것이었다. 장차 파키스탄의 수상이 될 Z.A. 부토가 일곱 명으로 이루어진 대표자단을 이끌고 라발핀디를 떠나 뉴욕으로 가고 있는 중이었다. 절체절명의 순간이었다. 인도의 탱크부대는 유엔에

서 전투중지 결의안을 통과시키기 전에 재빨리 다카에 도착해야
만 했다. 그것이 적을 무자비하게 추격한 이유였다. 인도군 보병은
옆에서 행진했다. 아무러나 그곳에 있었을 아타 미안 같은 사람들
도 물론 함께 갔다.

　카말간즈 폭도와 파키스탄군인들 사이에 벌어진 분쟁에 대한
소식은 행진 도중의 그들에게 무선으로 전달됐다. 카말간즈는 아
타 미안에게 익숙한 곳이었다. 고향에서 몇 마일 떨어지지 않은 곳
이기 때문이다. 다시 첫날처럼 그를 탱크 꼭대기로 환영해 맞은 이
유가 그것이었다. 탱크의 지휘관은 기분이 고조되어 아타 미안에
게 말했다. "이보게, 빨리 움직이세. 일생일대의 기회가 왔어." 죽
은 군인들이 아니라 생존 포로가 필요한 상황인 것이다. 지휘관이
아타 미안을 바라보자 아타 미안이 손으로 앞을 가리켰다. 걱정하
지 말라고, 바로 앞이 카말간즈라고 알렸다. 바로 그 순간 마지드
비하리가 탱크 앞에 나타나서 예상 밖의 문제를 일으켰다. 아타 미
안은 처음에는 그의 존재를 의식하지도 못했다. 미끄러운 탱크 표
면에서 안 떨어지려고 애쓰는 일만으로도 너무 바빴다. "정지! 정
지." 하는 소리가 들려옴과 동시에 마지드 비하리는 보병대의 총
알에 맞아 몸이 빙그르르 돌며 길 밖으로 튕겨져 나갔다. 아타 미
안은 그 장면에 너무나 놀란 나머지 모스크에서 뭉게뭉게 연기가
나오는 것을 보았을 때조차 별다른 감흥이 안 들 정도였다. 그러나
성난 군중들이 여섯 대가량의 탱크조차 무시하고 계속 싸우는 것

을 보자 그도 기쁨에 겨워 탱크에서 성큼 뛰어내려 목청껏 "조이 방글라!"를 외쳤다.

보병대 병사들이 모스크 문을 장악했을 즈음에는 이미 파키스탄 군인 다섯 명가량이 죽은 뒤였다. 그런 뒤에도 군중의 분노는 가라앉지 않았다. 그들은 침략자들을 제네바로 보내서 VIP 대접을 해줄 수는 없다고 단단히 작심하고 있었다. 마네크쇼의 "항복하라! 항복해!"라는 선포는 모든 악의 근원이었다. 그들은 지난 9개월 동안 계속적으로 라디오에 귀를 기울였지만, 이 뉴스만큼 뺨을 철썩 갈기는 것 같은 뉴스는 처음이었다. 사무적인 목소리로 내리는 연합군의 명령 소리가 들려오자 오스만 가니는 다시 한번 연못가의 둑으로 뛰어 올라가서 외쳤다. "형제님들, 제 말씀을 좀 들어보세요! 한 번만 들어보시라고요. 이 악당놈들이 이브라힘의 아버지 이시마일을 쏘았을 때 이 마니크 샤의 졸개들은 어디에 있었습니까? 그때…… 아필루딘은 어디에 있었습니까?"

그 순간 연합군이 쏜 공포가 오스만 가니의 날카로운 금속성의 외침과 아타 미안의 지속적인 '조이 방글라'의 외침을 함께 제압했다. 동요하던 군중이 후퇴하기 시작했다. 그들은 정신없이 뛰며 방치된 채 썩어가고 있던 시체, 벌써 이틀이 지난 시체를 목격했다. 그곳의 현실은 좀 달랐다.

시체들은 쓰러진 장소에 방치된 채 부풀어 올라 있었다. 까마귀 떼와 매와 개가 서로 그들의 살을 파먹으려고 다투고 있었다. 방글라인의 시체와 파키스탄인의 시체에는 차이가 없었다. 마을 여인들은 친구와 적을 잊고 모든 시체를 바라보며 몸을 내던지고 슬퍼하고 뒹굴며 애통해했다. 사내들은 이 여성들의 비정치적인 몰지각에 짜증을 느끼며 파키스탄 군인들의 시체는 적당히 묻어버리고, 친척들과 이웃들의 반쯤 파먹힌 시체는 대나무 들것에 담아서 마을로 옮겼다.

마을의 집집마다 슬픔에 잠겨 있고, 공기가 눈물과 한숨으로 무거울 때 진짜 자칼의 무리가 채소밭으로 왔다. 이브라힘은 집에서 그것을 목격했지만 소리를 지르거나 두려워하지 않았다. 슬픈 가운데서도 자신이 고추와 무를 먹는 사람들을 자칼이라고 오인하다니 하고 생각하니 입술에 미소가 절로 떠올랐다. 자신이 고작 이틀 전까지만 해도 얼마나 어렸었던가 하는 생각이 들었다. 자칼이 육식동물이라는 것도 모르고 있었는데, 실은 자칼은 고추와 무를 먹지 않고 살을 파먹는 동물이었던 것이다. 아버지의 죽음이 그를 어른으로 만들어주었다.

자칼의 무리가 죽은 병사들의 시체 주변에서 바쁘게 움직일 때 생포된 포로들은 1마일가량 떨어진 인근 마을의 작은 방에서 코를 골며 자고 있었다. 제네바협약은 겨울밤의 온기와도 같았다. 그들의 빈속에 음식을 넣어주지는 않았지만 그들에게 두려움 없이 잘 수 있게는 해준 것이다. 제네바협약의 보호 덕분에 전쟁포로들은 꿈을 꿀 수조차 있었다. 그것이 악몽일지라도. 아타 미안은 버려진 벙커에서 발견된 나무와 지푸라기를 모아 모닥불을 피우고 텅 빈 들판에서 온기를 즐기고 있었다. 그의 곁에는 카발라의 전투를 노래했던 노인이 앉아 있었다. 무릎 사이로 푹 숙이고 있는 머리카락이 거의 남아 있지 않은 그의 머리가 붉은 불빛에 빛나고 있었다. 이제 동네사람들 가운데서 옛 이야기의 영웅 같은 인물들이 나오자 사람들은 노인에 대해 완전히 잊어버렸다. 음식을 먹을 때 그를 불러야 한다는 것도 잊어버렸고 그가 밤에 잘 곳도 없어졌다. 반면, 자유전사들은 마을의 어느 집에 가더라도 영예로운 손님으로 반갑게 대접받았다. 역사의 바퀴가 완전히 한 바퀴를 돈 것이다. 이제 게릴라 전사들은 해방된 땅의 새로운 지배자가 되었다. 어제까지도 그들이 피신처를 요구할까봐 두려워 닫아걸었던 문이 이제는 활짝 열렸다. 읍내와 주변은 환영과 축제의 분위기로 들떠 있었다. 소고기와 키챠리가 차양 밑 커다란 가마솥 안에서 요리되고 있었다. 그것들을 대접하기 위해 사기 접시들과 유리잔, 종청동 대야 등이 이 집 저 집에서 차출되었다. 게릴라 전사들은 진수성찬을 먹은 뒤 참으로 오랜만에 따뜻한 침대에서 행복한 잠을 잤다. 그러나 아타 미안은 잠들 수 없었다.

낮에 오스만 가니의 추종자 무리들이 연합군에게 쫓겨 작물이 심어진 밭 쪽으로 도망갔을 때 아타 미안도 그들의 무리에 섞이게 되었다. 그런 뒤 부레옥잠처럼 부유하다가 이브라힘의 집에 도착했다. 거기서 그는 시체를 두 구 목격했다. 하나는 이스마일이고 다른 것은 압둘 라브였다. 이스마일 비스와스가 맏딸 마르지나를 압둘 라브에게 시집보낸 지 겨우 일주일 만에 이런 일이 일어난 것이다. 슬프게도 그것은 카발라 이야기의 재현이었다. 마르지나는 비비 사키나[16]와 같은 처지가 되었다. 아버지를 잃었고, 신혼의 신랑까지 잃었다. 그녀는 간헐적으로 혼절을 계속했다. 깊은 슬픔에도 불구하고 마르지나의 어머니 마디나의 상식은 예리했다. 마당에는 시체가 두 구 있었지만 마침 살아 있는 게릴라 전사도 한 명 있었다. 어머니는 마르지나의 얼굴에 물을 퍼부어 그녀가 눈을 뜨자 어서 게릴라 전사를 위해 셔르베를 만들어 오라고 시켰다. 마르지나는 어머니가 여러 차례 지시를 한 뒤에야 마침내 그 말뜻을 이해했다. 그러나 마르지나 비비는 셔르베 잔을 오래 들고 서 있지 못하고, 곧 자유전사의 발 앞에 바나나나무처럼 쓰러졌다. 아타 미안은 그 같은 엄청난 영예에 대해 전혀 대비가 안 되어 있었다. 그래서 적이 심어놓은 지뢰를 밟기 직전이라도 되는 양 풀쩍 뒤로 물러섰다. 이스마일의 집을 떠나는 순간엔 무척 후회가 되었지만 그런 마음을 꾹꾹 눌러 다잡았다. 일어날 일이 일어난 것이니까 이제

16 비비 사키나: 방글라 역사 속의 전설적인 여성 영웅의 이름이다. 이 전설 속에서 비비 사키나는 무굴 시대 방글라의 어느 지역 공주로 같은 지역의 유명한 왕의 손자인 피로즈와 사랑에 빠지지만 그녀의 아버지는 정치, 종교적인 이유로 그 청혼을 거절한다. 이에 피로즈가 사키나의 아버지와 전쟁을 벌여 이긴 후 두 젊은이가 결혼한다. 하지만 사키나의 아버지가 무굴제국의 힘을 빌어 피로즈를 생포하고 이 소식을 들은 사키나는 남장을 하고 피로즈의 친척 동생 행세를 하며 그의 군대를 이끌고 아버지를 상대로 싸워서 승리한 뒤 남편을 구한다. 또 다른 버전에서는 사키나가 피로즈의 서명을 위조한 이혼장을 보고 상심한 나머지 전장에서 비극적인 죽음을 맞이하는 것으로 되어 있기도 하다.

와서 되돌아갈 수는 없다고 생각했다. 날이 저물었다. 아타 미안은 부대장에게 되돌아가 보고를 해야 했다. 안 그러면 사상자 명단에 자신의 이름이 올라갈 테니까. 하지만 읍내로 가기 전에 마르지나의 집 위치를 잘 기억해두었다. 다시 오면 찾아갈 수 있도록.

그러는 동안, 읍내에서는 큰 소란이 벌어졌다. 연합군은 탱크를 몰고 진격을 계속했다. 전쟁포로들은 쓰레기처럼 남겨졌다. 하지만 포로들에 대한 경비는 삼엄했다. 인도의 보초는 제네바협약에 따라 아타 미안의 무장을 해제시켰고, 그런 뒤에야 그가 그 대단한 손님들을 만나는 것을 허락해주었다. 아타 미안은 묵티에게 그때 다른 생각도 있기는 했지만 무엇보다도 파키스탄 군인들의 면상을 좀 보고 싶어서 포로수용소로 갔다고 말한다. 대략 여덟에서 열 명 정도의 침략군 병사가 심한 부상을 입고 위원회 사무실 큰 방의 맨바닥에 초죽음이 되어 누워 있었다. 동물원의 울타리에 갇힌 짐승들처럼 어쩔 줄 모르고 어리둥절해 있는 것 같았다. 바로 이 사람들이 아타 미안 같은 방글라인들이 지난 6개월 동안 쉬지 못하고 대적해야 했던 막강한 적이었다. 이제 적과 적이 서로를 마주하고 있었지만 아무도 서로를 죽이지 않고 있었다. 아타 미안은 어리둥절했다. 사태의 전개를 그대로 받아들이기가 힘들어서, 입을 딱 벌리고 멍하니 그들을 바라보았다. 마르지나 비비가 곁에 있었다면 더 좋았을 뻔했다. 물론 왜 그런지는 알지 못한다. 그녀의 모습도 정확히 기억나지는 않았다. 그의 마음속에 떠오른 것은 짜디짠 눈물 몇 방울과 고통이 섞인 달콤한 셔벗이 담긴 유리잔, 꽃과 이 파리의 디자인이 새겨진 잔이었다. 그것을 본 직후 서둘러 그 집을 빠져나왔으니까. 아타 미안은 불편한 자세로 서서 오른발로 왼쪽 다리를 문질렀는데, 그의 그런 자세가 마음에 들지 않았던 인도인 보초는 그를 서둘러 내보내며 말했다. "시간 다 됐어요."

　아타 미안은 다른 때 같으면 화가 머리끝까지 났겠지만 그날은 뭔가 다른 것이 마음을 어지럽히고 있었다. 그는 이곳을 떠나고 싶지 않지만 계속 있으려면 다리를 긁는 외에 다른 볼 일이 있어야 했다. 그렇다면 할 수 있는 일이 무엇일까? 이런 생각을 하는 도중 아타 미안은 계급이 높은 파키스탄군 장교 하나에 눈길이 갔는데, 가만히 보니 그도 자신을 물끄러미 바라보고 있었다. 그의 마음속에서는 마르지나에게 할 수도 있었는데 못 한 말들이 들끓고 있었다. 그는 그 장교에게 물었다. "안녕하시오, 어르신?" 그는 대답하지 않았다. 어떤 감정의 흔적이 공중에서 떨렸다. 질문은 무해했지만 조금 이상하긴 했다. 보초는 온갖 사람들이 와서 포로들에게 욕을 하는 것은 보았지만, 그런 질문을 한 사람은 본 적이 없었다. 콧수염 아래 미소를 짓고 있는 보초를 보자 그 파키스탄 장교와 대화를 하고 싶은 아타 미안의 욕망은 더 커졌다. 그래서 그 장교에게 다시 물었다. "왜 그렇게 얌전해졌지? 이제 '겁쟁이 고양이'가 된 거야?" 그 장교는 영리한 사람이었다. 질문에 대답하지 않고 곁눈으로 흘긋 인도인 보초를 보았다. 마치 이 전쟁은 파키스탄과 인도 사이의 문제일 뿐이라고, 동파키스탄의 방글라 사람들은 그 중간에 낀, 모기나 파리 같은 단순한 해충에 지나지 않는다, 그냥 백성일 뿐이다, 이렇게 말하는 듯했다. 아타 미안의 손이 불안하게 움직였다. 동물원에 가면 사람들에게 우리 안으로 땅콩 껍질이나 바나나 껍질 같은 것을 던질 기회가 주어지는데 여기서는 그에 해당하는 것이 없었다. 그러나 아타 미안의 마음속에는 아직 마르지나에게 할 수 없었던 말이 그대로 남아 있었다. 그래서 공손하게 묻는다. "파키스탄에서 도대체 언제 왔소?" 이번에는 그 군인의 마른 입술이 달싹였지만 말은 나오지 않는다. 아타 미안은 서서히 한 발자국씩 전진하며 말한다. "내 이름은 아타 미안, 자유전사지. 당신 이름은 뭐야?"

"이쉬티아크 소령."

아타 미안은 현재로 돌아와 빙그레 웃으며 묵티에게 말한다. "아가씨가 알고 싶어하니까 말해주는 거야." 당시에는 계급이 높은 장교가 포로로 잡혔다는 사실에 대해 특별한 흥분이나 기쁨을 느끼지는 못했다. 그 대신 겨울밤 모닥불을 쬐며 노인과 대화를 나누고 싶었다.

밤이 다가옴에 따라 이슬이 짙게 깔렸다. 노인과 아타 미안은 옷가지를 제대로 입고 있지 못했다. 모닥불의 열기는 몸 앞은 데워주었지만 뒷부분은 거의 얼어붙을 지경이어서 무척 힘들었다. 그들 앞에 텅 빈 파키스탄 군대의 벙커가 있었고, 아타 미안이 보기에 그 안에 들어가 밤을 보낼 수도 있을 것 같았다. 그러나 노인은 목숨이 붙어 있는 한 구덩이에는 들어갈 수 없다며 거부했다. 세상이 무너진다고 해도 다시 일어날 수 없다는 태도로 머리를 무릎 사이에 박고 있었다. 도대체 어떤 사람이지? 자유전사인 아타 미안은 그에게 겁을 줘보려고 말했다. "노인장, 지난 구 개월 동안 대체 무슨 일을 하셨소? 자유전사 쪽에 가담하지 않은 것은 알겠는데. 라자카르였어요?"

"나?" 노인은 놀라서 해오라기처럼 목을 빼며 말했다. "이 사람아, 내 나이가 지금 싸우거나 라자카르가 될 수 있는 나이인가?"

"나이만 된다면 라자카르라도 되었을 건가요?"

노인은 옹고집답게 아타 미안의 치명적일 수도 있는 질문에 대답하지 않고 무릎 사이로 머리를 더 깊이 처박았다. 젊었을 때 갱단원이나 뭐 그런 걸 한 사람인가? 아무런 겁이 없는 사람 같았다. 당시 라자카르에 대한 벌은 사형이었다. 카말간즈에서는 한 다스 가량의 라자카르를 하루 만에 다 처형하기도 했다. 하지만 젊었을 때 라자카르였던 사람에 대해서는 어떻게 처벌을 하지? 그 순간에는 물론 마음 내키는 대로 할 수 있었다. 아무도 법전에 쓰인 대로 재판을 하지 않았다. 모두들 복수심에 불타고 있었고 무기도 충분히 있었다. 혐의가 제기되면 그 자리에서 즉결처분이 이루어졌다. 증인도 증거도 필요하지 않았다. 물론 아타 미안은 그런 식으로 노인을 대하고 싶지는 않았다. 그가 원하는 것은 다른 것, 즉 그 노인의 지원이었다. 내일 다카로 진격하는 연합군을 따라갈 것인지, 아니면 비비 마르지나가 죽은 남편에 대한 슬픔 때문에 자꾸 기절을 하고 있는 카말간즈에 남을 것인지? "노인장, 무엇이 더 중요합니까, 전쟁인가요? 아니면 사람들 사이의 우정과 사랑인가요?"

전사가 이런 질문을 하는 것은 의외인지라 아타 미안의 그 질문은 날카로운 화살처럼 날아가서 노인은 얼굴을 들게 했다. 노인은 대수롭지 않다는 듯 대답했다. "전쟁은 왕을 백성으로 만들지도, 백성을 왕으로 만들지도 않지. 궁극적인 진실은 카발라지."

다음 날 뉴스가, 새것인지 헌것인지 모르지만, 풍문에 실려 왔다.

마이크로버스 몇 대가 차체에 진흙을 바르고 이파리와 가지로 위장한 채 다카의 거리를 쌩쌩 달렸다. 알 바드르 군대[17]가 기민하게 방글라데시의 가장 훌륭한 사람들을 잡아서 눈을 가린 뒤 마이크로버스에 태우고 모르는 장소로 데리고 가고 있다.

미국의 항공모함 엔터프라이즈호는 베트남에서 돛을 세우고 인도양으로 왔다.

인도 공군이 정부청사를 불태워버렸다. 그들은 다카 관광안내 책을 보고 목표물을 정했다. 도지사는 겁에 질서 사임했으며, 그와 그의 추종자들은 지금 국제 지구의 인터콘티넨털 호텔에 피신해

---

17 알 바드르 군대: 방글라데시 독립전쟁 시기에 서파키스탄 편에서 활동했던 방글라데시의 준군사 조직이다.

있다.

연합군의 다카 진입은 이제 초읽기에 들어갔다. 그들의 일부는 바이라브를 경유해 뎀라에 도착했고, 다른 일부는 마니칸지 거리를 행진해 미르푸르 다리 근처에 도착했다. 더불어 공수부대 중대 하나도 탕가일에 착륙했다. 해외의 소식통에 따르면 공수부대원은 전부 오천 명이다.

지하대피소에서는 독사가 벽을 기어 지도 위로 갔다. 그런 뒤 똬리를 틀고 다카 위로 고개를 쳐들었다. 호랑이 장군은 공포에 질려 으르렁거렸지만 아무런 소리도 나오지 않았다. 이제, 유혹의 목소리가 그의 귀 주변에서 윙윙댔다. "항복해라, 항복해! 중대발표." 그는 그 소리를 쫓아내지 않고 그냥 윙윙대도록 놔두었다.

바로 그 순간, Z.A. 부토가 사람들로 가득 찬 유엔총회장에서 목이 쉬도록 고함을 지르고 있었다. "우리는 투쟁할 것입니다, 천 년이 걸리더라도 계속 투쟁할 것입니다." 그러고 나서 읽었는지 안 읽었는지 하여튼 손에 들고 있던 서류를 할리우드식으로 찢어발겼는데, 그것은 소련의 로비국인 폴란드에서 낸 휴전결의안이었다.

호랑이 장군은 벽에서 지도를 떼어내라고 명령하고 탈의실로 들어갔다. 전투복을 차려입지 않고 항복을 위한 차림을 했다.

아타 미안은 상관에게 거짓말을 했다. "이틀간만 휴가를 주십시오. 몸이 안 좋습니다. 집에 가고 싶습니다." 때는 역사적인 시점이었다. 파키스탄군의 항복소식이 언제 올지 모르는 순간. 일 년 내내 전투에 종사한 사람들이라면 누군들 이 중대한 광경을 안 보고 싶을 것인가? 아타 미안의 요청은 미친 소리처럼 들렸지만 지휘관은 기꺼이 허락해주었다. 아타 미안은 사방에서 자신을 잡아당기는 교차로에 서 있는 기분이었다. 길은 네 방향이었다. 하나는 마르지나의 집을 향했다. 대낮의 밝은 빛 속에서 그는 가족을 애도하고 있는 집을 그렇게 금방 방문하는 것은 옳지 않다고, 나흘째의 제사가 끝난 뒤 방문하는 것이 좋겠다는 판단이 들었다. 다음의 길은 그를 다카로 인도했지만, 다카까지는 무척 멀었다. 셋째 길로 가면 일이 마일 떨어진 곳에 있는 그의 집이 나온다. 아버지가 둘째 부인과 낳은 자식들을 데리고 살고 있다. 집에서 놀고 있던 아들이 전쟁에 나가자 그는 입을 하나 덜었다는 사실에 안도했었다. 아타 미안의 입장에서는 스텐 총만 걸친 채 빈손으로 돌아갈 수는 없었다. 네 번째 길은 아버지의 누이인 고모가 사는 지방수도로 인도했다. 아타 미안에게는 어머니 같은 고모였다. 아들이 없었기 때문에 아들처럼 그를 키워주셨다. 그 읍은 사흘 전에 해방되었다. 아타 미안이 전투에 더이상 참여하고 싶지 않은 것도 사실이었다. 그러나 승리를 자축하는 장면을 직접 목격할 기회를 박탈당하고 싶지도 않았다. 지방수도에 간다면 꿩 먹고 알 먹기인 셈이었다.

XVI

불리, 우리는 너를 잊지 않았다, 오늘까지도.

아타 미안이 북동부를 떠나 칠팔 마일 남쪽에 있던 지방수도에 도착했을 때는 나야르하트 구역에서 파키스탄군과 연합군 사이에 치열한 전투가 벌어지고 있는 중이었다. 가는 길에 동네 소년 출신 자유전사가 보였는데, 전투 중에 무기를 잃고 도망하던 중이었다. 겉모습이 지저분했는데, 지난 이틀을 밤낮으로 계속 싸웠고, 파키스탄군이 1인치의 땅도 내놓지 않으려고 한다고 말했다. 들판은 시체로 가득 찼고 탄약 터지는 소리도 들렸지만 읍내는 정상적으로 돌아가고 있었다. 거리에서 약탈에 바쁜 사람들도 보였는데, 타인을 돌아볼 겨를이 있는 사람은 아무도 없었다. 어떤 사람은 국수 보따리를 들고 도망을 치다가 아타 미안 일행과 마주쳤다. 근처에서는 몇 명의 사내가 어느 집의 문과 유리창을 분해해 유개 화물차에 싣고 있었다. 한 사람은 허리춤에 권총을 차고 이불과 요를 쌓아 놓은 수레 위에 앉아 있었는데, 그가 두 사람을 향해 다가오고 있었다. 소년이 아타 미안에게 말했다. "저놈에게 손을 들라고 한 뒤 권총을 빼앗아요. 나한테 무기가 필요하니까." 그 제안은 즉시 행동으로 옮겨졌고, 그 사내는 권총을 내놓고 이불과 요도 내던지고 도망쳤다. 권총 안에 총알은 없었다. "저 새끼가 어디서 총을 공짜로 주웠나 보군! 괜찮아, 전시에는 무기를 가지고 있는 게 나으니까." 그들은 계속 걸었다. 가는 길에 아는 사람이 폭탄이 터지는 바람에 다리를 잃었다는 소식을 들었다. 부상을 입어서 지역 병원으로 수송되었다고 했다. 병원에 가는 길에 다른 사건이 일어났다. 펀자브인 몇몇이 부대에서 이탈해 거리로 나온 것이다. 군중들은 그들을 보고 "조이 방글라."라고 외쳤다. 공포에 질린 펀자브인들이 중국제 스텐 총으로 공포를 쏘았다. 사람들은 파키스탄군이 되돌아온 줄 알고 길가의 가게를 부순 뒤 도망쳤다. 아타 미안은 거기서 서성댈 이유가 없었다. 둘 다 무기를 가지고 있었지만 총알은 딱 두 개뿐으로, 수건으로 아타 미안의 허리에 묶여 있었다. 자신은 더이상 전쟁을 하지 않고 싶어서 해방된 읍으로 간 것이다. 그러니까 전투 상황에 대한 대비는 전혀 안 되어 있었다.

병원의 상황은 딱했다. 의사가 없었다. 민간인 외과의사는 방글라 사람이 아니어서 걸음아 날 살려라 도망쳤다. 치료를 해줄 상태가 아니었고, 간호사들만이 이리 뛰고 저리 뛰며 애를 쓰고 있었다. 아타 미안은 묵티에게 말한다. "그때 침상이 이백이나 이백오십 개 정도 되는 병원은 없었지. 의사도 별로 많지 않았고. 오늘

날에는 코 의사, 귀 의사 뭐 그런 식이고, 병원 하나에 전공이 다른 의사가 스무 명씩 있기도 하지만 그때는 상황이 전혀 달랐어. 읍내 병원에서 일하던 의사들도 다 도망치고 없었어."

그러는 사이에도 부상자들은 속속 병원으로 후송되고 있었다. 자유전사들이 어디선지 의사를 구해왔다. 하지만 의사 한 사람이 무슨 일을 할 수 있을 것인가? 위에 총탄이 박혀 응급수술이 필요한 사람에게 그냥 약을 줘서 재웠다. 물도 전기도 없었고, 밤에는 파키스탄군의 공습에 대비해 소등이 실시되었다. 아타 미안은 병원에 방문을 갔다가 발목이 잡혔다. 전장에서 돌아온 친구는 휴식이 필요했는데, 어느 순간 사라지고 안 보였다. 아타 미안도 도망치고 싶었다. 갑자기 타다닥 하는 총소리가 들렸다. 명백히 공포였다. 파키스탄군이 돌아온 것인가? 아타 미안은 그것이 승리를 자축하는 소리라는 사실을 모른 채 어두운 병원 복도로 내려갔다. 환자들도 총소리를 듣고 우왕좌왕하고 있었다. 반대편에서는 병원을 돕도록 차출된 의사가 걸어가다가 붕대를 감은 환자에게 다가가서 그를 들어 올렸다. 네 명의 환자에게 그렇게 했는데 다섯 번째 환자는 그냥 놔두고 대신 아타 미안을 스텐 총째로 한꺼번에 들어 올리며 말했다. "자유전사 형제님, 우리나라가 해방되었습니다. 모두 해방됐어요, 독립되었습니다. 우리는 이제 모두 자유국가의 시민입니다."

의사의 행복한 외침이 복도를 건너서 남성 환자 병동으로 갔고,

여성 환자 병동의 닫힌 문도 뚫었으며, 그곳에 있던 유일한 환자 마리암의 귀에도 도달했다. 그녀에게는 그 소식으로 달라지는 것은 아무것도 없었다. 그녀가 이스파하니 학교에서 이 병원으로 후송된 것은 어제였다. 지난 이틀 동안은 동물원의 우리에 갇힌 짐승 취급을 받았다. 여러 사람들이 그녀를 보러 왔다. 다른 여성들은 다른 곳에 보내져서 그녀는 혼자였다. 먹지도 못했고 목욕도 못했다. 자신을 놀리고 약 올리는 사람들 앞에서 상태가 점점 더 악화되었다. 구토가 멈추지 않았다. 병원에 후송된 뒤에야 간호사가 목욕을 시켜주고 구토를 진정시키는 약을 주었다. 그런 뒤에는 잠만 한없이 잤다.

니아지 장군이 항복문서에 조인을 하던 날 저녁 마리암은 약에 취해 멍한 상태였다. 비몽사몽간에 샬리마르 바그가 있는 곳으로 들어갔는데, 그 도시의 이름은 라호르였다. 그녀는 맨발로 카펫처럼 발밑에 깔린 라호르의 초록빛 잔디 위를 걸었고, 분수대 옆에 잠깐 섰다가 사이프러스나무가 늘어선 아름다운 거리를 감상했다. 그러나 꽉 끼는 추리다르-쿠르타와 목에 올가미처럼 감긴 두파타를 입은 여성은 한 명도 보지 못했다. 그녀는 안심이 되었고, 미래를 향한 문을 열며 다시 잠에 빠져들었다.

아타 미안은 의사의 포옹을 벗어나 밖으로 뛰어나갔다. 승전 축하에 참여하든 안 하든 일단 병원을 벗어나고 싶었다. 그러나 바깥은 더 절망적이었다. 아침의 거리가 경쾌했고, 공기가 강도와 약탈과 파키스탄 군인들의 공포탄으로 생기를 띄고 있었던 데 반해 지금의 도시는 죽은 곳 같았다. 아타 미안 외의 다른 보행자는 없었다. 그는 읍청사까지 걸어갔는데, 그 앞에는 식당이 몇 군데 있었고 사람들은 유일한 과자가게에 몰려들어 있었다. 가게 앞에는 인력거 위에 앉은 사내 하나가 확성기를 들고 승리를 평화롭게 축하하자고 사람들에게 훈계하고 있었다. 어쨌든 어디서도 승리를 축하하고 있지는 않았다. 평화롭고 자시고 할 것도 없었다. 아타 미안은 조금은 정말 축하하고 싶었고, 그러기 전에 과자라도 좀 먹고 싶었다. 주머니에는 돈이 없었지만 어깨에 스텐 총이 있었다. 아타 미안은 묵티에게 말한다. "그때는 다들 자유전사에게 공짜로 먹을 것을 주었지. 자기 집으로 들어오라고 한 뒤 편안한 침대를 내놓으면서, '형제여, 여기서 주무세요.' 하던 때였어." 하지만 과자를 먹고 싶은 아타 미안의 허기는 그날 충족되지 못했다. 그가 가게로 들어가기도 전에 유리 진열장이 모두 비어버린 것이다. 가게주인은 손을 쥐어짜며 말했다. "전사님, 밀가루가 있어요. 파라타라도 두어 개 만들어 드릴까요?" 하지만 파라타가 튀겨지기도 전에 자유전사인 샤흐자한 시디크가 인력거에서 안내를 중단하고 내려왔다. 아타 미안과 샤흐자한 시디크는 무척 오랜만에 만나는 것이었다. 처음에는 면도하지 않은 서로의 얼굴을 알아보지도 못했지만, 알아본 뒤에는 서로 부둥켜안았다. 그리고 시디크가 말했다. "이보게, 교외에서 말썽이 있어. 파라타나 먹고 있을 때가 아니야. 나중에 내가 밥과 고기를 사겠네. 지금은 나와 함께 가세."

비하리인들이 교외에 살았다. 아타 미안과 샤흐자한 시디크는 그 구역으로 가서 "방글라인들과 비하리인들은 형제들이다. 같은 접시의 음식을 먹는다. 너는 누구고 나는 누구냐? 우리는 모두 독립 방글라데시의 시민들이다."라는 구호를 외쳤다. 비하리인들은 그들을 안심시키려는 이 구호를 못 들은 듯했고, 들었다 하더라도 이해한 것 같지는 않았다. 그들에게는 안전한 은신처가 필요했다. 어느새 밤이 깊어가고 있었다. 두 사람은 샤흐자한 시디크의 은신처로 돌아갔는데 엄청난 숫자의 자유전사들이 모여 있었다. 누가 누구를 아느냐, 누가 부자고 누가 가난하냐는 문제가 아니었다. 모두들 용감한 자유전사들이었고 힘을 합해 조국을 해방시켰다. 그들의 이야기에는 끝이 없었다. 영웅적인 행위와 슬픔과 고생과 기쁨에 대해 이야기하느라 밤을 지새웠다. 중간에 라탄 호텔에서 두 번 밥과 고기 카레를 제공했다. 그들이 잠자기 위해 누웠을 때는 독립국의 첫 햇빛이 그들의 다리 근처를 어른거리고 있었다.

다음 날 저녁 아타 미안은 좁은 골목을 따라 그 도시의 교외를 향해 가고 있었다. 그 길을 따라가다가 공작야자수 두 그루 뒤에 서 있는, 대나무 울타리를 두르고 양철지붕을 씌운, 슬픔에 잠긴 집에 도착했다. 그사이 공작야자수들의 키가 크고 기둥도 굵어졌다. 집의 외양은 바뀌지 않았다. 하지만 집 안에는 슬픈 공기가 가득 차 있었다. 푸푸 고모의 통통한 몸이 비쩍 말라 있었고 그녀의 윤기 나던 검은 머리는 하얗게 세고 푸석푸석해져 있었다. 행복한 주부의 단정한 머리는 어디 가고 헝클어지고 흐트러진 머리만 보였다. 고모는 자유전사로 돌아온 조카를 보고 엉엉 울면서 눈물 사이사이로 뭐라고 알아들을 수 없는 말을 했다. 사촌인 둘리에게서 고모부가 순국하게 된 경위를 알게 되었다. 파키스탄 병사들이 그를 다짜고짜 공작야자수 아래 세운 뒤 총살시킨 것이다. 시체는 이틀 밤낮을 야자수 아래 방치되어 있었다. 무슬림에게는 다른 무슬림을 장사 지낼 의무가 있었지만, 아무도 그 일을 하기 위해 나서지 않았다. 개와 까마귀가 시체에 덤비는 통에 동네가 시끄러웠고 악취도 견디기 힘들 정도였다. 급기야 둘리의 남편 암자드가 목숨을 걸고 시체 옆에 무덤을 팠고, 둘리가 아버지의 썩어가는 시체를 묻는 일을 도왔다. 그들은 무덤을 감추기 위해 밤새 잔디를 심었다. 그 무덤을 만든 것이 겨우 두 달 전이었다. 아타 미안도 야자수를 지나쳐 왔지만 그 아래 무덤이 있는 줄은 몰랐다. 나중에 정식으로 방문한 그는 거기 누워 있는 것이 진짜 자신의 고모부인 압둘 카림, 40년 동안 재판소의 수석서기를 지낸 그분일까, 아니면 자신의 기도의 대상이 두 그루 야자수의 영혼일까 궁금했다.

"내 팔자에 내가 네 고모부를 애도하게 된다고는 적혀 있지 않았어. 30년 동안 가정을 이루고 한 지붕 밑에 산 그이가 눈앞에서 총을 맞고 몸부림치며 죽어가고 있는데 나는 눈물도 흘릴 수 없었으니, 이 고통에 끝이 있겠느냐?"

갑자기 고모가 말을 그쳤다. 둘리와 암자드는 망설이고 있었다. 아타 미안이 놀라서 물었다. "불리는 어디 있어요, 푸푸? 제가 도착한 지 꽤 됐는데 아직 안 보이네요?" 내내 총을 물끄러미 바라보고 있던 그 집의 어린 딸, 이 다섯 살배기 딸에게 드디어 말할 기회가 왔다. 그녀는 그 기회를 놓치지 않고, "엄마, 오, 엄마."라고 하더니 총의 끈을 당기며 말했다. "군인들이 불리 이모를 잡아갔어요." 그 말이 끝나자마자 푸푸가 울부짖기 시작했고, 둘리의 딸은 시키지도 않은 소리를 했다고 엉덩이를 맞았다.

독립 방글라데시에 평화란 손톱 끝만큼도 없을 참이었나? 그 개새끼들이 우리나라에서 도대체 무슨 짓을 저지른 것인가? 아타 미안은 더이상 참을 수가 없었다. 그가 뛰쳐나가려 하자 고모가 재빨리 그의 총 끈을 움켜쥐고 말했다. "어디로 가느냐, 얘야? 나부터 쏘고 가거라." 이런 상황에 도대체 어떻게 처신해야 옳단 말인가? 푸푸의 뒤에서는 등잔불의 심지가 그녀의 흐느낌 소리에 맞춰 떨고 있었다. 아타 미안은 우두커니 서 있었다. 유령 같은 야자수들을 바라보며 방금 끝난 전쟁 너머에 또 다른 전쟁이 있다는 생각이 들었다. 자유전사에게는 그 짐도 져야 할 의무가 주어지는 것인가? 그는 전전에 카말간즈 마을의 마르지나 비비를 알지 못했다. 본 적도 없었다. 하지만 그녀의 어머니 마디나 비비는 마당에 널려 있던 사위의 시체를 치우기도 전에 그에게 딸을 주려고 했다. 그의 마음 한쪽은 그곳에 있었다. 하지만 고모도 그가 사랑하는 사람이다. 겨우 두 달 전 파키스탄군이 사촌인 불리를 납치해간 것이다. 한때 불리와 아타 미안 사이에 결혼을 시키면 어떠냐는 말까지 있던 사이다. 하지만 아타 미안이 교육을 별로 못 받았기 때문에 그 결혼은 추진되지 않았다. 제안과 동시에 유야무야되고 말았다. 살아가는 동안 어떤 일을 겪을 것이라고 누가 장담할 수 있을까? 하지만 이 지역에서는 적을 나흘 전에 쫓아냈다. 지난 며칠 동안 암자드 호세인은 자신의 처제를 위해 뭘 했나? 아니면 장인을 장사 지낸 것으로 책임을 다한 것인가?

그의 질문에 대해 불리의 언니인 둘리가 대답했다. "문니 아빠 혼자 뭘 할 수 있겠어? 네가 왔으니 이제 좀 알아봐주지 그러니?" 푸푸는 한 술 더 떠서 조카를 껴안으며 말했다. "애야, 나라는 독립이 되었는데 내 딸은 어디에 있는 거냐? 가서 좀 데려와주렴. 내 가슴속의 불을 좀 꺼다오." 푸푸는 두 달 동안 무거운 침묵을 지키고 있었지만 이제 더이상 참을 수 없었다. 자기 가슴을 치기 시작했다. 그러는 동안 암자드 호세인은 자유전사인 아타 미안과 함께 처제를 찾으러 나가기 위해 스웨터를 입는 등 채비를 갖추었다.

자초지종을 들은 샤흐자한 시디크가 그들이 알아볼 만한 곳을 너덧 군데 가르쳐주었다. 하지만 "그녀를 찾을 수 있을 거라고 생각해? 만일 살아 있다면 지금쯤은 돌아왔을 거야. 하지만 수치심 때문에 숨어 있는지도 모르지. 찾을 수 있을지 시도는 해봐야겠지."라고 말했다.

샤흐자한 시디크의 충고를 들은 후 아타 미안과 암자드 호세인은 곧장 아직 가족을 찾지 못한 시체가 널려 있던 강둑 옆 쓰레기 더미, 나중에 칼리탈라 학살터라고 불리는 곳으로 갔다. 그곳에 먼저 간 이유는 거리가 가깝기도 했고 샤흐자한 시디크가 그녀가 살아 있을 가능성이 적을 거라고 했기 때문이기도 했다. 그곳에는 수백 개의 등불이 있었다. 사람들이 사랑하는 가족의 시체라도 찾을까 해서 등불을 들고 나타났기 때문이다. 여러 날 동안 방치된 시체들은 썩어가고 있었고, 많은 시체들은 이미 해골이 되어 있었다. 사람들은 짐작만으로 시체를 찾아 가지고 갔다. 아타 미안과 그의 사촌 처형은 등불도 챙기지 않고 갔다. 이 강둑 죽음의 터를 살핀 다음에는 비하리들이 살고 있던 교외로 갔다. 지난 아홉 달 동안 파키스탄군과 함께 비하리 사람들도 방글라인들을 학살했고, 맨홀 아래로 시체를 내던졌다. 이제 복수의 시간이었다. 맨홀에서 썩어가고 있던 방글라인들의 시체들을 꺼내고 그 빈자리를 비하리 사람들의 시체로 채우고 있었다. 이 살해의 잔치가 새벽까지 계속되었다. 아침이 다가오면서 "그녀가 수치심 때문에 숨어 있는지도 모르지."라는 샤흐자한 시디크의 말이 기억났다. 아타 미안과 암자드 호세인은 즉시 나야 시장에 있던 벙커 쪽으로 달려갔다. 그들은 불리에게 입혀주기 위해 나일론 사리를 들고 갔다. 아타 미안이 도매상에 가서 스텐 총으로 가리켜 빼앗은 사리다. 사리를 빼앗았지만 얻어진 것은 없었다. 그날은 아무도 벙커에 들어가도 좋다는 허락을 받지 못했다. 자유전사 하나가 파키스탄군이 심은 지뢰를 밟아서 손과 다리를 잃고 생사의 기로에서 헤매는 중이었다. 연합군의 수색이 끝나고 난 다음 날에야 나야 시장의 벙커 중 하나에 들어갈 수 있었는데, 팔찌와 사리와 긴 머리채는 발견했지만 사람은 발견하지 못했다. 다음으로는 나중에 A. K. 파즈룰 하크 학교라고 개칭된 아옵 학교로 갔다. 학교에 들어갈 때 의자도 칠판도 없는 방에 몇몇 여자들이 앉아 있는 것이 보였다. 얼굴을 신부들처럼 베일로 가리고 있었다.

사람들이 호기심에 차서 방 안을 들여다보았다. 무기를 든 보초가 지키고 있었다. 자유전사들 중 몇몇은 이 상황에 적응하기 위해 애쓰고 있었다. 창턱에서 끌려 내려온 소년들과 젊은이들은 담 위에 걸터앉거나 원숭이처럼 나무 위로 올라갔다. 벌써 나무에서 떨어져 다리를 부러뜨린 남자도 두 명이나 있었다. 아타 미안과 면식이 있는 자유전사 하나가 그들의 사연을 듣고 아타 미안 일행을 한 방으로 데리고 갔다. 그들은 그곳에서 자유전사가 알려준 대로 학교에서 출석을 부르는 것처럼 불리의 이름과 그녀 아버지의 이름, 학교의 이름을 불러보았다. 그러나 베일로 얼굴을 가린 여성들 중 아무도 본인이 불리라고 나서지 않았다. 마지막으로 물어보았을 때 마침내 한 여성이 깡마른 손을 들어 등을 긁었다. 아타 미안이 불리인가 보다 생각하고 그녀에게 가려고 하자 자유전사가 제지하며 말했다. "오해십니다. 구덩이에서 살고 있기 때문에 몸에 이가 들끓고 있어서 등을 긁고 있는 거예요." 그런 뒤 자신의 등을 개머리판으로 긁으며 그 여성들이 침상만 나면 당장 병원으로 이송될 것이라고 말했다. 아타 미안은 계속 미심쩍어 했다. 만일 모두의 몸에서 이가 들끓고 있다면, 왜 한 사람만 불리의 이름을 부를 때 몸을 긁었을까? "하지만 모든 일에는 규칙이 있거든요." 자유전사가 말했다. "만일 얼굴을 보이고 싶어하지 않으면 강제로 보이라고 할 수는 없습니다." 더욱이, 아타 미안 자신은 자유전사로서 규칙을 지키는 데 모범을 보여야 할 사람이었다.

아타 미안 일행은 그곳을 나와 병원을 향해 걷기 시작했다. 그 여성들은 병원에 빈 병상이 날 때까지는 이송되지 않을 것이었지만. 아윱 학교와 병원 사이에는 읍청사가 있고, 그 안에 있던 너른 마당에서 인근 지역에서 생포된 전쟁포로들의 무장해제가 이루어지고 있는 중이었다. 연합군 병사들이 그곳을 둘러싸고 지키고 있었고, 밖에서 사람들이 구호를 외치고 있었다. "적군을 잡자. 아침으로 차와 함께 먹자. 우리는 정의를 원한다. 우리는 정의를 원한다. 야햐를 재판에 회부하라. 우리는 정의를 원한다. 우리는 정의를 원한다. 집단학살에 대해 정의를 원한다. 야햐-부토, 개새끼들, 개만도 못한 놈들." 아타 미안의 동지인 자유전사들이 무척 바쁘게 일하고 있었다. 그들은 다양한 방식으로 무장해제를 하고 있었고, 그것은 불리를 찾는 일보다 더 숭고하고 가치 있는 일처럼 보였다. 아타 미안은 암자드 호세인을 보내고 무장해제에 동참했다.

불리를 찾는 과제는 이틀 밤낮의 수색 끝에 읍청사의 마당에서 종지부를 찍었다.

하지만 아타 미안은 불리를 잊을 수 없었다. 자유전사였던 그가 그녀를 찾기 위해 거리를 헤맸지만, 그녀가 살았는지 죽었는지조차 알아내지 못했다. 어떻게 낯을 들고 고모를 뵐 수 있을까? 그래서 아무에게도 말하지 않고 그 읍을 떠나 카말간즈로 갔다. 마르지나 비비는 아직 과부생활의 기간을 다 끝내기 전이었지만 그냥 그녀와 결혼했다. 나라는 방금 해방되었고, 종교법의 적용은 엄격하지 않았다. 그 지역의 물라와 몰비들은 라자카르였든 아니었든 모두 마을을 떠나 도망가고 없었다.

다카에서 무기를 반납한 뒤 대신 이불을 받아서 귀향한 마을사람들은 그 결혼을 두고 아타 미안을 놀려댔다. 해서는 안 되는 말까지 마구 했다. 타향 마을에서 처갓집 식구들과 살고 있던 그는 그냥 그들의 말을 못 들은 체하며 지냈다. 노인은 그 불행한 시기에 그의 지지자가 되어준 사람이었다. 그도 이방인이었고, 아타 미안도 이방인이었다. 그들은 승전 전야에 들판에서 함께 불을 쬔 이래 친구 사이가 되었다. 그는 마르지나 비비를 비비 사키나라고 부르기 시작했다.

마을에서 노인은 카발라로 먹고 살았으며, 아타 미안과 마르지나 비비는 자식들과 함께 살았는데, 아타 미안은 여학교에서 서기로 일하고 있었다. 노인이나 아타 미안이나 전쟁 때문에 카말간즈에 눌러 살게 된 것이었다. 그들은 그 사실을 잊지 않는다. 그러나 아타 미안은 불리라는 이름을 듣고 등을 긁었던 그 깡마른 손도 잊지 않았다. 만일 그녀가 불리였다면 지금쯤 집으로 돌아오지 않았을까?

　그러나 생존자들 모두가 귀가하지는 않았다. 아타 미안이 읍청사 마당에서 전쟁포로의 무장해제라는 '중요한' 역할을 하고 있는 동안, 많은 여성들이 지역병원의 여성병동에 보내졌다. 그들 중 어느 누구도 구조자들에게 자신의 이름과 주소를 알려주지 않았다. 그리고 다음 날 인도 군대의 호위대와 함께 다카로 떠났다. 파키스탄인 전쟁포로들도 그들과 함께 떠났다. 이쉬티아크 소령의 이마와 팔에는 아물지 않은 상처가 있었으니, 그것은 카말간즈에서 성난 군중이 입힌 상처였다. 상처에 대해 아무런 처치도 해주지 않았고 붕대도 감아주지 않았다. 배로 파드마 강을 건너는 동안 사나운 파도를 보며, 하피즈 시인을 존경하던 소령은 자신의 얼굴 주변에서 윙윙거리던 파리 한 마리를 멍하니 쫓아냈다. 그것을 보고 나루터에서 물을 팔던 어린 소년은 그 무시무시한 군인이 자신에게 경례를 한다고 생각하고 욕으로 화답했다. "제 누이 씹할 놈!" 아무도 대꾸를 안 하자 그 소년은 자신의 용기를 과시하기로 결심하고 땅콩을 팔던 친구를 불렀다. 그들은 이제 마리암과 함께 있던 다른 여자들을 목표물로 삼았다. 자신들의 주소를 구조자들에게 알려주지 않았던 그 여자들 말이다. 땅콩장사 아이가 물장사 아이에게 말했다. "저 갈보년들 좀 봐. 군대를 따라가고 있네. 도대체 어디로 가는 거야?"

이쉬티아크 소령이 쫓아낸 파리가 마리암의 머릿속에서 윙윙대기 시작했다. 그들은 행상인 아이들에 둘러싸였다. 이것이 독립된 나라가 그들에게 베푼 특별대접이었다. 인도 군인들은 소년들의 말을 이해하지 못한 채 웃으며 몸을 수그리고 내민 손을 잡아 흔들었다. 이 나라는 과연 누구의 나라인가? 인도 군인들은 영웅이었고, 마리암과 다른 여성들은 쓰레기였다. 인도군 호위대는 나루터를 물러나 강둑 위 언덕으로 올라갔다. 마리암은 말없이 파드마 강에 작별을 고하며 황혼의 황금빛 하늘을 향해 중얼거렸다. "다른 나라의 저녁이 어떤 모습인지는 몰라. 하지만 내 나라는 나에게 무엇을 주었지?" 이십이 년은 긴 시간이었을까? 인생은 더 길다.

XVII
비랑가나 사무실

"비랑가나들의 사진 가지고 계신 거 없나요?" 묵티가 전직 사회 복지사를 그녀 집의 응접실에서 인터뷰하고 있는 중이다. 벽에는 주인이 마더 테레사와 사로지니 나이두, 아루나 아사프 알리, 티토 여사, 그리고 많은 다른 낯선 외국 여성들과 찍은 사진들이 걸려 있다. 그 사진들은 그녀의 젊은 시절과 사회복지사로서의 삶에 대한 소중한 증거이다. 마리암, 일명 메리는 그때까지도 사진으로도 실물로도 남 앞에 나선 적이 없었다. 묵티가 그때까지 본 유일한 비랑가나의 사진은 키쇼르 파레크가 찍은 흑백사진이었다. 그것은 무명의 두 여성의 사진으로, 한 여성은 사리로 얼굴을 가렸고, 다른 한 사람은 얼굴의 일부분만 보였다. 사회복지사는 말한다. "사진을 어디서 구하겠어? 카메라를 보기만 해도 사리 자락을 머리 위로 당겨 얼굴을 가렸는데. 수치심에서든 불쾌감 때문이든."

  얼굴은 사리로 가릴 수도 있었지만 배 속에는 시한폭탄이 들어 있었다. 자궁 속에서 아기들이 재깍거리며 자라고 있었던 것이다. 그 폭탄은 언제라도 폭발해서 새 나라의 미래를 망가뜨릴 수 있었다. 하지만 사회복지사는 말했다. "우리나라는 방금 해방을 성취했지. 사방에 파괴와 상실이 있었고. 일꾼은 충분치 않았지. 훈련된 사람도 적었고. 모든 사람들이 갈피를 잡지 못했어. 무엇부터 해야 할지? 할 일은 많았고, 모두 한시가 급한 일이었거든."

　1972년에 여성들의 임신중절을 주선하기 위한 특별법이 통과되었다. 외국에서 전문 의사들이 도착했다. 임신 4개월이 지난 아기들은 태어나는 것이 허용되었다. 마더 테레사는 기뻐했다. 방금 독립한 그 나라는 태아 살해의 죄를 부분적으로나마 면했다. 마더 테레사가 속한 자선 단체에서 인큐베이터를 든 여섯 명의 간호사가 와서 쿠르미톨라 공항에 내리자마자 선언했다. "우리는 전시 사생아들을 구하러 왔습니다." 간호사들의 지시 하에, 혹은 그들의 도움으로 임산부들은 분만 전야에 머리를 빗어 단단하게 따고 몸을 씻고 깨끗한 옷을 입었다. 그런 뒤 전시의 밤과는 다르게 더 착잡한 잠 못 이루는 밤을 보냈다. 이어서 많은 여성들이 온몸으로 체험한 고문과 기아와 영양실조, 미래에 대한 공포와 불안 때문에 길고 복잡한 분만을 했다. 이것은 물론 전혀 놀라운 일이 아니었다. 분만 후에는 단단히 딴 그들의 머리가 풀리기도 전에 아기들을 포장해서 외국에 보내버렸다. 다음 날 신문을 읽는 독자들은 팔에 아기를 안고 있는 간호사와 곧 이륙할 비행기의 사진을 볼 가능성도 있었다. 그것이 전부였다.

전직 사회복지사는 묵티에게 말한다. "생각하는 것처럼 쉽지 않았어. 그 여성들이 울고 비명을 지르곤 했지. 때로는 산모에게 약을 먹인 뒤에야 아기를 떼어낼 수 있었던 경우도 있어. 이 아기들을 우리나라에서 키울 수는 없었지. 파키스탄인들의 사생아였으니까. 다른 나라에서 원한다면 입양을 보낼 수는 있었지. 그래서 대부분의 아기들은 캐나다로 보내졌어. 스칸디나비아 국가들도 많이 데려갔고." 그녀는 묵티의 귀 가까이에 입술을 살짝 가져다 대며 말한다. "물라들, 그들은 전화를 걸어 아기들을 외국으로 보내면 안 된다고 했지. 모두 기독교인들로 개종시킬 테니까. 물라들은 도움이 전혀 안 됐어. 아마도 구 개월 동안 라자카르 노릇을 하며 지냈을걸."

그 사회복지사는 자신은 라자카르들에게 익명으로 편지와 전단지 따위를 보내 경고를 주곤 했다고 말했다. 묵티 바히니의 소년들이 그녀에게 직접 다음과 같이 적힌 쪽지를 전해주기도 했다. "칼람마, 겨울이 다가오고 있습니다. 검은색 스웨터를 오십 벌 보내주세요." 그녀는 즉시 게릴라전에 맞을 스웨터를 짜기 시작했다. 전시에는 파키스탄 군대가 언제 갑자기 들이닥쳐 그들을 잡아가거나 죽일지 모르는 상황이었다. 하지만 그런 상황에도 불구하고 스웨터 한 다스 정도를 끝냈는데, 단 한 벌이 스웨터도 사용하지 못하고 겨울이 오기 전에 갑자기 전쟁이 끝나버렸다.

자유전사 젊은이들이 벙커와 군대 오락센터와 창고 등에 갇혀 지냈던 여성들에 대한 정보를 가지고 왔다. 그녀들은 쇠약해져 있었고 무기력했다. 그들을 데려올 차와 그들이 지낼 집과 그들을 치료할 병원이 필요했다. 서서히 그 모든 것이 조직되었다. 그러나 혼선이 빚어지기도 해서, 한 쪽이 하는 일을 다른 쪽에서는 모르고 있기 일쑤였다. 다른 사회복지사는 묵티에게 말한다. "일은 임기응변으로 이루어지고 있었어. 우리는 그 일을 하고 있었지만 다른 사람들이 무슨 일을 하고 있는지는 아무도 모르고 있었어." 그리고 그랬기 때문에 28년 후 몇몇 사회복지사들과 꽤 많은 인터뷰를 했고 그 인터뷰 내용을 공들여 짜 맞춘 뒤에도 묵티는 아직도 '비랑가나 사무소'라는 제목의 챕터 하나를 채우지 못하고 있었다. 여성들을 구하고 그들을 사회로 복귀시키는 긴 과정은 몇몇 사람들의 기억 속에, 오려낸 기사들 속에, 그리고 연결되지 않은 사건들 속에 흩어져 존재하고 있었다.

임신중절 전까지 스스로의 주인 노릇을 할 수 있었던 마리암은 그 이후 무력해졌다. 문제가 의학적인 것이 되었기 때문이다. 이미 외국인 의사들, 간호사들, 자원봉사자들이 다카에 도착해서 사업을 시작한 뒤였다. 단몬디 3번 도로에 있던 하얀 집, 당시에 비랑가나 사무소로 꽤 잘 알려진 그곳에서 매일매일 평균 100건의 임신중절과 분만이 꼭 필요한 치료와 함께 행해졌다. 입원 기간 이후 여성들이 갈 수 있는 곳은 두 군데였다. 이전의 주소지로 되돌아가

거나 뉴 에스카톤 거리에 있는 보호소에 가거나. 그 보호소를 마주 바라보고 있는 집이 두 채 있었는데, 하나는 직업훈련원이었고 다른 하나는 호스텔이었다. 이전의 주소가 미상인 여성들만 호스텔에 머물렀다. 혹은 주소가 있는 경우에도 "며칠만 기다려라, 딸아. 나중에 데리러 오마."라고 말하고 떠난 아버지도 오빠도 다시 나타나지 않으면 그곳에 머물어야 했다. 얼마 후에는 전쟁 피해 여성, 혹은 비랑가나뿐 아니라 빈곤 여성이나 고아들도 그 호스텔에 머물게 되었다.

"아이들에게 먹을 것을 주지 못하는 사람들, 자식이 너무 많은 사람들이 한밤중에 몰래 와서 재활센터에 아이들을 버리고 가곤 했지." 보쿨 베굼이 묵티에게 말했다. 그 시절에 재활센터에서 지냈던 보쿨 베굼은 지금은 방글라 영화계에서 단역배우로 일하고 있다. 그녀는 1972년에서 1974년까지 2년 동안 재활센터에서 한 주는 요리를 하고 다음 주에는 고아들을 목욕시키는 일을 번갈아 했다. 묵티는 보쿨의 이야기를 나중에 더 들을 예정이었다. 하루에 50타카의 보수를 받고 이틀 동안 인터뷰를 해주는데, 이것은 그녀가 영화개발사에서 받는 보수와 같은 액수다.

몬투의 실종 기사가 신문에 실린지 한 달 만에 마리암은 자신의 주소를 당국에 알렸다. 아버지: 카필루딘 아흐메드, 마을: 풀탈리, 우체국: 사하르파르. 그리고 이것이 자신보다는 몬투의 주소라고 덧붙였다. 1971년 4월 이래 실종 중이며, 부모와 어린 두 여동생이 애타게 기다리고 있던 바로 그 몬투.

그동안 지연되었던 마리암의 사례사는 그때 처음으로 기록되기 시작했다. 마리암과 동갑이고 전쟁 중에 남편과 사별한 베비가 그 기록의 담당자였다. 베비는 마리암의 진술이 독특했기 때문에 아직까지 기억하고 있었다. 그것이 또한 그녀가 그 진술을 받아 적는 동안 서식을 여러 장 망친 이유이기도 하다. 하루에 수백 통의 서류를 작성하면서 어떤 정보도 수정할 필요가 없던 그녀가. 하지만 베비는 그 여성들의 모습은 고사하고 이름과 주소도 기억하지 못한다. "참 잔인한 시기였어." 베비가 판유리가 얹힌 책상 너머에서 묵티에게 말한다. "거울 속에 비친 나 자신의 모습을 보는 것도 무섭곤 했지."

지금 그들은 베비의 사무실에서 그녀의 책상을 사이에 두고 앉아 있다. 이제 오십 줄에 들어선 베비의 주름진 피부가 책상 유리면에 반사되고 있었는데, 그 유리면 아래에서 여권사진 크기의 젊은 남자의 사진이 들여다보인다. "이건 누구 사진이에요?" 묵티는 질문을 하자마자 실수했구나 하는 느낌이 든다. 활활 타는 불에 기름을 한 덩어리 떨어뜨린 격이었다. 베비는 방글라 노래의 한 소절을 부른다. '기억은 고통스럽다네.' 비록 음정이 다소 안 맞기는 해도 그녀의 노래에서 멜랑콜리가 느껴진다. 그녀가 재혼한 남편은 집의 어느 한구석에도 사별한 남편의 기념물을 두기를 원하지 않는다. 그래서 그녀의 첫 남편이 사무실 책상 유리 아래로 피신한 것이다. 베비는 새처럼 종알댄다. "내 감정은 울타리에 갇힌 새처럼 이곳에다 감추어야 해." 사무실에는 첫 남편이 있고 귀가하자마자 재혼한 남편의 손아귀 안으로 들어가야 한다. "이 나라와 나는 한 배를 타고 있지. 우리의 역사는 두 군데에 감춰놓아야 해." 그녀가 재활센터에서 일하게 된 동기는 자신이 전쟁 중에 경험한 상실 때문이었고, 묵티에게도 솔직하게 그 사실을 이야기해준다. 거기서 자신에게 주어진 과제라면 뭐든 했다. 한 번도 의무를 피한 적은 없었다.

그것은 주요 사업이었다. 아기들은 외국으로 보내졌다. 외국에서 돈과 신기하게 생긴 사람들과 온갖 종류의 음식이 왔다. 재봉틀이 도착했고, 이불과 우유와 죽과 옷이 왔다. 남편에게 거부당하고 아버지와 오빠들에게 쫓겨나서 미래를 낙관할 수 없는, 자궁이 비워진 여성들은 세탁소와 빵집을 운영하고 옷을 꿰매고 손수건과 방석보에 수를 놓았다. 그것은 빈곤한 나라 사람들을 위한 재활 프로젝트였다. 우선적인 과제는 어떻게 빈 배 속을 채우느냐였다. 불운한 여성들은 그들의 재능의 흔적을 자신들이 만든 모든 물건에 남겼다. 그들이 만든 종이꽃은 특별히 밝았다. 그들이 지은 아기 옷들은 넉넉했다. 마른 아기와 통통한 아기가 다 입을 수 있도록. 그들은 대나무와 황마처럼 비싸지 않고 쉽게 구할 수 있는 재료로 전쟁으로 황폐헤긴 경제를 도울 수 있는 생필품을 만들어냈다. 섬세한 바느질 솜씨와 손재주를 이용해 방글라 국가의 자존심을 장식하고 싶었다. 첫 번째 승전기념일에 이처럼 값을 매길 수 없는 선물들의 전시회가 이루어졌고, 유리 탈곡기도 전시되었다. 그들이 잃어버린 삶의 유물이었다. 한 이미지는 여성들이 논에서 탈곡을 하고, 근처에서 몇 명의 남성이 볏단을 들고 서 있는 장면을 묘사하고 있었다. 그들이 요리한 진미는 다카의 가게 매상을 올려주었다. 그날, 동네 제과점에서 제공되던 모든 것들, 정성껏 만든 피클, 잼, 젤리, 케이크, 비스킷, 사탕, 양념가루 등과 다른 일상적인 물건들의 뒤에는 비랑가나들, 전쟁을 이겨낸 용감한 여성들, 그들의 가슴 저리는 노동이 있었다. 베비는 묵티에게 말한다. "그들은 자신들을 마지막 한 방울까지 짜내 나라를 위해 헌신했지. 하지만 역사는 그들의 기여를 기억하지 않았어."

묵티는 월급쟁이 사회복지사에게서 이 모든 이야기를 듣고 놀란다. 공적인 조명 속에서 퇴색한 비랑가나들의 희생이 유리병 몇 개와 플라스틱 상자 몇 개, 그리고 색색의 종이꽃들로 표현되었다는 사실은 잔인한 아이러니이다. 세련된 도시 여성들은 차를 타고 와서 잠깐 동안 자신들이 아는 특별 요리를 대충 가르치고 강습이 끝나자마자 타고 온 차로 되돌아갔다. 그렇게 해서 그 여성들은 비용을 들이지 않고 훌륭한 요리사가 될 수 있었다. 그들이 요리한 음식들은 공무원들을 위한 도시락으로 만들어져서 총비서에게까지 보내졌다. 베비는 안타깝다. "가장 뛰어난 주부들은 집을 얻지 못하고, 솜씨가 가장 좋은 요리사들은 남편을 못 구한다고들 하지." 그렇지 않다면 정부와 비정부 단체들의 온갖 노력에도 불구하고 왜 그들이 좋은 배필을 구하지 못했겠는가?

처음에는 신문광고를 보고 남자들이 매와 독수리 떼처럼 덤벼들었다. 베비는 많은 지원서 봉투를 뜯었다. 1972년 4월의 일이었다. 하지만 여성들은 아직 남성들을 무서워하고 있었다. 남성과 결혼은커녕 그들과 말도 못했다. 모든 감정이 결여된 돌로 변해버린 것이다. 그래서 그녀들과 결혼하고 싶어하는 남성들을 만류하는 또 다른 광고가 나갔다.

"참 슬픈 삶을 살았어. 정말 운이 나빴던 거야." 베비가 안타까워한다. "내 기억에 한 번은 열 명의 처녀들이 한꺼번에 결혼을 한 적이 있어. 그들의 결혼을 위해 일인당 만 타카가 쓰였지. 방가반두의 영부인이 직접 그들에게 재봉틀 같은 집안 살림을 사주셨고. 그런데 남자들이 지참금을 노리고 결혼을 한 다음 돈만 챙기고 아내는 버린 거야. 데리고 산 남자들도 수시로 아내를 모욕했어."

여자들의 자립계획에 집착하며 그 일에 매달렸던 다른 사회복지사는 말했다. "꽃 이름을 가진 여성 한 사람을 결혼시킨 적이 있는데 그녀는 행복하게 살았어." 그녀는 1972년에서 1976년 사이에 비랑가나들을 위해 결혼과 직업을 똑같이 효율적으로 찾아주었다. 비랑가나들은 무슨 문제에 부딪힐 때마다 득달같이 그녀에게 딜러왔다. "아주머니, 제가 취직할 때 니이를 몇 살이라고 적으셨어요? 벌써 은퇴할 때가 되었다고 하는데요." 그녀는 그 당시 허둥지둥 적은 나이를 기억할 수 없다. 그들이 걱정과 근심으로 인해 실제 나이보다 더 늙어보인 게 사실이었다. 16살 소녀가 26살처럼 보일 수도 있었다. 독립 25주년에 그녀들의 현황에 대해 알아보려 하니, 한 여자는 문만 열고 말하기를, "제발 오지 마세요. 너무 많은 것들이 생각나니까요. 더 슬퍼져요." 하지만 그녀는 자식 둘을 키우며 그런대로 잘 살고 있었다. 다른 집에 가니 거기 살던 비랑가나는 10년 전에 자살했다고 했다. 남편은 나중에야 아내가 전시에 적의 포로생활을 했다는 사실을 알게 되었다고 한다.

베비는 묵티에게 말한다. "나한테도 일어날 수 있었던 일이었어요. 내 동생이나 어머니에게도 있을 수 있는 일이었어요. 다만 운이 좋아서 면한 거죠." 그래도 베비는 그런 굴욕을 당한 여성들과 항상 유대감을 느꼈고, 그 유대감 덕분에 자신이 너무 일찍 과부가 된 슬픔을 잊을 수 있었다. 지금까지도 그녀는 비랑가나들의 보호에 노력하고 있다. 그런데 베비와 동료 사회복지사들은 전후 비랑가나들의 개인사를 기록한 뒤 서류의 주소란을 찢거나 태워버렸다. 그녀들이 새로운 가정에 큰 고통 없이 정착하도록, 다른 사람들이 그녀들의 과거를 들춰서 그녀들을 괴롭히지 않도록 하기 위한 조치였다.

이것이 독립전쟁을 담당한 사람들이 생각한 방식이었다. 나중에 집권한 사람들은 그 개인사의 파일에 휘발유를 뿌려서 모조리 태워버렸다. "하지만 그렇게 귀중한 기록을, 그렇게 풍부한 역사

적인 자료를 태워버리는 것이 옳은 일이었을까요?" 베비는 개인
의 기록을 태워버린 것은 옳지 않은 일이었지만, 역사의 이름으로
그녀들의 개인사를 상세히 조사하는 것도 옳지 않은 일이라고 말
했다. 그녀가 말한다. "그들은 우리가 해주고 안 해줄 것을 기다리
고 있지 않았어. 자신들의 운명을 받아들였어. 실험도 조사도 그들
과는 무관한 거지."

　그렇다 하더라도 묵티는 베비에게 마리암의 주소를 알려달라고
부탁한다. 주소는 태워버렸다. 그러나 신기하게도 아주 오랜 세월
이 지났는데도 그 주소가 기억이 난다. 하긴 아무도 자신의 마음을
통제할 수는 없다. 그녀는 묵티에게 비밀을 지키겠다는 서약을 하
라고 하면서 까다로운 조건을 제시한다. 그럼으로써 그들은 불문
의 계약관계에 들어간다.

　베비: 주소는 비밀로 해야 해.

　묵티: 네, 이름도 공개하지 않을 거예요.

　베비: 그녀를 웃음거리로 만들면 안 돼.

　묵티: 그럼요, 사실을 왜곡하는 일은 없을 거예요.

　베비: 신문이나 잡지에 선정적인 기사를 써서도 안 돼.

　묵티: 예, 안 그럴 거예요. 그리고 그분에 대해 신문기사나 칼럼
을 쓸 계획도 없어요.

　베비: 텔레비전 극을 연출해서도 안 돼.

묵티: 단편영화든 장편영화든 영화도 만들지 않을 거예요.

베비: 사진도 복사하면 안 돼.

묵티: 흑백사진도 칼라사진도 복사하지 않겠어요.

베비: 어려운 일이야.

묵티: 맞아요, 아주 어려운 일이에요.

조건은 구두로 정해진다. 그래서 묵티는 구두로 그 내용을 마리암에게 전한다. 마리암은 당장 코웃음을 친다. 지난 28년간 자신을 만난 적도 없고 자신이 얼굴도 기억할 수 없는 사람이 자신을 위해 그런 조건을 제시할 권리는 없다고 하면서. 하지만 마리암도 베비처럼 말한다. "거울에 비친 내 모습을 보기도 무섭던 시절이야." 뿐만 아니라, 아예 자신의 얼굴과 몸을 다른 사람과 교환하고 싶었다. 하지만 누가 그런 일에 동의해줄 것인가? 전쟁 중에 남편을 잃은 베비 같이 딱한 여자도, 그녀조차도 그런 일에는 동의해주지 않을 것이었다. 과부의 옷은 새하얄 뿐 아니라 그녀의 몸도 더럽혀지지 않았다. 그것은 마리암에게는 없는 조건이다. 어느 날 인력거꾼이 단몬디의 집을 비랑가나 사무소라고 부르자 사회복지사들은 하늘이 무너진 것처럼 소동을 벌였다. 혼비백산 그곳을 빠져나가려고 했고, 자신들이 비랑가나가 아니라는 사실을 증명하려고 했다. 그러나 어떻게 그런 증명이 가능했겠는가? 비랑가나들이 메달을 받은 것도 아니니 사리 윗자락을 들추고 맨 목을 드러내 보이며 "내 목을 보라고요, 아무것도 안 걸려 있잖아요. 메달이 없는 거 봐요. 나는 비랑가나가 아니에요."라고 할 수는 없는 노릇이었다. 그러나 그 사무실이 그들의 직장이었기 때문에 그들은 매일 그곳으로 출근해야 했다. 인력거는 차 없는 사람들의 유일한 교통수단이다. 마리암은 묵터에게 참을 수 없는 원망을 담은 어조로 말한다. "비랑가나라는 이름은 독충이거나 전염병 같은 것이었지. 만지기만 해도 치명적인 부스럼이 생길 것처럼, 손발이 썩어서 떨어져나갈 것처럼들 피했지." 그러면서도 다들 과장되게 말하곤 했다. "그대들은 비랑가나들이다. 나라의 자부심이다. 숭고한 여성들이다." 베비 같은 사람들은 숭고하기를 원했다. 그들 중 일부는 진짜로 나라의 자부심이 되기도 했다. 그러나 아무도 비랑가나는 되고 싶어하지 않았다. 마리암은 그 사실이 역겹다.

　단역배우인 보쿨은 마리암 같은 불평거리는 없었다. 대신 전후 사회복지사로 일하다가 지금은 은퇴한 한 사람이 보쿨에 대해 불평한다. 그녀는 보쿨 사건 이후 가슴에 십자가를 그으며 다시는 알라께서 자신의 손을 거쳐 이 세상에 선행을 베푸시도록 하지 않겠다고 맹세했다. 보쿨에게 자신의 모든 것을 빼앗길 뻔했기 때문이다. 동료들이 나서서 돕지 않았다면 자신의 결혼이 깨졌을 수도 있었다. "사람은 도우면 안 돼. 물에 빠진 사람 구해주니까 보따리 내놓으라고 한다더니." 그 늙은 여자의 이 말은 경험에서 우러나온 것이다.

당시 보쿨에게는 갈 곳이 없었다. 그녀는 재활센터에서 하는 바느질과 자수를 즐기지 않았다. 한번은 그 사회복지사가 보쿨을 데려다 자신의 어린 아들의 생일잔치를 돕게 했다. 보쿨은 마치 그날이 집주인 아들의 생일이 아니라 자신의 생일이라도 되는 양 아주 멋진 시간을 보냈다. 그녀가 말했다. "아주머니, 댁이 정말로 아름다워요. 저도 이런 곳에서 살고 싶어요." 주인은 그 칭찬을 듣고 미소를 지었다. "이 어리석은 아가씨. 누가 원하는 것을 다 가질 수 있나?" 하지만 마음속으로는 다른 가능성을 생각하고 있었다. 그동안 데리고 있던 요리사가 늙어서 시력이 나빠지고 있었다. 카레를 만들 때 죽은 바퀴벌레를 계피인줄 알고 섞은 일도 있었다. 보쿨을 데리고 있으면 나쁘지 않을 것 같아서 집에 두게 되었다. 보쿨은 요리도 제법 잘했다. 남편도 보쿨의 음식 솜씨를 무척 칭찬했다. 매일 귀가 시에 보쿨을 주라고 파우더며 크림, 혹은 향수 따위를 사다 주기까지 했다. 아내가 분개하자 그가 말했다. "우리에게 딸이 있다면 이런 것들을 사주지 않았겠소? 우리 저 애를 딸처럼 생각합시다." 그 말에는 반박의 여지가 없었다.

사실 보쿨은 딸 같았다. 손님이 오면 부부가 다 그녀를 딸이라고 소개하곤 했다. 그녀는 새처럼 재잘댔고, 그들을 아빠, 엄마라고 불렀다. 그러나 1년도 지나기 전에 임신을 했다. "이런 재앙을 가져다준 사람을 말해라. 당장 너와 결혼시킬 테니." 그녀는 운전기사인 마틴이나 사디크를 의심했다. 계속 추궁을 하자 마침내 보쿨이 말했다. "아빠예요." 다행히도 재활센터의 동료들이 추궁했을 때는 운전기사인 사디크라고 말했다. 그들은 그를 해고하고 새로운 기사를 고용했다. 하지만 남편의 이름이 공적으로 더럽혀진다면 어떻게 한단 말인가? 이것은 전쟁 4년 후의 일이었다. 외국 의사들은 벌써 철수했고, 특별 조례의 기간도 끝났다. 보쿨을 낙태시키느라고 엄청나게 고생해야 했다.

묵티는 놀란다. 그렇게 큰 사건인데 보쿨 베굼은 전혀 기억도 못하고 있다니. 보쿨은 묻는다. "〈피타 푸트리〉라는 영화 얘기야?" 그녀는 그 영화에서 그 비슷한 역을 맡았었다. 그 영화는 그녀가 낙태 후 비비 사히바의 집에서 쫓겨나는 장면으로 끝난다. 보쿨은 젊은 시절에 그런 종류의 조연을 많이 맡았다. 요즘에는 그 영화들도 별로 기억이 나지 않는다. 어떤 이야기가 기억나더라도 다른 이야기와 뒤섞였다. 젊은 시절은 그녀의 전성기였다. 인물도 괜찮았고 몸매도 날씬했다. 한번은 여배우 샤바나의 단짝 친구 역을 맡아 춤추고 뛰어다니고 하는 중요한 역할을 한 적도 있었다. 영화 속에서 보쿨의 역할은 주인공에게 담배를 가르쳐주고, 유도와 가라테도 가르쳐주어서, 그녀를 남자와 동등하게 만들어주는 것이었다. 그런 뒤 영화에서 그 부자 주인공과 결혼을 하는 것은 누구인가? 아, 담배를 피우는 샤바나다, 물론. 불운한 보쿨, 불행한 운명을 타고닌 보쿨은 아니었다. 그 생각을 하니 슬펐다. 연기가 끝난 뒤 밤잠을 이룰 수 없었다. 베개가 눈물로 젖곤 했다. 그리고 영화란 이

세상에서 가장 정의롭지 않은 것이라고 생각하곤 했다. 사람은 배가 부르면 생각이 많아지고 걱정을 사서 한다. 그녀에게는 당시에 젊음과 돈이 있었다. 지금은 배역 의뢰도 거의 안 오고, 온다고 해도 할머니 역이다. 허리가 아프지만 온종일 스튜디오에서 기다려야 한다. 하루 일이 끝나면 젊은 매니저가 말한다. "아, 보쿨리, 오늘은 배역이 없네요. 내일 들르세요." 요새는 모두 일당을 받고 하는 연기뿐인데 이렇게 아무 배역도 없으면 빈손으로 귀가해야 한다. 빈손은 굶는다는 것을 의미한다.

"왜, 다른 일을 찾지 그러세요?" 묵티의 질문에 보쿨은 짜증이 나서 쏘아준다. "다들 일을 좀 해라, 일을 찾아라 그러지. 하지만, 일에 기근이 들었나? 찢어진 블라우스와 페티코트를 입고 거리에 나서서 구걸할 수는 있겠지. 하려면 못 할 것은 없어. 하지만 문제는 명예지. 만일 비랑가나의 명예를 보호할 수 없다면 나라의 명예는 어떻겠어?"

"그래, 영화에서 비랑가나 역을 하신 적도 있나요?"

보쿨은 미소를 짓고 고개를 젓는다. "인생이라고 불리는 영화에서 했지."

"그럼 그것은 잊지 않으셨나요?"

"멍청한 소리, 잊고 싶다고 잊을 수가 있나? 어떤 기억은 안 사라져. 다 지워지는 건 아니야."

영화에 나오지 않는, 하지만 29년이 지난 뒤에도 보쿨 베굼이 잊을 수 없는 장면이 일어난 것은 딱 15분 동안이었다. 이제 날짜는 기억나지 않지만, 그날이 월요일이었던 것은 기억난다. 파키스탄 군인들이 아침 열 시경 집으로 들이닥쳤다. 마당에 그들이 보이자마자 그녀는 고개를 푹 숙이고 안으로 뛰어 들어갔다. 군인들은 우르두어로 계속 말했다. "겁내지 마라, 아무 일도 없을 테니까." 그들은 오두막집 앞 베란다로 뛰어 올라갔다. 군인 한 사람이 칼을 세워들고 방 앞에서 보초를 섰다. 다른 사람이 그녀를 끌고 침대로 갔다.

"어떻게 생긴 남자였나요?" 묵티는 강간당한 여성을 심문하는 검사처럼 말한다. 스스로의 귀에도 거슬린다. 하지만 다른 대안은 없다. 강간의 끔찍한 묘사에 귀를 기울이는 것보다는 질문을 하는 쪽이 낫다. 보쿨은 입술을 비틀며 말한다. "시커멓고 마른 사람이었지." 그녀 자신은 연약하고 마른 데다 피부가 가무잡잡했다. "지금도 성장을 하고 나서면 아가씨도 날 못 알아볼걸." 보쿨이 묵티에게 의기양양하게 말한다. 그녀의 세상은 단 15분 만에 끝났다. 옆방에서는 시어머니가 손녀 둘을 데리고 기도용 카페트 위에 앉아 있었다. 그분이 그녀를 도울 겨를은 없었다. 문 옆에 있던 보초가 방으로 들어가 트렁크의 자물쇠를 부수고 그녀의 금귀고리를 꺼냈다. 벽의 선반에서는 수탉 그림이 그려진 탁상시계를 내렸다. 그 시계는 그녀의 할아버지가 그녀가 맏딸을 낳았을 때 기념으로 주신 선물이었다. 시계를 약탈한 뒤 그 괴물은 가죽 가방을 반으로 쭉 찢었다. 그리고 그녀의 얼굴에 침을 퉤 뱉고 떠났다.

남편은 귀가한 뒤 물건들을 때려부수기 시작했다. 그의 행동도 파키스탄 군인들의 것과 다를 바 없었다. 시부모는 그녀가 지은 음식을 거부했다. 그녀는 부엌의 침상에 홀로 누워 파키스탄 병사들로부터 도망치는 악몽, 이 동네에서 도망쳐 여기저기 전전하는 꿈을 꾸었다. 그녀에게 은신처를 제공하는 사람은 아무도 없었다. 그러다가 어느 순간 조국의 독립이 이뤄졌다. 먼 친척 아저씨가 그녀에 대한 소식을 듣고 도와주기 위해서 서둘러 왔다. 시부모에게 애원해보았지만 아무런 소용도 없었다. 그들은 그녀에게서 두 딸을 빼앗았다. 보쿨은 시부모의 용서를 구하고 남편의 집을 영원히 작별하고 다카로 왔다. 그리고 1972년 3월말 단몬디 3번지의 집에서 낙태를 했다.

마리암은 그때 아직 그곳에서 지내고 있었다. 사소한 병을 제외하면 건강이 나쁘지는 않았다. 그러나 그녀는 바느질이나 타자, 혹은 요리를 배우는 데 재미를 못 느꼈다. 그녀가 묵티에게 밝힌 이유는 "그 기술들은 주부다운 집중과 인내심을 요구하지."이다. 당시의 그녀에게는 그런 것들이 없었던 것이다. 과거는 끔찍했고 미래는 불안했다. 몬투의 존재는 삽화가 딸린 신문기사에 국한되었다. 편지를 보냈음에도 불구하고 카필루딘 아흐메드에게서는 아무런 반응이 없었다. 이 어려운 시기에 그녀가 전부터 알던 유일한 사람은 쇼바 라니, 파키스탄 군대 수용소 시절의 동료였다. 쇼바 라니는 침략자의 자식을 낳을 참이었다. 마리암은 해산 전날 쇼바 라니의 머리를 단정하게 갈라서 땋아주었다. 과부의 첫아이. 그녀에게는 이것이 마지막일 수도 있었다. 마리암은 아직 스물두 살이었다. 그녀가 결혼해서 아기를 갖게 된다면 누군가가, 쇼바 라니가 아니더라도 누군가가 그녀의 곁에서 머리를 빗질해주고 땋아줄 것이었다. 쇼바 라니는 흥분해서 말했다. "오! 메리 언니, 너무 더워." 마리암은 다정하게 그녀의 목과 얼굴에 탈컴 파우더를 두들겨 발라주었다. 분만실에서는 의사의 지시에 따라 힘을 주었고, 신음소리와 눈물과 땀이 범벅이 되며 피부의 탈컴 파우더가 떡이 되고 있었다. 곧 엄마가 될 그녀는 웃다 울다 했다. 밤새도록 음모와 싸웠다. 동트기 전 새벽에 그녀의 높은 배가 서서히 꺼지면서 그녀의 다리 사이로 비말 다스 가족의 혈통을 이을 빛이 떠올랐다. 그 힌두 가정에서는 다시 램프에 불이 붙여질 것이었다.

카필루딘 아흐메드와 그의 가족이 다카에 도착하기 나흘 전에 쇼바 라니의 시어머니인 수라발라가 탐문 끝에 비랑가나 사무실에 도착했다. 재활센터에서 편지를 받은 즉시 쌀과 검은 막설탕 압착한 것을 싸들고 다카로 온 것이다. 쇼바 라니의 꿈이 현실이 되었다. 그렇지만 아누라다는 어디에 있는지? 그녀는 수류탄이 폭발한 시기에 사라졌다. 침략자들은 그녀를 여성 수용소로 되돌려 보내지 않았다. 쇼바 라니는 독립이 될 때까지 그곳에 있었다. 아누라다에게 무슨 일이 일어났을까? 아마도, 다른 장교가 마리암의 경우처럼 그녀의 보고서에도 '위험분자'라고 적고 그녀를 감금했을지도 모른다. 아누라다는 파키스탄으로 떠날 수 있었을까? 마리암은 갑자기 이쉬티아크 소령이 생각났다. 그녀는 자신할 수 없었다. 그것이 그녀가 자궁 속의 아기를 데리고 라호르로 가는 것이 현명하지 않다고 생각한 이유다. 입술에 핑크색 연지를 바르고 눈썹을 세련되게 그린 펀자브의 부인에게 자신이 질 것 같았다. 매혹적인 눈과 고혹적인 미는 방글라 특유의 보석이다. 방글라 땅 안에서만 꽃피고 시든다. 장소를 바꾸면 힘이 없다. 만일 아누라다가 그 근시의 고기 눈을 하고 파키스탄으로 갔다면 지금 무엇을 하고 있을까?

　마리암은 아들을 안은 쇼바 라니가 시어머니 수라발라와 함께 떠나자 허전해졌다. 자신의 자궁 속의 공허가 그녀를 삼켰다. 수라발라는 같은 날 보낸 편지를 받고 벌써 와서 며느리와 손자를 데리고 갔지만, 카필루딘 아흐메드는 아직 나타나지도 않았다. 그렇게 심각한 전쟁 이후에도 가문의 대를 이을 장손이 전부였고, 생존한 딸은 아무것도 아니란 말인가? 수백만의 사람들이 죽었고, 이런저런 의료기관에서 비랑가나들이 낳은 아기들이 얼마나 많았는지. 그 아이들을 낳자마자 보따리에 싸서 외국에 보내야만 했을까? 그러지 않았으면 해방된 나라가 제대로 굴러갈 수 없었단 말인가? 그 아이들은 적인 파키스탄인들만의 자식이 아니고 방글라 어머니의 자식이기도 하지 않았던가? 들여다보고 찔러보는 등의 일들이 마리암의 자궁에는 상처를 주었지만, 이쉬티아크 소령은 전혀 다친 데 없이 원래의 몸으로 귀국했다. 작은 생채기 하나도 없었다. 오고 가는 경로만 바뀌었다. 파키스탄 출발 스리랑카 경유 방글라데시 도착. 방글라데시 출발 인도 경유 파키스탄 도착. 그 중간에 얼마나 많은 사람들이 살해되고, 얼마나 많은 여성들이 고문과 억압을 당하고, 얼마나 많은 집들이 불태워지고, 얼마나 많은 다리와 배수구들이 폭발했나. 마리암은 만나는 사람마다 물어보며 손가락으로 하나하나 헤아려보았다. 아침에는 헤아리는 데 아무 문제가 없었다. 하지만 오후가 되면 일일이 다 헤아릴 수 없었다. 밤에는 모르핀을 맞고 몽롱한 정신으로 보냈다. 다음 날, 숫자는 뱀으로 변해 몸을 틀었다. 셋째 날은 의사가 그녀의 병을 진단했다—간질로 인한 정신병. 증상은 불면, 식욕부진, 기절 발작, 불안, 초조. 넷째 날 카필루딘이 와서 자기 딸이라고 말했다. 그는 당국자에게 가족에 정신 병력이 있다고, 전쟁과는 아무런 관계도 없는 병이라고 말했다. 메리의 할머니도 정신병이 있었으며, 그 손녀도 영화를 보러 간다며 정당한 이유 없이 가출을 한 적이 있다고. 3월 25일 이전 모든 사람들이 시골마을로 피난을 떠날 때 그녀는 남동생은 풀탈리의 집으로 보냈지만 스스로는 라예르 바자르의 집에 혼자 남았다고. 그것들이 다 정신이상의 징조가 아니었겠느냐고.

카필루딘이 이 같은 집안 비밀을 털어놓은 유일한 이유는 골람 모스토파의 제안에 따라, 그녀에게 오명을 씌우는 이 장소에서 딸을 가능한 한 빨리 빼내기 위해서였다. 그럼에도 불구하고, 마리암은 일주일을 더 지내며 의사의 돌봄을 받아야 했다.

제2부

XVIII
이상적인 박물관

    마리암의 부모가 다카에 오는 데 시간이 걸린 이유는 카필루딘 아흐메드가 여러 가지 궁리와 고민을 했기 때문이었다. 마리암을 고향마을로 데리고 가기는 좀 곤란했다. 그렇다고 비랑가나 사무소에 두는 것도 현명한 일은 아니었다. 라예르 바자르의 집은 사람이 살 수 없을 정도로 망가졌다고 들었다. 그렇다면 어디로? 그는 평소에 늘 조언을 주는 골람 모스토파에게 도움을 청했다. 당시에는 영리한 처남이 전처럼 잘 나가고 있지는 않았다. 신문 보도에 따르면 승전 8주 만에 약 4,000명의 사람들이 파키스탄의 간첩 혐의로 체포되었다. 골람 모스토파도 어느 날 묵티 바히니에 체포됐지만 다음 날 석방됐다. 하지만 동산과 부동산 등 재산을 많이 잃을 것처럼 보이는 상황이었다. 다카에 있는 그의 소유 집 세 채 중 두 채가 소위 자유전사를 자처하는 사람들이 차지가 되었다. 그 뒤로 아들들과 딸들을 다른 데로 보내고 마그바자르에 있는 방 세 칸짜리 집에 납작 엎드려 지내고 있었는데 바로 그때 카필루딘 아흐메드의 편지가 도착한 것이다. "모스토파, 어려운 시기의 진정한 벗. 아는지 모르겠네만, 부모 말을 안 듣는 내 딸이 지금 재활센터에 있네. 그 애를 어떻게 하면 좋겠나? 어디로 데리고 가야 할지?"

비랑가나는 나라의 자부심이었다. 그들을 두고 대소동이 벌어지고 있는 중이었다. 그들에 대해 방글라데시 사람들만 소동을 부리는 것이 아니라 외국인들도 요란법석을 떨고 있었다. 만일 자유전사인 조카가 살아 있었더라면 골람 모스토파도 그렇게 심한 곤경을 치르지는 않았을 것이다. 독립이 되고 넉 달이 지났는데도 그 녀석이 돌아오지 않고 있으니, 돌아올 가능성이 있기나 한 것인지? 만일 가족 중에 자유전사가 있다면 불가능이란 없던 시절이다. 그에게는 세 명의 사생아가 있었지만 쓸모 있는 녀석은 하나도 없었다. 그들은 9개월 동안 빈대알 위에 죽치고 빈대의 숫자나 늘리며 침대 위에서 빈둥댔고, 중간중간에는 내기 카드놀이를 했다. 파키스탄이 질까, 인도가 이길까? 마치 그것이 크리켓 게임이며, 같은 종류의 오락을 제공하는 것처럼. 그들 중에 하나라도 전쟁에 참가해서 희생이 되었다면, 자신은 비르 비크람(BB), 즉 강력한 용사, 혹은 비르 프라틱(BP), 즉 용기의 상징을 자식으로 둔 아버지가 되는 행운을 누릴 수 있었을 것이다. 그렇다면 누가 감히 그의 재산을 몰수하려 할 것인가? 어쨌든, 적어도 조카딸은 있었고, 더욱이 국가의 자부심인 비랑가나였다. 골람 모스토파는 즉시 계획을 세우고, 카필루딘 아흐메드에게 편지를 썼다. "형님, 운이 나쁘시군요. 어떤 죄를 지어서 알라께서 이렇게 분노를 보이시는지 모르겠군요. 모든 것은 신의 뜻이니, 우리는 이 세상에서 그분의 명령을 실행할 뿐이지요. 하지만, 알라께서는 우리에게 문제를 보내실 때 해결책도 함께 보내주십니다. 즉시 누님과 함께 다카로 오십시오. 제 상황이 어떻든, 저희 집 문은 항상 형님의 자식들을 위해 열려 있습니다. 형님의 진실한 벗, 골람 모스토파 올림."

카필루딘 아흐메드는 그 편지를 접어서 트렁크에 넣었다. 그리고 아내에게 여행준비를 하라고 일렀다. 모노와라 베굼은 상황을 전혀 모르고 있었다. 처남 매형 간의 편지 교환은 그녀 몰래 이루어진 것이었다. 그녀는 몬투에 관한 소식이 온 거라고, 아마 나쁜 소식임이 왔음에 틀림없다고 생각했다. 만일 몬투가 무사하다면 벌써 제 발로 나타났을 것이다. 하지만 그녀의 아들 몬투는 지난 1년 동안 꿈속에서만 나타났고, 꿈에서 깨어나자마자 사라졌다. 낮 동안에는 그녀 눈 속 바다 밑으로 깊이 잠겼고 밤중에만 먼바다에서만 떠올랐다. 팔다리를 허우적대며 헤엄치고 있는 몬투에게 그녀가 아무리 손을 뻗어도 그의 몸에 닿지 않았다. 그에게는 형체가 없었고, 모습도 매일 달라졌다. 그녀의 자궁 속에서처럼. 이렇게 몬투는 꿈속에서 그녀의 자궁 속으로 되돌아왔다.

몬투를 임신했던 당시 모노와라 베굼은 아들을 간절히 원했다. 아들을 둘이나 사산하고 결혼 10년 만에 메리를 낳았었다. 메리는 행복하고 건강한 아기였지만 아무도 행복해하지 않았다. 다른 사람들의 행동을 보면 사산한 아들들의 어머니인 쪽이 더 나은 듯싶었다. 몬투는 여러 가지 부적을 몸에 지니고 성자들의 묘지에 공물을 바친 뒤에 얻은 아들이었다. 그것도 외아들. 쥐면 꺼질까 불면 날까, 정성껏 기른 아들이었다. 메리가 고집이 센 데 비해 몬투는 사내애였지만 조용하고 행실이 발랐다. 음식을 주지 않아도 울지 않았고, 뭐든 시키는 대로 했다. 그런 소년에게도 내면에 그런 불이 간직되어 있었던 것일까? 어머니에게 한마디 말도 없이 전쟁에 나가다니? 아들의 싱실보다도 배신당했다는 느낌에서 오는 고통이 더 큰 것 같았다. 자신의 몸 일부가 다른 부분의 신뢰를 저버린 듯한 느낌이었다. 모노와라 베굼은 큰 소리로 통곡했다.

카필루딘 아흐메드는 더이상 그런 그녀의 모습을 참을 수 없었다. 전쟁 동안 내내, 그는 아들은 파키스탄 군인으로부터 보호하고 딸은 사회로부터 감추기 위해 애썼다. 하지만 그의 그런 노력은 남편과 아내 사이에 단단한 벽을 세우는 결과를 가져왔다. 그 벽에 바른 회칠이 이제 바스러지기 시작했고, 회 뒤의 흉측한 벽돌이 드러났다. 그들에게 무슨 일이 일어날 건가? 여생을 어떻게 살 것인지? 알라께서 그들에게 살아갈 힘을 주실 수 있을지? 외아들은 죽었고 딸은 이런 식으로 살아남기보다 아예 죽어버렸더라면 더 좋았을 것이다. 그러나 그는 딸도 포기할 수는 없었다. 결국 마리암도 카필루딘 아흐메드는의 자식이었으니까. 다른 아버지들처럼 그도 자신이 세상에 자식들을 데려왔으니, 온 힘을 다해 능력껏 그들을 보호해야 한다고 믿었다. 그런데, 그렇게 큰 전쟁이 일어나고 보니 자신에게는 정말 아무런 힘도 없었다. 자식들을 구할 수 없었다.

사람들은 한 번도 우는 모습을 보여준 적이 없는 사람도 울 수 있다는 사실을 잊는다. 그들이 가슴 아프게 울부짖으면 마치 조소의 웃음소리처럼 들린다. 모노와라 베굼은 무슨 일이 일어나고 있는지 의식하지 못하고 있다가 깜짝 놀랐다. 그들 사이의 돌벽이 무너지고 있었다. 지난해에는 아내가 몰래 우는 것조차 싫어하던 이 목석같은 남자가 모노와라 베굼의 눈앞에서 지금 녹아내리고 있었다. 오 신이여! 죽은 자식의 얼굴을 보느니 차라리 죽고 싶은 마음이 들지 않을 만큼 단단한 심장을 가진 사람이 이 세상에 있을까? 남편은 정말 살아 있는 시체였다. 파키스탄군이 두려워 사는 역할을 연기해온 것뿐이었다. 모노와라 베굼은 더이상 혼자 몰래 눈물을 흘릴 필요가 없었다. 그들 두 사람의 목구멍에서 커다란 울부짖음이 터져 나왔다. 누가 들어도 신경 쓰지 않는 소리였다.

마리암의 어린 두 쌍둥이 여동생인 라트나와 찬다가 문에 매달려 서글프게 울고 있었다. 뺨과 턱이 눈물과 손에 묻은 먼지로 범벅이 되었다. 풀탈리 마을사람들이 마당으로 모여들었다. 까마귀 한 무리가 순다리익 습지를 건너와서 까악 댔다. 나라가 해방된 지 벌써 넉 달이나 지났으니, 생존자와 사망자에 대한 파악은 이미 끝

낳다고 봐야 했다. 몬투가 무엇을 했는지는 파키스탄군이 무서워 구 개월 동안 감춰져 왔지만 이제는 다 드러났다. 신문에 나온 행불자 광고를 통해 사람들이 모두 알게 된 것이다. 메리만이 신비의 커튼 뒤에 가려져 있었다. 그렇다고 그녀의 이야기가 마을사람들에게 알려지지 않은 것도 아니었다. 그들은 단지 소문으로만 알던 사실을 확인하기 위해 마당에 모여들었고, 함께 애달프게 우는 부부의 모습을 보고 그것이 사실임을 확인했다. 가족과 함께 다카로 떠나는 순간의 카필루딘 아흐메드는 비밀의 베일을 잃고 거리에서 구걸하는 거지와 같았다. 그는 박탈당한 자존심 때문에 가난한 사람이었다. 그와 그의 가족은 이런 상태로 순다리 습지를 건넌 뒤 모여든 사람들을 헤치고 나가던 버스를 탔고, 부서진 다리 아래에서 나룻배로 강을 건넌 다음 다시 인력거와 나룻배와 버스를 탔고, 마침내 다카에 도착했다. 영원한 친구인 골람 모스토파, 그의 자존심을 돌려줄 사람이 살고 있던 그곳에 도착한 것이다.

골람 모스토파는 그를 맞기 위해 만반의 준비를 마쳐놓고 있었다.

마그바자르의 집은 전처럼 반들거리거나 매끈거리지 않았고, 커튼은 찢어지고, 식탁보와 방석보는 더러워져 있었고, 부엌에서는 악취를 풍기는 배급 쌀이 익고 있었다. 하지만, 골람 모스토파는 평소처럼 미소 띤 낯으로 그들을 환영했고, 모노와라 베굼은 동생에게 매달려 눈물이 다 마를 때까지 울었다. 그녀가 딸과 아들을 다카로 보내 공부시킨 것은 그의 충고에 따른 것이었다. 그래서 자신의 불행에 대해 때로는 운명을 원망했지만, 때로는 골람 모스토파 탓이라는 생각이 들 때도 있었다. 카필루딘의 행동은 달랐다. 그는 어머니의 자궁처럼 안전한 곳으로 다시 들어선 것 같은 느낌이었다. 카필루딘에게는 모스토파처럼 침착하고 안정적인 모습으로 모든 비난과 창피함에도 전혀 흔들리지 않을 사람이 앞장을 서주는 것이 필요했다. 그러나 모스토파에게서도 이전의 활력과 기민함은 조금 사그라든 것 같았다. 낮에는 전혀 외출을 안 했고, 친구도 없어 보였다. 그의 유일한 안내자는 신문에 인쇄된 글자들인 것 같았다. 그는 신문지 더미에서 몇 장의 신문을 꺼내 카필루딘 아흐메드에게 보여주었다. 메리 같은 처녀들의 재활과 치료를 위해 외국으로부터 돈과 사람들이 속속 도착하고 있었다. 건강이 회복되고 나면 직업 훈련도 받을 예정이었다. 돈은 부족하지 않았다. 직업도 주어질 것이었다. 원한다면 사업도 시작할 수 있었다. 그러나 그것이 인생의 전부인가? 결혼도 생각해야 한다. 하지만 정부도 그 문제에 대해 생각하고 있었다. 신문에 결혼 광고가 실리고 있었다. 골람 모스토파는 매형 앞에 신문을 펼쳐 보이며 말했다. "형님, 이것 좀 보세요."

카필루딘 아흐메드는 기절할 뻔했다. 정부에 대해 그렇게 칭찬을 하다니, 그의 처남이 또다시 전향했단 말인가? 신문을 보아야 하나, 처남을 보아야 하나? 신문에 딸의 미래와 관련된 내용이 있었기 때문에 그쪽을 바라보았다. 골람 모스토파는 비랑가나들과 결혼하겠다고 나서는 사람들이 모두 정직한 사람들은 아닌 것 같다고 말했다. 자기 이익 때문에 나섰다는 것이다. 정부가 아무리 그들을 애국자라고 불러도 그들은 이상 때문에 결혼하는 것은 아니었다. 모든 사람들에게는 그들이 속한 가족과 사회가 있다. 사회는 입을 다물고 있지 않을 것이고 설령 지금은 아무 말 안 한다 하더라도 그런 태도가 얼마나 오래 가겠느냐? 사회는 전쟁의 비극이 잊히기도 전에 이의를 제기할 것이다. 골람 모스토파는 자신의 아내나 누님이 근처에 있는지 살펴본 뒤 말했다. "더욱이, 형님, 형님도 남자고 저도 남자 아닙니까? 형님 같으면 그런 여자와 결혼하시겠어요? 저라면 그럴까요?" 카필루딘 아흐메드가 당황하고 슬퍼하는 모습을 보며 그가 낄낄대며 웃었다. 가느다란 쇳소리도 들렸다. 이렇게 껄끄러운 목소리로 웃으며, 골람 모스토파는 매형에게 말했다. "어제, 형님, 제가 사주에게 신문을 보여주며 이 애들하고 결혼하겠느냐고 물어보았어요. 그랬더니 당장 얼굴이 하얗게 질리더라구요."

처남의 말을 들은 카필루딘 아흐메드의 얼굴도 잿빛이 되었다. 그는 다카에 올 때 참으로 큰 희망을 가지고 왔다. 딸을 데리고 가기 위해 온 것이 아니었다. 그 애를 데려다 뭘 할 수 있단 말인가? 문설주로 쓸 것인가? 그녀를 잘 자리 잡게 하고 돌아가려고 온 것이었다. 만일 사주 같은 천치가 비랑가나와는 결혼하지 않겠다고 한다면 다른 사람은 더 말해 무엇하랴?

바로 이것이 골람 모스토파가 노린 효과였다. 카필루딘 아흐메드를 일단 깊은 절망의 바다에 빠뜨렸다가 메리와 사주 사이의 결혼이라는 미끼를 던져 단단한 육지로 끌어올릴 작정이었다. 매형으로서는 땅에 오르려면 그 미끼를 그냥 무는 외에 별다른 대안이 없었다. 만일 나라에서 비랑가나와 결혼한 남자를 애국자로 인정해준다면, 신랑의 아버지가 라자카르로 취급되겠는가? 자신도 애국자로 둔갑할 것이었다. 그러나 그가 소리 내어 말한 것은 자신은 그 결혼에 대해 아무런 요구조건도 없다는 것, 재봉틀이니 그릇이니 살림도구니 정부에서 준다는 선물도 다 필요 없다는 것이었다. 당장은 좀 불편하게 지내고 있지만 자신에게는 메리에게 재봉틀 열 개 정도는 사줄 능력이 있다. 자비로우신 알라의 한없는 은총 덕분에 사주가 어렸을 때부터 메리를 좋아했고, 사주가 지능은 좀 떨어지지만 사랑은 부족하지 않다. 자신은 그 결혼에 이의가 없다, 라는 것이다.

카필루딘 아흐메드는 눈앞에 침을 질질 흘리는 얼굴, 뇌가 없는 백치의 얼굴을 본다. 대학을 졸업한 딸을 이 비정상인 괴물에게 시집을 보낸다? 다른 때 같으면 처남의 큰 입을 철썩 소리가 나도록 쳐서 납작하게 해주었을 것이다. 그러나 알라께서 그를 무너뜨리셨다. 아들이라도 살아 있었다면 오늘이 아니더라도 언젠가는 이 모욕에 대해 복수를 할 수 있을 것이다. 그러나 지금 카필루딘에게는 아무런 미래도 없었다. 딸도 저주받은 아이였다. 그 애를 어찌 해야 한단 말인가? 고향으로 돌아간 뒤에 풀탈리 마을사람들을 어찌 대한단 말인가? 그에게는 그것이 가장 두려운 일이었다. 마침내, 처남의 고집에 지친 그가 말했다. "자네 누님께 말해보겠네. 결국, 메리는 그 사람의 딸이기도 하니까, 안 그런가?"

맙소사! 그 구실은 너무나 말도 안 된다. 카필루딘 아흐메드는 그때까지 어떤 문제에 대해서도 아내와 상의한 적이 거의 없다고 봐도 좋은 사람이었다. 세상에, 그가 어머니의 동의뿐 아니라 딸의 동의도 필요하다고 주장할 날이 올 수도 있겠다. 나라가 독립하면 여자들도 해방될 것이라고 어느 책에 적혀 있었나? 골람 모스토파는 매일 서너 가지의 신문을 읽고 있었다. 그리고 자신은 조심스럽게 행간을 읽고 있다. 그 모든 파키스탄 군인들의 사생아를 외국으로 보낼 때 누가 그 어머니들의 동의를 얻었는가? 비랑가나라 하더라도 그들도 결국 아기 어머니인데 말이다. 어떤 어머니가 갓난아이를 빼앗아 영원히 외국으로 보내도 좋다고 동의하겠는가? 카필루딘 아흐메드는 그런 문제를 아내와 상의해야 하는 애송이가 아니다. 사주를 신랑으로 받아들이고 싶지 않아 구실을 찾고 있을 뿐이다. 시간을 벌려고 하는 것이다. 혹시라도, 운이 좋으면 좋은 집안의 신랑이 나타날 수도 있다고 기대하면서. 골람 모스토파는 매형을 잘 안다. 겉보기에는 단순하고 정직한 사람 같지만 실제로는 잘레비 꽈배기처럼 둘둘 말려 있는 분이다. 하지만, 중요한 것은 그런 결정은 미루어서는 안 된다는 것이다. 그렇게 설득한 끝에 골람 모스토파가 덧붙인다. "누님께 허락받는 것은 제게 맡겨주세요. 결국 사주는 누님의 조카도 되잖습니까, 안 그래요?"

이것은 단순한 말싸움의 문제는 아니었다. 그들이 무척 어려운 현실에 처한 것은 사실이었다. 유일한 아들은 실종되었고 딸은 비랑가나이기 때문에 더욱 그랬다. 모노와라 베굼은 밤새도록 남편과 함께 그런 생각을 나누었고 그들의 베개는 눈물로 얼룩졌다. 오랜 결혼 생활 끝에 남편은 마침내 그녀와 함께 솔직하게 슬퍼했다. 그들은 함께 울고, 함께 한숨을 쉬고, 대화를 나누었다. 더욱이 모노와라 베굼의 남동생이 옆방에서 자고 있었다. 그의 커다란 코 고는 소리를 들으니 좀 위로가 되기도 했다. 모노와라 베굼은 인생이 아무리 고통스럽더라도 자신만 외롭고 불운한 사람은 아니라고 느꼈다. 그날 밤 남편과 남동생이 자신과 한 지붕 밑에 있지 않은가. 내일이면 잃었던 딸도 볼 수 있게 될 것이었다. 모든 것이 너무나 슬펐지만 그런 가운데도 사람들에게 뭔가가 있었다. 눈물의 밤, 베개와 고통을 나누는 밤, 기다림의 밤, 잠 못 이루는 밤. 그로부터 겨우 석 달 후 모노와라 베굼은 자신의 삶에 그런 밤은 없었다고 생각하게 된다. 그리고 왔더라도 꿈이었다고. 그녀에게는 남편도 남동생도 없었다. 유일한 진실은 아들의 상실이었다. 그리고 자신에게는 아들을 또다시 잉태할 능력이 없다는 사실이었다.

불운은 다음 날 아침부터 일어나기 시작했다. 골람 모스토파는 누님이 비랑가나 사무소에 함께 가다니 말도 안 된다고 했다. 그의 구실은 단몬디 3번가에 나타나는 여자들은 모두 남들의 의심을 받게 된다는 것이었다. 나이와 상관없이 비랑가나라는 오해를 받게 된다는 것이다. 그래서 결국은 카필루딘이 혼자 갔다. 골람 모스토파는 과학 실험실 뒤 파안 스낵 가판대 뒤에 숨어서 매형의 일거수일투족을 조종했다. 그리고 카필루딘이 단몬디 거리의 끝으로 혼자 돌아오자 불같이 화를 냈다. 아버지가 딸을 데리러 갔는데 누가 감히, 사돈도 뭣도 아닌 누가 감히 거절을 한단 말인가? 그들이 도대체 누구라고 그녀를 붙잡아둔단 말인가? 그는 메리가 신경쇠약이라는 말을 듣고도 전혀 동요하지 않는다. 그리고 매형에게 말했다. "광기가 집안 내력이라면 왜 전쟁 탓을 합니까?" 원래 가족에게 있는 병인데 의사들이 무슨 일을 할 수 있단 말인가? 할 일이 있다면 부모의 몫이었다. 카필루딘 아흐메드는 다시 가서도 그냥 돌아와 메리는 일주일 후에나 퇴원할 수 있다고 말했다. 골람 모스토파의 요술 가방은 비어 있었다. 새로운 방책이 떠오르지 않았다. 새로운 전략을 짜내기 위해서는 혼자 있을 필요가 있었다. 길가에서는 불가능했다. 사람들이 자신들을 목격할 수도 있지 않은가. 인도에서는 힌두교도들이 떼로 돌아오고 있었다. 골람 모스토파는 전쟁 중에 자신이 한 활동을 기억 못하는 체했다. 그가 무슨 짓을 했건, 그것은 시골에서의 일이었다. 힌두교도들의 집을 약탈하고, 그들을 위협해 파키스탄에서 쫓아내 가족을 모두 이끌고 인도로 가게 한 일 같은 것 말이다. 그가 불안한 것은 힌두교도들 때문이라기보다 그들의 땅과 재산 때문이었다. 저주받을 이교도인 힌두교도들을 완전히 몰아내기 전에는 계속 불안할 것이다. 하지만 그는 지난 9개월 동안 이슬람교도들의 물건은 막대기로도 건드리지 않았다. 사실 몇몇 사람들을 총살의 위기에서 구해주기도 했다. 그렇기 때문에 한 그룹의 자유전사가 그를 체포하면 다른 그룹이 풀어주곤 했다. 지난 4개월 동안 이런 숨바꼭질을 계속하고 있었다. 그러나 불운은 예고 없이 찾아오는 법이다. 그래서 카필루딘 아흐메드가 라예르 바자르의 집을 살펴보고 싶다고 하자 그를 길에다 내려주고 자신은 서둘러 돌아갔다.

카필루딘 아흐메드는 자기 집 앞길을 오락가락했지만 어느 집이 자기 집인지 알 수가 없었다. 간판 노릇을 해야 할 대나무 덤불이 사라지고 없었다. 검은 문에 있던 흰 글씨의 주소도 지워져버렸다. 마당 우물의 펌프도 부서져버렸다. 대나무 울타리도 무너져 내렸다. 한 남자의 유일한 재산인 자식들과 땅이 사라지면 그의 삶에서 무엇이 남는가? 시골마을에 있는 동안에도 여러 사람들이 다카에 있는 자기 집의 상태에 대해 전해주었다. 그러나 스스로 집을 찾을 수조차 없다는 가능성, 그것이 사라져버렸다는 가능성에 대해서는 생각해보지 못했다. 그가 자신의 불운을 저주하며 처남의 집으로 돌아가려고 하는데 한 사내가 재빨리 옆집에서 나왔다. 그는 좋은 뜻에서 온 것이었다. 그 집을 짓는 동안 카필루딘 아흐메드와 인사를 나눴지만 그 뒤에는 못 만났었다. 전쟁이 외모를 너무나 변화시켜서 가까운 가족이나 친구마저 낯선 사람이 된 듯했지만, 그 사내는 이웃 같긴 했다. 그는 카필루딘 아흐메드를 자기 집 문까지 안내해주었지만, 그 집에 지뢰가 있을지 몰라 바깥에 서 있겠다고 했다. 그 말을 들은 집주인 역시 안으로 들어가기가 불안해서 그냥 바깥에 그 이웃과 함께 서 있었다.

그 집은 전쟁기간의 거의 대부분 동안 파키스탄 군대의 오락센터 기능을 했다. 대나무는 자유전사들의 공격에 대비해 베어졌었다. 방글라어로 쓰인 주소도 지우고 대신 우르두어로 하렘이라고 쓴 새로운 간판을 세워놓았었다. 이 모든 것은 하지 샤헵의 놀라운 업적이었다. 하지만 이웃은 그 덕분에 자신의 생명과 재산이 보호할 수 있었기 때문에 그에게 깊이 고맙게 생각한다고 했다. 카필루딘 아흐메드로서는 그 과정에서 자신의 재산이 망가졌기 때문에 불쾌했다. 만일 모든 사람들이 라자카르에 대해 이런 식으로 변호해준다면, 정부에서 아무리 많은 파키스탄 간첩과 라자카르를 체포한다 해도 어떻게 그들을 재판할 수 있을까? 죄를 증명하려면 증인과 증거가 있어야 하는 것 아닌가? 이웃은 카필루딘 아흐메드의 말에 대해 공감을 표했지만 그의 재산이 파괴되었다는 판단에 대해서는 의견이 달랐다. 하지 샤헵이 대나무 덤불을 제거한 것은 잘못한 일이 전혀 아니라고, 그와 같이 무성한 덤불은 애초부터 도시에는 적합하지 않았다고 했다. 카필루딘 아흐메드는 자신이 부적절한 장소에 대나무를 심음으로써 라자카르보다 더 나쁜 죄를 저지르기라도 한 것처럼 당황해서 고개를 숙였다. 이웃은 그의 반응을 보고 더 열심히 말했다. 더욱이, 그가 말했다. 하지가 그 집의 변소에 위생시설을 설치하느라고 돈도 썼다. 그 점도 고려해줘야 한다. 그러나 파키스탄 군인들이 떠날 때 지뢰를 심어놓았고, 우물의 펌프는 해방 후에 사라졌다고 했다. 해방 후에는 게릴라 전사들의 캠프가 되었는데, 그들이 우르두어 간판을 뽑아서 태워버렸고, 문과 창문도 부숴서, 비랴니를 요리할 때 땔감으로 썼다. 하지 캠프의 추종자들 중 하나가 벌건 대낮에 침대와 의자와 탁자와 옷장과 양철지붕을 실어갔다. 밤에는 좀도둑들이 근으로 달아 팔기 위해 가재도구와 책과 공책 따위를 훔쳐갔다. 한번은 지뢰가 폭발해서 게릴라 전사 하나가 다리를 다쳐 병원에 실려 갔는데, 거기서 외국인 의사가 그의 다리를 절단한 일도 있다. 우물은 여성들의 머리카락과 뼈로 가득 차 있기 때문에 흙으로 메우고 봉해졌다. 지뢰는 인도 군대가 와서 제거해갔다.

이웃은 말을 멈추고 한숨을 돌렸다. 카필루딘 아흐메드는 누가 무엇을 어떻게 망가뜨렸는지 더이상 기억할 수도 없다. 어떤 사람이 이런 식으로 열 번을 말해주었다 하더라도 기억할 수는 없을 듯하다. 그들 앞에 서 있는 것은 집과 나라와 인도 아대륙의 형해였나. 그 집은 인도-파키스탄의 분단과, 1971년의 파괴, 세력의 균형에 일어난 변화 등에 대해 훌륭한 증인이 될 수 있는 장소였다.

사실, 그 집은 박물관으로 쓰면 무척 이상적인 장소, 관광객들과 호기심에 찬 시골 사람들과 연인들을 위한 훌륭한 관광명소가 될 만한 곳이었다. 그들은 고고학과의 간판이 걸릴 그 박물관에 싼 티켓을 사서 들어갈 수 있을 것이다. 그 간판에는 다음과 같이 써놓을 수 있으리라. "이 집은 풀탈리 마을의 사하르파르 우체국 구역에 사는 카필루딘 아흐메드의 재산이었다. 그는 인도-파키스탄 전쟁이 일어났던 해에 니킬 찬드라 사하라고 하는 힌두교도에게서 5코타라는 헐값에 대지를 사서 그곳에 시골에 있는 것과 같은 모양의 집을 지었다. 둘 다 대학생이었던 그의 아들 몬투와 딸 메리가 그 집에 살았는데, 몬투는 1971년 전쟁에서 순국했고, 메리, 일명 마리암은 비랑가나가 되었다. 집은 파키스탄 침략자들과 자유전사들에 의해 차례로 접수됐고, 마침내 1972년 4월 원주인인 카필루딘 아흐메드의 손에 되돌아왔다. 박물관 당국은 그가 넘겨준 그대로, 전혀 손질을 가하지 않고 이 집을 보존했다."

마리암은 되찾은 그 집의 첫 손님이었다. 비몽사몽간에 문 안으로 들어가서, 검은색 문을 통과해 진흙탕을 피하기 위해 흩어져 놓인 벽돌을 디뎠다. 손 펌프를 눌러서 우물물을 받아 마시고, 대나무 덤불 아래 그늘에서 잠시 쉬었다가 몬투의 방 앞을 지나 자기 방쪽으로 갔다. 그런 뒤 3월 27일 아침 통행금지 해제 시 이웃사람들과 피난을 떠나느라고 버려두었던 침대에 가서 누웠다. 아주 오랜만에 자기 방의 자기 침대에 누운 것이다. 머리를 베개에 놓는 순간 그동안 쌓였던 졸음이 그녀를 삼켜버렸다.

　지난 이틀 동안은 마그바자르에서 지냈는데, 수면제를 먹고도 잠을 이룰 수 없었다. 옆방에서 카필루딘 아흐메드와 골람 모스토파가 수차례 언쟁을 벌였고, 대개는 두 사람 모두 화를 벌컥 내는 것으로 끝났다. 마리암은 그들이 무엇 때문에 다투는지도 알지 못했다. 아무도 그녀에게 말해주지 않았다. 그러나 비몽사몽간에도 음모가 이루어지고 있다는 사실, 오래된 음모가 진행 중이라는 사실은 감지할 수 있었다. 그들은 그녀를 강제로 결혼시킬 작정이었고, 결국 신랑 차림으로 나타난 남자는 다름 아닌 사주였다. 그녀는 놀라서 정신이 번쩍 들었고, 침대에서 벌떡 일어나 앉았다. 모노와라 베굼이 그녀를 부축해 다시 눕혀주었다. 골람 모스토파의 말수 적은 아내 줄레카 비비가 물 한 잔을 들고 뛰어왔다. 그것을 본 마리암은 자신의 내부에서 악마 같은 힘이 솟는 것을 느끼며 침대에서 벌떡 일어나 모노와라 베굼을 거칠게 밀치고 줄레카 비비의 물잔을 넘어뜨린 뒤 문을 벌컥 열고 밖으로 뛰쳐나갔다. 카필루딘 아흐메드가 그녀에게 겁을 주려고 라예르 바자르의 집에 지뢰가 묻혀 있다고 외쳤지만 아무 효과도 없었다. 그러니 다른 무슨 수가 있었겠는가? 그는 할 수 없이 인력거를 잡아타고 딸을 쫓아갔다.

　집의 모습은 기필루딘을 영적인 영역으로 인두했다. 이 집은 우주, 광활한 우주 공간의 일부였다. 그런 면에서 그의 삶과도 닮았다. 하늘과 공기는 열린 문과 창을 통해 자유롭게 드나들었다. 새들도 마음대로 드나들었다. 태양 광선과 비가 하늘에서 곧장 들이쳤다. 마리암의 기력과 영혼은 마그바자르에서 라예르 바자르까지의 짧은 여정에서 모두 소진되었다. 집에 도착한 카필루딘 아흐메드가 목격한 것은 지붕도 없이 하늘을 향해 개방된 집의 텅 빈 마루에 몸을 꼬부린 채 새우잠을 자고 있는 딸의 모습이었다. 딸이 마침내 미쳐버린 것일까? 지붕도 문도 대문도 담도 없는 집에서 그렇게 곤히 잘 수 있다면 미친 사람이 아니고 무엇일까?

한쪽에는 딸이 있었고, 다른 쪽에는 처남이 있었다. 둘 다 그와 가까운 존재이면서 적이었다. 그는 그들이 밀고 당기는 싸움에 끼어 죽을 지경이었다. 그는 요새 딸의 눈을 똑바로 쳐다보지 못한다. 깨어 있는 동안 그녀의 눈동자는 팽이처럼 불안하게 움직이거나 불붙은 석탄처럼 타올랐다. 만일 종이나 장작을 가까이 가져다 댄다면 불이라도 붙을 듯했다. 그 눈은 카필루딘이 사랑하던 어머니의 눈과 정확히 똑같았다. 그녀는 1년에 두세 달을 제외하고 내내 광기의 상태로 지내곤 했다. 그런 상태에서 세상을 향해 엄청난 비난을 퍼부어댔다. 예를 들어 어느 날은 오후 내내 친정아버지를 비난하고 욕했다. 언젠가 아주 오래전에 카필루딘 아흐메드의 할아버지가 그녀가 가지의 노래 공연을 들으러 밖으로 나가는 것을 금했다는 이유 때문이었다. 나머지는 돌아가신 자신의 시어머니를 비난하고 욕하는 데 바쳐졌다. 이유인즉, 구르카 용병들이 살인

용의자를 잡으러 마을에 들이닥친 어느 해 여름 그녀가 친정에 가지 못하게 막았다는 것이었다. 하지만 쌤통이었다. 용의자를 못 잡은 구르카 군인들이 집집마다 들이닥쳐 쌀과 달을 마구 헤치고 뒤섞었으니까. 그런 일이 있고 난 뒤 마을사람들 모두가 여섯 달 동안 키차리만 먹어야 했다. 또 심한 기근이 들었던 1943년에는 가족의 다른 구성원들 모두가 밥을 지어 먹으면서 그녀에게는 쌀뜨물만 남겨주었다. 카필루딘 아흐메드의 어머니가 미쳐 지내던 9개월 동안 그 시절에 그녀가 느꼈던 슬픔이 적어도 한 번은 등장했다. 그러면 그날은 굶곤 했다. 자식들이나 손주들이 아무리 설득해도 절대 음식을 먹지 않았다. 그녀의 남편은 성격이 부드러운 외눈박이였다. 그는 천연두를 앓았고, 그 병 때문에 바나나 이파리 침대에서 지냈지만, 한 눈의 시력을 잃었다. 다른 눈의 시력도 나빠지고 있었다. 이런 상황에서 카필루딘 아흐메드의 아버지 살리무딘의 최선은 아내를 참아주는 것이었다. 그러니 사주가 아니면 누가 메리를 참아줄 것인가?

골람 모스토파는 매형인 카필루딘 아흐메드가 그 결혼에 기꺼이 동의하는 거라고 믿기는 힘들었다. 그래서 메리가 아직 약에 취해 있을 때 내친김에 몰라비를 불러서 결혼의 서약을 받으려고 했다. 차양을 치고 확성기를 통해 음악을 틀고 결혼을 축하하는 일은 나중에 할 수 있었다. 방글라데시의 초대 대통령 방가반두와 영부인이 귀빈으로 참석할 수도 있었다. 방가반두가 너무 바빠서 올 수 없다면 영부인인 베굼 무집은 분명히 올 것이었다. 그녀는 비랑가나의 결혼식을 주선하는 일에 가장 앞장을 서고 있었다. 그런 예식을 올림으로써 골람 모스토파는 동포들에게 자신이 아직도 대단한 실력자이며 무시할 수 없는 사람임을 선포할 작정이었다. 신문에 '또 한 명의 비랑가나의 결혼식'이라는 설명이 붙은 사진도 실리게 할 것이다. 그리고 베굼 무집이 직접 신부를 넘겨주는 사진도 실리게 할 것이다. 신랑은 사제드 모스토파, 즉 사주. 아버지: 골람 모스토파. 신부는 모사메트 마리암 베굼, 카필루딘 아흐메드의 딸.

카필루딘 아흐메드는 이 마지막 문장이 마음에 들지 않았다. 또한 이 결혼을 사방에 떠들썩하게 알린다는 계획에도 진심으로 반대였다. 그렇게 한다면 결국 만인에게, 아직까지 그 사실을 전혀 모르던 사람들에게까지 메리에게 무슨 일이 있었는지를 광고하는 셈이다. 그런 계획을 승인할 수는 없었다. 하지만 골람 모스토파도 전혀 양보할 기세가 아니었다. 집안에서 이런 난리가 벌어지고 있는데 저 아이는 어떻게 저렇게 잠만 곤히 자고 있을 수가 있을까?

결국 합의를 하지 못하고 신뢰만 무너졌다. 하지만 표면적으로는 화해의 분위기가 유지되고 있었다. 골람 모스토파로서는 파키스탄의 첩자에서 방글라데시의 애국자로 재빨리 변신할 필요가 절실했기 때문이다. 그렇게만 된다면 잃었던 두 집의 소유권도 되찾을 수 있을 것이었다. 카필루딘 아흐메드의 경우에도 딸에 대한 책임에서 하루라도 빨리 벗어나버리고 싶었다. 그래서 메리가 약에서 깨어나 의식을 충분히 되찾으면 바로 결혼식을 올리기로 합의가 이루어졌다. 결혼식의 소식을 신문에 내는 것은 괜찮지만 사진은 내지 않기로 합의했다. 마그바자르 집에서 더이상 회의를 할 필요는 없게 되었다. 그리고 적어도 당분간은 야단법석을 떠는 일도 그치게 되었다.

그렇게 표면상 평화를 유지한 상태에서 메리가 라예르 바자르의 집에서 마그바자르의 집으로 옮겨졌다. 그녀는 방에 감금되었고 밖에서 자물쇠가 채워졌다. 그러나 사진을 안 낸다는 합의를 골람 모스토파가 지킬 것이라고 신뢰할 수는 없었다. 소식이 나가는 것만으로도 나쁜 일이었다. 사람들은 이름과 주소를 보면 그들의 모습을 떠올릴 것이다. 그렇게 생각하니 카필루딘 아흐메드는 기분이 언짢았다. 그러나 불만을 표현하지는 않았다. 결혼은 흥정을 포함한다. 그러려면 일정한 정도의 비밀과 은폐가 필요했는데, 그것은 그가 계속 골람 모스토파의 집에 머무는 한 가능하지 않았다. 그래서 그는 자신의 입지를 강화시키려는 의도로 재빨리 라예르 바자르 집을 수리하기 시작했다.

제안은 인간이 하지만 실행은 신이 하시는 법이다. 상황판단에 있어서 카필루딘 아흐메드보다는 골람 모스토파가 더 정확했다. 마리암이 약에서 깨어나자마자 두 어른이 세웠던 결혼 계획과 준비는 모두 수포로 돌아갔다. 카필루딘의 눈먼 아버지가 자신의 아내를 휘어잡을 수 없었던 이유와 그의 아들이 자신의 딸을 제 마음

대로 처분하지 못한 이유는 똑같았다. 두 여자가 다 정말 미쳤기
때문이다.

XIX
베어진 허리와 각성한 청년

　마리암은 집을 나와 곧장 S.M.홀로 갔다. 모든 것이 전과 같아 보였다. 새로운 것은 벽에 난 총구멍뿐이었다. 그리고 아베드는 이제 그곳에 없었다. 수만은 이를 닦고 있다가 마리암을 보고 입안 가득 물고 있던 치약을 꿀꺽 삼켰다. 누군가가 옆방에서 날카롭게 휘파람을 불었다. 마리암은 오랜만에 마음껏 웃었는데, 수만은 그 모습을 보고 더욱 놀랐다. 얼굴을 더러운 수건으로 닦고 셔츠의 단추를 채우며 그는 아베드가 얼마나 변신했는지를 생각한다. 밤이 낮이 된 것처럼 변했으니까. 이제 이 아가씨에게 뭐라고 말해야 하지, 진실을 말하나? 아니면 거짓을? 왜 새로운 날을 거짓말로 시작하지? 아베드는 기숙사에서 한 방을 쓰던 수만을 더이상 알아보지 못했다. 그러나 만일 3월 25일 밤에 수만이 아베드의 무거운 몸을 밀어주지 않았다면 그는 담 넘어 도망도 못 쳤을 것이다. 이미 파키스탄 군대가 들어와 있을 때였으니까. 그게 겨우 1년 2개월 전의 일이었다. 사람들은 참으로 빨리 모든 것을 잊는다. 특히 지도 자들은. 평범한 병졸인 그에게는 분개의 권리가 있었다.

아베드는 이제 이전 비방글라인 소유 무역회사의 사장이었다. 이전 소유자가 인도를 거쳐 파키스탄으로 탈출하는 것을 돕는 대가로 그 사람의 굉장한 미인 딸과 결혼도 했다. 전쟁에 이긴 후 그가 왕국과 공주를 모두 차지하게 되었다는 뜻이다. 나라를 해방시키고 즉각적으로 그 대가를 얻은 것이다. 하지만 수만과 몬투도 해방전쟁에 참여했다. 그런데 하나는 더러운 수건으로 얼굴을 닦고 있고 다른 하나는 돌아오지 못했다. 둘 다 아베드보다 젊었고 그를 헌신적으로 따르던 추종자들이었다. 마리암이 전쟁이 시작되기도 전에 아베드와의 관계가 이미 끝났었다고 하니 수만은 더욱 놀란다. 그녀는 아베드의 사생활에는 관심이 없었다. 다만 그의 주소를 원했다. 그녀는 지금 비랑가나라면서. 그녀는 수만의 놀란 얼굴 앞에서 손짓을 하며 말했다. "비랑가나라는 말의 뜻을 알겠지요. 나라의 자부심, 독립 방글라데시의 순수하고 정숙한 여성 말예요."

그녀는 자귀나무 아래 그늘 안으로 들어가며 오래전에 들었던 이야기가 생각났다. 그것은 정원과 궁전이 있는 멋진 도시에 관한 이야기였다. 그 도시에는 왕자가 살고 있었는데 그에게는 아내와 아들이 있었지만 그가 그들과 행복하게 살았는지는 알려지지 않았다. 그는 길고 검은 머리에 고혹적인 눈을 한 여성들이 살고 있는 나라로 전쟁을 떠나야 했다. 그는 그녀들 중 하나와 사랑에 빠졌지만 그녀를 감금했다. 그녀에게 가슴속 깊은 이야기를 모두 털어놓았지만 종전이 되자 자기 나라로 돌아갔다. 이야기는 거기서 끝났다. 그러나 어떤 이야기에는 끝이 없다.

아베드의 아내는 파키스탄 여자였다. 펀자브인일까? 라호르에서 왔을까?

마리암은 팔라시 교차로에 서서 인력거를 기다렸다. 수만이 그녀를 바래다주었다. 그는 이제 좀 더 침착하고 진지해져 있었다. 그녀가 아베드와 처음 만난 날과 마지막 헤어진 날에 마주쳤던 구두 수선공은 이제 그곳에 없었고, 그의 자리는 비어 있었다. 가까운 곳의 슬럼가도 사라지고 없었다. 3월 25일 밤 잠들어 있던 다른 주민들과 함께 잿더미로 화했기 때문이다. 수만은 그을린 땅을 가리키며 말했다. "그 구두 수선공이 저기 살았지요."

지금 그녀를 바래다주고 있는 사람은 아베드가 아닌 수만이었다. 구두 수선공이 그가 살던 슬럼은 모두 잿더미로 화하고 없었다. 마리암만 불사조, 파괴될 수 없는 전설 속의 새 같았다. 그녀는 잿더미에서 새로운 육체로 태어나 이전의 삶, 과거의 주소로 되돌아갔다. 이것은 전쟁을 겪은 후 모든 나라의 모든 사람들이 겪는 이야기였다. 같은 제목 하에 쓰이고 또 쓰인 닳고 닳은 이야기였지만 그래도 전쟁은 계속 일어났다. 전쟁이 계속되는 한 그 이야기도 계속 쓰일 것이었다. 그러나 시대와 상황은 마리암에게 유리하지 않았다. 그녀에게는 자신의 운명을 슬퍼할 시간도, 다른 사람의 상실을 애도할 틈도 없었다.

　카필루딘 아흐메드는 날카로운 보티 칼을 들고 자신의 이름과 주소가 새 페인트로 적힌 검은 문 옆에 서서 딸을 기다리고 있었다. 대나무 덤불들만은 하루아침에 되자랄 수 없었다. 계절비가 처음 내린 후 야생화를 피운 꽃나무들 근처에 있던 우물은 여전히 메꾸어진 상태였다. 그 외의 다른 것들은 잘 작동하고 있었다. 딸이 나타나면 단칼에 베어버릴 작정이었다. 이름은 아무래도 좋았다. 이슬람의 쿠르바니 희생이든 힌두교도의 희생제물이든. 모노와라 베굼이 준 경고의 말은 "알아서 네 길을 가도록 해라. 만일 네 스스로 살아남을 수 있다면 사는 것이고, 그러지 못한다면 죽는 것이다. 우리는 네 곁에서 너를 도와줄 수 없다." 마리암은 불사조처럼 스스로를 돌보고 있었다. 새로운 생명의 기회가 왔지만, 그녀가 밟고 있는 땅은 낯익은 땅이되, 예전의 지인들은 사라지고 없는 땅, 남은 사람들이 위치를 바꾼 땅이었다. 그녀는 죽었다가 다시 태어나기에는 너무 젊었다. 겨우 스물두 살이었다.

　아베드의 주소를 구하기는 했지만 그의 사무실에 도착한 것은 정오가 다 된 시각, 즉 점심시간이었다. 마리암은 대문 옆에 앉아서 기다렸다. 그녀 옆에는 멋진 옷을 입은 수위가 서 있었다. 그러나 제복 속의 그는 단지 또 한 사람의 무직자였다. 그는 마리암에게 자신의 의자를 내주고 자신은 아베드의 마을에서 온 아저씨뻘의 먼 친척이라고 말했다. 그는 사무실의 관행에 따라 조카를 어르신이라고 불러야 했다. 이전의 수위는 비하리인이다. 새로운 수위는 검지로 목을 가로지름으로써 그가 죽었다는 사실을 알렸다. 어르신은 아주 좋고 너그러운 분이라고 말하면서 조카라서 그렇게 말하는 것이 아니라고 했다. 어르신은 비랑가나 사무소에서 보내온 도시락을 먹으며 "그들을 경멸하지 마세요. 그분들은 어머니 동생들입니다. 나라를 위해서 정절을 희생했어요."라고 말했다고. 조카라서 칭찬하는 것이 아니라 "어르신은 혐오하는 마음이 없기 때문이죠. 안 그렇다면 그 화냥년들이 만든 음식을 어떻게 드시겠어요?"라면서. 그런 뒤 아베드의 먼 친척 아저씨라는 그는 그녀에게 속엣말을 하고 싶은 듯, 사무실 쪽을 보다가 다시 마리암을 향해 시선을 돌리며 말했다. "사모님은 방글라 사람이 아니에요. 전쟁 때문에 결혼한 거지요. 하지만 밥과 생선을 요리할 줄 모르세요." 사무실에서 누가 나오는 모습이 보였는데, 수위는 더웠는지 모자를 벗고 혼잣말로 중얼거렸다. "어쨌든, 아직은 새 모자라서 덥군." 그런 뒤 자신이 입고 있는 제복을 자랑스럽게 훑어보았다. "이 옷은 조카, 아니, 어르신이 직접 사주신 겁니다."

아베드의 먼 친척 아저씨와 라미즈 셰이크 사이에 약간의 유사성이 느껴졌다. 만일 그가 살아 있다면 그도 이 사무실의 수위로 일하고, 그녀는 어르신의 개인 비서 겸 전화교환원으로 일할 수도 있었을까? 전쟁은 많은 불가능한 일들을 가능하게 했다. 마리암이 어르신의 사무실로 불려갈 차례가 되었다. 수위는 모자를 쓰고 서투르게 경례를 붙였다. "또 오십시오, 아가씨. 대화 상대가 전혀 없어서요. 숨이 막힐 것 같습니다." 30년 인생의 10년을 감옥에서 보낸 라미즈 셰이크도 같은 말을 하곤 했다.

마리암은 자신이 어디에 누구를 만나기 위해 온 것인지 알고 있었지만, 아베드는 아마도 손님이 누구인지 모르고 있었을 것이다. 손님을 맞으려고 일어섰다가 즉시 도로 앉았다. 순식간에 침착을 되찾기는 했지만, 기분 같아선 한 시간, 하루, 아니, 일 년 하고도 두 달은 더 된 것 같았다. 팔라시 건널목에서의 조우와 3월 25일까지의 기간, 거기서 다시 인도의 훈련 캠프, 해방전쟁, 그리고 경마장에서의 적의 항복을 거쳐, 공주와 함께 왕국에 들어갈 때까지의 기간을 그는 필사적으로 다 훑었다. 그가 그와 같은 생각의 흐름을 다 더듬은 후에도, 마리암은 아직 그대로 서 있었는데, 그가 그녀에게 앉으라고 권하지 않았기 때문이다. 그녀가 앉은 뒤에 곧 큰 폭발음이 들렸으니, 만일 그녀의 말이 실제 폭탄이었다면 그 잘 꾸며진 사무실이 폭발했음에 틀림없었다. 그러나 마리암은 아무런 동요의 모습도 보여주지 않았다. 매일매일 영리하고 힘센 무장 군인들이 발가벗고 살인하며 감각을 즐기고, 혐오하고 사랑하는 모습을 보아온 그녀에게 과거의 로맨스는 별다른 감흥을 불러 일으키지 않았다. 자신의 옛 애인이 냉담한 젊은이인 것을 의식하고 있었기 때문에 그의 사랑과 배반이 잠시 지나가는 봄의 소나기일 뿐이었고, 여름의 여러 달을 거치며 몬순의 폭우에 씻겨 내려갔다는 것을 알고 있었다. 그녀가 그를 용서하고 말고도 중요한 문제는 아니었다. 다만 지금의 그녀에게는 직업이 필요했고, 이 커다란 도시에서 자신에게 직업을 구해줄 수 있는 사람으로 아베드 외에는 아는 사람이 없었다. 만일 아베드가 마리암이 그를 용서해주는 대신에 그녀를 위해 직장을 구해준다면 그녀는 기꺼이 그를 용서할 작정이었다. 그래서 자신이 비랑가나라는 사실을 밝히며 아베드에게 취직을 부탁했다. 구직이 급하다는 진술을 뒷받침하기 위해 카필루딘 아흐메드가 보티칼을 손에 들고 집의 검은 대문 뒤에 숨어 기다리고 있으며, 모노와라 베굼이 그녀에게 스스로 살길을 찾으라고 당부했다는 사실도 말했다. 그런 뒤 상황만 달랐다면 또 한 사람을 위해 수위 자리라도 부탁해볼 수 있었지만 그럴 필요는 없어졌다고, 그가 이미 죽었기 때문이라고, 그리고 물론 수위 자리가 비어 있지 않다는 사실도 목격했다고 말했다. 아베드는 몬투에 대해서 질문조차 하지 않았고, 마리암도 더이상의 정보를 제공하지는 않았다. 비랑가나라는 자격만으로도 구직의 사유로는 충분했다. 자신이 자유전사의 누나라는 사실까지 굳이 언급할 필요가 있었을까? 아베드는 자유전사였다. 더욱이 그는 현재 한때 방글라인이 아닌 멍청한 사람, 전쟁으로 쫓아내야 했던 사람에게 속했던 자리를 차지하고 있었다. 그 자리를 차지한 것은 그의 편이 이겼기 때문이었다. 만일 마리암이 직업을 구하지 못한다면 그녀는 아베드와 싸워야 할 것인가?

아베드는 그녀의 위와 같은 말들을 일부는 흡수하고, 일부는 이해하지 못했다. 우선은 놀랐지만 이내 좀 실망스러웠다. 마리암이 자신을 놓친 일에 대해 전혀 슬퍼하지 않는 것처럼 보였기 때문이다. 그녀가 취직을 부탁하기보다 그의 뺨을 두어 차례 갈겼더라면 차라리 기분이 더 나았을 것이다. 그랬다면 그가 새로 얻은 권력에 의미가 있었을 것이다. 남자에게는 돈과 재산과 집과 아름다운 아내만으로 충분하지 않았다. 그는 그 이상이 필요했다. 그렇게 덤으로 필요한 것 중의 하나는 거리의 걸레처럼 취급한 뒤 버린 여자였는데, 그런 여자는 자신을 찾아와 암캐처럼 계속 자신의 발을 핥아야 했다. 그런데 이 여자는 전혀 그럴 생각으로 온 것이 아니고, 스스로를 위한 분명한 목적의 달성을 위해 온 것이었다. 전쟁 전에는 전혀 이렇지 않던 여자, 결혼 외에는 관심이 없던 여자가 얼마나 많은 남자들을 상대했기에 이제 남자를 찾지 않고 필사적으로 직업을 구하는 걸까? 외모조차도 꽤 화냥기가 있어 보였다. 마치 세상이 다 자기 것인 양 굴고 있었다. 비랑가나란 무기력하고 억압당한 여자, 모두들 동정하는 체하며 속으로는 경멸하는 여자를 의미했다. 그런 여자가 어떻게 감히 옛 애인을 찾아와 그의 사랑을 구걸하지 않고 직업을 요구한단 말인가? 그것도 자신의 직업만이 아니라, 죽은 남자의 직업까지도? 마치 애인이 살아 있다면 아베드 사무실의 수위가 될 권리라도 있는 것처럼. 어딘가에 당연히 어떤 약점이 있을 텐데, 그것을 알아내려면 시간과 계산이 필요하겠다

싶었다. 아베드는 곧 직업을 구해주겠다는 약속과 함께 그녀를 내보내려 했다.

마리암은 바로 일어서지 않았다. 과연 직업을 구할 수 있을지 회의가 엄습했다. 아베드를 신뢰할 수 없었다. 그녀는 계속 자리를 지키며 자신이 그가 버린 옛 애인이라고, 그건 괜찮지만, 지금 너무 절박하게 직업이 필요하고, 그는 그 정도는 너무 쉽게 구해줄 수 있는 위치에 있다고 말했다. 지금 살아 있다면 당연히 그의 회사 수위가 될 수 있었을 죽은 애인을 들먹이고 싶지는 않지만, 비랑가나와 희생 용사를 돕는 것은 그의, 권좌에 앉은 그의 의무라고. 만일 그런 정도도 안 해준다면 그것이 또 다른 분쟁의 빌미가 되지 않을 거라고 어떻게 자신하냐고.

아베드의 서랍에 권총이 있다면 이상한 일이 아닐 것이다. 몇몇 자유전사들은 무기를 반납했지만, 대다수는 아직 그냥 가지고 있었다. 그가 그녀를 총으로 쏠 수도 있는 상황이었다. 그런 뒤 경찰을 불러서 그녀가 협박범, 파키스탄 스파이, 혹은 CIA 정보원이었다고, 돈으로 매수된 첩자, 널리 알려진 자유전사를 암살하려는 임무를 띤 첩자라고 말할 수도 있으리라. 마리암은 그런 일이 일어나기 전에 자리에서 일어나 당당하게 방을 나갔다. 수위가 경례를 하고 그녀를 위해 문을 열어주었다. 라미즈 셰이크가 살아 있었더라면 마리암이 그 자리를 뺏기 위해 청탁을 했을 바로 그 수위가.

모험에서 오는 흥분은 오래가지 않았다. 딱 세군바기차에서 하티르풀까지였다. '새로 각성한 방글라데시 청년'이라는 단체에서 만든 한 쪽짜리 전단지가 마리암이 타고 있던 인력거로 날아 들어왔다. 그 전단지에는 '베어진 허리'라는 무시무시한 제목이 달려 있었다. 그것은 여성들에게 창피스러운 옷을 버리라며, 15일의 말미를 주고 있었다. 그 이후에 그런 옷을 입고 거리를 나다니는 여자들에게는 불운하고 불쾌한 일이 일어날 수 있다는 경고와 함께. 각성한 청년은 "허리가 드러나는 옷이나 소매 없는 블라우스를 입거나, 배꼽이 보이게 사리를 입는 것은 저속하다."고 생각했다. 독립된 나라의 여성들에게는 그런 옷을 입는 것이 허락될 수 없다고 했다. 마리암은 소매가 긴 블라우스에, 물들이지 않은 무명에 빨간색 가장자리를 두른, 공장에서 대량생산된 사리를 입고 있었다. 비랑가나다운 옷차림이었다. 하지만 재활센터에서 그 전단지에 묘사된 것과 같은 옷을 입은 여성들을 몇 명 본 적이 있다. 인도에서 귀환한 여성들이었다. 그곳에서 건너온 패션인 모양인데, 독립한 지 5개월이 지난 지금 각성한 방글라데시의 청년은 그것을 용인할 수 없다는 것이다. 이 각성한 사람은 정말 누구일까?

"나쁜 사람들이 아니면 누구겠어. 남의 일에 참견하는 것 말고 할 일이 없는 사람들 말이야." 마리암의 대학 친구인 리나는 그 전단지를 보고 짜증스럽게 말했다. 그녀는 지난달에 바로 그런 블라우스를 반 다스 정도 맞춰서 아직 입기도 전이었다. 그것들을 입고 갈 데나 있을지? 학교의 학기는 끝났고, 그녀의 부모는 그녀를 학교에서 중퇴시키겠다고 결정했다. 굳이 공부를 더 하고 싶다면 결혼 후에 하면 된다고 했다. 그 전단을 구겨서 동그랗게 뭉치는 리나의 시선이 마리암이 들고 있던 큰 가방에 닿았다. 이것은 새로운 일은 아니었다. 이 집에서는 전쟁이 일어나기 전에도 항상 리나의 친구들을 환영해주었다. 마리암은 그 사실에 일루의 희망을 걸고 그녀를 찾아간 것이다. 하루 이틀만 지내다가 직업을 구하는 즉시 떠날 생각이었다. 그러나 그 집 가족 한 사람 한 사람에게 댈 구실을 꾸며내야 했다.

　그래서 먼저 리나에게 이야기를 하나 지어서 했고, 리나의 어머니가 부엌에서 나왔을 때 같은 이야기를 반복했다. 그리고 리나의 아버지가 직장에서 귀가했을 때 다시 세 번째로 동일한 이야기를 반복했다. 마침 리나의 집 옆에 공터가 하나 있어서 대중집회와 연설에 쓰이고 있었으며, 저녁이면 좌파 집단이 소집한 대중집회가 거기서 열렸다. 그래서 연설의 토막들이 메리가 꾸며낸 이야기에 섞여 들어갔다. *레닌 동지*/마리암의 부모는 지난 구 개월을 마리암의 안부를 염려하며 보냈다. 옆집에 파키스탄 군대의 진지가 있었기 때문이다/*지금은 사회주의를 수립할 황금의 기회입니다*/부모님들은 몬투에 대해서는 염려하지 않았다. 만일 그가 집에 있었더라면, 파키스탄군에 의해 살해당했을 텐데 적어도 그러지는 않고 *내 나라를 위해서 싸우고 있었다*/*만일 인도가 새로운 나라의 탄생에 산파 역할을 했다면, 이 새 나라의 아버지는 소련입니*

다. 따라서 이 새 나라의 정체성은 아버지의 이름으로 알려져야 합니다/몬투는 전쟁에서 살아 돌아오지 못했다. 자신에게는 직업을 구하는 외에 다른 대안이 없다. 부모님은 완전히 폐인이 되셨으니까. 그분들은 물론 그녀를 다카로 보내고 싶어하지 않았고, 그래서 억지로 풀탈리를 떠났다/우리는 무집 정부가 사회주의 나라를 세우는 일을 전심전력을 다해서 도울 것입니다. (모든 것을 잃은 청중이 요란한 구호를 외치고 박수갈채를 보낸다.) 인킬라브 진다바드. 혁명 만세. 여러분의 지도자, 우리의 지도자. 무집-인디라-코시긴. 혁명 만세.

연설이 끝난 후 마리암은 잠을 자기 위해 리나의 방으로 들어갔다. 그녀는 하루 종일 미친 사람처럼 이야기를 하고 또 했다. 잠들기 전에 그중 어느 만큼이 거짓말이고 어느 만큼이 진실인지 헤아려 봐야겠다고 생각했다. 하지만 리나가 어린아이처럼 불평을 해대는 바람에 그마저도 불가능했다. 전쟁은 9개월이었지만 너무 길었다, 정말 지루했다, 루도 게임과 뱀과 사다리 게임만 계속했다, 사춘기 남동생 두 명은 비디와 후카를 피우는 데 중독이 되었다, 자기 가족은 찬디나의 외삼촌댁으로 피난을 갔었다.

또, 전쟁 얘기라니! 마리암의 머리는 폭발음으로 윙윙대기 시작했다. 배수구와 학교 건물과, 다른 건물들 따위가 머릿속에서 무너져 내리고 있었다. 그 시기에 리나는 전쟁을 뒤로 하고 곧장 사랑을 향해 나아갔다. 그녀의 부모가 파키스탄군이 마을에 쳐들어와 여성들을 끌고 갈까봐 전전긍긍하고 있을 때, 보드게임을 하던 리나는 속임수의 도사가 되어가고 있었다. 외삼촌 댁 옆집에 살던 청년의 도움이 있었다. 그는 처음에는 리나에게 저항했지만 점차 그녀를 돕게 되었다. 보드게임을 하는 동안 그는 그녀의 적수였다. 하지만 리나의 응수를 보고 그녀가 뱀에 물리지 않게 해주고, 사다리 꼭대기까지 올라갈 수 있도록 도와주었다. 그 때문에 게임의 재미가 좀 줄기는 했지만 대신 두 사람 사이의 사랑이 깊어졌다. 그것은 위험한 연애였는데, 뱀과 사다리가 그려진 네모판 위에서 전쟁을 하며 진짜 전쟁을 잊을 수가 있었다. 무척 흥미진진했다. 뱀에게 먹힐 때도 있었고, 사다리를 타고 올라가다가 떨어지고 미끄러질 때도 있었다. 그러나 그들은 좌절하지 않고 다시 사다리를 향해 달려갔다. 꼭대기 바로 옆에 큰 뱀이 아가리를 크게 벌리고 기다리고 있었다. 그들이 올라가고 내려가는 데 따라 그들의 점수도 올라가고 내려갔다. 하지만 그들의 사랑의 약속만은 확고했다. 그들의 관계가 공개되고 난 뒤에도.

전시라는 점을 고려하면 그 청년은 괜찮은 신랑감이었다. 신분이 낮은 집안 출신이기는 했다. 아무도 그의 조상이 어디에서 왔는지, 어떤 사람들인지 알지 못했다. 그 마을에 정착한 뒤 리나 외삼촌의 증조할아버지 댁의 소작인으로 지내온 집안이었다. 그래서 리나의 부모와 삼촌들을 비롯해 모두 사람들이 엄청나게 그 결혼에 반대했다. 그들은 루도 게임판과 뱀과 사다리 게임판을 연못에 던져버리고 리나를 방에 가두었다. 그건 터무니없는 일이었다! 그 전쟁통에 젊은 연인들이 도망치려고 해봐야 갈 데나 있었단 말인가? 인도의 난민촌이 아니면 갈 데도 없었다. 그녀의 문제는 그녀가 갇힌 뒤에도 끝난 것이 아니었다. 머리 위에 신성한 코란을 올려놓고 정식 참회를 한 날 그녀는 사다리 위에서 몸이 잘 가눠지지 않아서 무서웠다. 당장 그 사다리에서 떨어질 것만 같았다. 그때 그 청년의 누나가 창문을 통해 구겨진 종이 한 장을 그녀의 방 안으로 던져 넣었는데, 그 위에는 튼튼한 사다리가 그려져 있었고, 그녀에게 그 사다리에 대고 서약하라고 쓰여 있었다. 그녀는 자신이 방금 한 반성은 뱀과 같은 일이었다고 말했다. 그 청년은 누나를 통해 자신이 뱀의 독에서 그녀를 구해 사다리 꼭대기까지 데려다주겠다고 약속했다. 리나는 다시 한번 서약했다. 한쪽에는 뱀이 있었고 다른 쪽에는 사다리가 있었다. 그 무렵 인도-파키스탄 전쟁이 시작되어 겨우 12일 만에 끝났다. 리나의 부모는 그녀의 사촌 피치키를 통해 그 두 연인이 창문 너머로 편지를 주고받은 사실에 대해 알게 되었지만 그 편지에 아무 글도 없이 사다리 그림만 그려져 있었다는 말을 듣고 안심했다. 리나는 어떤 결심도 할 수 없었다. 그와 대화할 방법이 없었으니까. 마치 자신이 나무 위에 올라가 있는데 사다리가 발밑에서 제거된 것 같다는 느낌만 계속 들었다.

그날 밤 두 학우가 꾼 꿈속에서는, 리나는 계속 뱀에 물렸고, 마리암은 계속 사다리에서 떨어졌다. 다음 날 밤에는 그 반대였다. 셋째 날 밤에는 첫날 밤의 꿈이 반복되었다. 마리암이 가지고 있던 수면제도 다 떨어졌다. 취직이 되었다는 소식도 없었다. 소매가 없고 허리 부분이 드러난 리나의 블라우스를 입고 계속 아베드의 사무실을 방문해야 했다. 그녀는 한동안 아베드를 대면하고 앉아서 리나의 집에서 말하지 않은 모든 일에 대해 이야기했다. 그녀는 하티르풀의 집에서는 순국열사인 자유전사의 누이로 직장을 구하는 중이었지만, 아베드의 사무실에서는 직업을 자신의 권리라고 주장하는 비랑가나였다. 아베드에게는 권력이 있으니 그녀에게 일을 줄 의무가 있다고 주장했다. 아베드는 매번 첫날의 약속을 반복한 뒤 그녀를 되돌려 보냈다. 다음 날 그녀는 다시 리나의 소매 없고 얄팍한 블라우스, 리나는 입고 외출할 기회도 없었던 그 블라우스를 입고 나갔다. 마리암이 아베드의 맞은편에 앉았고, 두 사람 사이의 탁자에는 뱀과 사다리를 그린 보이지 않는 네모 판이 놓였다. 두 사람은 서로 한 수씩 놓았다. 뱀에 물릴 가능성과 사다리를 올라갈 가능성—이익이냐 손해냐의 확률—은 반반이다. 이 상황에서 마리암이 부주의하게 움직이다가 자신의 말을 이쉬티아크 소령에 속한 네모 칸으로 옮겼다. 그러자 아베드는 뱀에라도 물린 듯 따가워하는 것 같았다. 그는 마리암에게 그녀가 왜 그렇게 대담히고 뻔뻔하게 행동하는지 이제야 알겠다고 위협소로 말했다. 그녀는 사실 첩자다, 가짜 비랑가나다, 전시에 파키스탄 군인의 첩이었다. 만일 그녀가 한 번만 더 직업을 구해달라고 찾아온다면 그녀를 경찰에 넘기겠다고 말한다. 중앙 감옥에서 죽어가고 있는 여성 첩자도 엄청 많다면서. 그러자 마리암은 판을 뒤엎어버리고, 그에게 시장통에 가면 진짜뿐 아니라 가짜 자유전사도 많다고 말한다. 사람들이 가짜 자유전사를 발견하면 몽둥이로 패는 것 아니냐고. 그가 진짜가 아니라는 것은 과거의 경험으로도 충분히 알고 있었지만, 이제 모든 사람들에게 알리겠다고. 만일 마리암이 파키스탄 군인의 첩이라면 아베드는 무엇인가? 비방글라인과 그 딸이 구매한 노예라고.

그날 밤 마리암은 뱀에 물렸고 사다리에서 떨어졌다.

다음 날 아베드 사무실의 수위는 건물 입구가 아닌 큰길에서 마리암을 기다렸다. 새 제복을 입고 더워서 땀을 뻘뻘 흘리고 있었는데, 시간을 알기 위해 시계를 보는 대신 계속 하늘을 쳐다보고 있었다. 그는 아베드가 아무리 자신의 조카라지만 갑자기 벼락부자가 되어서 재력이나 과시하려고 안달이 난 인간이라고 판단했다. 그렇지 않다면 어떻게 여성인 마리암을 밀고하려고 경찰을 부를 수가 있단 말인가? 그는 조카를 위해 변명하지 않을 것이지만, 만일 아베드 미안 집안의 여성들이 경찰에 체포된다 해도 괜찮을 건가? 자신에게도 집에 어머니와 누이들이 있는 사람이! 잘못은 그의 혈통에 있었다. 아베드의 아버지와 삼촌들은 법원에 고발하는 일의 선수들이었다. 그 결과 성공적으로 자신들의 처지를 향상시키지는 못했을지라도 다른 사람을 해친 것은 사실이었다. 아베드가 조카일지는 몰라도 그의 조부는 땅문서를 위조해 바로 지금의 그 수위에게 속해야 할 땅을 강탈한 사람이다. 그 결과 아베드 미안은 오늘 어르신이 되었고 자신은 수위가 된 것이다. 이까짓 직업 때려치워버릴 테다. 그는 길에 선 채 제복을 벗으면서 생각했다. 나는 더이상 교활하게 고발이나 일삼던 사람의 손자에 빌붙어 먹는 노예 노릇을 안 할 것이다, 나는 자유로운 나라의 시민이다.

마리암은 자기가 타고 있던 인력거를 정지시키기 위해서 덤벼드는 그를 바로 알아보지는 못했다. 리나가 말한 '나쁜 사람들' 중 하나인가 보다 생각했다. 여성들이 사리를 배꼽 아래로 내려 입고 배 부분이 드러난 반소매 블라우스를 입는 것을 반대하는 전단지를 나눠주는 '각성한 청년'의 멤버가 허리 두르개 바지만 입고 그녀의 인력거를 공격하나 보다 생각한 것이다. 그렇지만 자세히 보니 그런 무리에 속하는 사람처럼 보이지는 않았다. 공손하고 말도 싹싹하게 했다. 손바닥을 마주 잡고 그녀에게 계속 돌아가라고 애원하고 있었다. 왜요? 허리 두르개 바지만 입은 아베드의 먼 친척 뻘인 아저씨는 마리암에게 알라께 맹세하지만 아베드가 자신의 조카이긴 한데, 사무실에 경찰이 있다고 말했다. 한 발짝도 더 앞으로 나가서는 안 된다. 알라께서 그의 증인이시다, 그녀를 중앙 감옥으로 보내려고 한다, 아베드기 사무실 옆 잔디밭에서 경찰들에게 다과를 베풀고 있다고.

인력거는 하티르풀에 있는 친구의 집 쪽으로 방향을 틀었다. 그 집 옆에 연단이 설치되고 있었다. 공기 중에 망치와 낫이 그려진 적색 깃발들이 나부끼고 있었고, 요구사항들이 적힌 수많은 플래카드들이 걸려 있었다. 프롤레타리아트의 자유가 곧 온다, 임금 인상만으로는 부족하다, 필요한 것은 사회주의다, 산업과 기업의 국유화를 서둘러라, 등.

문을 열어준 사람은 리나의 어머니였다. 마리암이 일찍 돌아오는 것을 보고 마침내 직장을 구했나 보다 생각한다. 요새는 그 가족도 전쟁에 대해 이야기하지 않았고, 파키스탄 군대의 고문에 대해서도 언급하지 않았다. 주된 화제는 오르는 물가와 점점 늘어나고 있는 절도와 주거침입 따위였다. 리나의 가족이 몬투에 대해서 애당초 얼마나 큰 동정심을 느꼈는지도 의문이지만 그나마도 자유전사들에 의한 약탈과 살인사건에 대한 기사가 신문에 실린 뒤다 사라져버렸다. 만일 살아 있다면 그도 다른 전사들처럼 강도가 되었을 것이고, 그러니 죽고 없는 것이, 그래서 부모가 오명을 쓸 기회를 안 준 것이 차라리 다행이라고 했다. 마리암은 음식을 먹다가 목이 메었다. 비싼 음식과 식탁의 사람들은 그녀에게서 멀리 떨어진 연회석의 일부인 것처럼 느껴졌다. 마리암은 그곳에 앉을 권리가 전혀 없는 사람이었다. 리나는 그런 것에 대해서 전혀 감이 없었다. 그녀는 나무에서 내려가기 위해 사다리가 필요했고, 그 사다리는 곧 발견되었다.

아베드가 마리암에게 직장 대신 감옥을 주선한 날, 사다리가 그려진 편지가 리나에게 도착했다. 사다리와 뱀, 뱀과 사다리. 불운과 행운, 그 둘은 사각형들 속에서 나란히 살고 있었다. 치타공의 직장에 배치되었던 리나의 애인이 다카로 전근하려고 노력하고 있었는데 그 일이 성사가 된 것이었다. 그는 참전하지 않았다. 9개월 동안 아무 일도 하지 않은 그에게는 이런 보상이 주어졌다. 리나는 기뻐했다. 행복에 겨운 그녀는 소매 없고 배를 드러낸 자신의 블라우스 반 다스가량을 마리암에게 주면서 돌려주지 않아도 된다고 말했다. 하지만 그녀에게는 질문이 있었다. 지난 9개월의 전쟁 동안 마리암은 무엇을 하느라 그렇게 바빠서 뱀과 사다리 게임을 할 시간이 없었는지? 그랬다면 오늘날 직업을 구하기 위해 거리를 헤매며 사정하고 다닐 필요가 있었겠는가? 리나는 마음속으로 마리암을 크게 나무랐다. 참 바보네! 여자에게라면 뱀이 있는 곳이면 어디에서나 행운도 발견된다는 사실을 몰랐단 말인까?

다음 날 마리암은 가방을 쌌다. 직장을 구할 가능성이 없다면 다카에 머무는 것이 무슨 의미가 있겠는가? 리나의 부모에게는 풀탈리 마을로 돌아간다고 말했다. 그들은 다행이라고 생각했다. 리나는 그녀를 도와 소매 없는 짧은 블라우스와 짝을 이루는, 커다란 해바라기 꽃무늬가 찍힌 루비아 부알 사리를 배꼽 아래로 내려 입혀주었다. 그리고 각성한 청년의 머리를 쳐야 히는 상황에 치할지도 모른다며 손잡이가 긴 검정 우산도 주었다. 리나와 마리암만 그 전단지를 보았지만 리나의 부모도 함께 웃었다. 마리암은 행복하고 유복한 가족을 뒤로 하고 거리로 나섰다. 풀탈리가 아닌 재활센터로 돌아가는 길이었다. 그곳에 도착한 뒤 가장 먼저 할 일은 입고 있던 옷을 버리고 공짜로 얻은, 공장에서 대량생산된 사리와 긴소매 블라우스로 갈아입는 것이리라.

XX
아버지와 아들

　모노와라 베굼에게는 매일 밤 사람이 우는 소리가 들렸는데, 꼭 마리암의 목소리 같았다. 메워진 우물에서 나오는 것 같았다. 한때 맑은 물이 고여 있던 그 우물이 무엇으로 채워졌기에 그것을 메워 버려야 했을까? 남편에게 묻고 또 물었지만 만족스러운 대답을 듣지 못했다. 그녀의 유일한 위안거리는 메리가 어디에 있든 적어도 살아 있다는 사실이었다. 우는 소리는 자신의 상상 속에서만 들리는 것일지도 몰랐다. 그렇게 큰 전쟁이 있었고 그렇게 많은 사람이 죽었다. 사랑하는 사람을 잃고 많은 사람들이 울부짖고 절규했을 것이다. 그 소리들의 흔적이라도 바람결에 머물지 않았을까? 그녀 자신은 조용히 가슴으로 울고 있었다. 그리고 종종 자신의 울음소리에 놀라곤 했다. 어머니가 아닌 어느 누구에게도 들리지 않는 소리다. 아들은 어디로 사라진 것일까? 우물이 그의 무덤일까, 그래서 그녀에게 안 알려주고 있는 것일까? 모노와라 베굼이 하도 성화를 해서 몬투에 대한 행불자 광고가 계속 신문에 실렸다.

몬투와 함께 싸웠던 전사인 사르파라즈 호세인은 우연히 신문에서 그 광고를 읽은 뒤 즉시 신문을 접고 일어나 길을 나섰다. 훈련 캠프에서 함께 지낼 때 몬투는 그에게 나중에 자신을 찾으려면 풀탈리나 이웃마을에서 찾지 말고 다카로 오라고 말했었다. 그래서 사르파라즈는 강을 건넜다. 강둑에는 옹기쟁이들의 공동체가 있었다. 옹기쟁이들 앞에서 바퀴가 돌아가며 진흙 덩어리가 그릇으로 변모하고 있었다. 또한 그들의 손아귀에서 코끼리와 호랑이와 테파 인형 따위가 만들어지고 있었다. 가마에서 꺼내면 신기한 동물들이 나왔다. 사르파라즈를 부서진 옹기 더미와 화분이 쌓인 곳을 지나도록 인도한 것은 몬투였다. 그는 몬투의 코를 통해 가까운 곳의 가죽 처리공장에서 나는 악취를 맡았다. 그러나 몬투가 묘사한 골목에 갔을 때 대나무 덤불은 보이지 않았다. 더욱이 집에서 나온 사람은 메리 누나가 아닌 몬투의 부모였다. 사르파라즈가 그들을 따라 집안으로 들어가자 몬투는 그만 남겨두고 사라졌다. 이제 완전히 혼자가 된 그가 할 일은 무엇인가? 그의 앞에는 애타는 표정을 한 부부가 앉아 있었다. 사르파라즈는 자신에 대해 짜증스러운 기분이 들었다. 승리를 자축하는 데 정신이 팔려서 가족들에게 동료 전사의 사망 소식을 전해야 한다는 사실도 완전히 잊고 지냈다니! 몬투의 사망 소식은 그의 목구멍에서 자신의 손아귀 안에서 구겨진 신문지처럼 응어리가 되었다. 그가 말을 꺼내기도 전에 몬투의 어머니가 울기 시작했다. 몬투의 아버지는 침묵을 지키고 있었다. 고요하고 텁텁한 폭풍전야 같았다. 옛날의 황제들과 왕들은 먼 곳에서 사망 소식을 가져온 사자를 처형하곤 했었다.

사르파라즈가 목이 온전한 채 몬투의 집을 걸어 나갔을 때는 아직 날도 저물기 전이었다. 그러나 그는 머뭇거리지 않았다. 부모에게는 몬투가 그동안 살아 있다가 소식을 들은 오늘 죽은 거나 마찬가지였다. 사르파라즈는 깨진 그릇들과 화분들과 신기한 동물들 사이를 헤치고 코를 찌르는 가죽공장의 악취 속에서 홀로 돌아가야 했기 때문에 발길을 서둘렀다.

그날 밤 모노와라 베굼에게는 자신의 울음소리가 들리지 않았다. 그러나 메워진 우물 깊은 곳에서 올라온 울부짖음이 공중에서 맴돌고 춤추며 동네 전체로 퍼져나갔고 이웃들이 깨어났다. 그들은 전쟁 전에 붉은색, 검은색 페인트로 벽에 구호를 적었던 소년의 어머니가 애절하게 우는 소리를 밤새도록 들어야 했다. 그의 글씨체는 인쇄된 활자처럼 단정하고 아름다웠었지만 전시에는 파키스탄군이 두려워 흰 칠로 그 글자들을 감추어야 했다. 이제 그의 사망 소식이 온 것이다. 잠에서 깨어난 이웃들은 그의 단정한 글씨체를 생각했다. 그러나 그가 썼던 구호들은 생각나지 않았다.

다음 날 골람 모스토파는 과거의 앙금을 잊고 가족과 함께 서둘러 그들을 찾아왔다. 동생들, 라트나와 찬다도 마을에서 불려왔다. 그들은 종일토록 모노와라 베굼에게 젖먹이 아기들처럼 붙어 있었다. 몬투의 장례식 준비가 누나의 보호자로 그를 보낸 바로 그 집에서 행해졌다. 단 한 번도 메리의 이름을 언급한 사람은 없었다. 골람 모스토파만 남매를 위해서 코란을 암송해야 한다고 말했고, 그 말을 들은 모노와라 베굼은 큰 소리로 울음을 터뜨리며 딸은 아직 살아 있다고, 어떻게 그렇게 잔인한 말을 하느냐고 울부짖었다. 우물을 덮고 있던 야생풀 위에 놓인 물동이의 물로 서른 명의 몰라나 성직자들이 재계 의식을 행했다. 하얀 천 위에 둥그렇게 둘러앉아 성스러운 코란을 암송했는데 시절이 별로 좋지 않은 탓인지 암송을 어찌나 빨리 끝냈던지 마치 방의 한 문으로 들어갔다가 곧장 다른 문으로 빠져나오기라도 한 것처럼 순식간에 끝나버렸다. 그들이 암송한 성스러운 말들은 장미 향내와 방향 연기 위에 잠시 떠 있으면서 내세에 대한 공포심을 심고 사라졌다.

다카의 서쪽 끝에서 온 사르파라즈가 도착한 바로 그날이 몬투의 사망일로 정해졌다. 비록 그가 몬투가 언제 어디서 죽었다는 사실을 한 번 이상 말했지만, 카필루딘 아흐메드와 모노와라 베굼의 정신이 그 정보를 기억할 만한 상태가 아니었다. 그 정보를 가져다준 사자는 이름과 주소도 남기지 않고 이미 온 길을 되짚어 돌아가버렸다. 그가 떠난 지 나흘 만에 집에서 밀라아드 장례의식을 행하고 가난한 사람들에게 음식을 돌렸다. 몬투가 단정한 필체로 구호를 적었던 담 아래 거지들과 빈자들이 바나나 잎을 앞에 편 채 앉았다. 그들이 버펄로 고기와 호리병박 카레가 섞인 밥을 한 숟갈

들어 올릴 때마다 텅 빈 흰 벽이 시야를 가로막았다. 어떤 사람들은 그 벽 때문에 심란해서 바나나 잎사귀에서 카레를 뚝뚝 떨어뜨리면서 큰길을 건너고 또 건너기를 반복했다. 나라는 독립이 되었을지 모르지만 그들은 여전히 거지였고, 좋은 음식을 얻어먹기 위해 여기까지 찾아온 것이다. 모두들 그렇게 불편하고 필요한 것이 많은데 그 도시의 벽이 어떻게 그렇게 텅 빈 흰 색으로 남아 있지? 며칠 후 그 벽은 더이상 비어 있지 않았다. 거지들의 요구 사항들과 다른 종류의 비난과 경고로 채워졌다. 몬투 대신 비슷한 또래의 다른 소년이 단정한 글씨체로 적었다.

카필루딘 아흐메드는 주머니를 비우고 아낌없이 돈을 썼다. 유일한 아들, 얼마 전에 중간 시험을 보았던 아들. 앞으로 그를 위해 쓰려고 했던 돈이 많았다. 그 돈에 비하면 수백 명의 가난한 사람들이나 오십 명가량의 몰라나 성직자들에게 음식을 대접하는 정도는 아무것도 아니었다. 더욱이 아들이 없으니 집과 재산, 땅과 돈이 다 무슨 소용이란 말인가? 골람 모스토파가 충고했다. "매형, 집을 세주세요." 다카는 전쟁이 일어나기 전에는 단순한 지방수도였지만 이제는 새 나라의 중심지였다. 원조를 주기 위해 오는 외국인들도 이 도시를 주목했다. 곡물의 가격처럼 집세도 하늘 모르고 치솟을 것이었다. 다카의 땅은 귀금속처럼 가치 있는 것이 될 참이었다. 하지만 메리는? 아무도 그녀의 이름을 언급하지 않았지만, 그 이름은 모든 사람들의 마음속에서 울리고 있었다. 골람 모스토

파는 그 문제에 대해서도 견해가 있었다. 그 애가 제 발로 일어서
게 놔둬라. 태어난 그대로—혼자서, 아무 뒷받침 없이. 원한 것이
든 아니든, 전쟁 때문에 그런 처지가 되었으니, 스물두 살에 죽어
새로 태어난 거라고 볼 수도 있고 그 제2의 탄생에 책임이 있는 사
람은 부모가 아니라는 것이었다. 몬투의 장례식 동안 성직자들이
메리를 위해서도 코란을 읽었으니 우물을 메리의 무덤으로 생각
하자, 부모는 그녀를 우물에 묻었다고, 그녀는 끝난 챕터라고, 새
삶에 대한 책임은 그녀 몫이고, 아니면 독립국 방글라데시의 몫이
라고 생각해라. 골람 모스토파 자신은 평범한 사람이고 교육에 그
다지 신경을 쓰지 않고 살아온 사람이지만, 교육받은 조카딸의 망
가진 삶을 재건해보려고 충분히 노력했다, 알라께서 하시는 일은
모두 인간을 위한 것이다, 라며 말한다. "매형, 제 생각을 한 번만
해주세요. 한 쪽은 제 아들이고, 다른 쪽은 어머니나 마찬가지인
누님의 딸이지요. 제가 누구 이익을 고려하겠요, 혹은 누구 이익
을 고려하지 않겠습니까?" 카필루딘 아흐메드는 자신을 빤히 바
라보는 그의 시선 앞에서 불편했다. 애도하고 있는 집에서 왜 과
거는 들추어서 가족을 모욕하는가? 그러나 골람 모스토파는 쉽게
포기하지 않았다. 원래 기회가 보이면 포기하는 법이 없는 사람이
었다. "만일 제 아들 녀석에게 흠이 있다면, 그 애에게도 흠이 있
지요. 매형, 이제 상황을 파악하셨을 겁니다, 누구의 흠이 더 큽니
까—따님의 흠이, 제 아들의 흠이?"

카필루딘 아흐메드는 멍하니 처남을 노려보았다. 알라께서 처남에게 기회를 주셔서 그는 하고 싶은 말을 할 수 있는 것이다. 모노와라 베굼은 그의 말을 참을 수 없었다. 그래서 기도용 양탄자를 집어 들고 다른 방으로 가버렸다. 그녀가 나가자 골람 모스토파도 정신이 좀 들었는지 조심스레 대화의 방향을 틀며, 갑자기 유쾌한 태도로 카필루딘 아흐메드의 무릎을 치며 말했다. "매형, 곧 라자카르들과 자유전사들이 같은 웅덩이의 물을 마시는 모습을 보게 되실 겁니다. 상황은 형님께서 생각하시는 것처럼 나쁘지 않아요. 우리 가슴속에 어떤 적의가 있든 이슬람교도들은 모두 다 형제들이니까요. 하지만 파키스탄과 인도는 완전히 다른 나라지요. 인도의 입장에서는 방글라데시의 탄생은 그냥 보너스예요. 오늘은 이렇게 존재하지만 내일은 없어져도 상관없습니다."

골람 모스토파가 말이 많아진 이유는 조금 후에 분명해졌다. 다가오는 바크르 에이드 축제에서 방가반두를 축하하는 역할을 할 예정이었다. 정부에 가까운 어떤 인물이 그 만남을 주선했다. "매형, 이제 분쟁은 인도와 파키스탄 사이의 분쟁이 아닙니다. 전 세계가 여기 참여하고 있어요. 맹세코 말씀드리지만, 이것은 완전한 내부자 정보라고요." 골람 모스토파의 얼굴과 카필루딘 아흐메드의 귀가 가까워졌다. 비록 말소리는 안 들렸지만, 그들이 하고 있던 이야기의 주제는 아와미 리그 내부의 분열에 관한 것이었다. 한 분파는 인도와 러시아 쪽으로 기울고, 다른 분파는 미국을 지지했는데, 양쪽의 세력이 비등비등했다. 방가반두는 중간 입장을 취하며 균형을 유지하려고 애쓰고 있었다. 골람 모스토파는 인도의 철천지원수를 자처하며 아와미 리그에 침투해서 미국 편에서 싸울 예정이었고, 바크르 에이드의 성스러운 축제 다음 날부터 활동을 개시할 것이었다.

  카필루딘 아흐메드는 한밤중 마음 깊이 황량한 느낌으로 깨어났다. 무슨 꿈을 꾸다가 깨어났는데, 전혀 기억이 나지 않았다. 어쨌든 그에게는 아들이 없었고, 어느 날 아들 없이 이 세상을 떠나게 될 것이었다. 그렇지만 왜? 자신이 그렇게 심한 벌을 받아야 할 정도로 남에게 해를 끼친 적이 있었던가? 밀라아드 의식을 행하는 동안 자신의 손으로 사람들에게 먹을 것을 나눠주었고, 자신의 주머니에서 돈을 꺼내 몰라나 장례의식을 집행한 사제들에게 건네주었다—그러나 이 모든 행동은 밝은 낮에 형식적으로 행한 것들이었다. 한밤중의 그는 너무나 괴로웠다. 떠나간 아들의 영혼을 위해 용서를 구하는 대신 살아 있는 아들—자신의 무덤에 흙은 뿌릴 아들, 자신이 이 세상에 없을 때 자신의 피가 몸의 혈관에 흐를 아들, 자신의 코와 허파가 없을 때 대신 숨을 쉬고 공기를 순환시켜 줄 아들—을 간절히 소원했다. 카필루딘 아흐메드에게는 아들이 있어야만 했다. 그래서 아내에게 원기왕성하게 접근했다. 정신과 육체 모두 준비가 되어 있었다. 그러나 그녀의 몸 위에 올라가자 또 다른 분노가 치밀었다. 밤의 사이렌에 속아, 아내가 이미 갱년기를 넘겼다는 사실을 잊고 있었던 것이다. 자신의 행위는 용서될수 없는 것, 아들의 죽음을 애통해하고 있는 어머니에 대한 고문이었다. 아들을 열망하던 그 아버지에게 실패에서 오는 좌절감은 더욱더 참담했다. 그리고 이런 식으로 밤이 깊어감에 따라 분노에 분노가 꼬리를 물었다. 모노와라 베굼은 굴욕감과 슬픔으로 눈물을흘리며 남편이 그림자처럼 방을 나가는 모습을 지켜보았다. 한 손에는 삽을, 다른 손에는 바구니를 들고 있었다.

카필루딘 아흐메드는 지는 달빛을 받으며 땅을 파고 있었다. 육십이 넘은 근육이 삽의 움직임에 따라 점점 더 빠르게 오르락내리락하고 있었다. 그러나 동작에 리듬은 없었다. 뭔가 모르게 기이한상황은 그가 침대를 벗어난 이후 계속되고 있었다. 동이 틀 무렵이되자 집의 네 귀퉁이에 네 개의 구덩이가 생겼다. 그 구덩이들에서성스러운 병 네 개를 꺼냈지만 모두 부서져 있었다. 그는 그것들을완전히 산산조각 내서 그 조각들을 바구니에 넣었다. 이제 두 번째과제에 덤빌 차례였다. 장소는 우물. 밝은 낮의 빛 아래 보이는, 피범벅이 된 그의 모습은 참으로 무시무시했다. 모노와라 베굼은 두딸을 데리고 그를 만류하려고 달려갔다. 그들의 외침 소리를 듣고이웃 사람도 하나 왔다. 그는 카필루딘 아흐메드가 자신의 땅에 자신의 돈으로 판 우물이라 하더라도 그것을 지금 팔 권리는 없다고말했다. 그 우물은 메운 사람들만, 그것도 정부의 허가를 받아야만팔 수 있다는 것이었다. 더욱이, 동네 지도자인 하지 샤헵이 몬투의 장례식 날 밤에 돌아왔으니, 이제부터는 그런 일을 하려면 그의 허가를 받아야 한다고 했다.

하지 샤헵의 이름이 들리자 카필루딘 아흐메드는 들고 있던 삽을 내던졌고 바구니가 뒤집혔다. 원숙한 어른인 그가 갑자기 어린 아이처럼 불안해하는 것처럼 보였다. 숨어 있어도 모자랄 존재들이 밖으로 기어 나오고 있었다. 구멍에서 뱀이 기어 나오듯. 하지 샤헵은 몬투가 죽었다는 소식을 듣자마자 일각의 지체도 없이 돌아온 것이다. 그의 앞길에 있던 장애물이 이제 영원히 치워진 것이다. 절호의 기회였다. 그도 이제 골람 모스토파처럼 친미파의 입장에서 투쟁한다고 할 것인가? 나라에 도대체 무슨 일이 일어난 것인가? 전쟁은 아직도 끝나지 않았다. 간밤에 아들에 대한 욕망으로 미칠 듯했던 카필루딘 아흐메드는 이제 전쟁 중에 잃은 자식들을 생각하며 큰 소리로 통곡했다. 라트나와 찬다는 그냥 불안하기만 했다. 그들에게는 몬투의 장례식 날 밤에 하지 샤헵이 돌아왔다는 사실의 의미를 이해할 방도가 없었다. 그들은 이 집의 역사에 대해 모른다. 따라서 파낸 병들과 우물은 그들에게는 그저 신비한 물체들이었다. 신비한 것들은 이상적인 박물관에 보관되는 것이 최선이었다. 하지만 그들은 부모와 함께 풀탈리로 돌아가기 전에 아버지가 파놓은 구멍을 그들의 작은 손으로 조심조심 다시 메웠다. 그리고 우물 위에서 자라고 있던 잡초를 뽑고 대신 선인장의 일종인 밤의 여왕을 심었다. 쌍둥이들 스스로 낸 아이디어였다. 꽃의 향내가 밤에 뱀을 유인하도록 하기 위해서였다. 유일한 오빠는 전쟁 중에 죽었고, 언니는 집을 나갔다. 자신들이 자랄 때까지 주문을 건 병이 아니라 독사들이 그 집을 지켜주도록 하기 위해서.

XXI
공원 대신 집, 풀밭 대신 매트리스

풀탈리의 집은 아들을 위해 지었다고는 하나 처음 거기 들어가 산 자식은 마리암이었다. 그녀는 그 집을 떠났고 주소를 자주 바꾸기는 했지만 어떤 의미에서는 계속적으로 그 집에 대한 권리를 소유하고 있었다고도 볼 수 있다. 그러나 이제 그녀는 전시처럼 집단의 일부가 아니라 혼자였다. 그녀는 리나의 집에서 직장여성을 위한 호스텔로 이사했다가, 다시 재활센터와 뉴 에스카튼 가의 집에서 살았다. 그곳에서는 다른 비랑가나들도 몇 명 함께 지냈다. 그들은 모두 다른 직업을 가졌다. 독립전쟁 중에 강간당한 여성들은 직업을 통해서가 아니라면, 약탈과 강탈에서도, 새 나라의 재건에서도 할 수 있는 역할이 전혀 없었다. 시민들을 향해 "혁명적 마음가짐으로 밀수를 중지시키자"고 요청한 내무장관의 말에도 응답할 일이 없었다. 공장과 산업의 국유화에서도 아무런 역할이 주어지지 않았다. 황마창고 연쇄방화 사건과도 그 불을 끄는 일과도 그들은 무관했다. 남들을 죽이지도 남의 것을 빼앗거나 약탈하지도 않았고, 그런 행위에 저항할 일도 없었다. 새로운 헌법이 만들어지고 새로운 법이 제정될 때도 그들은 뒷전이었다. '1972년 협력자 법'에 있는 허점에 대한 우려와도 상관이 없었다. 방가반두가 일반 사면을 발표할 때도 조용히 귀를 기울이는 것 외에 할 일이 없었다. 치안부대원의 가혹행위에 대해서도 전혀 비난한 적이 없었다. 그들은 샤르바하라당의 계급의 적 소탕 운동에도 참여할 필요가 없었다. 1973년 국제범죄재판소법이 통과되었을 때도, 그 법의 2(A)조에서 강간을 반인류범죄라고 규정했음에도 불구하고 그들이 환호할 기회는 주어지지 않았다. 헌법이 개정되고 대통령이 비상사태를 선포할 권한을 갖게 되었을 때도 그들이 목소리를 높일 필요는 없었다. 그들은 어용무장대에도 가담하지 않았다. 사실, 그들은 그들만의 투쟁에 종사하고 있었다. 그들에게는 단 하나의 과제가 있었으니, 그것은 비랑가나들의 사회적 재활이었다. 정부가 신문에 광고를 내고 지참금을 미끼로 제공하는 일을 통해서 추진하다가 실패했던 그 과제를 해결하기 위해 그들은 캄캄한 곳으로 무작정 뛰어내렸다.

직장여성들을 위한 호스텔은 국립극장 옆, 람나 공원에서 돌을 던지면 닿을 만큼 가까운 거리에 있었다. 해 질 무렵이면 길이 한적해졌다. 기리의 기로등불 때문에 단속적으로 이어지는 나무 그림자들 속에서 마리암과 호스텔의 다른 친구들은 곱게 단장하고

거리를 배회했다. 그들은 종이봉지에 담긴 잘무리나 차나추르 같
은 간식을 나누어 먹었다. 극장표에 돈을 낭비하지는 않았다. 불빛
아래 앉거나 서기도 삼갔다. 눈먼 장님들처럼 외롭고 어두운 거리
를 돌고 또 돌았다.

　날이 저문 뒤의 람나 공원은 창녀의 몸을 사고파는 시장이 된다.
그런데 어느 날 몇 명의 고객이 공원 밖으로 진출했다. 날이면 날
마다 잔디밭에서 창녀와 하는 것이 지루해졌고, 경찰에게 시달리
는 것도 싫었다. 그들은 성장을 한 마리암과 친구들이 산책하던 한
산한 거리로 들어섰다. 그리고 차나추르와 잘무리 같은 간식을 그
들과 나눠 먹었다. 마리암과 그녀의 친구들은 이 남성들과 극장
에 가서 연극을 보았다. 어두운 극장 안에 비랑가나 한 사람과 람
나 공원의 이전 고객 한 사람, 이런 식으로 짝을 이뤄 쌍쌍이 앉아
서 과자를 함께 먹으며 연극을 관람했다. 지적인 연극을 감상하는
것이 답답했던 쌍들은 극장을 떠나 영화관인 발라카나 나즈나 마
두미타로 갔다. 그곳에서는 〈아내-어머니-딸〉이라든지 〈유리하
늘〉, 〈생의 노래〉 같은 영화들이 2주째 매진 상영 중이었다. 그러
나 〈궁정 어릿광대 고팔 반르〉는 그 영화들만큼 성공적이지는 않
았다. 방글라 사람들은 웃는 법을 잊었다. 그리고 람나 공원의 이
전 고객들이 그런 소극을 보자고 하면, 여성들이 이의를 제기했
다. "고팔 반르의 이름만 들어도 웃음이 나오려고 해요. 오, 맙소
사, 정말 이상한 사람이에요!" 그러나 그건 말에 불과했다. 그들로

서는 이렇게 짝을 찾는 일이 가벼운 일이 아니었으며, 새로운 경험을 찾는다거나 단조로움을 피한다는 식의 사치도 아니었다. 국가에서 풀지 못한 문제, 즉 비랑가나들의 사회적 재활이라는 무거운 짐을 스스로 짊어진 행위였다. 마리암과 같은 여성들은 "우리는 마침내 커다란 위기를 극복했습니다."라는 지도자들의 자족적인 선언 안에 나 있던 작은 구멍으로 새나가 거리에 떨어진 경우였다. 무엇이든 자력으로 해야 했고, 신문과 잡지들도 그들을 그런 상황으로 내모는 데 일조했다. 머리카락으로 얼굴을 가린 비랑가나의 사진만 계속 내보내서 그들 모두에게서 얼굴을 빼앗았다. 비랑가나들은 정부 편에서든 반대편에서든 구호를 외친 적이 없었고 기자회견을 하지 않았기 때문에 언제나 목소리가 없는 사람들이었다. 그러므로 어두운 극장뿐 아니라 밝은 대낮의 세상에서도 그들에게는 정체성이 없었다. 그 결과 폭포수처럼 떨어지는 머리카락으로 얼굴을 가리고 영화나 연극을 보고 간식을 먹으며 스스로 국가적인 문제를 풀고 있었던 것이다.

마리암은 몸타즈가 여자의 이름인 줄 알았는데, 그녀가 만난 몸타즈는 남자였다. 그는 그녀를 처음 만난 날 자신은 람나 공원에서 창녀들을 사곤 했다고 당당하게 말했다. 그는 사업가였다. 그리고 비록 자신이 전시에 실제 무기를 들지는 않았었지만 자유전사들과 마음과 영혼으로 하나였다고 주장했고, 그 주장이 먹혀 자유전사 증명서를 얻을 수 있었으며, 그 증명서를 이용해서 사업허가

증도 구했다. 마리암은 훨씬 나중에야 그의 사업이라는 것이 구호물자로 보내온 쌀과 밀과 담요 따위를 지하로 빼돌려서 합법적인 시장에서 파는 일이라는 사실을 알게 되었다. 하지만 그때 마침 그 신랑 후보자는 잔디밭의 침대를 뒤로하고 집안의 편안한 침대로 돌아가고 싶어하던 참이었다. 마리암에게도 가정으로 돌아가는 것은 중요했다. 일단 가정으로 돌아가야, 사회로 돌아가는 것도 가능했다. 결혼을 통해야만 사회적인 재활이 가능했던 것이다.

연극과 영화를 보고 잘무리와 차나추르를 간식으로 먹으며 몇 번 만난 뒤 어느 날 몸타즈는 마리암에게 청혼을 했다. 마리암에게는 그 청혼이 음악이 끝나고 호각이 울리면 재빨리 의자에 앉아야 하는 게임에서 심판이 날카롭게 부는 호각 소리나 마찬가지였다. 결혼식은 눈에 띄는 아무 의자에나 얼른 앉는 것처럼 재빨리 이루어졌다. 마리암에게는 비랑가나들과 비랑가나가 아닌 여자들 모두가 경쟁자였다. 더욱이, 게임의 법칙에 따르면 항상 의자 하나가 모자라게 되어 있었다. 그러나 마리암이 두려워한 것은 다른 것이었다. 아베드도 자귀나무가 만든 닫집 아래 그늘에서 땅콩을 함께 먹던 시절에는 그녀에게 청혼을 했었다. 그러나 일단 그녀를 침대로 데리고 간 뒤에는 청혼이 계속 미뤄지다가 결국 사라져버렸다. 그 누구도 같은 실수를 두 번 하지는 않는 법이다. 특히 9개월의 전쟁을 경험한 사람이라면. 그러나, 그녀는 호스텔 친구들의 충고를 거부하고, 베일을 들 듯 얼굴에서 머리카락을 걷어냈다. 몸타즈는 자유주의적인 남자였다. 그가 만일 평생의 동반자로 비랑가나를 선택한다면 자신의 남성다운 존재가 완성될 수 있었다. 마침내 해방전쟁에 열 번 참전한 사람의 영광에 값하는 일을 하게 되는 것이었다. 그는 재봉틀도 조리기구도 원하지 않았다. 차양이나 마이크도 설치할 필요가 없었다. 이 비랑가나의 결혼식은 뉴스 기사나 사진으로 나가지는 않을 예정이었다. 마리암은 결혼 소식을 두 개의 다른 편지지에 적어서 봉투 하나에 넣어 부모에게 부쳤다.

마침내, 그 모든 굴욕 후에, 카필루딘 아흐메드는 다시 한번 당당히 설 수 있게 되었다. 비랑가나 딸의 결혼 상대는 침을 질질 흘리는 정신박약아, 인간 이하의 존재가 아니었다. 신랑은 부자이고 자유주의적이며 교육도 받은 남자였다. 카필루딘 아흐메드는 이 좋은 소식을 골람 모스토파에게 반신용 우편으로 부쳤다. 이제 스물네 살이 된 마리암은 9개월의 전쟁과 수많은 시체들, 부서진 다리들과 배수구들, 타버린 집들과 가게들, 그리고 죽음 하나를 뒤로하고 새로운 삶을 시작했다.

신혼부부는 비방글라인 가족이 버리고 간 집 하나를 구해 살림을 차렸다. 몸타즈가 문과 창문, 전기와 화장실 용기 등이 사라진 그 집을 구매했다. 아마 가구는 그 이전에 사라졌을 것이다. 몸타즈는 돈을 꽤 들여 그 집을 수리했고, 보이지 않는 이전의 주인과 경쟁하며 그 저택의 스타일에 걸맞은 비싼 기구와 집기와 장식물들을 구입했다. 그러고 나서 공원의 대용물인 그 집, 잔디밭의 대용물인 침대로 신부를 데리고 갔다.

풀탈리 마을 이후, 마리암이 살았던 모든 곳은 이런저런 이유로 자기 집에서 쫓겨난 사람들이 버리고 떠난 곳이었다. 다들 정치적 난민들이었다. 새로운 나라가 탄생할 때마다 자신들의 가산을 빼앗기고 쫓겨난 사람들이다. 마리암을 그 집들의 거주자로 만든 것은 단지 상황의 힘이었다. 그녀는 직장을 그만두고(그것이 결혼의 조건이었다) 다른 사람의 집을 자신의 집으로 가꾸었다. 그녀는 두꺼운 매트리스 위에 솜으로 채운 부드러운 매트리스를 펼쳐놓았다. 그리고 자신이 색실로 꽃과 이파리들과 덩굴손 등을 솜씨 좋게 수놓은 시트로 그것을 덮었다. 그 시트 만드는 일은 재활센터에서 시작했지만 결혼 후에야 끝냈다. 베개보에는 섬세하게 사랑을 묘사한 이행시를 수놓았다. 이 시는 십대의 그녀가 풀탈리 마을에서 처음 보았을 때부터 마음속에 화환처럼 꿰어져 있던 것이다. 비록 아베드의 배신과 전쟁의 시련으로 갈기갈기 찢기고 산산조각 났지만, 이제 결혼을 하게 되자 영원한 노래처럼 그녀의 마음속에서 되살아났다.

결혼은 결혼이었다. 아무 의미가 없는 사람과의 결혼이었지만 평화를 가져다주었다. 결혼이라는 찬란한 피난처에서 오후는 온전히 마리암의 차지였다. 그녀는 더할 나위 없는 풍요와 무한한 안전을 누렸다. 그러나 며칠 못 가서 더

이상 혼자 오후를 보내지 못하게 되었다. 오후의 외로운 시간에

몬투와 아누라다와 그녀의 삶에서 사라진 모든 다른 사람들이 돌아가며 손님으로 왔다. 그들은 훌륭하게 꾸며진 그녀의 집을 살펴보고, 그녀의 바느질 솜씨에 감탄하며 때때로 좀 이상한 충고도 해주었다. 몬투는 말했다. "그런데, 메리 누나, 누나는 비랑가나 아니야? 왜 누나 집 지붕 위에서 방글라데시의 깃발이 휘날리는 모습을 볼 수 없지?" 아누라다는 자꾸 그녀의 집을 비판했다. 콘크리트 벽과 부드럽게 윤을 낸 티크 문짝들을 검지로 두들기며 예언했다. "이 집은 카드로 만든 집이야. 이제 두고 봐, 메리, 네가 자고 있는 동안 집이 무너져 내릴 테니까. 너도 모르는 사이에." 쇼바 라니는 낄낄댔다. "돈, 돈, 돈, 세상을 돌게 하는 것은 돈이야." 이쉬티아크 소령이 들여다보더니 도둑처럼 슬그머니 사라졌다. 감히 들어오지 못한 것이다. 라미즈 셰이크는 엑스트라였다. 그가 없었다면 아마 더 나았을 것이다. 그러나 그도 양손으로 수선화를 가르듯 총알 세례를 가르며 마리암을 향해 헤엄치듯 다가오다가 결국 더 전진하지 못하고 허공으로 날아갔다. 마리암의 새집은 햇살이 상큼하게 비치는 오후에도 그녀가 1971년에 지냈던 방에서 느껴지던 답답한 분위기, 폐쇄공포증을 불러일으키는 분위기로 가득 찼다. 만일 문이나 창문을 열면 이미 사라진 과거로부터 사람들이 한 사람 한 사람 들어와 침대와 의자들과 소파 세트와 카펫과 문턱을, 그러다가 마침내 모든 것을 차지해버렸다.

몸타즈가 저녁때 귀가하자 마리암은 오후를 혼자 하릴없이 보내는 것이 힘들다고 불평했다. 집 정리는 이미 끝냈다. 이제 무엇을 할 수 있겠나? 만일 하인이라도 있으면 다를 것이다. 그들에게 지시를 하고 심부름을 시키며 시간을 보낼 수도 있을 것이다. 하지만 몸타즈는 집에 하인을 두는 것에 반대했다. 그들이 마리암이 비랑가나라는 사실을 알게 되면 오후에 집에 붙어 있지 않을 거라고, 이웃의 집이란 집은 다 찾아갈 것이고, 소문이 하인에서 하인으로 옮겨지고 한 귀에서 다른 귀로 퍼질 거라고 하면서. "저 망고나무 집 마님은 파키스탄 군인한테 욕을 당했대. 서방님이 그 슬픔을 잊기 위해서 매일 저녁 술을 드신다고." 일단 그런 소문이 퍼지면, 집은 더이상 집이 아니게 되고, 매일 아침저녁으로 수십 명의 방문객들이 그곳을 해방전쟁의 박물관으로 변모시키게 된다고 반대한 것이다.

　그렇다면 직장으로 돌아가는 것은 어떨지? 마리암의 남편은 그 제안에도 동의하지 않았다. 사무실에 다니더라도 그녀는 사무원이 아니라 비랑가나로 취급될 것이다. 심부름꾼에서 상사에 이르기까지 모든 사람이 그 사실을 알게 될 것이고, 그들은 그녀의 집에 남편이 있든 말든 신경을 쓰지 않고 마리암에게 보너스를 요구할 거였다. "파키스탄 놈들에게는 몸을 주었으면서 왜 우리한테는 안 주는데? 우리에게도 조금 맛은 보게 해줘야 할 거 아냐."라고 하면서.

　남은 선택은 시골에 계신다는 시부모님들이었다. "집이 워낙 크니까. 그분들이 오셔서 함께 사시는 데 지장이 없을 거예요."

"맞아, 그래." 몸타즈는 화를 참으며 말을 한마디 한마디 씹어 뱉듯 했다. "어떤 사람들은 말썽을 불러들여야 직성이 풀린다더니. 만일 시어머니나 시누이가 네 머리끄덩이를 잡으면 좋겠어? 그리고 너를 1971년의 화냥년이라고 부르면, 그땐 어떻게 할 건데?"

그의 마지막 말은 항상 화냥년이나 비랑가나였다. 몸타즈 자신의 말은 아니었다. 그러나 다른 사람들이 그렇게 부를 거라고 말함으로써 계속 그녀에게 자신의 '진짜' 정체성을 의식하게 만들었다. 그 외에는 전쟁에 대한 다른 언급은 전혀 없었다. 그 9개월 동안 그는 과연 어디에 있었나? 람나 공원에 있었나? 람나의 칼리 사원이 파괴될 때는 어디에 있었지? 그곳에도 없었다? 그럼, 대체 이 남자의 과거는 무엇일까? 미래는 어디에 있는 거지? 지금 그는 돈을 긁어모으는 동시에 펑펑 쓰고 있다. 도대체 자신이 그와 결혼한 이유가 뭘까? 비랑가나의 사회적 재활을 위해서? 아니면 아기를 원해서? 파키스탄군의 아기가 아닌 방글라인의 아기를? 몸타즈가 말했다. "아기를 서둘러 가질 필요가 어디 있어? 이제 막 결혼했는데. 인생을 즐기고 나서 보자고."

이 즐긴다는 일은 더욱 혼란스러웠다. 몸타즈가 마리암을 안으면 그녀의 눈은 죽은 생선의 눈깔처럼 튀어나왔다. 몸은 즉시 굴복했다. 숨을 입으로 쉬기 시작했고, 심장은 독에 갇힌 쥐처럼 요동을 쳤다. 몸타즈는 처음에는 그것이 부자연스럽다고 생각하지 않았다. 공원의 창녀들은 한 손으로 돈을 받고 잔디에 눕기도 전에 다른 손으로 옷을 들추었다. 다정한 애정의 손길이나 전희는 상상도 할 수 없는 일이었다. 양측 다 경찰이 오기 전에 볼 일을 끝내는 편이 좋았다. 그러나 침실은 공원의 대용물이었고, 침대가 잔디를 대치했다. 그런데도 아내는 왜 꼭 창녀처럼 구는가? 남편이 침대로 가자고 할 때 "싫어요."라고 말한 적이 한 번도 없었지만, 사실, 한 번도 그 행위에 진정으로 참여한 적도 없었다. 성행위가 이루어지는 동안 내내 마치 총구 아래 있는 사람처럼 가만히 누워만 있었다. 아내를 더 적극적인 상대자로 만들려고 노력하다 보니 몸타즈는 어느새 강간자의 역할을 하고 있었다—4년 전 파키스탄 군인들처럼.

　그 상황은 결과적으로 마리암이 1971년에 받은 상처를 덧나게 했다. 몸타즈는 그녀에게 더러운 욕을 했다. 원래도 술을 습관적으로 마셨는데, 이제 지갑이 두툼해지고 보니 전보다 더 많이 마셨다. 어느 날은 술에 취해 아내의 성기에 위스키 한 병을 다 부은 적도 있었다. 다음 날 아침에는 상처 입은 아내를 침대에 그냥 버려두고 일하러 가자니 겁이 났다. 그녀가 도망갈지도 모른다는 생각이 들었다. 그리고 도망은 안 간다 하더라도, 만일 우연히라도 그녀의 그런 모습을 이웃이 보게 된다면, 경찰에게 시달릴 수도 있었다. 불필요한 말썽을 방지하기 위해 그는 파키스탄군이 사용한 것과 같은 방법을 썼다. 창문에 못질을 하고 밖에서 문을 잠근 뒤 열쇠를 가지고 나갔다. 하지만 이번에는 마리암을 구하러 오는 자유 전사들도 없었다. "어머니, 어머니." 하던 그들의 소리가 바다의 먼 파도 소리처럼 계속해서 다가왔다가 사라지곤 했다. 니아지 장군의 항복은 아주 오래전에 일어났고, 연합군은 승리자가 되어 자기들의 나라로 돌아가고 없었다. 넬리 조약에 따라 파키스탄에 있던 방글라인들도 귀국했다. 혐의가 있던 장군들은 인도에서 형을 살았고, 분단된 파키스탄으로 돌아갔다. 한 나라는 얼마나 여러 번 해방되어야 하는가?

그런 날 폼타즈는 아주 일찍 귀가했다. 너무 겁이 나서 밖에 오래 있을 수가 없었던 것이다. 집에 도착하면 옷도 갈아입지 않고 아내를 돌보곤 했다. 눈물을 흘리며 용서를 빌었다. 이것은 새로운 경험이었다—파키스탄군에 잡혀 있을 때는 그런 일은 없었다. 마리암은 즉시 그를 용서했고, 용서를 통해 자신들의 결혼 생활이 새 출발을 할 것이라고 기대했다. 그러지 않는다면, 다시 직장여성들을 위한 호스텔로 돌아가야 했다. 황혼 무렵에 빛과 그림자가 깔린 거리를 잘무리와 차나추르를 씹으며 서성대다가 영화나 연극을 보는 도중에 깨지기 쉬운 청혼을 받는 일이 반복될 것이다.

아직 많은 여성들이 사회에 복귀하지 못하고 있었다. 그래서 아직도 경쟁자들이 많았다. 더욱이, 게임의 법칙에 따르면 의자 하나는 항상 부족하다. 마리암은 다시는 그런 모험을 하고 싶지 않았다. 몸타즈와 며칠은 행복하게 지낸다. 남편은 귀가하며 사리와 팔찌와 지갑 따위를 사왔다. 비록 실크 사리를 선물하기는 했지만, 한 번도 붉은 장미를 사준 적은 없었다. 가잘 시에 귀를 기울이거나 그것을 암송하는 습관도 없었다. 그래도 마리암은 이쉬티아크 소령을 생각하지 않았다. 사이가 좋을 때는 몸타즈가 아내를 데리고 영화관에도 갔다. 〈등불 켜기〉나 〈잃어버린 멜로디〉를 보기 위해서. 영화가 끝났을 때 그들은 우탐과 수치트라처럼 낭만적인 기분을 느끼며 인력거를 탔다. 몸타즈는 유명한 노래 곡조를 휘파람으로 불었다. "밤은 그대와 내 것이에요./우리 단 두 사람의 것." 그리고 밤에 그는 마리암의 무릎을 베고 누워 스튜디오의 배경에 그려져 있던 시울리나무[18]에서 침대로 종이꽃이 떨어지는 소리를 꿈꾸었다. 사슴의 눈을 한 수치트라 센이 무릎을 내주었다. 매혹적인 여성의 목소리가 "당신은 끝없는 어둠 속 나의 나침반이에요."라고 노래했다. 하지만 마리암은 말이 없었다. 달래고 어르면 무의미한 소리를 냈다. 시울리꽃 대신 눈물이 떨어져 내리면서 몸타즈의 꿈은 낳아보지 못한 아기처럼 그녀의 무릎에서 사라졌다. 희미한 밤의 등불 속에서 죽은 생선의 눈 같은 한 쌍의 눈이 튀어나왔다. 매혹적인 여성의 머리는 맥없이 뒤로 늘어져 있었다. 죽은 눈 속에서는 그 끔찍한 넓은 방 안에 있던 지붕의 대들보가 떨리는 데 맞춰 폭풍우가 날뛰었다. 방의 벽들이 그 폭풍우 속에서 덜커덩거

18 시울리나무: 야간개화 자스민의 방글라 이름.

렸고 지붕도 계속 움직였다. 몸타즈는 더이상 침착할 수 없었다. 전쟁의 경험도 기억도 전혀 없는 그는 파키스탄 군인처럼 행동하기 시작했다.

마리암은 자신을 탓했다—어리석다, 바보였다. 어떻게 결혼이 뜻하는 바가 무엇인지 몰랐단 말인가? 만일 그가 다시 공원으로 가야 한다면 아내를 집에 두고 있을 이유가 무엇이겠는가? 마리암은 사랑이 없는 육체적 관계는 상대가 남편이라 하더라도 일종의 강간이라는 사실을 깨닫는다. 그러나 궁금한 것은 사랑이란 도대체 무엇일까 하는 것이었다. 성관계와 강간 사이에 차이가 있는가? 몸타즈는 그 넓은 방의 사내들과 꼭 같이 술 냄새를 풍기며 계속 다시 찾아왔다. 그에게서 나는 위스키 냄새가 끔찍했다. 감금생활의 기억이 되살아났다. 만일 마리암이 술을 마시지 말라고 말한다면 몸타즈는 자신도 음주가 나쁜 것쯤은 알고 있다고 말했을 것이다. 그러나 매춘도 나쁜 짓이었다. 그에게 마리암은 창녀였다. 그녀가 예절 바르고 교육 받았으며 교양이 있다는 사실은 좀 달랐지만. 그리고 그녀의 일터가 공원이 아니고 집이라는 사실이 좀 달랐던 것뿐이다.

선택은 제한되어 있었다—집이냐 공원이냐, 공원이냐 집이냐.

비록 약간 지연되기는 했지만 아누라다의 예언이 현실로 나타나기 시작했다. 그렇다면 창녀 노릇이나 하자고 몸타즈와 살아야 하는가? 도대체 그 혜택이 무엇인가? 하루 종일 거리에 서서 오락가락하다가 밤중에 양식을 들고 귀가하지 않아도 된다는 것은 장점이었다. 옷도 부족하지 않았다. 그리고 집 안에 감금되어 있는 일에도 이미 익숙한 터였다. 이 생활은 1971년의 강제수용소 생활의 연장이었으니까. 전쟁의 파편이 그녀의 삶 곳곳에 깊이 스며들어 있었다. 그러나 평생을 강간과 고문에 적응하며 사는 것은 불가능했다. 그렇다면 집을 바꾸어야 하는가? 재활센터에는 몇 번까지 돌아갈 수 있을까? 만일 그리로 가고 싶지 않다면, 혹은 다른 장소를 찾을 수 없다면, 그러면 남는 것은 창녀촌일 것이다. 그것은 어떤 장소인가? 일단 발을 들여놓으면 결코 나올 수 없는 곳이다. 그녀에게 지금 필요한 것은 무덤이라는 영원한 주소지일지도 몰랐다.

외로운 오후, 창녀촌에 관한 막연한 생각들이 마리암의 발걸음을 괴롭히며 매춘알선업자처럼 그녀를 유혹하고 있던 차에 마리암의 여동생들인 라트나와 찬다가 쓴 편지가 풀탈리에서 도착했다. 마리암과 형부, 즉 그녀의 남편을 마을로 초대한다는 것이었다. 추신에는 취로 사업의 일환으로 순다리 습지부터 마을까지 비포장도로가 새로 놓였다고, 그러니까 형부가 처갓집에 올 때 걸어서 오지 않아도 된다고 적혀 있었다. 즉 다카에서 버스를 타고 와 밴이나 자전거형 인력거를 불러 갈아타면 집 앞의 마당까지 곧장 도착할 수 있다는 뜻이었다. 그러나 굶주린 사람들이 밥의 약속에 넘어가 지은 이 비포장도로가 몬순 시기에 어떤 상태가 될지는 아무도 모를 일이었으므로 가능하면 빨리 와야 한다고도 적혀 있었다.

　비록 쌍둥이 여동생들이 쓴 편지였지만, 부모님의 승인 하에 쓰인 것이 틀림없었다. 부모님은 제 발로 가출한 딸에게 직접 편지를 쓰는 굴욕을 피하기 위해 그들에게 편지 쓰기를 시킨 것이었다. 마리암은 정색을 하고 앉았다. 그녀와 몸타즈의 관계는 이미 악화될 대로 악화되어 있었다. 그는 벌써 아내를 창녀와, 집을 공원과 교환했다. 마리암은 창녀가 되려는 생각을 접고 부모에게 돌아가기로 결심했다.

XXII
귀향

모노와라 베굼이 부엌 문 옆에 서 있는데 마리암이 인력거에서 혼자 내리는 모습이 보인다. 스토브의 열기 때문에 머릿속이 쿵쿵 울리고 있다가 갑자기 손에서 국자가 떨어진다. 마당에 마리암이 마귀할멈 같은 미소를 지으며 서 있고, 어머니는 마음이 심란하다. 하루 종일 한 손으로 눈물을 훔치며 다른 손으로 요리를 했다. 지난번에는 몬투와 함께 왔던 메리가 이번에는 자신의 아들이 아닌 다른 사람의 아들과 함께 올 것이었다. 하지만 결국 그도 자신의 사위였기 때문에 그녀는 특별 요리를 하고 있었다. 그런데 온다고 했던 그가 나타나지 않았다. 그녀는 진흙과 윗가지를 엮어 만든 울타리에 몸을 기대고 국자를 들며 물었다. "사위는 어디 있느냐, 마리암? 왜 혼자 오느냐?" 메리는 대비를 하고 있었다. 그녀의 귀가는 몸타즈 덕분에 허락된 것이었고, 마리암 스스로 그 점을 잘 알고 있었다. 그러나 그는 함께 오지 않았고, 앞으로도 올 일이 없을 것이다. 하지만 며칠이면 모든 사람들이 알게 될 이 소식을 어머니께 지금 말할 수는 없었다. 그들을 초대한 두 쌍둥이 라트나와 찬다가 그녀를 향해 달려가서 인력거에 있던 가방을 내렸다. 지난번 왔을 때는 반바지를 입고, 상반신은 드러내놓고 있었던 그들이 이제 나팔바지와 짧은 카미즈를 입고 머리는 뒤로 묶고 있었다. 그들이 묻는다. "그래, 형부는 어디 계셔, 메리 언니? 왜 안 오셨어? 그 굉장한 어른이 이 가난한 오막살이는 싫대?"

사춘기의 쌍둥이 소녀들은 서로 자신들의 똑똑한 모습을 언니에게 보여주려고 경쟁하고 있었다. 그들이 사는 마을은 거대한 습지 때문에 다카뿐 아니라 아스팔트라도 포장된 길로부터도 단절되어 있었다. 아스팔트와 이 마을을 연결하는 길—기아에 허덕이는 사람들에 의해 만들어진 비포장도로—도 최근에야 놓인 것이다. 하지만 그만큼이라도 다카와 연결이 된 덕분인지 그들의 옷차림에도 영향이 가, 두 쌍둥이는 최신 유행에 따른 나팔바지와 짧은 쿠르타를 입고 있었다. 그들이 이렇게 잘 차려입은 이유는 언니가 가족이라기보다 남에 더 가까웠던 탓이다. 그들 자매들은 자주 만날 기회가 없었다. 마리암이 다카로 떠난 것은 쌍둥이에게 주변에 대한 의식의 능력이 생기기도 전이었다. 그들은 낯선 언니에 대한 온갖—좋기도 하고 나쁘기도 한—소문을 들으며 자랐다. 예를 들어, 어머니: "꼭 언니 같구나. 이유도 없이 떼를 쓰고 안 되는 것을 달라고 하고." 큰 이모: "두파타 스카프로 가슴 좀 제대로 가려라.

어디서 메리 같은 짓을 하느냐." 친구들: "쌍둥이 언니는 가출했대. 파키스탄 군인들이 형부래. 어디로 가야 만나지? 파키스탄(이 부분은 코러스다)." 노아칼리에서 온 시르 몰비: "언니를 안 닮았나? 너희 언니는 언제나 전교 일등이었어." 마을사람들: "쌍둥이들이 머리쓰개를 안 하고 학교에 가네. 제 언니처럼 신세 망치려고 그러나 보다."

마리암의 결혼 소식이 퍼진 지난 6개월 동안은 마을의 공기가 고요했다. 어머니는 때때로 맏딸의 어린 시절 이야기를 하곤 했다—젖니가 빠지고 새 이가 났던 일, 목욕을 시키려고 하면 물을 튕겨대던 모습, 아주 어렸을 때부터 미소를 지을 때 보조개가 무척 예뻤다는 것. 오! 알라여! 아기가 미소를 지으면 시어머니는 그 모습이 너무 예뻐서 정신이 하나도 없으셨다. 아기를 무릎에 놓고 농담을 하시곤 했다—아! 카피! 네 딸이 미소 지을 때 보조개 생기는 것 좀 봐라. 크면 남자깨나 호리겠다! 그러면 마리암의 아버지도 미소를 짓곤 했다. 쌍둥이들은 장녀의 아름다움과 재능을 손톱 끝만큼도 닮지 않았고, 부부는 그것 때문에 속상했다. 하지만 어떻게 된 영문이지? 환영하기 위해 그렇게 만반의 준비를 했는데, 사위가 오지 않은 것이다.

마리암은 쌍둥이들을 손에서 놓고 부엌으로 달려갔다. "엄마, 엄마! 안녕하세요, 저 왔어요! 아! 얼마나 오랜만이에요. 사위는 너무 바빠요. 일, 일밖에 모르는 사람이에요. 시간이 전혀 없대요."

모노와라 베굼의 몸은 나무에 뚫린 안전한 구멍에서 살다가 갑자기 구멍 밖으로 떨어진 아기 새의 것처럼 떨렸다. 마리암은 그 떨림을 멈추게 하기 위해 팔을 활짝 벌리고 엄마를 아기라도 되는 양 꼭 껴안아주었다.

카필루딘 아흐메드가 있던 사랑채의 베란다에서는 순다리 습지 너머 인력거를 타고 오는 메리의 모습이 먼발치로 보였다. 사위는 안 보였다. 그는 베란다를 살짝 빠져나와 조용히 침실로 가 누웠다. 아무 말도 하지 않았다. 마리암은 어머니와 조금 이야기를 나누고 눈물을 약간 뿌린 뒤 방으로 들어갔다. 아버지는 때 아니게 침대에 누워 바깥의 일을 모르는 체하고 있었다. 그러나 맨발이 허리 두르개 바지 밖으로 삐져나와 있었다. 메리가 그 발을 잡고 인사하자 그가 긴 한숨과 함께 자리에서 일어났다. 딸이 침대 기둥을 잡고 서자, 아버지는 침대에 앉았다. 두 사람은 창문 너머 먼 곳을 바라보았다. 전쟁의 폭풍이 닥쳐와 산산조각 난 삶 앞에서 두 사람 다 말이 없었다. 석양빛 속에서 무엇을 찾기라도 하는 듯 바깥만 내다보고 있었다.

카필루딘 아흐메드와 자식들과의 관계는 특이했다. 그는 행복할 때조차도 자식들에게 무슨 말을 해야 할지 모르는 사람이었다. 침묵은 라트나가 허리케인용 등불을 들고 방으로 들어왔을 때 깨졌다. 이비지가 호통을 쳤다. "밤도 안 됐는데 왜 불을 켜고 야단이냐? 꺼라, 당장 꺼. 석유 값이 얼만데!" 그런 뒤 저녁기도의 종소리가 울릴 때까지 오르는 물가와 셰이크 샤헤브의 행정적인 무능력에 대해 이런저런 이야기를 나누다가 테 없는 비로도 모자를 쓰고 홀로 모스크로 향했다.

가족 구성원 다섯 명 중 어느 누구도 전쟁에 대해 이야기하는 사람은 없었다. 마을사람들은 집 근처까지 와서 마리암의 얼굴을 빤히 쳐다보다 갔고, 심지어 어떤 사람들은 마당 가운데 웅크리고 앉아서 쳐다보기도 했다. 모노와라 베굼이 음식을 권하면, 신선한 것이든 오래된 것이든 고개를 저어 사양했다. 그들이 궁금했던 것은 마리암이 입은 블라우스의 디자인, 도시에서 유행하는 사리 착용 방식, 그녀의 걸음걸이, 그리고 잘 손질된 그녀의 손과 발 따위였다. 그녀를 아무리 자세히 뜯어보아도 그녀가 파키스탄 군인들의 손에 당한 고문을 짐작할 길은 없었지만 추문은 있었다. 그리고 아니 땐 굴뚝에 불은 안 나는 법이다.

모노와라 베굼은 종종 눈물을 흘렸다. 사람들은 메리를 보면 몬투 생각이 나서 그런다고들 했다. 그러나 가족은 아무도 몬투의 이름을 언급하지 않았다. 그사이 양철지붕을 한 마을의 초등학교가 샤힌 사이푸딘 아흐메드 풀탈리 프라타미크 비달라야로 개명되었다. 그들의 혀에서 사라진 이름이 간판으로 옮겨간 것이다. 국무장관이 그 개명식에 참석했고, 무집 재킷을 입은 장관 추종자들이 나타나서 몬투는 뒷전이고 계속 그 장관의 이름만 연호했다. 카필루딘 아흐메드는 무척 화가 나 있었다. 희생자의 아버지로서 그가 연단에 올라 인사말을 할 차례가 되었을 때는 그의 몸이 주체할 수 없을 만큼 떨리고 있었다. 읍내에서 온 이방인들은 그가 아들을 애도하며 울고 있다고 생각했고, 주빈이 그의 어깨를 감싸 안고 그를 자기 옆자리에 앉혔다. 그런 뒤 쌀 튀기는 듯 요란하게 타다닥거리는 박수갈채가 따랐다. 군중의 구호는 오로지 두 사람의 이름만을 언급했다. 방가반두와 국무장관의 이름. 라트나와 찬다는 풍금 반주에 맞춰 애국적인 노래를 불렀다. "어머니, 제게 진홍색 보리수 꽃으로 화환을 만들어 주세요./저는 오빠 잃은 고통을 일생 동안 잊지 않을 거예요." 그러나 그들은 노래를 끝까지 부르지 못했다. "같은 슬픔 때문에 뻐꾸기가 울고/야생화가 피어납니다."까지 부른 뒤 두파타로 입을 가리며 연단에서 내려왔다. 리허설 때도 거기까지밖에 부르지 못했었다. 국무장관은 단 위에 앉아서 손수건으로 눈을 찍고 있었다. 검은색 무집 재킷을 입고 있던 펭귄 같은 모습의 남자들은 깜짝 놀라서, 비록 조금 늦었지만 자신들도 지도자를 본받아 손수건을 꺼냈다. 카필루딘 아흐메드의 눈만 메말라 있었다. 귀가 후 할아버지의 침대에 누운 그는 이틀 동안 음식물 한 조각, 물 한 모금도 입에 대지 않았다. 모노와라 베굼이 걱정되어 다가가면 고개를 돌려버렸다. 분노가 가라앉자 그가 조금씩 말을 하기 시작했다. "마리암 어머니, 온 나라에서 라자카르들이 득세하고 있구려. 우리는 더이상 사람도 아니오. 정부에서 일반 시면을 하면서 우리에게 물어본 적이나 있소? 셰이크 무지부르 라만이 우리의 허락을 받았느냐고?" 신문을 읽지 않는 모노와라 베굼은 묵묵히 남편을 바라보았다. "무슨 말씀을 하시는 거예요? 누가 누구에게 허락을 받아야 된다는 거예요? 왕들이 언제 백성한테 허락받은 적 있나요? 말도 안 돼요. 딱한 말씀 마세요." 카필루딘 아흐메드는 짜증을 느꼈다. "이해가 안 되겠지. 그 어리석어 빠진 머릿속에 뭘 처넣으려 하는 내가 바보지. 무식한 여자 같으니라구."

마리암은 어느 날 학교가 파한 뒤 학교의 간판을 보기 위해 라트나와 찬다를 따라갔다. 학교 운동장의 잔디밭에 앉아서 쌍둥이 동생들이 메리에게 아버지가 학교 개선을 위해 매달 얼마씩 기부하고 있다고 알려주었다. 그리고 집집마다 찾아다니며 말했다. "아이들을 학교에 보내세요. 그건 좋은 일입니다. 결국 좋은 결과가 있을 거예요." 그러나 사람들은 나중의 결과보다 당장의 결과에 더 관심이 많았다. 만일 자식들이 아버지와 함께 일용노동자로 일한다면 당장 현금을 벌 수 있었다. 나중에 어떻게 살지에 대해서 생각할 여유가 있는 사람이 어디 있나? 아들을 잃은 노인의 충고에 귀를 기울이는 사람들도 없지는 않았지만 그러지 않는 사람들도 많았다. 카필루딘 아흐메드의 권유에 따라, 짚단으로 만든 횃불로 밝힌 야학을 다니는 마을 어른들도 몇몇 있었는데, 이 학교는 그가 직접 감독을 해서 제대로 된 조명도 갖추었고, 벽난로 그물과 함께 설치했다. 그러나 성인 학생들의 혀는 담배를 곁들인 파안을 씹느라 두터워져 있었고, 머리도 잘 안 돌아가서 금방 배운 것도 돌아서면 잊어버리곤 했다. 배운 내용이 보이지 않는 구멍을 통해 숭숭 빠져나갔다. 선생님이 질문을 하면 학생들은 큰 소리로 하품을 했고, 어떤 사람은 램프의 윙윙거리는 소음에 맞춰 코까지 골았다. 선생님은 곤란했다. 학생들이 아버지 또래의 나이였기 때문에 매를 들 수는 없었다. 결국 월급도 없이 자원봉사를 하던 선생님은 가르치기를 포기하고 말았다.

라트나와 찬다는 계속해서 이런 이야기를 재잘댔다. 그들은 자신들은 꿈도 꿀 수 없는 명성, 혹은 악명을 누리는 언니와 친해지고 싶어했지만 마리암은 그들과 거리를 두려고 노력했다. 그녀의 신경은 지금 다른 데 가 있었다. 카필루딘 아흐메드가 몸타즈에게서 편지가 왔는지를 확인하기 위해 매일 읍내에 간다는 사실을 깨달았기 때문이다. 아버지는 갈 때마다 더욱 지치고 어깨가 늘어져서 귀가를 하셨다. 마리암은 집 안에서 질문을 받기 전에 떠나야 했다. 그 질문을 받기까지 시간이 그렇게 오래 걸리지도 않을 것이었다. 그러나 이제 다카로 가게 되면 도대체 어디로 가야 하나? 재활센터로, 아니면 창녀촌으로?

마리암은 걱정 때문에 잠을 이룰 수 없었고, 자더라도 악몽에 시달렸다. 누군가가 자신의 가슴을 타고 앉아 심장을 짓누르는 듯한 느낌이 들었다. 남자의 얼굴은 보이지 않았지만 그 눈은 고양이 눈처럼 번뜩이고 있었고, 두 개의 털북숭이 손이 가슴께로부터 목을 향해 올라갔다. 마치 구리 발톱 같은 손가락이 보이는 그 손들이 그녀의 목을 조르려 하고 있었다. 마리암이 비명을 질렀는데 그녀의 입에서 터져나온 것은 도살당하고 있는 암소의 비명처럼 고통스러운 소리였다. 카필루딘 아흐메드가 정식 도끼와 손도끼까지 들고 문을 부수려고 달려왔다. 마리암은 계속해서 숨이 넘어갈 듯한 비명을 질렀다. 모노와라 베굼이 허리케인용 등불을 높이 치켜들었고, 라트나와 찬다도 놀라 그녀의 침대를 향해 달려왔다. 마리암의 입에 거품이 물려 있었고, 눈동자는 죽은 생선의 것처럼 뒤집어져 있었다.

한밤중에 의사를 부르기는 곤란했다. 그랬다가 다음 날 소문이 들불처럼 번져나갈 것이었다. 카필루딘 아흐메드는 일단 딸에게 자신이 처방받은 수면제를 주었고, 아침에도 같은 처방을 해 주었다. 열이 섭씨 40도까지 치솟아서 밤중에 수도자인 탁발승이 와서 주문을 외고 부적을 이용한 의식도 행했다. 마리암의 큰 이모인 타후라 베굼도 주문을 조금 외울 줄 알았기 때문에, 탁발승이 떠나자 그 이모가 와서 병석의 마리암을 돌보았다. 그녀는 계속 기도를 하면서 환자의 열이 펄펄 끓는 몸을 후후 불어주었다. 환자의 이마를 덮은 찬 물수건도 계속 갈아주어야 했다. 털북숭이 손은 등잔불의 침침한 빛 안에서 흔들리다가 그녀의 목에서 다시 이마를 향했다. 마리암은 젖은 수건을 쥔 손을 재빨리 꽉 잡더니 놓아주지 않았다. 마리암의 이모가 비명을 질렀지만, 마리암은 알 수 없는 말을 중얼거리며 그녀의 손을 계속 잡고 있었다. 목숨을 내놓는 한이 있어도 그 손만은 놓을 수 없다는 듯이. 큰 이모는 얼굴이 백지장처럼 하얗게 질려서 마리암의 손에서 힘이 빠진 순간 서둘러 방을 빠져나왔다. 라트나와 찬다는 입을 꽉 다물고 미소를 지었다―그래, 맛이 어때? 두파타가 가슴에 제대로 붙어 있지 않다고 그들에게 또 뭐라고 해보라지. 그러면 언니에게 혼내주라고 할 테다. 두 소녀에게서는 자비나 동정심은 엿보이지 않았다. 아마 그럴 나이였을 것이다.

열은 내렸지만 마리암의 건강은 회복되지 않았다. 그러던 어느 날 이른 아침 옅은 잠에 들었던 그녀가 천둥번개 소리에 놀라 깨어났다. 그리고 하루 종일 줄기차게 비가 내렸다. 그녀 가슴속 소망을 알았는지 종일토록 쉬지 않고 내렸다. 밤에도 내리고 다음 날, 그 다음 날도 내렸다. 대홍수가 다가오고 있었다. 온 세상을 다 떠내려 보낼 듯. 선지자 노아가 방주를 가지고 오더라도 마리암은 이곳을 떠나지 않을 것이었다. 모든 사람들과 함께 떠내려갈 수 있는 절묘한 기회였다. 카필루딘 아흐메드의 읍내행도 멈추었다. 동시에 사위에게서 편지를 받지 못하는 데서 오는 굴욕감도 사라졌다. 배달부들도 결국 피와 살이 있는 인간이었다. 보내진 바 없는 편지들이지만 비가 멈출 때까지 우체국에 안전하게 보관되어 있을 것이다. 여러 날을 불면과 고열에 시달리던 마리암은 밤낮없이 내리 잠만 잤다. 잠과 비. 비와 잠. 비는 무감각해진 그녀의 의식에 축복을 내려주었다.

그러던 어느 날 모노와라 베굼이 마리암을 흔들어 깨우자 마침내 그녀의 정신이 되돌아왔다. 그사이에 밤낮이 몇 번 지나갔는지는 알 수 없었다. 모노와라 베굼이 머리맡의 창문을 열어 행복한 표정으로 딸에게 순다리 습지를 보라고 말했다. 습지는 홍수로 인해 바다로 변해 있었다. 길의 흔적도 남아 있지 않았다. 모노와라 베굼이 웃으며 말했다. "얼마나 실없는 사위냐. 비가 안 올 때 안 오더니, 이제 홍수가 났으니 어떻게 오겠느냐?" 그날 라트나와 찬다는 학교에 도착도 못하고 물에 젖은 책과 공책을 가지고 되돌아왔다. 그들도 무척 행복했다. "메리 언니, 얼마나 재밌어! 형부는 물이 빠져나가기 전엔 못 오실 거야. 언니도 다카에 갈 수 없고." 카필루딘 아흐메드도 살짝 미소를 지은 채 유쾌한 분위기에 합류했다. 메리만 빼면 이제 모든 사람이 사위는 풀탈리로 연결된 도로가 모두 침수했기 때문에 올 수 없다고 믿게 되었다. 이 믿음은 그들이 만들어낸 것이다. 이런 믿음의 힘으로 몬투는 죽은 지 1년 후까지도 그들의 가슴 속에 살아 있었던 것이다.

카필루딘의 집은 망망대해의 한가운데 떠 있는 배였다. 그곳에서 보이는 것은 배의 갑판에서와 마찬가지로 끝없이 펼쳐진 물뿐이었다. 아우스 종의 쌀을 심은 논은 쌀이 채 익기도 전에 침수가 되었다. 이제 기아가 닥칠 것이고, 그것은 이 가족도 생각해야 할 상황이었다. 전쟁이 끝난 후 카필루딘 아흐메드는 물건을 집에 보관하지 않으려 했다. 그에게는 나름의 논리가 있었다. 가장이 재산을 비축하는 것은 아들들을 위해서다. 딸들은 결혼하면 어차피 떠나게 되어 있다. 오늘이 아니면 내일이라도 떠난다. 그의 자선 행위는 모든 한계를 넘어서, 이제 그들에게 남은 것이라고는 소똥으로 겹을 두른 나뭇가지 바구니에 다음 계절을 위해 단정하게 보관된, 다양한 모종용 쌀과 현재의 양식으로 먹고 있는 쌀 단지뿐이었다. 모노와라 베굼은 큰딸과 걱정을 나누고 싶었다. 남편과는 의논해봐야 아무 소용도 없었기 때문이다. 카필루딘 아흐메드는 몬투가 사라진 다음 모든 세속적인 일에 초연해졌다. 그렇지 않아도 관리하기 힘들었던 땅이 모두 침수해버렸다고 오히려 기뻐하는 것처럼 보였다. 어느 날 그는 메리를 테라스로 불러 자기 소유 땅의 경계선을 검지로 가리켰다. 그가 침수된 땅을 그렇게 따지고 있는 것은 일종의 광기 탓이었다. 메리는 걱정이 되었고, 그의 팔의 처진 피부에 잡힌 주름에 눈길이 갔다. 들어 올려진 손가락은 관절염 환자의 것처럼 떨렸다. 그럼에도 그는 파도에 굴하지 않는 선원 같은 우렁찬 목소리로 선언했다. "모두 내 것이니라." 바다의 파도가 요란해졌다. 그를 기다리고 있는 것은 긴 항해 이후 선창을 보물로 가득 채운 배를 잃고 귀향하는 노선원과 마찬가지로 죽음뿐이었다.

그날 밤 어머니가 말없이 자신의 침대를 빠져나왔다. "마리암, 일어나라, 일어나. 어째 그렇게 죽은 사람처럼 잠만 자느냐. 나에게 심판이 날이 왔구나, 얘야. 이제 더이상 감당이 안 되는구나." 딸 앞에 앉아서 이렇게 말하는 모노와라 베굼의 목소리는 거칠고 날카로웠다. 옆방에서는 어린 두 딸들이 자고 있었다. 옅은 어둠이 촘촘한 모기장처럼 그들을 감싸고 있었다. 비록 흐릿했지만, 모든 것이 침침하게라도 보이기는 했다. 어머니는 갑자기 조심스럽게 주변을 둘러보더니 말했다. "네 아버지가 오래 못 사실 것 같구나, 얘야." 어머니는 낮은 목소리로 속삭였다. "아들이 그리워서 죽을 날만 기다리고 계신다. 네 아버지가 재혼해서 아들을 낳으셨으면 좋겠구나." 마리암이 놀라서 어머니의 말을 중지시켰다. "아니, 엄마, 아니. 그게 무슨 말씀이세요? 왜 가서 주무시지 않고 그러세요?" 그러나 어머니는 말을 이었다. "내 말을 끝까지 들어봐라. 왜 어머니가 말을 하는데 막느냐? 어쨌든 나는 이제 다 살았다. 네 아버지가 재혼하겠다고 하시면 반대하지 않을 작정이다, 마리암."

밤의 어둠이 구름 낀 하늘처럼 주변으로 내려앉았다. 하늘에서 소용돌이가 다가오고 있음을 알리는 천둥소리가 으르렁대고 있었다. 인생에서 모든 행복이 빠져나가버렸고, 모든 것이 시들해졌다. 모녀는 얼굴을 마주보며 앉아 있었다. 그리고 모노와라 베굼은 계속 말을 쏟아 내놓고 있었다. "네가 아무 말 안 해도 나는 네 어미다. 나는 네 고통이 이해가 가. 일단 잔인한 운명한테 일격을 당하면 그 인생을 바로잡는 건 불가능하단다. 울지 말아라, 마리암. 물이 빠지면 떠나거라. 다카의 집을 네가 써라. 네 아버지는 땅과 재산이 다 사라지고 나면 바로 무덤으로 가실 테니까."

아침에 일어난 마리암은 어머니를 바라보며 지난밤의 대화가 환각이었다고 생각한다. 어머니는 바나나 잎을 머리에 쓰고 비를 피하며 동네 오막살이를 찾아다니고 있었다. 그녀의 외침 소리와 부르는 소리가 단조로운 빗소리 너머 귓속을 꿰뚫었다. 어머니는 젖은 황마줄기와 땔감으로 반나절 동안 음식을 만들었다. 불을 붙이기 위해서 입으로 불어대는 어머니의 모습을 보며 마리암은 숨쉬기 시험에 붙으려고 애쓰는 사람처럼 보인다고 생각했다. 라트나와 찬다를 빼면 나머지 식구 세 사람은 죽은 것이나 다름없었다. 그냥 남들 앞에서 산 사람의 역할을 연기하고 있는 중이었다. 그러나 배우든 실제 인물이든 생존을 하려면 먹어야 했다. 모종용 쌀바구니가 하나하나 비워지고 있었다. 그래서 결국 두 여인은 가슴에 물동이를 맨 채 논으로 헤엄쳐 가 물밑의 쌀다발을 뽑았다. 그리고 겨에서 쌀을 분리해내기 위해 방망이로 논을 두들겼다. 메리와 모노와라 베굼은 생쌀을 양철 시트에 펼쳐놓은 뒤 말리기 위해 불 위에 놓았다. 이런 장시간의 타작을 거쳐 마침내 얻을 수 있었던 것은 온전한 쌀이 아니라 부스러진 쌀조각들이었다. 그것으로 매 끼니 죽을 걸쭉하게 끓여 먹었다. 굶주린 마을사람들 몇몇이 그 밥을 얻어먹어보려고 목까지 찬 물을 헤치고 매일 찾아왔다. 이런 식으로 음식을 하다가 땔감과 연료까지 다 바닥이 나버렸다. 모녀는 부엌채의 나무 기둥을 뽑았고 지붕의 지푸라기도 조금 뜯어냈다. 심지어 커다란 나무 타작기까지 쪼개서 땔감으로 썼다. 이렇게 지붕을 뜯어내고 일용품을 파괴해서 부엌의 불을 피우고 모종

쌀로 밥을 짓는 동안 모녀가 무척 가까워졌다. 그들의 필요와 욕망은 똑같았고, 생존전략도 다르지 않았다. 불가피한 일에 대항해서 무슨 소용이 있단 말인가? 마리암은 전후 처음으로 진정한 의미의 친구, 자신과 똑같은 처지에 있는 사람을 만났다고 생각했다. 그들에게는 미래가 없었다. 호의를 구걸하기 위해 손을 내미는 것은 수치스러웠고, 가짜 호의를 다짐받는 것은 더욱 끔찍한 일이었다. 어머니는 딸에게 실제적인 가르침을 주고 있었다.

그사이 홍수의 물이 진흙의 켜를 남겨놓고 빠른 속도로 빠지고 있었다. 부드러운 토양을 살그머니 밟으며 기아가 다가왔다. 기아에 쫓긴 수많은 남녀가 깨진 그릇과 사기 접시 따위를 손에 손에 들고 음식을 찾아 맹목적으로 거리를 헤매고 있었다. 카필루딘의 집에도 그들이 하루 종일 들락거려서 쌀이나 쌀물이라도 달라고 구걸하는 소리가 끊이지 않았다. 음식을 그릇에 담고 있으면 인간과 개들이 그 음식을 두고 다투곤 했다. 카필루딘은 우산을 쓰고 읍내로 나가 신문을 읽거나 집에 있으면서 독립을 저주했다. 아들은 나쁜 놈이었다. 이따위 독립을 위해 전쟁에 나가서 목숨을 잃어야 했단 말인가? 1943년의 기근을 기억하면 눈이 따가워졌다. 미친 어머니가 바닥 모를 깊은 물속에 들어가서 달팽이와 홍합을 잡아오라고 그를 내보냈던 것이 바로 그해였다. 그 일은 그가 처음으로 죽음을 대면한 경험이었다. 그것도 물 밑에서. 그가 오랜 잠수 후 빈손으로 물 위로 떠오르면 어머니는 마른 땅에 서서 작대기로 그의 머리를 때리며 다시 물속으로 들여보내곤 했다. 일생에 두 번이나 기근을 겪다니. 하나는 영국 정부의 작품이었고, 이번에는 쌀 수출 금지령을 내린 미국인들의 작품이었다. 기아에 허덕이는 가난한 나라의 사람들에게 부자 나라들이 얼마나 무자비한 복수를 하는지. 그러는 동안 모노와라 베굼은 머리가 돌아버릴 지경이었다. 남편과 아이들에게 식탁을 차려준 뒤 함께 식사하려고 자리에 앉으면 열린 문과 창문을 통해 해골 같은 손들이 들어와 소리 없이 그릇을 내밀었다. 그 사람들의 눈은 죽은 눈이었고, 배와 등이 달라붙어 있었으며, 말할 기운도 없어 보였다. 밤에는 그들이 집의 구석마다 웅크리고 있었기 때문에 마당이나 베란다에도 나갈 수가 없었다.

그러던 어느 날 밤 모노와라 베굼은 이처럼 사방에 사람이 들어찬 집에서 아무도 모르게 살짝 침대를 빠져나왔다. 메리는 잠들었다가 어머니가 흔드는 기척에 깨어 일어나 앉는다. "이제 떠나거라. 내일 당장."

"왜요, 엄마?"

"쓸데없는 말 하지 말자, 마리암. 여기, 이것 가지고 가라." 그녀가 손에 작은 보따리를 들고 있다가 어둠 속에서 마리암 쪽으로 내밀었고, 그러자 그 안에서 딸그랑 소리가 났다. 보따리는 무거웠다. 모노와라 베굼이 금붙이를 모두 꾸려 넣었기 때문이다. 그리고 딸에게 놀랄 기회조차 주지 않은 채 화제를 바꾼다. "나는 네 결혼이 진짜가 아니라는 거 알고 있었다. 연극이나 마찬가지였지. 네 아버지는 소식을 듣고 춤을 추시더라만. 내 말은 귓등으로도 안 들으시더구나. 아! 불쌍한 양반."

몬투의 아내가 될 여성에게 주려고 준비해두었던 금붙이들, 라트나와 찬다가 결혼 지참금의 일부로 가져갈 수도 있었던 금붙이들이 이제 마리암의 생존을 위한 자본으로 변모한 것이다. 그 보따리를 넘기며 모노와라 베굼이 말했다. "조심해서 쓰거라. 두 동생들에게 줄 것도 안 남기고 다 네게 주는 것이니까. 그래도 아깝지 않다. 걔네들은 걔네들대로 살길이 있을 거다."

메리도 엄마처럼 쌍둥이 동생들의 생존 가능성이 100%라는 것을 알 수 있었다. 지나치게 수다스러운 면은 있었지만 무척 신중하기도 했다. 마후아 영화관에 가서 영화를 보는 대신 영화잡지를 사서 영화배우들에 대한 감칠 나는 소문을 게걸스럽게 소화했고, 배우들의 사진을 오려서 자신들의 방을 장식하기도 했다. 홍수도 기아도 아버지의 광기 어린 행동도 어머니의 파괴 작업도 언니의 불운도—그 어느 것도 그들에게 영향을 끼치지 못했다. 해방전쟁에 대해서도 할 말은 별로 없었다. 유일한 오빠가 전쟁에서 희생될 것을 미리 알기라도 했던 것 같았다. 또한 언니가 살아온 방식에 놓인 함정도 피했다. 아무리 형편없는 길이라도 길은 길이었다. 그 길에는 수학 학점처럼 이정표가 놓여 있었다. 그래서 대수의 공식을 배우기 위해 자시물 하크의 영향을 받을 필요는 없었다. 스캔들은 남편감을 찾을 수 없다는 것을 뜻하는데, 대학에 진학하기 위해 그런 스캔들이 필요한 것은 아니었다. 언니는 벌써 대학을 졸업한 사람이었고, 그들도 물론 당연히 대학을 졸업할 것이었다. 타인이 실수하는 모습을 보면 그것을 목격한 사람은 같은 실수를 안 저지르는 법이다. 또한 그들의 삶에는 자시물 하크 같은 인물이 없었기 때문에 아베드처럼 기회주의적인 남자가 나타날 가능성도 없었다. 또한 전쟁은 항상 일어나지는 않는다. 1차 세계대전과 2차 세계대전 사이에는 17년의 간격이 있었다.

쌍둥이는 언니에 대해 전혀 의존하는 마음이 없었다. 언니를 환영했던 것과 꼭 같이 편안한 마음으로 언니를 보낼 능력도 있었다. 마리암이 떠나던 날 서로 그녀의 짐을 인력거에 올려놓으려고 다투는 일은 일어나지 않았다. 그냥 나란히 서서 문을 잡고 있었다. 그들은 이미 언니가 무일푼이며 결혼도 파경을 맞이했다는 사실을 깨닫고 있었다. 다음 단계 마리암의 삶은 누구에게도 귀감이 될 수 없었다. 여동생들은 그녀의 모든 실패를 기억할 것이고, 그 실패가 자신들 곁으로 오지 않도록 할 것이다. 라트나와 찬다는 멀리선 채 손을 흔들어 작별을 고했다.

홍수의 물이 빠져나간 뒤 카필루딘 아흐메드는 시간의 대부분을 읍내에서 보냈다. 시장통의 찻집은 그가 계속 차를 마실 여력이 있었던 덕분에 엄청난 기아의 시기를 건뎌낼 수 있었다. 그는 그 찻집에서 땅을 사고파는 브로커들과 흥정했다. 김이 모락모락 오르는 찻잔의 차가 소비되고 님키와 잘레비 같은 따끈한 스낵이 따랐다. 그는 딸과 사위가 갈라섰다는 소식을 듣고도 침묵을 지켰고, 그녀가 떠나는 순간까지도 그 침묵은 깨지지 않았다. 그날 아침에도 색 바랜 우산을 겨드랑이 아래 끼고 읍내로 떠났다.

　모노와라 베굼은 사전 의논도 없이 마지막 순간에 딸과 함께 가겠다고 즉석에서 결정을 내렸다. 병약하고 숨이 그렁거리던 객식구들은 모두 자신들에게 어려운 시절이 닥쳐왔다는 사실을 깨달았다. 음식을 나눠주는 이가 없다면 음식도 없을 테니까. 쌍둥이들은 흥밋거리일 뿐 그들에겐 아무런 도움도 안 되었다. 모녀가 앞이 트인 인력거를 타고 앞장을 서자 객식구들이 재빨리 보따리를 챙겨 들고 긴 행렬을 이루며 따라갔다. 마치 모노와라 베굼이 다카를 공격하러 가는 행렬 앞에서 그들을 인도하는 것 같은 모습이었다. 남겨진 것은 두 명의 놀란 딸들과 양철지붕 아래 세 칸 방이었다. 진흙과 윗가지로 지어진 다른 방들은 모녀가 부수어서 불을 때는 데 사용했기 때문에 자취도 남아 있지 않았다.

XXIII

황금기

모노와라 베굼의 자신감은 다카에 들어서는 순간 꺾여서, 그녀는 딸의 손에 매달리지 않고는 한 발짝도 떼지 못했다. 카필루딘가에서 칠흑 같은 어둠 속을 당당히 헤치고 걷던 그녀는 다카의 환한 거리에서 계속 발을 헛디디고 있었다. "아이구! 마리암, 내 신발을 벗겨서 들고 가다오. 저 사람들은 어떻게 이 끔찍한 것들을 신고 걷는 거냐?" 버스 정류장을 나오며 마리암은 재빨리 인력거를 불렀다. 그러나 도대체 어디로 갈 것인지? 라예르 바자르의 집에는 골람 모스토파가 벌써 2년 전에 세입자를 들여놓았다. 약탈과 무단점유자들로 들끓던 그 시기에 세라도 주지 않았더라면 아마 그 집을 잃었을 것이다. 전에 왔을 때는 곧장 마그바자르의 집으로 갔지만, 이제 그들은 둘 다 남편과 헤어진 여자였다. 그러니 모르는 사람이라도 세든 사람의 환대가 친척집보다는 낫지 않을까? 마리암의 이 질문에 대해 모노와라 베굼은 아무런 대답도 하지 않았다. 그냥 인력거에 편히 앉아서 호기심에 찬 표정으로 주변을 둘러보고 있었다. 어린아이처럼 한없는 호기심에 사로잡힌 듯 질문도 아주 많았다. 아주 오랜만에 다카에 왔으니까. 다카는 어딘지 모르게 싸구려처럼 보였다. 그렇게 많은 위압적인 건물과 보통 집들, 그렇게 많은 차와 기타 탈것들, 그렇게 눈부신 빛들—하지만 어둠은 떠나려 하지 않았다. 저 사람들은 다 어디로 가는 중인지? 보따리를 들고 애들을 이끌고? 기아로 피골이 상접한 저 모든 사람들, 뿌리 뽑힌 사람들은? 인력거꾼은 말했다. "무료 급식소로 가지요. 정부에서 설치한 곳이에요. 거기 가서 얻어먹습니다." 모노와라 베굼의 마음속에서는 즉시 풀탈리 마을의 기아자들 행렬이 떠올랐다. 만일 그들이 다카까지 올 수만 있다면 배 속에 먹을 것을 좀 넣어 생존할 수 있을 것이다. 하지만 그녀에게는 차비가 없어서 그들을 데려올 수 없었다. 몇십 명이나 되는 그 사람들을 위해 버스 한 대는 대절해야 할 것이다. 그러려면 적어도 1,000타카는 필요하다. 그렇게 많은 돈을 어디서 구한단 말인가? 딸과 자신의 차비는 전날 밤 카필루딘의 주머니에서 몰래 꺼낸 돈으로 냈다. 그것으로 어떻게 두 사람의 버스 삯은 마련했다. 기아자들의 행렬은 길가에 멍하니 남겨졌다. 자신은 뱀 부리는 사람처럼 박수로 그들을 인도한 뒤 버스 정류장에 버려두고 온 것이다. 따라온 사람들은 배신당한 기분이 들었고 화도 났지만, 버스 차장은 그들에게 틈을 주지 않았다. 그들이 고개를 드는 뱀처럼 공격을 개시하기 전에 버스를 탕탕 쳐서 운전기사에게 떠나자는 신호를 보냈다.

모노와라 베굼의 회한에 찬 성찰이 끝나기도 전에 그들의 여정이 끝났다. 그들을 태운 인력거가 어스레한 골목 안 카필루딘 아흐메드의 이름과 주소가 적힌 검은 문 앞에 멈춰 선 것이다. 두 여인은 열린 문 안으로 한 쌍의 도둑처럼 살그머니 들어섰다. 공기 중에는 활짝 핀 밤의 여왕 선인장 덤불에서 풍기는 향긋한 냄새가 떠 있었고, 집 안에는 네 명의 자식을 둔 가난한 서기가 살고 있었다. 그는 착한 남자였다. 집세를 제때에 못 낼 때도 있는 그를 골람 모스토파가 세입자로 선택한 이유가 바로 그가 쉽게 대들지 않고, 조용하고 겸손한 사람이기 때문이었다. 모녀에게는 지금 그의 그 순박한 성격이 도움이 되었다. 그는 집주인을 직접 만난 적도 없고 집주인의 가족에 대해 아는 바도 없었지만, 마리암과 모노와라 베굼의 말을 즉석에서 믿어주었고, 배급물자 가게에서 산 밀가루로 만든 로티 빵을 먹으라고 그들에게 내밀기도 했다. 반 다스 가까운 굶주린 자녀들을 원래 쓰던 큰 방 옆의 작은 방으로 몰아내고 큰 방을 비워서 모녀가 사용할 수 있도록 해주는 등, 마치 소중한 친척이라도 도착한 것처럼 극진히 그들을 대접했다. 한편, 그 서기의 아내도 처음부터 아무 말도 하지 않았다. 그렇지 않아도 백지장처럼 새하얀 얼굴이 공포에 질려 더욱 창백해졌다. 이렇게 살기가 힘든데, 두 사람이나 뎌 책인을 져야 하다니! 더욱이, 그들은 죽음의 사신 아즈라엘처럼 집을 비워달라는 통보와 함께 도착했다. 아직은 그 모녀가 아무 말도 하지 않았지만 많은 식구들과 한집에서 복작대며 고난을 나눌 사람들은 아닌 것이 너무나 분명했다. 넓은 공간을 차지하고 활개치는 부류의 사람들 같았다. 그녀의 예상은 다음 날 현실이 되었다.

아침에 일어난 모노와라 베굼은 사사건건 트집을 잡기 시작했다. 여기 먼지 쌓인 것 좀 봐라, 도대체 나무와 꽃 옆에 잡초가 무성하도록 내버려둔 이유는 뭐냐, 우물가의 포장이 녹조 때문에 미끄덩거리는데도 그냥 둔 이유는 뭐냐고—"맙소사! 내가 여기서 미끄러지기라도 하면, 이 늙은 뼈가 영영 온전하지 못할 텐데"—따지며 고래고래 소리를 질러댄 것이다. 내외가 다 귀를 먹을 지경이었고, 아이들이 만일 감히 찍소리라도 내면 어김없이 꾸지람을 들었다. 그 장면들을 목격한 마리암은 부양가족의 처지로 지낸 자신의 삶을 상기했다. 어머니는 자신이 지난 5년간 어떤 지옥을 살았는지 전혀 모르고 계셨고, 마리암은 바로 그 사실을 그 서기의 가족이 겪는 수모를 목격하며 깨달았다. 어머니의 이런 면은 처음 목격하는 것이었는데, 사실 카필루딘 아흐메드의 행동을 완벽하게 모방하고 있는 것이었다. 비록 아무에게도 알리지 않고 집을 떠났지만 그녀 남편의 그림자는 다카까지 그녀를 따라와 있었다. 마리암은 아무 말도 하지 않았다. 만일 어머니의 비위를 잘못 거슬렀다가 자신이 거리로 나앉을 수도 있었고, 어쨌든 자기보다는 서기의 가족이 쫓겨나는 편이 나았다.

모노와라 베굼은 한 달 동안이나 완벽하게 그 서기의 가족을 지배하며 지냈다. 하지만 그 가족이 이사하는 날 그들의 모습을 보면서 갑자기 마음이 약해졌다. 그 세입자의 맏딸에게 결혼선물을 미리 주는 것이라며 충동적으로 금귀고리 한 쌍을 주었다. 어린 아이들은 무릎에 올려놓고 쓰다듬어주었다. 식구와 가방을 다 싣는데 손수레 하나로 충분했다. 마리암의 은신처는 항상 다른 사람들이 쫓겨난 집이었고, 쫓겨난 사람들은 모두 정치적 난민이었다. 하지만 쫓겨나는 사람들의 모습을 직접 목격하는 것은 이번이 처음이었다. 여덟 명의 식구들이 전 재산을 손수레 하나에 싣고 떠나는 모습을 보자 눈물이 왈칵 터져 나왔다. 눈물을 흘리며 이 세상 모든 난민들과, 거듭거듭 뿌리가 뽑혀온 자신의 삶을 생각했다. 모노와라 베굼이 왜 우느냐고 물었을 땐 자신의 감정을 설명하기 위해 "엄마, 우리도 행복하지 않을 거예요."라는 말밖에 하지 못했다.

　"행복이라고." 모노와라 베굼은 딸이 그 단어를 사용한다는 사실만으로도 분개한 듯 떨리는 목소리로 재빨리 말했다. "행복이 나무에서 자라서, 마리암, 네가 그냥 그것을 따기만 하면 된다더냐? 너 스스로 네 인생을 망쳤어. 그래서 내 인생도 끝장을 냈다구. 넌 그런 딸이야."

　이게 도대체 무슨 말이지? 마리암의 눈물은 즉시 말라버렸다. 그때 그들 사이에서 벌어진 일을 칭한다면 입씨름이나 말다툼이라고 부를 수 있으리라. 두 사람은 서로 상대방을 비난했고 함께 살던 여덟 달 동안 간혹 동일한 말다툼을 반복했는데, 그 시기는 바하두르 샤 공원 점쟁이의 예언과 더불어 끝났다. 그날 점쟁이가 데리고 있던 길들여진 앵무새가 모노와라 베굼의 미래에 관한 신비한 정보를 담은 봉투를 그 부리로 골랐는데, 마리암은 끝내 그 내용을 알아내지 못했지만 모노와라 베굼은 점을 친 다음 날 곧장 가방을 싸서 시골집으로 돌아갔다. 아무튼 모노와라 베굼의 영원한 공적은 아누라다의 예언에도 불구하고 마리암을 창녀의 운명에서 구한 것이다. 결과적으로 그녀는 어머니의 딸에 대한 책무, 그 어려운 의무를 수행한 셈이었고, 더욱이, 비랑가나의 부분적 사회적 재활이라는 임무, 나라에서 해내지 못한 임무를 대신 완수했다.

그 기간은 마리암에게는 황금기였다. 모녀는 금붙이를 팔아서 생활비를 마련했다. 그들이 처음 한 일은 금팔찌 한 쌍을 팔아서 재봉틀을 산 것이다. 그 재봉틀로 작은 돈이라도 벌게 될 때까지는 계속 금붙이를 팔아서 그 돈으로 터무니없이 비싼 물자를 사는 것으로 근근이 생활을 유지했다. 주머니에 금붙이를 조금 넣고 시장에 가서 반값에 판 뒤 받은 돈으로 쌀과 생선, 채소를 샀다. 모노와라 베굼은 배급소에서 주는 쌀 냄새나 분유의 맛도 견딜 수 없어 했다. 그렇지만 쌀값은 시시각각 오르고 있었는데, 쌀값이 한 달 새 두 배로 뛰었을 때도 모녀가 가게에서 산 쌀부대를 가지고 오는 모습이 목격되었다. 그리고 매일 아침 우유 배달부 노인이 캄랑기르차르에서 거품이 이는 신선한 우유를 한 통씩 배달했다. 아침식사로는 마른 로티 빵 대신 기름에 튀긴 파라타 빵을 먹었다. 모노와 라 베굼은 다카에 살아야 한다면 다카 시민답게 살아야 한다고 주장했다. 지름길은 있을 수 없었다. 그렇게 지내는 동안 그녀는 굽 높은 구두를 신고 뒤뚱거리며 거리를 다니는 일에도 꽤 익숙해졌다. 말투에서는 풀탈리 마을 사투리의 흔적도 거의 사라졌다. 영어 어휘력도 쌀값의 인상만큼 재빠르게 늘어났다. 가끔씩 찾아오던 골람 모스토파는 누나의 세련된 태도와 대화 실력에 크게 감탄하곤 했다. 그는 마리암도 따로 불러 낮은 목소리로 충고해주곤 했다. "여자의 삶은 결혼과 모성으로 완성된다는 사실을 잊지 말도록 해라. 여자의 젊음은 바나나 나무 같은 거다. 자라는 속도보다 시드는 속도가 더 빨라. 시들어버리면 거리의 개만도 못하게 된다."

골람 모스토파는 말은 날카롭게 했지만 태도는 다소 거리를 둔 듯한 것이었다. 마치 단지 어른으로서의 의무감 때문에 조카딸에게 긴요한 충고를 해준다는 듯한 태도였다. 그는 전처럼 계속 바빴다. 독립된 나라의 정부는 적산처리법을 이름만 바꾼 채 그대로 놔두었지만, 골람 모스토파는 더이상 힌두교도들이 남기고 간 땅을 사고파는 데 관심이 없었다. 눈앞의 정국이 무척 혼란스러워서 찢어진 그물을 쳐도 고기가 걸릴 판이었기 때문이다. 그래서 정치에 전력투구했고, 카필루딘 아흐메드에 대해서도 우회적이 아니라 직설적으로 자신의 견해를 표명했다. 큰소리로 당당하게 모노와라 베굼에게 말했다. "매형은 자신이 앉아 있는 가지를 계속 자르고 있어요. 제가 말씀드리지만, 누님, 매형은 완전히 돌았어요."
모노와라 베굼은 이해심 많은 남동생의 말에 즉시 동의했다. "집
안에 견딜 수 없는 고통이 있지 않고서야 어떤 여자가 집을 떠나겠
느냐? 그 양반이 정신 나간 모습을 내 이 눈으로 직접 보았느니라.
도대체 누구하고 이 슬픔을 나눌 수 있겠느냐?" 남매는 잠시 동안
카필루딘 아흐메드가 땅을 전부 팔아서 집안을 망하게 하고 있다
는 사실에 대해 완전한 의견의 일치를 보았다. 그러다가 갑자기 골
람 모스토파가 말했다. "누님, 제 말씀을 끝까지 들어주세요. 순
국열사인 아들을 둔 아버지에게 요새 다른 것이 뭐가 더 필요합니
까? 매형은 바보예요. 이 기회를 제대로 활용하지 않고 있으니."

　골람 모스토파의 말이 채 끝나기도 전에 모노와라 베굼이 간식
이 남은, 동생 앞의 접시를 휙 집어 들고 부엌으로 성큼성큼 가버
렸다. 그녀가 다시 부엌 밖으로 나왔을 때는 눈은 시뻘갰지만 눈물
은 말라 있었다. 만일 그 눈을 화약에 대고 문지른다면 불이 붙어
폭발할 것처럼 보였다. 골람 모스토파는 더이상 머뭇거리지 않고,
그냥 "급한 회의가 있어서요."라고 말하며 일어섰다. 그러자 모노
와라 베굼이 큰소리로 으르렁댔다. "어딜 가는 거냐, 모스토파. 기
다려라." 길고 깊은 한숨을 내쉬더니 그녀가 뼈에 사무치는 듯 날
카로운 소리로 내뱉었다. "만일 네가 이 집에서 또 한 번만 몬투
의 이름을 입 밖에 냈다가는 나 죽는 꼴을 보게 될 테니, 그리 알아
라."

골람 모스토파는 성난 걸음으로 발을 텅텅거리며 집을 나갔다. 하지만 모노와라 베굼의 저주와 폭언은 끝나지 않았다. "네놈은 비열한 자린고비지, 인간이 아니야. 코다 신이여, 지금 나를 태우고 있는 이 불속에서 저놈을 태워주십시오. 모스토파, 맹세코 말하지만, 네놈이 네 아들놈 죽는 걸 보는 꼴을 꼭 보게 될 거다."

그 말이 골람 모스토파의 귀에 닿지는 않았다 할지라도 일단 그렇게 저주를 퍼붓고 나니 모노와라 베굼의 마음이 조금 풀렸다. 동생이 떠난 뒤 그녀는 트렁크에서 곱게 접어 넣은 사리를 꺼내 정성껏 차려입었다. 그리고 갈라진 뺨에 파우더를 칠하고 입속에 파안을 우겨 넣은 뒤 하이힐을 신고 또각또각 집을 나섰다. 모노와라 베굼은 마리암이 만든 옷의 마케팅 매니저였다. 집집마다 찾아다니며, "우리 맏딸 손은 황금손이에요. 시장에서 사는 것하고는 바느질 수준이 다르다고요. 페티코트나 민소매 블라우스, 소매 달린 블라우스, 통이 아래로 퍼지는 바지, 쿠르타를 모두 반값에 지어드립니다. 전에 대나무 덤불이 있던 집으로 오세요, 지금은, 물론, 밤의 여왕 덤불이 있습니다."라고 말했다.

대나무 덤불은 그 동네의 나이 든 여자들의 기억에 아직도 선명했다. 그러나 그들을 그 집으로 유인한 것은 밤의 여왕이 풍기는 향내였다. 그 집은 아들이 순국한 집이었고 딸은 비랑가나였다. 어머니의 초대로 왔지만 그들이 찾아온 실제 목적은 딸을 구경하는 거였다. 어머니도 볼 가치는 있었다. 하지만 모노와라 베굼은 아들을 잃은 데 대해 슬픔을 느끼는 것 같지는 않았다. 그들이 볼 수 있는 것은 그녀가 하는 연기뿐이었다. 그들에게는 그녀가 안에서부터 서서히 무너져 내리고 있다는 사실을, 그녀 내면의 자아가 좀에게 먹히는 나무처럼 슬픔에 먹혀 내려가고 있다는 사실을 이해할 만한 공감의 능력이 없었다. 모노와라 베굼은 그들이 무슨 생각을 하는지, 그들의 은밀한 눈길이 무엇을 의미하는지를 알아채고 무척 기운이 빠졌다. 그들은 새로 장만한 재봉틀은 구경하는 시늉도 하지 않았고, 메리의 황금손을 알아줄 겨를도 없었다. 매력적인 새로운 디자인의 옷들은 젖히고 파키스탄 군인들에게 짓밟힌 몸만 자세히 뜯어보고, 연유로 만든 차와 간식만 축내고 갔다. 모노와라 베굼은 습관적으로 그들을 문 앞까지 배웅했는데, 집 밖으로 나간 그들은 집 안에서보다 더 떠들어댔다. 그리고 중요하지도 않은 말을 몇 마디 하다가 모노와라 베굼에게 물었다. "딸 수입에 의존해서 사는 게 가능한가요? 딸을 시집 안 보내세요?" 혹은, "왜 딸을 시집보내지 그러세요? 청혼이 안 들어오나요?" 이웃 여자들은 그런 말을 한 뒤 각자 자기 집으로 돌아갔다. 모노와라 베굼은 툴툴거리며 집 안으로 들어와 계산을 해본다. 차와 간식, 두당 8아나. 총액: 1타카. 파안 하나: 2파이사. "오 마리암. 이 사람들이 그냥 먹고 떨어질 작정일까? 주문은 아예 안 하려는 걸까? 너 스스로 자신을 망치더니 이제 나까지 너 때문에 망하는구나."

이런 말을 듣고 어떻게 유쾌한 말이 오갈 수 있을 것인가? 모녀는 누가 누구를 망하게 하는가를 두고 입씨름을 벌였다. 금붙이가 줄어들수록 더욱더 싸웠다. 어느 날은 마리암이 싸움에 지쳐 집을 나갔다. 그녀는 어머니보다도 자신에 대해 더 화가 났다. 자기 어머니와도 함께 못 살다니 자신에게 뭔가 결함이 있는 건 아닌가? 그런 여자가 도대체 어디에서 피난처를 구할 수 있단 말인가? 그녀는 처음부터 위기에 처할 때마다 자귀나무가 심어진 풀러 거리에 끌렸다. 얼기설기 드리워진 그 나무 그림자 아래서 한때는 마리암도 꿈의 나래를 펼쳤었다. 이번에도 집을 나가자마자 바로 그 꿈의 원천으로 직행했다. 그 지역은 전처럼 분주했지만, 시위대의 행렬도 지나가지 않았고, 전에는 까마귀마저 놀라게 했던 구호의 외침도 없었다. 벽에 씌어 있던 다양한 구호들과 요구들도 하얗게 지워졌다. 모든 사람들의 요구와 비난이 한 겹으로 바른 흰색 페인트 아래 묻혀버렸다. 오래 지속되던 투쟁과 운동이 마침내 끝난 것이다. 혹은 참가자들이 지쳐버린 것이었을까? 마리암은 여전히 황금기를 누리고 있었고, 나라에 긴급 상황이 벌어졌다는 사실을 의식하지 못하고 있었다. 회합과 행렬과 파업과 공장폐쇄가 금지되어 있다는 사실을.

마리암은 아무도 구호를 외치지 않고 벽에도 그것을 적어놓지 않은 거리를 걸었다. 걷다가 피곤해지자 먼지 낀 보도에 주저앉았다. 머리 위로는 풍부한 장식이 된 화려한 자귀나무 닫집이 있었다. 그 아래에서는 새로운 연인 한 쌍이 땅콩을 까서 서로에게 먹여주고 있었다. 그들의 꿈은 비현실적이었고, 그들의 눈은 흐릿했다. 가까이에 마리암이 앉아 있는 것은 보였지만, 그녀의 존재를 제대로 인식하지는 못했다. 저녁이 되면서 연인들의 숫자는 늘어났고, 그 거리는 어시장처럼 복작대고 시끄러워졌다. 앉을 곳도 많지 않았다. 마리암이 계속 앉아 있는 모습을 보고 연인들이 무례한 말로 그녀를 밀어냈다. 우선 그녀에게는 짝이 없었고, 또한 그들에게는 나름대로 상당히 엄격한 연령제한이 있었다. 마리암은 자신이 이제 나이를 먹어가고 있다는 사실을 그들의 말을 통해 깨달을 수 있었다. 그럼에도 불구하고 그녀는 꿈의 원천에 대한 자신의 권리를 포기하고 싶지는 않았다. 집에는 걸핏하면 화를 내는 엄마와 소금 부족으로 가죽공장에서 썩어가고 있던 가죽에서 풍겨 나오던 악취가 있었다. 마리암은 매일 눈을 뜨자마자 외출준비부터 했다. 그러나 오후가 되기 전에는 절대 나가지 않았다. 자귀나무 동산의 연인들이 아직 교실에 앉아 교수의 강의를 들으며 초조하게 손목시계를 들여다보는 동안 마리암은 피부와 머리를 손질하며 시간을 보냈다. 모노와라 베굼은 딸이 갑자기 치장에 신경을 쓰는 것을 보고 놀라며, 그것이 나이 탓이라는 사실을 깨닫는다. 하지만 만일 딸이 새 가정을 차린다면 자신은 어떤 처지가 될 것인지? 혹은, 만일 딸이 창녀로라도 전락한다면? 혹은, 딸이 창녀가 되지 않고 결혼을 하고 아기라도 갖게 된다면? 그러자 모노와라 베굼은 메리가 아기를 갖게 된다면 아들을 잃은 데서 오는 자신의 슬픔이 완화되기보다 오히려 강화될 것임을 깨닫는다. 그 깨달음과 함께 너무나 절망적인 기분이 들어 집안 살림을 마룻바닥에 내동댕이친다. 그리고 던졌던 것들을 집었다가 또다시 내동댕이쳤다. 자신의 감정을 표현할 말을 찾을 수 없었다. 마리암이 공기 중에 화장품 냄새를 뿌리고 사리 자락을 휘날리며 집을 나설 때조차 아무 말도 하지 못했다. 그녀는 문턱에 서서 국제 여성의 해를 기념해 지어진 것이라고 마리암에게서 들은 "1975년에는 어머니 노릇을 안 하리라."라는 구호를 읊조리듯 반복했다. 공포에 질렸던 그녀의 얼굴은 서서히 짓궂은 미소를 띠었다. 카필루딘 아흐메드에게 짤막한 편지를 써야겠다고 생각했다. 거기다 단 한마디, "1975년에는 어머니 노릇을 안 하리라."라고 쓸 것이었다. 아들을 잃고 미쳐버린 남편에게 줄 교훈으로 안성맞춤이다 싶었다. 그런 생각을 하니 기분이 무척 유쾌했다.

자귀나무 덤불 속의 마리암은 다른 사람들을 관찰함으로써 그들의 꿈을 대리 체험했다. 비록 그 꿈들이 진열장 안의 비싼 옷처럼 그녀의 손이 닿을 수 없는 곳에 있었지만 그래도 그 간접적인 꿈꾸기를 멈추지 않았다. 그녀는 안개 낀 꿈속의 오솔길을 걸어 잃어버린 5년 전의 다카로 갔다. 주변에는 회합과 행진과 연설이 반짝이들처럼 번쩍거리고 있었다. 사람들이 말처럼 질주하며 모두 똑같은 구호를 외쳤다. 모두 동일한 희망을 가지고 있었다. 배고픈 사람이든 잘 먹은 배불뚝이든, 헐벗은 사람들이든 잘 입고 신은 사람이든, 모두들 한결같이 자유를 요구하고 있었다. 그러다가 하루아침에 파키스탄 군대가 그 통일되고 단순하고 활기찬 도시로 진격해왔고, 그녀의 꿈은 충격의 소음과 폭발물의 매연과 행진하는 군홧발 소리에 놀라 날아간 새떼처럼 사라져버렸다. 남자들은 땅콩을 담았던 종이봉지를 남기고 전쟁터로 떠났다. 그 자리에 남겨진 연인들은 보호받지 못하고 부유했다. 적군이 그녀들을 쫓아가 울타리 뒤, 연못 옆, 나무그늘 아래서 사로잡아다 진지로 끌고 갔다. 죽음이나 임신은 불가피한 운명이었다. 종전과 함께 생존 연인들이 돌아왔지만 그들은 과거의 연인과 재결합하지 않았다. 자귀나무 덤불 속에서 이처럼 옛날의 꿈을 더듬는 동안 오후와 초저녁이 고구마 이파리에 맺힌 이슬방울처럼 미끄러지며 굴러떨어졌다.

시간은 엄청난 배신자여서, 그런 오후와 저녁 시간에 마리암을 위한 새로운 꿈은 생성되지 않았다. 그러나 마리암이 매일 같은 장소에 뿌리박힌 듯 앉아 있었기 때문인지, 아니면 지나치게 화장을 한 얼굴 때문인지 마침내 그녀도 행인들의 주의를 끌게 되었다. 이것은 새로운 꿈의 첫 단계였고, 그녀가 그 젊은 연인들의 수준으로 나이를 낮추는 것을 의미했다. 그러나 사내들이 그녀에게 보내는 몸짓이나 암시의 의미는 단 한 가지였다. 그들이 원한 것은 겨우 10타카나 20타카를 주고 빠른 섹스를 사는 것이었다. 간단한 손짓 하나로 람나 공원이나 자신의 숙소로 따라오라고 알렸다. 만약 공원이 너무 공적인 장소라서 싫다면 남는 것은 그들 숙소의 방—

독신자 구역이었다. 단칸방에 서너 명이 살고 있는 곳, 더럽고 비눗기 섞인 물이 화장실에 고여 있는 곳, 음습하고 숨 막힐 듯한 담배 냄새가 방의 거미줄에 매달려 있는 곳. 그녀에게 손짓을 한, 파안 주스로 이가 누레진 남자들의 곁눈질은, 하지만, 사랑 없는 마리암의 육체에서 아무런 반응도 이끌어내지 못했다. 인력거에 앉은 그들이 몸을 한쪽으로 옮기며 눈짓으로 옆자리를 가리키면 마리암은 고개를 돌려 젊은 연인들을 바라보았다. 그녀가 원한 것은 욕정이 아니라 꿈이었기 때문이다. 가게 앞의 단단한 판유리를 통해서 그 꿈을 바라보아야 할지라도. 그러나 그런 시선을 주는 것조차도 쉽지 않은 일이었으니, 연인들의 다정한 모습을 보다가 곧바로 시선을 돌려 다시 길을 바라보아야 했다. 어느 날은 바로 그런 순간에 머리 위로 까마귀 똥이 떨어졌다. 마리암은 주변을 돌아보며 땋아 내린 자신의 머리를 손수건으로 문지르기 시작했다. 그런 땐 계속 그곳에 앉아 있는 일이 무의미했다. 그래서 연인들의 조롱 섞인 말에 쫓기기 전에 먼저 보도의 연석 앉은 자리에서 일어나 인력거를 잡아타기 위해 재빨리 팔라시의 교차로를 향해 걷기 시작했다. 전에 구두 수선공이 있던 자리에 새 구두 수선공이 있었다. 과거의 구두 수선공과 똑같이 고개를 숙인 자세로 신발을 수선하고 있던 그가 마리암의 지친 발걸음 소리에 고개를 들어 그녀 쪽을 비라보았지만 그의 눈에는 그녀가 보이지 않았다. 과거 구두 수선공의 눈을 의식하고 있던 마리암의 눈에는 그의 집중된 시선이 마치 아베드를 찾고 있는 것처럼 보였다. 마리암은 그도 옛날의 구두 수선공처럼 바로 옆의 개수된 빈민가에서 살고 있을지 모른다고, 그리고 만일 또다시 전쟁이 일어난다면 그도 온 가족과 함께 한밤중에 타 죽을 수도 있다고 생각했다.

또 전쟁이 난다면 재가 될지도 모르는 그 구두 수선공은 눈을 길쪽에 고정시키고 있었다. 눈길이 가닿은 인력거 안에는 자귀나무 덤불에서 팔라시 교차로까지 마리암을 따라온 두 남자가 타고 있었다. 하나는 나팔바지와 밝은 무늬의 상의를 입고 선글라스를 끼고 있었고, 다른 하나는 평범한 옷을 입었지만 머리가 길었다. 구두 수선공이 눈을 누군가에 고정시키고 갑자기 일어섰을 때 마리암은 고개를 돌려 어깨 너머를 바라보았다. 색안경을 쓴 남자가 인력거에서 내려 그녀를 향해 긴 팔을 내밀었는데, 놀랍게도 그의 얼굴에 미소가 어려 있었다. 보도의 연석 옆 흰 벽에 등을 대고 꼼짝도 않고 서 있던 마리암은 그가 색안경을 벗고 난 뒤에도 그가 한때 아베드의 룸메이트였던 마음씨 좋은 수만임을 바로 알아보지 못했다. 곧 구두 수선공을 제외한 세 사람이 큰 소리로 웃음을 터뜨렸고, 구두 수선공은 다시 고개를 숙이고 신발 수선을 재개했다.

수만은 수입이 있는 젊은이였다. 정규직을 구하지 못해서 도급업자로 일하며, 아짐푸르에서 살고 있었다. 아짐푸르는 거기서 걸어갈 수 있는 거리에 있었다. 함께 있던 젊은이는 생존을 위한 일을 하지는 않았지만 글재주가 있었고, 수만은 그의 재능을 아꼈다.

수만이 그 젊은이를 존경하는 것은 한눈에도 분명해 보였다. 그들이 즉석에서 마리암을 자신들의 집으로 초대했고, 마리암은 즉시 동의했다. 그러나 새 구두 수선공은 그것을 보고 행복해하지 않았다. 그는 매일매일 억지로 집을 향해 발걸음을 떼던 마리암을 눈여겨봐두었던 터였고, 그 발소리를 들으면 마음이 안정되었다. 마리암이 두 젊은이와 떠나는 것을 보는 오늘의 그에게서는 이전의 구두 수선공이 알고 있던 아베드와 메리를 향한 깊은 한숨이 떨리며 나왔다.

그들의 목적지는 아짐푸르 묘지 옆 독신자 구역에 있는 방 두 개짜리 아파트였다. 머리 위에는 빨랫줄이 걸려 있고, 그 줄에 허리 두르개 바지와 속옷과 수건 따위가 널려 있었다. 화장실은 찌끼가 뜬 비눗물 때문에 습했고 텁텁한 담배 냄새가 공중에 매달려 있었다. 아마도 인력거에 앉아 손짓으로 옆자리를 권하던 사내들의 아파트가 바로 이랬을 것이다. 마리암은 자신이 악몽 속에서 본 것과 정확히 똑같은 장소를 보며 기분이 언짢았다. 그러나 자발적으로 따라간 마당에 그냥 일어서서 나올 수는 없었다. 두 사내는 고약하게 행동하지는 않았다. 유일한 의자를 그녀에게 권한 뒤, 수만은 재빨리 허리 두르개 바지로 갈아입고 차를 끓이기 위해 부엌으로 갔다. 그리고 골목 어귀 동네 식품점에 가서 비스킷과 바나나와 차니추르도 시왔디. 그 천제라는 젊은이는 상대적으로 기운이 하나도 없어 보였다. 마리암은 수만이 없으니 그와 어떻게 말문을 터야 할지 알 수가 없었고, 그 또한 말없이 때때로 손가락으로 긴 머리를 쓸어내리고만 있었다. 수만이 그 시인의 칭찬을 열심히 하면 할수록 그는 그만큼 더 말수가 줄어들었고, 마치 자신을 존경하는 사람이니까 그저 용인해준다는 듯한 태도를 보였다. 차와 간식을 차려 내온 수만은 베개 아래서 이미 출판된 글들과 함께 미출판된 초고 더미도 꺼냈다. 수만이 그러는 동안에도 그 글쓴이는 낮은 목소리로 수만을 나무라고 있었지만 수만의 열성은 전혀 수그러들지 않았다. 불쌍한 수만! 1969년에서 1971년까지 학생 지도자 아베드를 숭모했던 수만을 위해 1975년부터는 그 시인이 동일한 역할을 해주고 있었다. 그래, 사람들은 어쩌다가 정치보다 문학을 더 주목하게 된 거지? 요즈음은 작가가 영웅인가? 마리암은 수만의 열성을 통해서 현재를 이해하려 해보았다. 초고를 넘기던 그녀는 이 작가의 이름도 아베드라는 사실을 알게 된다. 그러나 성은 자항기르가 아니고 사미르였다. 아베드 사미르, 작가답게 멋들어진 이름이었다.

XXIV

모녀 맞춤집

여인이여, 오, 참으로 용감하게

이 고통의 바다를 항해하는 여인이여.

하늘에서 번개가 번뜩이고

매서운 바람은 모든 것을 얼려버릴 기세로 불어오는데,

단호하기도 하구나, 그대, 왼쪽으로 높이 치켜든 것은

알라의 칼.

— 알-마흐무드[19]

   그날은 아베드 사미르가 수만과 함께 마리암의 집을 방문했는데, 사실 꽤 수다스러웠다. 다른 사람에게는 말할 기회조차 별로

---

19 알-마흐무드(1936~2019): 20세기 방글라데시 최고의 시인이자 소설가 중의 한 사람으로 방언의 사용을 통한 시어의 절정을 보여주는 것으로 유명하다.

주지 않았다. 그가 보기에는 카필루딘 아흐메드의 이름과 주소를 단 그 집은 소중한 역사적 유적, 꼭대기에서 바닥까지 보존할 가치가 있는 장소였다. 작가와 예술가들이 그런 집에서 살아야 하는데 안타깝게도 현재 그 집의 거주자들은 예술적인 기질은 있을지 모르지만 자신의 재능을 발휘하려는 강한 욕망은 느끼지 못하고 있었다. 수만은 이 작가 친구가 수수께끼 같은 말을 하는 것이 무척 자랑스러웠고, 지속적으로 고개를 끄덕임으로써 자신도 동의한다는 것을 표현했다. 모노와라 베굼은 메리를 한쪽으로 불러 말했다. "얘야, 마리암! 내 보기엔 저 애가 좀 미친 거 같다. 머리를 여자처럼 기른 것 좀 봐. 아예 집 안에 살롱을 차렸구나. 이 남자들이 너한테 옷이라도 주문한다더냐?" 모녀가 함께 차린 기성복 사업은 이미 적자였다. 재봉틀은 녹이 슬 지경이었고, 금단지도 비었다. 모노와라 베굼은 사실 걱정 때문에 제정신이 아니었다. 하지만 딸은 대답 대신 인상을 한 번 쓰고 친구들에게 되돌아갔다.

바깥에 있던 모노와라 베굼의 마음은 오만 가지 생각으로 착잡했다. 딸은 빗나가고 있었다. 이제는 살림을 책임질 때가 되었는데. 비용이 문제가 아니었다. 분노가 가라앉자 그녀는 사업적인 계산을 차분히 해보기 시작했다. 그리고 직업적인 배우처럼 완전히 딴사람으로 변해서 무대에 등장했다. 그리고 침착하게 무대의 중앙을 차지할 틈을 엿보았다. 지적인 토론을 벌이던 그들의 주제가 문학적이고 추상적인 문제에서 나라의 상황으로 이동하자 즉시 그녀가 말했다. "정직하게 일을 해서 밥과 달을 먹을 수 있는 길이 안 보이니 도대체 지금 우리나라에 어떤 일이 일어나고 있는 건가요?" 그런 후 슬쩍 자신들이 경제적으로 곤란하다는 사실을 언급해서 청중들의 마음을 약간 불편하게 만든 뒤 자리에서 일어나 눈이 번쩍 뜨일 만큼 멋진 디자인의 드레스 몇 벌과 재봉틀을 가져다가 그들 한가운데에 놓았다. 그러고 나서 절제된 어조로 말을 이었는데 그녀의 깊은 울림이 있는 목소리는 두 남자에게 주문을 걸었지만 마리암은 마음이 여간 불편하지 않았다. 모노와라 베굼이 말했다. "이것 봐요, 젊은이들, 하나밖에 없는 내 아들이 해방전쟁에서 생명을 바쳤어요. 그 애가 싸운 이유가 이렇게 딱한 나라를 만들기 위해서였나요? 요새 이 나라의 주인은 도대체 누구예요? 사기꾼들, 사재기하는 사람들, 블랙마켓에서 장사하는 사람들이지요." 만일 공적인 자리에서 이런 말을 했다면 이 대목에서 박수갈채가 터져 나왔을 것이다. 마리암과 아베드 사미르는 말없이 앉아 있었지만 수만은 자리에서 일어나 걱정스러운 표정으로 옷을 살펴보았다. 그리고 모녀의 힘든 재정을 완화시키는 일에 도움을 주기 위해 앞장섰다.

그날 저녁 아베드 사미르는 문학적 재능을 발휘해 '마-메예 맞춤집' 즉 모녀 맞춤집이라는 이름을 생각해냈고, 그 사업을 위한 포스터도 고안했다. 모노와라 베굼은 당장 부엌으로 달려가서 밀가루와 물로 풀을 쑤었고, 그런 뒤 모두 함께 색종이로 만든 포스터를 지가톨라와 라예르 바자르와 태너리 크로싱의 담과 가로등, 나무 기둥들에 붙였다. 이 사업은 새로웠고, 포스터도 매력적이어서, 그 포스터를 본 사람들은 인플레 기간임에도 불구하고 옷을 맞추고 싶어했다. 그래서 울긋불긋한 천을 여러 폭 끊어 팔 아래 끼거나 낡은 신문지에 싸들고 카필루딘 아흐메드의 문패가 달린 그 집으로 속속 도착했다. 모노와라 베굼은 베란다에 긴 벤치를 가져다 고객을 앉혔다. 마리암은 치수를 재고 가위로 싹둑싹둑 천을 자른 뒤 실패에 실을 감아 요란한 윙윙 소리와 함께 재봉틀을 돌렸다. 그녀 주변에 색색의 천조각들이 산더미처럼 쌓였고, 실이 거미줄처럼 그녀 몸을 감쌌다. 그리고 목 주위에는 줄무늬 뱀 같은 줄자가 밤낮없이 감겨 있었다.

모노와라 베굼은 주문받은 옷을 배달하고 수금하는 일을 담당했다. 영수증을 만들고 회계도 보았다. 모녀는 이 사업 때문에 둘 다 무척 바빠졌다. 재봉틀의 핸들이 돌아가는 한, 집이라는 기계도 부드럽게 돌아갈 것이었다. 이제 그들의 생계는 기계와 연결되어 있었다. 모노와라 베굼은 기회가 있을 때마다 이웃과 고객에게 그렇게 말하기를 좋아했는데, 그녀가 그 사실에 대해 안타까워하는 것인지 자부심을 느끼는 것인지는 불분명했다. 이 규칙성에 먼저 반기를 든 것은 마리암이었다. 이것은 재활센터에서 하던 일의 연장이나 다름없었다. 그녀는 여전히 인생의 난민이었다. 어떻게 단순한 재봉틀에 자신의 재활을 의존할 수 있단 말인가? 그게 가능하기나 한 일인가? 손가락 사이에는 물집이 잡히고, 척추는 계속 쑤시고, 다리는 끝임없이 저리는데—도대체 무엇을 위해서 그렇게 산단 말인가? 결국 그녀도 인간이었고, 자기 한 사람만 먹이면 되는데, 인간에게는 위 말고 다른 장기들도 있는 것이다. 그리고 육체만 있는 것도 아니다. 하루 종일 기계 위에 웅크리고 일하는 것은 인생의 낭비였다. 그런 기분으로 일하다 보니 재단과 바느질에서 점점 더 실수를 많이 하게 되었고, 어느 날은 블라우스의 팔을 거꾸로 달았고 천조각 더미가 발에 채였다. 그러다가 급기야는 실의 그물을 가위로 잘라버리고, 엉뚱한 순간에 재봉틀을 밀어젖힌 채 자리에서 벌떡 일어섰다. 모노와라 베굼은 큰소리로 경고했다. "마리암, 이건 옳지 않아. 오늘 한 다스의 블라우스를 건네주기로 약속했어. 사람들이 와서 기다릴 거라고. 생계는 장난이 아니다, 얘야." 마리암은 대답 대신 부엌 바닥에 접시와 수저 따위를 마구 내던지고 집을 나갔다.

자귀나무 덤불의 연인들은 아직 수업을 듣고 있는 중이었는데, 강의에 귀를 기울이는 한편으로 몰래 손목시계를 내려다볼 시간이었다. 왼쪽 보도에서 일하고 있던 새 구두 수선공은 해가 서쪽 하늘에 질 때까지는 오른쪽으로 자리를 옮기지 않을 것이다. 마리암은 그곳을 피해 아짐푸르로 갔다. 수만은 집에 없었고, 아베드 사미르는 부족하고 거절된 초고를 구겨 뭉친 종이 더미 안에 시뻘겋게 충혈된 눈을 하고 앉아 있었다. 머리는 헝클어져 있었고, 기분은 극도로 민감한 상태였다. 그래서인지 문을 열자마자 "뭐 때문에 왔나요?"라는 질문으로 마리암을 맞았다. 메리의 기분도 개떡 같기는 마찬가지였다. "뭐 때문에 왔든 너 때문은 아니야. 수만은 어디 있지?" 그러곤 대답도 기다리지 않고 수만의 방을 향해 성큼성큼 걸어갔다. 그녀는 더러운 시트로 덮인 침대 앞에서 잠시 망설였다. 과연 시트가 깨끗하지 않아서만 망설였을까, 아니면 방주인이 없었기 때문일까? 그 둘 다일 수도 있다는 생각이 들었다. 이루 형언할 수 없을 정도로 더러운 환경에서 전시의 9개월을 보낸 그녀는 더러움에 익숙해진 것이 아니라 오히려 더 까다로워졌다. 그래도 방주인이 없다는 사실에 약간 마음이 놓였다. 적어도 잠시 동안 혼자 있을 수 있으니까. 화가 나서 집을 뛰쳐나왔는데, 아베드 사미르마저 무례하게 굴다니. 이 남자들은 도대체 자신들을 뭐라고 생각하는 거지? 자기 글이 잘 안 써지면 그게 여자들 탓인가? 여기 오지 말고 자귀나무 덤불 근처 보도에 그냥 앉아 있을 걸 그랬나? 기름에 찌든 베갯잇을 벗고 베개를 머리 아래로 밀어 넣으며 그래도 거기보다는 여기가 낫다고 생각했다. 그 꿈들은 모두 다 부질없는 짓이었다. 특히 나이 든 여자에게는.

하지만 마리암은 수만의 침대에 누워 다시 옛날의 꿈을 꾸었다. 라이플로 무장한 이쉬티아크 소령이 다카 시의 교통을 정리하고 있었다. 그러다가 정리원용 단에서 내려와 당당히 호각을 불며 그녀를 향해 걸어왔다. 이 남자가 왜 또 왔지? 그들 때문에 몬투가 죽었고, 마리암 자신은 거리를 헤매게 되었는데, 도대체 뭣 때문에 또 나타났단 말인가? 소령은 말이 많았다. 그녀 때문에 왔다고, 그녀에 대한 애틋한 마음을 도저히 지워버릴 수 없었다고 말한다. 마리암은 애틋한 마음 운운은 다 헛소리라고 대꾸한다. 그러자 그가 그녀의 후견인인 골람 모스토파가 알려줘서 왔다고 말했다. 메리는 그가 왔으니 꼭 결혼을 해야 했다. 전쟁 때문에 못 한 거니까. 이쉬티아크 소령은 결혼의 언급을 피하며 수줍은 미소를 띤 채 이곳이 자신의 태생지라고 말했다. 마리암은 놀란다. 태생지라고? 소령이 말했다, 그렇지만 그건 사실이라고. 자신이 타고르의 노래를 얼마나 잘 부르는지 들어보라고. 사혜나 자타나, 디바스 라자니(밤낮으로 고통을 견딜 수 없어)……

　노래를 듣던 마리암은 결혼의 가능성이 허공에 떠 있을 뿐 실현되지는 않을 것이라는 사실을 깨닫는다. 자신은 아짐푸르의 수만의 집 더러운 침대에 누워 꿈을 꾸고 있는 것이고, 노래는 데바브라타 비스와스가 부르고 있는 것, 즉 옆집의 전축에서 들려오고 있는 것이라고. 그러나 그런 깨달음에도 불구하고 잠에서 깨어날 수 없었다. 꿈은 황금 덩굴처럼 그녀 주변을 감싸며 뱀 같은 머리를 하늘을 향해 틀어올렸다. 해가 서쪽 하늘에 있었고 이쉬티아크 소령은 팔라시 교차로에서 담배에 불을 붙이고 있었는데, 서류가방을 들고 사무실에서 돌아오는 서기 같은 모습이었다. 마리암은 그의 아내였고, 소령은 자귀나무 동산에 가지 말라는 뜻을 손짓으로 알렸다. 왜? 마리암은 그 명령에 따르고 싶지 않았지만, 소령은 그곳에 통행금지가 내려졌다고 말했다. 통행금지라니. 무슨 수를 써서라도 그곳에 가려는 마리암을 그가 가로막고 있었다. 과거의 구두 수선공은 이 다툼을 중재하려 나섰다가 가슴에 총을 맞았다. 안-돼-애-애! 마리암은 황금의 덩굴에 진 매듭을 끊고 놀라서 벌떡 일어나 앉았다. 몸이 땀으로 흠뻑 젖어 있었다. 침대는 오후의 해 때문에 더웠는데, 빨랫줄에 걸린 허리 두르개 바지와 조끼들이 눈에 들어왔다. 마리암은 지금 자신이 어디 있는 건지 몰라 어리둥절한 기분이 들었고, 그런 장소에서 잠이 들었었다는 사실을 깨닫자 꿈의 내용 이상으로 기분이 언짢았다.

두 방 사이의 문이 1인치 정도 살짝 열려 있었다. 다른 방에서 두런거리는 소리가 들렸다. 그사이 수만이 귀가해서 친구와 자신에 대해 대화하고 있는 것 같았다. 아직까지는 꿈속에 본 사람들이 주변의 실제 인물들보다 더 생생하게 느껴졌지만 옆방의 진짜 남자들을 완전히 무시할 수는 없었다. "맙소사! 참으로 더워."라고 말한 것은 수만인가. 이어서 "이 더위에 버펄로처럼 자고 있"다고 말한 것은 아베드 사미르의 목소리인 듯했다. "아니, 아니, 난 방을 나와서 테라스로 갔었어." "집에 무슨 문제가 있나 본데." "그럴지도 모르지, 하지만 그렇다고 테라스로 도망을 쳐야 했어?"

무슨 말인지 앞뒤가 안 맞았다. 아직도 꿈을 꾸고 있는 걸까? 마리암은 억지로 침대에서 일어나 사리를 매만진 뒤 발을 끌며 문으로 갔다. 수만의 몸은 절반이 신문 뒤에 가려져 있었다. 아베드 사미르는 코를 골고 있었다. "왜 나에 대해 그렇게 고약하게 말하고 있어?" 마리암의 말소리에 놀란 수만이 신문을 내리고 그녀를 바라보는 동시에 애써 유쾌한 표정을 지어 보였다. "이런 더위에 어떻게들 자는 거야?" 마리암이 미소를 지어 보이며, 고통스러운 잠 때문에 무거워진 목소리로 대답했다. "버펄로처럼 자지."

"아! 아니야. 내가 지난밤에 너무 더워서 테라스에 나가 잤거든." 마리암은 순식간에 비몽사몽 상태에서 깨어났다. 수만이 재빨리 물었다. "집에 무슨 일 있어?" 꿈과 현실이 그렇게 완벽하게 뒤섞이다니 기분이 이상했다. 아니면 그들이 그녀가 나오는 것을 보고 하나는 말을 그치고 잠자는 척하고 다른 하나는 신문으로 얼굴을 가린 것일까? 수만의 말로 미루어보면 그런 것 같지는 않았다. 자신이 내려쬐는 땡볕 속에 귀가해보니 두 방에서 한 사람씩 자고 있었고, 그래서 자기는 자신의 집에서 올 데 갈 데가 없었다는 것이다. 수만은 그렇게 말하며 비록 미소를 짓기는 했지만, 마리암은 그가 그녀와 아베드 사미르 사이를 슬쩍 연결 짓고 있다는 느낌을 받았다. 그래 그냥 놔두자. 마리암은 여전히 꿈의 그물에 걸린 파리 같은 느낌이었고, 그런 터무니없는 일을 생각하고 싶지 않았다. 하지만 수만은 그냥 놔두려 하지 않았다. 갑자기 아베드 자항기르의 이름을 대학에 끌고 들어왔다. 아베드가 장인의 사업을 계속하려다가 심한 곤경에 빠졌다고, 그의 아내는 라호르의 친정에 가서 돌아오지 않고 두 사람 사이에 편지 교환도 없다고 했다. "아베드는 미칠 지경이지." 수만이 행복한 어조로 말을 이었다. "이제 아와미 리그에 합류해서 정치 지도자 노릇을 해보려고 하고 있어. 그래서 느닷없이 이 별 볼 일 없는 수만을 부른 거지."

마리암에게는 그가 아베드 사미르의 원고들을 베개 아래서 꺼내는 편이 이 모든 이야기를 그녀 들으라는 듯 떠벌이는 것보다는 나았을 것이다. 마음은 더 평화로웠을 테니까. 그러나 이전의 멘토를 만난 뒤 내리쬐는 땡볕 속을 걸어 돌아온 수만에게는 오늘 그럴 여유가 없었다. 수만은 큰 소리로 트림을 한 후 말했다. "아베드는 너무 고집이 세. 안 그랬으면, 이런 더위에 내가 비랴니를 먹었겠어. 더욱이 카라치 비랴니를." 마리암은 갑자기 자신이 아직 점심도 못 먹었다는 사실을 깨달았다. 아베드 사미르는? 불쌍한 친구! 이제 그가 이 집에서 살 날도 얼마 안 남았다. 이전의 멘토에게 정신없이 달려가는 수만의 모습으로 봐서는 재능 있는 작가의 머리 위를 덮은 지붕이 걷히는 것은 시간문제였다. 거리로 나앉아야 할 수도 있었다. 하지만 마리암은 왜 겨우 두어 시간 전에 그렇게 무례하게 자신을 대했던 사람을 염려해주고 있는 걸까? 남자들이 자신에게 그렇게 무례하게 구는 것을 스스로 당연시하기 때문일까? 자신을 길 잃은 개처럼 취급하며 인간으로 대해주지 않는 것을? 안 그랬다면 몸타즈처럼 잔인한 인간이나 이쉬티아크 소령 같은 살인자와 살았을까? 그녀는 트림을 하는 수만의 얼굴을 한 대 갈기고 당장 그 집을 나가고 싶었다. 누가 진짜 거리의 개인가, 자신인가, 아니면 수만인가? 손짓을 하는 호각이 울리기가 무섭게 달려가서 비랴니를 먹은 사람은 그녀가 아니라 수만인데.

수만은 수만대로 깊은 생각에 잠겨 있다가 갑자기 그녀에게 물었다. "정치할 생각 있어?"

참으로 뻔뻔한 질문이었다! 마리암은 이를 악물고 물었다. "왜?"

"그냥, 옷을 짓는 대신, 만일 정치를 직업으로 한다면 나쁠 것도 없잖아? 아무래도 지금은 정치의 계절인데."

"아니면 아베드 자항기르가 이제 정치를 하니까 나도 그래야 된다고 생각하는 거야?"

"아니, 아니. 아베드가 너와 무슨 상관이야. 그는 기혼자고 너는……."

"나는 뭔데?"

수만은 짜증스러운 얼굴이었다.

"그래서, 나는 뭔데?" 화가 머리끝까지 치민 마리암이 수만에게서 자신이 누구라는 대답을 꼭 들어야만 하겠다는 듯 따졌다. 낮잠에서 깨어난 아베드 사미르는 멍한 눈으로 그들을 바라보았고, 그 눈은 그 방이 언제 전쟁터로 변했는지를 무언으로 묻고 있었다. 마리암은 신경 쓰지 않고, 히스테리 발작을 일으키는 사람처럼 온몸을 떨며 계속 같은 질문을 되풀이했다. 그녀의 질문은 수만이 "네가 양갓집 규수인 척하는 이유가 뭐야? 네가 뭔지 다 알고 있다고. 파키스탄 군대가 버리고 간 쓰레기 아냐. 그런데 뭘 잘난 척하고 있어.”라고 크게 외치고 나서야 멈췄다.

거리로 나선 마리암은 온몸을 태우던 열이 땀으로 다 빠져나간 듯한 기분이었다. 그녀를 상대하는 사람들은 모두 선의의 마스크를 쓰고 듣기 좋은 말들을 했다. 얼마나 오랫동안 그런 일을 겪어야 하는 것일까? 그녀는 그들의 마스크를 하나하나 벗길 때만 마음이 편했다. 이제 그녀는 거리를 걸어가며 미친 여자처럼 중얼거렸다. “맞아, 맞아. 난 파키스탄 군대가 버리고 간 쓰레기야. 그래서 그게 너랑 무슨 상관인데? 내가 네 마누라야, 네 아이의 어머니냐구?” 아베드 사미르가 무슨 말인가 하고 싶어하는 태도로 그런 그녀의 뒤를 따라가고 있었다. 아마도 수만의 태도에 대해 사과하고 싶었을 것이다. 하지만 마리암에게는 그에게 사과의 기회를 줄 마음의 여유가 없었다. 그들의 속이 모두 빤히 들여다보였다. 수만도 전에 S.M.홀에서 팔라시 교차로까지 그녀를 바래다준 적이 있었다. 이 파키스탄 군대의 쓰레기에 대한 동정심 때문에 촉촉이 젖은 눈으로.

마리암은 목적지도 말하지 않고 가격도 흥정하지 않고 인력거에 올라탔다. 뒤도 돌아보지 않았다. 눈앞에 팔라시 교차로가 있었고 일을 마치고 귀가하는 서기처럼 손에 서류가방을 든 채 서 있는 이쉬티아크 소령의 모습도 보였다. 이전의 구두 수선공이 신발 수선에만 열중하고 있는 모습도 보였다. 자귀나무 동산에는 통행금지령이 내려져 있어서 갈 수 없었다. 이제부터 꿈을 접어야 했다. 그녀와 가까웠던 그렇게 많은 사람들이 얼마나 짧은 기간 안에 그녀의 삶에서 영원히 사라져버렸는지. 꿈속에서가 아니라면 그들을 되찾을 방도가 없었다. 만일 그녀 스스로 길을 열어놓지 않는다면 그녀의 삶을 키워주었던 강줄기는 댐으로 막혀서 그녀의 내면이 사막이 될 것이었다. 황량한 무덤 속의 어둠처럼. 마리암은 인력거꾼에게 빨리 라예르 바자르로 데려다 달라고 말했다.

모노와라 베굼은 말없이 문을 열고 옆으로 비켜섰다. 마리암은 이제 패배한 영혼, 자리를 박차고 집을 나간지 몇 시간 만에 고양이처럼 살금살금 방에 들어서고 있는 패배자였다. 방은 적어도 피난처는 되어주었다. 어머니는 가시 많은 철조망이 쳐진 바깥 세상에 대해서 알고나 있을까?

그 몇 시간 동안 모노와라 베굼의 기운도 모두 소진되어버렸다. 오후 내내 천조각을 모아 자루에 담으며 새삼스레 자신이 메리의 수입에 의존해 살고 있다는 사실을 깨달았다. 딸이 상처투성이 손가락으로 재봉틀을 돌리며 여생을 보내도 좋단 말인가? 재봉틀이 돌아가는 데 맞춰 하루와 한 달과 한 해가 속절없이 흘러가고 있었다. 이 시간의 흐름을 멈출 자 누구인가? 길이 있다면 메리 스스로 찾게 하자. 무슨 일을 하든 막지 말자.

모녀는 가로등이 켜진 시간에, 점심으로 지어서 한낮의 볕 때문에 조금 눅눅해진 찬밥을 먹기 위해 식탁에 앉았다. 방이 어찌나 조용한지 바늘 떨어지는 소리도 들릴 듯했다. 두 사람은 각자의 생각에 잠겨 있었다. 모든 것이 얼마나 단숨에 변해버리는지. 모노와라 베굼은 손가락으로 장사 비용을 계산하는 일을 중단했다. 더이상 '마-메예 맞춤집'의 손익이나 미래에 대해 걱정하지 않기로 했다. 인생은 엄청난 배신자였다. 인생의 커다란 회계는 인간에게 보이지 않는 곳, 손가락으로 하는 계산을 넘어선 곳의 누군가에 의해 이루어지고 있었다. 공포로 목이 메어 밥을 넘길 수 없었던 모노와라 베굼은 물잔을 내려놓고 부드러운 목소리로 딸에게 말했다. "나는 사는 방법을 딱 한 가지밖에 모른단다. 남편과 자식들. 하지만 알라께서는 내게 더이상 그들을 허락하지 않으셨다. 하지만 인생을 사는 방식이 단 한 가지만은 아닌 것 같다. 네게는 미래가 있어. 너 스스로의 삶을 찾아라, 애야."

아들의 죽음, 딸의 명예의 상실, 그런 일들이 어머니를 성장하게 했을까? 아니라면, 그녀가 이런 말을 한다는 것은 상상할 수도 없는 일이었다. 전에는 모후아 극장 사건과 마리암의 명예에 대한 험담 때문에 자신의 삶을 망쳤다고 생각했다. 신에게 계속 죽음을 내려주십사고 기도했다. 딸에게도 습관적으로 "죽어라, 죽어, 그냥 약을 먹고 죽어버려. 오 어머니! 내 자궁 속에 들었던 이 검은 뱀의 정체가 도대체 무엇인지. 코다 신이여, 제발 당신의 이 뱀을 데리고 가주세요, 제발 저를 데려가주세요, 신이시여!"라고 말하곤 했다.

이제 모노와라 베굼은 삶의 복잡성에 굴복했다. 다카의 거리가 계속되는 비의 홍수에 잠겨서 그녀가 나다닐 수 없게 되었다. 그녀는 아침에 목욕재계를 한 후 그냥 하루 종일 집안 한구석에 앉아 있었다. 마리암은 가끔씩 재봉틀을 돌렸다. 찬란한 색깔의 '마-메예 맞춤집' 포스터들은 비에 씻겨버렸다. 몬순 기간에는 새 포스터를 붙이는 것도 무의미한 일이었다. 더욱이, '마-메예 맞춤집'은 이미 라예르 바자르와 모르와 가죽공장과 지가톨라의 사람들에게 잘 알려져 있어서 필요한 사람들은 알아서 옷을 맞추러 왔다. 하지만 이 저소득층 동네의 수요는 지난 석 달 동안에 다 충족되어서, 이제 고객들이 앉아 기다리던 벤치가 텅 비어 있었다. 자본 성장의 법칙에 따라 지금 필요한 것은 새로운 시장, 새로운 고객이었다. 새로운 디자인의 매력적이고 영리한 포스터가 필요했다. 하지만 모녀의 의욕감퇴로 그 가능성은 막혔다. 마리암은 천조각을 연결해서 아기들을 위한 파자마, 베갯잇, 방석, 찻주전자 덮개 등을 만들었다. 그리고 때때로 관절을 쉬기 위해 허리를 펴고 문가에 섰다. 모노와라 베굼은 계속 창가에 앉아 있었고, 눈과 정신은 내리고 또 내리는 바깥의 비에 초점을 맞추고 있었다. 이제 누가 마리암이 만든 물건들을 시장에 내다 팔 것인지?

어느 날, 비에 젖은 아베드 사미르가 젖은 까마귀 같은 꼴로 마리암의 집을 찾아왔다. 수만과 메리의 다툼에 대해서 전혀 모르고 있던 모노와라 베굼은 창가 자리를 떠나 아베드 사미르를 맞이해

베란다에 앉혔다. 재봉틀 앞에서 아기 옷들을 만들고 있던 마리암은 모노와라 베굼이 부르는 소리에 마치 최면 상태에서라도 깨어나듯 고개를 들고 재봉틀을 닫았다. "마리암, 이리 오거라, 어서. 누가 왔나 나와보렴."

마리암에게 요즈음 바느질은 단순한 생계수단이 아니었다. 재봉틀이 돌아감과 동시에 그녀의 삶도 과거로 거슬러 올라갔다. 침대 위에는 앙증맞고 알록달록한 드레스들이 일렬로 놓여 있었다. 이것은 쇼바 라니의 아기 것, 이것은 빈두발라의 아기 것, 이것은 투키의 아기 것. 비행기에 실려 외국으로 보내진 재활센터의 아기들 것도 빼놓지 않았다. 전쟁의 산물로서 외국으로 추방된 아기들을 위한 옷 몇 점을 침대 가장자리에 놓았다. 집 안에는 말없는 어머니 외에 그녀가 하는 일을 방해할 사람이 전혀 없었다. 덕분에 모노와라 베굼의 난데없는 흥분된 목소리는 마리암을 꿈에서 깨어나게 하는 듯한 효과를 가져왔다. "어서 이리 오너라. 마리암, 누가 왔나 보렴."

누가 왔어요, 엄마, 몬투가 왔나요? 몬투가 왔어요, 어머니? 깊은 환상에 잠겨 있던 마리암은 그런 질문을 소리 없이 외치면서 어린 시절에 그랬던 것처럼 침대에서 펄쩍 뛰어내렸다. 이제 모노와라 베굼이 놀랄 차례였다. "잠깐, 마리암. 사리를 제대로 입어야지. 아베드에게 베란다에서 기다리라고 했어." 아베드라니! 마리암은 그 이름을 듣고 산사태라도 난 듯 온몸이 떨렸지만, 어머니의 재촉 때문에 순식간에 베란다로 들어섰다. 이름은 그녀의 삶에서 계속 반복되고 있었다. 이쉬티아크 소령 1번과 2번. 아베드 자항기르, 아베드 사미르.

마리암이 이마에 깊은 주름을 긋고 있는 것을 보고 조금 불안한 듯 사미르는 벤치에서 재빨리 일어나며 말했다. "마침 이 길로 지나가던 중에 갑자기 폭우가 쏟아져서 들렀습니다." 모노와라 베굼도 그의 말을 받았다. "그래, 이 사람! 참 끔찍하게도 오는군. 이런 비에 어떻게 길을 다닐 수 있겠나. 우리 집으로 와서 아주 다행이네."

어머니가 도대체 왜 저러시지? 사업에 대해 관심을 완전히 잃은 어머니가 왜 아베드 사미르가 잠시 머무는 일에는 저렇게 열심이시지? 어머니는 이어서 말했다. "두 사람이 앉아서 얘기나 좀 하지 그래." 그러고 나서 비를 맞으며 부엌에 차를 준비하러 갔다. 아! 그래 이것이 어머니의 제2의 기획이었던 것이다. 마리암은 오랜 가수면 상태에서 깨어났다. 어머니는 마리암에게 남편과 아이 이상의 삶이 있는지 알아볼 기회를 주고 계신 것이었다. 그동안 부모가 원했던 것과 마리암이 원하고 얻었던 것이 일치한 적은 단 한 번도 없었다. 다른 삶을 추구하다 실패한 그녀에게 이제는 어머니가 그 추구를 재개하라고 촉구하고 계셨다. 대충 누가 맞을까? 어머니인가 지신인가?

아베드는 모녀가 보내는 정반대의 신호에 혼란을 느끼고 있었다. 그러나 마리암을 이해할 수는 있었다. 아직도 화가 가시지 않은 게 틀림없었고, 사실 그도 기대하지는 않았다. 그러나 자신이 수업을 두 개 맡게 되었으며 이제 자립할 수 있게 되었다는 소식을 들었을 때는 기뻐해야 마땅했는데 마리암은 그 소식에도 완전히 냉담했다. 그래서 그는 그녀가 만든 옷을 보고 싶다고 말했다. 하지만 그 옷들은 그녀만의 비밀, 아베드 사미르의 거부당한 시들보다도 더 중요한 비밀이었다. 아기들을 위해 옷을 짓고 그것들을 깔끔하게 정돈해놓는 것은 마리암 혼자만의 즐거움이었고 팔기 위해 전시할 생각은 전혀 없었다. 그래서 그저 베갯잇과 방석과 찻주전자 덮개만 보여주려고 했는데 그녀의 방으로 들어선 아베드 사미르는 바로 그것들, 마리암의 사적인 기쁨의 대상들부터 주목했다. "어디 구경 좀 합시다." 그가 그렇게 말하는 동시에 그 귀여운 배내옷의 다발을 집어 들자 마리암이 그것들을 확 잡아챘고, 그 바람에 아기 옷들이 마구 흩어지며 방바닥으로 떨어졌다. 단순한 아기 옷을 왜 그렇게 안 보여주려고 하는 거지? 그리고 그 옷들이 방바닥으로 떨어지는 것을 보고 왜 흐느껴 우는 거지? 사미르가 그렇게 궁금해하는 동안 신생아 옷의 더미가 아기 없는 집의 마룻바닥에 쓸쓸하게 흩어졌다. 그 장면은 한 남자의 부모를 향한 애정과 한 여자의 모성 본능을 자극하기에 충분했다. 마리암의 당황한 얼굴을 보며 아베드 사미르는 처음으로 그 강인한 얼굴 뒤의 비극성에 생각이 미쳤다. 그것은 동정보다 관심을 요구하는 얼굴이었다.

‘딸에게 남편과 자식 이상의 삶’을 주고 싶다는 모노와라 베굼의 새 기획은 결실을 향해 나아갔다. 그러나 그것은 마른 땅에 발자국을 남기는 거북이처럼 서서히 진행되었다. 저녁때가 되면, 아베드 사미르가 가방을 메고 오곤 했다. 그리고 베란다의 벤치에 앉아 신작시 몇 편을 가방 안에서 꺼내곤 했다. 손님은 하루 종일 두어 명 정도가 왔다. 대부분은 블라우스를 고치거나 사리의 가장자리를 덧붙이거나 때 이르게 찢어진 곳을 때우거나 하는 수선과 유지의 일이었다. 옷과 물건의 교환은 해 질 무렵 이루어졌다. 베란다는 저녁에 문학작품을 읽기에 안성맞춤인 장소였다. 목욕을 하고 새 옷으로 갈아입은 마리암이 그곳에 앉아 시 낭송 소리에 귀를 기울였지만 오래 집중할 수는 없었다. 자꾸 아누라다 생각이 났다. 만일 살아 있다면 유명 작가가 되었을 것이다. 아주 머리가 좋았으니까. 아베드 사미르는 듣는 사람의 주의가 산만해지는 것을 눈치채지 못했다. 그의 주의는 마리암이 아니라 자신에게 집중해 있었기 때문이다. 모노와라 베굼은 그를 위해 다양한 미식을 요리했다. 그는 유명 작가가 되는 꿈을 꾸며 음식을 먹고 손을 씻고, 숄더백을 메고 떠났다.

그런 삶에는 아무런 역동성도 없었다. 그것은 흘러가기 위해서 부레옥잠을 밀어내야 하는, 녹조로 덮인 고인 물과도 같았다. 모노와라 베굼은 자신의 기력이 줄어듦에 따라 조바심이 더 커졌다. 남편은 어떤 사람인가? 35년을 함께 산 그녀가 다카로 온 지 8개월이 지나도록 편지글 한 줄도 보내지 않았다. "1975년에는 어머니 노릇을 안 하리라."라는 그녀의 편지에 대해서도 답장을 보내지 않았다. 그는 완전한 시골뜨기였다. 도시 식의 세련된 메시지는 전혀 통하지 않았다. 남편에 대한 그녀의 짜증의 일부는 마리암을 향했다. 그녀는 화가 난 척 마리암에게 말했다. "무슨 너 같은 딸이 있냐? 아버지 소식 한 번을 묻지 않게. 안부를 여쭈는 편지를 두어 줄이라도 보내면 무슨 탈이라도 난다더냐?"

   물론 탈이 날 리가 없었다. 그러나 마리암은 그 두어 줄을 쓰지 않았다. 대신 신문을 드리며 그거나 읽으며 소일하시라고 권했다. 그 바람에 어느 날 굉장한 위기가 닥쳤다. 모노와라 베굼은 방가반두의 미소 지은 얼굴과 황금 관을 쓴 그의 며느리 사진을 보고 우울해졌다. 만일 몬투가 살아 있었다면 지금쯤 결혼할 나이였고, 자신은 가능한 최대한 성대한 결혼식을 올려주었을 것이다. 작은 관을 살 돈은 없었을지 모르지만 며느리의 머리를 장식할 티클리 정도는 살 수 있었을 것이다. 모든 집이 요새가 되기를 요구했던 사람, 모든 사람들이 어떤 무기라도 들고 싸울 것을 요구했던 사람의 아들과 딸은 멀쩡했다. 얼마나 잔인한 일인지! 이제 그는 아들을 결혼시키고 며느리를 맞이했다. 모노와라 베굼의 후회와 한탄에는 끝이 없었고, 그녀는 시도 때도 없이 말했다. "이게 뭐냐, 마리암? 어떻게 같은 길로 가도 종점이 다르구나. 어떤 사람은 죽고 어떤 사람은 전쟁의 과실을 따먹는 거냐? 비만 멈춰봐라. 내가 32번지에 가서 셰이크의 아들에게 물어봐야겠다."

마리암은 어머니가 완전히 정신이 나간 게 틀림없다고 생각했다. 아니라면, 어떻게 그렇게 이상한 생각을 할 수 있을까? 지배자와 백성의 처지가 똑같은 적이 한 번이라도 있었나? 어느 날 모노와라 베굼은 마리암이 말리는 것도 듣지 않고 폭우를 뚫고 외출을 나갔다. 가시라지, 마리암이 툴툴댔다. 수위한테 쫓겨나야 정신을 차리시겠지. 사실, 어머니가 대통령의 경호원들에게 체포된다고 해도 이상하지 않을 것 같았다. 하지만 저녁에 찾아온 아베드 사미르에게 자초지종을 설명하기도 전에 그가 먼저 낮에 어머니가 바하두르 샤 공원에서 앵무새 점을 치는 점쟁이에게 자신의 운수를 묻고 있는 모습을 보았다고 전했다. 당황해하실까봐 인사는 하지 않았다고 하면서.

바하두르 샤 공원. 그곳은 무척 먼 곳이었다. 어머니가 집이나 제대로 찾아오실지? 마리암은 크게 놀랐다. 그날 아베드 사미르는 시를 읽는 대신 큰 소리로 신문을 읽기 시작했다.

"팜 게이트 굴리스탄 방가반두 애비뉴의 바하두르 샤 공원 내 사다르가트. 이곳에서는 점쟁이들이 점을 치고 손금을 봐준다는 간판을 놓고 보도에 앉아 있다. 고문서와 앵무새를 사용하며, 손금과 별자리를 봐주고, 부적을 몸에 지니거나 색깔이 든 보석 반지를 껴서 위기를 극복하라고 조언한다. 앵무새가 미래를 점치는 방법은 더 간단하다. 네 마리의 길들여진 앵무새가 가지런히 놓인 봉투

중에서 하나를 고른다. 그 안에 종이가 한 장 들어 있고, 거기 그 사람의 운명이 인쇄되어 있다. 운명의 바퀴는 이 돌고 도는 미로 속에서 길을 찾지 못한다."

　모노와라 베굼은 아베드 사미르가 그 광고 읽기를 끝내기도 전에 귀가했지만 그들 쪽은 쳐다보려는 성의도 보이지 않았다. 다른 날처럼 맛있는 음식을 차려내는 대신 방문을 닫고 들어가 침대에 누웠다. 아베드 사미르가 사태가 심상치 않은 것을 눈치채고 조용히 떠났다. 마리암은 그날 밤 아무것도 먹지 못했는데, 엄마는 침대에 한번 누운 뒤로 일어나려는 기척도 없었다. 무슨 일이 있었던 것일까? 점쟁이가 뭐라고 예언을 했기에 저렇게 자리를 보전하고 누우셨지? 이런저런 추측을 해보다가 잠든 마리암을 한밤중에 모노와라 베굼이 깨웠다. 다시 한번 밤의 드라마가 공연될 참이었다. 그녀의 말은 모두 어린 시절에 본 자트라 축제의 대사에서 따온 것 같았다.

　마리암의 외할아버지 댁 근처에 커다란 가축시장이 있었고, 해마다 겨울이면 자트라 극단이 그곳에 와서 텐트를 치곤 했다. 엄마는 말한 적이 있다. "나는 사춘기가 될 때까지 자트라를 보며 자랐단다." 그녀가 월경을 시작하면서 모노와라 베굼은 자트라나 연극을 보러 가는 것은 고사하고 집 밖으로 나가는 것도 금지되었고 퍼다에 감싸인 채 감옥생활을 했다. 하지만 자트라의 헤아릴 수 없이 많은 대사들은 영원히 그녀의 갈비뼈 안에 새겨졌고 기억되었다. 만일 그녀의 가슴에 귀를 갖다 댄다면 심장박동에 맞춰 그녀가 외우는 대사가 들릴지도 몰랐다. 때때로 한밤중에, 오랫동안 들려오지 않던 그 대사가 퍼다에 갇혀 대중의 시선에서 차단되었던 여성처럼 홀연히 나타났다. 그런 때면 모노와라 베굼은 빛을 피했다. 그날 또한 밤의 어둠 속에서 메리의 침대 머리맡에 앉아 깊은 한숨과 함께 말했다. "마리암, 난 이제 거지보다도 못하다. 내가 가졌던 것은 모조리 네게 줬으니까—내 능력 이상으로 줬다. 이제 나머지는 네 손에 달려 있어."

그녀는 사리 자락 아래서 구겨진 집문서를 꺼내 딸에게 주며 말했다. "어리석은 일은 절대 하지 말도록 해라, 얘야. 성스러우신 알라께서는 어리석은 여자는 좋아하지 않으신단다. 남자에게 마음은 줄지언정 절대 집문서는 주면 안 된다. 이것은 네 것이니까 다른 사람에게는 절대 주면 안 된다, 잘 명심해라."

마리암의 잠이 달아났다. 엄마가 마침내 떠나기로 결정하신 것이다, 그렇지만 어디로? 태도로 보아서는 하리시찬드라 왕처럼 자신의 전 재산을 나누어 주고 물질 세상에 작별을 고할 작정인 것처럼 보였다. 마리암은 라예르 바자르 집문서가 엄마 명의로 되어 있다는 사실은 알고 있었다. 그러나 법적으로 명의 이전을 하고 등록을 하지 않는다면 집문서를 주는 것이 무슨 의미가 있는 것일까? 과거에 자트라극 어디선가 구겨진 문서를 넘겨주는 비슷한 장면을 보셨던 것이 틀림없었다. 그러나 이 한밤중에 그런 것을 따지고 싶지는 않았다. 어머니가 떠난다는 사실 자체가 악몽이었다. 악몽이든 아니든 뭐라고 말을 하려고 해도 목에서 아무런 소리도 나오지 않았다. 그래서 우물거리며 물었다. "이렇게 엄숙하게 말씀하시니, 대체 어디로 가시려고 그러는 거예요?"

직접적인 대답을 하기가 좀 민망한 듯 모노와라 베굼은 에돌려 말했다. "네 아버지가 반쯤 미치셨잖니. 지난 구 개월 동안 집 꼴이 무엇이 되었을지는 신만이 아실 거다. 나한테는 너 말고도 딸이 둘이나 더 있지 않느냐. 네 아버지는 내 편지에 답장을 안 했을지 모르지만, 마리암, 내가 내 자식들을 돌보지 않는다면 누가 그 애들을 돌봐주겠느냐?"

오! 그래 그렇군. 이제 어머니는 그동안 한 번도 자신의 안부조차 물은 적이 없는 두 딸을 돌보는 것이 자신의 의무라고 말하고 계셨다. 엄마는 눈치 빠르게 메리에게 그녀가 정말 이기적이라고 비난했다. 그 쌍둥이들을 어린 동생들이라기보다 자신 몫을 빼앗아가는 경쟁자들이라고 생각하고 있는 게 틀림없다며. 열 살이나 나이가 많은 언니가 생계를 간신히 꾸려나갈 때 그 아이들이 어떻게 자족적으로 살림을 꾸려나가는 것을 기대한단 말인가? 끝없이 어두운 밤은 두 사람이 서로를 더 너그럽게 이해하도록 돕지 않았다. 마리암은 어머니 없이 이 집에서 살아갈 앞날을 생각하자 몸서리가 쳐졌다. 불 꺼진 방에 들어온 달빛이 물결치는 엄마의 머리단과 옆모습에 신비한 광채를 던지고 있었다. 엄마는 미동도 하지 않고 있었는데, 이 유령 같은 형체는 내일부터 마리암의 눈앞에서 사라질 것이고, 자신은 이 황량한 집에 완전히 혼자 남겨질 것이었다. 재봉틀에서 눈을 들면 밤의 여왕 덤불이 그녀의 시야를 찌를 것이다. 재봉틀이 윙윙거리며 도는 소리나 우물의 핸들이 내는 딸그랑 소리 외에는 아무 소리도 들리지 않을 것이다. 이웃들은 대나무 덤불이 있던 집, 한때 모녀가 살았던 그 집에 이제 딸 혼자만, 71년도의 전시에 혼자 그 집에 남았던 바로 그 여자만 남았다는 사실을 고객들에게 들어서 알게 될 것이다.

마리암은 어머니의 손을 잡았다. "제발, 엄마, 제발 이틀만이라도 더 머물러주세요." 모녀의 손은 둘 다 차갑게 떨렸다. 엄마는 자신의 손을 가볍게 빼냈지만, 딸은 완강했다. "엄마, 제가 아빠께 편지를 쓸게요. 아빠가 오셔서 엄마를 모시고 가게 해주세요."

"내가 네 아버지 없이 혼자는 집에도 못 가는 어린애라더냐? 그 집이 네 아버지의 집이기만 하냐? 나한테는 그곳에 살 권리가 없단 말이냐?"

그렇게 많은 질문이 단박에 쏟아져 나왔다. 마리암은 무슨 말로 애원해야 어머니가 머물게 할 수 있을지 알지 못한 채 그저 어둠 속을 더듬어 어머니의 차가운 손을 잡은 뒤 계속 같은 말을 되풀이했다. "제발, 엄마, 이틀만 더 계셔주세요, 제발이요." 모노와라 배굼은 느슨한 머리를 모아서 묶었다. "제발 막지 말아 다오, 마리암. 평생 어머니와 함께 살 수는 없는 법이다. 네가 혼자인 것은 네 불운이다. 알라의 이름으로 나를 그냥 보내주렴."

얼마나 잔인하고, 얼마나 오만한 말인지! 그런 어머니를 두고 어떻게 슬프지 않을 수 있단 말인가? 마리암은 달이 구름 뒤에서 숨바꼭질하는 모습을 지켜보며 밤을 지새웠고 그 뒤 2주 동안 달을 증인 삼아 어머니와 상상의 대화를 나눴다. "그래요, 동의해요, 어떤 어머니도 딸과 일생을 함께 할 수는 없지요. 그렇지만 제 행운은 누가 되찾아주나요? 엄마, 저는 더이상 혼자 사는 것을 견딜 수 없어요."

XXV
아, 내 영혼의 동반자여!

    달도 없이 칠흑 같이 어두운 어느 날 밤 아베드 사미르가 집 앞에 나타났다. 마리암으로서는 갑자기 노다지를 찾은 거나 다름없었다. 거북이걸음이던 그들의 관계는 순식간에 달리는 토끼처럼 빨라졌다. 그녀는 그가 왜 한동안 안 나타났는지, 그동안 무엇을 했는지도 궁금하지 않았지만, 그는 시를 향한 길이 참으로 복잡하고도 어렵다고 독백하듯 말했다. 시는 하나의 목표에 대한 헌신을 요구하며, 시를 추구하는 사람들은 빗나가는 경험도 필요했다. 사미르는 좀 떨어져서나마 여성의 나신을 보기 위해 20타카를 주기로 하고 한 창녀를 이틀 밤 동안 샀다. 사흘째 밤에 그녀를 만져줘야 한다는 사실을 깨닫고 돈도 주지 않고 도망친 것이었다. 비록 상스러운 욕을 들으며 쫓겨난 것이 겨우 이틀 전이었지만, 그는 지금 그 기억을 지워보기 위해 손으로 귀를 막고 마리암 곁에 앉아 있다. 그에게 다음과 같은 질문을 던질 수도 있었으리라. 그렇다고 해서 도대체 왜 이리로 왔는가? 마리암을 그의 항구라고 생각한다는 뜻인가? 마리암이 그의 시작(詩作)의 구실이라도 된단 말인가?

하지만 마리암은 그냥 어둠 속에 앉아 그의 말에 귀를 기울이기만 하고 질문은 하지 않았다. 그녀는 경험을 통해 그런 질문은 자신에게 무의미하다는 것, 그 질문에 대한 대답은 남편과 자식이라는 궤도 바깥에서 사는 삶, 모노와라 베굼의 도움으로 가능해진 다른 종류의 삶에서는 기만이라는 사실을 알고 있었다. 질문을 한다면 고통만 가중될 것이었다. 관계의 초기 고객용 벤치에서 시를 나누며 보낸 매일 저녁의 시간은 남녀가 함께 시간을 보내기 위한 구실이었다. 서로 상대방을 향해 육체를 열고 싶다는 의사를 은근하게 공유하는 과정이었다. 그러다가 어머니가 떠난 뒤 벤치에서 침대로 자리를 이동했다. 4년은 긴 시간이었다. 특히 인간의 몸에는. 마리암은 마침내 전후 처음으로 심신이 모두 준비상태에 있었다. 마음은 차치하고 서로의 육체적 요구를 만족시키는 데만 몰두했다.

아베드 사미르는 성적 경험이 없는 남자였다. 그는 서툴렀지만 적어도 몸타즈나 파키스탄 군인들처럼 위스키 냄새를 풍기며 다가오지는 않았다. 총을 휘두르지 않더라도 마리암을 굴복시키는 것은 바로 그 술 냄새였다. 몸타즈는 그 점을 싫어했었다. 그렇게 빠르게 굴복하는 여자, 손을 잡기만 해도 몸을 여는 여자는 창녀일 수밖에 없다는 것이었다. 마리암의 결혼은 그녀가 몸타즈가 알던 창녀들처럼 굴었기 때문에 일찌감치 깨진 것이다. 지금 침대에 누운 아베드 사미르는 애원했다. "마리암, 제발 가르쳐줘요, 배우고 싶어요."

죽은 생선 같던 눈이 종전 4년 만에 마침내 시력을 되찾았다. 더욱이 그것은 사람의 심리 깊은 곳을 꿰뚫을 능력이 있는 시력이었다. 마리암은 그 청년이 원하는 것이 매일매일 강간을 당한 경험이 있는 여성에게 성교육을 받는 것이라는 사실을 알아차렸다. 그런 것을 배우기 위해서라면 물론 직업적인 창녀에게 갈 수도 있었다. 사실 여러 명의 창녀를 찾아가기도 했다. 그러나 그런 곳에 가는 것은 위험하고 불결하고 건강에도 나빴다. 경찰의 습격을 받을 위험도 있었고, 더러운 병에 걸릴 위험도 감수해야 했다. 그래서 대신 마리암을 찾은 것이다. 그는 창녀에게 주는 것과 같은 액수인 20타카를 주머니에 넣고 오다가 먹을거리를 사거나 비싸지 않은 화장품이나 장신구를 사서 마리암에게 선물했다. '마-메예 맞춤집' 사업은 그저 그랬다. 아베드 사미르가 음식 사온 것을 끄르면서 "오늘은 점심 먹을 시간이 없었어. 어서 와, 메리, 이거 함께 먹어."라고 말하면, 메리는 손을 씻고 자리에 앉았다. 비누와 파우더와 머릿기름을 선물하는 사람과 그것들을 선물로 받는 사람 둘 다 무엇이 진실인지 알고 있었지만 굳이 언급하지 않았다.

마리암은 이제 그런 것들에 신경이 쓰이지 않았다. 그녀가 생각했던 것은 자신이 범위와 깊이를 이해할 수 없는 것들이었다. 남편과 자식이 없는 삶, 이 다른 종류의 삶은 오롯이 마리암만의 것이었다. 아베드 사미르는 단지 그곳에서 시간을 표시하는 존재였을 뿐이다. 그는 아내와 자식을 갖고 가정을 이룰 수 있게 되는 순간 그녀에게서 떠나갈 사람이었다. 그러면 그는 이 막간을 자신의 문학적 활동에 핵심적이었던 과거의 경험으로 간주하게 될 것이었다. 요는, 경험은 얼마나 오래 축적될 수 있는 것인지? 그녀의 목을 감싸고 있는 줄자로 그것을 잴 수 있을까? 어느 날 그녀가 심심하던 차에 시간을 줄자로 재어보면 어떨까 했다. 아베드 사미르는 짜증을 내며 말했다. "이게 여자들의 문제야. 사랑조차도 줄자로 재려고 한다고."

"아! 그러니까, 이게 사랑이야?"

"물론이지, 당연히 사랑이지."

"음식과 머릿기름과 비누와 파우더는 뭔데?"

"선물."

선물이든 아니든 생활이 어려우니 그것들이 필요했다. 마리암은 우울해지며 말했다. "관두자."

아베드 사미르가 그것으로 만족하든 말든 마리암은 그럴 수 없었다. 만일 자신의 운명에 행복이라는 글자가 없다면 왜 자신은 타인을 위한 쾌락의 도구가 되어야 하는가, 그것도 시시한 물건 나부랭이를 대가로 받고? 자신은 향이 아닌 땔감이었다. 타닥거리는 불을 피우고 활활 타오르는 연기를 낼 수 있는 그런 사람이었으니,

싸구려 쾌락을 나눠주는 일에 만족할 수는 없었다. 이 연기 자욱한 환경에서 계속 재채기를 하고 바지직거리며 지낼 수 있다면 좋지만, 만일 그렇지 않다면 그냥 떠나버리면 되는 거였다. 아무도 영원히 머무르려고 그녀에게 오지는 않았다. 어머니조차 그녀와 함께 머물지 못했으니, 남을 탓할 수나 있을 것인가?

모노와라 베굼이 떠난지 벌써 한 달쯤 되었다. 떠날 때 그녀는 딸이 버스 정류장까지 배웅을 나가려는 것도 막으며 말했다. "마리암, 내가 어린애냐, 네가 데려다줘야 하게. 집에 있어라, 애야. 고객들이 왔다가 너 없는 거 보고 그냥 가버릴라." 마리암은 우물 근처 반쪽짜리 벽돌 위에 서서 오른손으로는 빨랫줄을 움켜쥐고 왼손으로는 사리 자락 한 끝을 당겨 눈가를 훔쳤다. 몬투처럼 어머니도 흩어진 벽돌을 밟으며 집을 떠났다. 몬투는 끔찍한 전쟁을 목전에 둔 채 떠나서 다시는 돌아오지 않았다. 과연 엄마는 돌아오시게 될까?

마리암은 매일 아침 베란다에 앉아서 엄마가 귀가하신 뒤 편지 한 장 보내오지 않으셨다고 생각했다. 오늘은 차라리 마리암이 한 장 쓰리라. "엄마 덕분에 해방되었어요. 저는 잘 있어요." 그 편지에 아베드 사미르에 대해서도 적을 것인지? 그는 아직 그녀의 침대에서 편히 자고 있는 중이었다. 마리암은 그와 함께 밤을 보낼 때면 긴장했다. 만일 새벽에 급히 새 천을 가지고 나타나 옷을 지어달라고 주문하는 손님이 있다면, 그녀는 그들을 문밖에 세운 채

못 들어오게 해야 했다. 필요하다면 줄자로 치수를 재는 일도, 영수증을 쓰는 일도 밖에 세워놓고 골목에서 했다. 때때로 새벽하늘이 밝아오기도 전에 줄자를 목에 걸고, 영수증 첩과 공책, 분필과 연필을 손에 들고 베란다에 앉아 있었다. 나무 벤치는 편하지는 않았지만 그래도 쉴 곳은 되어 주었다. 또한 어머니께 편지를 쓰는 일에서부터, 끝내지 못한 다른 모든 잔일들까지 모두 그곳에 앉아 머릿속으로 정리했다. 이것이 쉽지만은 않은 일이어서, 때로는 목에 올가미처럼 줄자를 두르고 앉은 채 잠이 들기도 했다. 공책 갈피들이 아침의 가벼운 산들바람 속에서 달력의 종이장처럼 사각댔다.

세월은 또 얼마나 빨리 흐르는지. 4년이라는 세월이 좋은 일과 나쁜 일로 채워지며 흘러갔다. 사르파라즈는 그사이에 결혼을 해서 이제 막 6개월을 넘기고 이틀 후면 7개월이 되는 딸도 있었다. 몬투는 제자리걸음이다. 나이도 먹지 않고, 결혼의 여지도 없다. 사르파라즈는 어제 다카에 도착해 샤리프 바이를 만나러 갔다. 가서 몬투를 위해 정식 기념비를 세울 것을 제안했고, 또한 내년 전승기념일 경축행사의 일환으로 과거에 함께 싸웠던 게릴라 전사들의 다카 재회식도 개최할 예정이었다. 그 기념식을 위한 준비는 지금 당장 시작되어야 했고, 그 행사를 위해 몬투의 여권사진 크기의 사진이 필요했다. 사르파라즈에게 그것을 구할 책임이 주어졌다.

전승기념일 경축행사를 다섯 달가량 앞둔 어느 날 그가 아침 일찍 몬투의 사진을 구하기 위해 카필루딘 아흐메드의 집에 나타났다. 그는 좀 불안했다. 지난번에는 몬투의 누나인 메리가 문을 열어줄 거라고 기대했는데, 그녀가 없어서 대신 카필루딘 어른 부부에게 몬투가 죽었다는 소식을 전해야 했다. 이번에는 노부부가 문을 열어주려니 하며 갔더니, 꾀죄죄한 몰골의 깐깐해 보이는 여자가 그의 앞에 서 있었다.

마리암의 손님들은 대개 여성들이었고, 남성들일 경우엔 아직 수염도 나지 않은 어린 소년들이었다. 대개 반바지를 짓기 위해 어머니의 손을 잡고 오는 소년들이거나, 혹은 긴바지를 입고 싶어도 그러기엔 아직 너무 어린 나이인 아이들이었다. 그 아이들은 부모들이 바지를 사주지 않아서 아버지의 구식 카키 바지를 들고 나타나서 "길이를 줄이고 허리를 좁혀주세요. 허리에 고무줄을 넣어주시고."라고 말했다. 그들도 어머니와 함께 왔다. 그러나 이날 새벽에 나타난 사람은 성인 남자였으며 어머니와 함께 오지도 않았다. 새벽같이 나타났기 때문에 그가 계속 몬투의 이름을 말했음에도, 마리암은 그가 무슨 말을 하는지 한참 동안 이해하지 못했다. 그러다가 마침내 알아듣기는 했지만 아직 아베드 사미르가 모기장 아래서 자고 있었기 때문에 사르파라즈를 집 안으로 들어오라고 할 수가 없었다. 할 수 없이 그냥 문간에 서서 안방 쪽을 바라보며, 마을에서 사진을 가져오려면 한 달은 걸릴 것이라고, "남자 형제도 없고 아빠의 건강이 그렇게 좋지 않아서."라고 더듬거리며 말했다. 사르파라즈 또한 놀라서 마리암이 하는 말의 일부는 들렸지만 나머지는 안 들렸다. 마리암이 재단사의 디자인 책을 내밀자 그는 몬투가 전사한 전쟁터의 이름을 황급히 그곳에 적었다. 순국열사인 자유전사 사이푸딘 아흐메드의 무덤이 거기 있는데 작년 홍수 때 침수되어 무너졌다고, 그래서 수리를 해야 한다고 더듬더듬 말했다. 하지만 마리암이 별로 주의 깊게 듣지 않는 것 같아서 재빨리 말했다. 메리는 한 달 후에 오라는 말과 함께 대문 밖에서 그를 돌려보냈다. 그때는 곧 몬투의 사진이 필요하지 않게 될 것이라는 사실을 두 사람 다 몰랐다. 하지만 겨우 열흘 뒤인 8월 15일에 샤리프 바이로부터 전승기념일 기념행사를 주관할 책임을 빼앗은 암살사건이 발생하게 되었다.

사르파라즈가 떠나는 모습을 보던 마리암은 갑자기 그가 몬투의 동료 자유전사였다는 사실과 자신이 그에게 질문하고 싶은 것이 많았다는 사실이 기억났다. 동생이 어떻게 죽었는지, 죽기 전에 무슨 말을 했는지, 그에게 마지막 소원이 있었는지, 그의 무덤 수리는 어떻게 할 것인지—그래서 맨발로 그가 사라진 쪽을 향해 뛰어갔다. "여보세요! 여보세요! 내 말 좀 들어보세요!" 하지만 그렇게 외치다가 자신이 그 사람의 이름조차 모른다는 사실을 깨달았다. 그가 주소라도 남겼는지? 그녀는 길에 선 채 디자인 책의 갈피를 넘기다가 부푼 소매 디자인 아래 적힌 단어 몇 개를 보았다. 아일라르간즈 카터 풀, 마디얌탈라 마을, 사서함: 찬더르하트. 그리고 조금 아래 몬투의 마지막 전투지가 적혀 있었고, 그 옆에 그 사람의 이름도 적혀 있었다. 사르파라즈 호세인. 하지만 주소는 어디에도 없었다. 그가 골목을 빠져나간 후 어느 방향으로 간 것인지 알 수가 없었다. 몬투에 대해 당장 더 알아보는 것은 불가능했는데, 몬투가 죽은 지 4년 만에 그 죽음에 대해 더 알 수 있었던 이 기회를 포기하게 만든 남자는 모기장 아래서 편히 자고 있었다.

마당에 서 있던 그녀에게는 방 안에서 자고 있던 아베드 사미르의 모습이 기이하고도 불쾌하게 느껴졌다. 지금 그는 도대체 누구이기에 누구의 가슴 저미는 슬픔을 대가로 평화롭게 자고 있단 말인가? 그는 그녀의 행복이나 불행에 아무런 상관도 없는 사람이었다. 그런 생각을 하며 스토브에서 찻주전자를 내려놓다가 행주에 불이 붙었다. 마리암은 충동적으로 이 불붙은 행주를 저 모기장 안으로 던진다면 어떨까 하고 생각했다. 즉시 자신의 문제가 모두 해결될 것이다. 며칠 후 함께 차를 마시던 마리암은 아베드 사미르에게 자신이 모기장에 불을 붙이고 싶은 욕망을 충동적으로 느꼈다고 말했다. 그는 이 말을 듣자마자 공포로 정신이 아득해졌다. 지금 자신의 앞에 있는 이 여자는 어느 순간이든 미소를 지으며 자신을 불태워버릴 수 있는 여자, 심리적으로 불안정한 여자였다. 아무리 글을 쓰기 위해서라지만, 이처럼 특별한 경험까지는 필요하지 않다 싶었다. 생명이 더 중요했다. 문학도 본인이 살아 있어야만 가능한 것이다. 아베드 사미르는 반쯤 마시던 찻잔을 내려놓고 바지를 주워 입은 뒤 숄더백을 들고 나가 다시는 찾아오지 않았다.

마리암은 그날 내내 불붙은 행주로 모기장을 태우는 장면을 상상하며 즐거워했고, 계속 혼자 미소를 지었다. 누가 보았다면 그녀를 음모꾼이라고, 밤새 거리에 탱크를 내보내거나 한 나라의 대통령을 가족과 함께 몰살시켜버릴 수 있는 그런 부류의 사람이라고 생각했을 법했다. 유일한 차이는 그녀는 그런 현장에 있지 않았다는 것, 손에 군대의 무선기를 쥐고 있지 않았다는 것, 일주일 내내 집 밖으로 외출한 일도 없었다는 것, 그리고 더욱 중요하게는, 암살자의 집단에는 비랑가나는 고사하고 여자마저 한 명도 없었다는 사실이다.

새벽이 다가올 무렵 마리암은 총성과 폭탄 터지는 소리 때문에 깨어났다. 소리는 필카나의 방글라데시 국경경비대(BDR) 캠프 쪽에서 들려오는 듯했다. 다음 순간에는 대학가 쪽에서도 총격소리가 들려오는 것 같았다. 1971년 3월 25일 밤과 느낌이 비슷했다. 재봉틀의 핸들을 단 한 바퀴도 돌리지 않았는데 갑자기 4년 반 전으로 되돌아간 것 같았다. 눈앞에서 자귀나무의 작은 숲이 보였고, 가까운 곳의 보도에서는 서치라이트 작전 중에 재로 화한 구두 수선공도 보였다. 이렇게 시간을 거슬러 올라가는 일이 견딜 수 없었던 마리암은 침대에서 일어나 재봉작업실로 가서 불을 켠 뒤 재봉틀 앞에 앉아 생각에 잠겼다. 요새는 재봉틀의 핸들을 돌리더라도 기껏해야 재활센터 정도까지만 되돌아갔고, 전쟁 기간까지 시간을 되돌리는 일은 없었다.

재봉실에 있는 마리암에게 손님 하나가 찾아와서 새벽의 학살 소식을 전해주었다. 재봉틀은 멈추었고, 방은 바늘 떨어지는 소리도 들릴 만큼 고요해졌다. 몬투가 라디오를 가지고 떠난 뒤 마리암은 새 라디오를 구입하지 않았는데 옆집에서 라디오 방송 소리가 나오고 있었다. 기다시피 침대로 가서 침대 옆의 창문을 연 그녀에게 들린 것은 "달림 소령이 알린다. 독재자인 셰이크 무집은 처형되었다."라는 선포였다.

"달림 소령이 도대체 누구지요?" 마리암은 자신을 찾아와 소식을 전해준 손님에게 자리도 권하지도 않고 물었다. 병원에서 간호사로 일하고 있던 그녀는 야간 교대를 마치고 귀가하던 중 거리를 지나가는 탱크를 목격했고, 거리의 사람들에게서 방가반두가 암살되었다는 소식을 들었으며, 그 이상은 아무 것도 모른다고 말했다. 마리암은 혼자 중얼댔다. "소령이라니, 군대가 개입된 것이 틀림없군요."

"오 맙소사! 조용히 말해요."

"왜요? 무슨 일이 있어요?"

"그 사람들 닥치는 대로 다 죽이고 있어요. 그런 소리 들으면 여기까지라도 탱크를 몰고 올걸." 그 여자는 아직도 탱크가 무서워 벌벌 떨고 있었다. 다카 메디컬에서 나와 뉴 마켓을 통과하는 그 짧은 거리에서 포신을 치켜들고 지나가는 탱크를 세 대나 보았는데, 참으로 무시무시한 광경이었다고, 포신이 들어올린 코끼리의 코처럼 보였다고 했다. "메리 언니, 이제 봐요, 또 전쟁이 일어날 테니." 전쟁이 일어난다면 모두들 흩어질 것이고, 아무도 고정된 주소지를 가지지 못할 것이다. 전쟁을 겪은 지 4년밖에 안 되었기 때문에 그들은 아직도 생생하게 그 사실을 기억하고 있었다. 그 간호사가 이틀 전에 블라우스를 지으려고 맡겼던 옷감을 찾으러 온 것도 그 때문이었다. 마리암은 창문을 닫고, 검은 천으로 재봉틀을 단단히 여며 덮은 뒤 일어섰다. 좀 기이한 장면이었는데, 소식을 가져온 사람은 그 사실을 주목할 여유도 없었다. 옷감을 가지고 서둘러 귀가해야 했다. 통행금지가 시 전역에 발효되어 있었기 때문이다.

마리암의 삶은 어젯밤에 전 가족과 함께 몰살된 방가반두의 일생과 보이지 않는 실로 연결된 듯했다. 만일 그녀가 나무로 만든 것이든 천으로 만든 것이든 꼭두각시였다면, 방가반두는 그 꼭두각시를 놀리는 사람이었다.

꼭두각시야, 네가 어떻게 만들어졌는지를 아는 분이
바로 빛으로 만들어진 그 줄을 당기시는 분이란다.
셀림 알 디인(자이바티 카냐르 만)

지난 5년 동안 그녀는 자신에게 연결된 줄이 당겨질 때마다 그 영향을 극심하게 받았다. 매번 그 줄을 잡아떼려 해보았지만 자유를 찾을 수는 없었다. 지금은 재활센터의 여성들이 사용하던 이 싱어 재봉틀을 생존수단으로 삼아 살고 있었다. 모노와라 베굼이 금붙이를 팔아서 재봉틀을 사고, 아베드 사미르와 수만이 '마-메예 재봉'이라는 이름을 짓고 지가톨라와 라예르 바자르, 태너리 크로싱 등에 포스터를 붙인 것은 모두 꼭두각시를 놀리던 그 사람이 줄을 당긴 데 따른 결과였다. 지금 그 사람의 몸이 총알 자국이 무성한 채 계단 위에 쓰러져 있었다. 재봉틀이 돌아가던 소리도 멈추었다. 마리암은 꼭두각시를 놀리던 사람, 단 한 번밖에 실제로 본 적은 없던 그 사람의 손길에서 영원히 해방되었다.

　마리암이 그 사람을 본 것은 뉴 에스카톤 거리의 재활센터에 있을 때였다. 방가반두가 시찰을 나올 예정이었던 그날 그곳의 여성들은 "오 아마르 다라디/아게이 잔레, 아게이 잔레 토르 방가 나우 카이 차르탐 나(오 내 영혼의 동반자여, 내가 알았다면, 알기만 했다면, 물이 새고 있던 당신의 배를 타지는 않았을 텐데)."라는 노래를 연습하고 있었다. 그는 콧수염 아래 살짝 미소를 지었고, 재활센터의 여성들은 온종일 리허설 한 것도 잊고 노래를 중단한 채 말없이 옹기종기 그를 둘러싸고 있었다. 마리암은 가까이에 서 있었기 때문에 검은 테 안경을 쓴 키 큰 남자와 그의 앞에서 어쩔 줄 모르고 쩔쩔매던 처녀를 볼 수 있었다. 그를 바라보고 있던 그 처녀의 머리는 그의 가슴에도 미치지 못했다. 그녀의 얼굴에서는 눈물이 흘러내리고 있었고, 그녀는 자신의 미래에 대해 전혀 짐작도 못하고 있었다. 그는 손을 들며 모인 사람들을 향해 말했다. "여러분들은 내 어머니들입니다. 비랑가나들, 여성영웅들입니다."

XXVI

라다라니는 그럭저럭 잘 지내고 있다

연로한 사회복지사가 묵티에게 서글픈 목소리로 말한다. "방가 반두의 암살과 더불어 재활센터도 문을 닫았지. 새로 정권을 잡은 사람들이 모든 것을 거리로 내던졌다고 들었어. 그곳에서 지내던 여성들은 마치 문 닫은 창녀촌에서 쫓겨나듯 쫓겨났지."

"그런 다음 그분들은 어떻게 됐지요, 어디로 갔나요? 알아보신 적이 있나요?"

"나는 그때 현장에 있지 않았어. 내 주변 사람들이 마구 체포되고 있었거든. 나도 언제 감옥에 갇히게 될지, 어떤 고문을 당하게 될지 그것만 걱정하고 있었지."

그녀는 비랑가나들을 만날 수 있을지도 모르는 곳의 주소를 몇 개 묵티에게 준다. 모두 창녀촌이었다. 하지만 묵티가 지금 찾고 있는 것은 비랑가나들인데! "그래서? 비랑가나들은 비랑가나들, 즉 창녀가 된 거야." 사회복지사가 말한다. "그이들이야말로 네게 마음을 열고 말해줄 거야. 그들의 이야기를 모으면 굉장한 이야기가 될걸.”

"하지만 1971년에 강간당한 여성분들이 진짜로 창녀가 되었단 말이에요?"

"그것 말고 무슨 일을 할 수 있었겠어? 아무도 관심을 갖지 않았는데. 사회는 그렇다 치고, 개인 중에도 그들에 대해 신경 써준 사람은 없었어.”

그런 뒤 그녀는 묵티에게 더이상 존재가 드러나지 않는 비랑가나의 현황을 알려준다. 인신매매단의 손아귀에 떨어져서 외국으로 간 사람들은 영원히 찾을 길이 없었고 일부는 자살을 하기도 했다. 스스로 이민을 가서 외국에 정착한 사람들도 있었다. 그 나라들에서는 그런 과거에 대해서 전혀 신경을 안 썼기 때문에. 만일 결혼을 여러 번 하는 것이 흠이 아니라면 그 경험은 단순히 사고에 지나지 않았다. 아무도 과거의 일에 신경 쓰지 않았다. 하지만, 그런 식의 고문을 겪었던 여성들 중에도 방글라데시에서 안정된 삶을 살고 있는 사람도 전혀 없지는 않았다. 지금은 50대나 60대가 되었을 것이고 가족이 있지만, 그들에게는 과거를 비밀로 하고 살았다. 인생의 종착역이 얼마 남지 않은 이 시점에 굳이 1971년의 경험을 되새김으로써 남편과 아들들을 잃는 모험을 하려 하겠는가? 아무에게도 그들에게 그렇게 하라고 요구할 권리는 없었다. 어쨌든, 가서 말해보고 싶다면 가보기는 해도 좋겠지만 아마 아무도 묵티를 상대해주지는 않을 거다.

묵티는 그 사회복지사를 통해 재활센터의 직원이었던 베비의 거취를 알게 된다. 그 사회복지사는 베비가 비랑가나들의 기록을 자기 손으로 태웠지만, 28년 전 마리암의 이름과 주소를 기억하고 있다고 했다. 재활 이사회가 여성부와 합병될 때 부서를 옮겨서 그 뒤로 계속 그곳에서 일해온 베비는 현재 여성부의 고위간부로 일하고 있었다. 묵티가 베비를 만나기 전에 먼저 홍등가로 가기로 결정하자 사회복지사가 그곳에 가는 방법을 가르쳐준다.

그녀는 말한다. "바니샨타로 가면 돼." 바니샨타 홍등가는 몽글라 항구 남쪽 파슈르 강의 서안에 있는데, 그 남쪽에 순더반 습지가 있다. 묵티에게는 순더반에 있을 로얄 방글라 호랑이보다도 창녀촌의 뚜쟁이들과 마담들이 더 무서운 존재다. 일단 홍등가에 들어간 뒤 빠져나오지 못한다면 어떻게 할 것인가? 사창가라는 곳은 일단 들어가면 모든 여자를 바짝 따라다니며 괴롭히는 곳이다. 더욱이 바니샨타는 꽤 먼 곳이라 혼자 찾아가기가 두려웠다. "그러면 여기 다카에 있는 잉글리시 거리로 가든지. 그곳 홍등가의 이름은 칸두파티야." 하지만 그곳은 벌써 2년 전, 1997년 5월에 철거된 곳이다. 그곳의 여성들은 이제 거리에서, 공원과 다르가 사당에서 호객행위를 했다. 그 사회복지사는 2000년이면 나이가 여든이 된다. 만일 칸두파티가 철거된 일에 대해 들었다 하더라도 기억을 못하고 있는 것이다. 그러고 나서 그녀는 칸두파티가 없어졌다면 탄바자르로 가라고 말한다. "탄바자르 창녀촌 입구에 항사 극장이 있을 거야. 아름다운 구식 건물이지." 그녀는 1960년대에 그 극장에서 〈아나르칼리〉 공연을 봤는데, 마두발라가 아나르칼리 역을 했고 딜립 쿠마르가 샤흐자다 셀림 역을 맡았었다고 했다. 샤흐자다 셀림은 나중에 무굴 4대 황제인 자항기르가 된 인물이다.

탄바자르는 150년에서 200년에 걸친 기간 동안 지속적으로 창녀촌으로 존재해온 곳이다. 시탈라크샤 강 언덕에 있던 오래된 항구 도시 나라얀간즈에 자리 잡고 있는 이 창녀촌은 항구에 기착하던 선원과 상인들의 오락을 위해 아주 오래전부터 형성된 곳이다. 요새는 시탈라크샤에 외국 배가 정박하지 않았고, 황마와 면 무역도 사양길에 접어들었지만, 이 홍등가 여성들의 숫자는 홍수처럼 불어나고 있어서 현재 3,000명에 달한다. 하지만 그곳의 주인과 고객의 성격은 이미 변했다. 사회복지사가 묵티에게 가보라고 했을 때는 그 지역에 대한 철거 계획이 이미 수립된 뒤라 그에 관한 소식이 매일 조금씩 신문에 실리고 있었다. 묵티는 어느 날 언론인들을 따라 그곳을 방문했는데, 일단 도착하고 보니 아름다운 구식 항사 극장 건물은 눈에 잘 띄지도 않았다. 창문에 셔터가 내려진 가게 앞 계단에 기대거나 베란다에 앉아서 백주에 고객을 기다리고 있던 여성들의 모습은 눈이 휘둥그레질 정도였다. 그들의 옷과 화장과 전통적인 자태가 그곳을 처음 방문한 사람에게도 자신들의 정체를 분명히 알려주고 있었다. 그러나 거리의 담배장수와 부동산중개인, 정보제공자, 언론인, 기둥서방 등이 소개해주지 않는한 개개인이 누구인지는 알 수 없다. 어른들 옆에는 기어 다니거나아장아장 걷는 아이들이 있어서 길을 건너려면 그 아이들을 넘어다녀야 했고 설상가상으로 군데군데 제복을 입은 경관들도 서 있었다. 묵티는 기억력도 희미한 노파의 말을 듣고 이런 곳에 1971년의 비랑가나들을 찾으러 오다니, 자신도 참 한심했구나 하는 생각이 들었지만, 함께 간 사람들에게 그런 말을 할 수는 없었다. 침착함을 조금 되찾았을 때는 성난 여성들의 무리가 함께 간 일행을둘러싸고 있다는 사실을 깨닫는다. 언론인들이 그들이 원하는 바가 무엇인지 묻자, 그 여성들은 그 단순한 질문에 무척 날카롭게반응한다. 몇몇 여성들은 질문이 끝나기도 전에 말한다. "우리가일부러 큰길까지 나가서 호객행위를 했나요? 당신들 남편을 판잣집으로 유인해 데려갔나요? 도대체 왜 우리를 쫓아내는 거예요?"묵티는 대답하지 않고, 본인은 아직 결혼을 하지 않아서 남편도 없지만 수치심에 고개를 숙인다. 그러자 그 여성은 묵티가 방패로 삼고 있던 바로 앞의 남성 언론인에게 묻는다. "우리는 당신 집에 아내가 있는지, 당신이 그녀를 버렸는지 물어본 적도 없다고요. 당신은 그냥 돈을 내고 재미를 보고 갔어요. 돈거래가 오갔고 그걸로끝이었다구요."

철거 반대 운동에 앞장서고 있는 여성들은 화장기도 없고 옷도예쁘게 차려입지 않았다. 다카 시에 가서 연설을 하느라 목소리도 쉬어 있었다. 묵티는 지금 50줄에 든 사람들이면 1971년에는 스무 살가량이었을 거라고 짐작한다. 그 여성들 중 한 사람이 쉰 목소리로 방가반두가 3월 7일에 한 연설을 흉내 낸 어조로 "여러분의 음식이 끊기고 급수가 중단될 것입니다."라고 말한다. 현재 정권을 잡고 있던 셰이크의 정당이 탄바자르 지역의 급수를 중단시키고 전기 공급을 끊었으며 고객이 그 지역에 가지 못하도록 온갖 장애물을 세워놓고 있었다. 창녀들에게서 양식과 물을 **빼앗은** 것이다. 비하리 여성 하나가 묻는다. "이런 조치로 내가 얻은 게 뭔가요? 나는 비하리 사람이었고 이제 방글라 사람이 되었어요. 셰이크 편 사람들은 나마저도 쫓아내려고 해요." 그 비하리 여성의 이름은 나심 바누이다. 방글라인들에 의한 집단강간의 피해자인 그녀는 1972년에 탄바자르에 왔다. 부모나 형제자매들은 흔적도 찾을 수 없었다. 그들이 살았는지 죽었는지조차 모르고 있다.

그러니까 처음부터 과제가 만만치 않다. 묵티는 자신이 역사의 뒷길로 들어섰다는 사실을 깨닫는다. 방글라인을 찾아갔지만 비하리 여성을 만났다. 비랑가나 재활센터를 떠나니 창녀촌에 가게 되었다. 우여곡절이 많은 이야기 사이사이에 여러 해가 흘렀고 역사도 그동안 여러 차례 굴곡을 겪었다. 재활센터는 방가반두 암살 이후 철거되었는데, 이제 방가반두의 정당 사람들이 창녀촌을 철거하려고 한다. 사회복지사의 말에 의하면 그곳에 재활센터에서 쫓겨난 여성들이 살고 있다는데 말이다. 만일 그 말이 사실이라면 그 여성들은 과연 어디에 있을까? 철거의 소용돌이에 휘말린 수천 명의 여성들 가운데서 그 여성들을 찾아내는 것은 어려운 일이었다. 그곳의 여성들에게 질문을 하면 돌아오는 대답은 "어머니도 매춘부였고 나도 매춘부지."였다. 아무도 과거를 생각하지 않고 모두들 미래에만 관심을 기울이고 있었다. 그들은 계속해서 이제 곧 닥쳐올 자신들의 운명을 한탄하고 있었다. "이것 봐, 아가씨, 아무리 나쁜 년들이라고 해도 우리도 사람 아니야? 우리도 알라께서 만드신 가장 훌륭한 종(種)의 일원이잖아. 사익을 위해서 누구를 죽인 적도 없고 남을 공격하거나 남의 물건을 강탈한 적도 없어. 그런데 왜 이런 취급을 당해야 하는 거야?"

묵티가 그 방문 후 사회복지사를 다시 찾아가 자신이 경험한 것에 대해서 이야기하자 그녀는 말한다. "나는 오래된 보리수나 마찬가지야, 흘러간 시간의 증인이지. 이 모든 것이 참으로 견디기 힘들구나." 그리고 나서 묵티에게는 다시 가서 수색과 탐문을 계속하라고 말한다. 하지만 그곳에 다시 갈 수는 없다. 그사이에 탄바자르도 철거되었기 때문이다. 거기 살던 여성들은 카심푸르와 푸바일의 집 없는 빈민을 위한 센터로 강제로 옮겨졌다. 사실 1943년 방글라 부랑자 법의 기준에 따르면 그들은 거지는 아니었다. 그들이 사람들이 북적거리는 거리에서 하는 행동으로 보아도 걸인은 아니었다. 구빈원에 갇힌 여성들은 나무 위로 올라가 담장 너머 언론인들과의 인터뷰에 응한다. 또, 탄바자르-님톨리 매춘

구역에 살다가 밤에 철거반이 들이닥치자 파이프를 타고 도망치는 데 성공한 여성들도 있었지만, 그들도 계속 나라얀간즈에 남아 있을 수는 없었다. 다음 날 김카나, 바간, 데옵혹, 반다르 부근에서 계속 마이크 소리가 울려 퍼졌다. "존경하는 지역민 여러분, 존경하는 지역민 여러분, 탄바자르-님탈리 창녀촌의 매춘부들이 수단 방법을 가리지 않고 도망치고 있습니다. 만일 세입자가 새로 들어왔다면 부디 그들을 쫓아내십시오. 안 그런 분들은 처벌을 받게 될 것입니다."

이런 상황에서 몇몇 여성들은 다카로 흘러들어갔다. 사회복지부 장관이 그 여성들의 사이비 후견인들에게 두당 재봉틀 하나와 5,000타카를 주어 그녀들을 부랑자의 집에서 내보내자 그녀들은 재봉틀을 팔고 다카의 창녀 무리에 합류했다. 그녀들은 여성 기구의 도움을 받아 낮에는 기자회견을 하고 다양한 곳에 성명서를 보내고 농성에 참여하고 여러 유엔 기구들 앞에서 구호를 외쳤지만 밤이 오면 오스마니 가든, 수흐라와르디 가든, 아우터 스태디엄, 도얼 교차로, 미르자푸르 마자르, 그리고 의사당 주변에서 호객행위를 해야 했다. 묵티는 발에 물집까지 잡혀가며 그들을 따라다니고 있었지만 아직도 1971년의 비랑가나들은 찾지 못했다. 50대의 비하리 여성도 사라지고 안 보였다.

가까운 거리에 유일하게 남아 있는 매춘 지역은 파드마 강둑에 있던 다울라트디아라는 창녀촌이다. 묵티는 이번에는 사회복지사의 충고와 무관하게 독자적인 행동계획을 세운다. 그 사회복지사가 보리수나무이고 시간의 증인일지는 모르지만, 요새는 비정부 기구의 활동이 홍등가 지역에서 들불처럼 번지고 있으며 뚜쟁이와 알선업자들과 고객 아닌 외부 여성들도 그 지역을 자유롭게 오간다는 사실은 전혀 모르고 있었다. 물론 외부 여성들은 창녀들과 스스로를 구분하기 위해서 앞치마를 입고 다녔다. 그 노인은 이 모든 새로운 사태의 전개에 대해 들어본 적이 없거나, 설령 들어봤다 하더라도 잊어버린 것이다. 그녀가 줄 수 있는 충고는 단 한 가지이다. "칸두파티로 가봐." 하지만 칸두파티는 벌써 2년 전에 철거된 곳이다. "그럼 탄바자르로 가보지." 탄바자르의 여성들은 나무 위에 올라가 있다. 매주 금요일 줌마 기도 때 밀라아드 의식이 탄바자르에서 행해진다. "저런! 그냥 다카 시에만 앉아 있으면서 어떻게 일을 해! 여성들이 모두 나무 위로 올라가기 전에 다울라트디아에 가지 그래?"

묵티는 다울라트디아에 가기 위해 그곳에서 앞치마를 두르고 일하고 있는 여성 활동가에게 도움을 청한다. 그들은 어른과 아이들을 위한 교육 프로젝트를 운영하고 있으며, 콘돔의 이점과 사용법을 가르치고, 미래 없이 사는 그 여성들에게 저축을 권한다. 그들 중 한 사람을 통해 묵티는 마침내 처음으로 1971년의 비랑가나를 한 사람 만나게 된다. 라다라니라는 여성이다.

하지만, 사회복지사 할머니의 예언은 실현되지 않는다. 라다라니는 다울라트디아의 미로 같은 거리와 골목에서 묵티 일행과 숨바꼭질을 한다. 그들에게 마음을 열기는커녕 가까이 다가오지도 않는다. 한번은 좁은 골목에서 마주쳤지만, 라다라니는 "그래, 나는 1971년의 비랑가나야. 교육도 받았지만 창녀로 지내. 죄라면 그게 죄야, 딱하지. 하지만 괴롭히지 말아줘. 그냥 방해하지만 말아줘."라고 말한다. 그리고 도마뱀처럼 몸을 비틀더니 길을 그냥 빠져나가버린다. 비정부기구 활동가는 조심조심 진흙탕을 건너뛰며 말한다. "이 여성들 중 어느 누구도 진실을 말하는 사람은 없어요. 발 디딜 때 조심하세요. 아니면 진흙이 튈 테니." 건너편 방 앞 베란다에서는 창녀 하나가 다리를 쫙 벌리고 앉아 있는 모습이 보인다. 가슴 위로 느슨히 묶은 페티코트 외에는 아무것도 입고 있지 않은 그녀가 심술궂은 미소를 띠며 말한다. "라다라니는 세입자들의 이전 관계 일을 돕고 살지. 돈을 좀 주려고 하는 거야? 술 마시라고?"

묵티는 놀라서 그 똑똑해 보이는 창녀를 바라본다. 뭐라고 대답해야 할지 잘 모르겠다. 앞치마를 입은 민간단체 활동가가 옆에서 미소를 짓는다. "이해가 안 되세요? 그게 지금 라다라니의 직업이에요. 그런 일로 돈을 벌어 술을 사 마시는 거죠. 진흙을 디디지 말아요. 미끄러지니까."

묵티와 함께 간 사람들은 진흙길에서 빠져나와 좀 덜 질척거리는 높은 지대에 선다. 기차역 건너편 홍등가로 들어가는 주요 입구인 그곳에는 열다섯에서 스무 명가량의 여성이 다양한 포즈를 취한 채 길 한가운데에 서 있고, 고객들이 계속 안팎으로 드나들고 있다. 창녀들과 고객들 사이의 흥정과 말다툼을 구경꾼들이 흥미진진하게 지켜보고 있고, 카세트 플레이어가 마이즈 반다리의 수피 노래를 큰 소리로 내보내고 있다. *데케 자레 마이즈 반다리, 데-케-자-레, 데케 자레 마이즈 반다리 하이테크체 랑어 켈라, 누레 마울라 바사이체 프레메르 멜라, 카자 바바 바사이체 프레메르 멜라*(이리 와서 마이즈 반다리를 보세요, 색깔이 변화하는 걸 보세요, 누레 마울이 사랑의 시장을 차렸어요. 카와자 바바도 사랑의 시장을 차렸어요). 묵티는 민간단체 활동가가 입고 있던 앞치마 자락을 잡고 묻는다. "라다라니의 사연이 뭐예요? 직접 좀 이야기해주지 그러세요?" 그리고 다른 좁고 진흙탕인 골목으로 그녀를 잡아끈다. 활동가가 말한다. "아이고! 음악이 너무 시끄러워서 아무 소리도 안 들리네." 묵티가 그녀의 앞치마 자락을 계속 붙잡고 더욱 큰 소리로 묻는다. "라다라니의 사연이 뭐냐고요?" 바로 그 순간 라다라니가 골목 어귀에서 보인다. "저이들은 귀신같아요. 계속 출몰한다고요." 라다라니는 다시 한번 진흙탕을 건너뛰며 골목을 빠져나간다.

"자, 이제 알겠어요?" 활동가가 질렸다는 표정으로 묻는다.

"뭘요?" 묵티가 대답한다.

"우리를 모욕하고 갔잖아요."

바로 그 순간 그들이 서 있던 거리 건너편에서 문이 하나 살짝 열리더니 라다라니의 얼굴이 얼핏 보인다. "나는 비랑가나예요. 여태까지 어떤 남자의 사랑도 받아본 적이 없었다구요. 나를 도와준 사람도 아무도 없구요." 그러더니 문이 눈앞에서 쾅 닫힌다.

이것도 인터뷰의 한 방식일까? 마치 신부를 데려가려고 처가에 온 신랑을 상대로 숨바꼭질하는 신부 같다. 신랑을 따라갈까 말까 아직 마음을 못 정한 신부. 묵티의 짜증스러운 모습을 보고 활동가가 큰 소리로 웃음을 터뜨린다. "그렇게 쉽게 저 여성들과 인터뷰를 할 수 있다고 생각했어요? 저이가 술에 취해 욕을 하기 시작하면 그때야 감이 좀 잡힐걸요. 거기 그 진흙탕에서 미끄러지지 않도록 조심하시고, 마구리 쪽으로 가세요."

몬순의 비는 아주 변덕스러워서 아무런 예고도 없다가 갑자기 쏟아진다. 묵티와 동료가 몸이 흠뻑 젖고 진흙이 튄 채 비를 피해 들어간 판잣집에는 마침 라다라니의 여동생이 살고 있었다. 진짜 자매 간은 물론 아닌 그녀의 이름은 쿠숨칼리이다. 활동가는 말한다. "1971년 전쟁 때 쿠숨칼리는 게릴라 활동에 참여했어요. 쌀자루에 수류탄을 담아서 이곳저곳으로 배달하곤 했지요." 묵티가 질문을 하자 쿠숨칼리가 당황하며 말한다. "오, 맙소사! 그냥 돈 때문에 한 거예요." 무슨 말을 하고 있는 거지? 단 한마디 말로 자신의 권리를 포기하다니. 그렇게 많은 사람들이 참전도 안 하고 게릴라 전사였다고 주장하고 있는데. 그러나 쿠숨칼리는 라다라니에 대해서는 열심히 이야기한다. "그 언니처럼 머리가 좋은 사람은 다울라트디아에 또 없어요. 참 유식해요. 영어도 유창하게 하죠.”
쿠숨칼리는 ‘브레인’을 ‘베레인’이라고 하는 식으로 서투른 영어
단어들을 섞어 말하다가 슬픈 어조로 말을 잇는다. “부잣집 젊은
이 고객이 엄청 많았는데, 언니 술버릇 때문에 다 떠났어요. 한때
는 아주 유명한 마담이었어요. 돈도 엄청 벌었는데 다 술로 날려버
렸지요. 요새는 세입자가 이전하는 걸 도와주면서 먹고 살아요.”
  “세입자의 이전이라니 어떤 일인가요?”
  “그러니까, 예를 들어서, 어떤 여자가 돈 문제가 잘 안 풀려서 마
담이 그 여자를 내보내고 싶단 말이에요. 손님을 덜 받아서 그럴
수도 있고, 사치를 해서 그럴 수도 있지요. 아무튼 그래서 제때에
집세를 못 내게 된단 말이에요. 그러면 할 일이 생기는 거죠.” 쿠
숨칼리가 말을 멈추자마자 그녀의 수양딸인 아나르칼리가 끼어든
다. “그러면 라다라니가 개입하는 거예요.”
  쿠숨칼리는 딸의 참견에 짜증이 나기는 하지만 그런 내색을 하
지는 않는다. 그녀가 아나르칼리의 수입에 의지해서 사는 탓이다.
쿠숨칼리가 보여주는 것은 다 그 수양딸이 번 돈으로 산 것인데,
그녀는 이 일을 시작한 지 아직 얼마 되지 않았다. 아직 어리고 연
꽃 잎사귀 위의 이슬처럼 신선하고 투명한 아름다움을 간직하고
있었다. 그래서 길가에 서 있지 않아도 손님이 있고, 따라서 오만
하다. 선성기를 시난 사람들에 대해서는 가차 없다. 그녀의 핀잣집
방 천정에는 영화배우들의 포스터가 붙어 있다. 누워 있으면 그들

의 은밀한 몸짓이 더 잘 보인다. 쿠슘칼리가 사다리를 놓고 올라가서 붙인 것이다. 쿠슘칼리가 아나르칼리에 대해 아쉬운 유일한 점은 그녀가 라다라니를 싫어한다는 것이다. 면전에 대놓고 '참견쟁이'라고 부른다.

쿠슘칼리는 천천히 이야기를 풀어낸다. "사실, 라다라니는 이 동네 안에서 계속 이동하면서, 여기서 이 세입자를, 저기서 저 세입자를 꼬드겨서 다른 방을 빌리고 이사하는 것을 도와주며 살아요. 거래를 성사시키면 500루피를 받지요. 그게 다예요. 그렇게 번 돈을 술과 마리화나에 당일로 다 써버리죠."

라다라니의 일곱 살짜리 딸은 이웃들의 자선에 의지해 살고 있다. 쿠슘칼리는 그 아이를 입양하고 싶지만 라다라니가 거절하며 말한다. "그 애는 내가 교육시킬 거야. 창녀로 만들지 않을 거라고."

마약과 술에 취해 나날을 보내고 자기 딸도 돌보지 못하는 여자, 그런 여자가 어떻게 딸의 교육을 시킬 수 있단 말인지?

쿠슘칼리가 말한다. "내가 도대체 왜 그렇게 술을 마시냐고 물어보니까 '마시면 왜 안 되지? 나한테 남은 게 전혀 없는데.'라고 대답하더라고요. 젊었을 때 파키스탄 군대에 납치당해서 몇 달 동안 캠프에 감금되었다가 놓여났대요."

"집에서 받아줬나요?"

"아니요, 집에서 안 받아줬지요."

"힌두 집안 출신인가요?"

"행동으로 봐서는 힌두교도인지 무슬림인지 알 수가 없어요. 힌두교와 이슬람교를 둘 다 확고히 믿고 있거든요. 힌두 신을 보면 힌두 식으로 절을 하고, 무슬림을 만나면 살람 인사를 해요. 그러니 어느 종교를 믿는지 어떻게 알 수가 있겠어요? 알겠지만, 종교 문제에 대해서도 이야기하곤 하지요."

"뭐라고 하나요?"

"예를 들어, 항상 알라를 기억하며 살고 있어요. 술에 취했을 때도 마찬가지죠. 어느 날 이 지역에서 어떤 여성 하나가 살해당한 적이 있어요. 시체가 나흘 만에 경찰서에서 나왔는데, 몇몇 사람들이 더러운 옷을 벗기고 좋은 옷으로 갈아입혀야 한다고 말했어요. 그때 마침 깨끗한 사리를 입고 있던 라다라니가 그 자리에서 그 옷을 벗어서 시체에 입혀주더니 자신은 그 시체가 입고 있던 더러운 옷을 입더라고요. 그런 다음 그 자리에 앉아 기도를 했어요. 무서워하지도 싫어하지도 않았지요. 그 언니는 그런 사람이에요."

"술은 어떤 술을 마시는데요?"

"소나가츠치에 있을 때는 더블 타이거 럼과 진을 마셨다고 들었어요. 지금 여기 둘루디아 가트에서는 방글라 술을 마셔요."

"술값은 얼마나 하나요?"

"1리터에 200티기예요."

"200타카나! 소나가츠치에는 언제 갔었어요?"

"1972년에요. 포주 하나가 거기서 그 언니를 데리고 나온 거예요. '좋은 집안 출신이군요.'라고 말하면서 결혼시켜주겠다고 약속했대요. 그렇게 꼬드겨서 데리고 나온 다음에 파리드푸르에 가서 다시 팔아버린 거예요. 거기서 다시 이리로 온 거구요."

"그런 뒤에는요?"

"그런 뒤엔 별 일 없었죠. 고알룬도에서 큰 딸을 가졌는데, 그 딸이 창녀가 되었어요. 그런데 어머니를 돌보지 않거든요. 그래서 슬픈 나머지 술을 마시게 된 거예요."

"술을 그렇게 많이 마신다면 건강에는 문제가 없나요?"

"아픈 데는 없어요. 술에다 소금을 뿌려서 마셔요. 보통은 그렇게 하면 허파가 며칠이면 썩지. 라다라니는 손금을 보지는 않지만 미래를 정확히 맞춰요. 며칠 전엔 자신이 백 살까지 산다고 했어요. 많은 사람들의 선의와 메디니푸르의 후주르 사제의 기도와 빅 피르 사제의 은혜 덕분에 그럭저럭 지내고 있어요."

묵티가 민간단체 활동가와 쿠숨칼리의 방에서 나온 것은 늦은 오후이다. 하늘은 맑고 밝았으며, 파드마 강 너머에서는 흰 구름이 고기를 찾는 해오라기처럼 휙 지나간다. 활동가는 걱정해준다. "오 맙소사! 옷이 완전히 진흙투성이가 됐군요. 그런 모습으로 어떻게 다카까지 가겠어요?" 묵티는 자신의 옷을 흘깃 본다. 라다라니를 만났더라면 좋았을 것이다. 그녀와 이야기도 못 해보았다는 사실이 영 마음에 걸린다. 다른 사람이 제공한 정보에 의존해 연구를 하는 것이 가능한가? 민간단체 활동가는 군중 사이를 헤치고 묵티를 홍등가 밖으로 안내한다. 그녀가 말한다. "쿠숨칼리가 진실을 말한다고 생각하시겠지요. 하지만 나는 그 여성들이 하는 말을 한마디도 안 믿어요."

그녀는 창녀들에게 콘돔을 나눠주고 콘돔 사용의 이점에 대해서 설명해준다. 성노동자들의 고객들이 콘돔을 실제로 사용하는지 안 하는지는 아는지? 이곳의 성노동자들은 대낮에 고객들에게 서비스를 제공하며 문을 열어놓는다. 만일 원한다면 쉽게 고객들의 콘돔 사용 여부를 확인할 수 있다. 그러나 그렇게 하지는 않는다. 해마다 무조건 믿기로 하고, 창녀들에게 콘돔을 나눠주고 피검사를 해주고 사례사를 기록한다. 아니, 아마도 자신들의 일의 효과에 대한 신념 없이 기계적으로 일을 하고 있는 것인지도 모른다. 과연 이 활동가들을 신뢰할 수 있는 것일까? 라다라니가 비랑가나라는 데에는 의심의 여지가 없어 보인다. 묵티는 곧 다시 찾아와 라다라니와의 인터뷰를 재차 시도해봐야겠다고 생각한다. 활동가는 그녀에게 팔을 흔들며 작별을 고한다. "안녕 안녕, 또 만나요."

그 만남은 2년 후에야 이루어진다. 다울라트디아에서 돌아가자마자 여성부에 베비를 만나러 갔다가, 파드마의 다른 둑에서 낚시를 해 더 큰 그물을 당겨 올렸기 때문이다. 장소는 다카의 서쪽 변두리, 라예르 바자르라고 불리는 인구 밀집 지역이다. 그곳에 밤의 여왕 덤불은 고사하고, 대나무 덤불도 남아 있지 않은 집이 하나 있었다. 그러나 문패는 그대로 붙어 있었고 알리바바의 암호인 '열려라 참깨'라도 외친 것처럼 무거운 철문이 쉽게 열렸다. 일단 들어간 묵티가 그물을 다 당기고 그곳을 떠날 때까지 2년이라는 세월이 걸린다. 십대 후반부터 젊은 처녀 시절을 거쳐 오십대가 된 지금까지 30년가량을 그곳에 산 그 집의 거주자, 라예르 바자르 집의 거주자는 지난 1년 동안 묵티를 기다리고 있었다.

XXVII

결혼

"아가씨는 몇 살이지?"

"스물여덟이에요."

"내 딸과 동갑이군."

"따님이 있으세요? 어디 있나요?"

대답이 없다.

"어디 있는지 말씀을 안 해주시네요."

"이 세상엔 없어. 수면제 과다복용으로 유산되었거든."

"오. 하지만 수면제 때문에 태아가 유산되기도 하나요?"

"응, 그런 것 같아. 어쨌든, 내 이름은 마리암이고 메리라고들 하지. 마리암들과 메리들은 결혼하면 아기가 없고, 아기를 가지면 결혼을 못 해."

뭄타즈와의 결혼 외에도 마리암은 결혼을 한 번 더 했다. 이웃사람들이 강제로 결혼을 시킨 것이었다. 더욱 딱한 것은 엉뚱한 사람과 강제로 결혼을 당했다는 사실이었다. 아베드 사미르를 끌어다가 콰지를 불러 결혼 서약을 시켰다면 그럴 수도 있는 일이었다. 그랬다면 지금 24살인 자식이 있었을지도 모른다. "어쨌든, 내 진짜 이름은 마리암이고 모든 사람들이 메리라고들 부른다고 말했었지?"

1975년 8월 15일 마리암은 자신이 또 임신을 했다는 사실을 깨달았다. 완전한 파산 상태였고, 중절은 고사하고 뭘 사먹을 돈도 없어서, 기아와 걱정으로 밤잠을 이루지 못하며 캄캄한 밤 집 안팎을 서성댔다. 3월 25일 전야와 꼭 같은 상황이었다. 그날은 몬투가 집으로 떠나고 마리암은 아베드 자항기르를 기다리고 있었다. 사회 분위기 또한 비슷해서 그때도 긴장되고 험악한 분위기였고, 하지 샤헵의 집 밖 가로등 아래서 개가 밤새도록 짖어댔다. 군대가 권력을 장악하고 모든 집회와 시위를 금지시킨 가운데 마리암이 그를 기다리며 마당에서 서성대고 있었다. 그런데 4년 반 만인 1975년 9월에 아베드 자항기르가 진짜로 나타나서 개가 짖고 있는데도 검은색 철문 앞에 서서 문을 두드리며 메리의 이름을 불러댔다. 기아와 걱정으로 잠 못 이루고 있던 마리암은 아베드 사미르가 왔나 생각했다. 작가의 길은 미끄러운 법이니까 아마 또 미끄러진 다음 메리의 집에 나타났나 보다 생각하며 마리암은 행복한 안도감을 느꼈다. 하지만 마리암이 잠시 그 기분을 음미하는 동안도 문 밖에 서 있던 사람은 행복과는 거리가 멀었다. 목숨이 경각에 달려서 다급한 목소리로 메리의 이름을 부르고 또 불렀다. 메리, 메리. 그리고 보니 모르는 사람의 목소리 같았다. 이렇게 늦은 밤중에 도대체 누가 그렇게 애타게 자신의 이름을 부르고 있나? "아베드야, 아베드, 메리." 메리가 문을 벌컥 여니 한 남자가 성큼성큼 들어와 밤의 여왕 옆에 서는데, 아베드 사미르가 아닌 아베드 자항기르였다. 지금이 1971년인지 1975년인지? 마리암은 현기증을 느끼며 기절했다.

아베드 자항기르는 밤낮으로 메리의 집에 숨어 지냈다. 주머니에서 현금을 꺼내주면 마리암이 식재료를 사다가 스토브로 요리했다. 먹는 것보다 더 즐거운 일이 어디 있으랴. 그러나 자궁 속에서는 또 다른 생명이 자라고 있었다. 아베드는 그녀가 임신중절을 할 수 있게 돈을 주고, 시간만 죽이고 있었다. 10월이 영원히 안 끝날 것 같았지만, 11월 3일에는 아베드가 숨은 곳에서 나올 수 있었다. 칼레드 모샤라프가 쿠데타를 일으켰기 때문이다. 그가 아와미 리그의 지지자이며 친인도계라는 소문이 돌았다. 방가반두의 암살자들은 재판도 없이 비행기에 태워져 그날 밤으로 방콕으로 보내졌다. 아베드 자항기르는 11월 4일 승리의 행진에 나갔다가 돌아와서 마리암에게 청혼했다. 그녀의 손을 잡고 "역사를 통해 배웠어. 함께 살면 행복할 거야."라고 말했다. 하지만 다음 날 쿠데타를 주도한 네 명의 지도자가 중앙 감옥에서 살해당했다는 소식이 뒤늦게 도착했고, 이틀 뒤에는 더 나쁜 소식이 왔다. 군인들이 막사에서 봉기했는데 그들의 구호는 "시파히 군은 우리의 형제들이다, 우리는 장교들의 피를 요구한다."였다. 그러다가 칼레드 모샤라프가 살해되더니, 시파히 군의 일원이 아닌 지아우르 라흐만이 권좌에 추대되었다. 무슨 일이 일어나고 있는 거지? 아베드는 폭격이라도 맞은 사람 같았다. 비록 다시 결혼 이야기를 꺼내지는 않았지만 12월 말까지는 마리암의 집에 숨어서 지냈고, 1~2월에는 거리에 나가 탐색을 시작하더니 며칠 후 돌아와서 말했다. "상황이 안정되고 있어, 메리. 유혈극이 다 지나가고 이제 전보다 더 평화스러워졌어. 하지만 이러다가도 언제 어떻게 갑자기 세상이 뒤집어질지 아무도 모르는 일이지."

쿵쿵거리는 군화 소리가 마리암의 가슴속에서 뛰었다. 한 무리의 군화가 떠나면 다른 무리의 군화가 들어섰다. 비록 나라 생각도 별로 안 하고 아베드의 청혼에 큰 희망을 걸고 있지도 않았지만, 자신의 생계를 책임지고 있는 사람이 이리 뛰고 저리 뛰는 모습을 보며 과연 그가 저물녘에 귀가할 수 있을까, 하는 생각을 안 할 수는 없었다. 방가반두의 살해 이후 수많은 날들이 지나갔는데, 마리암은 갑자기 자신이 고아라는 생각이 들었다. "여러분은 내 어머니들입니다, 여러분은 비랑가나, 여성영웅입니다." 조종하는 사람이 사라지자 자신은 때 묻고 더럽혀진 채 버려진 꼭두각시 신세가 된 것이다. 자의로든, 다른 사람의 명령에 따라서든 다시는 대중 앞에서 춤을 출 수 없게 되었다. 자신의 삶은 자기 집 구석에서 끝날 것이었다.

"메리, 오늘 집에 갔었는데, 완전히 바퀴벌레와 박쥐들 세상이었어. 사람이 살 만하게 손질하기 위해서 두 사람이나 고용했어." 마리암은 그의 집 청소에 관한 설명을 자세히 듣는 동안 자신이 대중 앞에서 춤을 못 춘다는 데 대한 안타까움을 잊어버렸다. 만일 이 남자가 떠난다면 자신은 굶어 죽을 수밖에 없었다. 군대의 지휘관들이 다 죽어버렸나? 왜 역쿠데타가 안 일어나지? 그러면 아베드가 밖에 나서지 못하고 숨어 지내게 될 텐데. 그리고 자신은 손에 돈을 쥐고 시장에 가서 쌀과, 달과 야채를 살 수 있을 것이다. 나라야 어찌 되든 내가 알 게 뭐냐. 마리암은 먹어야 산다는 사실 외에 다른 생각을 할 겨를이 없었다. 당시 마리암은 너무 살이 쪄서 블라우스의 솔기를 터 늘려야 할 정도였다. 그녀가 또 다른 쿠데타가 일어나면 어떡하느냐고 걱정하니 아베드가 말했다. "아니야 메리, 이제 그럴 가능성은 없어졌어. 어제 꼭두새벽에 타헤르 소령이 교수형에 처해졌거든." 아베드는 메리의 태도에 짜증이 났다. "하루 종일 집에 앉아서 뭐 해? 신문도 제대로 안 읽고. 지아우르 라흐만이 권력을 확실하게 장악했어. 이제 연줄을 찾아서 사업을 할 적기야."

사업을 시작한 아베드는 자기 집으로 돌아가게 되었다. 마리암은 그의 셔츠를 움켜쥐고 물었다. "이제 넌 이떻게 해? 이떻게 시냐고, 아베드?" 아베드가 대답했다. "이 셔츠 놔, 메리. 그런 행동

결혼 481

은 나쁜 여자나 하는 거야. 걱정하지 마. 내가 네 직장을 부탁해놨어."

일주일 후 아베드가 좋은 소식과 나쁜 소식을 함께 가지고 왔다. 마리암을 위해 여행사에 직장을 주선해놓았다고, 단지 형식적으로 일이 분 정도 면접한 뒤에 고용한다는 편지를 줄 예정이라고 했다. 초봉은 한 달에 1,200타카인데 만일 여행사가 잘 되기만 한다면 내년에는 두 배로 올려줄 것이다. 월말이면 많은 월급을 받을 수 있다. 신이여, 여행사가 잘 되게 해주소서. 그녀가 아베드에게 앉으라고 권하자 그가 그냥 문가에 서서 말한다. 서두르는 듯한 태도로, 그녀가 아무리 설득해도 집 안에 들어가지 않으려 한다. 그리고 사흘 후에 아내와 딸이 파키스탄에서 돌아온다고 말한 뒤 떠났다. 또한 그녀를 정기적으로 찾아오는 것은 이제 불가능할 것이고, 메리가 아베드의 집을 찾아가는 것도 보기에 안 좋을 거다, 파키스탄과 방글라데시의 관계 개선 속도로 봐서 처가 식구들이 언제 돌아올지 모른다고 말했다. 그리고 겸손하게 덧붙였다. "사실 그 집과 사업이 다 그분들 거야. 나는 관리자에 지나지 않지."

아베드가 떠난 뒤 마리암은 울다 웃다 했다. 역사의 소극과 그녀의 사적인 삶은 재봉틀의 실패에 감긴 실들처럼 서로 얽혀 있었다. 웃다 울던 끝에 그녀는 결혼보다는 직장이 더 바람직하다고 생각했다. 사실 1972년에 아베드를 찾아간 이유도 직장을 구하기 위해서였으니까. 결과적으로는 그가 그녀를 속이지 않은 셈이 되었다. 4년 만이긴 해도 1976년에 직장을 구해주었으니까. 사무실은 모티즈힐에 있었다. 여닫이문을 열면 잘 꾸며진 사무실이 나왔다. 바닥에는 두터운 카펫이 깔려 있었고 훌륭한 소파와 유리 탁자도 놓여 있었다. 직원은 다섯 명이었는데, 마리암보다 젊은 여자도 하나 있었다. 둘 다 칸막이 유리 안에서 티켓을 팔고 전화를 받으며 타자 치는 일을 했다. 아베드의 친구인 자만 샤혜브가 그 여행사의 주인 겸 매니저였는데, 만일 마리암이 작은 실수라도 하면 열 마디 꾸지람을 하곤 했다. 그러나 또 다른 여성 직원에게는 전혀 화를 내지 않았고, 대신 지일 카페에 데려가 점심을 사주거나 스태디엄 마켓의 1층에 있는 레스토랑으로 데리고 갔다. 그가 첫날부터 마리암을 닦달한 이유는 두어 달 만에 밝혀졌다. 마리암이 실수로 고객에게 10타카를 더 거슬러줬던 것이다. 수학 성적이 우수했던 그녀가 어떻게 그런 실수를 했을까? 혹은 역으로, 그녀가 아니라면 도대체 누가 실수를 할 수 있었을까? 그녀의 삶에서 계산과는 어긋나는 일들이 그렇게 많이 일어났기 때문에, 과거에 좋은 성적을 받았던 소녀와 지금의 그녀 사이에는 천국과 지옥만큼의 차이가 있었다. 더욱이 마리암의 졸업장과 성적표는 전시에 분실되었다. 아베드가 그 직업을 알선할 때 그런 상황에 대해 설명해주기는 했지만 여행사 주인은 그의 말을 곧이곧대로 믿지는 않았다. 그녀가 강간당한 일에 대해 저속한 설명을 듣고 잠시 흥분이 되기도 했지만, 다음 순간에는 화도 났다. 그 분노 때문에 그는 그녀의 모든 다른 미덕도, 서류로 뒷받침이 되지 않은 훌륭한 수학 점수도 다 믿지 못했다. "가짜야, 사기야." 자만 샤헤브는 단돈 10타카 때문에 사무실이 떠나가라 호통을 쳤다. 자기가 사람이 좋으니까 아베드가 1971년에 강간당한 여자를 자기 사무실에 밀어 넣었다는 것이다. "말도 안 돼, 말도 안 돼, 말도 안 돼." 마리암의 귀가 타올랐다. 그러나 다른 직원들은 사무실 동료 중 하나가 비랑가나라는 말을 듣고도 표정이 바뀌지 않았다. 그냥 고개를 숙이고 계속 타자기를 두들기며 소리 없이 회계를 맞추거나 기회는 이때다 하고 개인적인 전화를 했다.

1972년에 재활센터의 주선으로 비랑가나들이 적십자사 빌딩에서 일하게 되었을 때는 많은 사람들이 그녀들의 주변으로 모여 들었었다. 그리고, "무슨 일이세요? 무엇을 원하세요?"라는 질문을 받으면 "비랑가나를 보러 온 거예요."라고 대답했다. 여성들 몇 명은 사람들의 호기심에 화가 나서 직장을 때려치웠다. 그게 겨우 4년 전의 일이었다. 그런데 사람들은 이미 비랑가나에 대한 흥미조차 잃어버린 것이다! 우리나라에서 전쟁이 있었다는 사실도 잊어버렸을까?

여행사는 1년이 되기도 전에 자리를 잡았지만 마리암의 월급은 두 배가 되기는커녕 1페이사도 오르지 않았다. 자만 샤헤브는 마리암에게 계속 자신이 정말 사람이 좋으니까 1971년에 강간당한 여자에게 계속 월급을 준다고, 다른 사람이라면 벌써 그녀를 해고

했을 거라고 말했다.

마리암은 칸막이 유리 안에서 시간을 보냈다. 달이 가고 해가 갔다. 그녀를 통해 티켓을 구입했던 사람들은 먼 곳으로 떠났다. 대학 친구인 리나, 전쟁 중에 뱀과 사다리 게임을 하다가 사랑에 빠졌던 그녀는 마리암에게서 비행기표를 사서 남편과 함께 카타르로 떠났는데, 떠나기 전에 "메리, 마음이 안 됐어. 언제까지 결혼을 안 할 거야? 하루 종일 이런 가게에 앉아 있으니. 좋은 사람 만나서 결혼하길 바라."라고 말했다. 아베드 자항기르는 파키스탄 국제항공의 표를 사러 1년에 서너 번씩 왔다. 아내와 자식들도 함께 왔고 때로는 처갓집 식구들도 함께 와서 매니저의 사무실에 앉아 코카콜라와 환타를 마시기도 했다. 그는 아들의 입학이나 딸의 젖니, 젖니가 빠진 자리에 난 영구치 따위의 사소한 이야기를 했고, 방글라데시가 파키스탄에 비해 천 배는 후진적이며 카라치의 권력은 보기만 해도 눈이 부시고 신뢰가 간다고 했다. 그런 뒤 비행기를 타고 카라치로 여행하곤 했다. 이 나라에서도 다른 어디서에서도 몸타즈의 자취는 안 보였다. 항공권 사는 사람 중에 비랑가나는 안 보였다. 아마 인신매매단의 중개를 통해 도보로 월경했을 것이다. 재활센터의 인사들은 세미나와 워크숍에 참석하기 위해, 혹은 외국에 사는 자식들의 초대를 받아 해외에 나갔다. 그들이 표를 사러 오면 시선이 마주쳤지만 서로 모르는 척했다. 마치 모르는 척하는 것만이 비랑가나 문제의 최선의 해결책이라도 되는 듯. 그러나 마리암은 창문 너머 대기실에서 오래 자리를 지키고 있던 그들을 곁눈으로 보았다. 모두들 나이를 먹어가고 있었다. 하지만 운하 파기 운동에 참여하도록, 혹은 모든 일을 "비스밀라히르 라흐마니르 라힘," 즉 "자비롭고 너그러우신 신의 이름으로"라는 말로 시작하도록 강요당하고 있던 삶의 결과일 법한 지친 표정이 나이에서 오는 변화보다 더 눈에 띄었다. 그들은 마리암을 볼 때마다 자신들이 자유를 얻기 위해 얼마나 비싼 희생을 치렀는가를 기억했다. 개중에는 그것 때문에 양심이 조금 찔리는 사람도 있었다. 하지만 그들은 1년에 서너 번 해외여행을 하며 편한 삶을 살았다. 그들 중에는 교육부나 복지부에 자문위원으로 임명된 사람도 있었지만, 이 젊은 여성들의 삶은 너 나 할 것 없이 망가졌다. 그들은 떠나기 전 자신들의 전화번호가 적힌 쪽지를 마치 가방에서 떨어지기라도 한듯 슬쩍 탁자에 놓고 갔다. 그리고 눈짓으로 "아가씨들, 우리에게 어디 있는지, 어떻게 지내는지 알려줘요. 미래의 어느 날 우리가 비랑가나의 재활에 얼마나 성공했는지 알 수 있게."라는 뜻을 전했다.

마리암은 사회복지사들에게 단 한 번도, 실수로라도 전화를 하지 않았다. 그녀는 그냥 모티즈힐, 딜쿠샤, 파키라풀 지역에 있던 이 여행사 저 여행사로 계속 직장을 바꾸었다. 어느 여행사에나 비슷비슷한 유리로 앞을 가린 칸막이와 타자기와 전화기가 있었다. 주인들은 모두 크게 다르지 않았다. 한 사람을 제외하면 모두 그녀의 업무능력을 흠잡았다. 달랐던 한 사람은 정신병을 앓고 있던 아내를 둔 중년 사내였다. 그 아내는 매시간 남편에게 전화를 했고, 만일 그와 통화가 안 되면 집에서 입은 옷 그대로 당장 사무실로 달려왔다. 이것이 그녀의 광기의 주된 증상의 하나였다. 그는 마리암이 계산에 실수를 하거나 말거나 전혀 신경 쓰지 않고 단 한 가지만을 요구했다. 사무실이 문을 닫은 뒤 조금만 남아달라는 것이다. 모티즈힐 사무실 지역이 한산해지고 사무실 건물에서 직원들이 다 퇴근한 무렵 그는 바지의 지퍼를 내리고 비서의 탁자 위에 다리를 쫙 벌린 채 앉아 죽은 생선처럼 축 늘어진 자신의 성기를 빨아달라고 요구했다. 그는 마리암이 그 직장을 그만두고 난 몇 년 후 폐암으로 죽었다. 그가 죽음을 앞두고 몇 차례 연락을 보냈음에도 불구하고 그녀는 그를 방문할 수 없었다. 하지만 담요를 들추고 그의 손목을 잡아 그에게서 맥박이 잡히지 않는다는 사실을, 그가 죽었다는 사실을 확인한 첫 번째 손님이기는 했다.

마리암이 사무실에서 사무실로 전전하는 동안 그녀의 몸에서는 언젠가 비랑가나라는 낙인이 떨어져 나갔다. 재활센터에서 일률적으로 처방해준 재봉과 재단이라는 직업을 떠난 지는 참으로 오래되었다. 이제 그녀는 긴 소매 블라우스와 수직기로 짠 사리를 입지 않았다. 지금의 그녀는 다른 여성 직원들과 마찬가지로 유리 칸막이 뒤에 깃을 부풀린 비둘기처럼 앉아 있었다. 모두 비슷한 옷을 입고 있었고, 머리는 헤나로 물들였으며, 주름에는 파우더를 두

텁게 발랐고, 입술에는 진한 색의 립스틱을 바르고 있었다. 투명한 시폰이나 조젯으로 만든 사리 아래 통통한 살이 들여다보이는 블라우스를 정식으로 지으려면 1야드의 옷감으로 모자랐다. 손님들은 티켓을 살 때 마리암이나, 그녀와 비슷한 다른 여자들 건너편 탁자에 앉아 시간을 낭비할 이유가 없었다. 그녀들이 립스틱을 바른 입술로 아무리 부드럽게 이야기를 해도, 그들은 그녀들이 기혼녀들로 남편이 지난 몇 년 동안 고혈압으로 고생을 하고 있으며, 아들들은 대학에 다니고 있고, 이드알피트르[20] 기념으로 받은 보너스로 딸의 지참금이 될 금붙이를 사는 사람들일 거라고 굳게 믿고 있었다. 손님 중에 단 하나 예외가 있었다. 그는 마리암의 비랑가나 신분을 알기도 전에 그녀에게 혈압이 높은 남편도, 대학에 다니는 아들도, 금붙이를 사주어야 하는 딸도 없다는 사실을 알아냈다. 고객이라기보다 방문자라고 표현하는 편이 더 나을 사람이었다. 그는 월급을 타는 날마다 비행기표를 사러 오는 것이 아니라 비행기표 가격을 알아보러 왔다. 그리고 그가 결코 사지 않는 티켓의 목적지는 항상 베를린이었다.

"하지만 아무 데도 안 가시잖아요. 왜 남의 시간을 낭비하는 거죠?" 다른 직원들이 그 젊은이를 보고 자리를 피할 때 마리암은 그에게 비행장과 여행세금의 세부사항에 대해 설명해주며 짜증을

20 이드알피트르(Eid al-Fitr): 라마단 금식을 마치는 날로, 그날 밤부터 다음 날 저녁까지 진수성찬을 차려놓고 알라를 경배한다.

가장하면서 물었다. 그는 자신이 독일에 갈 수 없다는 것을 사실로 받아들이려 하지 않았다. 아주 신나서 색 바랜 숄더백에서 빛바랜 사진 하나를 꺼냈다. 사진에서는 몇몇 사람이 에스컬레이터에 타고 있는 모습이 보였는데, 그들 중 검은 머리에 갈색 피부의 한 남성이 아시크 콘드카르라는 이름의 그의 친구였다. 아시크 콘드카르와 데바시시 다타라는 이름의 이 젊은이는 아주 어렸을 때부터 친구였다. 대학교 때는 방을 함께 썼고 같은 정당을 위해서 일했다. 아시크는 6년 전에 독일로 정치적 망명을 갔고, 데바시시는 비자를 기다리고 있었다. 데바시시 다타는 마리암에게 "비자를 받기만 하면 당장 당신한테서 티켓을 살 거예요."라고 말했다. 마리암처럼 남의 말에 귀를 기울여주거나 이해해주려 하는 사람이 별로 없었기 때문에 그녀에게 그런 말을 하게 된 것이다.

　일단 마리암에게 사진을 보여주고 나자 이야기가 끝이 없었다. 화제는 단 하나였다. 어린 시절의 친구, 기숙사의 방 친구, 아시크 콘드카르 동지, 해외로 떠난 뒤엔 소중한 옛 친구 데바시시를 잊어버린 그.

　"메리, 어떻게 생각해요?"

　"뭐 말이에요?"

　"글쎄요, 아시크에게서 편지가 온 지 일 년 육 개월하고 팔 일이 되었어요."

　"바쁜가 보지요. 아니면 직장을 못 구해서 일을 못하고 있거나.

외국생활이라는 게 아주 힘들잖아요."

"맞아요. 하지만!"

"하지만 뭐요?"

"자기 어머니께는 꾸준히 편지를 보내고 있거든요."

"자기 어머니한테는 다들 편지를 쓰지요." 그 말을 하며 마리암은 자신도 모노와라 베굼에게 한동안 편지를 보낸 적이 없다는 생각을 했다. 카필루딘 아흐메드가 세상을 뜬 지도 10년이 지났다. 그가 사망하자 모두들 안도했다. 그가 자신의 소유지를 모조리 팔아 모든 재산이 사라지고 있었기 때문이다. 만일 2년 정도만 더 살았다면 풀탈리의 집과 라예르 바자르의 집도 주인이 바뀌었을 것이다. 모노와라 베굼은 처음에는 과부인 자신의 처지를 담담히 받아들이는 듯했지만 나중에는 하루가 멀다 하고 변덕을 부리는 것 같았다. 라트나는 남편과 함께 사우디아라비아로 이사했고, 찬다는 몬투의 이름을 딴 학교의 교장이 되었다. 그녀도 결혼을 하면 슬하를 떠날 텐데 그러면 엄마는 혼자가 되지만 다카에 와서 마리암과 함께 살고 싶은 마음은 손톱 끝만큼도 없었다. 두 사람이 함께 보낸 9개월은 아직도 악몽으로 남아 있었다. 자신이 그때 정신이 나갔었음에 틀림없는 게, 그렇지 않았다면 어떻게 훌륭한 남편의 아내인 자신이 그렇게 엉뚱한 행동을 할 수 있었겠는가? 어떻게 남편에게 "1975년에는 어머니 노릇을 안 하리라."라는 파렴치한 말을 써서 보낼 수 있었을 것인가? 모두 메리 탓이었다. 어머니조차 탈선을 시키다니, 메리는 참 대단한 딸이었다! 그녀는 그 시절을 회상할 때마다 자신의 뺨을 때리며 반성의 뜻으로 "참회합니다."라고 말했다. 그리고 눈물을 흘리며 찬다가 결혼하기 전에 자신을 죽게 해달라고 알라께 빌었다. 메리한테서 편지가 오면 찬다에게 아무 말이나 적당히 써서 답장을 보내라고 말했다. 메리를 집으로 초대하는 일도 없었다. 어머니는 비랑가나인 딸을 그렇게 혐오했다.

"아시크의 어머니는 어떤 분이세요?"

"무슨 뜻이에요?"

"아들을 사랑하시나요?"

데바시시는 마리암의 질문에 조금 어리둥절해진다. 자식을 사랑하지 않는 어머니는 흔하지 않았다. 자신의 어머니도 물론 계속 그에게 편지를 보내서 그를 짜증나게 했다. 어머니의 요구는 오직 한 가지였다. 연애로 여자를 만나서 결혼을 하든지, 안 그러면 부모가 중매하도록 허락을 하든지. 그러나 신부는 분명히 힌두교의 카야스타 계급에 속해야 했다. 데바시시는 힌두든 카야스타든 여자와 결혼할 생각은 없었다. 하지만 아시크는 어떤지?

아시크가 독일에서 결혼했다는 소식을 들은 데바시시는 완전히 정신이 나가 한밤중에 라예르 바자르의 메리에게 뛰어왔다. 마리암은 40년의 경험을 통해 아무도 엄청난 곤경을 맞지 않고서는 자신의 집으로, 더욱이 한밤중에 뛰어오지는 않는다는 사실을 알고 있었다. 그러나 왜 한 사내가 다른 사내의 결혼 소식에 그렇게까지 충격을 받아야 하는 것일까? 아무튼, 그 동네에 도둑이 들끓고 있었기 때문에 옆방에서 누가 잔다는 것은 다행이었다. 몬투가 살아 있을 때 쓰던 방은 지난 5년간 식구가 단출한 가족에게 세를 주었었는데 지난 달 마리암과 사소한 일로 다툰 뒤 나갔다. 마리암이 그 방문을 열려고 하는 데 데바시시가 놀라며 펄쩍 뛰었다. "메리, 제발 부탁이에요, 오늘 저녁에는 혼자 재우지 말아주세요. 당신 방에 매트를 깔고 잘게요, 제발 부탁이에요."

며칠 동안 그렇게 머무적거리다가 데바시시는 마리암의 집을 떠나지 않게 되었다. 그는 아시크가 독일에서 결혼한 일 때문에 무척 속이 상하고 화도 나 있었다. 그동안 베를린 행 비행기표를 사기 위해 월급의 일부를 꾸준히 저축해서 이제 마침내 그 표를 살 능력도 생겼는데 결혼 소식이 전광석화처럼 날아와 그에게 일격을 가한 것이다. 이제 그 돈으로 뭘 한단 말인가? 일을 하는 것조차 무의미했다. 그러나 데바시시는 마리암을 보고 단지 죽지 못해 사는 삶도 있다는 것을, 그리고 그런 상태로 몇 년이고 살 수도 있다는 사실을 알게 되었다. 그래서 사무실의 일을 끝내면 마리암의 집으로 돌아왔다.

"메리, 어떻게 생각해요?"

"뭘?"

"그러니까, 그 결혼이라는 것에 대해서요. 사람들이 결혼을 하는 것이 사랑 때문인가요, 아니면 다른 이유로 결혼을 하기도 하나요?"

"몰라." 마리암은 국가에서는 해주지 못한 일을 하기 위해서, 즉 사회생활로 복귀할 필요 때문에 몸타즈와 결혼한 적이 있었다. 아니면 자식을 원했던 걸까? 아니면 남편을? 다른 사람들처럼? 만일 그녀에게 자식과 남편이 있었다면 이렇게 살았을까? 어머니와 여동생들과도 오가지 않고?

"물론." 마리암은 덧붙였다. "이유가 무엇이든 결혼은 필요하지."

"메리는 모르지만." 데바시시가 미소를 지으며 말했다. "저는 알아요."

"뭘?"

"아시크가 독일 시민권 때문에 결혼했다는 걸. 그 여자를 진심으로 사랑하는 건 아니에요."

좋다, 그가 그렇게 생각해서 다행이었다. 그 덕분에 사는 일이 더 쉬워졌다. 데바시시는 아시크의 결혼이 편의를 위한 것이라고 생각한다. 하지만 돈 때문에 외국인 남자와 결혼하는 여자도 많지만 사랑을 위해서 결혼하는 사람도 있다. 데바시시가 어떻게 그렇게 먼 곳에서 일어난 일의 진실을 알 수 있단 말인가? 아시크는 지난 2년 동안 그에게 단 한 줄의 편지도 보내지 않았고, 결혼식을 했다는 소식조차도 데바시시가 아시크의 어머니에게 전화를 해서 알게 된 거였다.

일과 불가능한 꿈속에서 하루하루가 흘러갔다. 데바시시는 밤이면 마리암과 함께 계획을 세웠다. 몬투가 살아 있었다면 지냈을 방에 지구의를 바라보며 누워서 세계를 꿈꾸었다. 지표면을 걸어 인도와 파키스탄을 가로지르고 이란으로 넘어갔다. 젖의 강이 중동의 유정(油井)에서 흐르고 곧 빙하로 변했다. 폭포수가 발밑으로 떨어지는 산꼭대기 아래 서니, 이끼 때문에 초록색인 그곳은 미끌미끌했다. 아시크에게 도달하려면 힘든 과제의 수행을 거쳐 꼭대기까지 올라가야 한다. 인간은 자연 앞에서 그다지도 무기력했다. 산꼭대기를 올려다보며 이런 거리에서는 사람과 개미 사이에 별 차이이 없다고 생각한다. 그래서 개미가 되어 배를 탄다. 개미를 싣고 가던 보트들은 파도의 일격에 승객을 실은 채로 뒤집힌다. 꿈에서 허둥지둥 깨어난 데바시시는 어둠 속에서 벌떡 일어나 자신이 지금 거기서 뭘 하고 있나 어리둥절해했다. 자신은 과연 인간인가, 개미인가? 제법 멀리 가는 데 성공했지만 독일의 문턱까지 갔다가 되돌아와야 했다. 다시 잠에 들어 꿈속에서 그 길을 되짚어가는 것은 무의미할 것이다. 아시크 콘드카르는 아내와 행복하게 살고 있었다. 보트가 뒤집힌 장면을 회상하자니 목이 탈 듯했다.

마리암은 성인인 그가 방에서 혼자 자지 못하고 베개와 칸타를 들고 자기 방으로 오가는 것이 불만이었다. 도대체 남들이 어떻게 생각할 것인지? 도우미가 데바시시가 아침마다 마리암의 방에서 나오는 것을 보았고, 하지의 집 1층에서도 이 집을 지켜보고 있었다. 하지만 마리암은 나이가 벌써 사십이다. 그녀의 배는 방파제를 떠나 먼바다로 나갔기 때문에 더이상 항구로 돌아갈 가능성은 없었다. 그녀에게는 가족도 남편도 자식도 없었다. 사회 속에서 살지만 사회의 구성원은 아니었다. 자신의 나라에서 추방된 국외자였다. 그런 그녀가 왜 이웃의 눈에 신경을 써야 하는가? 걱정과 초조로 낭비하며 보낸 세월이 길었다. 그 젊은이는 악몽 때문에 겁이 나 그녀의 방으로 달려온 것이다. 잠이나 편히 자게 하자. 자신도 자야 했다. 다음 날은 둘 다 일하러 가야 하니까.

하지만 어느 날 그녀가 대문을 열자 도우미 대신 일고여덟 명쯤 되는 사내들이 들이닥쳤다. 그 무리는 우물 가까이에 서서 이를 닦고 있어 입에 치약거품을 가득 물고 있던 데바시시에게 입을 헹굴 여유도 주지 않고 그의 손을 뒤로 묶었다. "이게 무슨 짓이야? 당신 누구야? 손님에게 이게 무슨 짓이에요." 하지만 한 사내가 소리를 질러 마리암의 입을 막았고, 바로 그 순간 하지의 아들이 몰라비와 함께 집으로 들어섰다. 마리암이 "이것 보세요, 어르신……." 하고 불평을 하려고 했지만 하지 샤헵의 아들이 판관 노릇을 했다. "이 동네에선 그렇게 파렴치한 행실을 용납할 수 없어요. 몰라비 샤헵, 어서 준비하세요."

아몽을 꾸고 있는 것일까? 마리암으로서는 10년 전에만 이런 일이 일어났다고 해도 이해할 수 있었을 것이다. 그런데 이 나이가 되어서 그런 추문에 휩싸이다니? 아니면 저 사람들이 자신을 놀리고 있는 건가? 출근시간이 한 시간밖에 남지 않은 그녀와 데바시시를 붙들고 도대체 이게 무슨 장난질이란 말인가? 하지의 아들이 말했다. "출근이 다 뭐야. 지금부터 내가 이 동네를 다스릴 거요."

오! 그래 그거군? 그도 자기 아버지처럼 골목대장 노릇을 하려는 것이었다. 하지 샤헵은 방가반두 사망 10주년이 되는 해 8월 15일 새벽에 죽었다. 하지만, 방가반두와는 달리 자연사였다. 1970~1971년의 기간에 방글라 자치를 지지해 아버지에게 쫓겨났던 아들이 돌아와 아버지의 재산을 차지했다. 1988년에 호세인 모하메드 에르샤드가 이슬람을 국교로 선언했지만 나라를 샤리아법에 따라 운영하지는 않았다. 그래서 하지의 반항아 아들은 마리암의 집 마당에 서서 발을 구르며 말했다. "구덩이를 파서 이 뻔뻔하고 대담한 화냥년을 매장시켜라. 만일 결혼에 동의하지 않는다면 101개의 돌로 쳐서 죽여라. 후주르, 준비되었느냐?"

하지의 노미망인이 이 투석 파트와[21]의 소식을 듣고 달려와 메리에게 말했다. "알라의 이름으로 빈다, 애야, 제발 동의해다오. 저녀석이 미쳤구나. 제 아버지처럼."

마리암은 항의했다. "그렇지만 칼람마, 도대체 무슨 말씀이세요? 데바시시는 동생이나 다름없다구요."

"그래도 친동생은 아니지 않느냐. 딸아, 제발 그냥 따르겠다고

---

21 파트와: 이슬람법에 따른 결정이나 명령이다.

해라. 저 애가 제가 하겠다고 마음먹은 일은 꼭 하고야 마는 성격이라서.”

한 시간 후 외삼촌 골람 모스토파가 도착했다. 한 달 전 중풍에 걸려 몸 왼쪽이 마비된 그는 지팡이를 짚고 절룩거리며 나타났다. “그래 동거를 한다지, 조카딸아. 나우주빌라, 나우주빌라, 아스타그피룰라, 알라여, 저희의 피난처가 되어주소서, 알라여, 저희를 용서하소서. 네 외숙모가 사리를 가지고 오고 계시다. 오후에 결혼식을 올릴 수 있다.”

결혼서약을 읽기 전에 또 하나의 위기가 발생했다. 마리암을 제외한 어느 누구도 데바시시가 힌두교인이라는 것을 모르고 있다가 그 사실을 발견하고, 마리암을 돌로 쳐 죽이기 위해 불려온 몰라비를 시켜 세정식을 수행하고 데바시시를 개종시켰다. 그에게 지금 할례를 베푸는 것은 위험했다. 잘못하면 파상풍에 걸릴 수도 있었으니까. 골람 모스토파가 말했다. “신앙서약을 다섯 번 외우고 이슬람을 믿는다고 선언하면 그것으로 족하다.” 칼리마의 독경이 시작되자 데바시시가 울먹였다. 군중으로부터 조롱의 웃음과 말이 들렸다. “이 저주받을 힌두 새끼, 씹은 공짜로 해도 신앙서약을 하라니까 우는 거냐?” 데바시시는 흐느껴 울며 후주르의 말을 따라 했다. “라 일라하 일라라후 무하마두르 라술룰라.” 즉, “알라는 유일하고 셋일 수 없다. 진리는 가장 단순하다. 무히마드는 알라의 사제다.” 입이 험한 사내가 오주 정화의식을 행하지 않고, 입도 헹구지 않고, 후주르 사제와 함께 기도에 합류했다. 그들은 한 가지 선행을 하러 왔다가 선행을 하나 더 하는 행운을 얻은 셈이었다. 저주받을 힌두교인을 무슬림으로 개종시키는 덤도 얻어서, 덕분에 하늘나라에 일곱 대까지의 후손을 위한 자리를 확보하게 되었다. 데바시시의 셔츠 주머니에는 "여자는 꼭 힌두교도로 카야스타 계급이어야 한다."라고 적힌 어머니의 편지가 들어 있었다.

이슬람으로 개종했으니 데바시시라는 이름을 계속 쓸 수도 없었다. 무슬림의 이름이 주어져야 했다. 중풍이 온 뒤 골람 모스토파는 머리가 잘 돌아가지 않았다. 자신의 아들들 이름도 기억하지 못했다. 그래서 여성 구역을 향해 큰소리로 말했다. "조카딸아, 너는 독립적인 여자니, 네가 남편의 이름을 지어보지 그러느냐?" 옆방에서 제안이 왔다—아베드 이쉬티아크.

데바시시는 마리암이 그 이름을 제안했다는 것은 몰랐다. 마리암에게서 들었기 때문에 아베드와 이쉬티아크라는 두 이름에 대해서는 잘 알고 있었다. 하지만 따로따로였다. 지금 그 두 이름이 함께 들려오지만, 그렇다고 놀라거나 겁낼 형편은 아니었다. 다만 현재 일어나고 있는 이 상황이 전날 밤의 악몽보다 더 나쁜 상황이라는 생각만 들었다. 그러나 일단은 죽지 않는 것이 먼저였다.

마리암은 또 한 번의 위기를 넘겼다. 계속 죽음의 문턱까지 갔다가 돌아오는 것이 그녀의 운명인 듯했다. 외숙모인 줄레카 비비가 말했다. "마리암, 네가 이 나이에 결혼을 했다는 사실에 대해 코다 신께 감사드려라. 아빠가 살아 계셨다면 얼마나 행복해하셨겠느냐." 그녀는 마리암이 좀이 슬어 구멍이 숭숭 뚫린 카탄 베나라시 사리를 입도록 도와주었다. 사리에서는 좀약 냄새가 났다. 서두르다 보니 가게에 가서 사리와 장신구를 살 시간은 없었다. 줄레카 비비는 신부에게 옷을 입히기 위해 자신이 소유한 모든 것을 동원했다. 도우미는 음식을 준비하느라 바쁘게 오가고 있었다. 그녀의 고자질이 마침내 결실을 맺은 것이다. 하지의 아들이 자비를 베풀어서 결국 그녀의 주인집은 파렴치한 바람둥이 여자의 뻔뻔한 행실을 지켜봐야 하는 집, 창녀의 집이 아니게 된 것이다. 다음 날부터 그 도우미의 주인은 결혼한 부부였다.

결혼식 후 부부는 마리암이 재봉을 할 때 고객들이 기다리던 베란다 벤치에 깔린 양탄자 위에 앉혀졌다. 데바시시는 셰르와니 상의를 입고 머리에 터번을 썼다. 칼리마 선서를 한 후 그의 외모가 180도 변해서 외모만 보면 그가 알라가 유일한 신이며, 무하마드가 알라의 사제라고 진심으로 믿는 신자라고 생각할 만했다. 디저트가 나오자 그는 라사골라를 통째로 삼켰다. 전날 밤부터 아무것도 먹지 않았으니까 배가 고팠음에 틀림없다. 신랑과 신부가 서로를 보기 위해 사용한 거울은 데바시시가 면도할 때 쓰던 것이었다. 크기가 작아서 얼굴의 반만 보였다. 마리암의 얼굴은 보이지도 않았다. 그러나 그는 눈도 깜빡이지 않고 거울을 응시했다. 이웃들이 결혼식을 하며 요란을 떨었지만, 데바시시가 기다리고 있던 사람은 여자가 아닌, 지금 살아 있는 실제 남자라는 사실은 마리암만 알고 있었다. 마리암은 이것이 자신이 감당해야 할 현실임을 알고 있었다. 결혼 피로연 후 골람 모스토파와 그의 아내는 집으로 돌아갈 것이다. 이웃들도 이 세상에서 점수를 따고 다음 세상에 천국에 갈 증명서를 확보한 뒤 돌아갈 것이다. 그런 후에는 데바시시와 마리암만 남겨질 것이다. 이 비현실적인 결혼이라는 짐을 도대체 어떻게 감당해야 할 것인가?

XXVIII

시민법정이냐 해방전쟁이냐

묵티가 끈질긴 수소문 끝에 라예르 바자르의 집에 도착한 것은 마리암이 재혼을 하고도 10년이나 지난 후였다. 데바시시는 이미 그곳을 떠난 후였다. 문을 열어준 것은 투키였다. 묵티는 베란다의 벤치에 앉아 베비의 사례사에 나이 스물둘이라고 기록되어 있던 비랑가나를 기다린다. 베비는 재활센터에서 치료를 받은 후엔 마리암이 더 젊어 보이기까지 했다고 자랑스럽게 말했었다. 그때 마리암은 그들의 질문에 아무런 대답도 하지 않았지만, 베비와 동료는 느슨하게 흘러내린 머리카락 사이로 그녀가 혼자 웃음을 지을 때 뺨에 생기는 보조개를 본 기억이 있었다. 마리암은 당시 정신병 진단을 받는데, 의사들은 그녀가 간질 발작을 앓고 있다고 말했다. 하지만 다행히도 때맞춰 후견인이 나타나서 그녀를 집으로 데리고 갔다. 안 그랬더라면 외국인 전문가들이 떠난 뒤 파브나 정신병원으로 보내졌을 것이다. 그때 그 정신병원에 들어간 사람들은 다시는 바깥세상의 빛을 보지 못했다. 그들에게는 함께 살던 광인들이 유일한 가족이었으며 해방된 방글라데시란 정신병원을 의미했다. 끝으로 베비는 실종된 사람을 찾는 광고의 표현을 활용해서 그녀의 왼쪽 뺨에 핑크빛이 도는 점이 있고, 얼굴은 달처럼 동그랗다고 말해주었다. 나중에 노통가언의 자이툰 비비도 마리암의 얼굴이 달덩이 같다는 말로 그녀를 묘사했다.

묵티는 베란다의 뒤뚱거리는 벤치에 앉아 동그란 얼굴이 특징이며 22세인 여성을 기다린다. 투키는 마치 여주인이라도 되는 양 오락가락하고 있었다. 마당의 빨랫줄에서 빨래를 걷고, 암탉을 향해 꼬꼬댁거리며 부엌으로 따라 들어오라고 손짓한다. 묵티가 그녀를 마리암이라고 생각하지 않는 유일한 이유는 그녀가 스물두 살이 아니고 얼굴이 동그랗지 않기 때문이다. 마리암이 앞에 와서 서자 묵티는 자리에서 일어나 인사를 하고 자신을 소개한 뒤 마리암과 만나고 싶다고 말한다. 그리고 잠시 기다리다가 자신이 미르푸르에 살고 있는데 곧 밤이 오는 데다 버스를 타고 돌아가야 하기 때문에 마리암을 곧 만났으면 좋겠다고 말한다. 그녀의 긴 설명을 들은 뒤 마리암은 방으로 들어가 불을 켜고 묵티에게는 등나무 의자를 권하고 자신은 등받이 없는 등나무 의자에 앉는다. "내가 마리암 베굼이지."

묵티의 입술에서는 아무런 말도 나오지 않는다. 서서히, 그사이에 28년이라는 세월이 흘렀다는 사실을 깨닫는다. 그렇다 하더라도 묵티 앞의 이 여인은 이제 오십 살이다. 비랑가나가 그렇게 평범해 보일 수도 있을까? 라다라니는 달랐다. 지나친 음주에도 불구하고 외모에서 광채가 났었다. 마리암의 얼굴에서 보이던 환한 달빛은 나이와 함께 사라졌다. 그러나 그녀의 외모는 영화나 극장에서 보는 어머니나 아주머니, 즉 늙어 보이기 위해 분장을 했지만 실제로는 늙지 않은 사람들과는 달랐다.

　마리암은 타인이 자신의 모습을 그렇게 찬찬히 뜯어보는 것이 언짢다. 자신이 사람들이 구경거리 삼아 보러 오는 신부라도 된단 말인가? 그녀는 묵티에게 베비가 자신에 대해 뭐라고 했느냐고 묻는다. 하지만 정말로 대답에 관심이 있는 것 같지는 않았고 참을성 있게 귀를 기울이지도 않았다. 그리고 갑자기 말했다. "그 여자 멍청이군." 그렇게 욕하는 모습을 보니 비로소 그녀의 평범한 외모가 사라지고, 뺨의 핑크빛 점이 빛나기 시작한다. 비랑가나에게 분노가 없다면 부자연스러울 것이다. 과거의 성마름은 이제 누구를 향한 것인지도 알 수 없는 분노로 굳어졌다. 분노의 실제 대상이 무엇이든 진지한 이야기를 하기 전에 그녀의 굳은 마음을 풀어줄 필요가 있다.

　"아주머니 같은 분들의 희생이 없이는 우리나라가 독립을 하지 못했을 거예요. 저는 아주 특별하신 분이라고 생각……." 묵티는 말을 맺지 못하고 더듬거린다. 하지만 그 말을 듣자, 마리암의 돛에서 바람이 빠진다. 그녀는 높은 의자에서 일어나 그 옆의 의자에 가서 털썩 주저앉는다. 눈은 천장을 향한다. 그렇게 오랜 세월 후에 진짜로 누가 그녀의 집을 찾아왔다. 아누라다의 말은 거짓이 아니었다. 고생과 고난에 가치가 있었다. 그러나 특별한 사람이라 니, 도대체 무슨 뜻일까? 그것이 명예나 지위, 사랑, 혹은 존경에 비할 만한 것일까?

재혼 때마다 사람들의 마리암에 대한 존중심은 상승했다. 결혼 이 오래 유지되지 않았는데도, 그리고 그 결혼이 1971년의 시련 과 아무런 직접적 관련 없이 이루어졌는데도 그랬다. 비랑가나의 제복은 재혼 훨씬 이전에, 마리암이 애를 쓰지 않고서도 벗겨졌다. 더욱이 두 번째 결혼은 이웃이 나서서 강제한 부자연스러운 결혼 이었다. 그들은 동네의 명예를 구한다는 구실로 결혼을 강제했지 만, 실제 목적은 결혼하지 않은 남자와 밤을 보내는 비랑가나에게 족쇄를 채우는 것이었다.

결혼식 다음 날 하지의 아들이 부부를 저녁식사에 초대했다. 하 지 샤헵의 미망인은 마리암에게 실크가 절반 섞인 잠다니 사리를 선물로 주었다. 그리고 데바시시에게는 실크 모자와 펀자브 실크 를 주었다. 거리에서 마주치는 동네 아이들은 부부에게 공손히 인 사를 했다. 기뻐하지 않은 유일한 사람은 모노와라 베굼이었다. "말도 안 돼! 그게 결혼식이냐? 미쳤구나, 찬다, 언니가 결혼했다 는 게 무조건 좋다고 춤출 일이냐. 네 아버지도 몸타즈와 결혼할 때 좋다고 난리를 쳤었지." 어머니 자신 다카에 오지도 않았을 뿐 아니라 찬다도 못 가게 막았다. 그리고, 찬다가 나중에 같은 학교의 교사와 결혼할 때도 마리암과 데바시시는 초대받지 못했다. 마리암의 결혼 때문에 불행한 또 한 사람은 당사자였던 데바시시였다. 그간 마리암과 다져왔던 자연스러운 우정이 결혼 때문에 파괴되어버렸다. 갈 곳이 없었기 때문에 2년 정도를 더 마리암의 집에 머물렀지만 잠은 다른 방에서 잤다. 다시는 배가 가라앉는 악몽도 그를 마리암의 방으로 들여보내지 못했다. 도우미는 놀랐다. 부부가 방을 따로 쓰다니 무슨 결혼이 그렇지? 하녀는 자신의 마을로부터 온갖 종류의 부적과 주문을 가져다 남편의 마음을 돌려보려고 했다. 그 시도들이 모두 실패하자 그녀는 그 집에서 일하는 것을 그만두었다.

도우미는 그 집 일을 그만둠으로써 스스로를 해방시켰지만, 실패한 결혼은 마리암의 마음속에 엄청난 분노를 일으켰다. 그때 그녀의 나이가 마흔 살, 원하면 아직 아기를 가질 수 있는 나이였다. 옆방에 남편이 있기는 했지만 그와 잘 수가 없었다. 이웃들은 그녀를 종신형에 처한 것이나 마찬가지였다. 차라리 그녀를 돌로 쳐 죽이는 편이 더 나았을 것이다. 적어도 모든 고통이 끝났을 테니까. 마리암은 한밤중에 침대를 빠져나와 데바시시의 방문을 두들겼지만 아무런 반응도 없었다. 베란다의 벤치에 앉은 마리암의 마음속에서는 데바시시를 향한 증오가 하늘 꼭대기까지 치솟았다. 단 한 번만이라도 문을 열고 나올 수는 없단 말인가? 마리암이 원하는 것은 육체적 관계도, 자식도 아니었다. 데바시시가 그녀의 이마에 손을 얹어주기만 해도 평화롭게 잠들 수 있을 것 같았다. 그 말을 들은 데바시시는 다음 날 밤 그녀가 잠들 수 있게 머리를 쓰다듬어주려고 마리암에게 왔다. 다른 남자만을 원하던 그 남자의 손이 몸에 닿자 그녀의 몸에서 긴장이 풀리고 숨결이 뜨거워졌으며, 입에서는 부드러운 신음소리가 새어나왔다. 데바시시는 그녀의 머리를 무릎에서 내려놓고 방을 나갔다. 그가 원하는 것이 뭔지 잘 알면서 마리암이 도대체 왜 그를 원했는지는 신만이 아실 일이었다. 마리암은 밤새도록 발정난 암호랑이처럼 베란다를 서성댔다. 이 상황을 지켜보는 사람은 아무도 없었다. 하지의 집 1층은 어두웠다. 모두들 각자의 침대에서 쿨쿨 자고 있었다. 메리와 데바시시는 부부였다. 그들을 강제로 결혼시킨 사람들은 그들이 자신들의 일은 스스로 알아서 처리하리라고 믿고 방치했다. 이제 아무도 그들이 밤을 어떻게 보내거나 말거나 신경 쓰지 않았다. 마리암은 있는 힘을 다해 비명을 지르고 싶었다. "왜 하필 아무것도 해줄 수 없는 남자가 머리를 쓰다듬어주러 온단 말인가?"

이 박탈감이 강간보다 더 나빴을까? 마리암은 과거의 강간자들을 한 사람 한 사람 떠올려보았다. 그들을 줄 세워놓으니 그녀 집 마당에서 골목 입구까지 길게 이어졌다. 자신이 미쳐가고 있는 것일까? 그녀는 더이상 아베드 자항기르나 이쉬티아크 소령을 원하지 않았다. 그날 밤의 그녀는 오로지 데바시시를, 그녀를 욕망하지 않는 그를 원했다.

낮에 데바시시가 외쳤다. "당신은 정상이 아니야, 메리, 분명히 정상이 아니라고, 의사를 만나봐야 해." 마리암은 직장에 갈 준비를 하고 있었다. 누가 누구더러 정상이 아니라는 건지. 그녀는 데바시시를 향해 자신의 샌들을 내던지며 말했다. "나가, 이 나쁜 놈!" 그녀는 그가 창피해서라도 귀가하지 않을 거라고 생각했지만 그는 이틀 후 당연한 듯 돌아왔으며, 이번에는 젊은 남자까지 데리고 와서 소개했다. "여기는 아누팜 시크다르야. 자가나스 대학 2학년생이지." 둘 다 그곳이 마리암의 집이라는 사실을 의식도 안 하는 듯 전혀 거리낌이 없이 행동했다. 멍한 그녀를 뒤로하고 건넛방으로 들어가 문을 닫아걸었다. 정말 어이없는 상황이었다. 가만히 앉아서 자기 집의 이방인이 된 것이다. 항의를 한다면 남편을 잃을 수도 있었다. 집 밖의 환경도 점차 열기를 띠어가고 있었다. 에르샤드 정권을 붕괴시키려는 운동이 시작되어, 하르탈, 즉 파업이 벌어졌다. 하루 사무실에 나가면 이틀은 집에 틀어박혀 있어야 했다. 두 젊은이는 외출은 생각도 않고 편안히 방구석에 들어앉아 지냈다. 라디오를 크게 틀어놓고 듣는 사이사이에 방 밖으로 나와서 키차리와 오믈렛을 요리해 먹고 마리암에게도 조금 나눠주었다.

모노와라 베굼은 이런 상황에 대해 무척 만족스러워했다. 의사에게 진찰을 받기 위해 다카에 온 그녀는 버스 터미널에서 라예르바자르로 오는 대신 마그바자르, 즉 골람 모스토파의 집으로 직행했다가 다음 날에야 딸을 만나러 와서 말했다. "마리암, 남편이 괜찮구나. 귀엽네." 그리고 딸의 부루퉁한 얼굴을 보더니 짜증을 내며 말했다. "도대체 넌 어째서 그렇게 생겨먹었냐? 다 늦게 결혼을 했으니 남편을 돌봐주고 그에게 잘 해주는 게 네 의무야. 그러기는커녕 빈둥거리면서 그가 해주는 음식이나 얻어먹고 있으니."

보통 사람들은 어머니가 딸의 슬픔을 이해할 것으로 기대한다. 그러나 마리암의 엄마는 정말이지 엉뚱하다. 엄마에게 이 결혼의 실상에 대해 이야기하고 싶은 마음이 굴뚝같다. 적어도 이 세상에 단 한 사람이라도 그녀가 어떤 지옥을 살고 있는지 알아줬으면 좋겠다. 하지만 모노와라 베굼에게서는 자신에게는 그렇게 사소한 일에 낭비할 시간은 없다고 말하는 듯한 분위기가 풍겼다. 하루하루가 쏜살같이 흘러갔고, 마당에서는 잡초가 웃자랐다. 이제 밤의 여왕 덤불이 무슨 필요가 있나? 두 남자가 집을 지키고 있으니 한 쌍의 뱀도 필요하지 않았다. 어머니는 그렇게 말하며 데바시시와 아누팜에게 도끼와 손도끼를 쥐어주면서 관목과 큰 나무들을 베어달라고 지시했다. 그들은 열심히 나무들을 베었다. 모노와라 베굼은 마당에서 타오르는 한낮의 태양 아래 서서 그들이 쳐낸 가지를 제거하는 일을 총괄했다. 마리암은 안절부절못하며 생각했다. 엄마는 나이를 먹을수록 아기 같아지고 있었다. 그 나이에 그런 힘든 일을 견딜 수 있으실까? 심장도 별로 좋지 않고 당뇨도 있는 분이다. 모노와라 베굼은 딸의 주의를 귓등으로도 듣지 않았다.

모노와라 베굼은 집을 완전히 발가벗겨 마리암을 절망의 심연에 몰아넣은 뒤 더이상 거기서 지체할 이유가 없다는 듯 밤이 오기 전에 서둘러 남동생의 집으로 갔다. 1974~1975년에는 딸을 사회에 복귀시키려고 열성을 쏟았던 그 어머니가 1990년에는 그렇게 완전히 딴사람이 되어버린 것이다!

그해는 많은 새로운 조짐이 보이는 가운데 끝났다. 바브리 모스크 공격의 소문이 돌면서 다카 시에서 폭동이 일어났다. 마리암과 아누팜은 둘 다 데바시시 때문에 걱정이 되었다. 정부는 폭도들이 힌두교도들의 재산—집들과 가게들—을 파괴, 약탈, 방화하는 것을 하루 종일 수수방관하다가 저녁때가 되어서야 통금을 선포했다. 아누팜은 상황을 알아보려고 외출했다가 돌아와서 말했다. "이 모든 것이 에르샤드의 독재 때문이에요. 반정부 운동의 주의를 돌리기 위해 폭동을 선동하고 있는 거라구요." 데바시시는 대꾸하지 않았다. 그는 하루 종일 집 안에만 앉아 있었기 때문에 다리가 저렸다. 그가 외출하려고 나서자 아누팜이 헌신적인 아내처럼 그의 셔츠 자락을 움켜쥐었다. "데바시시, 제발 나가지 말아요. 다시 말하지만, 절대로 이 난리 속에 휘말리면 안 돼요." 마리암은 베란다 기둥에 기댄 채 서 있었다. 데바시시는 그녀를 흘깃 보더니 아누팜을 향해 당황스러운 미소를 지어 보였다. "아이, 이것 놓아. 나는 네바시시가 아니고 이베드 이쉬티아크아." 그의 말이 맞았다. 마리암도 데바시시가 이슬람으로 개종했다는 사실을 잊고 있었다. 하지만 아누팜이 노새처럼 고집스럽게 말했다. "아베드 이 쉬티아크건 누구건 다 좋은데 지금은 절대 나갈 수 없어요."

데바시시는 나가지 않았지만 아누팜은 화가 나서 입이 한 발이 나 나와 있었다. 그는 데바시시가 마리암에게 부드러운 시선을 보내거나 그녀에게 다정하게 말하는 것도 싫어했다. 그로서는 기숙사를 나올 때 계선(繫船)을 끊은 거나 마찬가지였는데, 친구들은 그를 이해했는지 안 했는지 아무튼 그를 약올리고 놀렸다. 그들은 마리암을 의심하고 있었다. 71년의 비랑가나였던 그녀가 여러 명의 남자를 상대하는 데 이골이 났다고, 남편 하나로는 만족할 수 없어서 남편을 미끼로 아누팜도 유혹해서 아누팜의 봉사를 받고 있다고 지레짐작했다. 그리고 데바시시는 자웅동체라고, 그러니까 남성이라는 종자의 오점이라고 생각했다.

아누팜이 그런 말을 읊어대는 것을 듣다가 데바시시가 마리암을 향해 큰 소리로 말했다. "메리, 내 말 들려요? 아누 말 좀 들어봐요. 정말 웃기네요." 마리암이 문가로 가니 아누팜이 데바시시의 입을 손으로 틀어막고 뒤틀린 얼굴로 그의 흉내를 내고 있었다. "좀 들어봐요, 들어봐……." 데바시시는 제 나이 반밖에 안 되는 청년을 데리고 들어온 뒤 매일매일 그 사실의 의미를 배워나가고 있는 중이었다. 마리암이 그냥 문가를 떠나는 참인데, 아누팜의 손을 입에서 떼어낸 데바시시가 아누팜을 흉내내며 큰 소리로 말했다. "메리, 자가나스 대학 학생들이 나를 뭐라고 부르는지 알아요?"

510

그렇게 달콤하고 사소한 장난의 시간은 곧 끝났다. 집과 바깥세상의 분위기는 험악하게 돌아갔다. 경찰이 다카 시의 데모대를 트럭으로 깔아뭉갰고, 미국은 곧 이라크를 공격할 계획이었으며, 철의 레이디 대처 수상이 곧 실각할 것이었고, 베나지르가 계속 선거에서 지고 있었다. 데바시시는 영국의 BBC뉴스를 들어야 잠이 들수 있었고, 그 사실에 짜증이 난 아누팜이 어느 날 밤 라디오를 마룻바닥에 내동댕이쳐 그것을 부숴버렸다. 자기 방에 누워 잡지를 읽고 있던 마리암은 라디오 부서지는 소리를 들으며 얼굴을 약간 찡그린 뒤 곧 다시 잡지를 읽기 시작했다. 뭄바이의 배우 레카가 영화에서 보이는 진지한 표정은 타의추종을 불허했다. 개성이 강한 딜립 쿠마는 레카를 도우려다가 복잡한 상황에 끌려 들어가게 된다. 레카의 어머니 푸시파라니가 레카를 임신한 후에도 그녀의 아버지 제미니 가네산은 푸시파라니와 결혼하지 않는다. 무케시의 자살 후에는 레카뿐 아니라 어머니도 논란에 휘말린다. 여러 해가 지나도 푸시파라니는 기자들의 추적을 피할 수 없다. 과거에 대한 탐색이 시작된다.

세상은 얼마나 이상한 곳인지. 마리암에게 딸이 없는 것이 다행이다 싶었다. 하지만, 만일 딸이 있었다면 어땠을까? 적어도 딸이 하나 있는 것이었다. 데바시시가 뚱한 표정으로 마리암의 방으로 들어왔다. 무슨 말을 하려고 온 듯했지만 그녀가 잡지를 읽고 있는 모습을 보자 아무 말 없이 그냥 나갔다. 데바시시는 아마 마리암이 지옥 가장자리에 앉아 손이나 덥히고 있다는 사실이 마음에 안 들었을 것이다. 그녀가 아누팜의 문제에 개입해줬으면 싶었지만 가당키나 한 일인가? 그들의 길은 달랐다. 그들은 명목상으로만 부부였다.

마침내 에르샤드가 사임한 뒤 데바시시와 아누팜은 승리의 행진에 참여하러 나가서 돌아오지 않았다. 마리암은 한참을 기다리다가 한밤중에 그들의 방으로 들어가서 불을 켰다. 문 옆의 옷걸이가 비어 있었다. 소지품도 전혀 남아 있지 않았다. 침대 위에 베개로 눌러 고정시킨 작은 종이쪽지 하나가 있었다. 필적은 마치 자살하는 사람의 것처럼 흔들리고 있었다. 데바시시는 떠났다. 아누팜이 더이상 마리암을 용인할 수 없었기 때문에. 질투심 때문에. 마리암이 데바시시를 놔주지 않을 것 같아서 그녀에게 말하지 않고 떠나기로 했다고, 자신들을 찾는 것은 시간 낭비일 뿐이라고 적혀 있었다.

동네사람들의 호기심과 음모는 사그라들었다. 그녀의 삶은 실패였다. 방글라데시의 독립처럼. 그녀와 방글라데시의 쌍둥이 같은 운명은 계속해서 비틀거리며 어두운 나락으로 떨어지고 있었다. 그녀를 도우려고 하면 오히려 해가 되었다. 동네사람들도 나이를 먹어가고 있었다. 그들은 신이 자신들을 위해 정해준 운명과 정치 지도자들의 위선을 지켜보는 일에 지쳐가고 있었다. 반바지를 졸업하고 긴바지를 입기 시작한 그 동네의 새 세대, 몰래 담배를 피우며 이제 막 나기 시작한 수염을 쓰다듬는 그 청년들에게 마리암은 어머니와 동년배였다. 그러나 그녀는 누구의 어머니도 아니었고, 태어나지 못한 그녀의 아기들의 아버지들은 모두 이곳에서 지내다 떠나버렸다. 동네아이들은 자신의 힘으로 기다가 걷게 되고, 그러다 달리게 되는 동안 그 모든 과정을 지켜보았다. 이제 그들은 동네골목에서 조석으로 축구를 하며 놀았다. 그녀는 그들의 몸에 있는 출생점만큼이나 삶의 일부였다. 다만 그녀의 태도가 더 유쾌했더라면 좋았을 것이다. 만일 그들이 찬 축구공이 빗나가 자기 집 지붕에라도 떨어질라치면 마리암은 있는 힘을 다해 고함을 질렀다. 그녀에게서 공을 되찾기는 무척 힘들었다. 용기를 손으로 옮긴 소년들이 담을 넘어 마당에 들어가더라도 굴욕적인 약속을 해야 공을 찾을 수 있었다. "아주머니, 다시는 안 그럴게요. 다시는 댁의 지붕으로 안 찰게요." 그들에게는 그 집의 내부가 매혹적이었지만, 그 이유는 알지 못했다. 1971년의 전쟁은 그들에게 파니파쓰와 팔라시의 전투들만큼이나 머나먼 역사책 갈피 속의 사건이었다. 위로 떠올랐다가 바람에 날아가는 단어들처럼.

마리암은 악몽 속에서도 현실에서와 마찬가지로 어두운 나락으로 떨어졌다. 그러나 기적적으로 생존하기도 했다. 어느 날 밤에는 테라스에서 떨어지는 꿈을 꾸었다. 계속 떨어지고 또 떨어지는데 아무것도 그녀를 받쳐주지 않았다. 그러다가 갑자기 벽에 튀어나온 턱이 눈에 띄어 거기 매달렸다. 다른 날 밤에는 떨어지는 순간 건물에 매달린 채 흔들리고 있던 사다리가 눈에 띄었다. 마리암이 가끔 꾸는 또 다른 악몽에서는 가운데가 휑하니 빈 나무다리가 놓인 강을 건너야 했다. 물속에 빠지는 수밖에 없어 보여서 공포에 질려 있는데 뭔가 희미한 것이 그녀를 건너편으로 데려다줄 것처럼 보였다. 깨어난 뒤에는 그게 뭐였는지 기억이 나지 않았다. 하지만 타르를 칠한 판자와 돛과 노가 있는 보트였던 것 같기도 하다.

비록 자신의 인생이 어디서 어떻게 끝날 것인지는 알지 못했지만, 마리암은 돛단배를 보며 데바시시가 떠난 뒤 빠졌던 심연을 벗어날 수 있다는 확신을 갖게 되었다. 그래서 1992년 3월 26일 아침 다카 서문 옆 수흐리와르디 공원으로 갔다. 공원에는 사람들이 가득 모여 있었는데, 종전 21년 만에 전범에 대한 선고가 이루어질 예정이었다. 색안경을 쓰고 뒷머리를 높이 묶은 마리암은 시선을 피하기 위해서 얼굴을 가린 영화배우처럼 보였다. 그녀는 색안경 너머로 낯익은 옛 얼굴들을 찾아보았다. 학대와 굴욕을 당한 사람들이 이 뒤늦은 재판을 보려고 나타나지 않을까? 재판이 상징적인 행위에 지나지 않는다 해도. 아무도 안 온다 하더라도, 만일 살아만 있다면 아누라다는 반드시 올 것이다. 마리암처럼 색안경을 쓰고 머리를 뒤로 높이 묶은 다른 여성들 몇 명이 오가는 모습이 보였다. 그들도 1971년의 비랑가나들일 수 있었다. 시민재판의 결과를 보려고 온 것이거나, 아니면 마리암처럼 고통스러운 경험을 한 다른 동료들을 찾고 있는 것이다. 태양이 작열하고 있었고,

그리 멀지 않은 곳에서 방가반두의 3월 7일 연설이 들려오고 있었다. "만일 또다시 총격이 있다면…… 우리 모두의 집을 요새로 바꿉시다……." 연설은 당시 경마장 광장이었던 같은 장소에서 이루어진 것이다. 그때는 나무가 없어서 텅 빈 공터였다. 군중이 구름같이 몰려오는 모습을 보고 몬투가 무척 놀랐었다. "메리 누나, 나를 놓치거든 찾으려고 하지 마. 그냥 인력거를 타고 곧장 집에 가서 기다려."

얼마나 오래전 일이었지? 20년? 아니면 21년? 메리는 안경을 벗어 눈을 닦은 뒤 다시 몰려드는 군중을 지켜보았다. 갑자기 누가 사리를 잡아당기는 기척이 느껴졌다. "메리 언니 아니세요?" 돌아보니 투키였다. 그녀는 도시락을 손에 들고 있었는데, 메리와 같은 날 노퉁가언에서 파키스탄군에게 납치된 하녀였다. 하지만 투키는 시민재판을 보러 거기 온 것이 아니라 이 공원이 직장인 의류공장으로 가는 지름길이기 때문에 온 것이었다. 그녀는 위궤양 때문에 속이 아파서 지각을 할 것 같다고 했다.

의류공장은 승전기념일, 독립기념일에도 일을 한단 말인가? 어떻게 그럴 수가! 마리암이 놀라 말했다. 투키가 말했다. "그러게 말이에요. 365일 중 하루도 빠지지 않고 일을 해야 돼요. 결근하면 월급이 깎여요." 그러나 마리암과 마주친 뒤 투키는 결근을 하기로 하고 메리와 함께 수흐라와르디 공원 안을 한가하게 걷는다. 워낙 많은 사람들이 이리 밀리고 저리 밀리고 하는 바람에 누가 무엇 때문에 재판을 받는지조차 알기 어려웠다. 쿠시티아에서 세 명의 비랑가나들이 증인으로 올 예정이었다. 마리암은 잠깐이라도 그들을 보고 싶었다. 혹시 아는 사람이 있을지도 몰라서. "그러려면 나무 위로 올라가야 해요." 옆에 있던 쿠르타 파자마를 입은 사내가 말했다. 그건 사실이었다. 이미 나무 위로 올라가 있는 사람들도 많았다. 공원의 한쪽 끝 트럭 뒤에 서서 작가이자 활동가인 자하나라 이맘이 시민법정의 선고문을 읽고 있었다. 그녀 아래 있던 사람들에게는 그녀가 보이지 않았다. 마이크도 없어서 말소리도 들리지가 않았다. "경찰이 다카 시내에 있는 마이크란 마이크는 다 몰수했어요." 아무도 질문하지 않건만 쿠르타 파자마를 입은 사내가 계속 말했다. 투키는 마리암을 공원에서 데리고 나오며 말했다. "나쁜 사람이에요."

골람 아잠에 대한 교수형이 집행되지는 않았지만 그날은 마리암이 투키를 만난 날이므로 기억할 만한 날이었다. 투키가 함께 머물면서 집안은 생기를 되찾았다. 밤의 여왕 덤불은 모노와라 베굼이 없앴다. 대나무 덤불도 오래전에 제거했다. 우물 주변 바닥의 포장도 부서져 있었다. 투키가 처음 한 일은 우물 주변을 치우는 일이었다. 그런 뒤에는 바나나와 파파야나무를 심었다. 그러고 나서 닭을 몇 마리 키우고 의류공장에서의 하던 일을 대신할 다른 계획을 세웠다. 자금은 마리암이 대고, 기획과 실행은 투키가 했다. "집 주변에 빈 땅이 아주 많잖아요. 새와 동물 없이 어떻게 살아

516

요?" 이것이 투키의 주장이었다. 마리암은 방이 새똥으로 더러워지고 병아리들이 침대로 올라오고 아무 때나 삑삑거렸기 때문에 짜증도 나고 신물도 났다. 그러나 아무 말도 하지 않았다. 투키가 머문다면 닭들도 머물게 하자. 닭들을 버린다면 투키도 떠날 것이다—이것이 불문율이었다. 그 규칙은 지켜져야 했다. 안 그런다면 죽음보다 더 무서운 나락으로 떨어질 것이었다.

마리암은 더이상 혼자가 아니었다. 저녁에 퇴근하면 미소를 지으며 문을 열어줄 사람이 있었다. 그리고 마음을 열고 사소한 문제나 심각한 문제, 낮에 어떤 손님이 무슨 행동을 했는지, 주인이 무슨 요구를 했는지, 점심에 무엇을 먹었는지 등등에 대해서 이야기할 상대가 생겼다. 투키는 닭들을 쓰다듬었다. "우리를 착취하다니, 그 의류공장 주인은 참으로 뻔뻔해요! 내가 이래 봬도 비랑가나라구, 허! 이리 와, 이리 와, 꼬꼬댁! 꼬꼬댁! 메리 언니, 저 하얀 점박이 암탉이 곧 알을 낳을 것 같아요. 하루 종일 알 낳을 자리를 찾고 있었어요."

비록 뒤늦기는 했지만 투키의 재활은 비랑가나들에게 수입원을 마련해주기 위해 마니푸르에 닭농장을 지었던 1972년의 모델을 따라 완성되었다. 당시에는 닭을 길러서 달걀을 바구니에 담아 시장에 내다 팔 예정이었다. 그 사업을 장려하기 위해 재활 프로젝트의 조직원들이 달걀을 샀다. 안주인들은 집에서 그 달걀을 사용해 요리한 뒤 사람들에게 말하곤 했다. "맛있게 드세요, 그렇지만 어디서 온 달걀인지는 묻지 마세요." 당국에서는 모든 사람들에게 달걀의 출처를 비밀에 붙이라고 지시했다. 사람들이 진실을 알고 나서 달걀을 안 산다면 어떻게 하겠느냐고! 지금의 투키에게는 그런 문제는 없었다. 마리암을 제외하면 다카 시내의 그 어느 누구도 그녀가 비랑가나라는 사실을 몰랐다.

"하지만, 메리 언니, 결국 내가 얻은 게 뭐죠?" 투키가 밤에 마리암 옆에 누워서 물었다. 마리암은 무슨 말인지 이해가 안 돼서 되물었다. "무슨 말이야, 얻다니?"

"이 사실, 다카 시의 주민 중 그 누구도 제가 비랑가나라는 것을 모른다는 사실 말이에요."

마리암은 어둠 속에서 혼자 미소를 지었다. 시민재판은 투키에게서 야심을 불러일으켰다. 투키는 더이상 평범한 사람으로 사는 데 만족하지 않고 지도자가 되고 싶어했다. 그러나 동포들이 그녀를 받아들여줄까? 문맹인 그녀를? 그들은 그녀를 위해 리셉션을 베풀어준 뒤 전처럼 혼자 앞가림을 하라고 내버려두고 그녀의 문제에서 손을 뗄 것이다. 자식이 되기에 충분한 소년 소녀들이 그녀의 사진을 찍고 그녀의 얼굴에 마이크를 들이댈 것이다. "파키스탄군이 하루에 몇 번이나 강간을 했어요?"

투키는 마리암이 어둠 속에서 하고 있는 생각을 짐작할 수 없다. 마리암의 얼굴에 나타난 짓궂은 미소도 보이지 않는다. "저는 이 세상에 남편도 자식도 집도 없어요." 투키가 가지지 못한 것의 목록에는 끝이 없었다. 밤새도록 읊어댄다 해도 끝나지 않을 것이었다. 그러나 이제 주머니에 돈이 있었다. 남자에게 돈이 있다면 투키보다 나이를 두 배나 더 많더라도 아내와 자식과 가정을 가질 수 있었다. 하지만 투키는 여자였고, 여자에게는 나이가 중요했다. 비랑가나라는 사실을 호의적으로 보느냐 안 보느냐는 차치하고라도 말이다. 투키는 어둠 속에서 화제를 바꾸었다. "메리 언니, 자고 있어요? 하고 싶은 말이 하나 더 있어요." 마리암은 대답하지 않았다. 투키는 물론 마리암이 자고 있다 하더라도 하고 싶은 말은 할 사람이었다.

  그녀는 쿠시티아에서 왔다가 증언을 한 뒤 떠난 세 여성에 대해서 할 말이, 불만이 있었다. "듣자 하니 그 여성들도 돈이 있다고 하던데요. 그런데 우리는 바로 여기 다카에 살고 있으면서도 무슨 일이 일어나고 있는지 알지도 이해하지도 못했어요! 메리 언니, 우리나라에 비랑가나들이 모두 몇 명이나 있지요? 지금도, 보름날 밤에도 달이 없는 밤에도 누워 있자면 돌아누울 수가 없어요. 안 쑤신 데가 없다고요. 몸 안에서 열불이 나요." 투키는 어둠 속에서 긴 한숨을 쉰다. 마리암은 교육받은 여성이었고, 사무실에서 일하고 있었다. 그런데 어떻게 그런 마리암조차 시민법정이 열린다는 사실을 모르고 있을 수 있었단 말인가? 마리암은 앞으로는 눈과 귀를 열어놓고 있겠다고 투키에게 약속했다. 투키에게 언단의 증인석에 설 기회를 주기 위해서.

투키는 또다시 열릴 시민법정을 꿈꾸며 잠이 들었다. 이번에는 마리암이 전전반측할 차례였다. 시민법정이 다시 열린다면 거기서 증언할 기회가 있을까? 누구에 대해 증언하나? 날이면 날마다 그녀를 강간했던 모든 파키스탄 군인들에 대해서? 그녀는 그 강간자들의 이름이나 지위도 모른다. 얼굴조차도 기억 속에 희미하다. 종전 후 참으로 오랜 세월이 흘러서 아직까지 기억나는 사람은 이쉬티아크 소령뿐이었다. 이쉬티아크 소령과의 연애는 어떻게 분류될 수 있을까? 그녀의 증언은 그에게 유리할까, 불리할까? 그리고 아베드 자항기르, 아베드 사미르, 몸타즈가 있었다. 그들에 대해서는 고발할 것이 없다고 할 수 있나? 그녀의 삶을 파괴했는데? 전투 중에 희생된 몬투, 마리암의 동생 몬투의 죽음에 대한 책임은 결코 재판을 통해 물을 수 없다. 민간인이 아니라 게릴라 전사였기 때문이다. 그러나 얼굴에 수염도 안 난 그가 전쟁에 꼭 나가야만 했던 납득할 만한 이유는 제시된 바 없다. 마리암의 외삼촌 골람 모스토파는 1971년에 파키스탄군의 협력자였다. 그러니까 전범이다. 마리암이 살던 집은 적산가옥이었다. 카필루딘 아흐메드가 헐값에 산, 힌두교인들이 버리고 간 집이다. 그는 죽어버리고, 마리암이 그 부동산을 물려받은 것이다. 역사는 그녀의 죄를 사해줄까?

70년대와 80년대의 20년 동안 마리암은 자신의 문제를 푸는 데 몰두해 있었다. 90년대는 계산하고 청산할 때였다. 그러나 누가 이기고 누가 졌는지 말할 수 있는 사람은 아무도 없다. 만일 고통의 양을 측정할 수 있다면 마리암은 확실한 승자였다. 파키스탄군이 그녀에게 가한 고문의 양이 망망대해라면 이쉬티아크 소령과의 연애는 이슬 한 방울에 지나지 않으니까. 또 마리암은 골람 모스토파의 라자카르 활동과도 아무런 연관이 없었다. 더욱이 그는 그녀가 항상 싫어하던 사람이다.

   밤은 이렇게 머릿속에서 원고와 피고의 역할을 교대로 하는 가운데 지나갔다. 방글라데시처럼 그녀에게도 전범재판은 혼란스러운 문제였다. 무산 계층 출신인 투키에게는 그런 딜레마가 없었다. 꿈속에서 그녀는 행복과 번영을 약속하는 미래로 달려가고 있었다. 그녀의 목적지는 제2의 시민법정이다.

   여러 해가 지나갔지만 제2의 시민법정은 열리지 않았다. 투키는 물었다. "메리 언니, 신문 잘 보고 있는 거예요? 안경을 쓰고 꼼꼼히 잘 살펴보세요." 투키는 제2의 시민재판을 그렇게 오래 미룬다는 사실을 믿을 수 없다. 마리암의 눈은 이제 새로운 문제를 일으켰다. 전에는 안경을 안 쓰면 먼 것이 잘 안 보였다. 이제는 신문을 읽으려면 그 안경을 벗어야 했다. 안경을 쓰고 있으면 글씨가 흐릿했기 때문이다. 그래서 안경을 쓰고 투키를 보다가 곧 다시 그것을 벗고 신문을 읽었다. 투키는 그 사실이 아주 마음에 들지 않았다. 메리 언니는 좀 거리를 두는 편이고, 반쯤 죽은 사람처럼 살고 있으며 투키가 삶에서 무언가를 성취하는 것도 원하지 않는 것 같다.

도대체 무슨 사람이 그럴 수가 있냐구!

시민재판에 대한 기대가 투키의 마음속에서 지워지는 동안 마리암은 신문을 들추다가 흐릿해진 시력을 통해 타라만 비비라는 게릴라 전사의 이름을 마주친다. 그녀는 험난한 산길을 거쳐야 갈 수 있는 브라흐마푸트라 강 동안에서 사는데, 기자들은 그 강을 건너 뜨거운 강변 모래사장으로 달려가 그녀에 대해 취재했다. 그리고 그녀의 소식과 사진이 신문에 실린 뒤에는 본인도 직접 등장했는데, 그녀는 홀쭉한 볼에 병에 시달리는 것이 분명한 몰골의 걸인이었다. 그녀는 독립 24년 후 결핵으로 황폐해진 삶의 막바지에서 조국을 마주하고 있다. 어느 신문을 펼치든지 그녀의 사진, 기사, 인터뷰로 가득했다. 타라만의 소원은 한 끼 밥이나마 충분히 먹는 것이었고, 그녀는 살고 싶다고 했다. 방글라데시 사람들을 향한 그녀의 메시지는 "나는 한때 건강했으나, 지금은 기운이 전혀 없다. 뼈와 가죽뿐이다. 여러분께 호소한다. 제발 이 나라를 지켜달라, 다른 사람들의 손에 넘기지 말아달라."였다. 또한 그녀는 "우리나라는 다시 한번 해방되었다."라는 말도 했다. 그녀가 게릴라전에 참여한 이유는 "서파키스탄이 우리의 가장 좋은 음식물과 옷감을 강탈하고 있기 때문"이었고, 그래서 "우리는 우리의 재산을 지키기 위해 조국해방 전쟁을 치렀다"고 했다. 타라만은 다카에 가보고 놀랐으며, "이곳 사람들은 맛있는 음식을 먹고 지붕 아래 살고 있는데 나는 밥에 소금을 뿌린 한 끼 식사조차 제대로 못 하고 있다”고 말했다. 그리고 BBC와의 인터뷰에서는 “만일 내가 살인자였다면 정부는 무슨 수를 써서라도 나를 잡아 감옥에 가두었을 것이다. 그러나 나는 전투에 참여해서 피를 흘린 뒤, 그냥 집에서 굶고 있다. 아무도 내가 어떻게 지내는지 궁금해하지도 않는다”고 불평했다.

투키도 비슷한 생각을 하고 있었고, 무대에 올라가 그런 생각을 발표할 기회가 있었으면 하고 바란다. 그러나 그런 기회는 타라만에게만 왔다. 투키가 거리에 나가서 깡충깡충 뛴다 해도 카메라의 초점은 그녀에게 맞춰지지 않을 것이다. 다들 타라만을 찍기 위해 바빴으니까—수상이 타라만 비비에게 훈장을 수여하는 장면, 타라만 비비가 샤히드 미나르에서 전승기념일 프로그램의 개막을 선포하는 장면, 사바르 기념비에 꽃다발을 헌정하는 장면, 타라만 앞에서 가수들이 애국적인 노래를 부르는 장면, 여성 지도자들이 타라만 앞에서 마이크를 들고 서 있는 장면들을.

투키는 마리암에게서 정부에서 타라만 비비에게 25,000타카를 주었다는 소식을 듣는다. “그렇게나 많은 돈을! 그 사람은 이제 부자네, 언니! 뭘 했길래 그렇게 많은 돈을 준 거지?”

“무기를 들고 싸웠어.”

“싸우면 돈을 받아? 우리나라에서 또 전쟁 안 나려나?”

투키 베굼은 전범 재판을 위한 시민법정이 서기를 기다리는 일을 중지하고 전쟁의 재발을 기다렸다. 전쟁이 나면 무기를 들고 싸울 작정이었다. 그러나 타라만 비비에게도 돈과 명예는 독립을 쟁취한지 24년 후 그녀가 결핵에 걸리고 난 뒤에야 온 것이다. 투키에게 남은 시간이 얼마나 될까? 투키는 서글픈 표정을 한 채 수탉과 암탉의 무리 안에 앉아 있었다. 그녀의 삶은 기회가 없어서 개선되지 않고 있었다. 50타카나 100타카를 받고 달걀을 파는 것으로 무엇을 할 수 있을까? 만일 타라만 비비처럼 한 번에 이만 오천이나 오만 타카를 받는다면 얘기가 다를 테지만.

그런 일이 있은 지 일주일쯤 후에 마리암은 닭의 숫자가 급감하고 있다는 사실을 깨닫는다. 투키에게 물어보자 그녀가 사납게 대꾸한다. "몽구스가 물어가는데 내가 어쩌겠어?" 고양이도 별로 없는 다카에서 웬 몽구스지? 이삼 일 밤을 계속 물은 끝에 투키가 장사꾼들에게 닭을 팔아넘기고 있다는 사실을 알게 되었다. 투키는 더이상 소규모 장사를 하는 일에서 행복을 느끼지 못했다. 그렇다면 하고 싶은 일이 뭐지? 마리암은 기분이 언짢았다. 자기 집에 살러 오는 사람은 하나같이 정신이 나가는 것 같았다. 도대체 누구 탓인가, 집 탓인가, 메리 탓인가? 주문을 담은 병을 또 구해서 집의 네 귀퉁이에 묻기라도 해야 하나? 정말 그렇게라도 하고 싶었다. 그렇지만 그보다 급한 것은 명예와 돈에 대한 투키의 갈망을 충족시켜주기 위해 신문사에 전화해서 투키가 비랑가나라는 사실을 알리는 일일 것이다. 그러면 기자들이 진짜로 카메라를 가지고 올 수도 있었다. 하지만 그렇게 해도 정부에서 투키에게 돈을 준다는 보장은 없었다. 더욱이 사냥개 같은 신문기자들이 그 집에 살고 있는 비랑가나가 한 명이 아니라 두 명이라는 사실을 알아차릴 수도 있었다. 더욱이 메리는 교육도 받고 직업도 있는 여성이다. 지금까지는 가난한 비랑가나들만 주목했다. 그녀들은 자식을 위해 돈이나 직장을 구걸하고 1971년에 당한 치욕스러운 경험을 묘사함으로써 사회 앞에서 다시 한번 모욕을 당해야 했다. 교육받은 비랑가나들은 얼굴도 이름도 없었다. 직업적인 배우들이 텔레비전에서 그들 역을 연기했을 뿐이다. 만일 마리암이 비랑가나라는 사실을 알게 되면 기자들은 투키는 제쳐놓고 마리암에 초점을 맞출 가능성이 많았다.

비랑가나들을 둘러싸고 정말 많은 정치적인 흥정이 이루어지고 있었다. 투키는 그 사실을 깨닫고 나자 인터뷰에도 흥미를 잃게 되었다. 그리고 다시 닭 치는 일에 몰두했다. 자식처럼 정성껏 돌보았다. 자신만이 그들의 부모이자 형제이고 아저씨, 아주머니였다. 한가한 시간에는 기도매트에 앉아서 묵주를 세며 기도를 드렸다. 투키가 이렇게 내세를 준비하고 있는데, 곧 오십 살이 될 마리암은 아무에게 아무 말도 남기지 않고 이 세상을 떠나도 좋은 것일까?

골람 모스토파가 죽었을 때 마리암의 가슴 속을 짓누르던 것 하나가 없어졌다. 그는 자신의 전쟁 범죄에 대해 아무런 처벌도 받지 않고 병으로 죽었다. 신문에서 딸이 당한 지옥스리운 경험에 대해 읽게 된다면 그녀를 나무라기 위해 당장 다카로 뛰어왔을 다른 어른도 저세상으로 떠나고 없었다. 마리암은 모노와라 베굼의 1주기 때 자신의 이야기를 하기로 결심했다. 라트나와 찬다에게까지 알릴 필요는 느끼지 못했다. 그들은 결혼해서 가족과 행복하게 살고 있었다. 하나는 풀탈리에서, 다른 하나는 사우디아라비아에서. 힘들 때 그들에게서 도움이나 조력을 받은 적이 없으니 이런 일에도 거리를 두게 해주는 편이 낫겠다고 생각했다. 묵티가 마리암의 집 대문을 두드렸을 때는, 그와 같은 결심이 무르익고 나라가 독립한 지 28년이 되던 해였다. 1999년이었다.

XXIX
삶은 어디서 끝나는가?

  2년은 긴 시간이다. 특히 사례 연구의 기간으로는. 마리암이 비랑가나였다는 서류상의 증거는 없었다. 이 문제에 관한 한 비랑가나 사무소가 파산 상태인지는 오래되었다. 1975년의 방가반두 암살과 폭동 이후 새로운 권력집단이 등장했고, 권력투쟁이 일차적인 목적이 된 나라에서는 어떤 커다란 프로젝트도 부드럽게 진행되지 않는다. 힘든 길에는 여행자들이 별로 없는 법이다. 이전의 사회사업 활동가들은 활동을 마무리했다. 그러나 역사를 피할 수는 없었다. 연구자들, 언론인들, 칼럼니스트들은 12월 16일, 3월 26일, 혹은 그 해의 다른 날들에 대한 오래된 기억을 더듬었고, 그것은 나무에서 과일을 따는 것과 비슷했다. 그런 다음 사회사업 활동가들과의 인터뷰가 사진과 함께 신문에 실렸고, 때때로 출판물에 그들의 말이 인용되기도 했다. 그러나 묵티는 빈손이다. 다울라트디아의 라다라니는 만나자마자 미꾸라지처럼 빠져나가버렸다. 월급쟁이 사회사업 활동가인 베비는 그런 장면으로부터는 떨어져 지냈지만, 기억을 탁자의 유리 덮개 아래 약간 보존하기는 했다. 덕분에 마리암의 주소를 기억해냈고 묵티가 그것을 입수했던 것이다. 마리암은 그 이야기 속에 들어갈 때도 있고 안 들어갈 때도 있었다. 9개월에 걸친 전쟁의 이야기는 그녀를 따라 파드마 강을 건너고 들판으로 나아갔다. 묵티는 그 흔적을 따라가야 했다. 묵티의 연구 결과에 따르면 전후 석 달이 될 때까지도 '파키스탄 진다바드'와 '조이 방글라'의 구호를 구별하지 못했던 라미즈 셰이크는 이제 순국열사로 기억되고 있었다. 이가 다 빠진 노퉁가언의 자이툰 비비는 아직도 마리암의 달덩이 같은 얼굴을 기억하고 있었지만, 이 여든 살의 노파는 메리가 재수 없는 여자였다고 생각한다. 그녀가 도착하자마자 파키스탄 군대가 냄새를 맡고 마을로 쳐들어왔다는 것이다. 자유전사의 길안내를 했고, 몬투가 적의 차량 헤드라이트를 향해 벌레처럼 뛰어들던 모습을 목격한 바 있는 아미눌은 지금 농부로 살고 있지만 자기 땅은 없다. 마리암이 몬투의 무덤을 만들겠다고 다짐했다는 말을 듣고 그는 시체도 못 찾은 사람의 무덤을 어떻게 만드느냐고 말했다. 30년 동안 풍상에 찌든 그곳의 무덤은 자유전사 마지바르, 팔을 높이 치켜들었던 그 전사의 무덤이었다. 처가 식구와 살던 카말간즈의 아타 미안, 실패에 실패를 거듭하면서도 계속 불평 없이 출격을 나갔던 그가 이쉬티아크 소령에 대해 증언할 수 있는 유일한 사람이었다. 이쉬티아

528

크 소령은 마리암을 방에 가둬놓고 도망치려다 성난 마을사람들을 만나서 가까스로 몸만 빠져나갔었다. 자유전사인 라피쿨, 처음에는 전쟁에, 나중에는 술에 취했던 그 사내는 적에게 강간당한 마리암의 몸에서 나던 악취를 생각하면 지금까지도 혐오감을 금할 수 없다. 마리암은 영화진흥회사 소속 조연 배우인 바쿨 베굼에 대해서는 전혀 관심이 없다. 비랑가나 사무실 에피소드에 잠깐 등장했다가 사라진 바쿨 베굼, 마리암은 그녀를 만난 적도 없기 때문에 그녀가 실존 인물이라기보다는 영화 속 인물인 것처럼 느껴진다. 메리, 일명 마리암에게는 단 한 가지 소원이 있어서 묵티에게 계속 그 소망에 대해 말한다. "묵티, 아누라다와 만나게 해줘. 묵티의 사무소에서 그렇게 많은 사람들을 찾았잖아. 왜 그녀를 찾으려고 노력해보지 않아?"

"왜 그러시지요?"

"아누라다에게서 듣고 싶은 이야기가 있어. 아누라다의 예언을 듣고 싶어."

"무슨 예언인데요?"

"내 삶이 어디서 끝나는지 알고 싶어."

묵티는 어느 날 갑자기 2년 전에 만났던 다울라트디아의 라다라니를 기억해낸다. 손바닥을 보지 않고도 미래를 예언할 수 있었던 사람, 자신의 수명을 백 년이라고 예언했던 여자. 그녀라면 분명 마리암의 삶이 어디서 끝나는지 미리 알 수 있을 것 같았다. 묵티는 다시 다울라트디아를 찾아가야겠다고 생각한다. 마리암은 말한다. "가고 싶으면 가. 하지만 나는 점쟁이는 믿지 않아. 우리 어머니는 그런 사람들을 믿으셨지만."

마리암이 회의주의자라도 상관없었다. 묵티로서는 라다라니에게 또 다른 볼일이 있었다. 그녀와의 인터뷰는 분명 독특할 것이었다. 그사이에 투키의 큰 야망, 그 열병이 묵티에게도 전염되었던 것이다. 전쟁범죄에 대한 공적인 재판을 다시 여는 것이 이 연구 프로젝트의 주요 목표가 된 만큼 인터뷰와 증언이 더 필요했다.

묵티를 보자 비정부단체 활동가가 큰소리로 한탄한다. "너무 늦게 왔어요. 라다라니는 그사이에 죽었어요."

무슨 말인가? "어떻게 죽었는데요?"

"심장마비였어요."

아마도 묵티는 라다라니가 진짜 백 살까지 살 것이라고 믿었던 모양이었다. 그 활동가는 자신은 그 말을 믿지 않았다며 말한다. "터무니없는 소리! 무슨 말을 하고 있어요? 당신처럼 교육받은 사람이 그런 미친 소리를 하다니!" 반면, 쿠슘칼리는 아직도 라다라니가 백 살까지 살도록 예정되어 있었다고 확고하게 믿고 있었고, 아무도 그녀의 고집을 꺾지 못한다. 묵티가 "어떻게 죽었는데요?"라고 물으니 그녀가 "누가 라다라니 언니가 마실 물에 독을 탄 거예요. 아니면 어떻게 그렇게 쉽게 죽을 수 있었겠어요? 백 살까지 살 운명이었는데."라고 말했다.

"독을 누가 탔나요?"

창녀촌을 증오하는 사람이 부족한 적이 있나! 창녀촌은 신성한 사랑의 장소라서, 집에서 사랑이 멀어진 남자들이 와서 사랑을 찾는 곳이다. 하지만 그들은 동시에 질투와 증오와 공포심도 가지고 온다. "이 지역에서 작년 한 해 동안 얼마나 많은 창녀가 살해됐는지 알아요? 조치나, 피리오발라⋯⋯." 쿠숨칼리는 손가락을 하나하나 꼽으며 죽은 창녀들의 이름을 기억해내려고 해본다. 활동가도 끼어든다. "전부 해서 다섯 명이죠."

"라다라니는 빼고 말하는 거잖아요." 쿠숨칼리는 그 활동가에게 화를 낸다. 쿠숨칼리는 라다라니가 살해당했다고 믿고 활동가는 자연사라고 믿고 있기 때문이다. 묵티가 두 사람 사이를 중재해보려고 "라다라니가 살해당한 게 확실해요?"라고 묻자 쿠숨칼리는 열을 올리며 "물론이지요—100퍼센트!"라고 대답한다.

쿠숨칼리가 그렇게 확신하는 이유는 라다라니가 죽기 나흘 전에 중년의 고객 두 사람이 다울라트디아에 왔었기 때문이다. 그들은 나란히 있는 방 두 개에 각각 들어갔는데, 얼핏 봐서는 쌍둥이처럼 보였지만 실제로는 아즈라일, 즉 라다라니의 영혼을 가지러 온 죽음의 사자들이었다. 볼일을 보고 떠나다가 술 취한 라다라니를 마주치자 그 쌍둥이들, 혹은 두 아즈라일 중 하나가 말했다. "헤이, 아누라다 아니요? B. K. 사르카르의 딸? 하급법원에서 변호사로 일했던 분?"

묵티의 몸이 떨린다. 쿠숨칼리에 따르면 라다라니가 술이 확 깨더니 "아니요, 잘못 아셨어요, 나는 라다라니예요. 우리 아버지의 이름은 케드마트 알리였어요. 경비원이었지요. 지금은 돌아가셨어요."라고 말했다고 한다. 그렇게 재빨리 말하고 자기 방으로 들어가 문을 걸어 잠갔다는 것이다. 마른 생선 안주, 라다라니가 술 마실 때 곁들이는 맛있는 안주를 가지고 오던 길에 길 입구에서 그 쌍둥이를 마주친 쿠숨칼리가 그들이 자기들끼리 "아누라다 사르카르가 창녀촌에 들어가서 라다라니가 되었군. 잘난 체 떠벌이는 거 들었지? 게다가 술까지 마셔!"라고 말하는 것을 들었다고 했다. 아무 영문도 모르는 쿠숨칼리가 그냥 라다라니의 방문을 두들기며 "아이, 라데! 아이, 라니! 문 여세요. 좋아하시는 안주를 만들어 왔는데."라고 했는데, 라다라니는 문을 열어 주지 않았다고도 했다. 옆의 두 방에 있던 창녀들이 나왔고, 그제야 쿠숨칼리는 그 쌍둥이 손님들이 라다라니의 비밀을 누설했다는 사실을 알게 되었다. 라다라니가 죽은 날 그 쌍둥이들이 저녁에 외제 술을 한 병 가지고 찾아왔고 그 두 창녀의 손짓을 무시하고 라다라니의 방으로 곧장 갔는데, 이어서 고함소리가 오래 오고 갔으며, 라다라니는 그 쌍둥이들이 떠난 뒤 그날 밤 심장마비로 죽었다고 했다.

마리암은 그 이야기를 믿지 않는다. 지난 30년간 아누라다가 죽었다고 체념하고 지냈으니까 죽었다는 소식은 새롭지 않았지만, 자신의 예언을 증명하기 위해 창녀가 되는 사람이 어디 있겠느냐고 생각한다. 그녀는 "아누라다처럼 교육받은 여자가 어떻게 비랑가나에서 창녀로 변할 수 있단 말이야? 기본 생활을 꾸릴 정도는 가졌는데."라고 말한다.

"그렇지만 창녀가 된 거예요." 묵티는 그 점을 강조한다. 마리암은 고개를 가로젓는다. "아니야, 아니. 잘못 안 거야." 그런 뒤 그 주장의 진실성 여부를 확인하기 위해 아누라다가 안경을 꼈는지 안 꼈는지를 알려고 한다. 묵티는 말한다. "꼈는데, 안경테가 부러졌었어요. 끈으로 머리에 묶어서 쓰고 있었지요." 그래도 마리암은 요지부동이다. 아누라다, 언젠가 한 무리의 연구자들이 찾아와서 그녀의 뼈와 찢어진 옷과 머릿단을 고문 캠프에서 발굴할 거라고, 자신은 그들 덕분에 잊히지 않을 거라고, 그들이 영원히 자신의 기억을 지켜줄 거라고 믿었던 그녀. 종전 후 30년이 지난 독립 방글라데시에서 그녀에게 장례식도 베풀어주지 않았고, 그녀의 시체를 파드마 강물 위로 떠내려 보냈다는 것이다. 마리암은 그 말을 듣고도 역시 고개를 젓는다. "아가씨가 그 입장이었다면 어떻게 하겠어? 조국과 동포에게 화가 난다고 창녀가 될 수 있겠어? 먹을 것이나 옷이 부족하지 않고 교육도 받은 사람이 창녀가 되겠느냐고? 아가씨가 잘못 알 수도 있는 거 아니야? 이 세상에는 동명이인이 아주 많아. 그 창녀는 딴 사람인 게 틀림없어."

묵티는 마리암 자신도 몸타즈와의 결혼이 깨질 무렵 창녀가 될까 말까 고민하지 않았느냐고 지적하고 싶지만 참는다. 마리암도 교육을 받았고 음식이나 옷도 부족하지 않았다고. 사람들의 태도는 나이가 들면서 변하기 마련이라고.

그들이 대화하는 동안 투키의 수탉과 암탉들이 베란다에서 뛰어오른다. 마치 아누라다의 죽음을 애도하기 위해 인간 대신 말 못하는 짐승들이 모인 것 같다. 해가 진다. 거리의 가로등 그늘에서 마리암의 집이 회색으로 변한다. 잊힌 역사 속의 도시처럼 퇴색되고 허름해 보인다. 마리암은 몸을 일으킨다. 투키는 고향마을에 간 지 나흘이 되었고, 그래서 해가 지면 닭들에게 모이를 주고 닭장에 그들을 넣는 일은 마리암의 차지다.

투키는 아주 오랜만에 고향에 갔다. 땅을 사기 위해서다. 땅을 사서 연못을 파고 고기를 기르고, 연못의 삼면에 갖가지 나무와 관목들을 심으며, 남은 한 면에는 오리장과 닭장을 짓고 싶다. 나아가, 가격만 맞으면 자신의 묏자리도 미리 사놓고 다카로 돌아가고 싶다. 그녀는 조국 독립 4년 만에 고향에서 도망쳐 나와야 했다. 부모마저도 정조를 잃은 딸이 자신들의 마을에 살기를 원하지 않았다. 투키의 아버지는 사람들의 잔인한 취급에 지쳐 칼을 갈기 시작했지만, 그렇다고 자기 손으로 딸을 죽일 수는 없었다. 그래서 투키의 어머니가 독약 탄 물을 강제로 투키에게 먹였다. 투키의 어머니는 밤낮으로 같은 말을 되풀이했다. "너를 살려둬봤자 아무 소용이 없다구. 왜 죽지도 않냐!" 투키가 사경을 헤매고 있을 때 이모가 그녀의 코앞에 찢어진 신발을 가져다 대고, 사촌은 칼끝에

534

인분을 묻혀 왔다. 투키는 낡은 신발과 인분의 냄새와 맛 때문에 구토를 느끼며 독약을 토해냈다. 만일 그녀를 데리고 병원으로 향했다면 가는 길에 독약이 퍼져 죽었을 것이다. 투키는 이모와 사촌의 도움으로 이틀 후 다카로 갔다.

이제 투키의 부모는 다 돌아가셨다. 투키는 고향을 떠난지 26년 만에 돌아가는 것이었다. 마을사람들이 자신을 알아보지 못할 것이고, 알아본다 해도 자신이 비랑가나이니까 존경심을 표할 것이라고 기대하며. 그러나 실상은 다르다. "아! 투키 베굼, 창녀촌을 언제 나왔어?" 길에서 마주친 사람이 그녀가 집에 도착하기도 전에 이런 불필요한 질문을 던진다. 투키의 대답도 듣지 않고 다른 사람이 "이제 늙어가니 은퇴해야 하잖아."라고 대꾸한다. 마을사람들은 땅값을 배로 부른다. 그녀에게 묏자리를 팔려는 사람도 없다. 투키는 농장과 묘지를 사는 데 모두 실패하고 다카로 돌아간다.

투키는 운명적으로 불운한 사람이었다. 시민법정을 원했지만 열리지 않았고, 해방전쟁이 다시 일어나기를 원했지만 그럴 가능성은 없었다. 여생을 살림을 돌보며 지내고 싶은 소망마저 이루어지지 않을 운명이었다. 심지어 마지막으로 쉴 곳을 현금을 주고 사는 일조차 이룰 수 없었다. 다카로 돌아온 투키 베굼은 항상 슬프다. 마리임이 열 번을 부르면 한 번이나 대답을 할까 말까 하다. 아예 대답을 안 할 때도 있다. 문제였다. 마리암은 자신을 돌보아야 하나, 아니면 투키를 돌보아야 하나? 그렇지 않아도 아누라다 일 때문에 마음이 심란하던 차였다. 인생은 영화나 연극보다 더 기묘하다. 아누라다 얘기를 믿어야 하나 말아야 하나? 믿는다면, 발밑에서 당장 무슨 일이 일어나기나 하나? 비랑가나의 장례식도 제대로 안 치러주는 나라에서 전쟁범죄에 대한 재판이 있기나 할까? 그녀는 지난 2년간 묵티와 인터뷰를 하고 기록을 허락한 자신의 결정이 실수였다고 생각한다.

그런 생각을 하니 당연히 화가 난다. 마리암은 그 사실을 의식하지만, 그 화는 투키를 향한다.

결국 어느 날 투키가 속마음을 털어놓는다. "나는 창녀도 아니었는데 사람들한테 창녀 소리를 들었어요. 도대체 내가 뭣 때문에 사나요? 평생을 처녀로 살아서 내가 얻은 게 뭐예요?"

"누가 처녀야?"

"물론, 나죠. 마리암은 두 번 결혼했잖아요. 하지만 내가 언제 결혼한 적이 있어요?"

"하지만 군대에서 아기를 낳았었잖아?"

"그래서요? 그때 남편이 있었나요? 아니면 내가 아기 갖기를 원했나요? 임신은 단지 학대의 결과였을 뿐인데요."

마리암은 투키에게 아기를 가진 적이 있는 여자는 원하든 원치 않든 처녀는 아니라고 굳이 설명해보려 하지만 결과적으로 두 사람 사이에 언쟁만 일어난다. 그들은 서로 말을 안 하고 지낸다. 묵티가 집으로 그들을 찾아가자 투키는 닫힌 문을 가리키며 말한다.

"문을 걸어 잠갔어. 문을 두드리는 것도 금지야." 무슨 일일까? 아누라다를 애도하고 있는 걸까? 하긴 그녀가 죽은 지 40일도 되지 않았다. "앉아서 기도하는 중인가봐." 투키가 말한다. "이 나이에 신을 섬기지 않는다면 언제 그러겠어? 결국 종말이 다가오고 있잖아."

하지만 다음에 다시 방문해보니 마리암은 그사이에 자주 옷과 책과 펜과 연필 등을 가지고 다울라트디아에 가서 아누라다의 어린 딸에게 주었다고 했다. 하지만 그런 노력도 그 딸에게는 도움이 되지 않았다. 쿠숨칼리는 이미 아누라다의 아홉 살짜리 딸 참파바티를 그들의 직업에 입문시켰고, 참파바티도 거부하지 않았다. 그녀는 입을 꼭 다물고 소에게 놓는 성장호르몬 주사를 맞았다.

투키는 마리암을 따라 한두 번 다울라트디아에 갔지만 그곳이 마음에 들지는 않다. "쾌락은 있을지 모르지만 평화는 없는 곳이야. 일 년 열두 달 놀이동산처럼 소란스러워." 일단 창녀촌에서 들어서면 불안하고 도망가고만 싶었다. 마리암이 신호를 하자 쿠숨칼리가 투키에게 말했다. "코미디를 보여줄게, 언니. 재미있을 거예요."

그들은 트렁크와 의자와 앉은뱅이 선풍기를 없애서 간이무대를 만든다. 쿠숨칼리는 사리의 끝을 허리에 꽉 묶는다. 이 코미디는 그녀 혼자 노래하고 춤추는 일인 공연이다.

"옛날 옛적에 부자 임금님이 하나 살았는데, 아내가 둘이었어요. 임금님은 아주 파파 할아버지랍니다. 늙은 아내와 손주가 있었지만, 또 결혼을 한 거예요. 내 미모를 보고 홀딱 반해서 나한테 청혼을 한 거지요. 나는 가난한 하녀의 딸이거든요. 그래서 우리 어머니가 이 노임금님에게 나를 시집보내버린 거예요. 그의 재산이 탐나서지요. 아버지가 안 계시거든요. 그 노임금님의 손자 이름은 찬단 쿠마르 다스예요. 임금님은 늙었고 나는 젊어요. 그래서 할아버지와 결혼했지만 사랑은 그의 손자와 나눠요. 밀애예요. 어느 날 밤 내가 어쩌다 정원에 나가 있는데, 노임금님이 내 방에 와서 내가 없는 것을 보고 등불과 지팡이를 챙겨 들고 나서서 결국 나를 찾아냈어요."

무대에는 긴 탁자보가 덮인 탁자가 있다. 찬단이 탁자 아래 숨는다.

"노임금님이 말해요. '여기 있구나, 아내야, 너를 찾으려고 온갖데를 다 헤맸단다.' 내가 노인의 발을 걸어 넘어뜨리고 노래를 부르기 시작해요. '당신의 음식을 먹지 않을래요. 다시는 당신 집에 가지 않을래요. 당신 집에서 힘들었어요, 할아버지. 나한테 예쁜 색 사리를 입으라고, 하이, 하이, 예쁜 색 사리를 입으라고 주신 적도 없어요. 다시는 당신 집에 가지 않을래요.' 그러자 노인이 다시 욕정이 끓어올라서 말해요. '이제 직장을 구하마. 오, 내 어여쁜 아내야! 나와 함께 가자. 화장품을 아주 많이 사주겠다, 오오! 하이, 하이, 화장품을, 아주 많은 화장품을. 너의 발에 색칠을 하기 위한

538

알타 물감도. 어서 함께 가자꾸나…….'

'다시는 당신 집에 안 갈래요.'

노임금님이 자리에 앉고 나는 다른 의자에 앉아요. 그 노임금님이 발을 탁자 아래로 넣어요. 그리고 물어봐요. '내 아내, 오 내 젊은 아내야, 탁자 밑에서 움직이는 이것이 무엇이냐. 어서 말해봐라.' 내가 말해요. '오! 움직이는 것이 뭔지 생각났어요. 집 근처에서 솜털이 보송보송한 멜론을 팔고 있었어요. 잘 익었길래 조금 샀어요.'

그러니까 노임금님이 말해요. '멜론이 왜 움직이느냐?' 내가 말해요, '당신이 발로 굴리시니까 자기들끼리 밀리고 있는 거예요. 그래서 움직이는 거예요.' 그러니까 노임금님이 찬단 쿠마르의 몸을 손가락으로 찌르며 말해요. '내 아내야, 멜론이 왜 이렇게 물렁물렁하냐?' 내가 말해요. '하나가 썩었나 보네요.'

찬단 쿠마르는 뒤쪽으로 나와 도망가요."

투키는 그 이야기가 마음에 든다. 쿠숨칼리라는 여자도 그리 나쁜 사람은 아닌 것 같다. 하지만 날이 저물어 가고 그들은 다카로 돌아가야 한다.

다음에 다시 다울라트디아로 가는 길에 마리암은 페리를 타려다 말고 투키를 다른 쪽으로 데리고 가서 사공과 흥정을 한다. 참 대단한 배짱이다, 파드마 강을 보트로 건너려 하다니. 마리암이 미소를 지어 입꼬리가 올라간다. 전시에는 쌀을 추수하기 위해 바리살로 가는 노동자를 실은 보트를 타고 파드마를 건넌 적도 있다. 하지만 그것은 전시였고, 페리 회사가 문을 닫았을 때였다. 내륙수로 여행용 대형 모터보트는 파키스탄군의 사용을 방지하기 위해 일찌감치 선착장에서 제거되었었다. 그런데 마리암은 왜 지금 페리와 대형 모터보트를 놔두고 시골보트를 세내려고 하는가? 어디로 가려고 그러는 것일까? 그녀는 투키에게 별 설명을 하지 않는다. 그러다가 투키가 자꾸 물어대니까 "사공의 수입과 지출을 알아보려고 하는 거야."라고 대답한다.

"왜?"

"그냥."

마리암을 만나려고 사무실로 찾아간 묵티는 마리암이 며칠 동안 직장에 나오지 않았다는 사실을 알게 된다. 한참 전에 손으로 쓴 사표를 놓고 갔다고 했다. 사표의 수락 여부도 알아보러 오지 않았다는 것이다.

다시 다른 날 마리암의 집을 방문하니까 투키가 이것저것 짐을 싸고 있다. 투키는 묵티를 보자마자 미소를 지으며 말한다. "앉아서 좀 쉬어. 메리 언니는 다울라트디아에 갔어." 투키가 마리암이 언제 돌아올지 모른다고 하지만 묵티는 앉아서 기다린다. 투키가 여러 가지 집안일로 바쁘기 때문에 투키가 닭장을 치울 때 묵티도 닭다리를 실로 묶는 일을 돕는다. 묵티는 왜 투키 베굼이 수탉과 암탉을 한 쌍씩 묶는지 궁금하다. 전에 행상들한테 닭을 팔아버리더니 그 광기가 슬그머니 되돌아온 것일까? 투키는 다시 미소를 지으며 말한다. "메리 언니가 하라고 해서 하는 거야." 고집불통인 투키가 마리암의 지시를 이유도 묻지 않고 따른다는 것을 믿기 어렵다. 묵티가 캐물으니 투키가 마지못해 사실을 알려주는데, 그 내용이 놀랍다. 그들이 짐을 나르려 한다니까 아무도 여객용 보트를 세주고 싶어하지 않아서 메리 언니가 사무실에서 받은 돈으로 새 보트의 선금을 내기 위해 아리차로 갔다는 것이다. 마리암은 새로 산 배에 돛을 올리고 강을 건너고 또 건너는 장면을 자주 꿈속에서 보았다고 했다. 하지만, 그렇다고 해서 왜 닭의 다리를 묶어서 깡충거리게 만드는 거지요? 투키는 놀라고 짜증이 나서 말한다. "무슨 소리야, 왜 그러냐니? 우리가 떠난 다음에 이 불안한 세상에 어떻게 이 닭들을 남겨놓을 수 있겠어?"

묵티는 놀리듯 말한다. "이 닭들은 데리고 가면서 저는 왜 안 데리고 가세요?" 투키는 진지한 표정이 되더니, 오로지 메리 언니만이 자신의 전기 작가도 함께 데리고 갈 것인지 말 것인지를 결정할 수 있다고 한다. 하지만 가깝고 소중한 사람들을 꼭 데리고 가야 한다는 법은 없다. 커다란 홍수가 났을 때 선지자 노아는 알라에게 복종하지 않은 자신의 아들을 방주에 태우지 않았다. 알라께서 그를 데리고 가지 말라는 엄명을 내리셨기 때문이다. 자비의 신 라흐마누르 라힘은 "선지자 노아여, 만일 그대가 그대의 아들, 그 죄인을 위해 한 번만 더 빈다면, 그대의 선지자 자격이 박탈될 것이니라.”라고 말했다.

투키가 행동하는 모습을 보면 그녀는 이 죄 많은 세상에 단 한순간도 더 남아 있고 싶지 않은 듯하다. 가장 긴요한 것만 가지고 가려 한다. 묵티에게는 이 상황이 더이상 미스터리는 아닌데, 그렇지만 대체 어디로 가려는 거지? 음식이나 옷이 없어서 다울라트디아로 가야만 하는 상황은 아니다. 그리고 만일 간다 해도 오십도 넘은 여성들이 창녀촌에서 무슨 일을 할 수 있을 것인가? 투키에게는 이런 질문을 해도 아무 소용도 없다. 그녀는 아마도 이 여행이 시작되는 곳이 어디고 끝나는 곳이 어디인지 모르고 있을 가능성이 많았다. 묵티는 최근 한 달 이상을 마리암을 만나지 못했다. 마리암이 묵티를 피하고 있었기 때문이다. 아누라다의 사망 소식으로 모든 것이 뒤집어져버렸다. 인간이란 참으로 이해하기 힘든 존재다. 하늘나라의 천사들을 이해하는 것이 더 쉬울 것이다. 선과 악이 깔끔하게 구별되니까. 목적지도 없는 자신의 삶을 30년 이상 노 저어오는 데 성공한 사람이 이제 간절히 그 생의 끝을 알고자 하고, 시체를 찾기 위해 배를 띄우려고 하다니? 미치광이가 아니라면 아무도 그 말을 믿지 않을 것이다. 그러나 마리암과 투키가 재산을 모두 보트에 싣고 다울라트디아로 갈 수는 있을 것이다. 쿠숨칼리가 그들의 정착을 도와줄 것이다. 그러나 묵티로서는 그 가능성을 떠올리는 것조차 두렵다. 그래서 그 두 여성의 앞날에 대한 이 두 가능성을 막연하게만 생각하면서 대신 다른 생각을 한다. 자신이 원고를 쓰지 않는다면 전쟁범죄에 대한 공개재판은 실질적인 것이든 상징적인 것이든 열릴 수 없다. 그러려면 마리암과 꼭 며칠 더 이야기를 해야 한다.

묵티는 마리암이 전쟁범죄에 대한 공개재판은커녕, 끝나지 않은 이야기만 남겨놓고 영원히 사라질 작정이라는 것을 모르고 있었다. 묵티 자신은 독자들에게 신뢰감을 주기 위해 끝까지 진실에 충실했다. 정성스럽게 인터뷰를 진행하고 몇몇 사람들의 진술과 고백을 잘 조합해서 이야기를 구성하던 처음부터 그렇게 해왔다. 때때로 절망적이라고 생각하면서도 그 원칙에 충실하려고 노력했다. 그러나 결국은 긴 보트 여행의 이야기를 지어내 스스로를 위로할 수밖에 없게 된다.

마리암과 투키가 실종된 지 약 1년 만에 라예르 바자르의 집이 철거되고, 그 자리에 4층짜리 아파트가 들어선다. 아파트 앞에는 검은색 문이 있다. 카필루딘 아흐메드의 이름은 풀탈리 마을의 사하르파르 우체국이라는 주소와 함께 지워진다. 그 자리에 쌍둥이 자매—라트나와 찬다—의 이름이 페인트로 적힌다. 메리, 일명 마리암은 아무 데서도 찾을 수 없다. 그녀가 그곳에 살았다는 증거도 전혀 없다. 하지만 그녀의 이야기가 상상의 보트 여행을 따라 서서히 사라지는 대신 이 땅의 단단한 흙 위에서 끝났다면 독자들은 그 이야기를 믿어주었을 것이다.

XXX
비랑가나를 찾아서

"메리 언니, 왜 아무 말도 안 해? 우리 지금 어디로 가는 거야?"

마리암은 천천히 안개 속을 걸어가고 있다. 그녀가 투키에게 말하는 목소리가 들리지는 않지만 투키의 표정으로 보아 그녀가 쾌히 동행하고 있는 것은 분명하다. 아침 공기 속을 떠다니는 것은 깊은 한숨뿐이다. 마리암의 꿈의 보트는 동이 트기도 전에 마련되어 단단히 여며진 채 준비 완료 상태로 기다리고 있었다. 두 사람이 소지품을 모두 먼저 태운 뒤 올라타자 보트의 돛이 올라가고, 바람을 받기 시작한다. 사공이 뱃머리에 앉아서 노를 젓고, 마리암은 말이 없다. 정신이 지상의 끈을 놓은 듯 수의 입은 시체처럼 보이기도 한다. 투키의 가슴이 파도처럼 부풀어 오른다. 그녀는 바다가 어떤 곳인지도 모르고, 내세가 어떤 곳인지도 모른다. 강둑에서는 벽돌 화덕 위 굴뚝에서 연기가 모락모락 피어나고 있다. 인간들은 무엇을 왜 그렇게 많이 세우는 것일까? 가까운 곳에 떠 있는 조선소가 거인 같다. 반대편 둑에는 헤아릴 수 없이 많은 배의 골조가 보인다. 허리 두르개 바지와 수건들이 빠끔히 열린 문과 창문의 녹슬고 부서진 기둥들 위에 널린 채 마르고 있는 중이다. 소떼들이 목욕을 하고 아가씨들이 물동이에 강물을 길어 나르는 장면, 그들이 귀갓길의 물속에서 철벅거리는 장면들은 먼 과거에 속한다. 학교의 그림책에 있던 이미지들이 마리암의 마음속에 떠올랐다가 다시 가라앉으며 망각 속으로 사라진다.

투키는 닭들에게 모이를 주건 안 주건 결국 별 차이는 없다고 생각한다. 이익과 손해는 중요하지 않은 문제가 되었다. 양쪽의 둑에서 이루어지고 있는 모든 사업을 잊고 떠나는 길이다. 하지만 물총새가 고기를 물고 물 위를 훌쩍 뛰어 하늘로 날아가는 모습이 보이면 미소를 짓지 않을 수 없다. 수영시합을 하는 새들에게도 고요한 갈채를 보낸다. 해변의 뻘밭을 쑤석거리는 해오라기가 나타나자 둘 다 어린 시절을 회상한다. "메리 언니, 난 어렸을 때 어부에게 시집가고 싶었어. 한 번은 너무 슬퍼서 새가 되고 싶기도 했어." 마리암은 어린 시절의 환상을 잠시 기억하는 것도 힘들다. 해마다 시험지에다 방글라어와 영어로, "자라면 의사가 되어서 가난한 환자들을 무료로 진료하고 싶다."고 썼었다. 결혼을 생각할 무렵에는 자시물 하크와 아베느 사힝기르가 나타났었다. 그리고 전쟁이 일어났다. 더이상 호오나 선택, 분별 같은 것이 무의미해졌다.

강 주변의 집들에 저녁이 내리고 등불이 켜질 때 투키의 가슴에서는 다시 파도가 부서진다. 호박과 박과 누에콩의 덩굴들이 지붕을 타고 올라가는 중이다. 색색의 꽃들이 매달려 있고, 황금빛 짚더미가 여기저기 쌓여 있다. 아이들이 몸을 씻고 숙제를 하기 위해 등잔불 아래 앉는다. 새들이 밤의 공기를 뚫고 이리저리 날아간다. 먼 곳에서 칠흑빛 하늘이 그들의 여행을 지켜보고 있다. 투키에게는 한 번도 주어지지 않은 집과 가정의 모습들을 지우면서. 광활한 하늘에서는 수많은 별들이 흐르고 있다.

구름의 무리가 북서쪽 하늘에 몰려와 있다. 사공이 "곧 폭우가 쏟아지겠는걸."이라고 말한다. 하루는 노를 저으며 "물이 무겁게 느껴지는군. 징조가 좋지 않아."라고 말한다. 사공은 6일 동안 노를 저어준 삯을 한꺼번에 받고 한적한 모래 둔덕에 내린다. 별이 반짝이는 어두운 하늘 아래 배를 내리는 그의 얼굴과 1971년에 도강을 도와주었던 사공의 얼굴이 마리암의 눈앞에서 겹쳐진다. 그러나 방금 보트를 내린 이 사공은 최신 유행가를 한 소절 흥얼거린다. 이전의 사공이라면 부를 수 없었을 노래다. "나한테는 강이 있었지, 하지만 아무도 몰랐어……."

7일째 되던 날 투키와 마리암은 이승과 저승의 경계를 넘어 인간이 짐작할 수 없는 곳으로 간다. 넘어서는 순간 아누라다가 모래사장에서 그들 쪽으로 흰 손수건을 흔들어 손짓하는 모습이 보인다. 시체처럼 음울하던 마리암의 표정이 이제 무척 명랑해진다. 만일 조금 더 간다면 라미즈 셰이크와 몬투를 보게 될지도 모른다.

사공이 없는 보트는 아누라다를 향해 미끄러지듯 나아간다. 마리암이 허공에서 자신을 향해 내밀어진 얼음처럼 차가운 아누라다의 손을 잡자, 그녀가 보트의 갑판으로 올라선다. 두 사람은 서로의 손을 놓지 않는다. 오, 얼마만인가! 오랜 세월을 물속에서 부유하던 아누라다의 피부는 이끼와 물풀로 덮여 있다. 그러나 이제 그들의 손은 둘 다 따뜻하다. 아누라다도 다시 전처럼 쾌활한 처녀가 된다. 마리암의 눈에는 물론 자신이 보이지 않는다. 마리암의 앞에는 투키 베굼이 있는데 블라우스나 속치마 없이 사리만 입고 있다. 그녀는 포로가 되었던 그해로 되돌아가 다시 초두리 가의 하녀가 되었다. 그녀는 입고 있던 사리의 끝을 공처럼 말아 얼굴 앞에 들고 있다. 해가 세상에서 지고 있다. 붉은 수평선을 배경으로 머리카락처럼 떠 있는 땅, 남겨두고 온 그 땅이 투키의 눈동자에 비친다. 그 모습을 바라보던 아누라다는 희열에 차서 말한다. "참 아름다운 나라야, 우리나라!"

투키는 얼굴을 가렸던 사리의 끝을 내리며 말한다. "우리의 피로 지킨 나라."

옮긴이의 말

인도 아대륙 동북쪽 끝 미얀마와의 접경지대에 있는 나라, 남한보다는 크지만 한반도 전체에 비하면 작은 영토에 무려 일억 육천이라는 인구가 살고 있는 나라, 일인당 국민소득이 세계 최하위권을 맴돌지만 한 연구에 따르면 국민행복지수가 세계 최고라는 나라 방글라데시. 그 나라에 대해 우리나라 대부분의 사람들에게 알려진 것은 아직 많지 않다. 한국과 방글라데시 사이의 관계라면, 그곳의 싼 노동력을 이용하기 위해 우리 기업들이 진출해 있는 것이 중요한 부분일 테고, 우리가 아는 지식이라고는 아마 최근 들어 미얀마에서 강제추방당한 난민, 로힝야들에 대한 소식 정도가 대부분일 것이다. 사실, 같은 아시아 국가이지만 원래 그 나라가 속해 있던 인도의 역사나 문화에 비해서도 우리는 방글라데시에 대해 아는 것이 너무 적다.

역자는 1990년대부터 다른 아시아 국가의 작가들과 교류하고 연대해오던 아시아 작가들의 네트워크가 중심이 되어 2006년 창간한 문예 계간지《아시아》에서 지난 10여 년간 활동하면서 방글라데시의 문화와 역사를 편린이나마 접했다.《아시아》의 창간 목적은 근대 들어 일방적으로 서구만을 향하던 우리의 시선을 서구의 식민지가 되거나 그럴 위기를 겪었던, 그래서 어쩌면 우리와 공통점이 더 많은 이웃들에게 돌려 그들과의 교류를 통해 오늘날 서구 주도의 근대적 세계관이 낳은 현대사의 총체적인 위기를 극복할 대안을 더 근본적이고 창조적으로 생각해 보려는 것이었다. 실제로 잡지를 편집하면서 아시아권 다른 국가들의 역사와 현재에서 우리와 많은 공통점을 실감할 수 있었고, 그들과 우리가 서구 열강과는 강조점이 다른 새로운 세계관, 지향점을 공유하고 있을 가능성이 많다는 것을 더욱 확신하게 되었다. 방글라데시 역시 언어도 다르고, 역사나 종교, 문화의 면면에도 많은 차이가 있지만, 그같은 차이에도 불구하고 우리나라와 공통점이 꽤 많은 나라이며, 그 나라의 문학과 우리 문학 사이에도 서로 통하는 점이 많다.

무엇보다도 인도 갠지스 문명의 발상지로서 유서 깊은 문화를 자랑하되 근대에 들어서면서 강대국의 식민지가 되었다는 점에서 방글라데시와 우리 사이에는 큰 공통점이 있다. 또한 식민 지배국이었던 영국에 의해 1905년과 1947년 두 차례, 수천년 동안 언어와 문화, 역사를 공유하던 서벵골 지역과 인위적인 분단을 겪고 그에 따라 엄청난 규모의 내부 갈등과 인명 살상을 경험했다는 년에서도 우리와 비슷하다. 더욱이, 후자인 1947년의 분단은 벵골 지역의 분단인 동시에 종교 외에는 언어와 문화가 다른 펀자브 지방과의 인위적 결합에 기인한 식민화를 뜻했다. 그 결과 방글라데시 사람들은 영국에서의 "독립"을 자축하는 대신 자신들의 자주성을 되찾기 위한 독립운동과 전쟁으로 다시 한번 내몰릴 수밖에 없었다. '독립' 후 서파키스탄에 근거지를 둔 중앙정부는 방글라데시 사람들의 모국어인 방글라를 비공식 언어로 격하시켰는데, 그에 대한 목숨을 무릅쓴 저항이 방글라데시 독립운동의 주요한 시발점이 되기도 했다. 그리고 이런 역사는 한국어가 공식언어에서 추방당했던 우리나라의 식민지 경험을 연상시키는 바도 없지 않다.

샤힌 아크타르의『여자를 위한 나라는 없다』는 바로 그와 같은 근대 방글라데시의 역사를, 가장 소외된 집단의 하나인 '비랑가나'의 입장에서 바라본 소설이다. 비랑가나란 1971년 방글라데시 독립전쟁 중에 파키스탄 점령군이 납치해서 끌고 다니며 성노예로 학대했던 방글라데시 여성들에게 전후 방글라데시 국가에서 부여한 칭호로 '여성영웅'이라는 뜻을 가지고 있는 단어다. 하지만 작품에 자세히 그려져 있는 대로 독립 이후 방글라데시의 역사는 강대국의 이해와 내부 권력자들의 사사로운 이해가 맞물리며 오랜 기간 쿠데타와 독재 등을 거쳤고, 그 때문만은 아니지만 이 '여성영웅들'의 운명도 영웅이라는 이름에 전혀 걸맞지 않는 경로를 걷게 된다. 『여자를 위한 나라는 없다』는 대학을 졸업한 뒤 얼마 지나지 않아 맞은 전쟁에서 파키스탄 군에게 납치되어 끌려 다니며 지속적인 강간이라는 엄청난 고초를 겪었던 마리암의 일생을, 종전 28년 뒤 비랑가나를 대상으로 구술사 작업을 하던 묵티와의 대화 내용을 중심으로 다양한 형식으로 재구성한 작품이다. 그리고 그렇게 가장 소외된 사람의 관점으로 방글라데시의 현대사를 바라보기 때문에 독립 방글라데시에 대한, 선악의 이분법에 기초한 공식적인 수사(rhetoric)를 넘어 그 수사의 허구성과 현실의 복합성을 총체적으로 보여주는 소설이기도 하다.

　작품의 내용을 조금만 살펴보자. 중심인물인 마리암은 방글라데시의 시골 마을에서 비교적 넉넉한 농부 가정의 딸로 태어났고 몬투라는 남동생이 있다. 학구열이 높았던 마리암은 영어와 수학을 잘하던 타지 남학생과 단둘이 영화를 보러 간 일이 치명적인 흠이 되어 그 지방에서는 시집을 갈 수 없는 처지가 되었고, 그 결과 동생 몬투와 함께 당시 동파키스탄의 행정중심지였던 다카에서 대학을 다니게 된다. 그녀가 다카에서 여자대학을 다니는 동안은 동파키스탄의 독립운동이 무르익던 기간이다. 그녀는 타대학 학생운동의 지도자였던 아베드와 연애를 하지만 1971년 3월 독립전쟁 전야에 임신상태에서 배신당한다. 이 절망적인 상황에서 태아를 사산하고 혼자 피난길을 나섰던 마리암은 우여곡절 끝에 파키스탄 군에게 사로잡혀 종전 시까지 그들의 성노예로 지낸다. 방글라데시는 그해 12월, 파키스탄을 지원하던 미국과 대립각을 이루던 인도와 소련 등 강대국의 개입 등의 덕분으로 가까스로 독립을 쟁취하지만, 마리암을 비롯, 전시 성노예였던 여성들의 삶은 순탄하지 못하다. 정부에서는 잠시나마 그녀들을 여성영웅이라고 추켜주며 그녀들의 재활과 사회재통합 노력을 기울인다. 하지만 그 노력이라는 것은 진정한 의미의 치유, 통합의 노력이라기보다, 그녀들이 왜 정조를 지키기 위해 자살하지 않았나를 따지는 일, 그녀들에게서 아기들을 지우거나 빼앗는 일, 그녀들에게 소위 여성적인 단순한 노동을 가르치는 일, 그리고 남성들에게 제공되는 금전적 보상을 통해 그녀들을 결혼시키는 일 등에 머문다. 그리고 그런 형식적인 노력이나마 처음에 일시적으로 이루어졌을 뿐, 비랑가나들은 결국 가족과 사회의 버림을 받고 각자 살 길을 찾아 대부분 창녀촌으로 흘러 들어가게 된다. 마리암도 전시 행적이 의심스러운 남자의 아내가 되지만 그가 그녀에게 기대하는 것은 자신을 위한 면죄부이자 성적 도구일 뿐이어서 실패할 수밖에 없다. 마리암은 그 결혼 생활 중에 오히려 자신을 성적 노리개로 이용했다 하더라도 지적인 관심을 공유했던 파키스탄 군 장교를 그리워하기까지 한다. 이후 거의 삼십 년에 가까운 기간 동안 그녀는 다른 남자들의 도구나 피난처로 이용되거나, 종교적인 이유로 터무니없는 강제 결혼을 당하고, 보람을 느낄 수 없는 노동으로 내몰리며 고단하고 삭막한 삶을 살게 된다. 결국 작품은 마리암이 함께 성노예 생활을 했던 투키와 함께 자취 없이 사라지는 것으로, 그리고 이 실종에 대해 묵티가 해보는 상상—홍수로 물이 불어난 파트마 강에 배를 띄워 고난을 함께 한 다른 여성들과 행복한 해후를 하는 다른 세상으로 떠나는 것—으로 막을 내린다.

마리암의 고통스러운 삶의 큰 책임은 물론 파키스탄 군의 납치, 감금, 그리고 지속적인 강간에 있지만, 이 작품은 그것만으로는 그녀의 삶을 다 설명할 수 없다는 점도 분명히 보여준다. 무엇보다도 독립 이후의 방글라데시 사회가 비랑가나들을 제대로 포용하거나 그들의 진정한 재활을 도와주지 못했고, 그것은 여성은 또래 남학생과 단둘이 영화관에 갔다는 것만으로도 사회적인 질타의 대상이 되고, 남성은 결혼을 미끼로 여성을 희롱하고 버려도 아무 문제가 되지 않는, 그 사회의 남성중심적 구조와 무관하지 않기 때문이다. 바로 이런 남성중심적이고 가부장적인 구조 때문에 마리암은 전후에도 임신중절을 강요당하고, 적성과 무관한 '여성적'인 직업과 사랑 없는 결혼이라는 선택만이 주어지며, 단지 독신인 남자를 한 방에서 재워주었다는 이유만으로 그 남자와 무의미한 결혼을 강제당한다. 그리고 그런 삶 동안 내내 전시에 성노예 노릇을 하고도 살아남았다는 이유로 오히려 타락한 여자로 질타를 받고 조롱당한다. 즉 이 작품이 그리고 있는 전시 성노예 생존자들의 고통스러운 삶은 파키스탄 군의 책임으로만 돌릴 수는 없는 더 복합적인 문제로, 훨씬 더 오래되었으며 새로운 형태로 지속되고 있는 가부장적 사회구조와도 직결되어 있는 문제이다.

이 작품의 주제는 또한 가부장적인 사회구조의 비판에서 그치는 것도 아니다. 마리암의 삶의 궤적은 동시에 동벵골, 혹은 방글라데시 지역의 굴곡진 현대사와도 떼어낼 수 없는 관계에 있기 때문이다. 작중에서 마리암 스스로 성찰하듯, 그녀가 살던 다카의 집은 1947년의 분단 때문에 황망히 인도로 떠나야 했던 사람들에게서 아버지가 헐값으로 산 집이며, 전전에는 벽에 독립운동의 구호가 씌어 있던 그 집은 전시에는 파키스탄 군의 유흥장으로 쓰이기도 한다. 독립한 방글라데시도 대다수 방글라데시 사람들의 자유롭고 풍요로운 삶을 보장하는 사회가 아니고 다카 집의 매매를 주선했던 마리암의 외삼촌처럼 전시에는 파키스탄 편에 섰다가 전후에는 재력을 바탕으로 과거를 포장하고 정치인으로 변신하는 기회주의자들이 판치는 세상이다. 그와 같은 왜곡된 현실은 학생운동의 지도자였지만 파키스탄으로 도망간 집안의 딸과 결혼해 전후 재력가이자 정치가로 변신하는 아베드와, 독립전쟁에 참여해 목숨을 잃고 유해조차 찾을 길이 없는 마리암의 동생 몬투의 대비를 통해서도 단적으로 드러난다. 그리고 전시에 파키스탄 군의 구호인 "파키스탄 진다바드"와 방글라데시의 구호인 "조이 방글라"도 구별하지 못하고 죽었던 라미즈 셰이크가 전후에 독립전쟁의 영웅으로 변신하는 현실 역시 그와 같은 부조리하고 부정한 현실을 잘 보여주는 상징적인 예이다. 즉, 이 작품이 그리고 있는 마리암의 비극적인 삶은 단순히 파키스탄 군의 탓만도 아니고 방글라데시 사회 내부의 가부장적 구조만의 문제도 아닌, 정의롭지 않은 세력이 정의로운 사람과 세력을 억누르고 득세할 수 있는 더 큰 체제, 20세기 후반 이후 많은 나라들에 영향력을 행사해온 세계적인 체제의 문제이기도 한 것이다.

　이 작품의 저자인 샤힌 아크타르는 세계의 독서계에서 비교적 폭넓게 알려진 작가로, 방글라어로 작품을 쓰는 소설가가 인도나 방글라데시에서 받을 수 있는 최고의 상을 휩쓴, 방글라데시 현역 작가 중 최고의 소설가로 꼽힌다. 대학 졸업 후 독신여성으로 다카에서 방을 얻으려는 과정에서 겪은 터무니없는 성차별의 경험을 쓴 산문이 우리나라에 소개되어 있거니와, 『여자를 위한 나라는 없다』도 본인이 작중의 주요 인물인 묵티처럼 구술사 프로젝트에 참여하면서 영감을 얻게 되었다고 한다. 이렇게 직간접적인 체험을 바탕으로 작품을 쓰는 그녀는 매 작품을 그 소재에 맞는 형식으로 쓰기 때문에 발표하는 소설마다 형식과 문체가 다른 것도 특징이다. 『여자를 위한 나라는 없다』역시 소재에 맞는 형식을 찾으려는 작가의 성실한 노력의 산물로서 소설 안에서 바흐찐이 말하는 여러 형식의 담화가 상호작용을 일으키며 때로는 풍자적이고, 때로는 서정적이며, 그리고 때로는 비극적인 산문 속에 작품이 그리고 있는 현실의 다양한 전모가 생생하게 드러나고 있는 길작이다. 사실, 이 작품처럼 작품이 그리고 있는 상황의 부당성, 부조리성을 구체적이면서도 압축적인 묘사와 구성을 통해 풍부하게 제시하고 있는 작품도 드물 것이다.

한국어판 작가 서문에도 밝힌 것처럼 작가는 이 작품을 쓰는 데 우리나라를 비롯해 전세계적으로 일본군 성노예로 고난을 당했던 분들이 증인으로 출석한 2000년 도쿄 여성국제전범법정을 직접 참관했던 경험에서도 크게 영감을 받았다고 한다. 이 작품의 중심 인물인 마리암의 경험은 물론 식민 지배국인 일본에 의해 2차 세계대전 중에 성노예로 지속적인 강간을 당했고 아직도 그들의 진실과 정의를 인정받기 위해 투쟁하고 있는 우리나라 많은 여성들의 경험과 통하는 바가 많다. 사실, 작중에 그려진 마리암의 현실은 그 면면이 우리의 경우와 별반 다르지 않다. 성노예로 납치되기 이전부터 여아로서, 젊은 여성으로서 가정과 사회에서 받는 차별이나, 전후 강간 피해자이면서 오히려 죄인 취급을 당하는 현실, 이 여성들의 운명에 대한 책임을 그들을 포용하지 못하는 자신들이 아닌 적에게만 돌리는 남성 중심의 사회, 냉전체제에 편입되어 식민지 시대의 부조리와 불의를 청산하지 못하는 전후 사회구조 등에 이르기까지. 그래서 이 여성들의 고난으로 얼룩진 삶에 대한 이 작품의 복합적이고 총체적인 접근, 감동적이고 설득력 있는 접근은 우리가 우리의 피해 할머니들의 문제를 바라보는 시각에도 시사하는 바가 크다 할 것이다.

역자는 이 작품을 초판을 영역한 영문판이 나온 2015년 처음 읽었는데, 고통스럽고 비극적인 삶을 다루지만, 그 삶에 대한 존중심을 유지하면서도 독자를 끌어들이는 엄청난 매력에 금방 빨려 들어갔던 기억이 아직도 생생하다. 원작인 방글라어판은 2004년에 초판본이 나왔고, 2016년 저자의 개고를 여러 차례 거친 개정판이 나왔다. 이번 번역은 저자가 그 개정판을 한 번 더 개고한 버전으로, 이 새 개정판은 세계 최초로 한국어로 선을 보이는 셈이다. 역자는 작품의 번역을 위해 아직은 부족하지만 방글라어를 배워 저자의 소개로 만나게 된 방글라데시 번역가 파르하나 라흐만 샤시와 협력해서 방글라어에서 직접 한국어로 번역한 공역본을 내놓을 수 있게 되었다. 방글라어와 우리말은 언어학적 계통은 다를지 몰라도 동사가 맨 뒤로 가는 어순이 비슷하고, 또 두 나라의 역사나 정서에 비슷한 면도 많아서 저자와 두 공역자 사이 삼각 소통의 순간은 수많은 공감과 발견의 순간들이기도 했다.

이 작품의 충실한 번역을 위해 역자는 방글라데시를 직접 방문해, 저자의 안내로 작품에 등장하는 현장들을 자세히 둘러보고 여러 관련자들을 만나는 행운도 누렸다. 방글라데시도 우리나라처럼 오랜 군사독재를 경험하고 1990년에 타협적이나마 민주화를 이룩한 나라로서, 그 이후에도 정치, 사회적 우여곡절을 겪고 있는 가난한 나라이기는 하지만 곳곳에서 오랜 문화적 전통의 저력과 민주화의 도정에 있는 나라 특유의 활력을 느낄 수 있었다. 그리고 그 나라의 지식인들, 운동가들과 교류하며 앞으로 서로 주고받으며 배울 것이 많은 나라라는 인상을 강하게 받았다. 이 작품의 번역 출간이 앞으로 두 나라 간의 활발한 교류에 작은 보탬이나마 된다면 더할 나위 없는 기쁨이겠다. 끝으로 이 작품의 한국어판을 위해서 서문을 써주신 저자와 귀한 추천사를 써주신 여성학자 장필화, 김은실 교수님, 정치학자 권혁범 교수님께 깊은 감사의 마음을 전한다. 아울러 작품에 나오는 표현과 문장, 역사적인 사실 등의 확인에 도움을 주신 방글라데시 출신 작가이자 영문 번역가인 샤브남 나디야 님, 교정과 제작에 힘써 주신 편집부, 어려운 출판 환경에서 작품의 출간을 선뜻 허락해주신 아시아 출판사에도 깊이 감사드린다.

2020년 10월
보스턴에서
역자 전승희

지은이 샤힌 아크타르

1962년 방글라데시의 코밀라에서 태어났다. 다카 대학에서 경제학을 전공하고 인도에서 다큐멘터리 작가 생활을 했다. 지금은 다카의 인권기구 '아인 오샬리시 켄드라'에서 일하며 소설가로 활동하고 있다. 방글라데시에서 현역으로 활동 중인 소설가 중 최고로 꼽힌다. 대표작으로『도망갈 곳은 없다』『여자를 위한 나라는 없다』『쇼키 론고말라』『공작 왕자』등 네 편의 장편과『스리모티의 철학』『영원한 자매』『15편의 이야기』『다시 한번, 사랑』『전작집 1권』등 다섯 권의 단편소설집이 있다. 벵골 여성들의 글을 초기에서 현대에 이르기까지 모은 앤솔로지 세 권을 편집했고, 방글라데시 독립전쟁 중 파키스탄군에 납치되어 지속적으로 성폭행을 당한 여성들의 글을 모아 세 권으로 편집했다.『여자를 위한 나라는 없다』로 2004년〈프로톰 알로〉'올해 최고의 책' 상을 받았고, 2014년 인도의 ABP 아난다에서 방글라어로 된 문학 분야 최고상인 '세라 방갈리' 상을 받았으며, 2015년에는『공작왕자』로 '아크테루짜만 엘리아스 코타샤히티야 푸로쉬카르' 상을 받았다. 2016년에는 방글라데시 최고 권위 상인 '방글라 아카데미 샤히티야 푸로쉬카르' 문학부문 상을 받았다.

옮긴이 전승희

서울대학교와 하버드대학교에서 영문학과 비교문학으로 박사학위를 받았다.
현재 보스턴 칼리지 강사로 재직하고 있으며 아시아 문예 계간지《ASIA》자문위원으로 활동 중이다.

파르하나 라흐만 샤시

방글라데시 브락대학 인적자원관리학과를 졸업. 경영과 경제, 영화와 문학, 광고 등의 분야에서 번역 및 저술 활동을 하고 있다.

여자를 위한 나라는 없다

2020년 10월 5일 초판 1쇄 펴냄

지은이 샤힌 아크타르 | **옮긴이** 전승희, 파르하나 라흐만 샤시 | **펴낸이** 김재범
관리 홍희표, 박수연 | **디자인** 나루기획 | **인쇄** 굿에그커뮤니케이션 | **종이** 한솔PNS
펴낸곳 (주)아시아 | **출판등록** 2006년 1월 27일 | **등록번호** 제406-2006-000004호
전화 02-821-5055 | **팩스** 02-821-5057 | **이메일** bookasia@hanmail.net
주소 서울시 동작구 서달로 161-1 3층(흑석동 100-16)

ISBN 979-11-5662-509-4 04830
      978-89-94006-46-8 (세트)